경세통언

경세통언
어리석은 세상을 깨우치는 이야기 ③

초판 인쇄 2024년 10월 25일
초판 발행 2024년 10월 31일

지은이 풍몽룡
옮긴이 김진곤
펴낸이 김삼수
펴낸곳 아모르문디

등록 제313-2005-00087호
주소 서울시 마포구 월드컵북로5길 56 401호
전화 070-4114-2665
팩스 0505-303-3334
메일 amormundi1@daum.net

ⓒ 김진곤, 2024 Printed in Seoul, Korea

값 20,000원
ISBN 979-11-91040-44-9 (04820)

이 책은 저작권법의 보호를 받는 저작물이므로 무단전재와 복제를 금지하며,
이 책의 내용 일부 또는 전체를 재사용하려면 반드시 저작권자와 출판사의 동의를 받아야 합니다.

경세통언 警世通言 ③

어리석은 세상을 깨우치는 이야기

풍몽룡 지음
김진곤 옮김

아모르문디

차례

앵앵이 장호를 고소하다   7
— 宿香亭張浩遇鶯鶯

금명지에서 애애를 만나다   31
— 金明池吳淸逢愛愛

조춘아가 시댁을 일으키다   57
— 趙春兒重旺曹家莊

두십낭이 강물에 몸을 던지다   81
— 杜十娘怒沈百寶箱

첩 잘못 들여 집안을 망치다   112
— 喬彦傑一妾破家

왕교란의 슬픈 노래   136
— 王嬌鸞百年長恨

갓난아이 살해 사건   180
— 況太守斷死孩兒

쥐엄나무 숲 대왕   208
— 皂角林大王假形

만수낭이 원수를 갚다 230
— 萬秀娘報仇山亭兒

원앙새와 같은 사랑 258
— 蔣淑眞刎頸鴛鴦會

유본도가 하늘로 돌아가다 282
— 福祿壽三星度世

마귀용을 퇴치한 도사 허손 303
— 旌陽宮鐵樹鎭妖

『경세통언』을 옮기고 나서 · 442

앵앵이 장호를 고소하다

宿香亭張浩遇鶯鶯

― 숙향정에서 장호가 앵앵을 만나다 ―

한가롭게 서재에 앉아서 이 책 저 책 들추노라,
나 돌덩어리 아니거늘 어찌 감정이 없으리.
수많은 재자가인이 만나고 헤어졌으나,
장생과 이앵앵의 만남이 그 중에도 제일이라.

각설하고, 낙양에 재주 많은 청년이 살고 있었으니 성은 장張, 이름은 호浩, 별명이 거원巨源이라. 어려서부터 영특하고 멋진 것이 보통내기가 아니었다. 성도에서 나는 비단처럼 매끈한 재주, 귀티가 똑똑 떨어지는 외모, 용모와 행동 하나하나가 나무랄 데가 없었고, 말하는 것 역시 군더더기가 없었다. 조부의 유업을 물려받아 집안에 수만금을 쌓아놓을 수 있을 만큼 재산을 일궈 동네에서 으뜸가는 부자라 꼽혔다. 제법 가문 좋다 하는 집안에서 장호를 사위로 들이고 싶은 자들이 줄을 섰으니 매파가 하루가 멀다고 찾아왔다. 그러나 장호는 청혼을 거절하기 바빴다. 사람들이 장호에게 물었다.

"올해 자네 나이가 스물. 나이 스물이면 약관. 자네는 약관의 나이에도 양갓집 규수를 찾아 장가드는 걸 한사코 사양하고 있구먼. 대체 무슨 이유라도 있는가?"

"백 년을 함께할 짝인데 당연히 아름답고 현숙해야 하지 않겠어. 남자라면 당연히 잘났거나 못났거나 예쁜 여인을 찾는 게 인지상정 아닌가. 나 역시 세상에서 제일 아름다운 여인을 만나지 못한다면 차라리 평생 혼자 살겠네. 내가 출세하고 나면 나의 이 꿈도 자연스럽게 이뤄질 거네."

이런 이유로 장호는 약관의 나이임에도 부인을 맞아들이지 않았다. 장호는 호사스럽게 치장하고 멋 부리는 걸 좋아했다. 사는 집만 해도 몇 채 건물이 겹겹이 이어져 그 화려함과 웅장함이 왕후장상의 집에 뒤지지 않았다. 그런데도 장호는 그 집도 좁다고 할 정도였다. 사는 집 북쪽에 정원을 더 들였다.

바람이 쉬어가고 달이 노니는 정자,
복숭아꽃 살구꽃 피어나는 개울,
구름이 깃드는 누각에 파란 하늘 보이고,
개울 닿는 누각엔 맑은 시냇물 흘러가누나.
이리저리 뻗어나간 제방, 강 언덕,
무지개 모양 다리 위로 초승달이 얼굴 내미네.
조각 장식하고 빨간 칠한 난간,
뭉게구름 모양 겹겹이 쌓은 기암괴석.
흐드러지게 피어난 기화요초,

우거진 대나무, 피어난 꽃은 수풀을 이룬 듯.
이역 하늘에서 날던 새들 예 와 있고,
황제의 뜰에 심었던 진기한 나무들 예 심겨 있네.
녹색 연 이파리 정원 산책길까지 덮었고,
버들가지는 늘어져 잔디까지 내려왔구나.

장호는 짬이 나면 친구들을 이 정원으로 초대하여 즐겼다. 해마다 봄이 되면 큰 정원 작은 정원 할 것 없이 나무랑 꽃이랑 모두 다듬고 정자를 깔끔하게 청소하고 난 다음 사람들을 초대하여 즐기며 서로 자기 정원 뽐내는 게 낙양의 풍습이었다. 호려항浩呂巷에 요산보廖山甫라는 사람이 살고 있었다. 그자는 행실이 고매하여 타인의 모범이 되었다. 요산보는 평소 장호와 우애가 돈독했다. 장호는 정원도 새로 꾸몄겠다, 화초와 수목이 무성해졌겠다 어느 하루 날을 잡아 요산보를 초청하여 정원을 산책했다. 장호와 요산보는 산책하다가 향기가 깃드는 정자라는 뜻으로 이름 붙인 숙향정宿香亭에 앉았다. 때는 바야흐로 한봄, 배꽃과 복숭아꽃이 만발하고 부드럽고 요염한 모란꽃이 하얗게 빨갛게 숙향정 주위에 얼굴을 내밀고 있었다. 장호가 요산보에게 말을 건넸다.

"이렇게 아름다운 경치, 이렇게 아름다운 햇살. 술과 시가 없이 어찌 그 아름다움을 찬미할 수 있겠소이까? 오늘 다행히 세상사 신경 쓸 게 없으니 먼저 술 몇 잔 기울이고 나서 우리 눈 앞에 펼쳐진 저 아름다운 경치를 시로 읊어봅시다. 나의 이 정원이 볼품없어 그대가 좋은 작품을 짓는 데 크게 도움이 되지 않을 수 있겠으나 그래도 그대가 좋은 시 한 수 지어 준다면 그건 영원토록 멋진 일이 아니겠소!"

"당연히 그대 말대로 하지요."

장호는 그 말을 듣고 기쁜 마음에 바로 시동을 불러 술상과 지필묵을 준비해오게 했다. 술을 석 잔 정도 주거니 받거니 하다가 이제 막 시를 지으려는 찰나 정자 아래 꽃 피고 냇물 흐르는 그곳에서 앵무새가 놀라 날갯짓하며 날아오르는 게 보였다. 산보가 물었다.

"앵무새 소리가 참 듣기 좋은데 어이하여 저리 급히도 날아가 버리는 걸까요?"

"필시 누군가 꽃구경하러 왔다가 꽃가지를 꺾은 모양이외다. 어디 한번 같이 가보십시다."

둘은 숙향정에서 내려와 꽃길을 걸어 몸을 숨기며 꽃구경하러 온 자를 찾았다. 호숫가 돌 옆에 작약꽃이 모여 핀 곳에, 양쪽으로 머리를 땋은 이제 겨우 열다섯 먹은 소녀가 하녀를 데리고 난간에 기대어 서 있었다.

초승달 같은 눈썹,
봄날 복숭아꽃 같은 뺨,
아직은 다 피지 않은 꽃봉오리 같고,
살결은 부드러운 옥처럼 빛난다.
사뿐히 발걸음 옮기니,
비단 신발에서 뽀드득 귀여운 소리.
양쪽으로 땋은 머리,
황금빛 장식 꽂아 마무리했네.
봄을 맞아 자신의 미모를 뽐내고 싶으셨나,
난간에 기대어 꽃 보고 미소짓네.

장호는 그 소녀를 보자마자 정신이 다 아득해져 제대로 서 있을 수조차 없었다. 그 소녀가 알아채고 가버릴까 봐 요산보를 이끌어 나무 그늘에 숨어 소녀를 한참이나 바라보았다. 정말 천하에 둘도 없는 미인이었다. 장호가 요산보에게 말했다.

"이 세상에 저렇게 아름다운 여인이 어디 있겠소? 필시 천상에서 내려온 선녀일 것이오."

"천상의 선녀가 이런 대낮에 어이 나타난단 말이오! 세상에 아름다운 여인이 어찌 없겠소이까? 다만 그대가 그런 여인을 만날 인연이 없었던 것뿐이지요."

"내가 예쁘다 하는 여인을 수없이 만나보았지만 이렇게 예쁜 여인은 처음이오. 이 여인과 인연을 맺을 수만 있다면 죽어도 여한이 없겠소이다. 내가 저 여인하고 인연을 이룰 무슨 묘책이 없겠소이까? 내 인연을 맺어 준 은혜는 나를 이 세상에 낳아준 은혜나 진배없소이다."

"자네의 집안, 학문이면 저 여인과 인연을 맺는 게 뭐가 어렵다고 이렇게 애간장을 태우시오."

"그런 말씀 마시게나. 나는 정말 제 인연을 만나지 못하면 평생 결혼을 하지 않을 작정이오. 지금 이런 인연을 만났는데 어찌 촌각이라도 지체할 수 있으리오! 중매쟁이를 끼우면 부지하세월. 그거야말로 생선이 팔리기도 전에 좌판에서 말라비틀어지는 격이지요."

"서로 인연이 맞지 않을까 걱정이지 시간이 뭐가 문제겠소. 일단 저 여인이 어떤 여인인지 좀 알아보고 그런 다음 차근차근 시작하는 게 좋지 않겠소."

장호는 끓어오르는 감정을 주체하지 못하고 자기도 모르게 일어나 옷매무새를 다듬고 소녀에게 다가가 인사했다. 소녀도 양쪽 소맷부리를 붙여 잡고 답례했다. 장호가 소녀에게 물었다.

"어느 귀한 집 소저이온지? 어인 일로 여기까지 오셨나이까?"

"소녀의 집은 그대 집의 동쪽에 있습니다. 오늘 집안 식구들이 모두 친척 집 잔치에 가고 소녀 혼자만 남아 있던 차에 그대 집에 모란꽃이 만개했다는 소리를 듣고 하녀랑 같이 허락도 없이 문을 열고 들어와 여기까지 오게 되었습니다."

장호는 그 말을 듣고 소녀가 바로 이 씨 댁 딸 앵앵임을 짐작할 수 있었다. 앵앵과는 어려서 같이 소꿉놀이하던 사이이기도 했다. 장호가 다시 앵앵에게 말했다.

"이 보잘것없는 정원에 뭐 볼 만한 것이나 있을지 모르겠습니다. 마침 제 집에 술과 안주를 준비해 둔 게 있으니 저에게 손님 대접할 기회를 주시면 어떻겠습니까?"

"소녀가 여기 온 것은 그대를 만나고자 하는 이유 또한 있었습니다만 감히 술을 같이 마시지는 못하겠나이다. 술을 마시고 실수할까 걱정입니다. 그저 소녀의 마음이나 전해드리고자 합니다."

장호는 두 손을 맞잡고 공손히 읍한 다음 말했다.

"무슨 말씀이든 듣기를 원하나이다."

"소녀는 어려서부터 그대의 인덕을 흠모하여 왔나이다. 그러나 집안에 지엄한 부모님이 계시고 예법의 구속 또한 만만치 않으니 그대를 만날 기회를 좀처럼 찾을 수가 없었습니다. 그대도 아직 장가를 가지 않았고 소녀 역시 아직 혼처를 정하지 않았으니 만약 소녀를 못생겼다고 싫어하지 않으신다면 매파를 놓아 혼사를 치르게 해 주십시오. 소녀는 빗자루를 들고 청소하고, 그대 가문의 제사를 모시고, 시부모를 모시며 일가친척과 우애하며 칠거지악을 범하지 아니하며 화목한 가정을 일구고자 합니다. 이것이 소녀가 평소 품고 있던 생각이옵니다. 그대의 마음이 어떠한지 궁금합니다."

장호는 앵앵의 말을 듣고서 기쁘기 한량없었다.

"그대와 같이 아름다운 여인과 일생을 같이할 수 있다면 그보다 더한 즐거움은 없을 것이오. 하지만 우리의 연분이 어떠할지는 모르겠소이다."

"우리 둘이 좋아한다면 연분은 이미 정해진 것이지요. 그대가 나의 제안을 받아들이신다면 뭐 하나 소녀에게 건네주시기 바라나이다. 소녀는 그걸 간직하고서 오늘 우리가 만난 정표로 삼겠나이다."

장호는 앵앵에게 건넬 뭐가 마땅하지 않아 자색 비단 허리띠를 풀어 앵앵에게 건네며 말했다.

"우리의 약속이 이루어질 때까지 이걸 징표로 간직하고 계시오."

앵앵도 목을 감싸고 있던 머릿수건을 벗어서 장호에게 건네며 이렇게 말했다.

"그대가 이 수건에다 친필로 시를 적어주시면 다른 때 이것으로 징표를 삼을 수 있겠나이다."

장호는 앵앵의 말을 듣고 반가워하며 시동을 시켜 붓과 벼루를 가져오게 하여 피기를 기다리는 모란꽃을 제목 삼아 시 한 수를 적었다.

향기 머금은 정자 주위로 나뭇가지마다 이슬이 맺혔네,
요염과 교태는 품에 숨기고 아직 펼치지 않은 때.
이름난 꽃은 이름난 작가를 기다리는 법,
풍류재자가 이를 알고 홀로 시를 짓누나.

앵앵이 시를 보더니 몹시 기뻐했다. 시를 받아들고 장호에게 말하였다.

"맑은 시 구절에 심오한 뜻이 깃들어 있네요. 그대는 진정 재주 있는 선비로소이다. 이 일은 우리 둘만 알고 다른 사람에게는 말하지 마십시오. 오늘의 약속을 잊지 마시고 꼭 지키시고요. 부모님이 돌아오실 시간이 되었네요. 소녀는 이제 돌아가겠습니다.”

앵앵이 말을 마치고 사뿐사뿐 발걸음을 돌려 하녀랑 함께 떠나갔다. 장호는 술기운도 얼큰하게 오르고 여자를 찾는 맘 또한 솟구쳐 올라 도저히 참지 못하고 이렇게 혼잣말했다.

'이렇게 그냥 떠나보내면 다시 만날 기약이 없으리니. 어찌 그냥 떠나보낼 수 있으랴. 비단결 같은 저 잔디 위에서, 저 꽃 그림자 아래에서 원앙새처럼 사랑을 나눌 수만 있다면 죽어도 여한이 없으리니!'

장호는 황급히 앵앵 뒤를 쫓아가 두 손으로 와락 껴안았다. 앵앵은 그래도 평소 장호를 생각해왔던 마음 때문에 차마 야멸차게 뿌리치지는 못했다. 앵앵이 입을 열어 그만 풀어주시라 부탁하려는 그 순간 등 뒤에서 이런 소리가 들려왔다.

"그 여인을 만나는 것 자체가 이미 예법에 어긋난 일인데 이런 행동은 더더욱 아니 되오. 내 말을 따르기만 하면 백년가약을 맺을 수 있을 것이외다.”

장호가 팔의 힘을 풀고 뒤를 돌아보니 바로 요산보라. 그사이에 앵앵이 자리를 떴다. 요산보가 장호에게 말했다.

"우리가 공부하는 이유야 당연히 예법을 바로 알고 하지 말아야 할 일을 피하고자 함이 아니겠소. 한데 그대는 소위 공맹지도를 공부했다는 자가 어찌하여 소인의 행동을 흉내 낸단 말이오! 만약 앵앵이 돌아가기 전에 앵앵의 부모님이 먼저 집에 오시면 필시 어디 갔다 오는 것인지 물어보실 것이니 그러면 그대 이름이 필시 입에 오르게 될 것이 아니오. 어찌하여 일시의 쾌락을 위하여 평생의 덕을 더럽힐 수 있겠소. 거듭거듭 생각하셔서 평생 후회할 일은 하지 마시오."

　장호는 어쩔 수 없다는 듯 화를 삭이며 숙향정으로 돌아왔다. 장호는 요산보랑 취하도록 마셨다.

　이 일이 있은 다음부터 장호는 노래 부르는 자리에서도 시무룩, 술을 마시는 자리에서도 시큰둥, 달빛 아래선 장탄식, 꽃을 보고선 눈물이었다. 꽃이 시들고 녹음이 더욱 짙어지기 시작하며 봄도 끝자락을 향해 달려갈 무렵, 장호는 혼자서 서재에서 왔다 갔다 했다. 자신의 울적한 심사를 하소연할 데가 없다는 게 더욱 애달팠다. 이때 노비구니 혜적惠寂이 밖에서 돌아왔다. 혜적은 장호 집 안에 있는 절을 봉양하는 비구니였다. 장호가 혜적에게 합장을 하고 난 다음 물었다.

　"스님, 무슨 일이신지요?"

　"서찰을 전해드리고자 왔습니다."

　"누구 서찰인지요?"

　혜적이 장호 쪽으로 바싹 다가와 앉으며 말했다.

　"나리 동쪽에 이웃해 사는 이 씨 댁의 앵앵이 거듭거듭 소승에게 부탁했습니다."

　"설사 그런 일이 있어도 굳이 저에게 말씀하실 것까지야!"

　"이런 일을 뭐하러 감춰요. 소승이 말씀 올릴 테니 한번 들어보십시오. 앵앵이 소승을 통해서 불교에 입문한 지도 벌써 20년, 사실 이 씨 댁은 남녀노소를 불문하고 모두 불교 신자입죠. 오늘 이 씨 댁에 독경을 해주러 갔다가 앵앵이 병에 걸렸다는 걸 알게 되었습니다. 소승이 탕약을 달여 마시고 몸조리에 신경 쓰라고 권하니 앵앵이 하녀를 물리고는 소승에게 살며시 이렇게 말했습니다. '이 병이 어찌 약으로 나을 병이겠습니까?' 소승이 어떤 사연인지 거듭거듭 물으니 앵앵이 마침내 나리의 정원에서 나리를 만난 일을 이야기하더군요. 그러면서 나리께서 시를 적어주신 그 비단 머릿수건을 소승에게 보여주고 '이게 바로 장호 나리가 나에게 적어준 시랍니다'라고 말하더군요. 그러면서 만약 나리께서 자기를 아직 잊지 않고 계신다면 다시 만나기를 고대한다고 했습니다. 이게 바로 소승과 앵앵이 주고받은 말입니다. 이걸 굳이 감출 이유가 어디 있겠습니까?"

"그런 일이 있었던 것이 사실인데 제가 어찌 아니라 하겠습니까. 다만 이 일이 너무 소문이 퍼져서 동네 사람들에게 웃음거리가 되지 않을까 걱정입니다. 이제 스님께서도 이 일을 알게 되셨으니 여쭈고 싶습니다. 제가 어떻게 하면 좋겠습니까?"

"그렇지 않아도 제가 이 일을 알게 되자마자 바로 앵앵의 혼사 문제를 부모님께 말씀드렸습니다만 그분들께서 '앵앵이 아직 어려서 가정을 꾸릴 때가 아니라'고 하셨습니다. 눈치를 보니 이삼 년이 지나야 앵앵의 혼사를 진행할 것처럼 보였고, 나리와의 궁합도 따져볼 거 같았습니다."

혜적이 자리에서 일어나며 장호에게 다시 이렇게 말했다.

"소승이 다른 일이 있어서 더 길게 이야기를 나누기 어렵습니다. 나리께서 무슨 전할 말이 있으시면 언제고 소승을 찾으십시오."

혜적은 그렇게 떠났다. 이후로 앵앵이 규중에서 전할 말이 있거나 장호가 서재에서 전할 말이 있을 때면 모두 혜적을 찾았다.

세월이 쏜살같이 흘러 어느덧 일 년이 지났다. 청명절이 막 지난 시절, 복숭아꽃, 배꽃이 바람에 날리고, 모란꽃이 반쯤 떨어졌다. 장호가 난간에 기대어 바라보노라니 보이는 모든 것이 앵앵을 생각나게 하는지라 그리움이 더욱 깊어져만 갔다. 장호는 문득 작년 이맘때 바로 꽃피는 시절 숙향정에서 앵앵을 만났던 기억이 떠올랐다. 올해도 여전히 꽃은 피었건만 앵앵을 만나지 못하는구나. 장호는 꽃가지라도 꺾어서 혜적 편에 앵앵에게 보내 주리라 마음먹었다. 장호는 혜적을 불러 이렇게 부탁했다.

"꽃을 몇 가지 꺾어왔네요. 번거로우시겠지만 이걸 이 씨 댁 마님에게 전해주시구려. 내가 주더라고 하지 마시고 스님이 직접 주는 것처럼 해주십시오. 꽃을 전해주러 가는 길에 만약 앵앵을 만나시거든 제 안부도 전해주시고 올해도 이렇게 꽃이 피니 작년 꽃피던 시절 우리가 숙향정 서쪽 난간에서 만난 일이 절로 떠오르건만 정작 다시 만나지는 못하고 있음도 전해주시오. 보고 싶은 맘을 어찌 말로 다 할 수 있으리오. 마치 꽃처럼 이 파리처럼 그리움이 해가 가고 달이 갈수록 더 자라나는구려."

"나리 그 일이 뭐가 어렵겠습니까? 잠시만 기다려보셔요."

혜적이 꽃가지를 들고 갔다가 다시 돌아왔다. 장호가 혜적에게 물었다.

"그래, 어떻게 되었소이까?"

혜적이 소매 품에서 꽃종이에 쓴 서찰을 꺼냈다.

"앵앵이 나리에게 전하는 서찰입니다. 절대 다른 사람에게 보여서는 아니 됩니다."

혜적이 돌아갔다. 장호가 서찰을 펼쳐보았다.

소녀 앵앵이 삼가 아뢰나이다. 헤어진 지도 한 해가 지났습니다. 그대를 그리워하지 않은 날이 하루도 없었습니다. 유모를 시켜 나의 혼인 건을 부모님께 아뢴 적이 있으나 절대로 아니 된다고 하더이다. 우리의 혼사는 후일을 도모해야지 지금 당장 서두른다고 될 일은 아닌 듯싶습니다. 그대는 저를 잊지 마소서. 저 역시 그대를 저버리지 않으리다. 만약 그대와 혼사를 치르지 못할 것이면 절대로 다른 사람과는 인연을 맺지 않을 것이라 맹세했습니다. 제 속마음은 혜적 스님에게 물어보시면 아실 것입니다. 어젯밤 꽃을 앞에 두고 잔치를 열었습니다. 다른 사람들은 모두 웃고 즐겼습니다만 유독 저만은 가슴이 아팠습니다. 그러다 작은 사를 한 수 지어 제 마음을 읊었습니다. 그대가 읽어보신다면 제 마음을 아실 거외다. 다 읽고 나면 없애 버리시고 절대 다른 사람에게 알리지 마소서.

꽃이 지고 녹음은 짙어지고 햇볕이 따가워지기 시작하는 때,
사람이 쉬 지치는 때.
임 그리는 맘 가눌 수 없어,
달빛 아래 눈 질끈 감고
꽃을 앞에 두고 눈물 훔치네.
사랑의 맹세 지키고자 하는 마음 변함이 없건만,
이 순간 그대와 나 사이는 어찌 이리 먼지요!
앵무새와 봉황새가 아직 만나지 못했으니,
이 달빛 밝은 밤 지새기가 너무 어려운데,
달아, 너는 어쩌자고 먼저 이리도 동그래졌단 말이냐![1]

장호는 앵앵의 서찰을 다 읽고 나서 미간을 찡그렸다.
"호사다마라는 말이 틀린 말이 아니로구나!"
장호는 앵앵의 서찰을 책상 위에 펼쳐놓고서 이리 만지고 저리 만지고 차마 손에서 떼지 못했다. 가슴이 울컥해지며 눈에서 눈물이 와락 쏟아져 내렸다. 하인들이 혹여 보고서 웬일인지 물어볼까 봐 소리 내어 울지도 못

---

[1] '동그랗다'라는 말은 원문의 '圓'을 옮긴 것이다. 원은 동그랗다라는 의미를 지니면서 헤어졌다 다시 만난다는 '團圓'이라는 의미를 지니기도 한다. 앵앵은 보름달이란 게 기운 달이 차올라 동그랗게 된 것으로 보지 않고 기운 달이 나머지 반쪽을 찾아서 동그랗게 된 것으로 보고 이를 마치 연인을 만나는 것과도 같은 것으로 생각하면서 이 사를 읊었다. 나는 내 님을 아직 만나지 못했거늘 보름달 너는 어쩌자고 나보다 먼저 짝을 찾았더냐 하는 심사를 그대로 표현하고 있다.

하고 얼굴을 파묻고 숨죽여 울었다. 한참 후 고개를 들어보니 해그림자가 길게 창문에 비치며 저녁 빛이 드리워지기 시작하고 있었다. 제 속마음은 혜적 스님에게 물어보면 아실 거라는 서찰의 한 구절이 생각났다. 혼자 속을 끓이기보다는 혜적 스님을 불러 저간의 사정을 자세하게 물어보는 게 낫겠다는 생각이 들었다. 방문을 열고 나가 천천히 걷다가 이 씨 댁에까지 이르게 되었다. 밤이 깊은 시각, 문은 다 잠겨 있었다. 장호는 앵앵 생각이 더욱 간절해져 도저히 발걸음을 옮길 수가 없었다. 장호가 이 씨 댁 대문을 바라보며 탄식했다.

"날개라도 있으면 날아서 들어갈 텐데."

장호가 이 씨 댁 대문 주위를 배회하다가 대문 옆에 쪽문이 열려 있는 것을 발견했다. 마침 보는 사람도 없었다. 장호가 뛸 듯이 기뻐했다.

"하늘이 나에게 이런 기회를 주는구나. 그리운 님을 만날 수 있겠도다. 혜적에게 부탁하느니 아무도 몰래 이 씨 댁에 들어가 앵앵의 소식을 알아봐야겠다."

장호는 사랑의 감정에 사로잡혀 예법을 개의치 아니하고 그 쪽문을 통하여 안으로 들어갔다. 안채를 향하여 살금살금 걸어 들어가 복도를 찾았다. 주위를 살펴보았다.

고요 속에 파묻힌 정원,

아무도 없어 고요에 고요를 더하네.

고요 속에 언뜻 들려오는 바람 소리,

어둠 속에 언뜻 보이는 반딧불.

이경, 삼경 밤이 깊어질수록,

창문 너머 흔들려 보이는 등잔불.

밤빛은 더욱 완연하여,

달빛 아래 계단 위에 비치는 꽃 그림자.

정원 너머는 내 여인이 잠들어 있는 곳이련만,

어쩜 이리도 첩첩 봉우리 너머 있는 것 같은지!

장호는 이제 어떻게 해야 할지 막막했다. 한참을 우두커니 서 있다가 다른 사람이 보면 어떡하나 하는 생각이 불현듯 들었다. 자신이 곤경에 처하는 것은 물론 조상님들까지 욕보이는 것이니 조심하고 또 조심하여야 할 것 같았다. 그 쪽문마저도 닫혀버릴지도 모르니 왔던 길을 되짚어 돌아가는 게 나을 듯싶었다. 이때 방 안에서 나지막한 노랫가락이 들려왔다. 이 늦은 시각 규중심처에서 누가 노래를 부른단 말인가? 장호는 몸을 숨기고 조용히 그 노랫가락을 들어보았다. 「행향자行香子」라는 사였다.

비 그치니 바람도 자고

이파리 색깔 진해지며 꽃이 지기 시작하누나.

나뭇가지에 매달려 있는 새집,

버드나무에 맺힌 빗물 방울,

그 위에 비치는 햇살.

떠난 사람은 떠난 아쉬움,

보낸 사람은 보낸 그리움,

자고새 우는 소리.

다시 만나자는 약속은 허공에 흩어지고

꽃 피는 좋은 시절 이렇게 가는구나.

내 이 비단옷은 어이하여 이렇게 색이 바랬나?

숙향정엔,

작약꽃만 난간 주위를 가득히 채웠구나.

그때는 사랑,

지금은 그리움,

내 맘을 누가 알아주리오!

　버들가지 사이에서 앵무새가 노래하고 봉황이 오동나무에 앉아 우는 듯했다. 이 밤 아무도 보이지 않는데 노랫가락이 아름답기가 그지없었다. 장호는 다시금 노랫가락을 음미했다. 앵앵이 아니라면 누가 숙향정의 일을 알리요! 앵앵의 얼굴을 한 번 볼 수만 있다면 죽어도 좋을 것 같았다. 방문을 두드리고 들어가 앵앵을 만나리라 생각하는 바로 그 순간 누군가 자기를 꾸짖는 소리가 들렸다.

　"선비는 매파 없이 장가들지 아니하고 규수는 정당한 혼처가 아니면 시집가지 아니하는 법이오. 오늘 밤 여자는 창문 너머 노래를 부르고 남자는 담 넘어 들어와 몰래 그 노랫소리를 들으니 그건 바른 행실이 아니요, 인륜에 어긋나는 것이외다. 당신의 이 같은 행실이 바로 음탕한 짓거리외다. 관리들이 당신 행실을 두고두고 경계로 삼고자 할 것이오."

　장호가 깜짝 놀라 뒷걸음질 치다가 그만 계단에서 넘어져 버렸다. 한참 후에 겨우 정신이 들었다. 눈을 떠보니 서재에서 깜빡 잠이 들었던 모양이다. 해가 서쪽으로 한참 기울어 있었다.

　"아, 이상하기도 하다! 어쩜 이리도 생생한고. 내가 앵앵을 만날 운명이기에 이런 꿈을 먼저 보여주시는 것 아닐까."

　장호의 마음이 싱숭생숭 갈피를 잡지 못하고 있는 그때 혜적이 다시 찾아왔다. 장호는 혜적에게 어인 일로 온 것인지 물었다.

"제가 나리께 서찰만 전해드리고 말씀을 전달하는 걸 까먹고 말았습니다. 앵앵이 이 말을 전해달라고 했습니다. 앵앵이 거처하는 방 뒤쪽은 나리 집의 동쪽 담과 면해 있으며 그다지 높지도 않다고 합니다. 6월 20일에 친척 결혼식이 있어 온 집안 식구가 갈 것이나 자기는 아프다 핑계 대고 가지 않을 것이니 바로 그날 나리께서 동쪽 담 아래에서 기다리고 계시랍니다. 앵앵이 담을 넘어 나리를 만나러 올 것이니 절대 잊지 마시라고 합니다."

혜적이 떠나갔다. 장호의 기쁜 마음이야 말해 무엇하리오.

손을 꼽으며 날이 가기를 기다렸다. 약속한 그 날. 장호는 숙향정 옆에 휘장을 치고 먹을거리 마실 거리를 준비하고 놀 거리까지 다 마련해 놓았다. 날이 저물자 하인 녀석들을 모두 다른 곳으로 내몰아버리고 시동 하나만 곁에 남겨두었다. 정원으로 통하는 문은 반쯤 닫아놓고, 담에다가는 사다리도 대어놓고 우두커니 서서 앵앵이 오기만을 기다리고 있었다. 잠시 후, 해가 버드나무 아래로 내려가고 정원의 꽃들도 어둠에 묻혔다. 북두칠성의 손잡이가 남쪽을 향할 즈음이니 초경. 장호가 혼잣말했다.

"혜적이 나를 놀리느라고 없는 말을 했을 리는 없는데!"

장호가 혼잣말을 채 끝마치기도 전에 곱게 화장한 얼굴이 담장 위로 올라오는 게 아닌가. 장호가 고개를 들어 바라보니 바로 앵앵이라. 장호가 급히 사다리를 타고 올라가 앵앵의 팔을 잡고 같이 내려와 숙향정으로 데려갔다. 밝은 촛불 아래 마주 앉아 앵앵의 얼굴을 바라보니 기쁨이 더욱 커지는 듯했다. 장호가 앵앵에게 말했다.

"이렇게 아름다운 여인이 예까지 직접 찾아올 줄은 미처 상상도 못 했소이다."

"규중의 도리를 제대로 실천하는 여인이라고 그대에게 말씀드린 적이 있을 것입니다. 그런 제가 어찌 이제 와서 허언을 하오리까?"

"술이라도 한잔하며 우리 이 기쁜 만남을 축하하는 게 어떻소?"

"술기운을 못 이겨 내일 돌아오실 부모님 뵙기 민망한 일을 저지르지 않을까 걱정입니다."

"술을 안 드시겠다니 편하게 이야기나 나누도록 합시다."

앵앵은 수줍은 듯 장호의 품에 안겨 아무런 대답도 하지 않았다. 장호는 하나씩 옷을 벗더니 앵앵을 안고 비단 휘장 안으로 들어갔다.

붉은 촛불이 흔들흔들,
원앙금침은 향내가 가득.
황금빛 실로 수놓아 만든 병풍이 가려주고
무명실로 곱게 짠 침실 휘장이 길게 내려왔네.
베개를 서로 나란히 베고
마치 한 쌍의 비목어가 같이 물속에서 헤엄치는 듯.
향내 나는 이불을 같이 덮고서
봄날 누에가 비단 실을 줄줄 뽑아내는 듯,
춘정에 휘둘려 몰려오는 이 나른함,
저 가냘픈 몸이 어이 다 감당할꼬!

잠시 후 향기를 품은 땀을 흘리고 나더니 서로 껴안고 거친 숨을 내쉬었다. 초왕이 운몽에서 신녀를 만난 것을 이에 비길까, 유신劉晨과 완조阮肇가 복숭아나무 언덕을 넘어 여인을 만나 기쁨의 나날을 보낸 것을 이에 견줄까![2] 얼마나 시간이 지났을까 앵앵이 장호에게 입을 열어 말을 건넸다.

"밤이 깊었습니다. 이제 돌아가야겠어요."

장호 역시 앵앵을 억지로 붙잡지는 아니했다. 각자 옷을 챙겨 입고 원앙금침을 밀치고 일어났다. 장호가 앵앵에게 말했다.

"다시 만날 그날까지 절대 가슴속에서 나를 꺼내놓으면 안 되오."

"작년 우리가 우연히 처음 만난 그날 저에게 시를 적어주셨으면서 오늘은 우리가 운우지정을 함께 나누기까지 했는데 어찌 한 구절 안 남겨주시나요? 제가 너무 보잘것없어 시 한 구절 받기에도 부족한 때문인지요?"

"어찌 그럴 리가 있겠소! 내가 절구 한 수를 적어주리다."

꿈속에서 화서華胥3)씨 나라를 찾아갔다는 말 그저 전설에 불과할 뿐,

강 언덕에서 패물을 풀어 사랑하는 이에게 건넸다는 말 그저 소문에 불과할 뿐.4)

동쪽 담 언덕에 마주한 방에서 하룻밤 사이에 일어난 그 많은 일로 말미암아,

향을 훔쳐 사랑을 이뤘다는 한수韓壽의 명성조차도 보잘것없는 것이 되었네.5)

---

2) 동한東漢 때 유신劉晨과 완조阮肇가 약초를 캐러 천태산天台山에 들어갔다가 길을 잃었다. 며칠을 헤매다 양식도 다 떨어지고 죽을 지경에 이르렀다. 이때 절벽에 매달려 자란 복숭아나무 한 그루를 발견하고 엉금엉금 기어가 따먹고는 허기를 면했다. 내려오는 길에 물을 마시려 냇가에 내려갔다가 무청 이파리와 깨가 묻은 밥 알갱이를 발견하고 인가가 멀지 않으리라 생각하고 찾아 나섰다. 2, 3리를 더 걸어가니 큰 냇가가 나오고, 그 냇가에 두 여자가 웃으며 유신과 완조를 반겼다. 이런 인연으로 여인을 만난 유신과 완조는 마침내 그녀들과 동침하게 되고 그렇게 반년의 세월을 함께 보낸 후 고향으로 보내 달라 간청하여 돌아오게 되었다. 고향으로 돌아오니 집과 거리, 모든 게 다 변했고 칠세손이 그들을 맞았다고 한다. 유의경劉義慶의 『유명록幽明錄』에 실려 전한다.

3) 원문은 화서華胥로 되어있다. 황제黃帝가 낮에 잠들었다가 꿈에 화서씨 나라를 방문했다는 전설이 있다. 나중에 이 화서는 꿈을 나타내는 단어가 되었다.

4) 주나라 사람으로 전해지는 정교보鄭交甫가 한수에서 노닐다가 강 언덕에서 두 여신을 만났다. 두 여신은 차고 있던 옥을 풀어 정교보에게 건넨다. 정교보는 그걸 품에 안고 걸음을 떼다가 품 안에 다시 보니 아무것도 없더라. 다시 강변을 바라보니 두 여신도 보이지 않았다고 한다. 유향의 『열선전列仙傳』에 이 기록이 보인다.

5) 진晉나라 권신 가충賈充의 문하에 있던 한수韓壽는 가충의 딸 가오賈午의 열렬한 사랑을 받고 서로 사통하게 되었다. 가오는 진무제晉武帝가 가충에게 하사한 진귀한 향을 한수에게 선물하였

앵앵이 시를 받아들었다.

"저는 오늘 당신 것이 되었습니다. 언젠가는 맺어질 인연이었으니 이렇게 꿈을 이뤄 얼마나 다행인지요."

앵앵은 장호의 손을 잡고 정자에서 내려왔다. 버드나무 사이를 헤치고 꽃 사이를 지나 담 아래까지 이르렀다. 장호는 앵앵이 사다리에 올라가는 걸 거들어주었다.

이 일이 있고 나서 장호와 앵앵은 드문드문 소식을 주고받기는 했으나 다시 만날 기회를 잡기는 영 어려웠다. 며칠이 지났을까 혜적이 찾아왔다.

"앵앵이 말을 전해달라고 했습니다. 부친이 하삭河朔으로 부임하게 되어 내일 온 가족이 떠난다고 합니다. 나리께서 부디 둘 사이의 추억을 잊지 마시길 바란답니다. 임기를 마치고 돌아오면 혼사를 논의하고자 한답니다."

혜적이 말을 마치고 떠나갔다. 장호는 너무도 외롭고 슬퍼 하루가 일 년 같았다. 이렇게 그리움만 품에 안은 채 2년 세월이 흘러갔다. 하루는 장호의 숙부가 장호를 불렀다.

"불효 가운데에서도 후사를 잇지 못하는 게 가장 큰 불효라고 하지 않느냐! 너도 곧 서른을 바라보는 나이인데 아직 장가를 들지 않았구나. 벌써부터 후사를 잇지 못하게 되었다고 하기는 그렇지만 결혼을 더는 미룰 수도 없는 일 아니냐. 대대로 벼슬살이한 손 씨네 여식이 있다. 집안 살림도 탄탄하고 나이도 그만하고 집안 교육도 잘 받아 아녀자의 도리를 제대

다. 나중에 가충은 자신이 황제에게서 하사받은 향을 한수가 가지고 있는 걸 보고서 자신의 딸이 한수를 좋아함을 알게 되었고, 이에 하는 수 없이 딸을 한수에게 시집보냈다. 이렇게 해서 한수가 향을 도둑질했다는 말이 등장한다. 한수의 향 도둑질이라는 말로 남녀가 서로 사랑에 빠졌음을 표현하게 되었다.

로 알고 있다고 하더라. 내가 중간에서 다리를 놓을 것이니 손 씨네 여식과 혼사를 치를 준비를 하여라. 이렇게 좋은 자리는 한 번 놓치면 다시 만나기 어렵다."

강하게 밀어붙이는 성격을 지닌 숙부를 평소에도 무서워하던 장호였는지라 이번에도 숙부의 말에 감히 토를 달지 못했다. 게다가 앵앵과의 일을 밝히기도 두려워 그냥 중매쟁이를 통하여 손 씨네 여식과 혼사를 진행하도록 내버려 두었다. 혼사 치를 날을 잡는 일만 남겨둔 그때 앵앵의 부친이 임기를 마치고 돌아왔다. 앵앵과의 옛정을 잊지 못하던 장호는 혜적을 통해서 앵앵에게 말을 전했다.

"내가 의리를 저버린 게 아니라 숙부께서 하도 강하게 밀어붙이셔서 그렇게 된 것이오. 내가 손 씨네 여식과 거듭 혼사를 진행하여 의리를 저버리고 그대의 바람을 지켜주지 못한 점은 가슴 속 깊이 통렬하게 반성하고 있소이다."

이 말을 전해 들은 앵앵은 혜적에게 이렇게 대답했다.

"장호의 숙부가 밀어붙인 일이라는 걸 잘 알고 있습니다. 내가 이 일이 꼭 이뤄지도록 할 것입니다."

"아무튼 잘 해보셔요!"

혜적은 이렇게 타이르고 일어나 떠나갔다. 앵앵은 부모님을 뵙고 입을 열었다.

"소녀, 우리 가문에 누를 끼치는 그런 일을 하고 말았습니다. 부모님께 사실대로 말씀드리고 죽음의 길을 떠나고자 합니다."

앵앵의 부모는 그 말을 듣고 깜짝 놀라며 물었다.

"아니 어쩌자고 그런 일을 저질렀느냐?"

"소녀, 어려서부터 우리 옆집에 사는 장호의 재주를 흠모해 오던 터라 소녀가 먼저 백년가약을 맺자고 청했습니다. 전에 유모를 통해서 장호와의 혼사를 진행하여 달라고 했으나 아버님께서는 허락하지 않으셨습니다. 들리는 소문에 장호가 손 씨네 여식과 혼사를 치를 것이라고 합니다. 버림받은 소녀는 장차 누구랑 어떻게 결혼한단 말입니까! 이미 행실이 온전치 못한 여인이 된 제가 이제 와서 다시 또 누구랑 혼사를 논하겠습니까. 제가 말씀드린 대로 할 수 없다면 저는 그저 스스로 목숨을 끊을 수밖에 없습니다."

앵앵의 부모는 그 말을 듣고 대경실색했다.

"우리한텐 오직 너밖에 없는데 일찍이 사윗감을 찾아 혼사를 치러줄 것을! 우리가 좀 더 일찍 알았더라면 너의 인연을 맺어주려 했을 터인데 지금은 장호가 이미 다른 여자와 결혼을 코앞에 두었으니 이 일을 어떡한단 말이냐!"

"부모님께서 소녀와 장호의 혼인을 허락하여 주신다면 소녀에게도 제 나름의 생각이 있습니다."

"지금 이런 거 저런 거 따질 겨를이 어디 있겠느냐! 장호와의 혼인을 허락하노라."

"부모님께서 허락하셨으니 소녀 관가에 가서 저의 입장을 하소연하겠나이다."

앵앵은 고소장을 작성하고 옷을 갈아입고 난 다음 하남부 관아로 찾아갔다. 하남부의 부윤 진공陳公이 공무를 처리하고 있다가 한 여인이 고소장을 들고 다가오는 걸 보았다. 진공이 일을 멈추고 물었다.

"무슨 일이냐?"

앵앵이 허리를 숙이고 무릎을 꿇고서 아뢰었다.

"소녀 외람되게도 감히 나리께 고소장을 올리고자 합니다."

진공은 아전을 시켜 그 고소장을 받아오게 한 다음 펼쳐보았다.

소녀가 고소하고자 하는 내용은 다음과 같습니다. "여자는 중매쟁이를 통하지 않고서는 결혼하지 않는다"는 말은 참으로 지당한 말입니다. 그러나 그 말은 또 꼭 그런 것만은 아닌 것 같습니다. 옛날에 탁문군이 사마상여를 사모하고, 가오賈午가 한수韓壽를 사모한 일이 있습니다. 이 두 여인은 사랑하는 남자랑 도망쳤다는 말을 듣기는 하지만 중매쟁이 없이 남자랑 관계했다는 비난을 받지는 않습니다. 두 여인은 마침내 원하는 남자를 손에 쥐었고 역사는 그 두 여인의 덕을 칭송하고 있으며, 후대 사람들은 그 두 여인의 행실을 본받고자 노력하고 있으니 그 두 여인은 속되고 난잡하다는 오명에서 자유롭다 하겠습니다. 소녀 전부터 옆집 사는 장호의 재주를 흠모해 왔기에 작년에 제 스스로 나서서 평생을 함께하자고 맹세했습니다. 한번 맹세했으니 결코 변치 말자고도 했습니다. 하나 지금 장호가 그 맹세를 깨뜨렸으니 소녀의 억울함을 하소연할 곳조차 없나이다. 소녀는 국법이란 사람의 마음을 굽어살피는 것이라고 들었습니다. 부윤 나리의 명석한 판결이 없다면 소녀 같이 버림받은 여인은 누구를 믿겠사옵니까! 부윤 나리의 명성에 누를 끼칠까 걱정되옵니다만 부윤 나리의 판결을 바라는 마음에 이렇게 고소장을 삼가 제출합니다.

고소장을 다 읽고 난 부윤이 앵앵에게 물었다.
"그래 너와 장호가 평생을 함께하자 맹세했다는데, 증거라도 있느냐?"
앵앵이 장호가 친필로 시를 적어준 비단 머릿수건과 꽃종이를 꺼내어 바쳤다. 부윤은 장호를 관청으로 불러오게 하여 앵앵과 언약을 하고서 왜 또 손 씨 여식과 혼사를 치르려 하느냐고 책망했다. 장호는 숙부가 억지로 몰아붙여 그런 것이지 본심은 그렇지 않다고 답변했다. 부윤이 앵앵에게 물었다.

"그대의 뜻은 어떠냐?"

"장호의 재주는 소녀 평소에 흠모해 오던 차이며 훌륭한 배필임에 틀림없습니다. 만약 소녀가 장호와 백년가약을 맺을 수 있다면 평생 부인의 도리를 다하겠습니다. 부윤께서 그 증인이 되어주시길 바라나이다."

"하늘이 맺어주고자 하는 아름다운 여인과 재주 많은 선비로다. 그 짝이 맺어지지 않으면 되겠느냐? 내가 너희 둘을 맺어주겠노라."

부윤이 앵앵의 고소장 말미에 이렇게 적었다.

꽃밭에서 만나서,
평생을 함께하자는 맹세를 했구나.
도중에 그만두게 되면,
백년가약 맺었던 그 마음 저버리는 것일지라.
사람 마음이 이미 지극정성을 다했고
법률 조문에도 신의를 버리는 것은 금하지 않더냐!
마땅히 먼저 정한 약속을 지키는 것이라,
나중에 이뤄진 혼약을 깨뜨려야 하겠도다.

다 적고 난 다음 부윤이 장호에게 말했다.

"본인은 그대가 앵앵과 혼인을 치러야 한다고 판결하노라."

장호와 앵앵은 너무도 기뻐하며 부윤에게 감사의 인사를 올렸다. 장호와 앵앵은 마침내 부부가 되어 백년해로했다. 나중에 두 아들을 낳았으며 그 두 아들은 모두 높은 성적으로 과거에 급제했다. 이 이야기가 바로 「숙향정에서 장호가 앵앵을 만나다」라는 이야기다.

그 옛날 최앵앵이 장군서만 바라보았다면,[6]

오늘날 장호는 오직 이앵앵만을 바라보는구나.

모두가 천년을 두고 전해질 아름다운 사랑 이야기이지만,

서상기는 숙향정기를 따라가지 못하지.

---

[6] 『앵앵전』과 『서상기』에서 여주인공인 앵앵이 남주인공 장군서만을 바라보는 수동적인 인물이었음을 두고 읊은 구절이다.

금명지에서 애애를 만나다

金明池吳清逢愛愛
— 금명지에서 오청이 애애를 만나다 —

주문朱文은 동경에서 유천劉倩을 만나고,1)
한사후韓師厚는 연산에서 헤어진 아내를 만났다네.2)
삶과 죽음마저도 떼어놓지 못하는 것,
사람 살면서 가장 간절한 것, 사랑!

    이야기를 할라치면, 당나라 중화中和 연간(881~885), 박릉博陵에 재주 많은 선비가 살고 있었으니 성은 최崔요, 이름은 호護라. 미남형에 풍류를 아는 인물, 재주 또한 타의 추종을 불허했다. 봄에 열리는 과거 시험 날짜가 다가오니 최호는 비파와 검과 책을 챙겨서 과거를 치르러 장안으로 갔다.

---

  1) 송나라 인물 주문이 저승의 여인 유천을 만나는 이야기에서 따온 것이다.
  2) 한사후가 연산에서 죽은 아내를 만난 이야기에서 따온 것이다. 『유세명언』 24번째 이야기 「양사온이 연산에서 형수를 만나다 楊思溫燕山逢故人」를 참고할 것.

때는 바야흐로 늦봄, 최호는 숙소에서 잠시 빠져나와 성 밖 남쪽 들판으로 나가보았다. 들판에서 거닐다 보니 목이 마르고 입술이 마르고 얼굴이 달아올랐다. 날도 더운데 들판을 거닐다 보니 그러했던 모양이다. 갈증은 나는데 목을 축일 시냇물은 보이지 않았다. 대신 인가가 하나 보이더라.

불에 타는 듯 붉게 핀 복사꽃,
안개처럼 아스라이 이어지는 버들가지.
대나무 울타리,
초가지붕,
황토 바른 벽,
하얗게 칠한 사립문,
복사꽃 핀 벌판에 들려오는 멍멍이 소리,
버들가지 사이에서 울리는 꾀꼬리 소리.

최호는 물 한잔 얻어먹을 요량으로 사립문을 두드렸다. 한참을 기다렸으나 아무도 나와 보지 않았다. 할 수 없구나 생각하는 찰나, 사립문 넘어 안쪽에서 웃음소리가 들려왔다. 최호는 솔개가 멀리서 병아리를 바라보듯 온 신경을 집중하여 사립문 틈으로 안쪽을 바라보았다. 16살쯤 되어 보이는 처녀가 걸어와 사립문을 열어주었다. 그녀를 본 최호는 목이 바짝 마르고 입술이 타고 콧구멍에서 열이 났다. 최호가 황망히 두 손을 마주잡고 인사했다.

"낭자, 인사 받으시지요."

그녀 역시 교태가 뚝뚝 흘러넘치게 답례하면서 물었다.

"나리, 어인 일로 이렇게 누추한 곳까지 찾아오셨는지요?"

"소인은 박릉에서 온 최호라고 합니다. 다름이 아니라 벌판을 거닐다 보니 갈증이 나서 물 한잔 얻어 마시고자 하나이다."

그녀는 최호의 말을 듣고서도 아무 말도 하지 않았다. 황급히 안으로 들어가더니 섬섬옥수로 물병과 물잔을 받쳐들고 나와 최호에게 건넸다. 최호는 그걸 받아들고 단숨에 입에 갖다 대었다. 시원하기 그지없었다. 최호는 그녀에게 감사의 마음을 전하고 돌아왔다. 과거 시험을 치렀으나 아직 운이 닿지 않았는지 낙방하고 말았다. 장안을 떠나 총총히 고향으로 돌아갔다.

어느덧 또 1년이 지나고 다시 과거 시험을 치를 때가 되었다. 최호는 1년 전 일이 생각나 과거 시험 일은 잠시 뒤로 미루고 성 밖 남쪽 벌판으로 달려가 이리저리 찾아보았다. 혹시 못 찾을까 걱정이었다. 마침내 그녀를 만났던 그 집을 찾았다. 복사꽃과 버들가지는 작년과 그대로였으며, 개 짖는 소리, 꾀꼬리 우는 소리도 그대로 들려왔다. 사립문에 다가서 보니 도대체 인적이라곤 없어 마음에 의아함이 밀려왔다. 사립문 틈으로 안을 바라봤으나 사람 자취라곤 하나도 발견할 수가 없었다. 한참을 서성이다가 최호가 하얀 사립문에다 시를 적었다.

작년 이날 이 초가집,
여인 얼굴과 복사꽃이 서로 마주 보며 붉었거늘.
지금 그 붉은 얼굴은 어디로 갔는가?
복사꽃은 봄바람에 여전히 미소 짓건만.

최호는 시를 다 적고 나서 돌아갔다. 다음 날 그래도 하는 마음에 다시 한번 찾아갔다. 한데 사립문이 열리더니 누가 걸어 나오는 것 아닌가.

하얀 눈썹, 하얀 눈,
듬성듬성한 머리숱.
하얀 도포 걸치고
대나무 지팡이 들었네.
상산商山의 네 노인네런가,
반계磻溪에서 낚시하던 강태공이런가.

노인네가 최호에게 물었다.
"혹시 최호 아니시오?"
"어르신께 인사 올립니다. 소인이 바로 최호올시다. 그런데 어르신께서는 어떻게 저를 아시는지요?"
"내 딸년을 죽게 한 자인데 내가 어찌 모를 수가 있겠는가?"
최호가 깜짝 놀라 얼굴이 흙빛이 되었다.
"소인은 어르신 댁에 들어간 적도 없사온데 어찌 제가 어르신의 딸을 죽였다 하시는지요?"
"작년 이맘때 내 딸년이 혼자서 집을 보다가 자네에게 물을 떠준 일이 있었지. 그 후로 딸년이 글쎄 정신이 나가버렸는지 자리에서 일어나지를 못하더니 어제 나에게 이렇게 말하더군. '제가 최호를 만난 게 바로 작년 오늘이니 오늘 그가 필시 다시 찾아올 것입니다.' 그러더니 사립문 밖으로 나가 하루 종일 기다리더군. 하지만 찾아오는 자가 아무도 없었지. 딸년이 고개를 돌려 사립문에 적힌 시를 보더니 목 놓아 울다가 그만 혼절하고 말았어. 내가 딸년을 안고서 방 안으로 돌아왔으나 딸년은 밤새 깨어나지를 못했지. 아침이 되어 실눈을 뜨고서는 나에게 말하는 거야. '최호가 찾아왔으니 가서 맞아주세요.' 이제 정말 자네가 찾아왔으니 자네와 내 딸년이 인연은 인연인 모양일세. 어서 안으로 들어가세."

노인네가 먼저 방 안에 들어가고 최호가 따라 들어갔다. 노인네가 방 안에 들어서자마자 통곡 소리를 냈다. 노인네의 딸이 세상을 떠난 것이라. 노인네가 최호에게 한마디 했다.

"이 사람아, 그래 정말로 내 딸을 저세상으로 보내고 말았구먼."

최호는 놀랍고도 비통했다. 그녀의 침대 곁으로 다가가 앉아 그녀의 머리를 살포시 들어 올리고 자신의 허벅지를 머리 아래에 넣었다. 그런 다음 그녀의 얼굴을 어루만졌다.

"낭자, 최호가 왔소이다."

잠시 후 그녀가 조금씩 정신이 돌아오는 듯하더니 마침내 자리를 털고 일어났다. 노인네는 너무도 기뻐하면서 당장 혼숫감을 준비하여 최호를 사위로 맞았다. 세월이 흘러 최호는 높은 관직에 올랐으며 그녀와 백년해로했다.

달은 기울었다가 다시 차오르고,
거울은 쪼개졌다가 다시 붙고,
꽃은 졌다가도 다시 피어오르고,
사람은 죽었다가도 다시 살아나는구나.

지금 이 이야기를 했던 이유는 무엇인고? 이 이야기의 여인은 죽었다가 다시 살아난다. 한데, 정 많고 마음씨가 비단결 같은 한 여인이 우연히 한 남자를 만났으나 자기는 사랑을 이루지 못하고 저세상으로 떠나가고 대신 그 남자가 다른 여인과 화촉을 밝히게 해주는 이야기가 있구나.

인연이 있으면 천 리를 떨어져 있어도 결국 다시 만나고

인연이 없으면 지척에 두고도 서로 얼굴도 못 알아보는구나.

이 여인이 만난 남자가 누구런가? 송나라 때 동경개봉부東京開封府에 지주 한 명이 살고 있었으니 성은 오吳, 이름은 자허子虛라. 타고난 성품이 성실하기 그지없는 그는 슬하에 아들을 하나 두었으니 그 아들의 이름은 오청吳淸이었다. 오자허는 아들 오청을 끔찍이도 사랑하여 아들을 문밖에 나가지도 못하게 할 정도였다. 한데 오청은 한량 기질이 다분하여 친구들과 어울려 기방 출입을 즐겼다. 어느 날 오청에게 두 친구가 찾아왔으니 황실 가문 조팔趙八 절도사의 두 아들로 형은 응지應之, 동생은 무지茂之였다. 금지옥엽 귀하게 자란 응지와 무지는 돈을 물 쓰듯이 했다. 그 둘이 대문에서 오청을 찾았다. 문지기의 전갈을 받은 오청이 황급히 달려 나와 맞이하여 안으로 모셨다. 자리를 잡고 앉아 차를 마시며 물었다.

"어인 일로 이렇게 몸소 찾아오셨는지요?"

"바야흐로 청명절, 금명지에 사람들이 개미처럼 바글바글하다네. 그대와 함께 한번 놀러가고 싶은데 어떤가?"

오청이 얼굴에 한가득 미소를 지으며 대답했다.

"황공하옵게도 두 분이 저 같은 미천한 놈에게 이런 제안을 해주셨는데 당연히 모시고 가야지요."

오청은 하인들을 시켜 술과 술잔 그리고 안주를 챙기고 말 세 필을 준비하게 한 다음 응지와 무지를 모시고 금명지로 출발했다. 금명지에 도착했다. 일찍이 도곡陶穀이 시를 한 수 지어 금명지를 이렇게 읊었겠다.

온 자리를 휘감아 도는 노랫소리, 취했다가 다시 깨어나니,

연못을 감싸고 안개가 비단처럼 일어난다.
구름에 덮인 구중궁궐,
해가 얼굴 내미니 온갖 화려한 색깔 드러나는구나.
하늘에서 내려온 듯, 연못에 드리워진 다리,
다리를 가득 메운 사람들.
황제께서 납시어 잔치를 여시나,
꽃 피는 저쪽, 바람결에 만세 소리 들려오네.

세 사람은 연못 주위를 돌아다니며 놀았다.

비단 같은 복사꽃,
안개 같은 버들가지,
짝지어 날아다니는 나비,
짝지어 우짖는 꾀꼬리.
들놀이 하러 모여든 사람들,
구경하러 삼삼오오 몰려드는 사람들.

세 사람은 한적한 곳에 자리를 잡고 술을 마셨다. 오청이 한마디 했다.
"날씨도 참 좋은데 술 따라줄 여인네가 없는 게 흠입니다."
응지와 무지가 말을 받았다.
"술도 마셨고 하니 슬슬 구경하러 가볼까. 사람 구경이라도 하는 게 가만히 앉아 있는 거보다는 나을 것 같네."
세 사람이 구경을 나서고 얼마 되지 않아 어디선가 향긋한 내음이 전해져 왔다. 사향노루 냄새와도 같은 향기는 분명 여인네의 지분 냄새였다.

오청이 향내가 나는 쪽으로 고개를 돌려보니 한창 앞다퉈 피어나는 꽃과도 같은 여인네들이 보였다. 그 가운데 열대여섯 되어 보이는 여인이 있었으니 노란 저고리를 입고 있었다. 그 여인네 모습이 어떠했던가.

눈에는 추파가 한가득,
새싹 돋는 봄날 산등성이처럼 꿈틀대는 눈썹,
검은 구름처럼 넘실대는 머리카락,
연밥처럼 앙증맞은 발,
앵두 빛 입술 사이에 살짝 보이는 하얀 치아,
버들가지처럼 한들거리는 허리.
그녀 몸의 향취를 어찌 말로 표현할 수 있을까,
우아한 기품이 절로 넘쳐흐르네.

오청은 그녀를 보고 자기도 모르게 몸속에 전기가 흐르는 것 같았다. 그녀에게 다가가려는 찰나 응지와 무지가 막아섰다.

"양갓집 규수한테 그러면 안 되지. 사람들 이목이 있는데 괜히 구설에 오를까 걱정이야."

오청이 비록 겉으로야 두 사람의 이야기를 존중하는 척했지만 속으로는 이미 그녀에게 마음을 빼앗긴 지 오래였다. 그녀가 다른 여인네들과 함께 저 멀리 사라졌다. 오청은 두 사람과 헤어져 집에 돌아와서도 밤새 잠을 이룰 수가 없었다.

"이리 보고 저리 보아도 아름다운 여인이로다. 그녀 집까지 따라가서 이름이라도 물어볼 것을. 그녀의 이름을 알면 중매쟁이를 앞세워 청혼할 것인데. 그러면 어떻게든 뭘 해볼 수 있는 여지라도 있었을 턴데!"

오청은 아무래도 그냥 포기할 수는 없다는 생각이 들었다. 이튿날 다시 옷을 빼어 입고 응지와 무지를 초대하여 어제 만난 그 여인의 자취를 찾아 금명지로 출발했다.

어제 그녀를 만났던 그곳에 왔건만,
그녀의 자취는 찾을 길이 없네.

오청이 인파를 헤치며 어제 만났던 곳에서 이리저리 그녀의 자취를 찾아보았으나 도저히 찾을 수가 없었다. 오청이 너무도 답답해했다. 응지가 오청에게 이렇게 말했다.

"아무래도 자네가 춘정을 발산하지 못하여 울적한 모양이구먼. 우리 같이 저기 술집에 가서 술을 쳐주는 여인을 옆에 두고 술을 마셔보세. 내가 술집의 젊은 여인을 한 두릅 불러내겠네. 그중에 자네 맘에 드는 여인이 있다면 우리 술을 같이 마시자고. 자네 생각은 어떤가?"

"저는 술집의 닳아빠진 여인네는 평소에도 그리 좋아하지 않았습니다."

무지가 끼어들어 이렇게 말했다.

"길 북쪽 다섯 번째 술집은 규모는 그리 크지 않아도 제법 정갈하고 멋들어진 술집일세. 그리고 술집 여인 가운데 하나가 특히 인물이 빼어나고 나이도 이팔청춘이라 자네의 춘정을 달래볼 수 있을 걸세."

오청이 제법 밝은 표정으로 대답했다.

"그럼 한 번 안내해 주시지요."

세 사람은 길 북쪽으로 방향을 잡아 나아갔다. 과연 아담한 술집 하나가 나오는데 꽃과 대나무로 바깥 벽면을 장식하고 안쪽에는 술잔을 쭉 늘어놓았다. 무지가 그 술집을 가리키면서 말했다.

"바로 저 집일세."

세 사람이 문을 열고 안으로 들어갔으나 아무런 인기척도 없었다.

"게 아무도 없느냐, 게 아무도 없느냐?"

잠시 후 누가 나오는가 싶더니 마침내 한 여인이 다소곳이 나와서 세 사람에게 인사 올렸다.

"소녀 인사 올립니다."

오청 일행이 여인을 보더니 일제히 고개를 숙여 인사하고 두 손을 모아 답례했다.

"우리가 그대에게 답례를 하오이다."

여인 역시 오청 일행을 보더니 제법 춘심이 발동했는지 주위를 맴돌면서 떠나지 않더니 이윽고 그들 곁에 바짝 자리를 잡고 앉았다. 여인이 점원 영아迎兒를 불러 술을 내오게 했다. 네 사람의 나이를 다 합쳐도 백 살이 되지 않건만 그 나름대로 풍류를 즐길 줄은 알았겠다. 막 술잔을 들어 마시려는 그 순간, 여인의 부모가 성묘를 마치고 돌아오니 오청 일행은 입맛만 다시고 일어날 수밖에 없었다.

봄날은 이렇게 멀어져 가고 여인을 다시 만나지는 못하니 그리운 마음만 깊어져 오매불망 잊지 못하였다. 다시 봄, 오청과 응지, 무지는 서로 마음이 통한 듯, 서로 약속이나 한 듯이 만나 그 여인을 만났던 곳을 다시 찾았다. 그 자리에 술집은 그대로 있건만 술을 따라주던 여인은 보이지 않았다. 오청 일행은 혹시 소식이라도 알 수 있을까 하여 그곳에서 서성대었다. 그날 보았던 여인의 부모가 나오기에 셋이 일제히 인사했다.

"어르신 인사 받으시지요. 술 있으면 어서 한 동이 내오시고요."

오청 일행이 그 노인장에게 물었다.

"어르신, 작년에 저희가 여기 왔을 때 술 팔던 여인이 있었는데 오늘은 어째 보이지가 않네요."

노인네는 그 말을 듣더니 두 줄기 눈물을 줄줄 흘렸다.

"아이고! 이 늙은이 성은 노盧가요, 이름은 영榮이라오. 그대가 보았다는 그 아이는 내 딸이라오. 이름은 애애라 했지요. 작년 바로 이날 우리 부부가 성묘를 다녀와 보니 어디서 온 것인지도 모르는 사내 녀석들하고 술을 마시고 있지 뭐요. 그러다 우리가 돌아오니 바로 흩어집디다. 그것 말고 다른 일이야 내가 모르죠. 내가 딸년한테 잔소리를 몇 마디 했더니 성질 고약한 딸년이 앙앙불락 곡기를 끊고 며칠 안 돼서 저세상으로 떠나고 말았소. 집 뒤의 무덤이 바로 딸년의 무덤이라오."

오청 일행은 감히 더 묻지 못하고 황망히 술값을 치르고 일어났다. 돌아오는 길 내내 가슴이 아렸다. 고개 돌려 그 집을 바라보며 눈물을 흘렸다. 어찌 마음이 편하리오!

밤 깊어 시끄러운 소리마저 잠든 이때,
연못 위엔 오직 달빛만 밝다.
연못 정취에 취해 무심히 멈춘 발길,
해 뜨자 또 다른 일이 생겨나고.

오청 일행이 길을 가노라니 한 여인이 눈에 들어왔다. 하얀 수건으로 머리를 감싸고 빨간 적삼으로 가슴을 가리고 하늘하늘거리며 오청 일행을 앞서거니 뒤서거니 쫓아오더니 마침내 인사를 건네왔다. 오청 일행은 갑자기 멍해지며 어찌해야 할지를 몰랐다. 귀신인가 했더니 바느질 솔기가 있는 옷을 입었고 땅에 비치는 그림자 또한 선명하다. 혹 꿈인가 하여 볼을 꼬집어보니 아프기만 하다. 애애였다. 애애가 이렇게 말하는 것이었다.

"저를 모르시겠어요? 작년에 금명지에서 보신 적이 있지요? 오늘 저희 집에 찾아오셨더군요. 아마 제 부모님이 저의 가짜 무덤을 만들어 놓고 죽었다고 거짓말하신 모양인데 저하고 나리들하고 인연이 되려고 이렇게 또 만났군요. 저는 지금 성안 조그만 집에서 살고 있습니다. 그래도 제법 깔끔하고 아담한 집이니 저를 싫어하지 않으신다면 한번 찾아주시지요."

오청 일행은 말에서 내려 애애를 따라 걸었다. 얼마 지나지 않아 애애의 집에 당도하여 대문 안으로 들어갔다.

정원에 감춰진 작은 집,
은밀한 사랑을 감춰주는 휘장.
낮은 처마 아래 살짝 비치는 붉은 주렴,
방마다 비단 휘장 드리워져 있구나.
드러나는 듯, 감추어진 듯,
언뜻언뜻 비치는 사람의 윤곽,
파란 가지, 빨간 꽃 흐드러진 곳에,
봄의 온갖 정취 가득하여라.

건물 안으로 들어가더니 그 여인이 이렇게 소리쳤다.

"영아야, 어서 술상을 내와라. 이 세 어르신을 대접해야지."

잠시 후 술이 나오고 넷이 기분 좋게 마셨다. 애애가 손님 접대하는 게 너무도 능숙했다. 교태가 뚝뚝 흘러넘치게 노래를 부르고 한들한들 춤을 추고 아지랑이처럼 휘감아 돌게 아쟁을 연주하며 오청 일행의 호칭 역시 상황에 맞게 깍듯하게 높여 불렀다. 응지와 무지는 어느 정도 술을 마시고 나더니 자리에서 먼저 일어났다. 오청이 애애를 향해 손을 뻗어 어깨에 손을 얹더니 마침내 그녀의 허리를 감싸 안았다. 오청이 애애의 손을 잡고서 술에 취한 눈길로 그녀를 바라보더니 이곳이 마치 침실이라도 되는 양 화급하게 일을 치렀다.

> 그녀의 속적삼을 벗기고
> 원앙 이불을 펼쳐라.
> 하얀 젖가슴 위에 설중매처럼 빛나는 점 하나,
> 뽀얀 두 발이 초승달처럼 자취를 드러내네.
> 꽃술이 채 열리지 않았건만,
> 나비가 날아드는 건 어인 일?
> 꽃이 채 피지 않았건만,
> 벌이 미친 듯이 달려드는 건 어인 일?
> 지분과 땀이 엉기더니,
> 숨을 고르며 서로 껴안네.

아침이 되어 자리에서 일어나 세수하고 머리 빗고 아침밥을 먹었다. 오청과 애애는 밀어를 나누며 헤어지기를 못내 아쉬워했다. 오청은 향을 사르고 손가락을 깨물며 맹세했다. 애애는 얼굴을 가리고 웃으며 안으로 들어갔다. 오청은 떠나기 싫은 마음을 가득 품은 채 집에 돌아왔다. 오청의 부모가 오청에게 물었다.

"아니 얘야 어젯밤엔 어디서 잔 거냐? 나는 밤새 눈도 못 붙이고 꿈자리가 사나웠느니라."

"저한테 황실 소생 친구가 둘 있잖아요. 나랑 같이 밤을 보내자는데 그냥 뿌리칠 수가 있어야지요."

오청의 부모는 아들이 평소 자기 집에 들락거리던 황실 소생 친구 핑계를 대는지라 더는 추궁하지 않았다. 아들이 사랑에 빠졌음을 그들이 어이 눈치챌 수 있었으리!

가시덤불 헤치니 집 한 채 드러나고
집 안에서 노랫소리와 연주 소리 끓어오르고.
기쁨을 채 누리기도 전에 이별이 찾아오고
가시덤불 다시 집을 덮고.

오청과 애애는 마음이 통하고 말이 통했다. 당연하지 않은가. 한창 힘쓸 때인 청년과 꽃처럼 피어나기 시작한 소녀가 만난 데다가 때는 바야흐로 봄이지 않은가.

봄빛 완연할제, 아름다운 아가씨,
나이도 한창일세, 풍류를 즐기는 남자.

오청은 사랑에 눈이 멀어 하루가 멀다 하고 달려가 애애와 같이 밤을 지냈다. 애애를 만날 때만큼은 오청이 기운이 팔팔하고 혈색도 좋아 보였다. 하지만 집에 돌아오면 안색이 창백하고 피골이 상접하여 마치 귀신에 홀린 듯했다. 이건 정말 사람 꼴이 아니었다. 오청은 제대로 먹고 마시지도 못했다. 온갖 약을 써보았으나 아무런 효과가 없었다. 오청의 아버지는 이런 아들의 모습을 보고 자식 사랑하는 마음에 뭐 친구고 황실 가문이고 따질 거 없이 곧바로 응지와 무지에게 달려가 따져 물었다.

"아니 자네들이 내 아들 데리고 무슨 짓을 했기에 내 아들이 이렇게 시름시름 앓게 된 거야? 내 아들한테 별일이 안 생기면 그냥 넘어가겠지만 만약 무슨 안 좋은 일이라도 생기면 내가 자네들을 가만두지 않고 관가에 고소하고 말 거야. 그때 가서 나를 원망하지 말라고."

응지와 무지가 오청 아버지의 말을 다 듣고는 서로 말을 주고받았다.

"우리가 비록 황실 자손이라 하여도 법은 역시 법. 우리에게 무슨 흠결 같은 게 없어야 그래도 나중에 한 자리라도 차지할 것인데. 만약 무슨 잘못이라도 한 게 되면 외려 큰 벌을 면하기 힘들 거야. 괜히 저 노인네가 우리를 고소하면 하나도 좋을 게 없지."

응지와 무지가 오청 아버지를 향해 입을 열었다.

"어르신, 아드님이 병에 걸린 건 저희하고는 전혀 관계가 없는 일입니다."

응지와 무지는 오청의 아버지에게 금명지에서 아리따운 애애를 만나게 된 사연을 조곤조곤 설명해주었다. 오청의 아버지가 깜짝 놀랐다.

"그럼 내 아들이 귀신들렸다는 말인가! 그래 내 아들을 살려낼 무슨 방법이 없을까?"

"황보皇甫 성을 가진 도사가 있습니다. 부적으로 잡귀를 물리치는 자니 그자를 초청하여 재를 지내고 그 귀신을 쫓아내도록 하시면 오청이 바로 나을 것입니다."

"아이고, 자네 둘만 믿네."

응지와 무지가 바로 황보 도사를 찾아 출발했다.

청룡과 백호가 함께 있으니,
길할지 흉할지 알 수가 없구나.

응지와 무지가 길을 떠나 하얀 구름 뭉게뭉게 피어나는 깊은 산속에 도착했다. 그곳에 띠풀로 지붕을 이은 암자가 하나 있더라.

노란 띠풀로 지붕을 이었네,
하얀 돌로 담을 쌓았네.
소나무 울창한 곳에 학이 깃들고
작은 연못엔 거북이가 햇볕에 등을 말리고 있네.
벽오동이랑 버드나무는 길가에 빼곡하고
원숭이랑 학이 대문에서 노는구나.

얼마 지나지 않아 암자에서 동자 하나가 나와서 물었다.
"두 분께서는 스승님한테 사람 구해달라고 부탁하러 오신 건가요?"
"그렇다네. 도사님께 말 건네주게나."
"아마 다른 일이라면 스승님이 가시지 않을 겁니다. 다만 정욕에 사로잡힌 귀신을 물리치는 일이라면 모를까. 정욕은 사람을 살릴 수도 있고 죽일 수도 있지요. 살리는 것이 저희의 바람이요, 죽이는 것은 저희가 꺼리는 일이지요."
"바로 그걸세. 우리는 지금 정욕에 사로잡힌 귀신을 물리쳐 죽어가는 사람을 살려 달라고 사정하러 왔다네."
동자가 냉큼 안으로 들어가 황보 도사를 모시고 나왔다. 동자의 설명을 듣고 나온 황보 도사가 이렇게 소리쳤다.
"그래, 내가 한 번 가봄세."
응지, 무지 그리고 황보 도사 일행이 길을 떠나 마침내 오청의 집에 도착했다. 황보 도사는 오청 집을 바라보며 이렇게 말했다.

"이 집은 요기가 가득하구나. 우리가 생기를 불어넣으러 왔도다."

마침 오청이 밖으로 나오는 걸 보더니 깜짝 놀라 소리를 질렀다.

"아이고 저 청년, 요기가 아주 심각하구나. 조금만 늦었어도 큰일 날 뻔했도다. 지체 없이 생기를 불어넣어야겠구나."

오청의 부모 역시 화들짝 놀라 달려와 황보 도사 앞에 무릎을 꿇었다.

"도사님, 부디 법술을 펼치셔서 이 생명을 살려주십시오."

황보 도사가 오청에게 당부했다.

"내 말 잘 들으오. 서쪽 3백 리 바깥으로 피신하시오. 아마 귀신이 먼저 알고 가 있을 거요. 아무튼 120일을 꾹 참고 있으면 귀신도 떨어질 거요. 그러면 그대 목숨도 건질 수 있을 것이오."

오청이 잘 알겠노라 대답했다. 오청의 부모가 재를 지낼 음식을 장만하여 황보 도사에게 건넸다. 오청의 부모는 오청에게 등짐을 건네며 어서 서쪽으로 가서 죽음을 피하라고 닦달했다. 오청이 하직 인사를 올렸다.

저승의 명부를 보면,
살고 죽는 건 사람이 어찌할 수 있는 게 아니더라.

오청은 응지와 무지에게 같이 가자고 청했다. 들판 길을 걸을 때, 산 넘고 고개를 넘을 때, 인적이 드문 곳을 지날 때, 오청 곁에 사람이 있든 없든, 오청이 밥을 먹을 때는 애애가 시중들고, 오청이 잠들려 하면 애애가 시중들고, 오청이 용변을 보려고 하면 애애가 시중들었다. 오청은 도무지 애애에게서 벗어날 수가 없었다.

아무튼, 오청이 서쪽 낙양에서 지내는 동안 세월이 무심히도 지나갔다. 어느 날 오청이 손을 꼽아보니 낙양에서 지낸 날이 딱 120일이었다.

이제 어찌해야 하나 고민하고 있을 때, 응지와 무지가 오청을 술집에 데리고 가서 그동안 고생한 오청의 기분을 풀어주기로 했다. 응지와 무지는 오청이 답답하게 가슴 졸이며 지내왔을 날들을 생각하며 눈물을 흘리다 오청이 볼까 봐 황급히 눈물을 닦았다. 오청은 그런 응지와 무지를 바라보면서 어찌할 줄을 몰라 했다.

오청이 술집 난간에 기대어 고개를 숙이고 있는데 황보 도사가 나귀를 타고 다가오는 게 보였다. 오청이 서둘러 내려가 황보 도사가 오는 길까지 나가서 절을 올렸다. 그리고 살려달라고 빌었다. 응지와 무지도 함께 절을 올렸다. 황보 도사가 술집에서 바로 법단을 꾸리고 향을 사르고 춤을 추면서 입으로 주문을 외웠다. 황보 도사가 한 차례 의식을 치르고 나더니 오청에게 칼 한 자루를 건네며 이렇게 말했다.

"그대는 오늘 죽을 팔자요. 이 칼을 가지고 가시오. 그리고 해가 저물 때까지 문을 꼭 걸어 잠그고 있으시오. 그럼 황혼녘에 누군가가 문을 두드릴 것이오. 그게 누군지 불문하고 이 칼로 그자를 베시오. 만약 그자를 벨 수 있으면 그대는 살 것이오. 만약 귀신을 베지 못하고 애먼 사람을 죽이면 그대는 죽을 수밖에 없소이다. 이래 죽으나 저래 죽으나 마찬가지니 그래도 한번 해볼 데까지는 해봅시다."

황보 도사가 오청에게 이렇게 일러주고 나서 나귀를 타고 떠났다. 오청이 검을 받아들고는 방문을 걸어 잠갔다. 해저물녘 무언가를 긁는 소리, 쪼는 소리 같은 게 들려왔다. 오청이 숨소리조차 죽이고 살금살금 문을 열고 단숨에 칼로 내리쳤다. 칼이 땅까지 닿은 느낌이었다. 오청은 놀랍고도 기뻤다. 가슴이 콩닥콩닥 뛰었다. 오청이 소리쳤다.

"어서 불을 밝혀보아라."

사람들이 불을 밝혀 들고 몰려들었다. 객점의 주인도 달려왔다. 사람들이 모두 확인해 보고 나서는 대경실색했다.

두개골이 번쩍 갈라지니,
얼음처럼 차가운 것이 그 틈으로 들어가는구나.

객점 주인이 확인해 보니 바로 객점에서 잔심부름하는 열다섯 살배기 아수阿壽였다. 아수가 용변을 보러 밖에 나갔다가 문이 잠긴 걸 보고 두드렸다가 이런 봉변을 당한 것이다. 객점이 한참 시끌벅적했다. 관아에서 포졸이 나오더니 사람이 죽은 사건임을 알고서 오청을 포박했다. 응지와 무지도 함께 포박했다. 다음 날 아침 일행은 모두 하남부로 이송되었다. 하남부의 부윤이 살인 사건의 조서를 살핀 다음 오청 일행을 하옥시키고 심문하게 했다. 오청은 황보 도사에게서 칼을 건네받아 아수를 죽이게 된 사연을 자세히 설명했다. 그 말을 들은 부윤이 이렇게 말했다.

"이게 무슨 황당한 소리야! 객점 심부름꾼의 생명을 앗아간 일을 대체 어떻게 설명할 거냐고?"

부윤이 옥리에게 고문을 하라 명령했다. 오청을 따라온 하인이 관아에 두루 돈을 썼다. 옥리가 부윤에게 아뢰었다.

"오청이 오랫동안 병을 앓았기에 고문을 견디기 어렵습니다. 게다가 응지와 무지는 황실 가문인데 이런 작은 실수를 범한 걸 가지고 고문하기는 어렵습니다."

부윤은 상황에 따라 입장을 쉬 바꾸는 인물인지라 일단 오청을 하옥시켜 두었다가 오청의 병이 나으면 다시 심문하겠다고 하고 응지와 무지는 풀어주라 했다. 이장에게 관을 준비하여 아수의 시신을 수습하게 하는 한편 상부의 비준을 기다렸다. 오청이 사용한 검은 증거물로 창고에 보관했다. 옥에 갇힌 오청은 밤마다 눈물을 줄줄 흘렸다.

"내가 명색이 외동아들이라 부모님께서 나를 땅에 내려놓을 새도 없이 금지옥엽 길러 주셨는데 이렇게 타향에서 죽는구나! 기왕에 죽을 팔자인 줄 내 진즉 알았더라면 이렇게 타향에 오지도 않았을 텐데. 아이고 애애야! 그래 살아서 서로 사랑했으면 그거로 되었지. 어쩌자고 죽어서까지 나를 엮어서 이렇게 서로 원수가 되게 했느냐? 타향에서 죽으니 내가 묻힐 곳도 없구나. 아 괴롭고 원망스럽도다."

오청이 한숨 쉬고 원망하다가 자기도 모르게 잠들었다. 꿈에 애애가 살랑살랑 오청에게 다가와 다소곳이 인사를 올렸다.

"나리, 저를 너무 원망하지 마세요. 소녀가 저세상으로 떠났을 무렵 저세상을 관장하는 태원부인太元夫人이 소녀가 아무런 죄도 없는데 요절한 것을 안타까워하시고 죽은 몸일망정 몸을 그대로 간직하는 법술을 전수해주셨나이다. 이런 까닭에 소녀는 제 육신을 그대로 가지고 다시 이 세상으로 돌아오게 되었나이다. 나리께서 한 해가 다 지나도록 소녀를 잊지 않으시고 저를 찾아오심에 감동하여 염치불구하고 나리를 다시 만난 것입니다. 우리의 정해진 운명에 따르면 우리는 120일 동안 부부로 산다고 했습니다. 이제 그 120일이 다 되었으니 소녀는 돌아가겠습니다. 지난밤 마지막으로 나리를 찾아뵙고서 이별을 나누고자 했으나 나리께서는 오히려 나쁜 마음을 품고 소녀를 죽이려 했나이다. 오늘 나리가 옥에서 이런 고초를 겪는 것도 실은 나리의 이런 행동에 대한 죗값을 치르는 것입니다. 아수는 지금 동문 밖 공동묘지에 누워있습니다. 나리께서 옥리에게 다시 조사해 달라고 하십시오. 나리의 죄를 벗을 수 있을 것입니다. 소녀가 상원부인上元夫人에게 간청하여 옥설단 두 알을 얻었습니다. 나리께서 우선 한 알을 복용하여 보십시오. 나리의 모든 병이 씻은 듯이 나을 것이고 원기가 회복

될 것입니다. 나머지 한 알을 잘 간수하셨다가 나중에 나리께서 혼사를 치르게 될 때 복용하십시오. 이는 소녀와 120일 동안 부부의 연을 맺어주신 나리에게 드리는 소녀의 보답입니다."

애애가 오청에게 알약 두 개를 내밀었다. 크기는 병아리콩만 하고 색은 빨간 알약이 꼭 불타는 야광주 같았다. 애애가 한 알은 오청의 소매 품에 넣어주고 한 알은 오청의 입에 넣어주었다.

"이제 소녀는 떠납니다. 고향에 돌아가시면 제 무덤에 한 번 와보셔요. 소녀, 저를 잊지 않으셨다는 징표로 알겠나이다."

오청이 애애에게 궁금한 것을 더 물어보려는 바로 그 순간, 종소리가 귀에 들어왔다. 오청이 깜짝 놀라 잠에서 깨었다. 입안에선 특이한 향기가 나고 배에선 따사로운 기운이 몰려 올라왔다. 땀이 비 오듯이 흘렀다. 날이 밝아오면서 땀이 멎고 몸이 예전처럼 다시 기운이 났다. 소매 품을 만져보니 꿈에서 본 것과 똑같은 알약이 들어 있었다.

오청은 나머지 이야기는 다 그만두고 옥리에게 아수가 지금 동문 밖 공동묘지에 있으니 다시 조사해 보면 진실이 밝혀질 것이라고 했다. 옥리가 이 말을 부윤에게 아뢰니 부윤이 다시 조사하라 명했다. 옥리가 이장을 시켜 아수의 시신을 넣어두라 했던 관을 열어보니 다 낡아빠진 빗자루 하나가 있을 따름이었고 아수는 온데간데없이 사라지고 없었다. 혹시나 하여 동문 밖 공동묘지에 가보니 다 파헤쳐진 무덤의 관 속에 아수가 술에 취한 듯 누워있는 게 아닌가. 사람들이 아수의 얼굴에 생강탕을 품어 깨웠다. 옥리가 아수한테 대체 어떻게 해서 여기에 누워있게 된 거냐고 물었다. 아수는 전후 사정을 아무것도 모르고 있었다. 옥리가 아수를 데리고 그 빗자루를 들고 돌아와 부윤에게 보고했다. 부윤이 객점 주인을 불러 확인하게 했다. 아수가 죽은 게 아니었던 것이다. 다만 잠시 귀신이 씌웠던 것이라. 부윤이 사람들을 물러가게 했다. 황보 도사는 자신의 구마검이 별로 효험이 없었음을 알고 다시 산으로 돌아가 더욱 정진하기로 했다. 응지와 무지가 오청을 반겼다. 객점 주인은 오청에게 미안하다며 사과했다. 오청은 응지, 무지 그리고 하인들과 함께 기쁜 마음으로 개봉부를 향해 출발했다.

개봉부까지 한 50리 정도 못 간 곳에 큰 마을이 하나 있었다. 그 마을 객점에 말을 멈추고 점심을 들었다. 객점 옆에 큰 집이 하나 있었고 그 집 대문에 의원을 찾는 방이 하나 붙어 있었다.

우리 여식이 중병에 걸려 위독한데도 치료할 사람이 없음. 우리 여식을 치료해주는 사람에게는 십만 금, 비단, 양고기 그리고 술로 대접할 것임. 상기 사실은 틀림이 없음을 확인함.

오청은 그 방을 읽고 나서 묵고 있는 객점의 사환에게 물었다.
"저 옆집 딸은 무슨 병을 앓고 있는가? 그 병을 치료해줄 사람이 정말 없는 건가?"
"이곳은 저裵 씨 집성촌입니다. 옆집은 저 씨 나리 집이구요. 저 씨 나리에게 금이야 옥이야 아끼는 아가씨가 있는데 열여섯 살밖에 안 먹었지요. 아가씨와 혼약을 맺고자 하는 혼처가 많았지만 저 씨 나리는 거들떠보지도 않았습지요. 한데 한 달 전쯤부터 아가씨가 시름시름 앓게 되었고 마치 정신 나간 사람처럼 먹지도 마시지도 못하고 있습니다. 용하다는 의사들이 수없이 달려들었지만 아무런 차도가 없었지요. 재산이 차고 넘치는 저 씨 나리지만 그걸 물려줄 자식이 사라질 참인 거죠. 시집도 못 간 아씨가 불쌍하기도 하지. 이제 오늘 낼 하는 처지라 저 씨 나리 부부는 낮이나 밤이나 눈물지으며 천지신령께 빌고 또 빌고, 혹시 복을 받을까 하여 보시도 마다치 않으며 그저 돈을 있는 대로 다 쓰고 있는 형편이랍니다."

오청은 마음속으로 쾌재를 불렀다.

"자네가 중매를 좀 서줘야겠네. 내가 이 아가씨를 아내로 맞이하겠네."

"아니, 중병을 앓고 있는 아가씨하고요! 병이나 낫거든 혼담을 꺼내시지요."

"그 병은 내가 치료할 걸세. 나는 다른 보답은 바라지 않는다네. 그저 그 아가씨를 나한테 시집보낸다고 하면 내가 치료해줄 것이네."

"그럼 잠시만 앉아 계십쇼. 제가 냉큼 말 전하고 오겠습니다."

얼마 지나지 않아 객점 사환이 저 씨 나리를 모시고 객점으로 돌아왔다. 저 씨 나리가 오청 일행을 보고서 물었다.

"어떤 분이 의원이시오?"

응지와 무지가 오청을 가리키며 대답했다.

"저분이 바로 의원이외다."

저 씨 나리가 오청을 바라보며 입을 열었다.

"선생께서 내 딸의 병을 낫게 해주신다면 내가 대문에 붙여놓은 방에서 말한 그대로 다 해드리리다."

"저는 성은 오가, 이름은 청이올시다. 이 개봉부 성안 큰거리에 살고 있습니다. 부모 구존하시고 제법 재산도 있습니다. 제가 돈을 탐내는 것은 아니올시다. 다만 제 나이 올해로 스물인데 아직 장가를 들지 아니했습니다. 나리의 여식이 용모 단정하고 재주 또한 빼어나다고 하니 저에게 시집보낸다 약속하신다면 제가 편작과 화타와 같은 의술을 다 펼쳐보겠나이다."

응지와 무지는 옆에서 갖은 말로 거들며 분위기를 띄웠다. 오청 집이 얼마나 부자인지 오청이 얼마나 인품이 좋은지 입에 침이 마르도록 이야기하고 또 이야기했다. 사랑하는 딸을 위해서 뭔들 못하겠는가? 저 씨 나리가 오청의 제안을 수락하지 않을 이유가 없었다.

"내 딸의 병을 낫게만 해준다면 내가 당장 혼수를 장만하여 내 딸을 그대에게 시집보내겠소이다."

오청이 응지와 무지를 바라보며 말했다.

"자네들이 증인이 되어 나중에 다른 말 하지 않도록 해줘야겠네."

저 씨 나리가 황급히 말을 받았다.

"그럴 일은 없을 걸세."

저 씨 나리가 오청과 응지, 무지를 안내하여 자기 집으로 갔다. 저 씨 나리가 음식을 내오게 하여 오청 일행을 환대했다. 마음이 급한 오청이 참지 못하고 바로 저 씨 나리에게 말을 건넸다.

"따님이 있는 방으로 안내하여 주십시오. 진맥을 하고 약을 처방하여야겠습니다."

저 씨 나리가 일어나 안내하니 오청이 뒤를 따랐다. 인연이 될 사이라 그런지 오청이 방 안으로 들어설 때, 아가씨는 미쳐 날뛰지 아니하고 평온하게 누워있었다. 오청은 진맥을 하는 척, 아가씨의 옷소매를 위로 걷어 올렸다. 딸랑딸랑 장신구 소리가 나면서 아가씨의 섬섬옥수가 드러났다.

얼굴을 보기 전에 먼저,

백옥 같은 팔을 보았네.

오청이 아가씨의 팔뚝을 잡고서 진맥을 하고 나더니 뭔가를 알아냈다는 듯이 말했다.

"이 병은 사악한 요기가 씌워서 걸린 것이오. 내가 아니고는 치료할 자가 없겠소이다."

오청은 옥설단을 꺼내어 새로 길어온 정화수에 잘 갠 다음 아가씨의 입에 흘려 넣었다. 아가씨의 몸에 기운에 생겨나고 병이 완연히 나은 것처럼 보였다. 저 씨 나리가 입에 침이 마르도록 감사하고 또 감사했다. 이날 오청 일행은 저 씨 나리 집에서 맘껏 먹고 마셨다. 밤이 깊어지니 저 씨 나리가 오청 일행을 서재 방으로 안내하고는 쉬어가라 했다. 다음 날 아침, 아침 식사를 차려 내왔다. 응지와 무지가 저 씨 나리에게 이렇게 말했다.

"아이고 이거 폐만 끼치고 가게 생겼습니다그려. 그런데 오청과 아가씨의 혼담 건은 절대 실수가 있어서는 안 될 것입니다."

"내 딸년을 살려주신 은혜를 어찌 잊겠소이까? 지금 하신 말씀 뼈에 새기겠습니다."

오청이 저 씨 나리에게 하직 인사를 올렸다. 저 씨 나리가 온갖 예물을 다 준비하여 내놓았으나 오청 일행은 하나도 받지 아니하고 서둘러 집을 향해 출발했을 따름이었다. 오청의 부친은 아들이 건강하게 돌아온 것을 보고 기쁘기가 한량없었다. 응지와 무지가 저 씨 아가씨 일을 이야기해 주니 오청의 부친은 더더욱 기뻐하며 혼례를 치를 날짜를 택일했다. 육례를 마치고 저 씨 나리가 온갖 화려한 혼수를 준비하여 아가씨랑 함께 직접 찾아왔다. 오청이 촛불 아래에서 아가씨를 보고 소스라치게 놀랐다. 아가씨가 금명지에서 만났던 노란 저고리를 입은 그 여인과 너무도 흡사했다.

보름 정도 지나고 부부가 서로 이물이 조금은 없어질 무렵, 오청은 저 씨 부인에게 궁금해하던 걸 물어보았다. 부인은 작년 청명 이틀 전에 친척을 만나러 성안을 방문했고, 그때 노란 저고리를 입고 금명지에 놀러 갔었노라고 대답했다. 간절히 바라면 하늘이 나서서 도와준다고 했던가. 저 씨

부인의 아명이 또한 애애였다. 어느 날인가 오청이 이 사실을 응지와 무지에게 말해주니 그들 역시 기이하다며 혀를 찼다.

"자네가 저 씨 아가씨와 결혼하게 된 것은 모두 다 노 씨 노인의 딸 애애 덕이니 그걸 잊어서는 아니 될 걸세."

오청은 그날로 금명지 북쪽 노가네 집으로 달려가 노가네 여식 애애의 사연을 이야기해주고 비단과 은자를 선물했다. 그리고 노가 부부를 마치 장인, 장모처럼 대접했다. 날을 잡아 애애의 무덤을 열고 관을 새로 바꿔주고 개장하자고 제안했다. 노가 부부 역시 속진 세상을 살아가는 인물들, 자기들을 장인, 장모처럼 대접해 주는 오청의 부탁을 거절할 이유가 없었다. 오청이 점쟁이에게 부탁하여 길일을 잡고 제사 음식을 장만하여 제사를 지낸 다음 무덤을 헤치고 관을 열어보았다. 애애 낭자의 얼굴은 마치 살아 있는 사람의 얼굴처럼 화색이 돌고 향기 또한 넘쳤다. 여성으로서 최고의 수련을 해온 결과였다. 오청의 찬탄이 흘러나왔다. 개장을 마치고 나서 고승대덕을 모셔와 7일 밤낮을 이어 천도재를 열었다. 그날 밤 애애가 다시 오청의 꿈에 나타났다. 그러고는 더는 오청을 찾아오지 않았다. 오청과 저 씨 아가씨 애애는 백년해로했다. 노가 부부 역시 오청의 보살핌을 받으며 일생을 마쳤다. 오청이 이렇게 덕이 넘쳤던 것이다.

금명지에서 두 여인을 만났네,

인간 세상의 생사를 초월한 인연.

사랑 찾아 헤매는 세상 사람들 모두 이와 같다면,

활활 타오르는 불구덩이 속에서도 황금 연꽃 피우리라.

조춘아가 시댁을 일으키다

趙春兒重旺曹家莊
― 조춘아가 시댁 조 씨 가문을 다시 일으키다 ―

어젯밤 옆집 여인,
비파 결들인 노랫소리로 나그네 마음을 울렸다네.
여인네가 나그네에게 마음을 뺏겼다 탓하지 마소,
세상에 멋진 남자가 드물다는 걸 그대도 알지니.

이 네 구절의 시는 여성을 찬미하는 시이다. 자고로 '심지가 굳은 여인은 어지간한 남자보다 백배 낫다'고 했다. 여인 가운데에서도 가장 하찮게 취급받는 건 아마 기녀일 것이다. 하나 그런 기녀 가운데에서도 그 나름의 두각을 나타낸 자가 적지 않았다.

양부인 같은 여인은 진흙에서 연꽃을 찾아내듯 뭇 졸개들 가운데에서 한세충韓世忠을 찾아내어 대장으로 올라서도록 일조했다. 한세충이 금나라 황제의 넷째 아들 올출兀朮과 강을 사이에 두고 대적하고 있을 때 양부인은 자신의 패물을 내어 군사를 호궤하고 손수 북채를 들고 북을 두드리며 군사를 응원하여 금나라 침략군을 무찔렀다. 나중에 한세충은 기왕蘄王에 봉해졌으며 서호에 은거하여 양부인과 말년을 함께 보냈다.

또 이아선李亞仙이라는 여인이 있었다. 그녀는 장안의 이름난 기녀였다. 그녀를 자주 찾던 정원화鄭元和라는 자가 그녀에게 빠져 재산을 탕진하고서 거지가 되어 활빈원에서 생활했다. 눈이 내리는 어느 날 정원화가 각설이타령을 부르니 그 소리를 이아선이 듣고 정원화를 자기 처소로 불러들이고 비단옷을 챙겨 입힌 다음 공부 뒷바라지를 했다. 나중에 정원화가 장원급제하니 이아선은 일품부인에 봉해졌다. 양부인이나 이아선은 기녀 가운데에서도 으뜸이라 할 것이다.

어지간한 남정네보다 백배나 나으리니,
머릿수건 대신 관모를 써야 할지라.

이제 다른 기녀 이야기를 하나 해보련다. 그 기녀는 이아선이나 양부인처럼 그렇게 재주가 많지도 아니하지만, 천신만고 끝에 남편을 도와 집안을 일으키고 큰 업적을 이뤘으니 이 역시 천에 하나, 만에 하나 나오기 어려운 일이라.

무슨 이야기인고 하니, 양주부 성 밖에 조 씨네 마을이라 불리는 곳이 있었겠다. 그 마을에 조 씨 나리가 살고 있었다. 조 씨 나리는 부인과 사별하고 아들내미 하나하고만 같이 살았다. 그 아들 이름은 가성可成. 조가성은 인물도 빼어나고 재주가 출중한 데다 일 처리마저도 야무졌다. 하지만 조가성에게 모자란 게 둘 있었으니, 공부를 싫어했고 돈을 아낄 줄 몰랐다. '외아들은 응석받이로 자라기에 십상'이라는 옛말도 있지 않은가.

조가성도 돈이 많은 집안에서 오냐오냐 자라다 보니 버릇이 아주 나빠져 버렸다. 게다가 어릴 때 부친이 나라에 돈을 바치고 국자감 학생을 만들어 주었으니 주위 사람들이 그를 꼭 도련님이라 불렀다. 이런 환경에서 자란 조가성은 아주 기고만장하고 제멋대로였다.

조가성이 기생집을 드나들고 화류계를 출입하여 친구들과 어울리며 기녀들을 후리느라 돈을 물 쓰듯이 하니 사람들은 조가성을 '바보 조가'라 불렀다. 조 씨 나리도 아들이 돈을 물 쓰듯이 하는 걸 어찌 고쳐보려고 했으나 어쩌지 못하고 그저 돈줄을 죄는 수밖에 없었다. 조가성은 부친 조 씨 나리 몰래 가옥이야 전답을 저당 잡히고 돈을 빌렸다. 망나니 자식이 아비 몰래 저당 잡히고 돈을 빌리는 것이니 그게 오죽하겠는가.

첫째, 은냥을 재어 내줄 때도 저울을 속이고 양심 없는 놈들은 질 떨어지는 은도 아닌 것을 은이라 우기고 빌려주기도 했다. 둘째, 돈을 빌려줄 때 이자는 가장 독하게 물렸다. 셋째, 이자가 이자를 낳는 방식이라. 해가 가고 달이 가도 원금을 갚으라는 독촉은 하지 않고 일단 문서 한 장 다시 쓰고 연장해주었다가 결국 나중에는 원금과 이자가 전 재산을 다 처분해도 갚을 수 없을 정도로 불어나게 한다. 넷째, 돈 빌려주는 일을 중개하는 거간꾼이 구전을 대놓고 요구하니 이건 거간꾼이 아니라 빚쟁이나 마찬가지라. 호가호위도 유분수지 손 벌리는 게 한도 끝도 없었다. 다섯째, 차용증을 쓸 때 빚쟁이는 어떻게든 좋은 담보를 잡으려고 혈안이고, 차용증을 쓰고 나면 담보로 잡은 물건을 다른 사람에게는 절대 제공하지 못하게 한다. 그러다 담보로 대신 빚을 갚게 되면 담보 가치를 현격히 떨어뜨려 버려 담보를 다 넘겨줘도 갚아야 할 빚이 남게 만들어버린다. 행여 담보가 빚보다 조금 더 값이 나가기라도 해서 그걸 돌려달라고 하면 빚쟁이는 이 핑계 저 핑계, 이랬다저랬다 하면서 결국은 한 푼도 돌려주지 않는다.

이처럼 다섯 가지 문제가 있으니 빚을 얻어 쓰다가 패가망신하는 경우가 많았다. 대개 집안 어르신이야 목숨줄 같은 재산을 꽉 움켜쥐고 있기만 하고 이런 식으로 알짜배기 재산이 다른 사람에게 넘어가는 줄은 까마득히 모르는 경우가 태반이었다. 이러니 집안 어르신이 재산의 반이나 제대로 쓸 수 있으려나! 이것도 집안 어르신이 살아 있을 때 이야기고 죽고 나면 아무 소용없는 이야기. 만약 망나니 같은 아들을 두었다면 어차피 그 아들이 재산을 말아먹을 텐데, 집안 어르신 죽기 전에 집안이 결딴나버리면 괜히 집안 어르신이 물려줄 재산 간수 문제 때문에 속 졸이면서 눈 감을 일은 없을 것이다.

아들내미 영 미덥지 않아서,
그놈의 재산 열쇠로 잠가놓고 꼭 쥐고 있네그려.
아들은 아들 대로 자기 꿍꿍이가 있어 그 재산 빼먹을 터인데,
뭐하러 그런 아들 때문에 맘고생 하는가!

쓸데없는 소리는 여기서 그만. 이곳 양주성에 이름난 기녀가 하나 있었으니 바로 조춘아趙春兒라. 조춘아는 기생 어미 조대마趙大媽가 거느리고 있는 기녀였다. 꽃처럼 화사하고 달처럼 운치 있고 옥구슬처럼 윤기가 흐르고 밝은 그녀는 고관대작이나 돈 많은 상인이 아니면 상대하지 않았다. 조가성은 그녀를 보고 그만 정신이 팔려버렸다. 조가성은 조춘아 곁에 한 달 내내 머물면서 돈을 있는 대로 다 써버렸다. 그 둘은 서로가 찰떡궁합. 누가 먼저라 할 것도 없이 서로가 결혼을 약속했으니 부처님 전에 찾아가 소원을 빌고 촛불을 밝히고는 사랑의 맹세를 했다. 하지만 부친이 눈을 시퍼렇게 뜨고 있는지라 조가성은 감히 그녀를 집으로 불러들이지는 못하고

있었다.

　그녀는 조가성이 돈을 아끼지 않고 쓰는 걸 보고는 먼저 자기를 기적에서 빼달라고 부탁했다. 화류계 손님 호칭에도 그 나름의 규칙이 있었으니, 기녀의 첫 손님은 머리 얹어준 손님이라 불렸으며, 기녀를 위해서 기생 어미에게 몸값을 치러주고 아무 거리낌 없이 그 기녀랑 노는 손님은 몸값 치러준 손님이라 불렸다. 몸값 치러준 손님이 기녀를 찾으면 다른 손님은 먼저 왔더라도 군말 없이 물러나야 했다. 이러한 즉 몸값 치러준 손님은 화대를 추가로 내지 아니하고 몇 밤이고 놀 수 있었다. 나중에 그 기녀를 아내로 맞아들일 때 추가로 돈을 치를 필요도 없었다. 몸값을 치러주는 것에는 이처럼 마음이 동할 만한 장점이 있었기에 조가성은 기녀 조춘아의 몸값을 치러주고자 했다. 기생 어미는 은자 5백 냥을 제시하며 한 푼도 깎아줄 수 없다고 했다. 조가성이 사방에 손을 벌려 보았지만 아직 은자를 한 푼도 마련하지 못했다.

　어느 날 조가성은 부친이 은세공장이를 불러 은을 녹여 말굽 모양의 은화를 만들었다는 소식을 들었다. 조가성은 부친이 그 은화를 쓰기 전에 기를 쓰고 어디다 보관했는지 수소문했다. 부친이 안방 침상 뒤편 이중벽 안에 넣어두고 겉면에 휘장을 쳐서 감춰두었음을 알게 되었다. 조가성은 부친이 없는 틈을 타서 안방으로 들어가 은화 몇 개를 들고 나왔다. 혹 부친이 확인할까 봐 납으로 은화를 만들어 대신 갖다두었다. 이렇게 하나씩 훔쳐내어 조춘아 몸값을 치렀다. 나머지로는 조춘아에게 옷이야 장신구를 사주었다. 조가성은 돈이 필요할 때마다 납으로 만든 가짜 은화를 진짜 은화로 바꿔왔다. 그렇게 훔쳐낸 진짜 은화를 몽땅 조춘아에게 건네주고 맘껏 쓰게 하고 전혀 상관하지 않았다. 쉽게 들어온 건 쉽게 나가는 법이라 시간이 지날수록 은화를 빼내오는 게 더욱 빈번해졌다. 대체 은화 몇 냥이나 빼내 왔는지 헤아릴 수 없을 정도가 되어버렸다. 조춘아는 조가성이 돈을 이렇게 물 쓰듯이 하는 것을 보고 그저 엄청난 부자인가보다 생각했을 뿐 조춘아가 그 돈을 어디서 가져오는지는 전혀 알지 못했다.

어느 날 갑자기 조 씨 나리가 큰 병에 걸려 드러눕고 말았다. 조 씨 나리가 조가성 부부를 머리맡에 불러놓고 이렇게 당부했다.

"애야, 너도 이제 서른이 넘었으니 나이도 적지 않구나. '망나니 자식이 회개하면 집안을 일으켜 세운다'는 옛말이 있지 않으냐. 화류계 싸돌아다니는 건 인제 그만 청산하고 마음 잡아라. 네가 알고 있는 재산 말고도 따로 챙겨둔 게 있느니라. 너한테는 유산을 나눌 형제도 없으니 내가 그걸 모두 너희 부부에게 물려주마."

조씨 나리는 침대 뒤편을 가리키며 말을 이었다.

"저 휘장을 들춰보아라. 그 뒤에 이중벽이 숨겨져 있을 것이다. 그 이중벽 안에 5천 냥에 해당하는 은화 1백 개를 감춰두었다. 내가 평생 모은 것이다. 네가 주색에 빠져 살아왔기에 너한테 비밀로 해왔다만 이제 너희 부부에게 넘겨줄 테니 그걸로 재산을 불려 자식과 손자들에게 물려주려고 노력하고 절대 허투루 쓰지 말아라."

조 씨 나리는 또 며느리에게 당부했다.

"아가야, 부부란 평생 함께 가는 거 아니냐! 절대 모른 척하지 말고 남편이 혹시 잘못하거들랑 좋은 말로 잘 타이르고 일심동체 합심하여 살림을 일궈라. 그래야 내가 저승에 가더라도 편히 눈을 감을 거 아니냐."

조 씨 나리는 말을 마치고 얼마 지나지 않아 세상을 뜨고 말았다. 조가성은 한바탕 곡을 했다. 이제 어쨌든 장례를 치러야 했다. 조가성은 무엇보다도 먼저 이중벽 안에 진짜 은화가 대체 얼마나 남아 있을지 궁금했다. 벽 안에 있는 은화를 모두 꺼내어 보니 모두가 납으로 만든 가짜 은화라.

99개가 가짜 은화고 딱 한 개만이 진짜 은화였다. 5천 냥 가운데 4,950냥을 써버린 것이다. 조가성은 마음이 착잡했다. 이 은화는 어차피 부친이 나에게 물려줄 것이었는데 내가 어찌 이리도 급하게 굴었던가! 지금 부친 장례를 치러야 하는데 손에 쥔 돈은 한 푼도 없고 빚진 것만 해도 그 액수를 모를 정도라. 후회막급이었다. 조가성은 가짜 은화를 앞에 두고 대성통곡했다. 부인이 조가성을 달랬다.

"당신이 기왕에 주색에 빠져 지낸 거야 다 지난 일이라 내가 더는 문제 삼지 않고 넘어갈 것입니다. 아니 그런데 저 많은 은화를 앞에 두고서 정작 해야 할 일은 신경 쓰지 아니하시고 그렇게 대성통곡하시는 이유는 또 무엇입니까?"

조가성은 자신이 그동안 가짜 은화로 바꿔치기한 사실을 부인에게 실토했다. 부인은 평소 남편 조가성이 주색에 빠져 지내는 바람에 화병을 앓아오던 차라 오늘 시아버지가 세상을 떠난 날에 남편에게서 또 이런 황당한 소리를 들으니 어찌 기가 막히지 않겠는가. 손과 발이 차가워지고 마비되니 조가성이 부인을 황급히 침대로 옮겼다. 며칠 지나지 않아 부인마저도 저세상으로 떠나고 말았다.

지금까지 저지른 온갖 악행,
한꺼번에 닥친 업보.

조가성은 졸지에 줄초상을 치러야 했다. 비통함 역시 곱절이었다. 49재를 겨우겨우 치르자마자 빚쟁이들이 몰려와 그나마 남아 있던 가옥과 전답을 모두 탈탈 털어가 버렸다. 가옥마저도 넘어가 버렸으니 의지가지 없는 신세. 삼년상도 치러야 하니 그 김에 조가성은 무덤가 여막에 자리를 잡았다.

　한편, 조춘아는 조가성이 아무런 연락도 없이 나타나지 않자 마음속으로 이 생각 저 생각이 다 들었다. 수소문 끝에 조가성 부친이 세상을 뜨고 부인마저도 조가성이 은화를 미리 빼돌린 일로 화병이 나서 죽었다는 소식을 알게 되었다. 조춘아는 입길에 오를까 봐 문상을 갈 엄두도 내지 못했다. 나중에 조가성이 가옥과 전답을 모두 빼앗기고 여막살이를 한다는 걸 알게 되자 조가성에게 전갈을 보내어 자기를 찾아오라 청했다. 조가성은 염치가 없어 몇 번을 거절했다. 그래도 연거푸 청하니 조가성이 염치불구하고 찾아왔다. 조춘아는 조가성을 보더니 목을 부여잡고 대성통곡을 했다.

　"소녀는 나리의 여인이옵니다. 그래도 소녀에게 모아둔 은자가 조금 있사온데 그 힘들 때 연락이라도 하지 그러셨어요?"

　조춘아가 술상을 차려와 조가성을 대접하고 그날 밤 자기 집에 머물게 했다. 다음 날 아침 은화 백 냥을 조가성에게 건넸다.

　"이걸 가지고 가셔요.. 아껴 쓰시고 돈 떨어지면 저에게 찾아오시고요.."

　조가성은 은화를 보더니 지난날 힘든 일은 다 잊어버리고 조춘아를 향한 옛정이 다시 새록새록 생겨났는지 돌아갈 생각을 하지 않았다. 조춘아가 준 은화로 술과 안주를 사서 옛날 화류계에서 사귄 친구들을 불러 먹고 마셨다. 조춘아가 처음에는 그냥 넘어갔지만 두 번째에는 나서서 좋은 말로 타일렀다.

　"나리, 저런 친구들은 백해무익합니다. 나리가 망가진 것도 다 저런 친구들 때문입니다. 저런 친구들하고 어울리지 마시고 어서 여막으로 돌아가시는 게 나리한테 좋을 것입니다. 삼년상을 치르고 나시면 제가 상의드릴 일이 있습니다."

조춘아가 몇 차례나 조심스럽게 타일렀지만 그래도 한때 돈푼깨나 쓰던 부잣집 도련님 기질을 버리지 못한 조가성은 조춘아가 자기를 무시한다고 생각하고 그냥 휑하니 떠나가 버렸다. 조춘아가 마음이 놓이지 않아 사람을 보내어 조가성의 근황을 살펴보게 하였다. 비록 기생집을 들락거리지는 않았으나 돈을 함부로 쓰는 버릇은 여전했다. 조춘아가 생각해 보니 조가성이 아직 고생을 덜 해봐서 몸소 농사일하고 살림하는 고초를 모르는 것 같았다. 좀 더 고생을 해봐야 할 것 같았다.

며칠 안 가서 조가성은 수중의 돈을 다 써버리고 말았다. 먹을 것 떨어졌다고 조춘아를 찾아가기에는 자존심이 허락하지 않았다. 조춘아 역시 조가성이 너무도 걱정되었지만 찾지 아니하고 참고 또 참았다. 그래도 마음이 놓이지 않아 몰래 사람을 보내어 쌀이야 나무를 갖다 놓고 오게 하는 등 음으로 양으로 소소하게 보살폈다. 하지만 조가성의 형편이 당장 필 정도로 그렇게 돕지는 않았다.

한편, 조가성의 친구 가운데 자기들은 조가성을 돕지도 못하는 주제에 조춘아가 조가성을 챙기는 것을 보고는 시기 질투하며 조가성에게 조춘아의 험담을 하는 자들이 있었다.

"자네가 조춘아한테 들인 돈이 또 얼만가, 조춘아 몸값 내준 것도 자네 아닌가? 조춘아는 요즘도 호강하면서 잘살고 있다는데 관가에 고소장이라도 제출해서 자네가 조춘아에게 준 돈을 돌려받아야 하지 않겠나!"

"그거야 내가 좋아서 한 일이지. 내가 지금 안면몰수하고 고소장을 제출하면 우세만 사지!"

주둥아리 빠른 녀석이 이 말을 날름 나불거리니 마침내 조춘아의 귀에도 들어갔다. 조춘아는 이 말을 듣더니 고개를 끄덕거리며 혼자서 속으로 이렇게 생각했다.

'그래도 조가성 나리의 맘이 그렇게 나쁘게 변하진 않았구나. 하지만 천 일 동안 한결같은 사람 없고, 백 일 동안 붉은 꽃 없다 했으니 주위에서 계속해서 꼬드겨대면 그 맘 변하지 않을까 걱정이구나.'

몇 번을 망설이다가 사람을 보내 조가성을 자기 집으로 모셔오게 했다.

"소녀는 이미 나리와 결혼하기로 굳게 맹세했사옵니다. 소녀 어찌 그 맹세를 지키지 않겠습니까. 다만 나리께서 삼년상 중이시라 서두르다 보면 남들이 손가락질할 것이고, 나리가 지금 형편이 어려운 줄 소녀가 잘 아는지라 소녀가 살림 밑천을 장만하고자 나름대로 애쓰는 중이니 괜히 다른 사람들 말에 휩쓸려 우리 사이에 금이 가지 않았으면 좋겠습니다."

"남들이 뭐라고 하든 나도 다 내 나름의 주관이 있는 사람이오. 내 걱정일랑 하지 마시오."

조춘아는 조가성을 이틀 정도 자기 집에서 재우고 난 다음 조가성을 보냈다. 이런저런 필요한 것들을 챙겨서 같이 보냈음은 물론이다.

세월은 쏜살같이 흘러 어느덧 3년이 지났다. 조춘아는 갖은 제사 음식을 다 장만하고 향, 초, 지전을 마련하여 조가성 부친묘를 찾아가 제사를 지냈다. 더불어 동전 세 꿰미를 조가성에게 주고는 삼년상을 지내고 탈상하는 의식을 치르게 했다. 조가성은 동전을 받고서 무척 기뻐했다. 탈상 의식을 다 치른 다음 조가성이 조춘아를 찾아가 감사의 뜻을 표했다. 조춘아가 조가성에게 술을 대접했다. 술을 마시면서 조가성이 조춘아에게 결혼 이야기를 꺼냈다.

"소녀가 진정 원하는 바입니다만 혹 나리께서 먼저 소녀를 정부인으로 취하고자 하실지 걱정입니다."

"내 처지를 잘 알면서 무슨 그런 소리를 다 하는가?"

"지금이야 그렇게 말씀하시지만, 나중에 세월 좋아지면 양갓집 규수를 정부인으로 취하고자 하실 거 아닌지요? 그럼 제 가슴이 얼마나 아려 올지요!"

조가성은 하늘과 땅을 두고 절대 그럴 일은 없을 거라고 맹세했다. 그걸 지켜본 조춘아가 이렇게 말했다.

"나리 마음은 소녀가 잘 알겠나이다. 소녀도 이제 더는 아무 말 하지 않겠나이다. 하오나 이 여막에서 결혼식을 올리기는 아무래도 힘들겠어요."

"아버님 유택 왼편에 빈집이 하나 있는데 마침 팔려고 내놓았어. 은자 쉰 냥에 팔겠다고 하네. 그걸 사면 여러모로 좋을 텐데."

그 말을 듣고서 조춘아가 사방에서 은자 쉰 냥을 긁어모아 조가성에게 주고 그 집을 사게 했다. 아울러 부스러기 은자를 마저 긁어모아 조가성에게 주고 집도 좀 손보고 가구도 사게 했다. 그리고 날을 잡았다. 드디어 그날이 왔다. 조춘아는 장신구 같은 것을 챙겨서 상자에 담고 데리고 있던 하녀 취엽翠葉과 함께 배를 빌려 조가성 집으로 찾아갔다. 아무도 모르게 조가성과 혼사를 치렀다.

손님 받던 기녀 생활 접더니,
서방님 맞아들여 백년해로 기약하네.

혼례를 치르고 난 조가성과 조춘아는 앞으로 먹고살 거리를 고민했다. 조춘아가 조가성에게 말했다.

"당신은 곱게 자라서 장사 같은 일은 못 하실 것이니 땅뙈기를 좀 사서 착실하게 농사나 짓는 게 제일 좋겠네요."

그 말을 듣고 조가성이 자신의 능력을 자랑하며 이렇게 말했다.

"내가 온갖 고초를 겪으면서 배우고 느낀 바가 얼마나 많다고! 다른 사람한테 사기나 당할 내가 아니라고!"

조춘아가 은자 3백 냥을 긁어모아 조가성에게 건넸다. 평소 속 편하게 사는 데 이골이 난 조가성인지라 수중에 돈이 들어오니 늘쩍지근하게 이 돈으로 뭐할까 고민하다가 성안으로 들어가서 이곳저곳 점집을 들락거렸다. 전에 같이 어울려 놀던 술친구들이 조가성이 조춘아에게서 돈푼이나 받아들었다는 걸 알고서는 달라붙어서 어떤 일이 이익이 많이 나네, 어떤 일이 전망이 좋네 하면서 이놈이 한 푼 들고 가고 저놈이 한 푼 들고 가니 조가성 수중의 돈이 얼마 안 가 손가락 사이로 바람 빠져나가듯이 다 빠져나가고 말았다. 조가성이 빈털터리로 돌아와 조춘아에게 돈이 좀 더 없냐고 물었다. 조춘아가 기가 막혀서 두 줄기 눈물을 줄줄 흘리며 이렇게 말했다.

"있을 때 없을 때를 대비하는 법이지, 없을 때 있을 때를 그리워하는 법이 아니라는 말도 있잖아요. 당신이 평소에 낭비가 심해서 오늘날 이렇게 고생하는 거 아니겠어요! 얼마 없는 이 살림에 한 푼 한 푼이 얼마나 새로운데요!"

이 일이 있고서 조춘아는 속이 상하여 조가성을 더는 챙겨주지 않았다. 그러나 그래도 남편이라고 그냥 두고 볼 수만은 없어 있는 돈을 조금씩 헐어서 겨우겨우 쌀이라도 팔고 장작이라도 들였다. 시간이 가면 갈수록 조춘아가 모아놓은 돈이 줄어만 갔다. 조가성도 처음에는 그런 조춘아에게 고마워하더니 달이 가고 해가 가면서 으레 그러려니 익숙해졌다. 조가성은 조춘아에게 괜히 딴 주머니 차고서 돈을 감추고 화끈하게 내놓지 않는다고 투덜대면서 어서 다 내놓으라고 성화를 대었다. 조춘아는 들볶이다 못해 장롱 열쇠를 조가성에게 건넸다.

"맞아요. 이거 어차피 다 당신한테 줄 건데요 뭐. 지금 당장 당신한테 다 드릴 테니 괜히 이까짓 거 때문에 속 끓이지 마셔요. 전 그저 취엽이랑 베나 짜면서 살겠습니다. 나리 봉양하는 일도 그만둘 거니까 나리도 제발 저 좀 그만 귀찮게 하셔요."

조춘아는 이날부터 먹는 것도 줄이고 아침부터 저녁까지 베틀에만 매달려서 자기 입은 자기가 해결했다. 조가성은 그런 조춘아에게 신경 쓰기보다는 당장 돈으로 바꿔올 만한 물건이 생긴 것을 좋아할 따름이었다.

'그래 저것들을 팔아서 돈으로 바꿔와야지. 이번만큼은 제대로 전답을 장만하여 우리 집안 살림 좀 일으켜야겠다. 그래야 나도 마누라 앞에서 체면이 좀 살 거 아닌가!'

그러나 조가성이 입으로야 당장 뭔가 할 듯이 말했지만 일은 하지 않고 머뭇거리기만 했다. 먹고 사는 데 돈 안 들어갈 리가 있는가. 조가성 수중의 돈은 한 푼 한 푼 줄어만 갔다. 1년이 채 못되어 조가성의 큰소리는 결국 헛소리가 되고 말았다. 더는 팔 게 남아 있지 않은 처지. 조가성은 아내 몰래 아내가 데리고 온 하녀 취엽마저 팔아버렸다. 같이 베틀 일을 하던 취엽이 사라져버렸으니 조춘아는 당장 힘이 더 들기도 하고 화가 나기도 했다. 조춘아는 조가성에게 조곤조곤 따졌다. 조가성이 생각해도 자신이 잘못한 것이라. 하지만 인제 와서 후회한들 무슨 소용이 있겠는가! 조가성은 눈물만 주룩주룩 흘렸다.

시간이 좀 더 흐르고 당장 먹을 게 떨어져 버렸다. 조가성이 조춘아에게 말했다.

"당신이 밤낮으로 매달려 일하는 그 베 짜는 일이 나름대로 수지맞는 일인 것 같소. 마침 당신을 도와줄 사람도 없는 형편이고 나는 또 딱히 할 일도 없으니 나한테 베 짜는 일을 가르쳐 주시구려. 그러면 밥은 굶지 않을 거 아니오.."

조춘아는 웃기기도 하고 화가 나기도 했다. 도저히 참을 수가 없어서 이렇게 욕을 퍼부었다.

"아니 사내대장부가 그래 마누라가 놀고 있는 것도 아닌데, 자기 한 입 해결할 길이 없을까 봐 궁상을 떨어 글쎄."

"자네 말이 백번 맞네그려. 닭이 야위니 꽁지깃만 껑충하고, 사람이 궁해지니 머리도 안 돌아간다더니 내가 바로 그 짝일세. 그래 내가 무슨 일을 하면 좋겠는가? 내가 이제 자네 말을 꼭 들을 것이네."

"그래도 당신은 글줄깨나 읽은 학자 아닙니까. 이 동네에 마침 아이들 가르칠 훈장이 없으니 당신이 아버님 유택 옆에 있던 빈 여막에 서당을 열고 아이들을 모아서 가르치면 사례비를 받을 것이니 그걸로 입에 풀칠은 할 것입니다."

"자네 식견이 남자인 나보다 백 배 낫네. 자네 말이 다 맞네그려."

조가성은 즉시 마을 어른들에게 부탁하여 학생 십여 명을 모아 읽고 쓰기를 가르쳤다. 참 한심하고 따분한 일이었으나 어쩔 도리가 없었다. 시간이 지나면서 이 일도 익숙해졌다. 매 끼니 밥이나 차 역시 최대한 절약했고 다른 비용은 일절 지출하지 않았다. 조춘아 역시 어인 연유로 이렇게 힘들게 살게 되었는지, 앞으로 또 어떻게 살아야 하는지를 남편 조가성에게 시도 때도 없이 이야기하며 어르고 달랬고 조가성은 그런 조춘아에게 군소리 한마디 하지 않았다. 지난 일을 생각하면 눈물만 나왔다. 그 많던 재산을 그냥 다 날려버린 것까지는 굳이 말하지 않더라도 조춘아가 결혼하면서 가져온 것들만이라도 잘 간수했으면 평생 먹고사는 데 큰 지장이 없었을 것이었다. 하지만 다 지난 일, 이제 와서 후회한들 무슨 소용이 있으랴!

이렇게 15년이 흐른 어느 날, 조가성은 성안에 들어갔다가 우연히 아는 사람을 만났다. 해태 무늬가 있는 복장에 은장식 허리띠, 검은 관모에 검은 신발, 지붕 달린 마차, 따르는 수행원만 해도 엄청났다. 그 남자가 조가성을 알아보고 마차에서 내려 인사했다. 조가성은 미처 그를 피하지 못했다. 하는 수 없이 답례했다. 둘은 서로의 안부를 물었다. 그 사람의 성은 은殷, 이름은 성盛, 양주부 통주通州 출신이니 조가성과 동향이었다. 조가성과 같은 시기에 국자감 학생이 되었다가, 나란히 관리 수습 시절을 보냈던 자다. 그런 은성이 이제 절강성 안찰사에 임명되어 임지로 출발하는 길이었다. 그 위세가 대단하기 그지없었다. 조가성은 은성과 헤어져 울적한 기분으로 집으로 돌아왔다. 조가성이 조춘아를 향해 입을 열었다.

"내가 우리 집 재산을 다 말아먹었지만 그래도 한 가지 내 국자감 학생 자격만큼은 그대로 남아 있잖아. 오늘 우연히 은성을 만났는데 안찰사에 임명되어 절강성으로 가는 길이더라고. 그 위세가 참 대단하데. 그 은성은 나랑 같이 관리 수습을 시작했다고. 하나 내 견습 기간은 이미 그냥 지나가 버렸으니 어떻게 은자를 마련해서 북경 가서 손을 좀 써보면 좋을 텐데."

"아이고 그만 꿈 깨셔요. 당장 끼니도 걱정인데 관리는 무슨!"

며칠이 지나고 조가성은 눈치도 없이 또 자기 동기 은성이 관리로 출세한 이야기를 꺼냈다. 조춘아가 조가성에게 물었다.

"그래 관리로 임명되려면 대체 돈이 얼마나 드는데요?"

"많이 쓰면 많이 버는 거지. 요즘 세상은 과거에 정식으로 급제해도 돈을 써야 하는데 하물며 나처럼 돈 내고 국자감 학생이 된 경우는 말할 필요도 없지. 돈을 제법 바치면 괜찮은 지방 관리 자리 하나 얻을 거고, 거기서 돈을 더 올리면 내직도 가능하겠지. 돈을 시원찮게 바치면 그저 그런 자리, 그러니까 뭐 북경의 황족 자제들의 보좌역 같은 걸 얻을 거야. 한데 그런 자리는 이름만 관리지 실권도 없고 해서 나중에 본전도 못 건질 거야."

"그럼 썩 괜찮은 자리는 얼마야?"

"못해도 은자 천 냥은 들 거야."

"아이고, 백 냥도 없는데 천 냥이라니! 여기서 아이들이나 잘 가르치세요."

조가성은 눈물을 머금고 아버님 유택 옆 여막으로 돌아가 아이들을 가르쳤다.

조상님 뵈올 면목이 없으니,
부끄러움과 슬픔 간직한 채 학생을 가르치네.

하루는 조춘아가 한밤중에 잠에서 깨어보니 조가성이 침대 위에서 옷을 입은 채로 대성통곡하고 있더라. 조춘아가 그 까닭을 물었다. 조가성이 대답했다.

"내가 꿈에서 관직을 얻었지 뭐야. 해서 광동 조주부潮州府에 부임했지. 내가 청사에 앉으니 아전들이 나에게 인사를 아뢰더라고. 차를 마시려니 한 아전이, 아마도 빼쩍 마르고 키가 크고 수염이 몇 올 누렇게 났던 거 같아, 나한테 서류를 들고 왔어. 근데 그 녀석이 실수로 내가 마시던 찻잔을 건드려서 찻물이 내 옷을 적셨지. 나는 깜짝 놀라 잠에서 깨었어. 일어나 보니 꿈이더군. 내가 찢어지게 가난하니 내 평생엔 관리로 출세할 희망이 없어 보여. 조상님 뵈올 면목도 없고 자식들한테도 미안하다는 생각이 들어서 나도 모르게 이렇게 울고 있었다네."

"당신은 그래도 돈 많고 지체 높은 집안 출신인데 주변에 돈 좀 있는 친척이 없으려고요. 가서 돈을 빌려서 그 돈으로 관리가 되면 관직도 얻을 거고 그럼 돈 갚을 길도 생길 거 아녜요!"

"내가 젊어서 화류계 출입이나 하고 망나니처럼 굴어서 친척들이 나를 제쳐놓고 아예 상대를 안 해줬어. 지금은 또 이렇게 돈까지 한 푼도 없으니 내가 가서 고개를 숙이고 부탁해도 누가 내 부탁을 들어주겠어! 설사 빌려준다고 해도 또 언제 어떻게 갚지?"

"당신이 지금 돈을 빌리려고 하는 거는 오직 관직을 얻기 위한 거잖아요. 예전에 화류계에서 돈을 낭비하던 것하고는 다르니 돈을 빌려주실 분이 있을지도 모르죠."

"자네 말이 맞네그려."

조가성은 다음 날 바로 친척들 집을 찾아다녔다. 아예 문도 안 열어주는 집도 있고, 지금 집에 없다고 돌려 거절하는 집도 있었다. 설혹 문을 열어주는 집이라도 조가성이 돈 이야기를 꺼내면 코웃음을 치면서 대꾸도 하지 않거나 아니면 돈이 없다고 딱 잡아떼기가 일쑤였다. 조가성이 어렵사리 말을 꺼낸 거 체면치레해주느라 푼돈이나 쌀 몇 되를 건네주는 이도 있었다. 조가성은 너무도 실망했다. 집에 돌아와 그런 사정을 조춘아에게 이야기해주었다.

돈 한 푼 빌리기가 이렇게 어려운 줄 알았더라면,
애당초 재산을 함부로 날리지 않았을 텐데.

조가성이 아무리 생각해도 방법이 없는지라 하염없이 눈물만 흘렸다. 조춘아가 옆에서 한마디 했다.

"아니 울긴 왜 울어요? 돈이 없으면 울기나 하고 돈이 생기면 바로 함부로 써버리고!"

"아이고 내 처지가 이러니 마누라마저도 나를 못 믿는구먼. 뭐 다른 사람들이야 말할 필요도 없지!"

조가성이 한참을 더 울더니 이렇게 말하는 것이었다.

"그래 내가 당장 죽어야지. 다만 한 가지 나를 15년 동안이나 따르고 보살펴준 당신을 제대로 호강시켜 주지도 못하고 떠나는 게 맘에 걸리네."

조가성이 정말로 목숨을 끊겠다고 나서니 조춘아가 달랬다.

"세상사 모든 게 다 변하고 사람도 천번 만번 변한다고 하지 않습니까! 변하지 않는 건 죽은 거라지 않습니까. 하늘이 무너져도 솟아날 구멍이 있다는데 어찌 그렇게 목숨을 가볍게 버리려 하시는 겁니까?"

"개미 같은 미물도 살기를 바라는데 인간인 내가 어찌 살기를 싫어하겠소? 그러나 내가 지금 살아도 아무 의미가 없으니 차라리 깔끔하게 죽는 게 낫겠다 싶은 거요. 내가 살아서 당신에게 짐이 될 수야 없는 노릇."

"너무 그렇게 급하게 마음먹지 마십시오. 당신이 진정 정신 차리고 열심히 노력하실 양이라면 저에게도 나름의 생각이 있습니다."

조가성이 바로 무릎을 꿇고서 조춘아에게 매달렸다.

"여보 당신한테 무슨 방법이 없겠소? 어서 나를 좀 살려주시오."

"내가 기생 일을 할 때 같이 자매처럼 지내던 이들이 열여덟 명이나 됩니다. 내가 그동안 그네들과 왕래를 끊고 살아왔는데 이 원수 같은 당신 일로 자존심 팽개치고 한 번 가서 만나봐야겠네요. 한 사람한테 열 냥씩만 받아도 백 하고도 팔십 냥 아녜요!"

"아이고 여보 그럼 어서 가보시게나!"

"그래도 처음 찾아가는 건데 무슨 선물이라도 들고 가야죠. 어떻게 빈손으로 가요. 그것도 열여덟 개를 준비하여야 하네요."

"열여덟 개는커녕 한 개도 준비하기 힘든 형편이니!"

"내 패물 가운데 하나라도 좀 남겨뒀으면 이럴 때 쓰고 얼마나 좋아!"

조가성이 또 소리 내어 울기 시작했다. 조춘아가 입을 열었다.

"아니 누가 시키지도 않았는데 그렇게 흥청망청 돈 쓰고 놀 때는 언제고 이제 와서 그렇게 걸핏하면 눈물 바람이야! 일단 어서 가서 관직 임용 신청하는 서류라도 제출하시라고요. 그런 서류를 냈다는 증명서 쪼가리라도 하나 있어야 북경 가서 일을 처리할 수 있을 거고 나도 자매들한테 말 붙일 때 체면이 서죠. 그 증명서 쪼가리라도 없으면 내가 자매를 찾아가 보나마나죠."

"내가 서류 증명서를 못 받으면 집에 돌아오지 않을 걸세."

조가성이 큰소리를 뻥뻥 치고 집을 나섰다. 조가성은 속으로 이런 생각을 했다.

'아이고 그런 서류를 받기 위해서라도 부현의 관원들에게 돈을 써야 하는 건데.'

조가성은 마누라와 더 입씨름하기 싫어 그냥 집을 나서서 자기가 가르치는 학생 집을 찾아다니며 돈을 빌렸다. 한 푼 두 푼 돈을 빌리려니 참 팍팍하고 힘들었다. 15년 전 자신이 집안 살림을 말아먹지만 않았더라도 이 정도 푼돈은 신경도 안 쓸 텐데. 아니 이 정도는 그저 행하로 뿌릴 액수일 터인데. 그러나 그때는 그때고 지금은 지금. 조가성은 은자 두 냥 정도를 마련하여 강도현江都縣으로 가서 서류건을 처리하고자 했다. 강도현에는 주씨 성을 가진 부현령이 재직하고 있었다. 그는 사람됨이 충직했으며 조가성이 예전부터 알고 지내던 친구이기도 했다. 조가성의 형편을 잘 알고 있는 그는 여러 관리를 찾아다니며 일단 외상으로 일 처리를 해주고 만약 조가성이 관직에 임용되면 이자를 쳐서 돌려받으라 했다.

조가성은 득의양양하게 서류를 품에 안고 집에 돌아오는 길에 올랐다. 돌아오는 길에 천지신명에게 그리고 조상신들에게 제발 마누라가 빚을 얻어올 수 있게 해달라고 빌었다. 집에 돌아와 보니 마누라는 평소와 마찬가지도 베틀에 앉아 있었다. 그 모습이 너무도 시무룩해 보였다. 조가성은 빚을 얻으러 가는 게 문제가 생겨 그러나보다 하는 생각에 자기도 모르게 눈물이 절로 흘러내렸지만, 호들갑 떨기도 뭐하여 서류를 들고 대문에서 조용히 "마누라" 하고 불렀다. 조춘아가 그 소리를 듣고서 손에 삼베 실을 잡고서 물었다.

"서류 받으러 간 일은 어떻게 되었나요?"

조가성은 방 안으로 걸음을 옮겼다. 품 안에서 서류를 꺼내어 탁자 위에 올려놓고서 대답했다.

"우리 마누라 덕에 서류는 이렇게 받아왔다네."

조춘아는 베틀에서 일어나 탁자로 다가와 서류를 바라보았다.

'저 바보 멍충이 남편이 제법이네!'

조춘아가 조가성에게 물었다.

"여보, 정말 관리가 되고 싶으신 게요? 정작 당신 마누라인 저는 마님 소리 들을 자격이 없다 여기시는 건 아닌지 모르겠네요."

"내가 앞날을 도모하게 된 것은 다 당신 덕인데 무슨 그런 말을 다 하시오! 참 돈 빌리는 일은 어떻게 되고 있소이까?"

"이미 부탁해두었어요. 당신이 출발하는 날 다들 돈을 빌려줄 거예요."

조가성은 대체 얼마를 빌려준다는 것인지 더 묻고 싶었으나 꼬치꼬치 캐묻기가 뭐하여 일단 점집으로 가서 길일을 잡아 조춘아에게 알려주었다. 조춘아가 조가성에게 말했다.

"옆집 가서 괭이 좀 빌려오시지요."

조가성이 괭이를 빌려왔다. 조춘아가 베 짜는 바구니를 옆에 밀쳐놓고 바닥 한곳을 가리키며 말했다.

"내가 당신과 결혼할 때 관모 하나를 여기다 파묻어두었는데 그게 혹시 썩지나 않았는지 모르겠네요. 관모가 괭이에 찍히지 않게 살살 파보셔요."

조가성이 힘껏 괭이를 들었다가 내려치기를 몇 차례 했다. 땡그랑 소리가 나면서 어떤 물건 하나가 빼꼼히 드러났다. 조가성이 깜짝 놀라 찬찬히 꺼내어 살펴보니 작은 도자기 단지였다. 단지 안에는 은화와 은으로 만든 술잔 같은 것이 가득 들어있었다. 조춘아가 조가성에게 그걸 성안에 가지고 가서 대체 얼마나 나가는지 알아보라 했다. 조가성이 단지 안에 들어 있던 은화랑 술잔 같은 것을 모두 녹여 달아보게 하니 백 냥하고도 육십칠 냥이나 나갔다. 조가성이 그걸 들고서 집으로 돌아와 두 손으로 받쳐 들고 조춘아에게 건네주었다. 조가성의 얼굴에 미소가 가득했다. 사실 조춘아는 그게 몇 냥이나 나갈지 이미 다 알고 있었으나 조가성의 마음을 한 번 시험해보고자 그리한 것이었다. 조춘아는 조가성이 한 푼도 속이지 아니하고 정확한 액수를 말해주는 걸 보고 무척 흐뭇해했다.

조춘아가 다시 조가성에게 괭이를 가지고 오라 했다. 조춘아가 자기가 십오 년 동안 한결같이 앉아 있던 베틀 앞의 작은 의자를 치우더니 조가성한테 그 자리를 파보라 했다. 땡그랑 소리가 나더니 큰 도자기 단지가 하나 나왔다. 그 단지 안에는 천 냥은 족히 넘어 보이는 금은이 들어있었다. 알고 보니 조춘아가 남편 조가성이 워낙 낭비벽이 심한 것을 보고서 남편 몰래 숨겨둔 것이었다. 그러고는 온종일 그 위에 앉아 베를 짜기만 하고 숨겨 놓은 금은 이야기는 일언반구도 하지 않았다. 조춘아는 정말로 여장

부였더라. 조가성이 단지 안에 들어있는 금은을 바라보면서 눈물을 흘렸다. 조춘아가 조가성에게 물었다.

"아니 왜 그렇게 슬피 우시는 거에요?"

"당신이 십오 년 동안 먹을 거 못 먹고 입을 거 못 입고 힘들게 살았던 것을 생각하니 절로 눈물이 나오. 당신이 이런 식으로 조심조심 금은을 감춰둬야 했던 것도 실은 이 못난 남편 때문 아니겠소. 나 때문에 당신이 고생을 너무 많이 했소이다. 어서 내 절을 받으시오."

조가성이 말을 마치더니 조춘아에게 바로 절을 올렸다. 조춘아가 당황하면서 곧바로 조가성을 붙잡아 일으켰다.

"힘든 시절은 다 갔으니 앞으로는 좋은 날만 있을 겁니다. 그 기쁨을 우리 함께 누려야죠."

"내가 관직을 구하러 북경에 다녀오는 동안 당신 혼자 집에서 힘들고 외로울 것이니 차라리 나랑 같이 북경에 갑시다. 일 생기면 당신과 상의도 할 수 있지 않소. 노자도 충분히 있고 말이오."

"저도 마음이 안 놓이던 차인데 그게 좋겠네요.."

조가성과 조춘아는 즉시 짐을 꾸리고 심부름꾼 둘을 산 다음 배를 빌려 북경으로 출발했다.

운이 다하니 황금마저도 빛을 잃어버리고
운이 돌아오니 쇳덩어리도 빛을 발하는구나.

조가성 일행이 북경에 도착했다. 객점을 잡아 짐을 풀고 나서 이부에 서류를 접수했다. 돈을 제대로 사용한 덕분인지 곧장 관직에 임용되었다. 그의 첫 관직은 복건성 동안현同安縣 부현령이었다. 얼마 지나지 않아 복건

성 천주부泉州府 부윤의 주관으로 승진했다. 아내 조춘아가 조가성의 관직 생활을 힘껏 내조하니 조가성의 명성이 널리 퍼지지 시작했다. 게다가 북경에서 두루 돈을 써서 일을 도모하고 업무 성적 또한 빼어나니 조가성은 마침내 광동성 조주부潮州府 부윤의 주관으로 영전했다.

조주부 부윤이 북경으로 가서 다음 발령지를 기다리는 때가 되었다. 이때 마침 조주부의 부부윤과 재판관 자리도 공석이었다. 상부에서는 조가성의 능력을 인정하여 조가성에게 조주부 부윤의 직을 대신 수행하게 했다. 조가성은 그 나름대로 날짜를 골라 부윤의 집무실에 들어가 일을 시작했다. 휘하의 관리들이 모두 조가성에게 인사를 올렸다. 하인이 들어와 탁자 위에 차를 올렸다. 이때 아전 하나가 서류를 가지고 탁자로 다가오다가 찻잔을 건드려 엎지르니 조가성의 옷소매가 다 젖고 말았다. 조가성이 화를 버럭 내려는 찰나 그 아전의 모습이 눈에 들어왔다. 삐쩍 마르고 키가 크고 수염이 몇 올 누렇게 나 있었다. 문득 몇 년 전 꿈에서 봤던 그 광경이 떠올랐다. 그의 관직 생활의 앞날이 이미 이렇게 다 정해져 있었음을 깨달았다. 오늘 저 아전이 찻잔을 엎지른 것 역시 우연이 아닐 게다. 아전이 연신 죽을죄를 지었다며 사죄했다. 조가성은 좋은 말로 그 아전을 위로하고 전혀 화를 내지 않았다. 휘하의 아전들이 조가성은 정말 도량이 큰 분이라며 칭송해 마지않았다.

조가성은 집무실에서 물러 나와 조춘아에게 오늘 집무실에서 겪은 일을 이야기해주었다. 몇 년 전 꿈에서 보았던 일과 딱 들어맞았다는 말도 빠뜨리지 않았다. 조춘아 역시 깜짝 놀랐다.

"당신 꿈대로 당신 관운은 아마도 여기까지인 듯합니다. 당신이 여막에서 아이들 가르칠 때 제대로 입지도 먹지도 못했잖아요. 이젠 지방관으로 임용되어 세 번이나 승진하여 육품대부 급이 되었네요. 국자감 학생 출신으로 여기까지 올랐으면 잘한 거죠. 분수를 알면 험한 꼴 안 당한다는 말도 있잖아요. 당신 여기서 그만 사표를 내시죠. 그런 다음 초야에서 편하게 여생을 즐기시죠."

 조가성도 고개를 끄덕였다. 사흘을 더 대리 부윤으로 근무한 다음 병을 핑계 대고 사표를 던졌다. 상부에서는 조주부의 부윤 자리를 수행할 자가 없다며 허가하지 않았다. 조가성은 하는 수 없이 반년 정도 부윤 자리를 대리했다. 신임 부윤이 부임하니 조가성은 인수인계를 마치고 다음 날 바로 사표를 제출했다. 상부에서도 조가성이 사직하고자 하는 의지가 너무도 강함을 알고서 더는 어찌하지 못하고 허가했다. 고을 백성들 가운데 조가성의 수레 끌채를 부여잡는 자, 수레바퀴 앞에 드러눕는 자가 수천을 헤아렸다. 조가성은 그들을 일일이 손잡아 달랬다. 조가성 부부는 금의환향했다. 세 군데에서 관직을 지내며 번 돈이 수천 금이라 그 돈으로 옛날 날려먹은 가옥과 전답을 다시 사들였다. 조가성 가문은 다시 흥성했고 마침내 명문거족으로 우뚝 섰다. 조가성이 개과천선한 덕분에 이렇게 된 것이겠으나 조춘아가 보살피고 도와주지 않았더라면 어림없을 터였다. 후세 사람이 시를 지어 이렇게 읊었구나.

  집안을 들어먹은 건 꽃처럼 아름다운 여인 때문,
  집안을 다시 일으킨 것도 꽃처럼 아름다운 여인 때문.
  이 같은 여인은 예나 지금이나 찾기 힘드니,
  그대여 무턱대고 여색을 탐하지 마시게나.

두십낭이 강물에 몸을 던지다

杜十娘怒沈百寶箱
— 두십낭이 화가 나서 보물 상자를 강물에 빠뜨리다 —

오랑캐 무찌르고 새 왕조의 기틀 다지니,
용이 춤추고 봉황이 날갯짓, 그 기상 드높아라.
동쪽으론 푸른 바다 하늘에 맞닿았고,
서쪽으론 만 아름 되는 태항산이로다.
창 움켜쥐고 변방 수비하는 군사, 그 늠름함은 천하의 으뜸이며,
만국을 다스리는 천자, 힘도 들이지 않고 천하를 호령하네.
나라는 평안하고 백성들 기뻐하니 바로 요순시절이로다.
무궁할지니 태평한 세월이여.

이 시는 바로 명 왕조의 수도 북경의 성대함을 묘사하고 있다. 북으로는 험준한 관문에, 남으로는 중원의 드넓은 땅에 맞닿아 있으니 천하의 길지요, 만세토록 전해질 복 받은 곳이라. 태조 홍무제洪武帝가 오랑캐를 몰

아내고 금릉金陵에 왕업의 기틀을 닦았으니 그곳이 바로 남경이다. 영락제永樂帝가 북평北平에서 병사를 일으켜 간신들을 몰아내고 연경에 천도하니 그곳이 바로 북경이다. 바로 이때부터 궁벽한 시골 땅 북경은 세상에서 제일 번화한 곳이 되었다. 영락제부터 아홉 번 왕위가 전해지니 그가 바로 명 왕조의 11대 황제 만력제萬曆帝로다. 총명하고 신명스럽고 덕이 넘치는 데다가 하늘로부터 복까지 받고 태어나 10세에 천자의 자리에 올랐다. 이 11대 황제 만력제는 재위 48년 동안 세 오랑캐의 소란을 거뜬히 물리쳤으니 일본의 도요토미 히데요시豊臣秀吉, 서하의 발승은哱承恩, 파주播州의 양응룡楊應龍이 바로 그들이다. 도요토미 히데요시는 조선을 침범했고, 발승은과 양응룡은 토족 관리로서 거병했으나 모두 평정당했으니 먼 곳의 오랑캐들이 지레 겁을 집어먹고 조공을 바쳐왔다.

  천자께서 하늘로부터 복을 받으시니 만백성이 편안하고
  온 천하에 근심 걱정 없어 나라가 태평하도다.

한편, 만력 20년에 일본의 도요토미 히데요시가 조선을 침범하니 조선의 국왕이 표를 올려 도움을 청했다. 명 왕조는 바다 건너 조선으로 구원병을 파견했다. 구원병을 파견하려 하니 군량미가 부족하여 호부에서는 병사를 일으키고자 하는 이때 군량미가 부족하니 돈을 바친 자에게 국자감 입학 자격을 주는 제도를 시행하자고 건의했다. 돈을 내고 입학하는 거라고는 하지만 그래도 공부할 기회를 얻는 데다가 과거 시험 준비에도 더없이 좋은 기회라 출세를 향한 첫걸음이 되었다. 이런 까닭에 고관대작의 자제나 돈냥이나 있는 집안의 자식들이 모두 앞다퉈 국자감에 입학하여 태학생이 되고자 했다. 이런 연고로 남경과 북경의 태학생이 각기 천을 헤아리게 되었다.

이갑李甲 역시 그런 태학생 가운데 한 사람이었다. 이갑의 자는 간선干先으로 절강 소흥현紹興縣 출신이다. 이포정李布政의 세 아들 가운데 큰아들로 어려서부터 과거를 목표로 공부했으나 급제하지 못하고 있다가 이참에 북경의 국자감에 입학했다. 이갑은 고향 친구 유우춘柳遇春과 같이 기방에 놀러 갔다가 당대의 명기 두미杜媺를 만났다. 두미는 항렬이 열 번째라 흔히들 두십낭杜十娘이라고 불렀다.

온몸에 교태가 자르르,
머리끝에서 발끝까지 향기 넘치네.
두 눈썹은 마치 두 개의 산봉우리인 양,
두 눈은 가을날 맑은 물이 스며들어 있는 양.
연꽃과도 같은 얼굴은 탁문군이요,
앵두 같은 입술은 바로 번소樊素[1]로다.
가련타! 하늘이 내린 아름다운 옥 같은 그녀,
어이하여 이 화류계에 떨어졌는고?

두십낭은 열세 살에 이 바닥에 처음 발을 들여놓게 되었고 지금은 벌써 열아홉. 지난 7년 동안 벼슬깨나 한다는 집안의 자제와 돈푼깨나 있다는 집안의 자제를 수도 없이 상대했다. 그들은 모두 두십낭에게 빠져 자신들의 재산을 탕진하고 집안을 거덜 내고도 전혀 개의치 않았다. 화류계에 그녀에 대한 시가 전할 정도이다.

---

[1] 당나라 시인 백거이 집안의 기녀로 노래와 춤이 뛰어나고 미모가 출중했다고 한다.

두십낭,

그녀를 보면 술 한 잔 못 마시는 사람도 천 잔 술을 마다하지 않으며,

두십낭,

그녀를 보면 다른 기녀들은 모두 꼬리를 내리네.

　이갑은 화류계 출입 경력도 많지 않아 아직 제대로 된 기녀를 만나보지도 못한 처지인데, 두십낭 같은 천하일색을 만났으니 온 정신이 다 그녀에게 팔려 버리고 말았다. 이갑은 인물도 잘생기고 성격도 좋고 돈도 잘 쓰고 게다가 심부름꾼까지 대동하고 다니니 두십낭과는 너무도 잘 어울리는 한 쌍이었다. 두십낭은 자신의 기생 어미가 돈만 밝히는지라 오래전부터 괜찮은 남자만 만나면 그를 따라 이 생활을 청산하고자 마음먹고 있었다. 그러던 차에 사려 깊고 정이 많은 이갑을 만나 그만 그에게 마음을 다 주고 말았다. 이갑은 고향의 아버지가 걱정이라 두십낭에게 확답을 주지 못하고 있었다. 여하간 두 사람은 찰떡궁합이라, 낮이나 밤이나 서로 붙어 다니니 마치 부부와 같았으며, 바다처럼 깊고 산처럼 높은 맹세를 했으니 다른 마음은 전혀 없었다.

바다보다 더 깊은 사랑,

산보다 더 높은 믿음.

　두십낭은 이갑과 사랑에 빠져 다른 손님은 일절 받지 않았다. 아무리 돈 많고 권세가 높은 사람이 찾아와 한번 보자고 하여도 절대 들이지 않았다. 처음에 이갑이 그래도 수중에 돈푼깨나 있어 씀씀이가 컸을 때는 두십낭의 기생 어미도 아첨을 하고 비위를 맞추고 했다. 그러나 날이 가고 달

이가 어느덧 일 년, 이갑의 수중에 돈이 다 떨어지자 기생 어미의 이갑을 대하는 태도가 슬슬 달라지기 시작했다. 이갑의 아버지 역시 자식이 기생에 빠져 학업을 게을리하고 있다는 소식을 듣고는 몇 번이나 서찰을 보내어 고향으로 돌아오라고 재촉하고 있었다.

하지만 이갑은 두십낭에 빠져 고향으로 돌아가는 일을 차일피일 미뤘다. 미루고 미루다 보니 결국 아버지의 노여움을 샀고, 이 사실을 알게 된 이갑은 마침내 고향으로 돌아가는 일을 단념하고 말았다. '돈 보고 사귄 사이, 돈 떨어지면 끝장'이라고 했으나, 이갑이 수중의 돈이 다 떨어져 이제 더는 바랄 것도 없게 되었는데도 두십낭이 이갑에 푹 빠져 정신을 못 차리고 있으니 기생 어미는 애가 타고 입이 말랐다. 기생 어미가 두십낭에게 이갑을 푸대접하여 스스로 물러나게 하라 했으나 두십낭은 들은 척도 하지 않았다. 보다 못한 기생 어미가 이갑의 자존심을 긁어대며 쌀쌀맞게 굴었으나 이갑은 외려 더 오래 붙어 있을 심산인 듯 기생 어미에게 더욱 살갑게 굴었다. 이러지도 저러지도 못하게 된 기생 어미는 날마다 두십낭을 들볶았다.

"우리들이야 다 손님들 덕택에 먹고사는 것인데 묵은 손님 내보내고 새 손님 받아들여 날마다 불야성을 이루어야 금은보화를 산더미처럼 벌 거 아니냐? 그런데 네가 지금 저 이갑이란 놈한테 빠져서 무려 일 년 동안이나 새 손님은 받지 않고 단골을 끊어버리니 쥐새끼 한 마리도 출입하지 않게 되었구나. 이제 우리 식구 모두 손가락 빨게 되었으니 이게 무슨 꼴이란 말이냐?"

들볶이다 못한 두십낭이 기생 어미에게 쏘아붙였다.

"이갑이 처음부터 빈손으로 찾아온 것도 아니고 그동안 돈도 쓸 만큼 썼잖아요.."

"그때는 그때고, 지금은 지금인 게야. 어서 이갑에게 몇 푼이라도 좀 달라고 해라. 그걸로 쌀이라도 팔고 나무라도 사야겠다. 다른 집 딸내미들은 갈퀴로 돈을 긁어모은다는데 난 지지리도 복도 없어 늘그막에까지 쌀이야, 나무야 모두를 내가 해결해야 하니. 아이고 내 팔자야. 이젠 한술 더 떠서 저 이갑 녀석까지 나한테 은근슬쩍 떠넘길 심산이냐? 어서 이갑 녀석한테 똑똑히 말해라. 재주껏 돈을 구해와 너를 데려가라고. 난 따로 다른 년을 구해오는 게 백번 낫겠다."

"그 말 진짜예요?"

기생 어미는 이갑이 돈이 다 떨어져 옷가지마저 전당포에 맡긴 상태라는 걸 아는지라 자신 있게 대답했다.

"내가 언제 거짓말하는 거 봤냐?"

"돈을 얼마나 가져오라는 거죠?"

"다른 사람 같으면 은자 천 냥 정도는 받아야겠지만 이갑에게는 그간의 인연을 생각해서 삼백 냥만 받지. 그 정도는 있어야 다른 기생이라도 하나 데려올 거 아니냐? 기한은 삼 일이야. 삼 일을 줄 테니 어서 돈을 마련해오라고 해. 삼 일 후에 돈과 사람을 맞바꾸는 거야. 만일 기한을 지키지 못하면 그땐 이갑이고 나발이고 사정 봐주지 않고 쫓아낼 테니까. 그때 가서 괜히 날 원망하지 말라고."

"이갑이 비록 낯설고 물설은 타관 땅에 살고 있어도 날 위해서라면 삼백 냥쯤은 어떻게 변통할 수 있을 거예요. 하지만 삼 일은 너무 촉박하니 열흘로 합시다."

두십낭의 말을 듣고 기생 어미는 혼자서 생각했다.

'빈털터리 이갑이 녀석한테 열흘이 아니라 백 일을 주어도 어디 가서 돈을 변통해 온단 말이야? 기한 내에 돈을 변통해 오지 못하면 내 필시 그

놈을 쫓아내 버리고 새로 영업을 시작해야지. 그럼 저 십낭이 년도 아무 소리 못 하겠지.'

기생 어미가 마침내 입을 열었다.

"네 년 얼굴을 봐서 기한을 열흘로 늘려주지. 기한 내에 돈을 가져오지 못하면 그땐 나도 어쩔 수 없는 거 알지?"

"열흘 동안 돈을 구하지 못하면 이갑도 염치가 없어 다시 찾아오진 못할 거예요. 돈을 구해왔을 때 엄마가 딴소리할까 봐 그게 걱정이죠."

"내 나이가 벌써 쉰하나에다 한 달에 열흘은 근신하며 지낼 정도로 신심이 깊은데 어찌 허튼소리를 하겠느냐. 내가 약속을 안 지키면 사람이 아니라 개, 돼지다."

저 깊은 바닷물을 국자로 어이 잴 수 있으리.
겉 번지르르하고 속 엉큼한 기생 어미,
선비 돈 떨어지고 아무것도 남아 있지 않음을 너무도 잘 아는지라,
입으론 선심 쓰는 척, 여인네 속을 뒤집어 놓는구나.

이날 밤 두십낭은 이갑과 베개를 같이하고 누워 앞날을 이야기했다.

"나도 그 생각을 아니한 것은 아니오만 그대를 기적에서 빼내려면 돈이 한두 푼 드는 것이 아닐 터인데, 지금 수중에 가진 것이 아무것도 없으니 그것이 걱정이오."

"제가 이미 엄마하고 이야기를 다 해놓았어요. 열흘 안에 은자 삼백 냥만 준비하면 된대요. 낭군께서 그동안 가진 돈을 유흥비로 다 쓰셨다고 해도 이 드넓은 북경 땅에 변통할 곳이 없으시겠어요. 그 돈만 마련해오면 저는 완전히 낭군님 것이 되고, 엄마의 간섭을 받지 않아도 좋게 되어요."

"내 친한 친구들은 모두 내가 기생과 사랑에 빠졌다고 손가락질하며 만나주려고도 아니하오.. 내일 내가 짐을 꾸려 이 생활을 청산하고 고향으로 돌아가려 작별인사하러 왔다고 하면 혹시 노자라도 보태줄지 모르니 그거라도 모아봅시다."

이갑이 일어나 소세를 마치고 문을 나섰다.

"온 정성을 다해야 할 일이에요.. 좋은 소식 기다릴게요."

"너무 다그치진 마시오."

이갑이 기생집을 나서 친구들을 찾아가 고향으로 돌아가려 한다고 거짓말을 했다. 이갑의 말을 듣고 친구들은 모두 축하해주었다. 하지만 축하는 축하, 돈은 돈이던가. 노자가 부족하니 조금만 빌려 달라는 이야기만 나오면 모두들 나 몰라라 했다. 이갑이 기생에 빠져 아버지에게마저 버림받았다는 사실을 모르는 사람이 없는지라 이갑이 고향에 돌아간다고 하는 말이 믿을 만한가부터 따지려 들었다. 고향으로 돌아간다고 거짓말하고 얻은 돈을 다시 화류계에 들어가 탕진하면 이는 친구를 돕는 게 아니라 망치는 일이라 생각하여 이갑의 청을 아예 못 들은 척했다.

"마침 돈이 다 떨어져 도와줄 수 없다네. 미안하고 부끄럽기 짝이 없네 그려."

만나는 친구마다 이런 식이라 그에게 열 냥, 스무 냥이라도 건네주는 친구는 단 한 명도 없었다. 이갑은 사흘이나 돌아다녔지만 단 한 푼도 변통하지 못했다. 이갑은 이 사실을 두십낭에게 차마 그대로 이야기할 수 없었다. 나흘째 되는 날도 마찬가지. 도무지 염치가 없어 두십낭에게 돌아갈 수도 없었다.

평소 두십낭과 같이 지내느라 따로 숙소를 마련해 놓지도 않았는지라 어디 갈 데도 없어 고향 친구 유우춘을 찾아가 사정이라도 한번 해 봐야겠다는 생각이 들었다. 유우춘이 피골이 상접하고 얼굴에 수심이 가득한 이갑을 보고선 그 이유를 물었다. 이갑이 그간의 사정을 하나도 빠짐없이 말해주었다. 이갑의 말을 듣고 난 유우춘이 고개를 가로저었다.

"두십낭이야말로 화류계에서 제일가는 기녀 아니던가? 그녀가 자네를 따라나서면 천만 금의 보배가 사라지는 셈인데, 그래 그깟 삼백 냥에 두십낭을 자네에게 넘겨줄 리 있겠는가? 자네가 지금 수중에 돈 한 푼 없으면서도 두십낭을 꿰차고 있으니 그 기생 어미가 자네를 쫓아버리고 싶으나 자네 체면 때문에 차마 막보기로는 못하고 그런 말을 한 것 같네. 자네 이제 더는 두십낭을 찾지 말게. 그게 다 기생집에서 묵은 손님 쫓아내는 뻔한 수법이지. 열흘 기한 동안 돈을 구하지 못하면 자네는 차마 다시 두십낭을 찾지 못할 것이고, 또 자네가 염치불구하고 두십낭을 찾아가면 기생 어미가 자네를 능력도 없는 주제에 염치마저 없다고 대놓고 욕하고 조롱할 것이니 자넨 아무래도 그녀와의 관계를 정리하는 것이 좋겠네."

이갑은 유우춘의 말을 듣고 아무 말도 하지 못했다. 유우춘이 다시 말을 이었다.

"자네가 진정 고향으로 돌아가려 한다면 도울 사람이 나서겠지만 자네가 삼백 냥을 얻어 두십낭을 구하려 한다면 그건 열흘이 아니라 열 달이라도 불가능할 걸세. 지금 세상인심이 어디 그렇게 호락호락한가. 기생 어미가 다 자네의 그 딱한 처지를 알고 일부러 자네를 골탕 먹이려는 수작인 게야."

"자네 말이 맞네."

이갑이 비록 입으로는 이렇게 말했지만 마음속의 미련마저도 홀가분하게 떨쳐버린 것은 아니었다. 그래서 날마다 이곳저곳 기웃거리면서 돈을 구하러 다녔고 밤이 되면 차마 두십낭을 찾아가지는 못하여 유우춘의 집에서 연속 사흘을 묵었다. 이제 엿새가 지났다. 두십낭은 이갑이 보이지 않자 걱정이 되어 심부름하는 아이 사아四兒를 시켜 이갑을 찾아보도록 했다. 거리에서 우연히 이갑을 만난 사아가 말했다.

"나리, 아씨께서 집에서 학수고대하고 계세요."

이갑은 면목이 없었다.

"오늘은 내가 여가가 없으니 내일 들른다고 하여라."

사아는 두십낭의 부탁을 받은 처지라 이갑을 부여잡고 절대로 놓지 않을 기세다.

"아씨께서 나리를 만나면 절대 그냥 보내 드리지 말라고 했어요."

이갑도 두십낭이 그리웠던 참이라 못 이기는 척하고 사아를 따라 두십낭의 집으로 향했다. 이갑이 두십낭을 만나고서도 아무 말도 하지 못했다. 두십낭이 이갑에게 물었다.

"그래, 일은 어찌 되었습니까?"

이갑이 아무 말도 하지 못하고 그저 눈물만 흘리자 두십낭이 말했다.

"인심이 야박하여 삼백 냥을 채우지 못하신 모양이군요."

이에 이갑이 눈물을 머금고 겨우 입을 열었다.

"산에 올라 호랑이를 잡는 편이 낫지, 차마 입을 열어 사정 이야기하기 어렵다는 말을 내 이제야 알겠소. 엿새 동안 발이 닳도록 돌아다녔으나 땡전 한 푼 구하지 못했소. 정말로 염치가 없어 차마 그대에게 돌아오지 못하고 다른 데를 떠돌아다녔소이다. 그대가 특별히 사람을 보내어 나를 찾으니 내 부끄러운 줄 알면서도 이렇게 다시 찾아왔소이다. 돈을 구하려고 노력하지 않은 것은 아니나 세상인심이 이렇게 야박할 줄이야."

"이 일은 우리끼리만 알고 엄마한테는 이야기하지 마세요. 그리고 낭군께서는 오늘 밤 여기서 주무시지요. 제가 상의드릴 게 있습니다."

두십낭이 손수 술상을 차려와 이갑과 술잔을 나누었다. 한밤중에 일어나 두십낭이 이갑에게 물었다.

"정말 한 푼도 구하지 못하셨습니까? 저를 아내로 맞이하기로 한 일은 어떻게 되었습니까?"

이갑이 그저 눈물만 흘리고 아무런 말을 하지 못했다. 시간은 오경으로 접어들고 날이 밝았다.

"우리 덮고 잔 이불 속에 부스러기 은이나마 백 오십 냥이 들어있습니다. 이 은은 제가 평소에 조금씩 모은 것이니 낭군께서 가지고 가십시오. 삼백 냥 가운데 제가 그 반을 마련했으니 나머지 반은 낭군께서 마련하십시오. 기한이 나흘밖에 남지 않았으니 이 점 꼭 유념하십시오."

두십낭이 일어나 이불을 이갑에게 건넸다. 이갑은 예상치 못한 일에 크게 기뻐하며 심부름꾼에게 그 이불을 들고 가도록 했다. 곧장 유우춘의 집에 도착하여 한밤에 있었던 일을 이야기하고 이불을 뜯어보니 이불 솜 속에 은이 있는지라 세어보니 정확히 백 오십 냥이었다. 유우춘도 적이 놀란 표정이었다.

"이 아가씨는 심지가 곧고 당찬 사람인 것 같네. 이런 사람의 진심을 저버리는 건 사람이 할 일이 아니지. 내 자네를 위해 은자 백오십 냥을 어떻게든 마련해 보겠네."

"그렇게만 해 준다면 백골난망이겠네."

유우춘이 거처에 이갑을 남겨두고 돈을 마련하러 떠났다. 유우춘이 이틀 만에 은자 백오십 냥을 마련하여 이갑에게 건네줬다.

"내가 이렇게 은자 백오십 냥을 마련하여 온 것은 자네를 위해서가 아니라네. 두십낭의 진심이 나를 감동시켰기 때문이라네."

삼백 냥을 마련한 이갑의 얼굴에 웃음이 절로 번졌다. 나는 듯이 두십낭을 찾아오니 이날은 바로 아흐레째 되는 날이었다. 두십낭이 이갑에게 물었다.

"그제만 해도 한 푼도 못 구하시겠다더니 그 많은 돈을 어떻게 다 구하신 거예요?"

이갑은 그간의 일을 두십낭에게 일일이 이야기해주었다. 두십낭이 손을 이마에 대고 경의를 표시하며 말했다.

"우리 두 사람의 소원을 이루게 해주신 분이 바로 유우춘 나리시군요."

두 사람이 기쁨에 겨워 같이 밤을 보냈다. 다음 날 두십낭이 잠에서 깨어 이갑에게 말했다.

"삼백 냥을 건네주고 나면 아무것도 남는 게 없을 것이라 제가 미리 언니들에게 은자 이십 냥을 꾸어두었어요. 낭군께서는 이걸 노자로 삼으세요."

이갑이 그렇지 않아도 노자가 걱정이었던 참이라 두십낭이 은자 이십 냥을 내놓자 매우 기뻐했다. 두 사람이 한참 이야기를 나누는데 마침 기생 어미가 문을 두드렸다.

"얘야, 오늘이 열흘째라는 걸 잊진 않았겠지?"

이갑이 이 소리를 듣고서 문을 열어주었다.

"그렇지 않아도 모시려던 참이었소이다."

이갑이 은자 삼백 냥을 탁자 위에 펼쳤다. 이갑이 은자 삼백 냥을 구할 것이라곤 꿈에도 생각하지 못했던 기생 어미가 얼굴이 흙빛으로 변하더니 후회하는 기색이 역력했다. 두십낭이 말했다.

"내가 엄마 밑에서 이 생활을 시작한 지도 어언 팔 년. 그동안 내가 엄마에게 벌어 준 돈만 해도 아마 수천수만 금은 될 거예요. 삼백 냥을 마련해오면 저를 놓아준다는 약속은 엄마 입으로 직접 하신 것이고요. 금액도

맞고 기한도 어기지 않았으니 어서 약속을 지키세요. 만약 약속을 지키지 않는다면 저 돈은 낭군께 들고 가라 할 것이며 나는 이 자리에서 혀를 깨물고 자결하고 말 거예요. 그럼, 사람도 돈도 다 잃어버리는 것이니 그때 가선 후회해도 아무 소용없어요."

기생 어미는 할 말을 잃었다. 한참을 생각하더니 마음을 굳힌 듯, 은 무게를 재어보고 나서 입을 열었다.

"이왕 이렇게 된 일, 너를 붙잡아 무엇하겠느냐? 그래, 갈 테면 어서 가라. 하지만 평소 네가 입던 옷이나 장신구는 가져갈 생각도 하지 마라."

기생 어미는 손사래를 치며 두십낭과 이갑을 방에서 몰아내더니 방문에 자물통을 채워버렸다. 때는 바야흐로 가을하고도 구월. 두십낭은 머리도 미처 빗지 못한 채로 입고 있던 옷 그대로 기생 어미와 작별했다. 이갑도 기생 어미에게 인사를 올리고 두십낭과 함께 대문을 나섰다.

물고기, 바늘에서 빠져나오더니,
이리저리 헤엄치며 멀리 사라진다.

이갑이 두십낭에게 잠시 기다리라고 했다.

"내가 가서 가마를 부를 터이니 내 친구 유우춘 집에 가서 잠시 기다리도록 하시오. 그리고 대책을 세웁시다."

"같이 생활하던 언니와 동생들에게 작별인사를 해야겠어요. 게다가 저에게 노자까지 빌려주었으니 고맙다고 인사하는 게 도리 아니겠어요?"

이갑과 두십낭은 평소 두십낭이 가깝게 지내던 기생들을 찾아 나섰다. 그중에서도 특히 사월랑謝月朗, 서소소徐素素가 두십낭을 친자매처럼 대해주었다. 두십낭은 먼저 사월랑의 집에 찾아갔다. 사월랑은 두십낭이 머리도 제대로 빗지 않고 해어진 저고리를 입고 있는 걸 보고서는 깜짝 놀랐다. 두십낭은 사월랑에게 저간의 사정을 자세히 이야기해주고 이갑을 인사시켰다.

"저번에 낭군님에게 드린 노자는 바로 이 월랑 언니가 마련해 주신 거예요. 인사드리세요."

이갑이 거듭 인사를 올렸다. 월랑이 두십낭이 머리도 빗고 옷매무새도 만질 수 있게 해주는 한편 사람을 보내 서소소를 데려오도록 했다. 월랑과 소소가 금팔찌, 옥비녀, 비단옷, 비단 허리띠와 신발 등을 모두 꺼내어 두십낭을 단장시켜주고 술자리도 마련해 주었다. 두십낭과 이갑은 월랑의 방에서 하룻밤을 보냈다.

다음 날 월랑이 두십낭을 위해 잔치를 열고 기루의 기생들을 초대했다. 평소 두십낭과 가깝게 지내던 자들은 한 사람도 빠짐없이 모두 찾아와 두십낭과 이갑의 앞날을 축하해주었다. 그녀들은 악기를 연주한다, 춤을 춘다, 노래를 부른다 하며 밤늦도록 즐겼다. 두십낭이 기생들에게 일일이 인사했다. 그 가운데 한 기생이 나서서 말한다.

"두십낭이 그래도 이 바닥에서 알아주는 애였는데 이렇게 떠난다니 너무도 서운타. 이렇게 떠나가면 언제 다시 볼 수 있을까? 그래, 언제 길을 떠나는 거야? 우리가 배웅이라도 해줘야지."

월랑이 그 말을 받아서 말했다.

"십낭이가 출발하게 되면 내가 연락해 주지. 근데 십낭이가 낭군과 천릿길을 떠나게 되었는데 수중엔 돈 한 푼 없지, 짐도 미리 준비해 놓지 않았지, 걱정이 이만저만 아닐 거라고. 우리가 좀 십낭이를 도와주자."

여러 기생들은 그러마고 약속하고 떠났다. 두십낭과 이갑은 그날 밤도 월랑의 집에서 묵었다. 새벽녘에 두십낭이 이갑에게 물었다.

"이제, 우리는 어디로 가죠? 무슨 계획이라도 있으신가요?"

"아버님은 지금도 내게 화를 내고 계신데 내가 또 기생하고 혼인해서 돌아가면 나를 가만두지 않으실 것이오. 이리 생각해 보고 저리 생각해 봐도 뾰족한 수가 없으니….".

"부모 자식은 하늘이 낸 사인데 영원히 등지고 살 수야 없지요. 하지만 갑자기 찾아가서 놀라시게 할 수도 없으니, 우선 소주나 항주 근처에서 자리를 잡은 연후에 낭군께서 먼저 고향으로 돌아가 친척들에게 저간의 사정을 아버님께 말씀드려 달라고 부탁한 다음 저를 인사시켜 드리는 것이 나을 듯싶습니다."

"그대 말이 그럴듯하오."

다음 날 두 사람은 사월랑과 작별하고 유우춘의 집에 들러 이갑의 짐을 꾸렸다. 두십낭이 유우춘을 보더니 바닥에 엎드려 인사를 올렸다.

"선비님의 은혜는 언제고 반드시 갚겠나이다."

유우춘도 황급히 답례했다.

"이갑을 사랑하여 그가 수중에 돈 한 푼 없이 빈궁해졌음에도 사랑하는 마음이 변치 않았으니 당신이야말로 여걸 중의 여걸이라 하겠소. 나야 그저 그대들의 사랑이 이루어지도록 옆에서 조금 거든 것뿐인데 뭐 그런 걸 다 이야기하십니까?"

세 사람은 그날 같이 술잔을 기울였다.

다음 날 아침 길 떠나기에 좋은 날을 택일하고 말과 가마를 세내었다. 두십낭은 심부름꾼 편에 감사의 서찰을 써서 사월랑에게 보냈다. 막 출발하려는데 가마가 들이닥쳤다. 사월랑과 서소소가 그동안 친하게 지내던 기생들을 데리고 전송하러 온 것이다.

"우리 십낭이가 수중에 돈 한 푼 없이 사랑하는 임과 함께 천릿길을 떠난다는데 가만히 있을 수 없어 십시일반 돈을 거두어 왔네. 이걸로 노자에나 보태 쓰시게."

사월랑이 말을 마치더니 짐꾼에게 들려온 황금색 패물함을 가지고 나오게 했다. 상자에는 자물쇠가 채워져 있어 그 안에 무엇이 들었는지 알 수는 없었다. 두십낭은 상자를 열어보지도 않고 그렇다고 사양하지도 않고 그저 사월랑에게 고맙다는 표정만 살짝 지어 보였다. 잠시 후 가마와 말이 도착했다. 노복들을 재촉하여 길을 떠나니 유우춘은 이별주 석 잔으로 이별의 정을 표하고 사월랑과 다른 기생들은 숭문문崇文門까지 따라왔다가 눈물을 훔치고 돌아갔다.

언제 다시 만날지 기약조차 없는데,
이 순간 헤어짐은 너무도 애달프다.

이갑과 두십낭은 노하潞河에 도착했다. 때마침 과주瓜洲에서 예까지 일 보러 왔다가 돌아가는 배가 있어 뱃삯을 흥정하고 난 다음 배에 올라탔다. 뱃삯을 주고 나니 수중에 남은 돈이 거의 없었다. 두십낭이 이갑에게 은자 이십 냥이나 주었는데도 어이하여 돈이 다 떨어졌단 말인가? 이갑이 기생집을 전전하면서 옷이 다 해어져 버렸으니 전당포에 저당 잡힌 옷 몇 벌 찾아오고, 먼 길 떠나니 이불이라도 한 채 장만해야 했으며, 가마와 말 세낸 값도 치러야 했던 것이라.

이갑이 수심에 가득 차 있으니 두십낭이 보다 못해 입을 열었다.
"낭군님 너무 걱정하지 마세요. 언니들이 모아 준 것도 있잖아요."
말을 마치고 두십낭이 상자를 열었다. 옆에 있던 이갑은 부끄럽고 창피하여 차마 은자가 얼마나 들어있는지 쳐다보지도 못했다. 두십낭은 상자 안에서 붉은 비단 주머니를 꺼내더니 탁자 위에다 올려놓았다.

"낭군께서 직접 한번 열어보시지요."

이갑이 그 비단 주머니를 들어보니 상당히 무거웠다. 주머니 안에는 은자가 가득 들어있었다. 모두 오십 냥이었다. 두십낭이 상자에 다시 열쇠를 채웠다. 그 안에 다른 것들이 더 들어있다는 말은 하지 않았다.

"언니들이 저를 이렇게 생각해주어서 고생을 덜 하게 되었습니다. 소주나 항주에 자리를 잡을 때 집세 걱정도 덜게 되었습니다."

이갑은 놀랍기도 하고 기쁘기도 했다.

"당신과 당신 언니들을 만나지 못했다면 나는 지금도 타향에서 헤매고 있을 것이오. 이 사랑 이 은혜는 내 죽어도 잊지 못할 것이오."

어쩌다 옛날이야기가 나올 때마다 이갑은 설움에 겨운 듯 눈물을 흘렸다. 두십낭은 이갑을 위로하며 갈 길을 재촉했다.

배가 과주에 도착했다. 이갑은 다시 다른 배를 세내어 짐을 옮겨 싣고 자신도 옮겨 탔다. 이튿날 이른 새벽, 배는 강을 가로질러가기 시작했다. 때는 바야흐로 구월 보름, 달빛이 강물을 환히 비추었다. 이갑과 두십낭이 뱃전에 앉아 강물을 바라보았다.

"북경을 출발한 이래 계속해서 지루한 뱃길만 이어졌구려. 사람들 이목이 신경 쓰여 그대에게 내 마음을 전하기도 어려웠거니. 이제 작은 배로 옮겨 타게 되면 그대와 나밖에 없으니 거리낄 게 무어 있겠소? 조금만 더 가면 소주, 항주. 술이나 서로 나누며 기분 전환이라도 합시다."

"저도 오랫동안 마음이 울적하던 차에 마침 잘되었습니다."

이갑이 술과 자리를 들고 왔다. 뱃전에 자리를 깔고 두십낭을 앉게 했다. 서로 주거니 받거니 마시고 또 마셨다. 술기운이 오르자 이갑이 잔을 들고 두십낭을 바라보며 말했다.

"그대의 청아한 목소리는 북경 바닥에서 으뜸이지 않았소. 내가 그대를 처음 만났을 때 그대의 그 목소리가 내 심금을 울렸다오. 하나 우리의 처지가 곤궁하여 그대의 구성진 노랫가락을 들은 지도 오래되었구려. 달빛이 강물을 환하게 비추는 오늘 밤 주위엔 아무도 없어 조용하기만 한데 그대 나를 위하여 노래 한 곡조 불러주지 않으려오?"

두십낭 역시 취기가 동하여 헛기침 몇 번으로 목청을 가다듬고 부채로 박자를 맞추며 원나라 사람 시군미施君美가 지었다는 희곡 『배월정拜月亭』에 나오는 주인공이 장원급제하여 선연嬋娟에게 술잔을 권하는 「소도홍小桃紅」을 불렀다.

    노랫소리 하늘에 닿으니 지나가던 구름이 발길을 멈추고
    노랫소리 강물에 닿으니 노닐던 물고기가 고개를 내민다.

한편, 다른 배에 타고 있던 사람 하나가 두십낭의 노랫소리를 듣고 있었으니, 그의 이름은 손부孫富요, 자는 선뢰善賚로 휘주徽州 신안新安 사람이었다. 손부네는 본디 대대로 소금 거래를 하여 막대한 재산을 모은 집안이다. 손부의 나이 바야흐로 스물, 남경 국자감의 태학생 신분이었다. 원래 풍류를 즐기는 성격인 손부는 기생집을 제집 드나들 듯 드나들었으며 여자 후리고 노는 데는 둘째가라면 서러울 인사였다. 일이 되느라고 그랬는지 그날 밤 손부는 혼자서 과주 강 언덕에 배를 띄우고 술잔을 기울이고 있었다. 이때 어디선가 여인네의 노랫가락이 들려오는데 마치 봉황이 우는 듯 난새가 노래하는 듯했다.

손부는 뱃머리에 서서 노랫소리가 들려오는 곳에 온 신경을 집중했다. 그 소리는 바로 옆에 있는 배에서 들려오고 있었다. 손부가 그 배로 다가

서려니 노랫소리가 갑자기 뚝 끊어졌다. 손부가 하인을 시켜 그 배를 찾아보고 사공에게 그 목소리의 주인공이 누군지 알아보라 했다. 하인이 돌아와 말을 전하는데 목소리의 주인공이 누구인지는 모르겠고 그 배를 세낸 사람은 이 아무개라 한다. 손부가 곰곰이 생각했다.

'그 노래를 부른 자는 여염집 규수는 아닐 터, 과연 어떻게 생긴 여인일꼬?'

손부는 그 여인네 생각에 밤새 잠을 이룰 수 없었다. 오경에는 강바람이 매섭게 불기 시작했고, 새벽녘이 되자 진회색 구름이 짙게 깔리더니 눈이 미친 듯이 날리기 시작했다.

온 산에 눈 내려 나무 덮이고,
길이란 길에 사람의 자취 끊겼네.
외로운 배 한 척, 도롱이에 삿갓 쓴 노인,
홀로 눈 내리는 추운 강에서 낚시질하네.

바람과 눈이 뱃길을 막아서니 배들은 일시에 발이 묶였다. 손부가 이갑의 배 옆에 자신의 배를 대도록 했다. 담비 모자에 여우털 겉옷을 입고서 배 창에 우두커니 기대어 눈 구경이라도 하는 체하고 있었다. 두십낭이 일어나 소세를 마치고 섬섬옥수를 들어 배의 창을 가로막고 있던 휘장을 열어젖히고는 소세한 물을 강물에 고수레했다. 그 순간 드러난 두십낭의 얼굴을 손부가 놓치지 않았다. 경국지색이요 하늘이 낸 미인이었다. 마음이 저리고 정신이 혼미해지고 한 번 본 그녀의 모습이 가슴에 새겨져 도저히 떠나지 않는다. 한참 동안이나 그녀를 가슴에 묻고 있다가 손부는 고계高啓의 「매화시梅花詩」 가운데 두 구절을 읊었다.

눈 내린 산중에 선비 누웠는데,

달 밝은 수풀 사이로 미인이 오네.

이갑이 옆 배에서 시 읊는 소리가 들려오자 궁금한 생각에 배 창밖으로 고개를 내밀었다. 이것이 바로 손부의 계략이었다. 손부가 시를 읊조려 이갑의 관심을 끌고 기회를 봐서 이갑과 안면을 트고자 했던 것이다. 손부가 황망히 이갑에게 손을 흔들면서 물었다.

"노형의 이름은 어떻게 되시우?"

이갑이 대답하고 나서 손부에게도 같은 질문을 했다. 손부가 이갑에게 자신의 이름과 고향을 알려 주었다. 이갑과 손부는 서로 국자감 생활을 이야기하면서 급속히 친해졌다. 손부가 이갑에게 말했다.

"눈바람이 뱃길을 막아 형님과 내가 만날 수 있게 되었으니 이 아우의 행운입니다. 하릴없이 배에서 죽치기도 그러니 우리 주막에 가서 목이라도 축입시다."

"처음 보는 그대에게 너무 폐를 끼치는 건 아닌지 모르겠소이다."

"무슨 말씀을 그리하십니까. 알고 보면 세상 사람들이 다 친형제 자매 같은 것 아닙니까?"

손부가 사공에게 배를 가까이 대게 하고 하인을 시켜 우산을 받쳐 들고 가서 이갑을 모셔오게 했다. 손부가 뱃머리에 서서 이갑을 맞이했다. 그런 다음 손부가 이갑이 먼저 강 언덕에 오르도록 하고 자신도 이어 강 언덕으로 올라왔다. 몇 걸음 걸어가니 바로 주점이 나왔다. 두 사람이 주점에 들어서서 정갈해 보이는 탁자에 자리를 잡고 앉았다. 술집 아낙이 술과 안주를 내오고, 두 사람은 눈 구경을 하면서 술을 나누었다. 일상사 심드렁한 이야기부터 시작한 것이 마침내 술, 여자 이야기에까지 흘렀다. 두 사람은 나름대로 그 방면에 도가 텄는지라 말 한마디에 금세 죽이 맞았다. 손부가 주위를 살피더니 이갑에게 나직한 목소리로 물었다.

"어제 저녁 형님 배에서 노래 부르던 사람은 누구요?"

이갑이 자랑스럽게 대답했다.

"바로 북경의 명기 두십낭이지."

"아니, 다른 사람도 아닌 기생이 어떻게 형님의 안식구가 되었소?"

이갑이 두십낭을 처음 만나 사랑하게 된 때부터의 일을 미주알고주알 이야기해주었다. 손부가 말했다.

"두십낭과 같은 미인을 데리고 고향으로 돌아가는 일이야 누가 뭐라 하겠습니까만 기생을 며느리로 맞이할 부모가 있을지 모르겠소이다."

"사실 부친이 너무 엄격한 분이라서 나도 망설이는 중이라네."

손부가 바로 지금이 기회라는 생각이 들어 다시 물었다.

"춘부장께서 그처럼 엄격한 분이시라면 그런 며느리를 받아들이지 않으시려 할 터인데 부인과 그 일을 상의하긴 하셨습니까?"

이갑이 미간을 찡그리며 대답했다.

"그 일은 이미 상의한 적이 있지요."

"부인께서야 무슨 묘책이 있으셨겠지요."

"그녀 말이 우선 소주나 항주 근처에 자리를 잡고 나서 내가 먼저 고향으로 돌아가 아버님을 뵙고 아버님이 좀 누그러지시면 그때 자기를 데리고 집으로 들어가라고 합디다. 그대 생각은 어떠시오?"

손부가 고민이라도 하는 듯, 한참을 고개 숙이고 있더니 입을 열었다.

"이 아우가 형님을 안 지 얼마 되지 않았다 하더라도 말은 바로 해야 할 것 같습니다. 부디 이 아우를 책망하지 말아 주십시오."

"내가 아우님의 고견을 듣고자 함인데 무슨 그런 겸양의 말씀을 하시오?"

"춘부장처럼 높은 관직에 있으신 분은 평소 형님의 행동조차 예법에 어긋난다고 하셨을 터인데, 어찌 예법에 어긋난 교제를 허락하시겠습니까? 더군다나 형님의 친척이나 친구들도 춘부장의 눈치를 보느라 형님을 도와줄 수 없는 처지일 것이며 설사 물정 모르는 자가 형님을 도와준다고 나선다 하더라도 춘부장께서 한 번 소리치시면 꼬리를 내리고 말 것입니다. 형님은 결국 결혼을 허락받지도 못하고 아버님의 총애만을 잃게 될 것이니 소주와 항주 등지를 떠돌면서 기회를 본다는 것 역시 좋은 계책이 되지 못할 것입니다. 만약 낯설고 물설은 곳에서 돈이라도 떨어진다면 그때는 정말 오도 가도 못 하는 신세가 되고 말 것입니다."

수중의 오십 냥마저 이런저런 경비로 태반을 써 버린 이갑은 손부의 말을 듣고 고개만 주억거렸다.

"이 아우가 가슴 속 깊이 담아두었던 이야기를 꺼낼 터이니 형님께서는 한번 들어보시겠습니까?"

"망설이지 말고 어서 말해 보시오."

"제가 어찌 남의 부부 일에 관여하겠습니까? 아무래도 말하지 않는 게 좋겠습니다."

"무얼 그리 망설이시오?"

"자고로 여인네 마음은 갈대와도 같다고 했습니다. 게다가 노류장화로 떠돌던 몸, 거짓말을 밥 먹듯 하는 게 인지상정. 일찍이 유명짜한 기생이었으니 천하에 아는 사람이 널려 있을 터. 혹시 이 남경 근처에 남정네 하나 박아두고 그 녀석과 사랑을 이룰 작정으로 일부러 형님에게 부탁하여 이 지경에 이른 것인지도 모를 일이지요."

"설마 그럴 리야 있겠소?"

"그건 그렇지만도 않지요. 강남의 남정네들 풍류 즐기고 바람 잘 피우는 건 세상이 다 아는 사실 아닙니까? 반반한 처자를 집 안에 혼자 두면 얼굴값 한다고 바람피우는 거야 다반사지요. 그렇다고 집 안에 데리고 들어가 봐야 아버님이 받아들이실 리도 만무하고. 부모 자식 사이는 천륜인데 그게 어디 쉽게 끊을 수 있는 것입니까? 첩 하나 때문에 아비와 의절하고 기생 아내 하나 때문에 집안을 박살내 버린다면 사람들은 형님을 불효막심한 패륜아라고 욕할 것입니다. 그리하여 형수는 형님을 남편으로, 동생은 형님을 형으로, 친구들은 형님을 친구로 대하지 않게 되면, 그때 형님은 고립무원 외톨이가 되는 것이니 정말 심사숙고하셔야 할 것입니다."

이갑은 손부의 말을 듣고 망연자실, 도대체 어떻게 해야 좋을지 생각이 나지 않았다. 이갑은 손부에게 다가앉아 물었다.

"아우님, 무슨 좋은 수가 없겠소?"

"제게 더없이 좋은 계책이 하나 있긴 합니다만 형님께서 남녀 간의 정에 얽매여 제 말씀대로 하지 않으신다면 괜히 제 입만 아픈 것이 되지요."

"좋은 방책을 얘기해 준다면 자네가 바로 우리 집안의 은인인 셈이오. 무얼 걱정한단 말이오? 어서 말해 주시오."

"형님께서 기방에서 일 년 동안이나 허송세월했기에 춘부장께서 노하시고 형수는 마음을 닫아버렸으니 지금은 형님이 무슨 행동을 하시더라도 그들의 마음을 일시에 돌리기는 어렵습니다. 하지만 춘부장께서 지금 그렇게 화가 나신 것은 형님이 기녀에 빠져 돈을 물 쓰듯이 써버리는 것을 보고 앞으로 형님이 가업을 제대로 잇지 못하고 그저 그런 일로 가산을 탕진하지는 않을까 걱정이 앞서시기 때문일 것입니다. 하여 지금 빈손으로 돌아간다면 아버님께서 더욱 화를 내실 것임은 자명한 이치입니다. 지금 형님께서 사사로운 남녀의 정을 과감히 끊으실 수만 있다면 이 아우가 형님께 황금 천 냥을 드리겠나이다. 집에 돌아가셔서 아버님께 황금 천 냥을 드리면서 북경에서 독선생하면서 모은 것이라고 한마디만 하신다면 아버님은 형님 말을 믿으실 것입니다. 이를 계기로 가정이 다시 화목해질 것임은 말할 필요조차도 없을 것이니 이야말로 전화위복인 셈이지요. 이는 제가 여색에 눈이 어두워서 드리는 말씀이 결코 아니고 그저 형님을 위한 길이 무엇인가 고민하다가 겨우 생각해낸 것입니다."

이갑은 그렇지 않아도 주관이 뚜렷하지 않은 데다가 집에 돌아가 아버님 봬올 일이 걱정 또 걱정이었는데 자신의 가려운 데를 시원하게 긁어주는 손부의 말을 듣고는 자리에서 일어나 읍했다.

"자네 말을 듣고 나니 내 속이 다 후련하네. 그러나 두십낭은 나를 따라 천릿길을 멀다 하지 않고 따라왔으니 어찌 함부로 버릴 수가 있겠는가? 돌아가 두십낭과 상의한 뒤, 그녀 또한 좋다고 하면 다시 자네를 찾아오리다."

"그녀와 상의할 때 너무 성급히 굴지 마십시오. 그녀 역시 형님을 위한다면 부자간에 정리를 끊는 일이 생기도록 하지는 않을 것입니다."

술자리가 파하고 눈도 멎었다. 사위에는 밤기운이 완연했다. 손부는 하인 녀석에게 술값을 셈하도록 한 다음 이갑과 함께 주점에서 나와 자기 배에 올랐다.

오다가다 만난 사람 말을 듣고서,
사랑하는 사람을 어찌 저버릴 수 있단 말인가?

한편, 두십낭은 눈도 내리고 하여 배에서 술 한 상 봐 놓고서 이갑과 함께하고자 했으나 밤이 다되도록 이갑이 돌아오지 않아 촛불의 심지만을 돋우며 이제나저제나 기다리고 있었다. 이갑이 배로 돌아오니 두십낭이 일어나 맞았다. 이갑의 얼굴빛이 어둡고 심사가 편치 않아 보이는지라 술 한 잔 가득 따라 건넸으나 이갑은 기어이 사양하고 들질 않았다. 이갑이 아무 말 없이 혼자 잠자리에 들었다. 두십낭도 혼자서 술 마실 기분이 아닌지라 술상을 치우고 이갑의 옷을 벗겨주면서 물었다.

"오늘 무슨 일이 있으셨기에 그렇게 안색이 좋지 않으신 거예요?"

두십낭이 이갑에게 몇 차례나 거듭해 물었지만 이갑이 한숨만 내쉴 뿐 끝내 입을 열지 않았다. 두십낭도 자리에 누웠으나 찜찜한 마음에 잠이 오지 않았다. 자정이 지났을 무렵, 이갑이 일어나 한숨을 내쉰다.

"낭군님, 무슨 말 못 할 고민이라도 있으신 건가요? 왜 그렇게 한숨만 내쉬는 겁니까?"

이갑이 이불을 밀치고 일어나 앉아 말을 하려다 다시 입을 다물기를 몇 차례, 급기야 눈물을 주르륵 흘렸다. 두십낭이 이갑을 품에 꼭 안아주면서 부드러운 목소리로 말을 건넸다.

"제가 낭군님을 만난 지도 벌써 이 년. 그동안 온갖 고초를 잘 겪어내고 오늘에 이르렀습니다. 이제 바야흐로 강남에 도착하여 부부로서 새 삶을 시작하려는데 낭군님께서 이렇게 슬퍼하심은 필시 곡절이 있을 것입니다. 부부는 모름지기 속이는 것이 없어야 하니 어서 그 연유를 말씀해주십시오."

이갑이 두십낭의 재촉하는 소리에 어쩔 수 없이 눈물을 흘리며 말했다.

"내가 갈 데 없는 거지 신세였을 때 그대가 나를 버리지 않았으니 나는 정말 그대의 은혜를 입어도 단단히 입은 셈이오. 하나 나의 아버님은 법도를 엄격하게 따지시는 분이시니 내가 그대를 데리고 나타나면 그대와 나를 내치실 것이 분명하오. 그럼 그대와 나는 어디를 떠돈단 말이오? 부부의 정도 기대하기 어렵고, 부자의 정도 끊어질 참이니 그것이 걱정이었소. 그러던 차에 신안에서 왔다는 손 아무개라는 이가 나에게 계책을 하나 알려 주었는데 그 생각만 하면 내 가슴이 찢어지는 듯하오."

두십낭은 이갑의 뜻밖의 말에 놀라 물었다.

"낭군님의 생각은 어떠하신지요?"

"나는 이 일의 당사자라 사실 지금도 멍한 상태요. 그런데 손 아무개라는 이 친구가 제삼자 입장에서 나에게 좋은 계책을 알려 주었으나 당신이 따르지 않을까 걱정이오."

"손 아무개라는 친구는 어떤 사람인지요? 그 말이 그럴듯하다면 제가 어찌 따르지 않겠나이까?"

"그 사람의 성은 손이요, 이름은 부라고 하오. 신안 출신의 소금 상인으로 나이는 젊지만 풍류를 아는 사람이라오. 어제저녁 그대의 노랫소리를 듣고서 나에게 묻기에 그동안 우리의 내력을 다 이야기해주었다오. 그랬더니 그가 천금을 주고서 당신을 맞이하겠다고 제안하더이다. 나는 천금을 얻어 아버지를 뵐 면목을 세우고 당신은 믿음직한 남편을 얻는 셈이라고 하면서 말이오. 하나 차마 당신을 떠나보낼 수 없어 이렇게 눈물을 흘리는 것이오."

이갑의 눈에서는 눈물이 비 오듯이 흘러내렸다. 두십낭이 이갑을 안고 있던 팔을 거두고 입가에 차가운 미소를 띠었다.

"낭군을 위해서 그런 계책을 내놓으시다니 그분은 틀림없이 일세의 영웅일 것입니다. 낭군께서는 그동안 기방에서 낭비한 천금을 다시 얻게 되시고 저는 다른 사람을 찾아 떠나게 되니 먼 길을 따라다니며 낭군에게 짐이 되는 일도 없을 것입니다. 이거야말로 사랑에서 시작하여 예법에서 끝내는 일이 될 것입니다. 그래, 받으신 천금은 어디 두셨습니까?"

이갑이 눈물을 훔치고 대답했다.

"당신의 동의를 얻지 못했는데 어떻게 그 돈을 받아왔겠소?"

"내일 날이 새는 대로 손부를 찾아가십시오. 이런 기회를 놓쳐서야 되겠습니까? 하나 천금은 적지 않은 돈, 정확히 넘겨받은 후에야 그자에게 갈 것이옵니다. 장사치 말을 너무 쉽게 믿을 수야 없지요."

이미 사경을 지난 시각, 두십낭이 일어나 세수하고 분단장을 했다.

"지금 제가 화장하는 것은 옛 서방을 보내고 새 서방을 맞아들이기 위함이니 평소 화장하는 것과는 기분이 자못 다릅니다."

두십낭이 연지와 분을 정성껏 바르고 또 발랐다. 수놓은 치마에 금장식 팔찌, 화려한 색상에 향기까지 풍겼다. 이때 새벽 기운이 스며들며 사위가 조금씩 밝아졌다. 손부가 보낸 심부름꾼이 이갑의 뱃머리에 올라왔다. 두십낭이 은근히 이갑의 눈치를 살펴보니 마치 기쁨에 겨운 듯했다. 이에 두십낭이 이갑에게 어서 손부에게 가서 손부의 청을 받아들이고 돈을 받아오라 재촉했다. 이갑이 직접 손부의 배로 건너가 제안을 받아들이겠노라고 했다.

"천금이야 지금 당장이라도 드릴 수 있소이다만 그 여인의 패물함 정도는 우선 보내주어야 하지 않겠소?"

이갑이 이 말을 전하니 두십낭이 황금색 패물함을 건네주었다. 패물함을 넘겨받은 손부는 희색이 가득하여 즉시 이갑의 배로 천금을 보내주었다. 두십낭이 손수 그 돈을 세어보니 돈은 틀림없었다. 두십낭이 한 손으로 뱃전을 잡고 한 손으로 손부를 불렀다. 손부는 그런 두십낭을 보고서 정신이 다 아득해질 지경이었다. 두십낭이 앵두 같은 입술을 열었다. 하얀 치아가 더욱 하얗게 보였다.

"방금 건네준 패물함에 이갑의 통행증이 들어있으니 잠시만 다시 돌려주신다면 통행증을 빼고 다시 돌려드리겠나이다."

손부는 두십낭이 이미 자신의 여자가 되었다고 생각하고는 별다른 의심 없이 하인 편에 그 패물함을 되돌려 보냈다.

두십낭이 열쇠로 그 패물함을 열었다. 패물함은 몇 층의 서랍으로 나뉘어 있었다. 두십낭이 이갑에게 그 가운데 맨 위 서랍을 열어보도록 했다. 그 안에는 비취야, 옥이야 그냥 보아도 백 금 이상은 되어 보이는 보물들이 넘쳐났다. 두십낭이 그 보물들을 강물에 던져버렸다. 이갑과 손부 그리고 지켜보던 사람들은 모두 탄성을 지르며 아깝다고 난리법석이었다. 두십낭은 이갑에게 그다음 서랍을 열어보도록 했다. 그 안에는 금이야, 노리개야 그냥 보아도 수천 금은 더 나갈 것 같은 보물이 가득했다. 두십낭은 이것들도 모두 강물에 던져버렸다. 이갑과 손부의 배에 타고 있던 사람들이나 강둑에 서서 이를 지켜보고 있던 사람들 모두 놀라 나자빠지고 말았다. 그들은 영문도 모른 채 그저 아깝다는 소리만 거듭했다. 마지막 서랍에는 야광주가 가득 들어있었다. 그 외에도 서역에서 들어왔다는 구슬 하며 고양이 눈을 닮은 구슬 등이 이루 셀 수 없을 정도로 많았다. 그 보물들은 도대체 값을 매길 수조차 없는 것들이었다. 사람들은 보물을 보고서 자신도 모르게 탄성을 질렀다. 두십낭이 그 보물들마저 강물에 던지려는 순간 이갑이 두십낭을 껴안고 통곡하기 시작했다. 손부 역시 두십낭을 말렸다. 두십낭이 이갑을 한곳으로 밀쳐내더니 손부를 꾸짖기 시작했다.

"나와 이갑은 온갖 고초를 겪고서 여기까지 오게 되었소이다. 그런데 그대가 엉큼한 마음을 품고서 요설로 나와 이 사람 사이를 떼어 놓았으니 어찌 철천지원수라 하지 않을 수 있겠소. 내 죽더라도 이 억울함을 천지신명께 고할 터, 나와 더불어 운우지정을 누릴 생각은 꿈에도 하지 마시오."

두십낭이 다시 이갑을 바라보고 입을 열었다.

"내 본디 화류계 생활 몇 년 동안 남몰래 돈과 보물을 모아왔소이다. 내가 특별히 월랑 언니에게 부탁하여 우리가 북경을 떠나오던 날 나에게 건네주도록 했지요. 아마 그 패물함에 들어있는 것만 해도 수만금은 족히 될 것이오. 나는 그걸 모두 당신을 위해 쓰고자 했지요. 당신의 부모가 나를 혹시 어여삐 여겨 거두어주신다면 죽어도 여한이 없을 거라 생각했지요. 한데 당신은 나를 믿지 못하고 다른 사람의 허황한 말을 믿고서 중도에 나를 버리고 나의 진심을 짓밟았소. 나는 여러 사람들 앞에서 패물함을 열어 보여 그깟 천금 정도야 아무것도 아님을 보여주고자 했소이다. 내 패물함에는 보물이 이리도 많았으나 애석하게도 당신의 눈과 마음에는 하나도 들어오지 않았던 모양입니다. 화류계 생활을 청산하고 새 삶을 찾는가 했더니 내 팔자가 기구하여 이렇게 또 버림을 받는군요. 이제 저 많은 사람들이 다 증명해 줄 것이외다. 내가 당신을 버린 것이 아니라 당신이 나를 버렸다는 것을."

바라보던 사람들은 모두 눈물을 흘렸다. 모두들 이갑이 신의를 저버리고 사랑을 배반했다고 욕했다. 이갑은 괴로움과 부끄러움에 눈물을 흘리며 두십낭에게 용서를 빌었으나 두십낭은 패물함을 껴안고 강물에 뛰어들었다. 사람들이 황급히 두십낭을 건지려 하자 강물에 갑자기 검은 구름이 겹겹이 쌓이고 소용돌이가 몰아치더니 두십낭이 흔적도 없이 사라지고 말았다. 애달프다. 옥 같고 꽃 같은 두십낭이 이렇게 수중고혼이 되었구나!

그녀의 영혼은 용궁으로 젖어 들고,
그녀의 혼백은 저승길로 떠나는구나.

주위에서 바라보던 자들은 흥분한 나머지 손부와 이갑을 두들겨 패기 시작했다. 이갑과 손부는 황급히 배를 몰아 도망쳤다. 이갑은 손부가 보내온 천금을 볼 때마다 두십낭의 환영이 떠올라 온종일 슬프고 괴로웠다. 이갑은 결국 미친 병에 걸려 죽도록 낫지 않았다. 손부는 그날의 충격으로 병을 얻어 누웠는데 병석 주위에 항상 두십낭의 환영이 보이는지라 결국 손 한번 써보지 못하고 죽고 말았다. 사람들은 이를 두고 두십낭의 원혼이 복수한 것이라고 수군거렸다.

한편, 유우춘이 국자감 생활을 마치고 돌아오는 길에 과주에서 잠시 배를 멈추게 되었다. 그날 아침 세수를 하던 유우춘이 어쩌다 잘못하여 세숫대야를 강물에 빠뜨리고 말았다. 자맥질 잘 하는 어부 하나를 불러 세숫대야를 건져 오게 했더니 세숫대야는 건져 오지 아니하고 웬 패물함 하나를 건져 왔다. 유우춘이 그 패물함을 열어보니 값을 매길 수 없을 만큼 귀한 보물들이 가득 들어있었다. 유우춘은 어부에게 후사한 후 그 패물함을 머리맡으로 옮기고 보물을 꺼내어 구경했다.

그날 밤, 한 여인이 강물 속에서 찬찬히 걸어 나왔다. 바로 두십낭이었다. 두십낭이 손을 가슴에 모아 유우춘에게 인사를 올리더니 이갑의 박정한 행태를 하소연했다.

"예전에 선비님께서 이 박복한 년을 어여삐 여기시어 백오십 냥을 도와주셨지요. 제가 자리를 잡는 대로 그 은혜를 갚고자 했으나 결국 일이 이렇게 되고 말았나이다. 하나 선비님이 베풀어주신 은혜는 항상 잊지 않고 있었습니다. 하여 그 어부 편에 패물함을 보내 조금이나마 보답하고자 한 것입니다. 이제 선비님을 다시 뵐 수도 없을 듯합니다."

유우춘이 깜짝 놀라 자리에서 일어났다. 꿈이었다. 그제야 유우춘은 두십낭이 억울하게 죽었음을 알게 되었고 며칠을 두고 탄식해 마지않았다.

후에 이 일을 두고 말들이 많았다. 손부가 여색을 탐하여 천금을 주고 남의 여자를 사려 했으니 이는 사람이 할 도리가 아니라고 했으며, 이갑이 두십낭의 입장은 고려하지도 않고 제 살길만 찾은 것이라며 욕하기도 했다. 아울러 두십낭을 두고는 천하일색 미녀가 소사蕭史와 농옥弄玉처럼[2] 서로 어울리는 짝을 찾지 못하고 이갑 같은 녀석을 만났으니, 이는 명월주를 장님에게 던져 준 격이라 이갑 녀석이 은혜를 원수로 갚아 모든 것이 헛것이 되고 말았다며 안타까워했다.

> 제대로 알지도 못하면서 함부로 풍류를 이야기하지 말지니,
> 정이란 이 한 글자만도 얼마나 어려운가.
> 그대 정이란 이 한 글자 제대로 아신다면,
> 그땐 풍류를 이야기하여도 부끄럽지 않으리.

---

[2] 전국시대 진秦나라의 소사蕭史는 퉁소를 잘 불었다. 목공穆公의 딸 농옥弄玉과 사랑하여 마침내 부부가 되었다. 소사와 농옥이 퉁소를 불어 봉황의 울음소리를 흉내 내니 봉황이 이들 부부 집에 날아들어 이들 부부는 그 봉황을 타고 날아가 신선이 되었다고 한다.

첩 잘못 들여 집안을 망치다

喬彥傑一妾破家

— 교언걸의 첩 하나가 가문을 멸족시키다 —

말도 많고 탈도 많은 세상사 어이 다 말할 수 있으리,

기미와 실마리를 잘 알고 대처하면 인생 망치지는 않을지니라.

신세 망치고 나라 망치는 것도

모두가 여색에 빠져들었기 때문.

송나라 인종 황제 명도明道 원년(1032) 절강로浙江路 영해군寧海軍의 중안 교衆安橋 북쪽 관음암觀音庵 근처에 교준喬俊이라는 상인이 살고 있었다. 교준의 자는 언걸彦傑이며, 원적原籍은 전당錢塘이다. 어려서 부모를 여의고 자수성가한 사람이다. 교준이 나이가 들더니 여색을 밝히고 음란한 짓을 좋아했다. 올해 나이 사십인 교준은 동갑내기 부인 고 씨와의 사이에 아들은 없이 딸만 하나 두었다. 그 딸의 이름은 옥수玉秀, 나이는 열여덟이었다. 교준에게는 새아賽兒라는 하인이 있었다. 교준은 수만 금이나 되는 재산을 가지고 장안長安, 숭덕崇德에서 비단을 사들여 동경에 가서 팔았으며, 거기서 다시 대추, 호도, 잡화를 사서 돌아와 팔았는데, 일 년 가운데 절반 이상은 집에 붙어 있지 않았다. 새아를 시켜 대문 앞에 술집 하나를 내고, 홍삼洪三이라는 일꾼을 고용하여 집에서 술을 만들도록 했다. 아내 고 씨가 날마다 금전 출납과 제반 사무를 맡아보았음은 물론이다.

명도 2년 봄, 교준은 동경에서 비단을 팔고 호도와 대추 등속을 사서 남경으로 갈 참이었다. 막 배를 띄우려는데 바람이 거세게 불어와 일정을 미루고 사흘이나 발이 묶였다. 기다려도 바람은 자지 않고 더욱 거세지기만 했다. 그때 옆에 정박해 있던 배에서 한 여인을 발견했다. 눈처럼 하얀 피부에 까만 머리카락을 지닌 절세의 미인이었다. 교준은 그 여인을 한번 보고 반해버렸다. 교준이 사공에게 물었다.

"지금 당신 배에 타고 있는 여인은 누구요?"

"아, 건강부 주 순검 나리가 병사하여 그 시신을 운구하는 중이라오. 저 여인네는 바로 주 순검의 첩이라오. 근데 그건 뭐하러 물어보우?"

"여보 사공, 저 순검의 본부인에게 가서 한번 말 좀 해주시오. 저 젊은 첩을 나한테 주신다면 내가 섭섭지 않게 한다고 말이오. 일만 잘되면 당신에게도 은자 닷 냥을 주지."

사공이 다시 배 안으로 돌아가 중매를 섰다. 이 이야기가 그리 간단한 이야기는 아닐 터, 여기서 잠시 쉬고 본격적으로 사공이 교준에게 중매를 서주는 이야기를 해볼까.

가장이 저세상으로 떠나고 나니,
그 많던 재산 다 옛이야기로다.

사공이 순검의 본부인에게 말을 건넸다.

"마님, 작은 마님을 다른 사람에게 시집보낼 생각이 있으십니까?"

"그래, 뭐 괜찮은 작자라도 나섰더란 말이냐? 그 사람한테 전해라. 아무리 못해도 천 냥은 되어야 한다고."

"옆의 배에 타고 있는 장사치 하나가 작은 마님이 맘에 들어 특별히 소인에게 다리를 놔달라고 부탁했습지요."

순검의 본부인은 돈만 두둑이 준다면야 문제 될 것이 없노라고 대답했다. 사공이 잽싸게 교준에게 달려가 소식을 전했다.

"천 냥만 낸다면 기꺼이 주겠다고 하네."

교준이 사공의 말을 듣고 뛸 듯이 기뻐하며 그 자리에서 천 냥을 세어 건네주었다. 돈을 받아든 순검 부인이 교준을 불러오도록 했다. 교준이 옷을 갈아입고서 부인을 뵈었다. 부인이 교준에게 이름과 고향을 소상히 묻더니 작은 마님을 불러오게 했다.

"영감은 죽고 애들은 많고 상황이 말이 아니다. 이제 내가 자네를 저분에게 팔려 하니 자네는 영해군에 사시는 저분을 따라가 남은 일생을 보내도록 하여라. 가거들랑 매사에 소홀함이 없이 저분을 잘 모시도록 하라."

작은 마님은 순검 부인에게 하직 인사를 올렸다. 부인은 옷상자 등속을 교준의 배로 옮겨다 주게 했다. 교준은 흐뭇한 마음에 사공에게 은자 닷 냥을 건네주었다. 교준이 작은 마님에게 이름을 물으니 작은 마님은 그제야 비로소 입을 열어 대답한다.

"제 이름은 춘향春香이고, 올해 스물다섯이옵니다."

그날 밤 교준은 배에서 춘향과 꿈같은 잠자리를 가졌다.

다음 날 아침, 바람은 자고 배는 출발했다. 교준의 배는 대엿새를 항해하여 부두에 도착했다. 가마꾼을 불러 춘향을 태운 가마를 메게 한 후 같이 무림문武林門 안으로 들어섰다. 집 앞에 도착하여 가마꾼을 돌려보내고 춘향을 데리고 집 안으로 들어섰다. 교준이 먼저 안으로 들어가 아내 고 씨에게 자초지종을 설명하고 춘향을 만나보게 했다. 고 씨가 춘향을 보더니 화가 스며든 말씨로 말을 뱉어내었다.

"여보, 이미 일을 다 저질러 놓고서는 나더러 어쩌란 말이요? 기왕 이렇게 된 거 나에게 두 가지만 약속해주시구려."

"그 두 가지 약속이란 것이 무엇이오?"

교준의 입장이 진퇴양난이로다.

아녀자의 말이란 들을 게 못되더라,
집안이 풍비박산되고 가족이 박살 나고.
아녀자의 말에 솔깃하지 말고 올바른 길을 행할 것이니,
세상에 못난 남자 너무도 많더라.

"낭군께서 기왕에 첩을 데려왔으니 제가 원망해도 어쩔 수 없는 일. 하나 첩은 첩, 우리 집에서 같이 살게 할 수는 절대 없습니다."

"그야 뭐가 어렵겠소. 내가 따로 집을 세내어 살게 하지."

"오늘부터 난 당신과 함께하지 않을 것이외다. 이 집안의 돈이나 기물, 장신구 등은 모두 나와 딸 옥수가 쓸 것이니 당신은 한마디도 상관하지 마세요. 그리고 일체의 집안일은 잘난 첩에게 맡기시고 나에게는 절대로 시키지 마십시오. 그렇게 하시겠소이까?"

교준이 별로 내키지 않았으나 여기서 시간을 끌어보아야 득 될 것이 없다 싶어 바로 대답했다.

"그래, 당신 말대로 하리다."

고 씨는 아무런 토를 달지 않았다. 다음 날 교준은 인부를 시켜 배의 짐을 옮기게 하는 한편, 전당포 앞쪽에 있는 집을 세내었다. 길일을 잡아 교준은 이런저런 살림살이를 챙겨 새집으로 이사해 들어갔다. 교준은 새집에서 이삼일 정도 머물다가 옛집에 한 번 들르곤 했다.

쏜살같이 흐르는 것이 세월이런가. 눈 깜박할 사이에 반년이 지났다. 교준이 외상 수금한 돈과 그동안 남겨둔 돈을 계산해보니 두 집 살림하기에는 턱없이 모자라는 액수였다. 교준이 춘향에게 두어 달 동안 먹고 살 쌀이야 나무야 챙겨주고는 한마디 했다.

"내가 두 달 정도 일 나갔다가 돌아올 것이니 조신하게 기다리고 있어라. 만약 급한 일이 생기면 내 본마누라에게 가서 상의하여라."

교준이 다시 본마누라를 찾아갔다.

"내일 장사를 떠날 것이오. 이번에 가면 두 달 정도 걸릴 것 같소이다. 그래도 내 얼굴을 봐서 춘향이를 좀 돌봐주시구려."

옥수가 교준에게 인사를 올렸다.

"아버님, 몸 건강히 다녀오세요."

교준은 새집으로 돌아와 다음 날 장사 떠날 채비를 했다. 때는 바야흐로 구월, 교준은 이렇게 배를 타고 장사를 떠났다. 춘향은 하릴없이 집에서 교준이 돌아오기만을 기다렸으나 교준에게서는 소식이 없었다. 어느덧 매서운 바람이 사방에서 몰아치는 겨울. 어느 날 밤, 구름이 낮게 깔리더니 눈이 내렸다. 고 씨는 남편 떠나보내고 혼자서 쓸쓸하게 지낼 춘향이 생각나서 무언가를 보내주고 싶었다. 마침 병들어 누워 있는 새아 대신 홍삼을 불러 나무야 쌀이야 돈이야 짊어지고는 춘향에게 갖다 주게 했다. 춘향은 내리는 눈을 바라보며 집 안에서 혼자 눈물짓고 있었다. 이때 문을 두드리는 소리가 들려왔다. 춘향은 교준이 돌아온 것으로 생각하여 황망히 문을 열어주니 홍삼이 물건을 지고 들어왔다.

"마님과 아씨는 다 안녕하시오?"

"나리가 장사 나가신 지가 오랜지라 마님께서 소인을 시켜 나무와 쌀과 돈을 보내주셨구먼요.."

"돌아가면 마님과 아씨에게 고맙다는 말 꼭 전해주시게."

홍삼이 그 말을 듣고 총총히 돌아갔다. 다음 날 점심 무렵 누군가가 문을 두드리는 소리가 들려왔다.

"이렇게 눈이 내리는 날 누가 문을 두드린담?"

누가 찾아온 걸까? 바로 이 사람 때문에 춘향이 다시는 교준을 만나지 못하게 되는 것을. 이제 여기서 한번 쉬었다가 이야기를 더 해볼까.

문 닫아걸고 조신하게 있었건만,
올 재앙이라면 하늘에서라도 떨어져 내리는구나.

눈은 내리고 몸은 오슬거려 혼자서 방 안에서 화로를 쬐고 있는데 누군가 문을 두드리는 소리가 들려왔다. 문을 열어주니 해진 두건을 쓰고 허름한 옷을 입은 남정네 하나가 서 있다.

"아주머니, 교준 있습니까?"

"구월에 장사 나가서 아직 안 돌아왔습니다."

"나는 이장인데요. 이번에 교준에게 부역 통지서가 나왔어요. 열흘 동안 제방 쌓기하고, 이십일 쉬고 다시 열흘 동안 제방 쌓기를 하는 겁니다. 만약 교준이 집에 없다면 다른 인부를 대신 보내야 하는데 그럼 돈을 내야 해요."

"그럼, 이장님이 대신 사람을 구해보세요. 돈은 제가 내지요."

다음 날 점심 무렵 이장이 스무 살쯤 되어 보이는 젊은 녀석 하나를 데리고 왔다.

"이 사람은 상해현 사람으로 동소이童小二라고 하지요. 어려서 부모를 여의고 남의집살이하면서 살고 있다오. 한 해 사오백 전에다 겨울하고 여름에 옷 한 벌씩만 해주면 된다는데 집에 일해 줄 사람도 필요할 테니 기왕에 이렇게 된 거 옆에 두고 쓰지 그러시오."

춘향이 기쁜 기색을 드러내며 대답했다.

"그렇지 않아도 사람을 구하려던 참이었어요. 저 사람 보아하니 성실하게 생겼네요. 새경이야 그 정도면 괜찮겠죠."

춘향은 그날로 소이를 고용했다. 다음 날 소이는 이장을 따라 제방 쌓기 부역을 떠났다. 부역을 마치고 돌아온 소이는 물 긷고 마당 쓰는 등 집안일을 야무지게 했다.

한편, 교준은 동경에서 비단 장사를 하다가 당시 잘 나가던 기생 심서연沈瑞蓮을 만나 푹 빠져 지내고 있었다. 교준 집안의 종놈 새아는 병들어 두 달 정도 앓다가 그만 저세상으로 가버렸다. 고 씨는 홍삼을 시켜 관을 사오게 한 후 장사를 지내주었다. 고 씨는 워낙 정숙한 사람이었는지라 집에서 술장사를 하면서도 한 점 흐트러짐이 없었다.

춘향은 소이를 들인 이후로 점점 소이에게 마음이 끌렸다. 소이가 일을 마치고 돌아오면 마치 남편이 돌아오기라도 한 양 따뜻한 국에다 따뜻한 밥을 준비하여 대접했다. 소이 역시 집 안에 사람이라곤 달랑 젊은 아낙 하나인지라 춘향을 바라보는 눈길이 제법 은근했지만 감히 어쩌지 못하고 있을 뿐이었다. 바로 섣달 그믐날 밤, 춘향이 소이를 불러 술과 과일, 어육을 사오게 했다. 춘향이 소이에게 문을 닫아걸게 하고는 술을 데우고 고기를 한 접시 썰어 가지고 들어와 침대 앞에 놓여 있는 탁자에다 술상을 보았다. 이때 소이는 불을 때고 있었다. 춘향이 소이를 불렀다.

"소이, 이리 들어와서 뭘 좀 먹게나."

아, 소이는 절대 그 방으로 들어가지 말았어야 할 것을. 방 안에 발을 들여놓더니 결국 죽음을 당하고 시체도 제대로 건지지 못하는구나. 그 이야기는 잠깐 쉬었다가 계속할까.

하인 놈이야 어느 집이곤 쓰기 마련이지만,
불량한 하인 놈을 만났으니 이를 어이하리.
부끄럽고 창피한 일 저지르니,
당당한 낭군을 어이 속이려나.

춘향이 소이를 침대 앞쪽으로 불렀다.

"소이야, 이리 좀 오너라. 너하고 술 한잔하고 싶구나. 오늘 밤은 여기서 나랑 같이 자자꾸나."

"어찌 감히!"

"바보 같은 소리 하지 마라."

춘향이 소이를 두 손으로 끌어당겨 옆에 앉혔다. 소이를 껴안더니 젖가리개를 풀어헤치고 소이에게 쓰다듬게 했다. 소이가 정욕이 용솟음쳐 춘향의 얼굴을 어루만졌다. 소이가 자신의 혀를 춘향의 입속으로 밀어 넣었다. 짜릿했다. 춘향이 소이에게 술을 따라주고 같이 마셨다. 두 사람이 대여섯 잔을 거푸 마셨다.

"너는 밖에서, 나는 방 안에서 서로 잠잔다고 자리에 누워도 가슴엔 한 줄기 한기만 스치고 네가 복이 없어 나 같은 여자한테 와서 하인 노릇을 하는구나."

소이가 무릎을 꿇었다.

"마님께서 저에게 마음을 주시다니 감격스럽습니다. 소인 역시 마님에게 마음 준 지 오래이나 감히 이야기하지 못하고 있었을 뿐입니다. 오늘 마님이 이렇게 저를 챙겨주시니 그 은혜 백골난망이올시다."

두 사람은 서로 옷을 벗기고 열락에 빠져들었다. 그 기쁨을 어이 다 말할 수 있으랴! 날이 밝자 소이가 먼저 일어나 밥을 짓고 국을 끓였다. 춘향은 그제야 일어나 세수를 하고 머리를 빗고서 같이 아침을 들었다.

젊은 아낙, 건장한 청년,
마음과 육신이 서로 하나가 되어버렸구나.

그들이 마치 한 쌍의 부부처럼 지내는 것을 근동의 사람들 가운데 모르는 자가 없을 정도였으나 남의 일이라 쓸데없이 나서는 자가 없었을 뿐이다.

한편 고 씨는 새아가 죽은 이후로 주점 일을 도맡아보고 있었다. 그러던 중 어느 날 사람들이 춘향과 소이가 서로 그렇고 그런 사이라고 귀띔을 해주었다. 그 말을 그대로 믿을 수도 그냥 넘겨버릴 수도 없었다. 고 씨가 홍삼을 시켜 춘향에게 말을 전하도록 했다.

"이제 그만 우리 집으로 들어와 같이 살도록 하자. 괜히 두 집 살림하면서 돈 낭비하지 말고."

춘향이 홍삼 편에 고 씨의 제안을 전해 듣고 한참을 고민하고 또 고민했다.

"마님이 저를 이렇게 배려해주시니 고맙지 그지없습니다. 오늘 저녁에 바로 짐을 싸 가지고 들어가지요."

홍삼이 춘향의 대답을 듣고 바로 돌아갔다. 춘향이 곧 소이를 불렀다.

"마님이 나더러 본가로 들어오라 하는구나. 내가 그 말을 거역할 수 없는 처지인데, 너는 어떡할 작정이냐?"

"마님, 큰 마님 집에서도 마침 사람이 필요한 처지이니 저도 따라가서 큰 마님 주점 일을 도우면서 마님 곁에 함께 있고 싶습니다. 다만 한 가지, 큰 마님 댁으로 가면 여기처럼 자유롭게 지낼 수 없을 것이고 그러다 보면 마님과 즐거운 시간을 보내기도 힘들 것이니 그게 걱정입니다. 그도 저도 안 된다면 저는 이만 떠나가야겠지요."

두 사람은 서로 껴안고 서럽게 울었다.

"소이야, 걱정 말아라. 너도 짐을 챙겨 나를 따라 마님 집으로 들어가자. 내가 마님에게 간청하여 너와 같이 머물도록 할 것이다. 남편이 돌아온 다음 일은 나중에 다시 생각하자."

소이는 춘향의 이 말을 듣고서야 적이 안심이 되었다.

"마님이 저를 이렇게까지 생각해주시다니 정말 고맙기 그지없습니다."

그날 오후 두 사람은 짐을 다 꾸려놓았다. 해저물녘에 홍삼이 등을 들고서 춘향을 모시러 왔다. 춘향은 살던 집 문단속을 하고 소이랑 같이 홍삼을 따라갔다.

나방이 불 속으로 뛰어드는 격,
박쥐가 장대 위로 날아드는 격.

소이와 춘향은 고 씨를 뵈었다.

"우리 집으로 살러 들어오면서 소이 놈은 뭐하러 데리고 왔느냐?"

"마님, 지금 주점 일을 도와줄 사람이 필요하잖아요. 마님께서 소이를 데리고 부리시다가 나리께서 돌아오시면 내보내도 늦지 않을 겁니다."

고 씨는 본디 순진한 사람인지라 그냥 이렇게 혼자 생각했다.

'내가 집에서 신경만 잘 쓴다면 뭐 별일이야 생기려고.'

고 씨는 소이에게 주점 일을 가르쳤다. 술 거르고 손님 받는 일을 소이는 영리하게 잘도 배웠다. 어느덧 몇 달이 훌쩍 지나가 버렸다. 춘향은 늘 소이를 가까이 두고 싶은 마음이 굴뚝같았으나 따로 살던 때와는 달리 행동이 자유스럽지 못했다. 어느 날 고 씨가 소이를 일 잘하고 예의 바르다고 칭찬하는 소리를 듣고는 한마디 나섰다.

"그럼 소이를 사위 삼으시지 그러세요."

고 씨가 춘향의 말을 듣고 버럭 화를 내었다.

"지금 그걸 말이라고 하나, 그럼 나한테 종놈을 사위로 맞으라는 건가?"

춘향은 아무 소리 하지 못하고 고 씨에게 욕을 얻어먹었다. 본디 착하고 다른 생각할 줄 모르는 고 씨는 춘향과 소이가 그렇고 그런 사이라고는 꿈에도 생각하지 못했는지라 춘향의 말을 곧이듣고 그렇게 화를 냈던 것이다. 아아! 그때 고 씨가 소이를 내쫓았더라면 자신과 딸이 억울하게 죽고 가정이 파탄 나는 일은 생기지 않았을 것을.

옛말에 하인들이란 일 년 일하면 집사 행세, 이 년 일하면 남편 행세, 삼 년 일하면 시아비 행세한다고 했다. 소이가 이 집에 들어온 지도 이러구러 한 해가 되어갔다. 장사 떠난 교준은 감감무소식인지라 집안의 대소사는 모두 소이의 몫이었다. 소이 역시 자신이 마치 가장이라도 된 양 행세하며 홍삼을 무시했다. 소이는 옥수를 만날 때마다 실없는 농담을 하며 희롱했다. 어느 날 소이는 옥수를 억지로 범하고 말았다. 이 일은 춘향도 알고 있었으나 오직 고 씨만 까마득히 모르고 있었다. 이렇게 또 한 달이 흘렀다. 유월 중순, 움직이기만 해도 땀이 흐르는 계절이었다. 옥수가 집 안에서 목욕을 하고 있었다. 고 씨가 보니 옥수의 젖가슴이 불어 있는 것 아닌가. 고 씨가 너무도 놀랐다. 옥수가 목욕을 마치고 옷을 갖추어 입자 옥수를 넌지시 불렀다.

"너 어느 녀석하고 같이 잠을 잤기에 젖가슴이 그리 불었느냐. 솔직하게 말하면 용서해 주겠노라."

옥수는 어쩔 수 없이 사실대로 이야기할 수밖에 없었다.

"소이에게 당했어요."

고 씨는 너무도 놀라고 어이가 없어 몸을 가눌 수가 없었다.

"저 망할 놈의 계집년이 소이 놈을 데리고 들어오더니 결국 우리 아이를 망쳐놓고 말았구나. 이 일을 어떡하면 좋단 말이냐?"

동네 사람들 알게 되어 손가락질할까 봐 소리도 못 지르는 고 씨는 딸의 장래 걱정에 억장이 무너지는 것만 같았다. 한참이나 머리를 싸매고 고민하던 고 씨에게 갑자기 생각이 떠올랐다.

"그래 저놈을 죽여야 한다."

쏜살같이 두 달이 지나가 버렸다. 바야흐로 팔월 보름 중추절. 고 씨는 소이에게 해산물이야 고기야 과자를 사와서 잔치 준비를 하도록 했다. 그날 밤 고 씨, 춘향, 옥수는 후원에서 술과 음식을 들었고, 홍삼과 소이는 또 자기네들끼리 술과 음식을 들었다. 밤이 깊어 삼경이 되었을 때 고 씨가 소이를 불러 몸소 술잔을 건넸다. 소이가 감히 거절하지 못하고 받아마셨다. 거듭된 술잔에 소이가 결국 쓰러져 그 자리에서 잠들었고 홍삼도 술에 취하여 잠자러 갔다. 아, 소이가 술에 취하여 고 씨의 계책에 빠져들고 말았도다.

북망산에 무덤 자리 하나 늘어나고,

이승에서 젊은 녀석 하나 사라졌구나.

고 씨가 먼저 옥수를 안으로 들어가도록 했다. 옥수가 들어가고 나자 비로소 고 씨가 춘향에게 말했다.

"내가 집안일과 주점 일에 온 신경을 쓰느라고 정신없는 동안 자네와 소이 놈은 서로 정을 통하고 있었구먼. 그래 자네와 소이가 서로 짜고 우리 옥수를 범했으니 남편이 돌아오면 나는 무어라 이야기한단 말인가? 나는 본디 세사에 어둡고 순진한 사람이거늘 어떻게 자네 같은 사람이 찾아와 나를 욕보이고 우리 가문을 더럽힌단 말인가. 이제 어쩔 수 없이 저 망할 놈을 쥐도 새도 모르게 죽여야 하겠네. 그래야 남편이 돌아왔을 때 나나 자네나 옥수나 모두 창피한 일 당하지 않을 거 아닌가? 어서 가서 밧줄을 가져오게."

춘향은 고 씨의 말을 들으려 하지 않았다.

"다 네년이 저놈하고 간통하는 바람에 내 딸이 저렇게 몸을 망치게 되었는데 아직도 저놈에게 미련을 둔단 말이냐?"

고 씨에게 욕을 얻어먹은 춘향은 어쩔 수 없이 방 안으로 들어가서 밧줄을 가지고 나왔다. 고 씨는 춘향이 가져온 밧줄을 소이의 목에 두르고 졸랐다. 하지만 아녀자 힘이라 그다지 세지 않아 소이의 목숨이 쉬 끊어지지 않았다. 소이가 재채기를 하니 고 씨는 너무도 당황했다. 손에 아무런 연장도 들고 있지 않던 고 씨가 춘향에게 부엌에 가서 장작 패는 도끼를 가져오게 했다. 도끼로 소이의 머리를 내려치니 소이가 피를 질질 흘리며 숨을 거두었다. 고 씨가 입을 열었다.

"그래 이놈을 죽이긴 죽였다만 이 시체를 이 밤에 어디다 버린다?"

"홍삼을 깨워서 시체에 돌을 매달아 신교하新橋河 아래에다 버립시다. 물속에서 시체가 썩어 문드러지면 감쪽같을 겁니다."

고 씨가 그 말을 듣고 한달음에 주점으로 달려가 홍삼을 깨워왔다. 홍삼이 후원에 도착하여 소이의 시체를 보더니 한마디 거든다.

"차라리 잘되었습니다. 저 녀석이 집 안에서 얼쩡거리다가는 나리께서 돌아오셨을 때 서로 분쟁만 일어날 겁니다."

춘향이 그 말을 받았다.

"날이 새기 전에 이 시체를 메고 가서 돌을 매달아 신교하 아래에다 버려라. 다른 사람들이 소이에 대하여 묻거들랑 소이가 내 패물을 훔쳐 밤에 달아나 버렸다고 대답해라. 소이에게는 본디 왕래하던 자나 일가친척이 없으니 뒤탈은 없을 게다."

홍삼이 시체를 메고 나서고 고 씨가 횃불을 들고 그 뒤를 따랐다. 시각은 오경. 홍삼은 강가까지 시체를 메고 가서는 돌멩이를 시체의 목에다 매달아 강물에 던져버렸다. 강물은 깊이가 한 길 정도 되는지라 시체가 가라앉고 나자 아무런 흔적도 없었다. 홍삼이 집으로 돌아와 대문을 걸어 잠갔다. 고 씨와 춘향도 각각 잠자리에 들었다. 고 씨가 순진하기는 하되 일 처리에 총명한 구석은 약간 모자라 일을 그르치고 말았도다. 사태를 파악했으면 소이를 내쫓으면 그만인 것을, 그를 죽이고 말다니 정말 그래서는 안 될 일이었는데 결국 나중에 일이 밝혀져 옥에서 죽고 말았으니 후회한들 무슨 소용이 있으리!

홍삼이 아침에 일어나 주점을 열었다. 고 씨도 주점에 나와서 술을 팔았다. 옥수는 소이가 없어진 것을 발견했지만 그 이유를 감히 물어보지 못했다. 춘향이 마치 혼잣말이라도 하는 듯이 한마디를 흘렸다.

"그래 배은망덕한 소이 놈이 내 패물을 훔쳐 야반도주했구먼."

옥수가 방 안에서 춘향의 그 말을 듣고 감히 더는 꼬치꼬치 물어보지 못했다. 동네 사람들도 교준네 집에 소이가 있거나 없거나 상관하지 않았다. 고 씨는 소이를 죽인 일이 마음에 걸려 혹 무슨 일이라도 일어날까 봐 낮이나 밤이나 가슴을 졸이고 있었다.

남이 알아주기를 바라는 일 열심히 할 것이며,
남이 알까 두려운 일은 아예 하지를 말지니.

무림문武林門 밖 청호淸湖 갑문 근처에 갓바치 진문陳文이 살고 있었다. 그는 아내 정 씨와 단둘이서 신발을 만들어주고 번 돈으로 근근이 살아가고 있었다. 시월 초순 그는 마누라와 다투고 나서 화를 버럭 내더니 그길로 가죽을 사러 간다며 성안의 가죽 시장에 갔다. 그런 진문이 다음 날 오후가 되도록 돌아오지 않았다. 그의 아내 정 씨는 가슴을 졸이며 또 하룻밤을 보냈다. 다음 날에도 역시 진문이 돌아오지 않는 것이었다. 이렇게 한 달이 다 되도록 한번 떠난 진문은 감감무소식이었다. 기다리다 지친 정 씨는 진문을 찾으러 성안으로 들어갔다. 가죽 시장에서 장사치들에게 물어보니 한결같이 한 달 전에 진문이 가죽 사러 가죽 시장에 들른 일이 없다고 대답했다. 그러면서 그들은 어디선가 객사한 것이 틀림없다며 말끝을 흐렸다. 남의 일에 끼어들기 좋아하는 사람은 진문이 무슨 옷을 입고 있었냐며 관심을 표시하기도 했다. 정 씨는 그래도 혹시나 하여 일일이 대답해주었다.

"제 남편은 만자 두건을 썼으며, 푸른색 도포를 입고 있었지요. 한 달 전에 가죽 시장에 가죽 사러 간다고 집을 나가더니 지금까지 소식이 없으니 도대체 어디로 갔는지 모르겠어요."

"성안을 샅샅이 뒤져보면 찾을 수 있을지도 모르겠네."

정 씨는 그 말을 듣고 온 성안을 뒤지면서 만나는 사람마다 남편 소식을 물었다. 아무리 찾아 헤매도 남편의 그림자도 볼 수 없었다. 이렇게 소득 없이 두 달이 지났지만 정 씨는 매일 성안으로 들어가 남편 소식을 수소문했다. 이날도 정 씨는 아침을 챙겨 먹고 성안으로 들어갔다. 맥빠진 걸음으로 신교 위를 걷고 있었다. 참 일이 생기려고 그런 것인지 정 씨는 우연히 강 언덕 위에서 사람들이 떠들어대는 소리를 들었다.

"물에 사람이 빠져 죽었나 보네. 푸른색 도포를 입은 시체 하나가 오늘에야 물 위로 떠올랐다네."

정 씨는 그 소리를 듣고 황급히 사람들 사이를 비집고 들어가 살펴보았다. 강물 위에 시체 하나가 떠올랐는데 푸른 도포를 입고 있었다. 멀리서 바라보니 영락없는 남편 모습이라. 정 씨는 그 자리에 주저앉아서 곡을 하기 시작했다.

"아니 여보 무슨 일로 그래 물에 빠져 죽었더란 말이오?"

주위 사람들은 모두 멍하니 바라보기만 했다. 정 씨는 주위 사람들에게 애달프게 하소연했다.

"아이고 아저씨들 저 시체를 좀 강 언덕으로 끌어내 주세요. 제 이 두 눈으로 직접 확인해 봐야겠구먼요. 누구든지 저 시체를 끌어내 주시는 분에게는 제가 오십 전을 드리겠구먼요."

마침 이때 온 동네 돌아다니며 공짜 술 얻어 마시고 노름판에서 개평이나 뜯어대는 주정뱅이 왕가 놈이 오십 전이란 말에 귀가 번쩍 뜨여 금방 대답하고 나섰다.

"아주머니 제가 냉큼 저 시체를 끌어내어 드리겠습니다."

"아이고 그렇게만 해주신다면 그 은혜 죽어도 잊지 않겠습니다요."

왕가가 주위에 있는 아무 배에나 뛰어올라 큰소리를 쳤다.

"여보슈 사공 양반, 잠시만 저리로 가봅시다. 이 몸이 저 시체를 냉큼 걸어 올릴 테니."

왕가가 시체를 끌어 올려놓고 보니 자기와도 안면이 있는 소이의 시체였다. 하지만 왕가는 시치미를 떼고 정 씨에게 확인해 보라고 시켰다. 바로 이 일로 말미암아 고 씨 일가가 비명횡사하고 마는구나.

온 동네 헤집고 다니면서 이리 시비 저리 시비
남에게 야박하게 굴더니 재물만 보면 정신 못 차리네.
괜히 남의 시체 잘못 찾아주어,
억울한 목숨 저세상으로 가는구나.

왕가가 배 위에서 대나무로 시체를 강 언덕까지 끌어내었다. 정 씨가 바라보니 얼굴이 이미 썩어 문드러져 누군지 알아볼 수가 없었다. 하지만 옷을 보니 남편이 입고 나간 옷 본새라 목을 놓아 울부짖었다.

"아이고, 아저씨 저랑 같이 가서 관도 사고 이것저것 좀 도와주세요."

왕가는 정 씨와 함께 장의사 이 씨 집에 가서 관과 사람 둘을 사서 신교하에 와서 시체를 염하고 입관하여 주었다. 당시 신교하에는 사람이 살지 않았으며 다만 배만 빈번하게 왕래했을 따름이었다. 정 씨는 오십 전을 꺼내어 왕가에게 감사의 표시를 했다. 돈이 생긴 왕가는 한달음에 고 씨 주점으로 달려가 술을 주문하면서 넌지시 고 씨에게 말을 퉁겼다.

"어째서 소이 놈을 때려죽였소? 지금 그 시체가 강 위로 떠올랐소. 한데 말이우, 일이 우습게 되려니깐 어느 여편네가 그게 자기 남편이라고 관을 사서 그 시체를 입관하더니 그걸 내일 장사지낸다고 합디다."

"야 이 왕가 놈아, 주둥아리 함부로 놀리지 말라고. 우리 집에 있던 소이 놈은 패물을 훔쳐가지고 도망간 지가 옛날인데 어디서 그런 말도 안 되는 소리를 해!"

"아이고, 마님 그런 소릴 하들 마쇼. 다른 사람은 속여도 나는 못 속이지. 나한테 돈푼이라도 쥐여 주면 그 여편네가 그대로 장사지내도록 내버려 둘 것이지만 만약 계속 나를 속이려 들면 관가에 고발할 테니 그때 가선 후회해도 소용없을 거요."

"이런 빌어먹을 놈, 이런 야바위꾼 같은 놈, 이런 거지 같은 자식, 그래 지금 내 남편이 장사 나가고 없다고 나를 능멸하려 들어?"

한바탕 욕을 얻어먹은 왕가는 얼굴이 붉으락푸르락 화를 내며 나갔다. 사람 죽일 배포를 가진 여인네가 배짱도 없이 그저 왕가에게 욕만 퍼부었으니 그냥 돈푼이나 쥐여 주고 일을 저지르질 말 것이지. 주정뱅이 왕가를 쫓아내어 왕가가 관가에 가서 고발하게 만들지 말았어야 하는 것을. 영해군의 지현이 문서를 처리하다가 왕가를 불러들였다.

"그래 억울한 일이란 것이 무엇이냐?"

"소인은 왕청王靑이란 놈으로 전당 출신이구먼요. 제 이웃 사는 교준이란 사람이 장사를 나가 아직 돌아오지 않았고 본마누라 고 씨와 첩 춘향 그리고 딸 옥수가 같이 살고 있는데 그 집의 하인 되는 소이 놈하고 교준의 첩이 그렇고 그런 사이였습죠. 그런데 그 여인네들이 소이 놈을 죽여 신교하 아래에다 버렸고 그 시체가 이제야 떠올랐습니다. 소인이 고 씨한테 시체가 떠올랐다고 일러주었다가 외려 욕만 바가지로 얻어먹고 말았습니다. 그 집에서는 주점을 운영하는데 그 주점 일을 도와주는 홍삼 녀석도 같이 일을 저지른 것으로 압니다. 나리 제발 굽어 살펴주십시오."

지현은 아전에게 왕청의 말을 적어두게 하고 공문을 꾸려 포졸 두 명을 파견하여 고 씨 일행과 홍삼을 잡아오게 했다. 포졸들이 지체 없이 고 씨 집에 도착하여 고 씨와 춘향, 옥수 그리고 홍삼을 붙잡더니 고 씨 집 대문에 못질을 해 다른 사람들이 출입하지 못하게 했다. 고 씨 일행은 관아에 도착하여 모두 무릎을 꿇었다. 지현은 채주蔡州 출신으로 이름은 황정대黃正大였는데 성품이 간사하고 잔혹한 데다 돈을 유난히도 밝혔다.

"네 집에서 일하던 소이 놈은 지금 어디에 있느냐?"

"소이 놈은 우리 집 물건을 훔쳐 달아났는데 지금은 어디에 있는지 모르옵니다."

이때 왕청이 끼어들었다.

"나리, 홍삼에게 물어보시옵소서. 그럼 무언가가 나올 겁니다요."

지현은 홍삼에게 물어보기 전에 먼저 홍삼의 주리부터 틀었다. 피를 뚝뚝 흘리던 홍삼이 도저히 견디지 못하고 입을 열었다.

"소이 놈이 본디 춘향하고 정을 통하다가 나중에 옥수를 범했습니다. 마님이 그 사실을 알고 나리가 돌아왔을 때 평지풍파가 일어날 것을 염려하여 올해 팔월 보름 중추절 밤에 술을 먹여 취하게 한 다음 일을 저지른 것이지요. 실은 저는 그날 술에 취하여 먼저 자러 갔다가 오경쯤에 저를 깨우는 소리에 일어나 가보니 소이는 이미 죽어 있었습니다. 저는 그저 마님이 시키는 대로 그 시체를 메고 가서 강물에 버렸습죠. 제가 마님에게 왜 죽였냐고 이유를 물어보니 소이가 옥수 아씨를 범했으니 나리가 돌아왔을 때 추한 꼴이 벌어질 것은 분명하고 차라리 소이를 죽여 화근을 없애는 것이 낫다는 생각이 들어 밧줄로 목 졸라 죽였노라고 하시더군요. 나리, 저는 정말 남에게 해코지라고는 할 줄 모르는 사람입니다. 하지만 소이 같은 무뢰한이 죽은 건 불행의 씨앗을 제거한 것이겠거니 하는 생각이 들어 소이 놈의 시체를 메고 신교하에 가서 강물에 버린 것입니다. 제 말에는 정말 조금도 거짓이 없구먼요.."

지현은 홍삼의 진술을 받아 적고는 홍삼에게 수결하게 했다. 고 씨와 춘향은 홍삼이 사실을 그대로 불어버리자 대경실색했다. 옥수는 그 자리에서 덜덜 떨기만 했다. 지현이 세 아낙을 가까이 불러 문초했다. 옥수는 별수 없어 사실을 이야기할 수밖에 없었다.

"소이 놈이 춘향과 정을 통하니 어머니가 차마 그냥 두고 볼 수 없어 두 사람을 본가로 불러들였습니다. 그런데 소이 놈은 저를 보고서는 계속 찝쩍대었고 제가 거부하자 결국 억지로 저를 범하고 말았습니다. 8월 15일 추석날 밤, 어머니는 저를 먼저 잠자리에 들게 하셨기에 저는 그 이후 상황은 잘 모르나이다."

지현이 다시 춘향을 문초했다.

"네 이년, 소이 놈과 간통한 것도 큰 죄거늘 그 소이 놈이 다시 옥수를 범하게 만들다니."

춘향은 아무 말 없이 그저 두 줄기 눈물만 하염없이 흘릴 뿐이었다. 지현이 다시 고 씨를 문초했다.

"어찌하여 소이를 죽였는가?"

고 씨는 더는 버틸 수 없음을 알고 사실을 순순히 자백했다. 세 여인은 함께 옥에 갇혔다. 다음 날 지현은 문서를 준비하는 한편 포졸을 시켜 세 여인과 홍삼을 신교하에 데리고 가서 현장 검증을 하도록 했다. 소식을 들은 사람들이 벌떼처럼 몰려들었다. 남녀노소 가릴 것 없이 사람들이 몰려드니 그야말로 인산인해였다.

좋은 일은 집 밖으로 소문나지 않지만,
나쁜 일은 천 리 밖으로까지 퍼져나간다네.

포졸들이 고 씨 일행을 데리고 신교하에 도착하여 관 뚜껑을 열고 시체를 꺼내었다. 도끼에 맞았던 소이의 머리가 심하게 깨져 있고, 목엔 밧줄에 묶였던 자국이 여전히 남아 있었다. 지현이 포졸들에게 명령하여 고 씨 일행에게 곤장 20대를 때리게 하니 그들은 혼절했다가 깨어나고 깨어났다가 다시 혼절하곤 했다. 고 씨에게는 큰 칼을 지우고, 춘향과 옥수, 홍삼에게는 차꼬를 씌워 감옥에 가두었다. 왕청은 관아에서 명령을 기다리도록 했다.

갓바치의 아내 정 씨는 자신이 시체를 잘못 알아본 것을 알게 되자 더는 눈물도 흘리지 않았다. 너무도 황당하고 너무도 창피하여 감히 사람들을 쳐다보기도 힘들었다. 한편, 옥수는 옥 안에서 식음을 전폐하더니 결국 하루 만에 죽고 말았다. 다시 이틀이 지나고 춘향도 저세상으로 떠났다. 홍삼은 옥에서 중병에 걸렸다. 옥졸이 지현에게 보고하여 의원을 불러다 주었으나 결국 죽고 말았다. 고 씨 역시 온몸이 붓고 종창이 생기더니 음식도 먹지 못하고 저세상으로 떠나고 말았다. 채 보름이 다 가기도 전에 네 사람이 모두 저세상 사람이 된 것이다. 죽을죄를 지었다고 하나 사람이 죽는다는 것이 어찌 간단한 일이랴. 사람은 죽어나가는데 이를 장사지내 줄 사람은 없고 장사 떠난 교준이 언제 돌아올지도 모르니 답답한 지현은 이 사실을 조정에 보고했다. 조정에서 교지를 내렸다.

"죄인들이 이미 죽어버렸으니 그들 재산을 팔아 그 돈으로 장사를 지내주도록 할 것이며, 소이는 본디 사고무친이라 화장하도록 하라."

자기 고향의 이런 일이 벌어지고 있을 줄이야 꿈에도 상상하지 못하는 교준은 개봉에서 심서연에 빠져 2년을 달콤하게 보냈다. 하지만 돈이 떨어지자 기생 어미가 노골적으로 괄시하기 시작했다.

"우리 애가 그대하고 지내느라고 손님도 못 받고 손해가 이만저만 아니야. 돈 있으면 좀 내놓고, 없으면 우리 집에서 좀 나가 줘. 우리가 지금 앉아서 굶어 죽을 순 없잖아."

돈을 물 쓰듯 하다가 돈이 떨어졌다고 괄시를 당하니 눈에서 눈물이 나올 지경이었다. 집에 돌아가려고 해도 여비가 없었다. 눈물 흘리는 교준을 보던 심서연에게 말을 꺼냈다.

"내가 그대에게 못 할 짓을 했군요. 내가 한푼 두푼 모아둔 게 있으니 그거라도 여비에 보태 쓰세요. 그리고 제가 그리우면 집에 가서 돈을 가지고 다시 오세요.."

교준은 그 말을 듣고 기뻤다. 그날 밤에 짐을 꾸리자니 심서연이 300문☆을 내놓았다. 교준은 기생 어미와 심서연에게 작별을 고하고 옷가지를 들고서 눈물을 흘리며 길을 나섰다.

교준의 배는 만 하루가 못 되어 북신관에 도착했다. 날이 저물었기에 잘 아는 선주 집에 들어가 하루를 묵고 가기로 했다. 그 선주는 교준을 보더니 대경실색했다.

"그동안 어디에 있었던 거요? 그래 자네 딸내미가 강간당했다고 하데. 그 사실을 알게 된 자네 아내는 그 녀석을 죽여 버렸고 주점에서 일 도와주던 홍삼이 그 시체를 신교하에다 버렸다지. 그런데 그 시체가 떠올라서 자네 아내와 첩, 딸내미, 홍삼이 모두 잡혀갔지. 고문에 견디다 못하여 그들은 결국 자백했고 옥에 갇히고 감옥에서 죽고 말았다네. 그들을 장사지내준 게 얼마 되지 않는데 자네는 어디를 그렇게 싸돌아다닌 거야?"

태양혈이 빠개지는 듯,
얼음물을 들이붓는 듯.

교준은 너무도 놀라서 아무런 말을 할 수가 없었다. 그 선주가 술과 안주를 내었으나 교준은 입에 대질 않았다. 어디 그게 입에 들어가기나 하겠는가? 교준은 눈물을 흘리며 오열했다.

"아, 이제 나는 아무 데도 돌아갈 곳이 없구나."

교준은 전전반측 하룻밤을 지새웠다. 다음 날 새벽에 일어나 선주와 작별하고 옷가지를 들고서 허겁지겁 무림문 안으로 들어갔다. 자기 집 맞은편에 있는 골동품 가게 왕장사王將仕 네 집 앞에 섰다. 자기 집이 있던 자리는 이미 폐허로 변하고 말았다. 옷 보따리를 바닥에 내려놓고 엎드렸다.

"아이고 조상님 제가 집을 버리고 타향을 떠돌아다녀 결국 집을 요 모양 요 꼴로 만들고 말았습니다."

왕장사가 교준에게 물었다.

"그래 대체 어디에 가셨던 거요?"

"장사하다가 본전을 까먹어서 쉬 돌아오지 못했던 거요. 게다가 집안 소식은 알 길이 없고."

왕장사가 교준을 자기 집으로 데리고 갔다.

"여보게 내가 사실대로 이야기해줌세. 자네 둘째 부인이 하인 놈하고 눈이 맞았는데…."

왕장사가 저간의 사정을 소상히 이야기해주었다.

"그 갖바치의 마누라가 그게 자기 남편이라고 우겨서 결국 일이 그렇게 된 거지. 그래 이제 자네는 어디로 가려나?"

이 모든 이야기를 들은 교준은 두 줄기 눈물을 하염없이 흘렸다. 왕장사와 헤어진 후 그는 어디로 가야 할지를 몰랐다. 북으로도 남으로도 갈 수 없었다. 그저 한숨만 나왔다.

"아, 이제 다 끝장이로다. 내 나이 올해 사십이 넘었는데 자식도 마누라도 다 없어지고 재산마저 다 날리고 말았으니 이제 누구랑 더불어 산단 말인가?"

교준은 곧장 서호 제이교第二橋로 달려갔다. 교준은 호수의 푸른 물을 바라보다가 그예 몸을 던지고 말았다. 애닯도다, 교준 일가족의 운명이여!

어느 날 왕청이 부랑배들과 서호에서 농탕질을 하다가 제이교에 찾아들었다. 여러 사람이 돈을 갹출하여 술을 사다 먹기로 했다.

"아무래도 왕청이 한번 갔다 와야겠는걸."

왕청이 돈을 받아들더니 갑자기 그 돈을 호수에 던져버리고는 미친 듯이 소리를 질러댔다.

"야 이 버러지 같은 놈아! 소이 놈이 춘향이와 붙어먹다가 죽은 게 너하고 무슨 상관이라고 네가 나선단 말이냐. 그래 돈 몇 푼 얻어먹겠다고 나 교준을 이렇게 해쳤더란 말이냐. 우리 일가족 네 사람이 너 때문에 저세상으로 떠났으니 이제 내가 너를 저세상으로 데려가야겠다."

왕청의 친구들은 교준의 혼령이 왕청의 몸에 붙은 거라 생각하고 모두 엎드려 용서를 빌었다. 왕청은 자기가 자기 몸을 때리고 입은 계속해서 욕을 해대었다. 그러다가 왕청은 갑자기 호수로 뛰어들었다. 교준이 비록 여색을 탐하긴 했으나 남을 해친 적은 없는데 일가족이 몰살당하는 일을 당하고 보니 저승 세계에서도 왕청을 그냥 용서할 수는 없었던 것이라. 이렇게 왕청을 저승 세계로 잡아간 것도 결국 하늘의 이치런가.

교준의 욕망은 결국 온 가족을 죽음으로 이끌고
남에게 못할 짓한 왕청은 결국 비명횡사했도다.
호색은 신세 망치는 지름길,
제대로 수양했더라면 몸을 망치는 일은 없었을 것을.

왕교란의 슬픈 노래

王嬌鸞百年長恨
— 영원히 사라지지 않을 왕교란의 깊은 슬픔 —

하늘에선 해와 달이 떴다가 지고 떴다가 지고,

땅에선 날이 가고 달이 가고 세월이 흐르고,

왕년에 노랫가락 가득하던 누각에 풀만 무성하고,

시시비비, 흥망성쇠 순식간이더라!

시끌벅적함 속에서도 안정을 취할 줄 알아야 할지니,

하나 너무 안정에만 빠져들면 바보 같은 삶이 될 수도 있을 거라.

주색과 재물에 빠져들지 아니하면,

한평생 큰 재앙 닥칠 일은 없으리라.

이야기인즉슨, 강서성 요주부饒州府 여간현餘干縣 장락촌長樂村에 장을張乙이라는 백성이 살았겠다. 그 장을이 잡화를 팔러 현에 갔다가 성문 밖 객점에서 투숙하려는데 주인장이 방이 다 차서 잘 곳이 없다고 하더라. 장을이 객점을 살펴보니 자물통이 채워진 빈방이 하나 보이더라. 장을이 주인장에게 물었다.

"아니 빈방이 있는데 왜 나한테 내어주지 않는 거요?"

"귀신 나오는 방이라 손님을 받을 수가 없네요."

"그깟 귀신이 뭐가 무섭다고!"

주인장은 하는 수 없이 자물통을 열고서 장을에게 등잔불과 빗자루를 건네주었다. 장을은 방 안에 들어가 등잔의 심지를 돋우어 불을 밝혔다. 방에는 닳아빠진 침상이 하나 있었다. 장을은 빗자루를 들어 침상 위에 켜켜이 쌓인 먼지를 털어내고 이불을 펴놓고 방에서 나왔다. 술을 곁들여 밥을 먹고서는 방으로 돌아와 옷을 벗고 자리에 누웠다.

꿈속에 절세미녀가 꽃단장을 하고서 장을 옆에 다가와 누웠다. 장을이 꿈결에 그녀를 받아들였다. 잠에서 깨었을 때도 그녀가 여전히 장을 곁에 있었다. 장을이 그녀에게 누구인지 물었다.

"저는 이웃에 사는 아낙이옵니다. 남편이 멀리 출타하여 혼자 잠들 수가 없어 이렇게 찾아왔나이다. 많은 말씀 드리지 않아도 무슨 사정인지 아실 것입니다."

장을이 더는 묻지 않았다. 날이 밝으니 그녀가 떠나갔다. 밤이 되니 그녀가 또 찾아왔다. 첫날밤처럼 기쁨을 누렸다. 이렇게 사흘째 밤이 지났다. 주인장은 장을한테 아무 일도 일어나지 않는 걸 보고서 장을에게 이러저런 이야기를 했다. 더불어 이 방에서 아낙 한 명이 목매달아 죽었다는 것, 그리고 그녀가 왕왕 다른 괴물로 변신하여 나타나기도 하는데 이번에는 왠지 아무 일 없고 잠잠하다는 말을 했다. 장을은 그 말을 그저 무심히 흘려듣지 않았다. 밤이 되고 그녀가 또 찾아왔다. 장을이 그녀에게 물었다.

"낮에 쥔장이 이 방에 목매달아 죽은 여자 귀신이 산다고 하던데 혹시 그대 아니오?"

그녀가 망설이지 않고 바로 대답했다.

"바로 접니다. 하나 그대를 해치지는 않을 것이니 걱정하지 마십시오."

"그래 당신 사연이나 한번 자세히 말해주시구려!"

"저는 기녀였습죠. 성은 목가이옵고 형제자매들 사이에 스물두 번째라 사람들이 저를 그저 목스물둘이라 불렀습니다. 저는 여간현 사람 양천楊川하고 정이 들었습니다. 양천과 저는 결혼하기로 약조했고 저는 양천에게 은 백 냥을 건넸습니다. 한데 양천이 어디론가 사라져서는 3년 동안 소식이 없었습니다. 저는 기생 어미한테 꽉 잡혀서 옴짝달싹 못 할 처지고. 하다 하다 못해서 결국 저는 목을 매달고 말았습니다. 기생 어미는 기루를 다른 사람에게 팔았고 그 기루를 산 사람이 기루를 객점으로 바꿨지요. 이 방이 바로 제가 쓰던 방입니다. 하나 저의 영혼은 이곳을 떠나지 못하고 이렇게 머물고 있습니다. 나리도 여간현 사람이니 혹시 양천을 아실 수도 있겠네요.."

"알지."

"지금 그 사람 어디에 있습니까?"

"작년에 요주부 남문으로 이사해서 결혼도 하고 가게도 열었다고 하대. 장사도 잘된다고 하던데."

그녀는 한참을 한숨만 쉬면서 별다른 말이 없었다. 이틀이 더 지나고 장을이 집으로 돌아가고자 했다. 그녀가 장을에게 물었다.

"제가 한평생 나리를 따르고자 하는데 나리께서 허락해주실지 모르겠습니다."

"그대가 나를 따르고자 하는데 내가 막을 이유가 어디 있겠소이까?"

"나리, 작은 목패 하나를 만들어 그 위에다 '목스물둘 신위'라고 적어주십시오. 그런 다음 그 목패를 상자에 넣어두십시오. 목패를 꺼내어 저의 이름을 불러주시면 제가 나타날 것입니다."

장을이 그렇게 하겠노라 대답했다. 그녀가 또 장을에게 말했다.

"제가 은 쉰 냥을 다른 사람 모르게 이 침상 밑에 묻어두었습니다. 나리께서 챙기시길 바랍니다."

장을이 침상 아래 바닥을 파보니 과연 항아리 안에 은 쉰 냥이 들어 있었다. 하룻밤이 더 지나고 다음 날 아침 목패를 정성스럽게 만든 다음 상자에 잘 넣고 객점 주인장과 인사를 나누고 집으로 출발했다. 집에 도착하여 그간의 일을 아내에게 이야기해주었다. 아내는 그 이야기를 듣고 조금도 기뻐하지 않았다. 그러나 은 쉰 냥 이야기를 듣더니 더는 남편에게 군소리하지 않았다. 장을은 집 동쪽 편에 목스물둘의 목패를 모셔놓았다. 장을 부인이 장난삼아 목스물둘이라 이름을 불러보았다. 목스물둘이 벌건 대낮에 모습을 나타내더니 장을 부인에게 인사를 올렸다. 장을 부인이 처음에는 깜짝 놀랐으나 몇 번 거듭되다 보니 익숙해져서 그러려니 했다. 밤에 장을 부부가 침상에 누우면 목스물둘 역시 같이 자리에 끼어들었다. 희한하게도 평소 둘이 누워 있을 때보다 더 좁다는 느낌이 들지는 않았다.

열흘 정도가 지나고 목스물둘이 장을에게 물었다.

"제가 오래전에 돈을 빌려준 데가 있습니다. 그걸 받으러 가려 하는데 같이 가시겠습니까?"

장을은 빚을 받으러 간다는 말에 욕심이 동하여 군말 없이 같이 가겠노라 응답했다. 장을은 배를 빌려 타고 출발했다. 배 안에 목패를 모셔두었다. 목스물둘은 장을과 동행하면서 다른 사람을 피하는 기색이 전혀 없었다. 며칠 지나서 요주부 남문에 이르렀다. 목스물둘이 장을에게 말했다.

"양천한테 가서 돈을 받아와야겠습니다."

장을이 목스물둘에게 뭔가를 물어보려 했으나 목스물둘은 이미 강 언덕을 넘어가고 있었다. 장을이 뒤따라가 보니 그녀가 어느 가게에 들어가는 것이었다. 바로 양천의 가게였다. 장을이 한참 기다렸으나 그녀는 나오지 않았다. 그러다 갑자기 양천네 가족들이 통곡하는 소리가 땅을 진동시켰다. 장을이 그 연고를 물으니 가게 안에 있던 사람이 대답했다.

"주인어른이 평소에 병에 걸린 적이 없는데 갑자기 악질에 걸려 입과 코에서 피를 질질 흘리며 죽고 말았습니다."

장을은 목스물둘의 소행임을 직감하고 황망히 배에 돌아와 목패를 향해 이름을 불렀으나 그녀는 나오지 않았다. 장을은 그제야 목스물둘이 받을 돈이라고 한 게 바로 양천이 자기를 배반한 원수를 갚고자 한 것이었음을 깨달았다.

왕괴王魁는 의리를 버리고 욕을 먹었으며,[1]
이익李益은 사랑하는 여인을 버리고 불행을 자초했네.[2]
사기꾼 같은 양천,
하늘조차도 여자를 버린 놈은 봐주지 않는구나.

---

1) 송나라 때 왕괴라는 인물이 기녀 교계영敫桂英의 도움으로 과거에 급제했으나 정작 계영을 버리고 다른 여자와 결혼했다. 계영은 자결하고 혼귀가 되어 왕괴에게 복수하고 왕괴는 사람들에게 신의를 저버린 자라고 비난받게 되었다. 이를 소재로 한 중국의 전통 연극 작품이 있다.

2) 이익은 당나라 때의 전기 작품에 등장하는 인물이다. 자신이 사귀었던 기녀 곽소옥霍小玉과 미래를 철석같이 약속했으나 과거 급제 후 집안에서 정해준 여자와 결혼하고 만다. 나중에 이 사실을 안 곽소옥은 이익을 찾아가 신의를 버린 행위를 꾸짖고 세상을 떠난다. 곽소옥의 원한 때문인지 이익은 세 번이나 결혼과 이별을 경험하여 행복하지 못한 삶을 살게 된다.

목스물둘은 죽어서라도 자신의 원한을 갚았다. 하지만 귀신이 되어 원수를 찾아가 죽이는 일이 아무래도 현실감이 떨어지는 건 사실이다. 이제 다른 이야기를 하나 하련다. 제목은 '백 년 동안 이어진 왕교란의 깊은 슬픔'이다. 이 이야기의 원수 갚는 방법은 훨씬 그럴듯하다. 이 이야기는 당나라 때 이야기도 아니고 송나라 때 이야기도 아니다. 바로 우리 명나라 천순天順 원년(1457) 때 이야기다.

광서의 묘족이 반란을 일으키매 중원 각처에서 병사를 조발하여 반란을 진압하고자 했다. 임안의 지역 사령관 왕충王忠이 자기 휘하의 절강성 부대원들을 거느리고 이동하다 기한을 어기매 하남 남양南陽 지역의 천호千戶로 강등되었다. 왕충은 그날로 즉시 가족을 거느리고 임지로 달려왔다. 왕충은 나이가 60이 넘었다. 그에겐 아들이 하나 있었으니 이름은 왕표王彪였다. 왕표는 빼어난 용맹 덕분에 총사령관 휘하에서 근무하고 있었다. 왕충에게는 또 딸이 둘 있었다. 큰딸은 교란으로 열여덟 살, 둘째 딸은 교봉嬌鳳으로 열여섯 살이었다. 교봉은 어려서부터 외가에서 자랐으며 외사촌 오빠와 정혼했다. 교란은 아직 누구하고도 혼약을 맺은 적이 없었다. 왕충이 주 씨를 둘째 부인으로 맞아들였다.

주 씨에게는 친언니가 하나 있었다. 언니가 조 씨네 집에 시집갔다가 남편을 여의고 혼자서 가난하게 살고 있으니 주 씨가 언니를 불러 교란을 돌봐달라 했다. 집안 식구들은 그녀를 조 이모라 불렀다. 교란은 어려서부터 경서와 역사서에 통달하고 붓을 들었다 하면 문장을 줄줄 지어낼 줄 알았다. 그런 교란을 왕충 부부가 너무 아끼다 보니 교란이 비녀를 꽂는 열다섯 나이가 될 때까지도 혼처를 정해주지 않았다. 교란은 바람만 불어도 화들짝 놀라고 달만 떠도 외로움을 타는 청춘, 그런 심사를 부모도 몰라주고 오직 조 이모만 이해해주었다. 교란과 조 이모는 서로 마음이 통하는 사이였다.

청명절, 교란은 조 이모 그리고 하녀 명하名霞와 뒤뜰에서 그네를 뛰며 놀았다. 한참을 시끌벅적하게 놀다가 담장의 갈라진 틈으로 한 미소년이 자색 옷을 입고 당건을 쓰고 고개를 내밀고 쳐다보면서 탄성을 지르고 있는 게 보였다. 교란은 갑자기 당황하여 조 이모 등을 떠밀어 방으로 들어가 버렸다. 미소년은 뒤뜰에 아무도 없는 걸 보고는 담을 넘어 들어왔다. 그네에 여인의 향취가 그대로 남아 있는 듯했다. 미소년은 여인의 생각에 잠겼다. 마당에 뭔가 떨어져 있었다. 집어보니 가로세로 석 자쯤 되어 보이는 비단 머릿수건이었다. 미소년은 마치 보물을 줍기라도 한 듯 좋아했다. 안에서 사람 소리가 들려오니 다시 담을 넘어 돌아가서는 담장 갈라진 틈 쪽에 서 있었다. 하녀가 나와서 머릿수건을 찾기 시작했다. 하녀가 서너 차례나 그 자리를 왔다 갔다 하며 머릿수건을 찾았다. 미소년은 이제 장난기도 좀 시들해지고 해서 그냥 하녀에게 입을 열어 말해주었다.

"아니 그 머릿수건은 내 손에 있는데 어딜 그렇게 찾는 건가?"

하녀 명하가 고개 들어 바라보니 바로 그 미소년이었다. 명하가 미소년 쪽으로 다가가 인사를 올렸다.

"나리께서 주으셨다니 저에게 돌려주시면 정말 감사하겠습니다."

"이 머릿수건은 누구 것인가?"

"예, 아씨 것이옵니다."

"아씨 것이라면 아씨가 와서 돌려달라고 해야지 않겠나."

"나리는 뉘신지요?"

"나는 성은 주周, 이름은 정장廷章이라네. 소주부 오강현吳江縣 출신이지. 부친께서 이곳 남양의 교육책임자로 부임하시는 바람에 이곳에 오게 되었네. 내 집은 바로 담 하나 건너에 있다네."

본디 남양의 학교와 군부대 본부가 서로 붙어 있었다. 하여 부대는 동쪽 관청이라 불렸고, 학교는 서쪽 관청이라 불렸다. 부대의 뜰 너머는 바로 학교의 마당이었다.

"아이고 나리, 바로 이웃 사는 분이신데 몰라뵈었으니 너무 죄송합니다. 제가 바로 아씨께 말씀드리겠나이다."

"그래 자네와 아씨의 이름을 물어봐도 되겠는가?"

"아씨는 교란이라 하옵는데 주인 어르신 부부가 특별히 아끼는 딸이옵니다. 저는 아씨를 모시는 명하이옵니다."

"그래 내가 시 한 수를 지어 줄 테니 그걸 아씨에게 전해주겠는가. 그럼 굳이 아씨가 직접 오지 않아도 내가 머릿수건을 돌려줌세."

명하는 썩 내키지 않았으나 머릿수건을 돌려받을 욕심에 그러마고 대답했다. 정장이 명하에게 일렀다.

"잠시만 기다려주게나."

정장은 안에 들어가더니 잠시 후 시를 적은 종이를 들고 나왔다. 복사꽃 무늬가 새겨진 종이가 네모나게 접혀 있었다. 그 종이를 받아들고 나서 명하가 물었다.

"그런데 머릿수건은 어디에 있습니까?"

정장이 웃으면서 대답했다.

"그렇게 귀한 걸 내가 어찌 쉽게 돌려줄 수 있겠는가? 자네가 이 시를 아씨에게 전해주고 아씨가 답장을 해주면 내가 그 보물 머릿수건을 돌려주겠네."

명하는 하는 수 없이 몸을 돌려 안으로 들어갔다.

이 비단 머릿수건 때문에,

영원히 사라지지 않을 슬픈 노래가 이 세상에 전해지게 되었구나.

한편, 교란은 처음 그 미소년을 보았을 때 살짝 부끄러우면서도 자기도 모르게 가슴이 두근거렸다. 비록 입 밖으로 표현하지는 않았으나 마음속으로는 이런 생각을 하고 있었다.

'저 남자 참 잘 생기기도 했네. 저런 남자한테 시집갈 수 있다면 이 세상 살다 가는 게 헛되지 않으리라.'

이렇게 생각에 잠겨 있을 때 명하가 씩씩거리며 안으로 들어왔다. 교란이 명하에게 물었다.

"머릿수건은 찾았느냐?"

"거 참 이상하네요. 머릿수건이 어떻게 서쪽 관청 사는 주 공자 손에 들어가 있죠. 담장 갈라진 틈으로 아씨를 훔쳐보던 그 자색 옷 입은 남자 말이에요!"

"돌려달라고 하면 되지, 뭘 그래!"

"왜 안 돌려달라고 했겠어요? 근데 자꾸 딴청을 부리네요."

"왜 안 돌려주려고 하는 거라던?"

"자기는 소주부 오강현 출신으로 이름은 정장이며 부친이 이곳 남양의 교육책임자로 부임하면서 같이 와서 우리랑 바로 담 하나를 사이에 두고 살게 되었다고 하네요. 머릿수건이 아씨 거니까 아씨가 직접 와서 찾아가라고 그랬어요."

"그래서 뭐라고 대답했느냐?"

"먼저 아씨께 아뢰고 아씨가 말씀하시는 대로 하겠다고 했지요. 그랬더니 시 한 수를 적어주면서 아씨께 전해드리고 답장을 받아오면 머릿수건을 돌려주겠다고 하데요."

명하가 복사꽃 무늬가 새겨진 종이를 교란에게 건넸다. 교란은 이 네모나게 접힌 종이를 보고는 이미 마음이 두근거리기 시작했다. 종이를 펴 보니 칠언절구 시 한 수가 적혀 있었다.

특별한 향기 품은 머릿수건,
하늘이 이 다정한 남자에게 보내주셨구나.
정성을 다하여 사랑을 바라는 시를 보내니,
이 시가 초야를 치르는 방에 함께 들어갈 인연을 맺어주리라.

교란이 좀 더 사려 깊어서 머릿수건 같은 거야 그냥 포기해버리고 시를 적은 종이를 불살라버리고는 명하에게 다시는 이런 심부름하지 말라고 단속했더라면 큰일은 일어나지 않았을 것이다. 그러나 교란은 본디 감성이 풍부한 데다가 나이 또한 정혼할 나이를 이미 넘었으니 남자의 구애를 단호히 거절하지 못했다. 교란이 꽃무늬 종이를 꺼내어 여덟 구절짜리 답시를 적었다.

아무런 흠도 없는 옥 같은 저는,
왕후장상 부럽지 않은 명문가에서 나고 자랐지요.
혼자서 조용히 달을 바라보고
번잡하지 않은 시간을 내어 꽃을 감상했지요.
벽오동 심은 뜻은 봉황을 보았으니,
올곧은 대나무에 어찌 까마귀 앉게 하리까?
타향살이하는 그대에게 이 답시를 보냄은,
이 생각 저 생각에 흔들리지 마시라는 뜻.

명하는 아씨한테 시 종이를 받아들고서 후원으로 갔다. 정장은 이미 담장 저쪽 틈에서 기다리고 있었다. 명하가 정장에게 아뢰었다.

　　"아씨의 답시를 받아왔으니 어서 머릿수건을 돌려주세요."

　　정장이 그 시를 받아 읽어보았다. 읽어보고 나니 교란을 향한 마음이 더욱 간절해졌다. 그녀와의 사랑을 꼭 이루고 싶었다.

　　"잠시만 기다리시오. 내가 시를 받았으니 답시를 또 적어드려야 하겠소이다."

　　정장이 곧장 칠언절구로 된 답시를 적었다.

　　옆집 사는 아씨와 전생의 인연 있었으니,
　　타향살이 외로운 영혼의 고독병도 이젠 나으리라.
　　난새와 봉새가 한 나무에 깃드는 격,
　　이 밤도 퉁소 소리가 하늘까지 오르리라.

　　명하가 정장에게 말했다.

　　"머릿수건은 안 돌려주시고 왜 이렇게 자꾸 시만 적어주는 거죠? 이 시는 못 전해드리겠어요."

　　정장이 소매 품에서 금비녀 하나를 꺼냈다.

　　"이거 작은 거지만 내 정성으로 생각해서 넣어두시고 귀찮겠지만 아씨에게 이 시를 좀 전해주시구려."

　　명하는 금비녀가 탐나서 이 시를 들고 가서 교란에게 전했다. 교란이 그 시를 읽고 나더니 표정이 꽤 어두워졌다. 명하가 아씨에게 여쭈었다.

　　"시 가운데 아씨 마음을 상하게 하는 구절이라도 있습니까?"

　　"저 선비가 좀 경박한 거 같아. 시가 온통 장난기로 가득 차 있어."

"아씨야 시 짓는 재주가 빼어나신 분이니 시 한 수 지어 따끔하게 혼내시고 다시는 그러지 못하게 하시지요."

"젊은 사람은 쉽게 흥분하는 법이니 혼내는 건 그렇고 그저 좋은 말로 잘 타일러야지."

교란이 다시 꽃무늬 종이를 꺼내어 여덟 구절짜리 시를 적었다.

나무 우거진 뒤뜰에 몰래 서 있다가,
하녀를 통해 전해주신 그 말씀 이리도 심한지요.
오직 백옥 같은 여인을 훔쳐,
운우지정 누리고자 하는 그 마음뿐.
내 침실에 어찌 그런 분을 들이며,
내 방 안에 어찌 바깥바람 불어오게 하리까?
그대여, 나의 운우지정 누릴 생각은 접어두시고,
공부에 정진하여 장원급제하시라.

이렇게 시가 오고 시가 가고 하면서 둘 사이의 사랑도 오갔다. 중간에서 심부름하는 명하의 발걸음이 쉴 새가 없었다. 정장의 시선은 늘 담장 틈새를 향하고 있었다. 주고받은 시가 너무 많아서 여기에 일일이 소개하기가 힘들구나. 때는 바야흐로 단오, 왕충이 집 마당에서 가족 모임을 열었다. 정장이 담 너머 저편에서 교란네 집안 모임 소리를 들었다. 교란이 분명 저곳에 있을 것이나 얼굴을 볼 방법이 없었다. 명하를 통하여 교란에게 말을 전하기도 마땅치 않았다. 답답한 심사를 가누지 못하고 있을 무렵, 부대 본부에서 잡일을 하는 손구가 정장 곁을 지나갔다. 손구는 목공일을 잘해서 부대 일도 맡아 보고 더불어 학교 일도 봐주었다. 정장은 절구 한 수를 적어 밀봉한 다음, 손구에게 행하로 동전 이백 닢을 주고서 이 봉투를 명하에게 건네주라고 부탁했다. 손구는 남이 시킨 일은 꼭 제대로 완수하는 착한 성미였다. 이튿날 아침 적당한 기회를 봐서 그 봉투를 명하에게 전달해 주었다. 명하가 그 봉투를 교란에게 바치니 교란이 뜯어보았다.

단오, 그대 목소리는 들리나 그대 얼굴은 볼 수가 없었소이다. 이에 절구 한 수를 적어 보냅니다.

색색 실 엮어서 동심결을 맺네,
층층나무 술잔에 술 가득 담아 그대와 함께 마시리.
상강이 안개에 가려 그 아름다운 경치 볼 수가 없어라,
해바라기는 덧없이 일편단심 해만 바라는데.

소주부 오강현 정장 삼가 씀

교란이 다 읽고 나더니 탁자 위에 올려놓았다. 그러고는 화장을 하느라 답장 쓰는 일을 잠시 뒤로 미뤄두었다. 바로 이때, 조 이모가 교란의 방에 들어와 탁자 위에 놓인 그 시를 보고 깜짝 놀라며 교란에게 다그쳐 물었다.

"중매쟁이도 없이 자기 스스로 사랑하는 사람을 찾아 언약을 맺다니! 게다가 이런 일을 나에게 말도 안 하고 그냥 은근슬쩍 넘어갈 참이었더냐?"

교란이 얼굴을 붉히며 대답했다.

"그저 시를 서로 주고받은 것뿐입니다. 다른 일은 없었습니다. 제가 어찌 이모님을 속이려 들겠습니까!"

"정장은 강남의 선비라 우리 집안과도 정말 잘 어울릴 것 같구나. 그런 정장한테 어서 중매쟁이를 통해서 청혼하라 하고 그와 백년가약을 맺으면 얼마나 좋아!"

교란이 고개를 끄덕이며 대답했다.

"지당하신 말씀이세요."

교란이 화장을 다 마치더니 여덟 구절짜리 시를 적었다.

18년 세월을 보낸 규중심처에,
그곳엔 허튼 사랑 이야기가 들어올 틈이 없었네.
비단 이불, 향기로운 잠자리라고 슬픔이 없을까?
봄 되어도 여전히 차가운 침대에서 그저 눈을 감고 있을 뿐.
두견새 소리 들려오면,
꿈속에 나비 날아오면 이 슬픔 어이 견디리!
그대 혹여 나를 생각하는 마음 있으시다면,
매파를 통해서 그 맘 전해주시옵소서.

이 시를 받아든 정장은 훈장 조(趙) 씨에게 아버지가 이미 허락했다고 거짓말하고는 왕충을 찾아가 혼담을 건네 달라고 부탁했다. 왕충 역시도 정장의 용모나 재주를 평소에 눈여겨봐 왔던 터라 딱히 싫지는 않았다. 하지만 교란은 금지옥엽 아끼는 딸이고 문장 짓는 실력도 탁월하여 나이가 많이 든 왕충이 자신의 온갖 사무를 다 맡기다시피 하고 있어서 교란이 타향으로 떠나는 게 영 내키지 않았다. 이런 이유로 왕충이 혼담에 적극적으로 응하지 아니했다. 혼담이 진척되지 아니하자 정장은 입술이 바짝바짝 말라 갔다. 정장이 마침내 교란에게 서찰을 보냈다.

소주부 오강현 출신 정장이 삼가 아뢰나이다.
그대의 아름다운 자태를 본 후부터 떨리는 가슴을 억누를 길이 없었습니다. 부부의 인연은 전생에서 이미 정해진 것이라 죽을 때까지 다른 마음을 먹지 않는다 합니다. 매파가 말 전하기를 우리의 혼담이 아직 결론을 내지 못했답니다. 굳게 닫힌 그대의 방문을 멀리서 바라보는 이 심사는 당 현종이 월궁을 방문하고 난 다음 항아를 그리는 심사요, 뒷마당 꽃밭을 거니는 심사는 견우가 은하수를 사이에 두고 직녀를 그리는 심사라. 만약 이렇게 혼담이 지지부진한 상태가 지속된다면 나는 강물에 빠져 요절하고 말 것입니다. 살아서 인연을 이루지 못했으니 죽어도 눈을 감지 못할 것입니다. 졸작이나마 시 한 수를 지어 나의 이 애절한 마음을 그대에게 전하고자 합니다.

내 마음을 녹여줄 그대 만날 기약이 없느니,
춘삼월 호시절도 그저 덧없어라.
답답한 심사, 창문에 기대앉아 술잔 기울이고
외로운 심사, 꽃밭에 앉아 비파를 타네.
창문에 기대어 바라보면 그나마 풀리는 심사,
방 안엔 여전히 가득한 적막, 시를 읊조릴밖에.
나처럼 외롭고 처량한 저 달이,
내 마음을 전해주려나?

교란은 정장의 서찰을 읽고 나서 곧장 답장을 쓰기 시작했다.

왕 천호의 딸 교란이 삼가 아뢰나이다.

연꽃 이파리 물 위로 떨어지고 버들솜 하늘거리며 휘장에 날아오네요. 달맞이 정자에서 봄바람 맞으며 두견새 우는 소리를 듣고, 창문 아래 우두커니 앉아 길고 긴 낮 시간을 원앙새 자수를 놓으며 보냅니다. 화장대에 무료하게 앉아 있을 즈음, 그대의 서찰이 저에게 도착했네요. 그대의 서찰을 읽으니 나의 슬픔에 슬픔이 더해지는 느낌입니다. 애석하게도 미인은 박명이요, 가련하게도 재주 많은 청년이 정도 많아 고민이시구려. 그대가 서찰을 한 통 전해줄 때마다 저에겐 고통이 한 뼘씩 늘었으며, 그대가 시를 한 편 전해줄 때마다 저에겐 적막감이 한 켜씩 자랐습니다. 담 너머 이웃집 여인을 탐하던 마음일랑 이제 접어두시고, 과장에서 장원급제하여 명성을 이루실 작정을 하소서. 사랑을 이어줄 중매쟁이가 없다고 한탄하지 마시옵소서. 공부하여 공명을 이루면 중매쟁이가 저절로 나타날 것입니다. 이 서찰에 제 깊은 속마음을 다 담았으니 서찰 심부름하는 이에게 더 물어보실 필요는 없겠습니다. 그대 보내주신 시에 화답하는 시 한 수를 첨부하노니 그저 편하게 읽어 보아주십시오.

가을날의 달, 봄날의 꽃도 다 세상 물정을 아노니,
자신의 값어치가 수천 금 수만 금임을 잘 안다네.
그대가 권문세가의 사위가 되었던 한수韓壽처럼 행동하기 바라오니,
이웃집 여인의 비파 소리에 정신 팔린 장생 같다는 말 듣지 마소서.
한때 품었던 허튼 생각은 모두 허공 속으로 날려 보내고
그대의 아름다운 시, 꿈속에서도 읽고 있나이다.
이승에선 의남매로 지내다가,
다음 생에서 우리 사랑이 이루어지리다.

정장은 교란의 시를 읽고서 감탄에 감탄을 거듭했다. 특히 시의 일곱 번째 구절에 '이승에선 의남매로 지내다가'라고 읊은 걸 읽고선 퍼뜩 신통한 생각이 떠올랐다.

'그래, 장공張珙과 신순申純은 남들에게 남매라 했으나 실은 사랑하는 사이였지 않나! 게다가 왕충의 부인은 주 씨라 나와 성씨가 같으니 내가 고모로 모시면 되겠구나. 왕충의 집안과 우리 집안이 마치 한 집안처럼 왕래하게 해놓으면 분명 무슨 수가 있을 거야.'

정장은 부친에게 관사가 너무 비좁은 데다가 시끄럽기까지 하니 이웃집 왕충네 뒤채를 빌려 공부할 수 있게 부탁해 달라고 졸랐다. 정장의 부친이 왕충에게 이 말을 전했다. 왕충이 대답했다.

"우리야 이웃사촌 아닙니까. 우리 먹는 거 같이 먹으면 되니 굳이 아드님 밥을 따로 지어 날라올 필요 없습니다."

정장의 부친은 그 말을 듣고 너무도 기뻤다. 집에 돌아와 정장에게 그 말을 전해주었다. 정장이 그 말을 듣고 부친에게 이렇게 제안했다.

"왕충 나리의 말씀은 정말로 고맙습니다만 우리와 친척도 아니고 친구도 아니니 신세 지기가 좀 그렇습니다. 제가 제 나름의 예를 갖춰 왕충의 부인 주 씨를 고모로 모시면 그런대로 명분이 설 것 같습니다."

정장의 부친은 본디 매사를 꼼꼼히 따져보는 성격도 아니고 아들이 왕충 집안에서 편의를 제공받을 수 있는 일이라는 생각도 들어 바로 이렇게 대답했다.

"그래 네 말대로 하도록 하여라."

정장은 사람을 시켜서 이런 뜻을 왕충 부부에게 전달하게 했다. 그런 다음 길일을 잡아 비단을 선물로 준비한 다음 자신을 왕충 부인의 조카로 자칭하는 소개 글을 써서는 왕충 부부를 찾아갔다. 정장은 친척 어른을 뵙는 예절을 다하여 공손하면서도 친근하게 굴었다. 왕충은 무인으로 자신을 추어주는 걸 좋아하는 사람이라 정장을 당장 거실로 안내하여 부인 주씨와 인사를 나누게 했다. 조 이모 역시 고모로 부르게 했고, 교란은 고종사촌 누이가 되었다. 일시에 모두 예의를 갖춰 인사를 나눴다. 왕충은 안채에서 잔치를 열어 모두 모이게 했다. 정장과 교란은 남몰래 몹시도 좋아했다. 그 자리에서 정장과 교란이 서로 눈빛으로 사랑을 교환했음은 말할 필요도 없겠다. 모두들 마음껏 즐기고 나서 헤어졌다.

> 결혼으로 이어질지 말지 알 수는 없으나,
> 서로 함께 가깝게 지낼 방법을 스스로 찾아냈구나.

다음 날 왕충은 서재를 치우게 하고는 정장이 거기에서 공부할 수 있게 했다. 아울러 남녀가 유별하니 내실에서 뒤채로 통하는 문에 자물쇠를 채우라 했다. 정장에게 음식을 내거나 뭘 갖다줄 때는 앞채를 통해 출입하게 했다. 사정이 이러한지라 정장과 교란이 비록 한집에 같이 살고 있기는 했지만 소식을 주고받기는 외려 예전보다 더 불편했다. 물론 교란은 인품 자체가 청초하긴 했으나 이성을 갈구하는 욕망이 이미 꿈틀대기 시작했다. 게다가 왕충이 베풀어준 잔치 자리에서 서로 사랑의 눈빛을 주고받은 사이라 담장을 사이에 두고 멀리서 서찰을 주고받던 때로 되돌아갈 수는 없는 노릇이었다. 수심이 쌓이고 쌓여 울화병이 되어버렸다. 오한이 들었다가 몸살이 들었다가 열이 나곤 했다. 교란은 마실 것도 먹을 것도 입에 대지 않았다. 왕충이 의원을 불러 진맥을 시켜도 아무런 효과가 없었다. 정장이 몇 차례나 안채로 병문안을 갔지만 왕충은 거실에서 말을 전하게 했을 뿐 교란의 방에 들이지는 않았다. 정장이 마침내 꾀를 내었다.

"제가 강남에 있을 때 의술을 익혀 병을 좀 볼 줄 압니다. 동생이 무슨 병을 앓고 있는지는 모르겠으나 제가 진맥을 한번 해보면 무슨 방도가 생길 것입니다."

왕충이 정장의 말을 듣고 먼저 부인과 상의하고 명하를 시켜 교란에게 말을 전하게 한 다음 교란의 방에 들어가게 했다. 정장이 교란의 침상 곁에 앉아 진맥한다는 핑계로 교란의 팔을 한참이나 어루만졌다. 하나 왕충 부부가 옆에서 지켜보고 있는지라 뭐라 말을 붙이기는 곤란했다. 정장은 그저 몸조리 잘하라는 말만 교란에게 건네고 방에서 빠져나왔다. 정장이 왕충에게 말했다.

"동생의 병은 울화병이옵니다. 어디 넓고 한적한 곳에 가서 산책도 하고 마음도 푸는 게 좋을 듯합니다. 말벗이 있으면 더욱 좋을 것입니다. 달리 처방할 것은 없습니다."

왕충은 정장의 말을 곧이곧대로 받아들였다.

"우리 집에서 넓고 한적한 곳이라면야 뒤채밖에 더 있겠는가!"

"동생이 뒤채에 와서 산책하고 그러려면 아무래도 제가 있는 게 불편할 것이니 제가 잠시 제집으로 돌아가 있겠습니다."

"오빠 동생 사이에 뭘 그렇게까지 내외할 필요가 있겠는가!"

왕충은 그날로 뒤채로 통하는 문의 자물쇠를 열라 하고는 조 이모에게 열쇠를 챙겨 보관하고 교란을 보살펴 달라고 했다. 명하를 딸려 보내 교란과 조 이모를 모시고 잠시도 곁에서 떠나지 말라 했다. 왕충은 그 정도면 안심이라고 생각했다. 교란은 정장을 사모하다가 울화병에 걸렸던 것인데 정장이 찾아와 자기 팔목을 만져주니 기쁘기가 한량없었다. 게다가 맘대로 뒤뜰에서 산책도 할 수 있고 자기를 보살펴주라고 아버지가 붙여준 이들도 실은 자기와 맘이 너무도 잘 통하는 자들이 아닌가! 교란은 병이 이미 다 나은 것만 같았다. 교란은 매일 뒤뜰에 가서 정장과 함께 거닐기도 하고 앉아서 이야기를 나누기도 했다. 그러다 가끔 정장이 공부하는 서재에 들어가 차를 나누기도 하고, 어깨를 감싸고 팔짱을 끼기도 했다. 정장은 짬만 나면 교란에게 자기를 교란의 방으로 데려가 달라고 졸랐다. 교란이 조 이모를 힐끗 바라본 다음 정장에게 말했다.

"열쇠는 이모한테 있어요. 직접 한번 달라고 하여 보시지요."

이튿날 정장은 소주 산 비단 두 필과 금팔찌 두 개를 준비하여 명하에게 주고 조 이모에게 전달하게 했다. 조 이모가 교란에게 말했다.

"정장이 웬일로 나에게 이런 선물을 다 한다니!"

"정장이 아직 나이가 어려 경험이 부족하고 실수가 많으니 이모의 가르침이 필요한 모양이죠."

"너희 둘 사이는 내가 다 알고 있어. 뒤채를 통해서 왕래할 때는 정말 조심하라고. 절대 말 나지 않게 하고."

조 이모가 뒤채로 통하는 문의 열쇠를 명하에게 건넸다. 교란은 뛸 듯이 기뻐하며 절구 한 수를 지어 명하 편에 정장에게 전했다.

아무도 몰래 내 마음 그대에게 전하네요,

다른 사람 앞에서는 언급하지 마세요.

오늘 밤 저에게 오시는 길 열려 있을 것이니,

달이 뜨고 꽃 그림자 질 때, 님이여 오소서.

정장은 교란의 시를 받아들고 기쁨을 억누를 수가 없었다. 황혼이 찾아들고 통금을 알리는 인정 소리가 들리자 정장은 살금살금 안채로 향하는 문 쪽으로 발걸음을 옮겼다. 문이 반쯤 열려 있는 걸 확인하고 안으로 들어갔다. 교란을 진맥하면서 지났던 길이라 낯설지가 않았다. 천천히 발걸음을 옮겼다. 불빛이 비치는 곳이 있어 바라보니 명하가 문 안쪽에서 기다리고 있었다. 정장이 교란의 방으로 들어가 교란과 인사한 다음 교란을 끌어안으려 했다. 교란이 정장을 살짝 떠밀더니 명하한테 어서 조 이모를 모셔오라 했다. 정장은 너무도 실망하고는 자신의 애타는 심사를 교란에게 전하며 왜 이리 자기 맘을 몰라주는지 탓했다. 정장은 거의 눈물이 쏟아질 지경이었다. 교란이 입을 열었다.

"저는 절개를 중시하는 여인이요, 그대 역시 바람둥이는 아닐 것입니다. 재주 있는 선비가 아름다운 여인을 찾는 게 인지상정이라 자연스럽게 서로 사랑하게 되었습니다. 저는 이미 마음속으로 그대를 따르기로 맹세한 몸, 죽을 때까지 그 마음이 변하지 않을 것입니다. 그대가 나를 버린다면 그건 저의 이런 정성을 버리는 것입니다. 천지신명께 우리 사랑을 고하고 서로 합해야 하니 만약 억지로 저를 어찌하시려 든다면 저는 죽어도 따르지 않겠나이다."

교란이 말을 마치자마자 조 이모가 들어왔다. 조 이모가 정장에게 선물해줘서 고맙다고 인사했다. 정장이 조 이모에게 자신과 교란 사이의 중매를 맡아달라고 부탁했다. 아울러 자신이 교란과 부부가 되기를 바라는 심정을 끊임없이 말했다. 조 이모가 말했다.

"조카님들, 만약 진정 부부가 되기를 원한다면 혼인 서약서를 네 부 작성하시게나. 한 부는 태워서 천지신명에게 고하고, 한 부는 나에게 주어 중매쟁이인 내가 증거로 보관하고, 한 부는 조카님들이 각각 나눠 가지고 있다가 정식으로 혼례를 올릴 때까지 증표로 삼으시게나. 만약 여자가 남자를 버리면 번개 맞아 죽을 것이요, 남자가 여자를 버리면 어지럽게 날아오는 화살에 맞아 죽을 것이네. 죽어서도 지옥에 가서 영원히 벌을 받을 것이라네."

조 이모의 열정적인 말을 듣고서 교란과 정장은 모두 다 기뻐했다. 조 이모의 말대로 혼인 서약서를 네 부 작성했다. 먼저 한 부를 불태워 천지신명에게 고한 다음 다른 한 부를 조 이모에게 건넸다. 조 이모는 술과 과일을 차려내어 두 사람을 축하하는 자리를 마련했다. 세 사람이 같이 술을 마시다 자정 무렵 조 이모가 자리에서 일어났다. 교란과 정장이 손을 잡고 침대 위로 올랐다. 그들이 운우지정을 누렸음을 말할 필요조차 없을 것이다. 새벽이 되자 교란이 황급히 정장을 깨웠다.

"이제 이 몸은 당신 것이옵니다. 저를 버리지 마시옵소서. 천지신명이 굽어보고 있으니 어디 도망갈 수도 없을 것입니다. 제가 짬이 나는 대로 명하를 보내어 그대를 모실 것이니 괜히 서둘러 함부로 행동하시어 물의를 일으키는 일이 없도록 조심하십시오."

정장은 교란이 말할 때마다 그러마고 고개를 끄덕였다. 교란의 방에서 떠나기가 못내 아쉬운 눈치였다. 교란이 명하를 시켜 서둘러 정장을 뒤채로 모시고 가게 했다. 이날 교란이 시 두 수를 지어 정장에게 보냈다.

> 어제 그대와 기쁨을 함께했네요,
> 따사로운 연꽃무늬 이불, 감미로운 대화.
> 가슴과 가슴이 닿고, 다리와 다리가 닿아,
> 구름이 피어오르고 비가 내리는 농염한 사랑.
> 한 이불 안에 남자 그리고 여자,
> 달에 비친 꽃 그림자는 겹겹이 창문에 걸려있네.
> 아침에 일어나 원앙이불 들춰보니,
> 빨간 꽃 이파리가 이불 위에 맺혀있네.

> 원앙금침에서 사랑의 열정이 한 차례 지나고
> 살며시 부끄럽게 그대의 허리를 안아보네요.
> 달이 둥글 때 꽃도 역시 예뻐라,
> 구름이 흩어지니 비도 개네.
> 하늘에서 내려주신 그대,
> 온갖 밀어를 자유자재로 전달해 주시네요.
> 보름날 밤 그대에게 이 서찰을 보내요,
> 이젠 외로이 견우성만 바라볼 일은 없네요.

정장도 답시를 지어 보냈다. 교란의 병도 다 나았다. 뒤채로 향하는 문도 열어놓게 되었다. 3일 혹은 5일에 한 번, 교란은 명하를 보내어 정장을 모셔오게 했다. 만남이 거듭될수록 사랑이 깊어만 갔다.

이렇게 반년 세월이 흘러갔다. 정장 부친의 임기가 만료되어 사천 아미峨眉현 현령으로 옮기게 되었다. 정장은 교란을 사랑하는 마음에 부친을 따라가고 싶지 않았다. 정장은 몸이 아파서 아미현까지 가는 험난한 길을 따라가기 힘들고 아직 공부도 안 끝났으니 이곳에서 스승과 동학들과 같이 더 공부하고 싶다고 부친에게 말씀드렸다. 평소 아들 말을 잘 들어주는 정장의 부친은 이번에도 역시 정장의 말대로 하게 했다. 부친이 출발하는 날 정장은 성 밖까지 나가 부친을 배웅하고 돌아왔다.

이 소식을 들은 교란은 그날 바로 정장을 초대했다. 이날은 더욱더 사랑이 애절했다. 이렇게 또 반년의 세월이 흘렀다. 그동안 둘이 주고받은 시가 워낙 많은지라 일일이 기록하기는 불가능하다. 어느 날 정장이 관보를 보다가 부친이 아미현의 풍토에 잘 적응하지 못하여 고향으로 돌아오게 되었다는 사실을 알게 되었다. 오랫동안 부친을 뵙지 못했으니 이번에 고향에 가서 아버님을 뵈어야 할 것 같았으나 교란과 헤어지기 싫어서 쉽게 결정하지 못하고 있었다. 이러지도 저러지도 못하는 정장은 자기도 모르게 그 수심이 얼굴에 나타났다. 교란은 정장이 무슨 일로 고민하는지를 알고는 바로 술자리를 마련하여 이렇게 달랬다.

"부부의 사랑은 바다처럼 깊고, 부자의 정은 하늘보다 높다고 했습니다. 부부의 정에 끌려 하늘보다 높은 부자의 정을 잊어버리면 낭군님은 아들의 도리를 저버리는 것이요, 저 역시 그로 말미암아 부부의 도리를 다하지 못하게 되는 것입니다."

조 이모도 정장을 달랬다.

"지금 교란과 조카님의 언약은 온전한 백년가약은 아닙니다. 조카님이 일단 고향으로 돌아가서 부모님을 뵙고 아침저녁으로 문안 인사 여쭐 때마다 기회를 봐서 혼사 문제를 말씀드려 정식으로 허락을 받는 것이 조카님 마음의 부담도 덜 수 있을 것입니다."

정장이 그래도 결정을 내리지 못하고 망설이자 교란이 조 이모에게 정장이 부친을 뵈러 고향으로 가고자 한다는 말을 부친 왕충에게 어서 전달해 달라고 성화를 부렸다. 때가 또 마침 단오라 왕충이 술자리를 마련하여 정장과의 이별의 정을 나누었다. 정장은 짐을 꾸릴 수밖에 없었다. 교란은 또 교란대로 별도의 술자리를 마련하여 정장을 대접하면서 전에 맺은 맹세와 앞으로 정식으로 다시 치를 혼사에 대하여 이야기를 나누었다. 조 이모도 같이 자리하여 이런저런 이야기를 나누느라 날이 새는 줄도 몰랐다. 길을 떠나기 직전 교란이 정장에게 고향 집 주소를 물었다. 정장이 교란에게 반문했다.

"그건 알아서 뭐하려고?"

"그대 떠나고 나서 쉬 돌아오지 못하시면 소식이라도 전하고 싶어서

요."

정장이 붓을 잡고서 네 구절로 된 시를 한 수 적었다.

부모님을 뵈러 천 리 떨어진 고소성姑蘇城3)으로 돌아가노니,
내 집은 고소성하고도 열일곱 번째 마을.
남마南麻라는 곳에 이르면 쌍물결 치는 곳이라는 이름의 마을이 어딘지 물으라,
연릉교延陵橋 근처에 곡식 창고 감독관 오旲 씨네 있으리라.

그런 다음 정장이 몇 가지 설명을 덧붙였다.
"나는 본디 오가이며, 나의 조상은 대대로 지역의 곡식 창고 감독관을 지낸 까닭에 곡식 감독관 오 씨네로 아주 유명하다네. 내가 그동안 주가라고 한 건 실은 외가 쪽 성씨가 주가였던 까닭이지. 내가 이렇게 내 집 주소를 시로 적어주지만 실은 이 주소를 쓸 일은 생기지 않을 걸세. 그대를 보고 싶은 마음이 일일이 여삼추라 길어도 일 년 짧으면 반년 안에 부모님께 허락받아 그대에게 정식으로 청혼하러 올 것이라. 내 어찌 그대가 학수고대하는 걸 그냥 두고 볼 수 있으리!"

정장과 교란은 서로 부여잡고 울었다. 동이 틀 무렵 교란이 직접 정장의 손을 잡고 뜰로 나서며 둘이 주거니 받거니 시를 지었다.

물과 물고기처럼 서로 마음이 통하고 사랑했으나,
어이하리, 부모를 뵈러 고향으로 돌아가야 하는 몸.(정장)
이제 텅 빈 뜰에서 누구랑 같이 달을 맞이하리,

---

3) 소주의 옛 이름.

혼자서 방에서 바둑이나 두어야 하나.(교란)

눈에서 멀어지면 마음에서도 멀어질까 봐 오직 그게 걱정,

내 재능만큼 과거 시험장에서 행운을 누리지 못할까 하는 걱정은 하나도 없네.(정장)

말없이 고개 숙이고 생각에 잠겨요,

눈물을 참으려 눈썹 정리하는 척.(교란)

동이 터 올랐다. 정장은 말에 안장을 채웠다. 왕충은 다시 술자리를 마련하게 하여 부인과 딸을 모두 불러 정장을 배웅했다. 정장은 왕충에게 절을 올리고 출발하려 했다. 교란은 너무도 슬퍼 눈물이 그렁그렁, 차마 그 장면을 보지 못하고 살짝 자기 방으로 돌아와 검정 실로 무늬를 새긴 종이에 시를 적어 명하에게 주고 정장에게 전해주라 했다. 정장이 말 위에서 그걸 받아 펴보았다.

손에 손을 잡고 어깨를 기댔던 내 님,

내 님이 가신다 하니 눈물이 앞을 가려요.

내 님 타신 말이 강 언덕 버드나무길 벗어나기도 전에,

제 마음이 먼저 구름 타고 내 님 가실 곳을 향해 가오이다.

나는 공강共姜[4]처럼 절개를 지킬 터이니,

그대는 민자건閔子騫처럼 부모님께 효도를 다하시라.

뜻을 이루시면 어서 빨리 소식을 전해주세요,

혼자서 잠 못 이루며 소식 기다리는 나에게.

---

4) 주周대 위衛나라의 세자 공백共伯의 부인. 공백이 젊은 나이에 요절했으나 개가하지 않고 평생 혼자 살았기에 후에 수절한 여자의 대명사가 되었다.

정장은 다 읽고 나더니 눈물을 주체하지 못했다. 고향으로 가는 길에 눈에 들어오는 온갖 풍경마저도 그의 슬픔을 북돋우기만 했다.
　　쓸데없는 이야기는 다 그만두자. 며칠 후 정장이 오강의 본가에 도착했다. 정장이 부모님께 인사를 올렸다. 온 집안이 잔치 분위기였다. 알고 보니 정장의 부친이 한동네 사는 위魏 현령의 딸과 혼담을 진행하고 있었고 정장이 돌아오면 서로 예물도 교환하고 혼사를 치를 참이었다. 정장이 부친의 말을 듣고 처음에는 싫다며 거절했으나 나중에 위 현령의 딸을 만나보더니 그녀의 절세 미모에 반하고 위 현령의 재산이 수십만 금이라 혼수도 대단하게 챙겨줄 거로 기대했다. 신붓감의 미모에 반하고 장인 될 사람의 재산에 눈이 멀어 마침내 교란과의 약속을 까마득히 잊어버리게 되었다. 고향에 돌아온 지 반년이 지날 무렵 정장은 위 현령 딸과 혼례를 치렀다. 물 만난 물고기처럼 부부 사이가 잘 어울렸다. 그러면서 정장의 머리에서 교란이 지워졌다.

　　새로 만난 여인의 미모에 눈멀어,
　　눈이 빠지게 기다리는 옛사랑을 잊었구나.

　　교란이 정장에게 고향으로 돌아가 부모님을 뵈라 한 것은 그녀가 현숙하고 사려 깊은 성품의 소유자였기 때문이었다. 그러나 정장이 떠나자마자 그를 그리워하는 마음이 생기는 것은 어쩔 수 없었다. 낮은 낮이어서 외롭고, 밤은 밤이어서 고독했다. 등불이 만들어주는 자신의 그림자만이 유일한 친구, 붙잡고 이야기를 나눌 사람은 아무도 없었다. 봄에 꽃 피고 가을에 달 뜨면 꿈에도 잊지 못할 님 생각에 가슴이 아렸다. 이렇게 한 해가 가버렸으나 정장에게서는 감감무소식이었다. 어느 날 명하가 교란에게 이렇게 제안하는 것이었다.

"아씨, 정장 나리에게 서찰을 써서 전하지 그러세요!"

"그게 어디 말처럼 쉬워야지!"

"손구가 그러는데 마침 임안에서 공문을 전달하러 온 사람이 있는데요. 임안이면 바로 항주가 있는 곳이고 여기서 가다 보면 오강현을 지날 것이니 맞춤하지 않겠어요."

"그럼 그 사람에게 부탁하면 되겠구나. 손구한테 말해서 그 사람 바로 돌아가게 하지 말고 조금만 기다려달라고 해다오."

교란이 즉시 서찰을 썼다. 헤어질 때의 아쉬운 마음을 먼저 적고 어서 이곳 남양으로 오셔서 자기를 정장 부모님이 계신 곳으로 데려가 혼례를 치러 백년해로하자던 약속을 지켜달라고 적었다. 서찰의 내용을 여기에다 싣지는 못한다. 서찰에 시를 열 수나 적었다고 하는데 우선 그 가운데 한 수를 여기에 소개한다.

단옷날 떠나신 님, 소식조차 없구려,
내 님도 나처럼 서로 다른 곳에서 저 달을 보시리다.
부모님을 뵈러 이곳 남양을 떠난 님,
혹여 강남의 화류계에 정신을 팔고 있지는 않으신지?
신선이 노닌다는 누각에서 점을 쳐보네요,
달맞이 정자에서 제 운명을 물어보네요.
서찰을 받으시거든 어서 마음 돌리셔서,
저와 함께 한솥밥 먹고지고.

교란은 봉투 위에다 또 시 한 수를 더 적었겠다.

수고스럽겠지만 이 서찰을 오 씨네 집에 전해주세요,
위세도 당당한 명문 집안이라네요.
부친은 한 고을의 교육 책임자,
할아버지는 고을의 곡식 창고 감독관을 지냈다지요.
동쪽 집인지 서쪽 집인지는 구분하시겠지요,
남쪽 집인데 설마 북쪽 집에 전해주시는 건 아니겠지요.
길 가다 사람 만나면 꼭 물어보셔요,
연릉교가 어느 마을에 있는 것인지.

교란은 은비녀 한 쌍을 서찰 심부름하는 이에게 건넸다. 서찰을 보낸 지 일곱 달이 다 되어도 아무런 소식이 없었다. 다시 새봄이 찾아왔다. 교란은 앞 동네 장 씨가 소주로 물건 하러 다녀온다는 말을 들었다. 교란은 꽃 모양으로 된 황금 머리핀 한 쌍을 들고서 손구를 찾아갔다. 이걸 장 씨에게 주고 서찰 전해주는 일을 부탁해 달라고 했다. 서찰의 내용은 지난번에 보낸 것과 대동소이했다. 시 역시 열 수를 적었다. 그 가운데 한 수를 여기에 소개한다.

세상에 봄이 오니 모든 게 다 새롭다네요,
저는 혼자서 방 안에 틀어박혀 이별의 한을 곱씹네요.
봄바람 한들한들, 내 님은 그보다 더 한들한들 흔들리고요,
저 달은 동그랗게 찼는데 제 마음은 이렇게 이지러져 있네요.
사랑을 갈구하는 심정에 머리카락은 온통 다 세 버리고
그대에게 이르는 길 너무 멀어 파란 난새에게 서찰이라도 전해달라 부탁해야지요.
이 심정을 누구에게 털어놓겠어요?

오직 그대밖에 없으니 부디 꼼꼼히 읽어봐 주시길.

이번에도 교란은 봉투 위에다 시 한 수를 더 적었겠다.

소주 코앞에 오강현이 있으니,
남마 마을에서 대대로 곡식 창고 감독 일을 하는 오 씨네 찾으시라.
부탁하노니, 실수 없이 찾아내셔서,
내 소식을 그 님에게 전달하여 주시게나.

장 씨는 본디 성실한 사람이라 소주에 가서 물건을 하고 난 다음 바로 오강현에 찾아갔다. 긴다리에서 길을 물으려니 마침 정장이 거기를 지나고 있었다. 정장이 들어보니 하남 사투리로 남마 마을이 어디냐고 묻는 게 틀림없이 교란의 서찰을 전하러 온 자 같았다. 그 사람이 자기 마을로 찾아가 자기가 여기서 혼례를 치른 사실을 알게 될까 걱정이었다. 정장은 그 사람에게 먼저 자기 신분을 밝히고 술집으로 데리고 가서 술을 대접했다. 거기서 서찰을 열어보고 그 자리에서 붓과 종이를 빌려 황급히 답장을 써 주었다. 부친이 병들어 누워 계시는지라 병구완을 하느라 이렇게 시간이 지체했노라 하며 이제 곧 돌아갈 것이니 너무 걱정하지 말라는 말도 덧붙였다. 아울러 말미에 "길에서 붓과 종이를 빌려 허겁지겁 답장을 쓰오. 부디 해량하여 주시길."이라고 쓰고 마무리했다.

장 씨는 그 답장을 받아들고 며칠 후 남양에 돌아와 손구를 통하여 교란에게 답장을 전달했다. 교란이 서찰을 열어 읽어보았다. 비록 언제 돌아오겠다는 명확한 언급은 없으나 그래도 정장의 서찰을 받으니 떡 그림 보니 허기가 낫는 격, 매실 생각하니 갈증이 풀리는 격이었다. 그러나 서너 달이 더 지나도 여전히 감감무소식이었다. 교란이 조 이모에게 말했다.

"정장이 우리를 속인 거군요."

"정장이 맹세한 일은 하늘이 알고 땅이 아는데 설마 정장이 목숨을 내놓고 딴짓을 할까!"

하루는 임안에서 사람이 도착했다. 교란의 동생 교봉嬌鳳이 출산했다는 소식을 전해주었다. 교란은 동생 교봉과 자기의 처지를 비교해보고는 더욱 슬픔에 빠졌다. 서찰을 전할 방도가 생겼다는 점이 그래도 위안이라면 위안이었다. 교란이 서찰 한 통을 써서 그 사람에게 부탁했다. 이것이 세 번째 서찰이라. 교란은 이 서찰에도 시 열 수를 적었다. 그 가운데 마지막 편을 여기에 소개한다.

그대여 그만 시간을 지체하시라,
이렇게 지체하면 백년해로할 부부의 시간도 얼마 남지 않으리니.
왕 씨네 딸 교란이 주 씨네로 시집갔고
문관 주 씨네 아들이 무관 왕 씨네로 장가들었소이다.
파란 난새 편에 세 번이나 서찰을 보냈으나,
천길만길 근심으로 내 눈썹은 펴질 날이 없소이다.
멀고 먼 곳에 전하는 짧은 서찰로 내 심사를 어이 다 전할 수 있으리오,
멀리 있는 내 님 생각에 한이 가득 서릴 뿐.

교란은 봉투 위에다 시 한 수를 더 적었겠다.

번거롭겠지만 이 서찰을 오강현에까지 전해주셔요,
남마 마을의 명문가인 곡식 창고 감독관 집안이죠.

가는 동안 서둘러 달려가거나 물어물어 갈 필요도 없어요,
연릉교에 도착하셔서 거기 멈추시면 된답니다.

교란은 식음을 폐하고 잠을 이루지 못했다. 몸은 야위어만 갔다. 남몰래 눈물 흘리고 마침내 병을 얻었다. 부모가 교란에게 짝을 찾아주고자 했으나 교란은 한사코 거절하면서 그냥 몸을 갈고닦으며 예불이나 드리고자 했다. 조 이모가 나서서 교란을 타일렀다.

"아무래도 정장이 돌아올 거 같지가 않아. 괜히 그놈하고 약속한 거 지킨다고 청춘을 그냥 흘려보내지 말라고."

"약속을 지키지 않으면 그건 금수나 다름없지요. 그건 사람이 할 짓이 아닙니다. 설혹 정장이 약속을 지키지 않는다 하더라도 천지신명께 맹세한 것을 저는 저버릴 수 없습니다."

이러구러 3년의 세월이 흘러갔다. 교란이 조 이모에게 이렇게 말했다.

"정장이 다른 여자와 결혼했다는 소문이 있네요. 그게 사실인지 아닌지는 모르겠으나 정장이 3년 동안이나 소식을 전하지 않는 걸 보면 마음이 저에게서 멀어진 건 분명해요. 정확한 소식을 듣기 전에는 마음을 정할 수가 없네요."

"손구한테 노잣돈을 충분히 줘여 주고 정장을 직접 만나고 오라고 하지. 만약 정장의 맘이 변하지 않았다면 손구한테 바로 정장을 모시고 돌아오라고 하는 게 좋지 않겠어?"

"나도 이모랑 똑같은 생각이네요. 이모도 손구한테 어서 다녀오라고 부탁하는 글을 좀 적어주셔요."

교란은 당장 옛날 시체를 본떠 시 한 수를 적었다. 그 시는 이러하다.

청명절이 떠올라요,

그대를 만나 알게 된 그날.

시를 지어 서로 주고받으며,

우리의 사랑이 움트고 끝없이 자라났지요.

뒤뜰과 안채를 가로막던 자물통을 열어버리고

손잡고 어깨를 나란히 하며 함께 안채에서 이야기를 나눴지요.

서로의 머리칼을 꼬아 생사를 함께하자는 매듭을 만들고

천지신명께 이 마음 변치 않겠다고 맹세했지요.

하늘 높이 하얀 뭉게구름 걸리고 땅에는 파릇파릇 풀 돋아날 때,

내 님은 부모를 뵈러 제 곁을 떠나신다 하네요.

복숭앗빛처럼 불그레하던 내 얼굴에 화색이 순식간에 다 사라져버리고

내 님 떠나 있는 동안 소식 전해줄 기러기를 어디서 찾나 걱정만 했지요.

내 님이 전차를 타고서 변방의 전쟁터로 출정하는 것도 아니건만,

내 아비나 오라버니가 오랑캐랑 싸우러 가는 것보다도 더 걱정되었지요.

슬픔에 애간장이 끊어지는 소리 들리는 듯한데,

우리는 손을 맞잡고 옷자락을 부여잡고 지난 맹세를 다시 되새겼지요.

그대의 사랑이 영원히 변치 않기를, 영원히 내 짝이 되기를,

소주의 화류계에는 발도 들이지 말기를.

그대 떠난 후 내 미간은 펴지지 않네요,

화장은 해서 무엇하며, 머리 손질은 해서 무엇하리오?

나는 이곳, 내 님은 저곳,

눈 내린 날 이쁜 달빛, 살랑 봄바람 부는 날 흐드러진 꽃 누구랑 함께 바라보나요?

슬프네요, 헤어진 지금이 우리 인생의 한창때라는 게,

덧없네요, 그저 꿈속에서나 서로 만나야 한다는 게.
같이 바람을 맞이하고 달을 바라볼 이가 없잖아요,
혼자서 잠자리에 들어 슬픔에 가슴이 아려와요.
내 님이 다른 이와 혼례를 치르는 꿈을 꾸었어요,
아침에 일어나 보니 내 얼굴은 수심으로 늙어버렸네요.
우리 사랑의 맹세는 마치 번개처럼,
구천현녀九天玄女에게까지도 전달되었겠지요.
그대는 고향에 돌아간 것이지 저승에 돌아간 게 아닌데,
그대 소식 듣기가 어찌 이리 어려운지요!
그대의 감정은 거짓이고 제 감정만 진짜였나 봐요,
다시 한번 더 사람 편에 서찰을 보내 제 마음을 전달하네요.
꽃보다 더 아름다운 21살 미모의 저는,
혼자서 방 안에서 그리움만 쌓아가고 있어요.

조 이모도 자신의 조카 교란이 얼마나 정장을 그리워하는지, 얼마나 애절하게 정장이 돌아오기를 바라고 있는지를 적었다. 교란과 조 이모의 서찰을 합하여 봉투 하나에 넣었다. 이번에도 서찰 봉투에 네 구절의 시를 적었다.

위세도 당당한 명문가,
남마 마을의 곡식 창고 감독관 집안.
괜히 배 멈추고 사람에게 물어볼 필요 없으리,
연릉교에 도착하면 제일 큰 집만 찾으시라.

손구는 서찰을 받아들고 밤에는 자고 새벽이면 일어나 길을 걸어 지체 없이 오강현 연릉교까지 달려갔다. 혹시 잘못 전해질까 걱정되어 직접 정장을 만나 전해주려고 했다. 정장은 손구를 보자마자 얼굴이 빨개지며 손구에게 인사 한마디 건네지 아니하고 서찰을 받아들더니 소매 안으로 집어넣고는 안으로 들어가 버렸다. 잠시 후 하인을 시켜 이렇게 말을 전하는 것이었다.

　　"나리께서 위 현령의 딸과 결혼한 지가 이미 2년이 넘었소이다. 남양에서 여기까지는 가까운 길도 아닌데 굳이 다시 찾아올 필요 없다고 하시외다. 지금 답장을 쓰기 어려우니 그대가 말을 잘 전해주기 바라오. 처음 교란 아씨를 만날 때 나리께서 주운 비단 머릿수건과 혼인 서약을 적은 종이를 돌려주니 가지고 돌아가기 바라오. 아씨께는 인제 그만 마음을 접으라 하시오. 식사라도 한 끼 대접하는 게 도리겠으나 나리 아버님이 아시면 대로하실까 걱정된다고 하시오. 은자 5전을 주시면서 노자에 보태쓰라 하시고 앞으로 굳이 번거롭게 왔다 갔다 하지 말라 하셨소이다."

　　손구는 그 말을 듣더니 버럭 화를 내며 은자를 바닥에 패대기치고는 대문을 박차고 나서며 욕을 퍼부었다.

　　"이런 짐승만도 못한 매정하고 행실 나쁜 녀석 같으니라고. 불쌍한 우리 교란 아씨의 진심을 이렇게 저버리다니 하늘이 너 같은 놈은 가만두지 않을 것이다!"

　　손구는 욕을 퍼붓고 통곡을 하고는 길을 떠났다. 길 가는 사람들이 무슨 연고인지를 물으니 손구는 그들에게 미주알고주알 다 그간의 사연을 하소연했다. 이 일로 말미암아 정장이 의리 없는 놈이라는 소문이 오강현에 널리 퍼지게 되었고 체면깨나 차린다는 사람들은 정장의 이름을 입에 올리기를 꺼려했다.

살면서 남의 가슴에 못 박는 일을 하지 않으면,
이를 갈며 한을 품을 사람도 없을 것이라.

한편, 손구는 남양에 돌아와 명하 얼굴을 보자마자 비통한 눈물을 흘렸다. 명하가 손구에게 물었다.

"오가는 길이 그렇게 힘들었어? 아니면 정장 나리가 세상을 떠나기라도 한 거야?"

손구는 머리를 흔들기만 하면서 한참을 말없이 가만히 있었다. 그러다 말문은 열어 사정을 이야기하기 시작했다.

"정장이 답장도 써주지 아니하고 비단 머릿수건과 혼인 서약을 적은 종이를 돌려주면서 교란 아씨한테 그만 잊어버리라고 하데. 아직 교란 아씨를 뵙고 이 사실을 말씀드리지도 못했어."

손구는 말을 마치고 눈물을 훔치고 떠났다. 명하는 차마 숨길 수가 없어 손구의 말을 있는 그대로 교란 아씨에게 아뢰었다. 교란은 비단 머릿수건을 보고서 손구가 하는 말이 허튼 말이 아님을 직감했다. 원한이 가슴에 차오르고 노기가 얼굴을 덮었다. 조 이모를 방으로 오라 하여 이 일을 이야기했다. 조 이모가 좋은 말로 달랬으나 그 말이 어찌 교란의 귀에 들어가겠는가! 교란은 사흘 밤낮을 울고 또 울었다. 석 자쯤 되는 머릿수건을 바라보고 또 바라보니 죽고 싶은 생각만 들었다.

'명문가에서 태어난 나 교란, 미모에다 학문까지 겸비한 나 교란, 그냥 가뭇없이 세상을 떠나버리면 의리를 저버린 놈만 좋은 일 시키는 것 아닌가.'

교란은 '절명시絶命詩' 32수와 '장한가長恨歌' 한 수를 지었다. 여기에 '절명시' 32수 가운데 한 수를 싣는다.

아무 말 없이 대문에 기대니 그리움만 쌓이네,

오호라, 내 님과 짝을 이뤘던 그 시절은 이제 웃음 속에 날려 보내리.

내 마음은 흩날리다 새움 돋는 나뭇가지에 걸린 버들솜,

내 원망은 물 위에 떨어져 흘러가는 한 떨기 꽃잎.

봄 되면 돌아오마고 약속하고 떠난 님,

이젠 그 말이 허튼 말임을 깨닫네요.

가슴이 끓어올라 난간을 부여잡고 고개를 숙이네요,

만 리를 떠난 님을 애모하는 마음은 봄바람마저도 원망스러워요.

나머지 시는 싣지 않는다. '장한가'는 다음과 같다.

누구를 위해 장한가를 짓는고?

제목만 떠올려도 가슴이 아리네.

아침저녁으로 떠오르는 사념이 사라질 줄 모르니,

날 버린 님에게 내 심정을 글로 적노라.

나는 본디 임안 태생,

나라에 공훈을 세워 높은 작위를 받은 집안 태생.

내 아버지, 군부대원들을 이동시키다 기한을 못 맞춰,

이곳 남양 땅의 천호로 강등되셨다오.

내 부모 나를 금이야 옥이야 키우시면서,

함부로 집 밖으로 나가지도 못하게 하셨지.

그러나 이팔청춘에 불운이 닥쳤으니,

어느 날 여종과 더불어 뜰을 거닐었다네.

그네를 타며 놀다가,

담장 틈 사이로 인기척이 들려와 너무도 놀랐지.

서둘러 내 방으로 돌아와 보니,

내 비단 머릿수건이 어디로 사라져버렸더라.

그 비단 머릿수건이 그 사람 손에 들어갔을 줄이야!

여종에게 그 비단 머릿수건을 찾아오라 하지 말걸.

비단 머릿수건을 돌려주며 전해준 시,

나를 이렇게 오랫동안 지독한 상사병에 걸리게 했네.

나의 모친과 같은 성씨라 외사촌의 연을 맺고,

시와 서찰을 주고받으며 우리 사랑은 깊어져 갔네.

이 사랑 그저 한때의 불장난에 그칠까 걱정되어,

우리 둘은 서로 혼인을 약속하는 문서를 교환했지요.

하늘 두고 땅을 두고 맹세해도 마음이 안 놓여,

조 이모를 모셔와 증인이 되어 달라 했지요.

혼인 서약서를 사르며,

우리 혼약의 처음과 끝을 천지신명에 맡겼지요.

이렇게 2년을 이어간 사랑, 얼마나 달콤했는지요,

더불어 내 님이 부모를 그리는 마음이 너무 커졌어요.

나는 내 님이 고민하는 걸 그냥 두고 볼 수가 없어,

내 님에게 고향으로 돌아가 보라고 권했지요.

이번에 고향 땅 소주에 가시면,

기생년 노랫소리 들리는 화류계에는 발도 들이지 마시고

부모님 얼굴만 뵙고 바로 돌아오시라고,

그게 이곳에서 독수공방하는 저를 생각해주시는 거라고요.

다소곳한 말로 당부하며 내 님을 떠나보냈죠,

옛사람 버리고 새사람 맞이할까 걱정이었으나 그것조차도 내 님에게 맡길 수밖에 없다는 심정으로.

내 님이 한번 떠나더니 돌아올 생각조차 하지 않을 줄이야,

온종일 내 님 생각에 난 살아도 죽은 목숨.

누군가가 내 님이 새장가 들었다는 소식을 전해주더군요,

몇 번이나 서찰을 전하고 싶었지만 서찰을 전해줄 사람을 찾기가 힘들더군요.

겨우겨우 손구 덕에 내 님의 소식을 들었지요,

내 님은 탁문군과도 같은 미모의 새 부인을 맞아들였다더군요.

사랑을 버린 내 님이 얼마나 원망스러운지,

이 혼약을 더는 이어가기는 힘들다는 걸 알겠더군요.

이렇게 가깝게 지내왔던 사랑을 버리고서,

어디서 새로운 사랑을 찾으려 하시는 건지?

저의 수심이 얼마나 깊은지는,

상자마다 가득 찬 시 적은 종이가 말해주네요.

시를 적은 종이가 무려 5천 장,

닳아빠져 버린 붓이 3백 개.

아름답던 여인 규방에서 야위어가고,

사랑의 추억은 이제 그리움으로만 남았네요.

점쟁이를 찾아 내 팔자를 물어보기도 하고,

주역 책을 들춰보면서 내 운명을 가늠하기도 했지요.

처음부터 곰곰이 되새김질해보아도,

지난날 제가 내 님의 기대를 저버린 적은 한 번도 없군요.

사랑이 이렇게 덧없는 것임을 알았더라면,

나 처음부터 사랑에 빠지는 일은 없었을 것을.

꾀꼬리도 제비도 짝을 지어 나는데,

나는 어이하여 홀로 지내는지!

나보다 두 살이나 어린 동생 교봉은,

이미 세 살배기 아이를 두었는데.

내 생명을 이렇게 끝내야 하다니,

내 님은 기쁨에 빠지고 나는 슬픔에 잠겼구나.

지난날의 굳은 맹세는 지금 다 어디로 가버렸나,

고개 들면 바로 하늘에서 신령님이 내려다보고 있거늘.

내 님은 강남으로 떠나고 나 홀로 강북에 남았네,

천 리나 떨어지는 우리 사이를 겹겹이 쌓인 산이 가로막고 있어라.

두 겨드랑이에 날개가 돋는다면,

내 님 계신 오강현까지 훌쩍 날아가련만.

우리 사랑 시작할 땐 그대와 나 그리고 오직 하늘만이 알았지만,

이젠 수많은 사람이 입에 올리고 떠들고 다니는구나.

규방에서만 곱게 자라던 순진한 미녀가,

그대의 미소에 그만 넘어가고 말았다오.

내가 죽음으로 그대의 악행을 세상에 알리리니,

이런 운명을 정해준 하늘이 원망스럽소이다.

자 이제 그대에게 서찰을 보내오이다,

저승으로 떠나는 나에게 답장 보낼 생각은 아예 마소서.

용맹하고 당당한 장수 집안에,

꽃처럼 아름답게 자라난 여인.

악기도 잘 다루고 책도 많이 읽은 여인,

짧은 사랑 나누고 저승길로 향하는구나!

열 자나 되는 머릿수건을 대들보에 거니,

눈앞이 어른어른, 정신이 어질어질.

내가 목매달아 죽었다는 소문이 성안에 퍼지면,

임안 출신 우리 아버지를 비웃는 소리가 성안에 가득하겠지요.

부끄럽게도 나는 정숙한 여인이 못 된다네,

사랑에 너무 쉽게 내 몸을 던진 까닭이지요.

사랑 빚을 가득 안고 구천으로 돌아가오니,

구천에서도 내 님을 용서하지 않으리오.

한때는 나를 끔찍이도 사랑하셨던 내 님,

나는 그런 내 님을 원망하고 또 원망합니다.

심성이 어질고 착한 나에게,

짐승만도 못한 그대가 나타날 줄이야!

비단 머릿수건이 되돌아왔네요,

내 님, 먼 길 떠날 때 정표로 드렸던 그 머릿수건.

사랑을 얻게 하고 사랑을 잃게 했던 그 머릿수건,

사람을 죽인 자마저도 용서할 수 있겠으나 사랑을 버린 자는 용서할 수 없네요.

내가 하고 싶은 말을 모두 여기에 담고 보니,

지난날의 시름이 사라지는 듯하네요.

한때 서로 사랑했던 그 정을 생각하여,

이 서찰을 읽어주기를 바랄 뿐.

　교란은 서찰을 다 쓰고 나서 다시 또 손구에게 전해달라고 부탁했다. 손구는 눈을 치켜뜨고 이를 갈며 설레설레 손사래를 쳤다. 누구한테 서찰을 전해달라고 할까 고민하던 찰나, 교란의 부친 왕충이 가래가 끓고 열이

난다며 교란을 불러 문서정리를 부탁했다. 교란이 문서를 정리하다가 왕충 부대에서 탈영한 병사를 잡으려 하는 공문서를 발견했다. 그 공문서에 따르면 그 탈영병은 오강현 출신이었다. 교란은 그 공문서를 보고서 됐다 싶었다. 교란은 예전에 정장과 주고받은 시 그리고 오늘 지은 '절명시'와 '장한가'를 하나로 묶고 그 안에 혼인 서약서 두 장을 담아 이 모든 걸 한 묶음으로 만들었다. 그런 다음 그걸 다시 발송할 공문서 더미 안에 집어넣었다. 공문서 더미 봉투에다가는 '남양 부대 책임자 천호 왕충이 황궁 직할 소주부 오강현 책임자에게 보내는 공문'이라 적었다. 교란은 그 공문을 문서 담당자에게 주고 전달하라 했다. 왕충은 이 사실을 까마득히 몰랐다.

밤이 되자 교란은 목욕재계하고 옷을 갈아입은 다음 찻물을 끓여오라는 핑계로 명하를 내보낸 다음 방문을 걸어 잠갔다. 걸상 위에 올라가 대들보에다 하얀 광목천을 건 다음 목에다 비단 머릿수건을 묶고서는 머릿수건과 광목천을 다시 꽁꽁 묶었다. 그리고 마지막으로 발로 걸상을 밀어냈다. 두 다리가 허공에 뜨는가 싶더니 순식간에 정신이 혼미해지고 아득해졌다. 그녀의 나이는 겨우 스물한 살이었다.

사랑의 처음과 끝을 함께한 머릿수건,
기쁨도 주고 죽음도 가져다준 머릿수건.

명하가 찻물을 가지고 돌아오니 문이 잠겨 있더라. 문을 두드려도 열리지 않는지라 황급히 달려가 조 이모에게 알렸다. 조 이모가 동생 주 씨, 그러니까 교란의 모친과 함께 달려와 문을 열어보고는 놀라자빠지고 말았다. 왕충도 달려왔다. 온 집안 식구들이 슬픔에 겨워 울면서도 정작 교란이 왜 스스로 목숨을 끊었는지는 알지를 못했다. 관을 사고 염을 하여 장사를 치른 일은 굳이 세세하게 설명할 필요가 없겠다.

한편, 오강현의 현령 궐ᅠ씨는 남양에서 공문이 발송되어왔다는 전갈을 받고서 공문을 열어보았다. 궐 현령은 그 안에 들어있는 교란의 시와 서찰을 발견하고서는 너무도 이상하다는 생각이 절로 들었다. 이런 일은 처음 겪는 일이었다. 마침 소주부의 판관 조ᅠ씨가 어사 번ᅠ공을 수행하여 오강현에 와 있었다. 조 판관이 자신의 과거 동기생이었던 까닭에 궐 현령은 편하게 이 일을 조 판관에게 털어놓았다. 조 판관은 교란의 시와 서찰을 읽어보고 나서는 이 괴이한 일을 번 공에게도 알렸다. 번 공은 교란의 시와 서찰을 읽고 또 읽었다. 번 공은 교란의 재주가 너무도 아까웠다. 더불어 박정하게 사랑을 버린 정장이 미웠다. 번 공은 조 판관에게 은밀하게 조사해 보라고 시켰다.

다음 날 조 판관이 정장을 관아로 데려왔다. 번 공이 직접 이 일에 관하여 물으니 정장이 처음에는 모르쇠로 버티다가 교란이 보내온 혼인 서약서를 증거로 보여주니 감히 뭐라고 딴소리하지 못했다. 번공은 정장에게 곤장 50대를 때린 후, 옥에 가두라 했다. 번 공이 남양에 공문을 보내어 교란이 목을 매어 자진한 일이 있는지 조사해 달라고 했다. 며칠 후 회신이 왔다. 교란이 목을 매어 자살한 일이 있음을 확인해주었다. 번 공이 정장을 감옥에서 집무실로 불러내었다. 번 공이 정장을 심하게 꾸짖었다.

"관리의 자녀를 희롱했으니, 이게 첫 번째 죄며, 혼약을 한 여인을 두고 또다시 결혼했으니 이게 두 번째 죄다. 여인을 배반하고 그 여인을 죽음에 이르게 했으니 이게 세 번째 죄다. 네가 혼인 서약서에 만약 남자가 여인을 버리면 어지럽게 날아오는 화살에 맞아 죽을 거라고 맹세했더구나. 나에게 지금 활과 화살이 없으니 대신 몽둥이로 너를 때려죽여 사랑을 버리고 배반한 자의 종말이 어떻게 되는지 보여주겠노라."

번 공은 즉시 정장에게 곤장을 내려치라고 관아에 있는 아전들에게 명령했다. 곤장 대수를 세는 소리가 울려 퍼졌다. 곤장이 닿는 곳마다 피와 살이 튀었다. 얼마 버티지 못하고 정장은 마침내 몸이 짓이겨져 숨을 거두고 말았다. 오강현의 사람들이 모두 입을 모아 속 시원하다고 말들 했다. 정장의 부친도 이 소식을 듣자마자 그 자리에서 그냥 숨을 거두고 말았다. 정장의 새 부인은 개가했다. 새 부인의 미모와 재산을 탐내 사랑을 약속하고 혼약을 맺은 옛사랑을 버렸으나 마침내 아무런 유익함도 없이 한평생을 끝마치고 말았구나. 이를 한탄하며 지은 시가 있구나.

하룻밤 맺은 혼약은 영원히 지켜야 하는 것,
혼약을 저버리면 어찌 될 것인지 아는가?
사랑을 버리고도 아무 탈이 없을 거라고 떠드는 자들아,
장한가 시 한 수 읽어나 보게나.

갓난아이 살해 사건

況太守斷死孩兒

— 황 태수가 갓난아이 살해 사건을 해결하다 —

봄꽃 가을 달, 사랑하기 좋은 시절,
어느덧 볼그족족한 얼굴에 하얀 서리가 내리네.
사람을 소나무 잣나무에 비겨볼까,
추운 겨울에도 늘 푸른 자 누구더냐?

봄꽃 가을 달이 사람의 맘을 얼마나 설레게 하는지 이 시가 잘 표현하고 있다. 재주 많은 청년은 가을 달 아래 고독을 읊은 시를 짓고, 절세미인은 봄꽃에 마음 설레는 시를 짓곤 한다. 시 속에 살짝 사랑의 원망을 담기도 하고, 눈짓으로 감정을 전달하기도 하고, 달 뜨는 밤, 꽃 피는 들판에서 남몰래 만날 약속을 하기도 한다. 그러나 한때의 사랑에 빠져 평생의 명예를 생각하지 못하는 경우도 있다. 그러나 어떤 사랑을 하든 각자 정해진 사랑의 운명을 따른 것임은 두말할 필요가 없겠다.

한편, 남자는 정말 사랑하는데 여자가 관심 없어 하고, 반대로 여자는 정말 사랑하는데 남자가 관심 없어 하는 경우도 있다. 둘이 서로 사랑하는 것은 아니지만 사랑하는 쪽은 진심으로 온갖 정성을 다하리라. 아침저녁으로 향을 사르고 절하며 정성을 다하면 돌부처도 돌아앉는다고 하지 않는가? 남자든 여자든 어느 한쪽에서 온갖 정성을 다하면 결국 인연을 맺기는 할 것이다. 그러나 그 인연의 끈이 짧으면 사랑을 이루었다 싶다가도 갈라설 것이며, 인연의 끈이 길면 처음에는 성기다가도 마침내 착 달라붙게 될 것이다. 이 역시 굳이 두말하면 잔소리.

그런가 하면 아예 여색을 탐하지 않는 남자, 남자에 관심 없는 여자도 있다. 그들은 마음이 정금 같기도 하고 돌덩이 같기도 하다. 그런 사람도 주위에서 맘먹고 술수를 부려 유혹하면 자기도 모르게 한순간 정신이 팔려 꾐에 넘어가 나중에 후회막급한 일을 저지르고 만다. 50년 동안 수행을 해왔던 송나라 옥통선사玉通禪師가 바로 이런 사례에 해당한다. 당시 옥통선사를 눈엣가시처럼 여긴 부윤 유선교柳宣教가 기녀 홍련紅蓮을 시켜 옥통선사를 유혹하게 했다. 홍련은 자신을 과부라 속이고 옥통선사에게 하룻밤 재워달라고 부탁한 다음 갖은 방법으로 옥통선사를 꾀어 마침내 계율을 범하게 하고 말았다. 이렇게 남녀가 서로 정을 통하는 것은 한때 정욕에 취하여 의지가 약해졌기 때문이다.

이제 과부를 꾀어 정조를 더럽힌 이야기를 하련다. 이 이야기는 옥통선사 이야기와 정반대 이야기다.

욕망을 끊어내지 않은 자여, 도를 논하지 말라,
정욕에 빠진 자여, 참선을 이야기하지 말라.

선덕宣德 연간(1426~1436), 남경 관할 양주부揚州府 의진현儀眞縣에 성은 구丘, 이름은 원길元吉이란 자가 살고 있었겠다. 집안 형편이 꽤 넉넉한 편이었던 원길은 소邵 씨 가문의 여자를 부인으로 맞아들였다. 소 씨는 용모도 출중하고 행실도 올바랐다. 원길 부부는 결혼한 지 6년이 되도록 슬하에 자녀를 두지 못하고 있었다. 어느 날 원길이 갑자기 병을 얻어 세상을 뜨고 말았다. 소 씨의 나이 이제 겨우 23살, 남편이 세상을 떠난 것을 너무도 원통해 하면서 죽을 때까지 절대 개가하지 않겠다고 맹세했다. 소 씨가 삼년상을 마치자 친정 부모는 나이도 젊고 앞으로 살날도 창창하니 어서 개가하라고 권했다. 시작은아버지 구대승丘大勝 역시 자기 부인을 소 씨에게 보내어 개가를 권했다. 그러나 소 씨의 마음은 철석같이 요지부동이었다. 소 씨가 이렇게 맹세했다.

"지아비가 세상을 떠나 미망인이 된 내가 다른 성씨의 남자를 섬기게 되거나, 다른 지아비를 맞아야 하는 경우가 생기면 칼을 물고 죽거나 목을 매달고 죽을 것입니다."

소 씨의 생각이 이렇게 굳센 걸 보고서는 주위 사람들은 감히 그녀에게 개가를 권할 엄두를 내지 못했다. 과부로 수절하려면 식초 서 말은 삼켜야 한다는 옛말이 있는 것처럼 과부로 사는 건 정말 만만치 않은 일이다. 차라리 아예 개가하는 편이 절개를 지키며 살았다는 최상의 명예는 얻지 못할지라도 사람들한테 비난받지도 않을 것이며 나중에 사람들의 손가락질 받을 일도 생기지 않았을 것이다.

모든 일은 차근차근 착실하게,
인생 살면서 쓸데없는 명예는 추구하지 말 것.

소 씨가 이렇게 큰소리치며 맹세하니 어중이떠중이 주변 사람들 가운데 그녀의 맹세를 가상하다 칭송하는 사람, 설마 그럴 리가 하면서 의심하는 사람, 눈을 부릅뜨고 지켜보겠다고 하는 사람 등등 별의별 사람이 다 있었다. 아무튼 소 씨는 마음을 더욱 굳세게 다지고 정절을 지키며 행동을 조심했다. 소씨에게는 수고秀姑라는 하녀가 하나 있었다. 수고는 소 씨와 함께 기거하면서 바느질로 살림을 보탰다. 열 살 먹은 심부름꾼 사내아이가 하나 있었으니 그 녀석의 이름은 득귀得貴였다. 득귀는 안채와 바깥채 사이의 중문을 지키며 땔감이나 다른 생필품을 사오거나 물을 길어오는 일을 맡았다. 득귀 말고 20살이 넘은 남자 종들은 모두 내쫓아버렸다. 집안에 사람이 많지 않으니 늘 조용했다. 이렇게 몇 년이 흐르니 사람들이 모두 소 씨가 맹세한 바대로 그냥 가는가 보다 생각했다. 사람들이 입을 모아 나이도 어린 소 씨가 일 처리가 노련하고 집안 살림도 법도에 맞춰 잘한다고 칭찬했다.

세월은 쏜살같이 흘러 지아비의 열 번째 제삿날이 돌아왔다. 소 씨는 지아비의 혼령을 달래주는 예불을 올려주고자 했다. 소 씨는 득귀를 보내 시작은아버지를 모셔오게 했다. 소 씨는 시작은아버지와 칠중七衆[1]을 초빙하여 사흘 밤낮 동안 예불을 들이는 일을 부탁했다.

"저는 과부 처지이오니 시작은아버님께서 예불 들이는 일을 주관하여 주시기 바랍니다."

시작은아버지는 그러마고 대답했다.

여기서 이야기가 갈린다. 소 씨가 사는 동네에 한 남정네가 이사 왔다. 그 사람의 성은 지支, 이름은 조助, 태생이 건달에다 사람 사는 도리도 무시

---

[1] 부처를 따르는 일곱 부류의 제자. 비구, 비구니, 식차마나, 사미, 시미니, 우바새, 우바이.

하고, 먹고 살기 위해 일하는 법이 없고, 하릴없이 거리를 쏘다니며 사람들하고 시비나 붙곤 했다. 지조는 사람들이 소 씨가 나이도 젊고 인물도 좋은 과부인데도 불구하고 수절하고 있으니 정말로 기특하기 그지없다고 칭찬하는 소리를 들었다. 지조는 내 두 눈으로 확인하기 전에는 못 믿하는 생각에 낮이나 밤이나 소 씨네 집 문 앞을 얼쩡거렸다. 과연 소 씨네 집에 함부로 드나드는 사람이 없고 그저 하인 득귀 혼자만 생필품을 사들이느라 들락거릴 뿐이었다. 지조는 득귀에게 접근하여 안면을 틔웠다. 득귀와 이야기를 나누다가 지조가 물었다.

"야 득귀야, 너네 집 마님이 그렇게 미인이라던데 정말이야?"

득귀가 그래도 가정교육을 제대로 받고 자란 청년이라 둘러 붙이지 못하고 사실대로 대답하고 말았다.

"미인이죠, 정말 미인이죠!"

"네 집 마님이 거리에 나오는 때가 있나?"

득귀가 손을 휘휘 내저으며 대답했다.

"아이고 우리 마님, 말도 마요. 바깥출입은커녕 중문 밖에도 안 나오시는데요!"

하루는 득귀가 돌아가신 주인 나리에게 예불을 올리기 위해 이것저것 사러 갔다가 우연히 지조를 만났다. 지조가 득귀에게 물었다.

"아니 무슨 일로 제수용품을 그렇게 많이 사 오는 거야?"

"돌아가신 주인 나리 10주기라 예불을 올려드리려고 이렇게 준비하는 거죠."

"그게 언제야?"

"아, 내일부터 사흘 밤낮 동안 예불을 올리기로 했어요. 아이고 정말 힘들겠다."

지조는 이 말을 듣고 혼자 생각했다.

'죽은 지아비를 위해 예불을 올린다면 소 씨가 분명 그 자리에 나와서 향도 사르고 그러겠다. 내가 가서 그녀 얼굴이 대체 어떻게 생겨 먹었는지 한번 봐야지. 정말 현숙한 과부 얼굴인지 말이야!'

이튿날 구대승은 칠중을 초빙했다. 모두 계율을 잘 지키고 수행을 잘 하고 있는 빼어난 승려들이었다. 거실에 불단을 설치했다. 바라 소리, 북소리가 울리고 독경 소리가 들려오고 합장하는 모습, 절하는 모습이 보였다. 모든 소리, 모든 동작에 정성이 가득 담겨 있었다. 구대승이 불단에서 절을 올렸다. 소 씨도 불단에 올라 향을 살랐다. 소 씨는 낮에 한 번 저녁에 한 번 불단에 향을 사른 다음 바로 안채로 들어가 버렸다. 지조는 예불 드리는 혼잡한 틈을 타서 소 씨의 얼굴을 훔쳐보고 싶었지만 좀체 기회를 잡지 못하고 있었다. 지조는 득귀에게 물어보고 나서야 소 씨가 낮에 한 번 저녁에 한 번 향을 사르러 불단으로 나온다는 걸 알았다.

예불을 드리기 시작한 지 사흘째 되는 날 점심 먹을 무렵 지조는 소 씨네 집 예불 드리는 곳에 들어가 문틀 옆에 몸을 기댔다. 가사를 입은 승려들이 목탁을 두드리고 바라를 치며 아미타불을 외우고 있었다. 어린 승려들이 향을 사르고 초를 갈아 끼우며 바쁘게 움직였다. 집에서 시중드는 녀석이라곤 득귀 하나뿐이라 이것저것 잔심부름하느라고 다른 것에 신경 쓸 겨를이 없었다. 구대승이랑 몇몇 친척들은 하릴없이 스님들이 예불 드리는 것을 지켜보고 있었던지라 지조에게 관심 둘 자는 아무도 없었다. 얼마 안 있어 소 씨가 나와서 향을 살랐다. 지조는 그런 소 씨 모습을 뚫어져라 바라보았다. '소복 입은 여인은 특별히 청아하고 아름답다'는 말이 있지 않은가! 하얀 상복을 입고 단아하게 화장한 소 씨의 모습은 특별히 더 청초했다.

항아가 달 속에서 걸어 나온 듯,

고야姑射 선녀가 눈 속에서 걸어 나온 듯.

지조는 소 씨를 보고서 몸이 얼어붙는 것 같았다. 집에 돌아와서도 온통 소 씨 생각뿐이었다. 이날 밤 예불이 끝났다. 새벽이 찾아오자 승려들도 절로 돌아갔다. 소 씨는 평소대로 안채에서 가만히 있으며 바깥으로 나오지 않았다. 지조가 아무리 궁리해도 소 씨를 만나 볼 방도가 없었다. 지조는 혼자 생각에 잠겼다.

'득귀가 순진하니 득귀한테 어떻게든 밑밥을 놓아서 뭔가 해봐야겠다.'

5월 5일 단오, 지조는 득귀한테 자기 집에 가서 웅황주나 한잔하자고 권했다. 그 말을 듣고 득귀가 이렇게 대답했다.

"난 술 한 잔만 마셔도 얼굴이 새빨개지는데 마님한테 괜히 혼나기 싫어요."

"그럼 술을 마실 게 아니라 찐 찰밥이나 같이 먹자고."

지조가 득귀를 자기 집으로 데리고 가서 마누라에게 찐 찰밥, 사탕, 고기, 생선을 내오게 했다. 더불어 젓가락 두 벌, 술잔 두 개를 탁자 위에 차렸다. 지조가 술 항아리를 들어 술잔에 술을 따랐다. 득귀가 지조에게 말했다.

"나는 술 안 마셔요. 내 잔에는 술 따르지 마세요."

"이런 단옷날에는 웅황주 한 잔 정도는 마셔줘야 한다고. 이건 엄청 약한 술이라 아무 문제 없어."

득귀가 더는 사양하기 그래서 그냥 한 잔 받아마셨다. 득귀가 술을 한 잔 마시자 지조가 바로 입을 열어 한마디 했다.

"젊은 사람이 어떻게 술 한 잔으로 끝내려고 그래. 두 잔 정도는 마셔줘야 짝이 되지."

득귀가 차마 사양하지 못하여 한 잔을 더 받아 마셨다. 지조는 자작으로 술을 마시면서 자기가 건달로 거리를 쏘다니며 놀던 이야기를 득귀에게 떠벌였다. 그러면서 술 한 잔을 더 따라 득귀에게 권했다.

"이미 얼굴이 새빨개졌는데요.. 정말 더는 안 되겠어요."

"기왕에 빨개진 거 여기서 조금 쉬었다 가면 되지, 뭐 그리 급해! 이거 딱 한 잔만 더 하라고. 내가 더는 안 권하지."

득귀가 지조의 청을 내치지 못하고 세 번째 잔을 받아마셨다. 득귀는 어려서부터 소 씨네 집에서 잔소리를 들어가며 예의범절을 지키면서 자라났기에 술이라곤 냄새도 맡아본 적이 없었다. 그런 득귀라서 이렇게 술 석 잔이 연거푸 들어가자 머리가 빙빙 돌 지경이었다. 지조가 이런 분위기를 타서 득귀한테 나지막하게 속삭였다.

"어이 득귀, 내가 물어볼 게 좀 있어."

"아 뭐든지 물어보셔유."

"너희 마님이 과부가 된 지 엄청 오래되었잖아. 아무래도 이성을 그리는 마음이 슬슬 날 것 같아. 그럴 때 남자가 가서 같이 자주면 좀 좋아? 과부치고 남자 안 찾는 과부 있겠어. 다만 남자랑 만날 기회를 얻기 어려운 것뿐이지. 네가 나를 한 번 좀 데리고 가서 너희 마님을 만나게 해주면 어떻겠어? 그렇게만 해주면 내가 너한테 섭섭하지 않게 해줄게."

"아니 지금 무슨 말을 하는 거요? 그런 말 하면 벌 받아요. 우리 마님이 얼마나 올곧은 분이신데. 안채에서 늘 정숙하게 생활하시면서 외간남자는 출입 자체를 못하게 하시죠. 게다가 밤마다 하녀를 시켜 이곳저곳 문이 다 제대로 잠겨 있는지 확인하게 한 다음에야 잠자리에 들죠. 내가 지조 당신을 데리고 들어간다 해도 당신이 어디다 몸을 숨길 곳이나 있어야죠. 늘 하녀를 곁에 두고서 보살피게 하고 쓸데없는 소리는 한마디도 못 하게 하시는 분인데 당신 그런 터무니없는 소리 하지 마시라고요."

"그래 그럼 네 방문도 검사하냐?"

"검사 안 할 리가 있어요?"

"참, 득귀 올해 몇 살이야?"

"열일곱 살이요."

"남자는 열여섯이면 알 거 다 아는데 너는 올해 열일곱 아냐! 설마 여자 생각을 안 하는 건 아니겠지?"

"생각한들 어떡하겠어요?"

"집 안에 예쁜 여자가 아침저녁으로 눈앞에서 왔다 갔다 하는데 마음이 끌리지도 않는 거냐?"

"그런 말은 하지도 마쇼. 그분은 내 주인마님 아니요! 걸핏하면 맨날 나를 혼내거나 쥐어박는 그런 마님이라 나는 그 마님만 보면 늘 오금이 저린다고요. 그래도 당신은 우리 마님하고 상관없는 사람이라 그런 소리를 하는 거겠지."

"네가 나를 몰래 너희 주인마님 있는 곳으로 데려다주지 못하겠다고 하니 그럼 내가 방법을 알려주지. 네가 직접 주인마님한테 손을 뻗쳐보라고."

"아이고 그런 일은 난 못해. 난 배포가 당신처럼 크지 못하다고."

"한다 못 한다, 미리 이야기하지 말고 내가 지금 알려주는 대로 한번 해보라고, 그래서 너희 마님을 손에 넣으면 그때 내 은혜나 잊지 말고."

득귀는 술에 취한 데다 나이도 한창 여자 생각이 간절할 때라 지조가 자기 가려운 데를 긁어주는 말을 하니 바로 이렇게 묻고 말았다.

"그래 대체 무슨 방법이라는 거요?"

"너 잘 때 말이야, 문을 닫아걸지 말고 활짝 열어놓으라고. 지금이 바로 한참 더운 오월 아냐, 그러니 네가 옷을 다 벗고 자리에 누워 네 물건을 빳빳하게 세워놓으라고. 그리고 마님이 방문을 닫아걸었는지 검사하러 오면 그냥 잠든 척하라고. 마님이 네 물건을 보면 틀림없이 동할 거라고. 이런 식으로 한 차례 두 차례 거듭되면 너희 마님이 더는 참지 못하고 너한테 달려들 거라고."

"만약 마님이 나한테 안 덤비면요?"

"설사 마님이 너한테 안 덤빈다고 해서 너를 어떻게 혼내지도 못한다고. 이건 정말 밑져야 본전이야."

"그럼 형님 말대로 한번 해보죠. 일이 진짜로 잘 되면 내가 형님한테 은혜를 꼭 갚을게요."

시간이 좀 지나고 술이 좀 깼다 싶었는지 득귀는 자리에서 일어났다. 그리고 그날 밤 바로 득귀는 지조의 말을 실행에 옮겼다.

코 밑에서 온갖 계책을 다 꾸며대니,
규중심처 굳은 마음 변하지 않을 도리가 있나!

본디 소 씨 집안의 법도가 무척이나 엄격했다. 그 법도대로 열일곱 살이 된 득귀를 내쫓고 다시 나이 어린 심부름꾼을 들였으면 아무런 문제도 안 생겼을 것이다. 하지만 득귀가 아주 어려서부터 소 씨 집안에서 심부름을 해왔고 약간 아둔하기는 해도 본성이 착한 것만 믿고 소 씨는 내가 마음가짐만 바르게 하면 아무런 문제가 안 생길 거라고 안이하게 생각했다. 소 씨는 득귀를 계속 옆에 두고 부렸다. 밤이 되자 소 씨는 하녀 수고와 함께 등불을 들고 다니면서 문단속을 확인했다. 소 씨는 득귀가 발가벗고 자리에 누워 있는 것을 발견하고는 욕을 퍼부었다.

"저놈 자식, 문도 안 닫고 옷도 다 벗어젖히고 누워서 자는 꼴이라니!"

소 씨는 수고를 시켜 방문을 닫아주라 했다. 만약에 소 씨가 사려가 깊은 사람이었다면 다음 날 아침 득귀를 불러 지난 밤 방자한 행실을 혼내주고 매질도 좀 해주고 하여 득귀가 다시는 그런 행동을 못 하게 했을 것이다. 그러나 오랫동안 남자 맛을 보지 못하고 살았던 소 씨인지라 득귀의 그런 행동을 마치 대단히 신기한 뭐라도 본 거 같고 새 생명을 얻은 기분이 들어 득귀한테 아무런 소리도 하지 않았다. 득귀는 마님이 아무런 소리를 하지 않자 더욱 대담해져서 다음 날 밤에도 역시 똑같이 행동했다. 소 씨는 평소대로 수고를 데리고 문단속을 확인하러 갔다. 득귀의 그런 모습을 보고선 욕을 퍼부었다.

"저 개 놈의 자식, 사람이 어째 이불도 덮지 않고 자는 거야!"

소 씨는 수고를 시켜 득귀가 놀라 깨지 않게 조심스레 이불을 덮어주라고 했다. 소 씨는 사실 욕정이 불끈 솟아올랐지만, 옆에 수고가 지켜보고 있기에 아무런 내색도 하지 않았다.

사흘째 되는 날 득귀가 밖에 나갔다가 우연히 지조를 만났다. 지조가 득귀에게 자기가 알려준 대로 하고 있는지 물었다. 득귀가 지난 이틀 저녁의 일을 사실대로 말해주었다. 지조가 득귀에게 살짝 귀띔해주었다.

"네 마님이 하녀를 시켜 너한테 이불을 덮어주라 하고 게다가 네가 놀라서 깨지 않도록 조심하라고 한 걸 보면 너를 마음에 두기 시작한 게 분명해. 오늘 밤 필시 좋은 일이 생길 거야."

그날 밤 득귀는 평소대로 문을 열어놓고서 잠을 자는 척 기다렸다. 소 씨가 자기 나름대로 생각이 있어 수고를 부르지 않고 자기가 직접 등불을 켜 들고 문단속을 확인하고 다녔다. 득귀 방문 앞에 이르러 득귀가 아무것도 걸치지 아니하고 누워 자는 것을 확인했다. 득귀의 물건이 마치 몽둥이처럼 빳빳하게 세워져 있었다. 소 씨의 마음이 쿵쾅쿵쾅, 욕정이 불길처럼 타올랐다. 소 씨는 속곳을 벗어젖히고 침대로 올라갔다. 득귀가 깰까 봐 살금살금 득귀 몸 위에 걸터앉아 위에서 아래로 몸을 움직였다. 득귀가 갑자기 소 씨를 껴안고는 위아래를 바꿔 힘을 쓰기 시작했다.

오랫동안 남자 맛을 못 본 여자,
처음으로 여자 맛을 보는 남자.
참았던 그 맛을 다시 보았으니 어찌 그만 멈출 수 있을까,
새로운 맛을 알았으니 어찌 그만 포기할 수 있을까.
오랫동안 굶었으니,
어찌 찬밥 더운밥 가리겠으며.
사랑에 눈이 멀어버렸으니,
마님이든 말든.
거친 담쟁이가 무성히 자라,
청초한 화초를 덮어버렸네.
맑디맑은 눈송이가,
봄바람에 녹아 흘러버렸네.
십 년 동안 쌓은 명예는,
하룻밤에 씻어내기 힘든 불명예가 되었을 뿐.

일을 치르고 나서 소 씨가 득귀에게 심정을 토로했다.
"내가 과부로 수절한 지 십 년, 너 때문에 하룻밤에 내 정절을 잃고 말았구나. 이것도 다 전생의 인연 덕분이겠지. 넌 정말 입조심하고 아무도

모르게 하여라. 너는 내가 잘 챙겨주겠다."

"마님 말씀을 제가 어찌 거역하겠습니까!"

그날 밤 이후로 소 씨는 문단속한다는 핑계로 득귀와 밤마다 불길을 살랐다. 수고가 눈치를 챌까 봐 걱정되었다. 소 씨는 득귀가 수고를 범할 수 있는 기회를 일부러 만들어주었다. 소 씨는 수고를 혼내는 척하더니 수고한테 득귀를 자기한테도 데려오게 했다. 이런 식으로 수고와 소 씨는 한배를 탔고 소 씨는 수고의 입을 막을 수 있었다. 서로가 한마음 한뜻, 아무것도 숨기고 거리낄 게 없었다. 득귀는 자기에게 좋은 꾀를 내어준 지조가 고마워서 소 씨한테 이런 핑계 저런 핑계를 대고서 돈을 받아내어 지조한테 건네주었다. 지조는 득귀한테 자기도 어서 소 씨를 만나게 해달라고 졸랐지만 득귀는 마님한테 괜히 잘못 이야기했다가 산통 깰까 봐 무서워 마님한테 말을 못 꺼내고 있었다. 지조가 몇 차례나 어찌 되어가는지 물어보았지만 득귀는 확답을 피하고 얼버무리기만 했다.

서너 달이 흘러갔다. 소 씨와 득귀는 마치 부부라도 되는 양 지냈다. 그러나 그들의 관계는 결국 백일하에 드러날 운명이었다. 소 씨가 죽은 지 아비와 6년 동안이나 부부관계를 가졌으나 애가 들어서지 않더니 득귀와는 서너 달 관계에 그만 가슴이 봉긋 부풀고 배가 불러오기 시작했다. 애가 들어선 것이다. 소 씨는 사람들이 알면 좋을 일이 없을 것 같아 득귀한테 돈을 쥐여 주고 애 떼는 약을 지어오게 했다. 그걸 먹고 애를 지울 심산이었다. 득귀는 순둥이라 대체 애 떼는 약이 무슨 약인지를 잘 모르기도 했고, 자기한테 꾀를 내어준 지조한테 매사를 숨기지 않고 이야기해주는 게 도리일 것 같다는 생각이 들었다. 오늘 마님이 남몰래 부탁한 이 심부름 건도 지조한테 털어놓고 상의했다. 그래도 놀던 가락이 있는 지조는 득귀가 자기를 소 씨에게 소개해주지 않자 잔뜩 골이 나 있던 참이었는데 마침 이런 이야기를 해오자 이게 웬 떡이냐 하는 생각이 들었다. 지조는 그 나름대로 계산을 끝내고 득귀에게 잔뜩 겁을 주었다.

"그런 약은 내가 아는 약방 약이 즉효야! 내가 대신 사다 줄게."

지조는 약방으로 달려가 애 떼는 약 네 첩을 사 와서 득귀에게 건넸다. 득귀는 그걸 받아 돌아왔다. 소 씨는 득귀가 건네준 약을 네 차례 달여 마셨으나 아무런 효과도 볼 수가 없었다. 소 씨는 다시 득귀를 불러 다른 약방에 가서 좀 더 나은 약을 사오라고 부탁했다. 득귀는 지조를 찾아가 물었다.

"전에 지어준 약이 어째 아무런 효과가 없는 거죠?"

"애 떼는 약은 딱 한 번밖에 못 써먹는 거라고. 한 번 먹고 안 들으면 끝이야. 게다가 내가 저번에 지어다 준 약은 최상품 약이라고. 그걸 먹고도 애가 안 떨어졌다면 애가 안쪽으로 깊이 들어선 모양이야. 더 독한 약을 쓰면 임산부 목숨이 위험해질 수 있다고."

득귀가 돌아가서 소 씨에게 이 말을 전했다. 소 씨는 그 말을 곧이곧대로 믿었다. 소 씨가 임신한 지 어언 열 달, 지조는 득귀를 찾아가 말을 건넸다.

"내가 약을 지어 먹어야 하는데 그 약에는 핏덩이 애기가 꼭 들어가야 한대. 너희 마님이 애를 낳으면 분명 기르지 못할 것이니 사내든 계집이든 나한테 넘기라고. 네가 나한테 신세진 게 얼마나 많아! 이번 일로 나에게 도와주면 돈 한 푼 안 들이고 나한테 은혜를 갚는 거지. 그냥 너희 마님한테 거짓말 한 번만 하면 된다고."

득귀는 그러마고 대답했다. 며칠 후 소 씨가 사내아이를 낳았다. 소 씨는 그 아이를 물에 담가 숨을 끊은 다음 마대자루에 싸서 득귀에게 건네고는 묻어버리라 했다. 득귀는 그러마고 대답하고는 그 아이를 묻지 아니하고 몰래 지조에게 갖다 주었다. 지조는 그 아이를 건네받더니 득귀를 붙잡고 소리를 질렀다.

"너희 마님은 구원길의 처, 구원길이 죽은 지가 벌써 몇 년 전이라 과부임이 분명한데 이 아이는 대체 어디서 나온 거냐? 내가 이걸 관가에 고발하여야겠다."

당황한 득귀는 지조의 입을 막으며 소리쳤다.

"아니 내가 당신을 은인으로 생각하고 매사를 당신하고만 상의하곤 했는데 어째서 이렇게 갑자기 안면을 싹 바꾸는 거요?"

지조는 더욱더 정색하고는 말했다.

"너 참 훌륭한 일도 하셨네! 그래 주인마님과 붙어먹었으니 능지처참을 당할 일이지. 그냥 나한테 입으로 은인입네 하고 넘어가려는 거냐? 나를 은인이라고 불렀으면 은혜를 갚을 줄 알아야지. 근데 네가 나한테 해준 게 뭐냐? 내 입을 막고 싶으면 네 주인마님에게 말해서 은 백 냥을 갖고 오라고. 그럼 내가 허물은 덮어주고 좋은 말만 해주지. 만약 은 백 냥을 주지 않으면 절대로 가만있지 않을 거야. 여기 핏덩이 애가 바로 증거라고. 내가 관가에 가서 뭐라고 한마디 하는 순간 너의 주인마님은 얼굴 들고 살기 힘들 거야. 내가 여기 집에서 기다리고 있을 거니까 어서 가서 대답을 듣고 오라고."

당황한 득귀는 눈물을 질질 흘리며 집으로 돌아가 지조한테 들은 말을 그대로 마님한테 전했다. 소 씨는 득귀를 원망했다.

"이건 또 뭔 황당한 짓을 한 거야. 아예 도둑놈한테 선물을 갖다 바쳤구먼. 나를 죽이려고 환장한 거야!"

소 씨는 말을 마치고는 눈물을 흘리기 시작했다. 득귀가 소 씨에게 대답했다.

"다른 사람 같으면 내가 그러지 않았을 건데 지조는 내 은인이라 그의 부탁을 거절하기가 힘들었다고."

"아니 은인은 무슨 얼어 죽을 놈의 은인!"

"내가 발가벗고 자는 척한 것도 지조가 나한테 알려준 거라고. 지조가 아니었으면 우리가 오늘처럼 이렇게 서로 관계를 가질 수도 없었을 거야. 그런 지조가 약 먹는 데 핏덩어리 아이가 필요하다고 해서 내가 어떻게 거절할 수 있겠어! 지조가 이렇게 나쁜 마음을 먹고 있을 줄이야 몰랐지."

"네 놈이 얼마나 바보 같은 일을 했는지 알기나 알아! 내가 눈이 멀어 지조 같은 건달 놈의 농간에 빠졌지그래. 지금은 후회해도 별수 없지. 그놈이 원하는 대로 은을 갖다 주지 않으면 이 일을 고발할 것이 분명하니 그때는 수습할 길도 없어진다고."

소 씨는 은 40냥을 마련하여 득귀에게 주고는 이걸 갖고 가서 지조에게 주고 아이를 되찾아서 묻고 후환을 없애라고 부탁했다. 득귀는 지조를 만나 은 40냥을 건넸다.

"이거밖에 없어. 그 아이를 돌려줘."

지조는 은을 받아들었다. 그의 탐욕이 멈출 줄 몰랐다. 혼자서 생각에 잠겼다.

'저 아름다운 소 씨는 이제 내 손안에 들어온 새나 마찬가지다. 이번 기회에 님도 보고 뽕도 따면 얼마나 좋을까.'

지조가 득귀에게 말했다.

"내가 농담으로 은을 가져오라고 한 건데 진짜 가져왔네. 일단 받아둘게. 그 핏덩이 아이는 내가 이미 묻었어. 어서 나를 네 마님한테 소개해주라고. 만약 내가 네 마님하고 한집에서 살게 되면 내가 살림도 맡아서 해줄 것이고 그럼 감히 너희 마님한테 함부로 하는 자들도 없을 것이니 이건 정말 누이 좋고 매부 좋은 거라고. 만약 내 말 안 들으면 내가 다시 아이를 파내서 고발할 거야. 내가 닷새 말미를 줄 테니 답변을 들어오라고."

득귀는 하는 수 없이 지조의 말을 마님에게 전달했다. 소 씨가 버럭 화를 냈다.

"건달 놈의 쓸데없는 말을 들어서 뭐하려고!"

득귀는 더는 말을 붙이지 못했다.

지조는 핏덩어리 아이를 석회로 바른 다음 그걸 다시 마대자루에 집어넣었다. 지조는 그 마대자루를 숨겨 놓고서 닷새를 기다렸으나 득귀에게서 아무런 대답도 듣지 못했다. 다시 닷새를 더 기다렸다. 다해서 열흘을 기다린 셈이다. 산모도 몸을 좀 추슬렀을 것 같았다. 지조는 소 씨네 집 앞에 가서 득귀가 집에서 나오기만을 기다렸다. 득귀가 집에서 나오자마자 지조가 달려가 물었다.

"내가 말한 거는 어떻게 됐어?"

득귀가 고개를 절레절레 가로저었다.

"마님이 말도 안 되는 소리 하지 말라고 하셨어요."

지조는 더는 물어보려고 하지 않고 곧장 소 씨네 집 문 안으로 달려 들어갔다. 득귀는 감히 막아설 엄두를 내지 못하고 골목 멀찌감치 떨어진 곳으로 가서 일이 어떻게 되어가나 지켜볼 심산이었다. 소 씨는 남정네가 불쑥 안으로 들어오는 걸 보고서는 욕을 퍼부었다.

"바깥채와 안채가 유별한데 대체 누가 이렇게 함부로 안채로 들어오는 거냐?"

"나는 지조라고 하오. 득귀한테 은혜를 많이 베풀어준 사람입죠."

소 씨는 지금 안채에 들어온 자가 누구인지 바로 짐작이 갔다.

"그래 득귀를 만날 거라면 바깥채에서 찾아봐야지. 이 안채는 네가 발걸음할 곳이 아니다."

"소인은 마치 3년 가뭄에 비를 그리듯 오매불망 마님을 사모하여왔소이다. 소인이 재주가 없다손 득귀보다 못하겠습니까! 어찌 저를 그렇게 매정하게 내치시려 하십니까?"

소 씨는 지조와 더 말 대거리를 해봐야 좋을 것이 없을 거 같아 몸을 빼내어 다른 곳으로 가려고 했다. 지조가 소 씨를 뒤따라오더니 와락 껴안았다.

"네가 낳은 아이가 내 손안에 있다. 내 말 안 들으면 내가 당장 고발해 버릴 거야."

소 씨는 화가 머리끝까지 났지만 당장 어떻게 할 도리가 없어 그냥 좋은 말로 지조를 달랬다.

"낮에는 사람 눈이 많으니 밤에 다시 오시오. 내가 득귀를 시켜 자네를 맞이하라 하겠네."

"마님이 직접 하신 말이니 내가 한번 믿어보겠소이다."

지조가 소 씨를 껴안았던 팔의 힘을 빼고는 몇 발 걸어가더니 다시 뒤를 돌아보면서 말했다.

"하긴 약속 안 지킬까 봐 걱정할 필요도 없지 뭐!"

말을 마치더니 지조는 밖으로 나가버렸다. 소 씨는 한참이나 아무 말도 하지 못하고 그저 닭똥 같은 눈물만 줄줄 흘렸다. 방 안으로 들어와 의자에 걸터앉아 생각에 잠겼다. 모든 게 다 후회되었다. 뭐하러 개가하지 않고 절개를 지킨다고 큰소리쳤던가! 오늘 이런 일이 생겨버렸으니 어떻게 얼굴을 들고 다닌단 말인가.

'내가 만약 개가하거나 절개를 더럽히면 칼로 자결하거나 목매달아 자결한다고 여러 사람 앞에서 맹세하지 않았나. 이 생명을 스스로 마감하는

게 먼저 황천길을 떠난 남편 보기에도 더 떳떳하지 않을까!'

수고는 자기 마님이 심각하게 고민하고 눈물 흘리는 걸 보고서는 감히 마님 곁에 다가갈 엄두를 내지 못했다. 수고는 중문에 서서 득귀가 돌아오기를 기다렸다. 득귀는 골목 어귀에서 지조가 집에서 나오는 걸 보고서는 그제야 집으로 돌아왔다. 득귀가 수고를 발견하고 물었다.

"마님은?"

수고가 안채를 가리키며 대답했다.

"저기."

득귀가 안채로 들어가 마님 방문 쪽으로 향했다. 소 씨가 막 침대 머리맡에서 칼을 빼 들고서 목을 찌르려 했으나 차마 결행하지 못하고 망설이던 그 순간이었다. 소 씨가 한참을 울더니 칼을 탁자 위에 내려놓았다. 소 씨가 허리춤에서 일곱 자는 족히 넘는 머릿수건을 꺼내서 매듭을 묶더니 그걸 대들보에 건 다음 목을 걸려고 했다. 소 씨가 서럽고 분한 생각이 들었는지 오열하기 시작했다. 울음소리가 그칠 줄을 몰랐다. 바로 이때 득귀가 문을 열고 들어왔다.

'저 개 같은 놈이 얕은꾀로 나를 유혹하여 내 절개를 더럽혔구나.'

소 씨가 악에 받쳐 독한 생각에 몰두하고 있던 바로 그 순간 득귀가 안으로 들어서고 말았으니 소 씨의 눈이 확 뒤집힐밖에! 소 씨가 칼을 집어 들고 득귀의 머리를 내리쳤다. 화가 치밀어 내미는 칼은 너무도 빠르고 너무도 정확했다. 득귀의 머리는 두 동강이 나버렸고 선혈이 사방에 튀었다. 득귀는 그 자리에서 숨을 거뒀다. 소 씨는 바로 머릿수건 매듭에 목을 걸고 두 발로 의자를 차버렸다. 소 씨의 목이 마치 그네를 타듯이 흔들렸다.

저승에 원한 품은 귀신 하나 늘었고

이승에 인물 좋던 과부 하나 줄었네.

'노름하다 도둑질하고, 간음하다가 살인 난다'는 옛말 하나도 그른 게 없더라. 이 간음, 한 단어 때문에 두 생명이 허무하게 저세상으로 떠났구나. 수고는 득귀가 마님 방에 들어가면 마님과 일 치르는 데 자기가 방해가 될까 봐 알아서 눈치껏 비켜주고는 했으나 이번에는 득귀가 마님 방에 들어가고 나서 시간이 한참이나 흘렀는데도 아무런 인기척도 안 나는지라 혹시 무슨 일이 생겼나 하는 생각이 들었다. 수고가 살금살금 마님 방 안으로 들어가 보니 한 명은 대들보에 대롱대롱 매달려 있고 한 명은 방바닥에 널브러져 있는 게 아닌가! 수고는 너무도 놀라 다리 힘이 쫙 풀려버렸다. 겨우 가슴을 진정시키고 방문을 닫아건 다음 구대승 집으로 달려가 이 소식을 알렸다. 구대승은 이 소식을 소 씨의 친정 부모에게 알리고 함께 소 씨네 집으로 득달같이 달려가 대문을 닫아걸고 수고에게 대체 어떻게 된 일인지 자초지종을 물었다. 하나 수고는 지조에 대해서는 아무것도 몰랐다. 그러니 당연히 핏덩어리 아이, 은자 40냥 등등에 대해서 모를 수밖에 없었다. 수고는 그저 소 씨와 득귀가 평소 눈이 맞아 정을 통한 이야기만 해줄 수밖에 없었다. 수고는 그런 다음 이렇게 이야기를 마무리했다.

"근데 어찌 된 영문인지 오늘 두 사람 다 저렇게 죽고 말았어요."

구대승 일행이 세 번 네 번 거듭 물어도 그저 이렇게 대답할 뿐이었다. 소 씨의 친정 부모는 자기 딸이 종놈하고 눈이 맞았다는 말을 듣고 창피하여 그냥 돌아가 버렸다. 구대승은 하는 수 없이 수고를 데리고 관가로 가서 이 사실을 알렸다. 현령이 직접 검시했다. 한 명은 칼 맞아 죽은 것이고 다른 한 명은 목매달아 죽은 거였다. 현령이 수고를 심문한 다음 이렇게 판시했다.

"소 씨와 득귀가 서로 정을 통했음이 분명하다. 그렇다면 더는 마님과 하인의 관계가 아니었을 터. 서로 말다툼하다가 득귀가 소 씨를 화나게 하여 소 씨가 참지 못하고 칼부림하여 득귀를 죽게 만들고 자기도 목을 매단 것이다. 다른 여지가 없어 보인다."

구대승은 현령의 명령을 받들어 소 씨 장사를 치렀다. 수고는 치정사건의 자초지종을 알고 있었다는 구실로 곤장을 맞고 관노비로 팔렸다.

그날 지조는 소 씨를 어찌해보려다 뜻을 이루지 못하고 일단 집에 돌아와 저녁에 다시 소 씨네 집에 갈 생각만 하고 있었다. 그러다가 소 씨와 득귀가 죽었다는 소식을 듣고 놀라 나자빠질 뻔했다. 그러고는 한참을 두문불출했다. 지조가 우연히 마대자루에 담아놓은 핏덩어리 아이 생각이 나서 그냥 마대자루째 강물에 던져버렸다. 마대자루를 던지고 돌아서는 바로 그 순간 의진 갑문에서 날품팔이하는 포구라는 녀석과 눈이 마주쳤다. 포구가 지조에게 물었다.

"지조 형, 뭘 버린 거요?"

"소고기를 석회로 잘 발라두었다가 천천히 먹으려고 했는데 그만 때를 놓쳐서 다 썩어버렸어. 포구, 뭐 특별히 바쁜 일 없으면 나랑 같이 집에 가서 술이나 한잔하자고."

"안 돼. 오늘은 바빠. 소주 태수 황종 나리가 출장을 갔다가 돌아오는 길이라 잠시 후 배가 도착할 거야. 그래서 인부들 모아서 여기서 대기해야 한다고."

"그럼 언제 한번 다시 만나자고!"

말을 마치고 지조가 떠나갔다.

한편, 황종은 본디 지방 아전 출신이었으나 예부상서 호형胡濙의 천거를 받아 소주 태수가 되었다. 그가 소주 태수로 근무하는 일 년 동안 현의 백성들은 그를 푸른 하늘처럼 맑고 청렴한 황 태수라 칭송했다. 황 태수는 부모상을 당하여 장례를 치르러 고향으로 돌아갔으나 황제께서 특별히 상중임에도 근무를 명령하는 교서를 내렸고 고향에서 소주로 돌아가는 경비도 공무 출장에 준하여 나랏돈으로 지원하게 했다. 배가 의진 갑문에 도착할 즈음 황 태수는 선실에 앉아서 책을 읽고 있었다. 이때 강에서 갓난아이 울음소리가 들려왔다. 황 태수는 필시 누가 물에 빠졌구나 하는 생각이 들어 사람을 보내서 살펴보라 했다. 명령을 받고 나가 살펴본 자가 돌아와 보고하는데 아무도 없다는 것이었다. 이렇게 사람을 보내 살펴보기를 두 차례나 했다. 황 태수는 애 울음소리를 들었다 하고 다른 사람들은 그런 소리를 들어본 적이 없다고 했다. 황 태수는 이런 괴이한 일이 있나 하며 입맛만 다셨다. 황 태수가 선창을 열고 바라보니 작은 마대자루 하나가 강물에 둥둥 떠 있는 게 보였다. 황 태수가 뱃사람을 시켜 건져 와서 열어보게 했다. 뱃사람이 황 태수에게 보고했다.

"갓난아이가 들어있습니다."

"살았느냐, 죽었느냐?"

"석회로 발라둔 걸 보면 오래전에 죽은 거 같습니다."

"이상하다. 죽은 아이가 어떻게 울음소리를 내며, 죽은 아이를 굳이 석회로 발라둔 건 또 무슨 이유지? 필시 곡절이 있을 거야."

황 태수가 마대자루와 갓난아이를 이물 쪽 갑판 위에 올려놓으라 했다. 그런 다음 이렇게 공포했다.

"만약 저 갓난아이에 얽힌 사연을 아는 자가 있으면 나에게 살짝 이야기하게 하라. 내가 후한 상을 내릴 것이다."

뱃사람은 황 태수의 명령을 받들어 마대자루와 갓난아이를 이물 쪽으로 들고 갔다. 마침 이때 날품팔이 인부 포구가 그 마대자루를 보더니 지조가 버린 거라고 알려주었다.

"근데 지조가 마대자루에 쇠고기가 들어있다고 했는데 어떻게 죽은 갓난아이가 나왔죠?"

포구는 선실로 들어가 황 태수를 뵙고 아뢰었다.

"소인은 저 갓난아이의 내력은 모르옵고 저 마대자루를 버린 자가 누구인지는 압니다요.. 바로 지조입니다."

"그 사람을 찾으면 그 내력도 알 수 있겠지."

황 태수는 사람을 시켜 몰래 지조를 잡아 오게 하는 한편 의진현의 현령을 모셔와 이 건을 함께 처리하려고 했다. 황 태수가 그 갓난아이를 안고 먼저 현청으로 가서 기다렸다. 의진현의 현령이 도착하고 지조 역시 도착했다. 황 태수가 상석에 앉고 현령이 황 태수의 왼편에 앉았다. 의진현 현령이 자기 직속 휘하의 관리가 아니니 황 태수는 자기가 나서지 아니하고 현령에게 먼저 심문하게 했다. 현령은 또 황 태수가 자신보다 직급이 높은 데다가 황제에게서 직접 임명받은 자라서 함부로 먼저 심문하지 아니하고 황 태수에게 먼저 심문하시라고 양보했다. 이런 식으로 서로 사양하다가 결국 황 태수가 지조에게 물었다.

"지조, 이놈! 저 석회로 바른 갓난아이는 대체 어디서 난 거냐?"

지조가 자기는 아무것도 모르는 일이라고 잡아떼고 싶었으나 포구가 바로 옆에 지켜 서 있는지라 다른 말로 둘러 붙이기라도 하지 않을 수가 없었다.

"소인이 우연히 길가에서 더러운 마대자루를 발견하고 사람들 다니는 데 방해가 될까 봐 강물에 집어던졌습니다요. 그 마대자루 안에 뭐가 들어 있는지는 소인도 모릅니다요."

황 태수가 포구에게 물었다.

"너는 지조가 마대자루를 길에서 줍는 것을 직접 보았느냐?"

"소인은 지조가 마대자루를 강물에 집어던지는 것만 보았습니다. 소인이 지조에게 안에 뭐가 들었냐고 물으니 지조가 쇠고기가 들어있다고 대답했습니다."

황 태수가 지조에게 호통을 쳤다.

"아니 마대자루 안에 들어있는 게 쇠고기라고 거짓말을 하다니! 처음부터 거짓말하려는 꿍꿍이가 있었음이 틀림없다."

황 태수가 수하의 아전을 시켜 대나무 곤장으로 지조를 우선 20대를 내려치라 했다. 황 태수가 내려치라 명령한 곤장은 혹독하기 그지없었다. 황 태수의 곤장 20대는 다른 곤장 40대보다 더욱 매서웠다. 곤장을 맞은 지조는 살갗이 너덜너덜해지고 살이 튀어나오고 피가 줄줄 흘렀다. 그래도 지조는 불지 않았다. 황 태수가 주리를 틀라 명령했다. 주리를 한 차례 틀었다. 지조가 그래도 불지 않았다. 두 번째 주리를 틀자 지조가 더는 버티지 못하고 입을 열었다.

"마대자루 안의 갓난아이는 그 과부의 아이입니다. 그 과부가 종놈 득귀하고 붙어먹다가 그 아이를 낳은 것입니다. 득귀가 저한테 그 아이를 묻어달라고 부탁하여 묻었는데 글쎄 개가 그걸 파헤쳐서 소인이 다시 그걸 강물에 던져버린 것입니다."

황 태수는 지조의 말이 잘 안 맞아떨어지는 구석이 있어 보여 다시 심문했다.

"네놈이 그 갓난아이를 묻어달라는 부탁을 흔쾌히 받아들인 걸 보니 네놈도 그 여인하고 정을 통했음이 틀림없다."

"아닙니다. 소인은 결코 그 과부와 정을 통하지 않았습니다. 다만 득귀와 알고 지내는 사이였을 뿐입니다."

"득귀가 갓난아이를 묻을 때는 당연히 썩어버리기를 바랄 것인데 무슨 연고로 썩지 말라고 석회를 발랐더란 말이냐?"

지조는 더는 버티지 못하고 머리를 조아렸다.

"나리, 석회를 바른 자는 바로 소인입니다. 과부 소 씨가 재산이 좀 있다고 하기에 소인이 은자라도 좀 얻어쓸까 하여 그 갓난아이를 보관했던 것인데 그만 소 씨와 득귀가 모두 저세상으로 떠나버린 것입니다. 이제 그 갓난아이를 보관해 봐야 아무 소용이 없겠기에 강물에 버린 것입니다."

황 태수가 물었다.

"그 과부와 종놈이 저세상으로 떠난 게 확실합니까?"

왼편에 있던 현령이 자리에서 일어나 황 태수에게 예를 차리고 대답했다.

"확실합니다. 본관이 직접 검시했습니다."

"사인이 무엇입니까?"

"종놈은 칼에 맞아 죽었고, 과부는 목매달아 죽었습니다. 본관이 조사해본 결과 과부와 종놈이 오랫동안 정을 통하여 주인마님과 종의 관계를 넘어서 버렸습니다. 아마도 종놈이 과부의 성미를 돋우는 소리를 해서 그 과부가 격분하여 칼로 종놈을 찌르고 당황하고 놀라서 스스로 목을 맨 거라 생각됩니다. 다른 이유는 찾을 수가 없었습니다."

황 태수는 뭔가 께름칙했다.

'서로 정을 통한 사인데 말 몇 마디에 기분이 상했다고 저렇게 독하게 칼로 내려치고 스스로 목숨을 끊었을까? 아침나절에 갓난아이의 울음소리가 들려온 것도 다 그 나름의 사연이 있기 때문일 것이야.'

황 태수가 현령에게 다시 물었다.

"소 씨 집에 다른 사람은 또 없습니까?"

"수고라는 여종이 하나 있습니다만 지금은 관노비로 팔렸습니다."

"관노비로 팔렸다면 필시 본 현에 있을 것이니 수고스럽겠지만 사람을 보내서 데려오게 하시지요. 그 여종을 심문하여 보면 단서가 잡힐 것 같습니다."

현령이 즉시 아전을 파견했다. 잠시 후 아전이 수고를 데리고 왔다. 수고를 심문하여 보니 현령이 설명해준 내용과 정확히 일치했다. 황 태수가 현청에 앉아 한참 동안 생각에 잠겼다가 아래로 걸어 내려와 지조를 가리키며 수고에게 물었다.

"저자를 아느냐?"

수고가 지조를 한참 동안 곰곰이 살펴보았다.

"성도 이름도 모르나 얼굴은 본 적이 있습니다."

"그래. 저자가 득귀하고 아는 사이라던데 그럼 득귀하고 같이 너희 마님 집을 찾아왔겠구나. 사실대로 대답하라. 만약 조금이라도 허튼소리를 하면 바로 주리를 틀 테다."

"소인이 평소에 저자를 본 적은 없습니다. 한데 마님이 살아계셨던 그 마지막 날 저자가 별안간 안채로 들이닥쳐 마님을 희롱하다가 마님한테 쫓겨났습니다. 그러고 나서 바로 득귀가 밖에서 돌아왔습니다. 마님은 방 안에서 울고 계셨고요. 득귀가 마님 방에 들어가서 얼마 안 되어 바로 그 사달이 난 것입니다."

황 태수가 지조를 향해 버럭 소리를 질렀다.

"이 나쁜 놈. 네놈이 득귀를 꾀어서 일을 꾸미지 않았다면 무슨 이유로 득귀의 마님이 기거하는 안채로 들이닥친단 말이냐? 득귀와 소 씨가 저세상으로 떠난 것은 모두 너 때문인 게다."

황 태수가 다시 아전들에게 명령했다.

"저놈에게 다시 주리를 틀어주어라."

지조가 더는 견디지 못하고 자초지종을 술술 불었다. 자기가 득귀에게 마님을 어떻게 유혹할 것인지 알려준 일, 득귀를 속여 핏덩어리 아이를 손에 넣은 일, 득귀를 협박하여 은 40냥을 뜯어낸 일, 득귀에게 자기도 소 씨랑 정을 통하고 싶으니 자기를 소 씨에게 소개해달라고 조른 일, 소 씨가 기거하는 안채로 들이닥쳐 소 씨를 껴안고 범하려다 소 씨가 나중에 다시 만나자고 하여 물러난 일을 모두 세세하게 황 태수에게 고했다. 지조가 마지막으로 이렇게 아뢰었다.

"한데 그 두 사람이 어떻게 죽었는지는 소인은 정말 알지 못합니다요."

"이제야 바른 말을 하는구먼."

황 태수는 아전에게 주리 틀기를 멈추게 하고는 지조가 자백한 내용을 정확하게 기록하게 했다. 현령이 옆에서 이 심문과정을 지켜보면서 자신의 지혜가 황 태수에게 한참 미치지 못함을 깨닫고 얼굴이 빨개졌다. 황 태수가 붓을 들어 판결문을 적기 시작했다.

조사한 결과 지조는 교활하고 사악한 놈이다. 과부 소 씨의 미색을 탐하여 사악한 마음을 품고 미련한 노복 득귀를 감언이설로 꼬드겼다. 득귀에게 옷을 벗어젖히고 잠을 자게 하여 소 씨를 유혹하여 마침내 아이를 배게 하는 등 온갖 못된 계책을 다 알려주었다. 본인도 직접 소 씨와 정을 통하려다가 뜻을 이루지 못하니 돈을 갈취했다. 돈을 갈취하고 나서는 다시 욕심을 부려 소 씨를 범하고자 호시탐탐 노렸다. 소 씨는 자신의 실수를 감추고자 하는 마음이 강했다. 지조는 소 씨를 속이고 돈을 갈취하더니 소 씨네 집을 찾아 들어가 협박했다. 소 씨가 지조를 원망하다 보니 마침내 득귀를 원망하게 되었다. 사랑하는 마음이 증오하는 마음으로 변한 소 씨는 득귀를 죽이고 자살했다. 소 씨의 과오는 죽음으로도 씻기 힘들다 하겠다. 노복 득귀는 이미 세상을 떠났으니 더는 심문할 수 없었다. 여종 수고는 곤장을 맞고 관노비가 되는 것으로 일단락되었다. 하나 이런 일을 꾸민 주범만은 법망을 빠져나갔다. 날품팔이 포구가 우연히 지조가 아이를 버리는 것을 목격하고 그 아이의 울음소리가 들려온 것은 죄를 범한 자는 하늘이 용서하지 않음을 보여주는 것이다. 지조는 당연히 사형에 처할 것이며 그가 갈취한 돈도 몰수하여야 할 것이다.

황 태수가 판결문을 낭독하니 지조는 자신의 죄를 순순히 인정했다. 황 태수가 이 사건 판결 결과를 상부에 보고했다. 이 보고를 받고 칭찬하지 않는 자가 없었다. 백성들은 판관 포청천이 다시 살아나더라도 황 태수보다 판결을 잘하기 힘들 거라며 칭송해 마지않았다. 이 이야기는 「황 태수가 갓난아이 살인사건을 해결하다」라는 제목으로 불린다.

어여쁜 소씨, 유혹에 이끌려 마음이 흔들리고
아둔한 득귀, 일시의 쾌락에 죽음을 맞이하네.
불한당 지조, 사악한 잔꾀를 부렸으나
현명한 태수, 신출귀몰하게 사건을 해결하네.

쥐엄나무 숲 대왕

皂角林大王假形

— 쥐엄나무 숲 대왕이 사람 탈을 쓰다 —

부귀영화가 지혜나 힘으로 구할 수 있는 거라면,

공자는 젊었을 때 이미 왕후장상이 되었을 것이라.

사람들 하늘의 뜻을 미처 깨닫지 못하고

공연히 잠 못 이루고 번민하고 있구나.

이야기 좀 해볼까. 한나라 때 사천 성도에 관리 한 명이 살고 있었다. 그 관리의 성은 난欒, 이름은 파巴. 어려서부터 도술을 좋아했고, 직급이 낭중郎中에 이르렀으며, 예장 태수에 임명되었다. 난파가 날을 잡고서 예장으로 출발했다. 도중에 원근 각지의 친지들을 만나면서 마침내 예장에 도착하여 관인을 건네받고 인수인계를 했다. 예장에는 사당이 하나 있었다. 그 사당의 이름은 여산廬山 사당, 아주 멋진 사당이었다.

파란 소나무 하늘을 덮고

아름드리 회나무 꼬불꼬불 사당을 덮었네.

기와는 마치 물고기 비늘처럼 구름까지 뻗었고

빨간 대문은 햇빛 아래 빛난다.

우람한 건물은,

굽이쳐 흐르는 강물을 굽어보네.

사당의 혼령들,

이 세상의 길흉화복을 관장하는구나.

전서체로 새긴 위패,

두 줄로 열 지어 심어진 회나무.

이 사당은 특별히 영험하다고 소문이 났다. 사당신이 안쪽 휘장 뒤에서 사람들에게 말을 건네는가 하면 공중에서 술을 들이켜고 잔을 내려놓기도 했다. 예장 사람들은 너나 할 것 없이 여산 사당에 와서 복을 빌었다. 여산 사당신이 바람의 방향을 바꿔 뱃사람들이 돛을 올리고 떠나기 좋게 해주기도 하였다. 난파가 예장에 도착하여 관내의 여러 사당을 예방한 다음 마침내 여산 사당을 방문하여 사당지기를 만났다. 난파가 사당지기에게 말했다.

"여기 사당신이 정말로 영험하다며! 사람한테 말을 걸기도 한다는데 내가 사당신을 뵙고서 복을 빌고 싶다네."

난파가 향을 사르고 머리를 조아리며 아뢰었다.

"저 난파가 처음으로 이곳 예장에 오게 되었습니다. 이제 특별히 향을 사르며 신령님께 복을 내려주시기를 비오니, 저의 간구에 응답하여 주시기를 바라나이다."

난파가 여러 차례나 이렇게 빌었으나 휘장 안쪽에서는 아무런 소리도 나지 않았다. 난파는 더는 참지 못하고 이렇게 말했다.

"나 역시 도술을 부릴 줄 아는 사람이로다. 네놈은 필시 잡귀렷다. 내가 두려워 아무 소리도 내지 못하는 것이로구나."

난파가 앞으로 성큼 걸어가 휘장을 열어젖혔다. 그런데 신상이 사라지고 보이지 않았다. 사당신을 흉내내 야료를 부리던 잡귀가 난파에게 정체가 들통날까 봐 감히 나서지 못하고 있었던 것이다. 난파가 소리쳤다.

"잡귀가 사당신을 빙자하여 백성들을 속이고 있구먼!"

난파는 당장 수하의 사람들을 시켜 사당을 헐어버리라 했다. 난파는 또 이 잡귀가 이곳저곳을 떠돌아다니며 사람들이 바치는 희생 제물이나 받아먹으며 혹세무민하게 된다면 골칫거리가 되겠다 싶었다. 난파는 지역의 신령들께 여산 사당에서 도망간 잡귀의 행적을 여쭤보았다.

한편, 여산 사당의 잡귀는 제군으로 도망쳐, 용모나 학식이나 세상에서 둘째가라면 섭섭할 정도의 멋진 서생으로 변신했다. 제군 태수가 그 서생을 자신의 사위로 삼았다. 난파는 잡귀의 소재를 파악한 다음 상부에 건의문을 보내어 예장 태수의 임무를 잠시 멈춰달라고 요청한 다음 곧장 제군으로 달려가 제군 태수를 만났다. 난파는 제군 태수에게 사위를 불러달라고 했다. 제군 태수가 사위를 불렀으나 나오지 않았다. 난파가 제군 태수에게 말했다.

"귀하의 사위는 사람이 아니라 잡귀입니다. 사당신을 빙자하다가 저에게 정체가 발각될 뻔 하자 이곳으로 도망쳐온 것입니다. 이젠 어렵지 않게 그놈을 쫓아낼 수 있습니다."

난파가 제군 태수에게 지필묵을 요청하여 부적 하나를 쓴 다음 그걸 공중을 향하여 혹 불었다. 누가 그 부적을 받아들고 가기라도 하는 것처럼 그 부적은 곧장 제군 태수 딸 방으로 날아들어 갔다. 그 서생이 자기 아내에게 이렇게 하소연했다.

"여기서 나가면 나는 바로 죽어!"

서생이 부적을 입에 물고 난파 앞으로 걸어갔다. 난파가 버럭 소리 질렀다.

"귀신아 어서 모습을 드러내라."

그 서생은 바로 여우로 변했다. 그리고 머리를 조아리며 살려달라고 빌었다. 난파가 여우를 꾸짖었다.

"이놈아, 불쌍한 백성들을 괴롭히지 말았어야지. 내가 하늘을 대신하여 너를 처단하노라."

난파가 기합을 넣으며 칼을 휘두르자 여우의 머리가 땅에 떨어졌다. 이 땅에 다시 평화가 찾아왔다.

이야기꾼이여, 지금 난파 태수가 요괴를 처단한 이야기를 들려주는 까닭은 무엇이오? 사실은 내가 지금 관리 하나가 부임하면서 청천 하늘에 날벼락 치듯이 불쑥 기이한 일이 벌어지고 한 생명이 끊어질 뻔한 이야기를 하려는 거외다. 이야기인즉, 송나라 선화 연간(1119~1125), 동경 출신 관리로 성은 조趙, 이름은 재리再理라는 자가 있었으니, 그 조재리가 광주 신회현의 현령에 임명되었겠다. 그 광주가 얼마나 멋지게 생겼던고? 다음 시가 이를 증명해줄 것이라.

소목, 침향 같은 진귀한 나무를 땔감으로 쓰고
둥그런 열매 달린 여지 나무 울타리처럼 자라네.
외국을 드나드는 배, 장사하는 사람들,
다른 고장을 이어주는 물길, 왕래하는 사람들.

삼동에도 눈 내리지 않는 날씨,
사시사철 꽃이 핀다네.
광주, 정말로 부러운 고장,
호박, 진주조개, 대모 같은 보석이 넘쳐나는 곳.

조재리가 모친, 부인과 작별하고 노복 몇 명을 거느리고서 임지로 출발했다. 며칠 후 신회현에 도착하여 관리들의 영접을 받았다. 부임한 첫날 사당을 찾아가 향을 사르고 둘째 날 관인을 건네받고 셋째 날부터 공무를 보기 시작했다.

둥둥 북이 울리고,
아전들이 양쪽으로 늘어선다.
이 자리는 염라대왕이 사람 목숨을 좌지우지하는 자리,
이 자리는 동악묘 신령이 혼을 쏙 빼놓는 자리.

조재리가 자리에 앉자마자 갑자기 재채기를 했다. 조재리 주위에 있던 자들이나 섬돌 아래 마당에 있던 자들이나 모두 재채기를 했다. 아전 가운데 하나가 조재리에게 이렇게 아뢰었다.

"나리, 소인들이 감히 나리를 흉내 내어 재채기를 따라한 것은 아니옵니다. 여기서 구 리쯤 떨어진 곳에 쥐엄나무 숲 대왕 사당이 있고 그 사당에 두 그루 쥐엄나무가 자라고 있습니다. 몇 년 동안 실하게 열매가 맺히곤 했습니다만 감히 그걸 따는 사람이 아무도 없어 나무좀벌레가 갉아먹고 나머지는 가루나 되고 있습니다. 하여간 우리 현에 부임하는 현령들은 다른 일 다 제쳐두고 제일 먼저 그 사당을 예방하여 향을 사르곤 했습니다. 한데 나리께서는 아직 그 사당을 예방하지 아니하셨기에 영험한 쥐엄나무 숲 대왕이 그 가루를 바람에 날려 보내 저희 모두가 그 가루 때문에 코가 간지러워 재채기를 한 겁니다."

"그런 괴이한 일이!"

조재리는 그 말을 듣고 바로 쥐엄나무 대왕 사당에 향을 사르러 갔다. 사당 입구에 이르러 말에서 내렸다. 사당지기가 조재리를 안내하여 사당 건물 안으로 들어가 향을 사르고 절을 올렸다. 조재리가 휘장을 걷고 사당신이 어떻게 생겼는지 쳐다보았다.

황금색 나방 모양으로 장식한 관모,
온갖 꽃 모양으로 장식한 갑옷 도포.
남전에서 난 파란 옥으로 장식한 혁대,
녹색 꽃무늬 장식한 신발.
해골과도 같은 얼굴,
눈빛이 흘러나오듯 팔이 뻗어 나와 있는데,
왼손에는 방천극을 들고
오른손으로는 결인을 했네.

조재리가 깜짝 놀라며 사당지기에게 물었다.

"봄가을에 제사 지낼 때 제물로는 뭘 바치는가?"

사당지기가 조재리에게 아뢰었다.

"봄에는 일곱 살배기 사내아이를 바치고, 가을에는 계집아이를 바칩니다. 마을 사람들이 돈을 추렴하여 가난한 집의 아이를 삽니다. 제사 지낼 때 아이를 기둥에 묶고 칼로 심장을 도려내 쥐엄나무 대왕에게 바칩니다."

조재리가 버럭 화를 내었다. 수하에 명령하여 사당지기를 붙잡아 감옥에 처넣으라고 했다.

"현령이란 현 백성의 부모와도 같은 존재라는 말이 있지 않은가. 조정의 명을 받들어 처음 부임한 곳에서 백성들의 목숨이 상하는 것을 어찌 그냥 두고 볼 수 있으랴!"

조재리는 수하 아전들에게 사당의 신상을 때려 부수고 사당을 불태워버리라 했다. 조재리가 막 말에 올라타고는 수행원들을 거느리고 사당을 떠나려는 순간, 사람들이 외치는 소리가 들려왔다.

"대왕님이 납신다, 대왕님이 납신다!"

조재리가 수행원들에게 대체 무슨 소리냐고 물었다. 수행원들이 일제히 아뢰었다.

"쥐엄나무 대왕이라고 하옵니다."

조재리가 바라보니 귀신 대왕이 홍사초롱의 길 안내를 받으며 은장식 말안장 위에 걸터앉아 다가왔다. 옻칠한 구슬 같은 눈, 삐쭉 삐져나온 입술, 차림새는 방금 사당에서 본 것과 똑같았다. 조재리가 활과 화살을 가져오게 한 다음 잽싸게 활에 화살을 재어 날려버렸다. 해가 숨어버려 하늘이 어두워지고 벼락이 쳤다. 수백 갈래의 섬광이 하늘을 갈랐다. 큰바람이 불어 모래와 자갈이 날리더니 쥐엄나무 대왕이 사라져버렸다. 아전들이 조재리를 모시고 현청으로 돌아갔다. 다음 날 조재리는 평소처럼 공무를 보았다. 마을 어른들이 쥐엄나무 대왕 사당을 다시 짓게 해달라는 건의문을 들고 왔다. 조재리가 귀찮아하면서 마을 어른들을 내쫓아버렸다. 이 광주 일대에 독기가 넘쳐났다.

남령南嶺 남쪽 지방의 풍토 이야기를 들으면,

근심 걱정이 앞서리라.

코끼리들이 떼를 지어 달려가고,

비단뱀이 짝을 지어 기어 다닌다네.

독을 품은 새들이 수풀에서 날아다니고,

독을 품은 벌레가 모래톱에 숨어있다네.

들판 이곳저곳엔 원숭이 짖는 소리 들려오니,

향수병이 절로 걸리겠네.

쥐엄나무 대왕 사당을 불태워 없애버린 후에도 조재리에게 무슨 특별히 재수 없는 일이 생기지는 않았다. 조재리가 신회현을 맡아 다스리는 동안 사람들은 길가에 떨어진 물건이 있어도 함부로 줍지 아니하고 개들도 밤에 서로 짖지 아니했으며 해마다 풍년이 들었다.

세월은 쏜살같이 흘러 어느덧 3년이 지났다. 신임 현령이 부임하게 되었으니 조재리는 수행원을 거느리고 동경으로 돌아가게 되었다. 길을 떠난 지 며칠 후 신회현에서 2천 리쯤 떨어진 봉두역峰頭驛에 도착했다. 조재리 일행이 역참 안으로 들어갔다. 수행원들이 조재리에게 편히 쉬시라고 인사를 올리고 자기들 숙소로 들어갔다. 다음 날 해가 올랐다. 조재리가 눈을 떠보니 옷상자와 짐들이 하나도 보이지 않았다. 수행원들을 소리쳐 불렀으나 아무런 대답도 들리지 않았다. 역참 관리인을 불러보아도 아무런 대답이 없었다. 조재리가 덮고 있던 이불로 몸을 감싸고 방문을 열고 밖을 내다보았다. 사람도 말도 하나도 보이지 않았다. 역참 주변엔 아무런 인기척도 없었다. 서둘러 역참 대문 밖으로 나가 보았다.

도대체 사람이라곤 다녔을 것 같지 않은 곳,

그저 구름만이 가끔씩 찾아왔을 것 같은 곳.

조재리가 혼자 생각에 잠겼다.
'이놈들이 다 어디로 간 거야? 필시 강도를 당한 것이렷다!'
조재리가 이불을 뒤집어쓴 채로 봉두역에서 아래쪽을 향해 달려갔다. 몇 리를 달려도 인가는 눈에 띄지 않았다. 조재리가 한숨을 몰아 내쉬며 혼잣말을 했다.
'아이고, 상강 땅에서 태어나 살던 이 몸이 이렇게 타향에서 객사하는 귀신이 되겠구먼!'
멀리 초가집 하나가 조재리의 눈에 들어왔다. 조재리는 이런 창피한 일이 다 있나 하는 생각을 하면서도 초가집으로 다가갔다. 초가집에는 노인장이 있었다. 조재리가 노인장에게 절을 올렸다.
"어르신 절을 받으시오. 이 조재리의 목숨 좀 살려주시오."
노인장은 조재리가 이불을 뒤집어쓰고 있는 걸 보고는 물었다.
"나리는 어째 이불을 뒤집어쓰고 계시오?"
"본관은 신회현 현령을 지냈던 조재리라 하외다. 봉두역에서 하루 묵고 아침에 일어나 보니 수행원과 짐이 모두 사라지고 하나도 보이지 않게 되었소이다."
"어찌 그리 기이한 일이!"
노인장은 조재리를 안으로 들어오라 한 다음 헌 옷가지를 입으라 하고는 주안상을 챙겨와 대접해 주었다. 대엿새 지나고 나자 노인장이 노자를 챙겨주며 조재리가 동경으로 돌아갈 수 있게 했다.
조재리가 노인장에게 감사 인사를 올리고 출발했다. 밤에는 자고 날이 새면 걷고 하여 며칠 후 조재리가 동경에 도착했다. 조재리가 자기 집 맞은편 찻집에 가서 찻집 노파에게 물었다.

"나를 알아보시겠소?"

"아니 댁은 또 뉘시오?"

"내가 바로 앞집 사는 조재리요. 신화현에서 동경으로 오는 길에 봉두역이라는 역참에 묵게 되었는데 아침에 일어나 보니 짐도 사람도 다 사라져버리고 없는 거요. 그래도 다행히 그 동네 사는 노인장이 나에게 옷가지도 챙겨주고 노자도 챙겨줘서 이렇게 며칠을 걸어서 여기까지 온 거외다."

"지금 무슨 말을 하는 거요? 현령 지낸 조재리는 두 달 전에 이미 집으로 돌아왔소이다."

"두 달 전에 돌아왔다는 그놈은 가짜고 내가 진짜 조재리요."

그 말을 듣고 노파가 조재리의 얼굴을 자세히 살폈다. 과연 두 달 전에 봤던 조재리와 영락없이 닮았다. 노파가 길 건너 조재리 집을 찾아갔다. 조재리가 집에 앉아 있었다. 노파가 그 조재리에게 인사했다. 밖에 있는 조재리와 정말 똑 닮았다. 안에 들어가 조재리의 어머니를 보고 이렇게 말했다.

"밖에 조재리가 돌아왔습니다."

"무슨 헛소리야. 나한테 아들은 하나밖에 없다고. 조재리가 어디 또 있다는 거야?"

"어서 한 번 보기나 하시라니까요!"

조재리의 어머니가 대문 밖으로 나가보니 조재리가 다가와 인사했다.

"어머니, 아들 알아보시겠어요?"

"여보슈, 헛소리 그만하쇼. 나한테 아들은 하나뿐이오."

"제가 진짜 아들입니다. 제가 봉두역에서 하룻밤 묵고 일어나 보니 사람도 짐도 모두 사라져버렸습니다. 그래서 이런 몰골로 집에 돌아오게 된 것입니다."

사방에서 구경꾼이 몰려들어 어깨를 밀치고 등을 떠밀며 북적북적했다. 조재리는 어머니를 꼭 붙잡고 절대 놓아주지 않을 심산이었다. 찻집 노파가 조재리의 어머니에게 물었다.

"아들이 혹시 태어날 때부터 반점 같은 게 있지 않았어요?"

"등 아래쪽에 붉은 반점 같은 게 있었지."

대문 밖에 있던 그 조재리가 웃통을 벗어 보였다. 과연 등 아래쪽에 붉은 반점이 있었다. 구경꾼들이 일제히 소리를 질렀다.

"먼저 온 녀석이 가짜구먼!"

한편, 집 안에 앉아 있던 조재리는 밖이 시끌벅적해지자 하인에게 무슨 일인지 물었다. 하인이 대답했다.

"밖에 누가 찾아왔는데, 자기가 임지에 돌아온 조재리라고 한답니다."

"누가 감히 그런 허튼소리를 한단 말이냐! 나 조재리가 여기 이렇게 있는데 어떤 놈이 또 조재리 흉내를 낸단 말이냐!"

그 조재리가 문밖으로 나가니 구경꾼들이 흩어지며 길을 내주었다. 그가 조재리의 어머니에게 말했다.

"어머님, 저놈이 대체 누구길래 이렇게 어머님을 붙잡고 있단 말입니까?"

"이 사람 등에 붉은 반점이 있는 걸로 봐서 이 사람이 진짜 내 아들 같아."

그가 말없이 웃통을 벗었다. 구경꾼들이 일제히 놀라며 소리를 질렀다. 그자의 등 아래쪽에도 붉은 반점이 있었다. 구경꾼들이 또 소리를 질렀다.

"정말 귀신이 곡할 노릇이네!"

먼저 돌아온 조재리가 나중에 찾아온 조재리를 개봉부 현청으로 끌고 갔다. 마침 개봉 부윤이 집무 중이었다. 먼저 돌아온 조재리는 관복을 차려입고서 현청 안쪽으로 들어가 부윤과 인사를 나누고 자리를 잡고 앉았다. 그자가 하도 자신감 넘치게 말을 건네니 부윤은 절로 믿음이 갔다. 그러면서 나중에 찾아온 조재리를 꾸짖고 나무랐다. 나중에 찾아온 조재리는 기가 막히고 화가 나서 자기가 봉두역에서 겪은 일을 침을 튀겨가며 설명했다. 부윤은 도저히 결정을 내릴 수 없는 상황이라 고민하고 또 고민하다가 퍼뜩 신회현 현령 임명장을 소지하고 있는 자가 진짜 조재리일 거라는 생각이 들었다. 부윤이 나중에 찾아온 조재리에게 물었다.

"네가 진짜 조재리라면 현령 임명장을 소지하고 있으렷다!"

"봉두역에서 잃어버렸습니다."

부윤이 아전에게 명령했다.

"지금 잠시 휴가를 받아 집에 돌아와 있는 조 현령을 모셔오너라."

부윤이 먼저 돌아온 조재리에게 물었다.

"조 현령, 신회현에 부임할 때 받은 임명장을 소지하고 계신지요?"

"갖고 있다마다요."

먼저 돌아온 조재리는 사람을 시켜 집 어머니한테 가서 그 임명장을 받아오라 하여 부윤에게 보여주었다. 부윤이 나중에 온 조재리에게 물었다.

"자네가 진짜 조재리라면 임명장이 없다는 게 말이 안 되지 않는가?"

"부윤께 아뢰나니 정말 봉두역에서 분실한 것이 맞습니다. 저 사람에게 언제 과거에 급제했는지, 시험관은 누구였는지, 당시 과거 시험 문제는 무엇이었는지 그리고 신회현 현령으로 임명되는 절차는 어떠했는지 물어봐주십시오."

"그래 그것도 일리 있는 말일세."

쥐엄나무 숲 대왕

부윤이 나중에 찾아온 조재리가 해준 말을 듣더니 먼저 돌아온 조재리에게 질문해보았다. 먼저 돌아온 조재리가 대답한 내용은 나중에 찾아온 조재리가 설명해준 내용과 조금도 다르지 않았다. 부윤은 도대체 어떻게 판결해야 할지 갈피를 잡을 수가 없었다. 먼저 돌아온 조재리가 집으로 돌아가 금은과 옥을 챙겨서 부윤과 그 휘하의 아전들에게 건넸다. '남이 보는 데서는 바늘 하나도 안 받지만, 남이 보지 않는 곳에서는 수레 한가득 실린 보물도 마다하지 않는다'는 옛말이 하나도 그른 게 없더라. 부윤과 그 휘하의 아전들은 먼저 돌아온 조재리의 뇌물을 받아 챙기고는 나중에 찾아온 조재리를 연주 봉부현으로 유배 보냈다. 두 명의 호송원이 옷가지와 장비를 챙겨서 나중에 돌아온 조재리를 압송했다.

며칠 걸려 삼사백 리 길을 걸었다. 푸른 바위산 기슭에 이르렀다. 주위엔 인가라곤 하나도 없었다. 호송원이 조재리에게 말했다.

"여보시오, 내 말 좀 들어보쇼. 유배지 감옥에 가면 흙더미 지고 물길을 건데 그 힘든 일을 견뎌낼 수 있을 거 같소? 차라리 여기서 목숨을 끊는 게 어떻소! 이게 무슨 고생이오. 우리는 뭐 좋아서 이런 일 하는 줄 아쇼. 다 위에서 시키니까 어쩔 수 없이 이러는 거지. 우리도 호송 결과를 상부에 보고하여야 하는데, 자, 우리 여기서 적당히 끝냅시다. 그래야 우리도 빨리 상부에 보고 마치고 쉴 수 있을 거 아뇨!"

조재리가 그 말을 듣더니 하늘을 향해 탄식했다.

'그래, 그래! 내가 차라리 얼른 죽어 저세상에 가서 이 억울한 사정을 하소연하리라.'

조재리가 순간 두려움에 어깨를 한번 움츠렸다가 이내 눈을 감고 몽둥이를 내려치기만을 기다렸다. 호송원이 몽둥이를 쳐들고 입으로 이렇게 중얼거렸다.

"저승길 잘 떠나시오!"

호송원이 몽둥이를 내려치려는 그 찰나, 뒤쪽에서 큰 외침이 들려왔다.

"멈춰라!"

호송원이 깜짝 놀라 몽둥이를 아래로 내리고 소리 나는 쪽을 바라보았다. 예닐곱 살 먹어 보이는 어린아이가 번쩍번쩍 빛나는 비단 모자를 쓰고 녹색 적삼을 입고 옥대를 매고 말쑥한 신발과 양말을 갖춰 신고 있었다. 호송원이 그 어린아이에게 누구인지 물었다.

"난 사람이 아니노라."

깜짝 놀란 호송원은 그저 '예, 예' 소리만 낼 뿐 다른 말은 하지도 못했다. 어린아이가 입을 열었다.

"저 사람이 진짜 조재리인데 어찌하여 죽이려 드느냐? 내가 너희에게 은을 하사하노니 저 조재리를 봉부현까지 잘 모시도록 하라. 만약 너희들이 저 조재리의 목숨을 해친다면 너희들도 살아 돌아올 수 없을 것이니라."

한바탕 바람이 휘몰아쳐 오더니 어린아이가 사라져버렸다. 호송원이 조재리에게 말했다.

"우리를 너무 탓하지 마시오. 사실 우리도 당신이 진짜 조재리인지 몰라서 그런 거 아뇨. 당신이 살아서 동경에 돌아오더라도 괜히 우리 이름 언급하고 그러지 마쇼."

이러구러 봉부현 옥에 도착했다. 호송원이 조재리를 옥리에게 인계해 주면서 조재리의 사연과 호송길에서 벌어진 일을 말해주었다. 옥리는 조재리에게 힘든 노역은 하지 말고 따로 서재를 마련하여 자기 두 아들을 가르쳐 달라고 부탁했다. 아무튼 관직에 있던 조재리가 이런 상황에 처하고 보니 참으로 답답하기 그지없었다.

힘든 하루하루가 지나고 어언 1년이 되었다. 때는 바야흐로 초봄, 조재리가 답답한 마음에 후원에서 산책하고 있었다. 버드나무에 새순이 돋고 새들이 짹짹거렸다. 조재리가 생각에 잠겼다.

'그래 한때 관직 생활도 해보았던 내가 관직에 무슨 미련을 두고 있는 것은 아니나 가족과 떨어져 지내며 어머니, 처자와도 함께하지 못하는 게 너무 아쉽도다. 내가 전생에 무슨 죄를 지었기에 이런 벌을 받는 것인가. 이렇게 하루하루 연명하는 처지니 내 팔자 바뀔 날이 언제 오기나 하려나?'

조재리가 슬픔에 겨워 눈물을 글썽였다. 이때 연못이 조재리의 눈에 들어왔다.

'그래 저 연못에 빠져 죽자. 죽어서 염라대왕에게 내 억울함을 하소연하리라.'

조재리가 한숨을 쉬고 나서 연못에 뛰어들려고 하는 찰나, 누군가 외치는 소리가 들렸다.

"멈추시오.. 연못에 뛰어들지 마시오."

조재리가 고개를 돌려 바라보니 번쩍번쩍 빛나는 비단 모자를 쓰고 녹색 적삼을 입고 옥대를 맨 어린아이가 서 있었다.

"조 현령, 아홉 아이 여신께서 삼월삼짇날에 동악묘의 왼쪽 회랑으로 찾아오라 하셨소이다. 그러면 여신께서 뭔가를 주실 것이니 그걸 받아가지고 동경에 가서 원수를 갚도록 하시오."

조재리가 감사의 인사를 하고서는 물었다.

"지금 동경에서 제 흉내를 내고 있는 그놈은 대체 누구입니까?"

"광주의 쥐엄나무 대왕이로다."

그 어린아이는 말을 마치고는 일진광풍과 함께 사라졌다. 기다리고 기다리던 삼월삼짇날이 되었다. 조재리가 옥리에게 다녀오마 인사하고는 동악묘를 찾아가 향을 살랐다. 왼편 회랑을 바라보니 아홉 아이 여신이 보였다. 조재리가 여신을 향하여 거듭거듭 절을 올렸다. 회랑을 돌아 동악묘 뒤편으로 가보니 누군가 '조 현령' 하고 부르는 소리가 들렸다. 조재리가 고개를 돌려보니 바로 지난번에 자기를 찾아왔던 그 어린아이가 머리를 세 갈래로 땋아서 묶고 격자무늬 적삼을 입고 서 있었다. 그 어린아이가 조재리에게 말했다.

"여신께서 부르십니다."

조재리가 그 어린아이를 따라 약 반 리쯤 들길을 걸었다. 황금빛 못, 빨간 문, 파란 기와, 조각한 대들보가 보이는 건물에 여신이 앉아 있었다. 두 눈의 눈썹은 마치 눈이 내린 듯 새하얗고, 머리카락은 마치 새집처럼 묶어 비녀를 꽂았다. 여신 주위에 있던 아이 서너 명이 조재리를 보고 소리쳤다.

"은인이 오셨습니다."

이 어린아이들이 왜 조재리를 은인이라 부르는 것인가? 조재리가 신회현 현령으로 재직하고 있을 때 일 년이면 두 명씩의 어린아이를 구해주었으니 3년이면 벌써 몇 명이나 구했겠는가? 이런 연유로 어린아이들이 조재리를 은인이라 부르는 것이다. 조재리가 섬돌 아래에서 여신에게 인사를 올렸다. 여신이 조재리를 전당으로 올라오게 했다.

"여기 앉아서 술상을 받으시라."

조재리가 술 몇 잔을 들이켜자 여신이 말했다.

"지금 동경에서 자네 흉내를 내고 있는 자는 바로 쥐엄나무 수풀 대왕이라네. 그러니 그걸 인간 세상의 판관들이 어찌 판결해낼 수 있겠는가! 자네가 어린아이를 구해낸 공덕을 생각하여 내가 자네를 구해주겠네."

여신이 세 번째 어린아이를 바라보며 말했다.

"가서 그 상자를 가져오너라."

그 아이가 상자를 손에 받쳐 들고 왔다. 그 상자는 노란색 보자기에 싸여 있었다. 여신이 머리에서 금비녀 하나를 뽑더니 조재리에게 말했다.

"저 산기슭에 가면 큰 연못이 나오고 그 연못가에 큰 나무가 한그루 있을 거야. 이 금비녀로 나무를 세 번 두드리면 연못에서 야차가 나타날 것이야. 그럼 그 야차에게 아홉 아이 여신이 보내서 왔다고 하게나. 야차가 자네를 용궁으로 데리고 가서 이 상자 안에 뭔가를 담아줄 거야. 그걸 가지고 동경으로 가서 쥐엄나무 대왕을 물리치게나."

조재리는 동악묘에서 서둘러 빠져나와 산기슭으로 가서 연못가 큰 나무를 찾았다. 그런 다음 여신이 준 금비녀로 나무를 세 번 두드렸다. 일진광풍이 일어나더니 연못에서 야차가 나왔다.

"너는 누구냐?"

"아홉 아이 여신의 명을 받들어 용왕님을 뵈러 왔습니다."

야차가 연못 안으로 들어갔다가 잠시 후 다시 나왔다. 조재리에게 눈을 감으라 했다. 조재리의 귀에 빗소리와 바람 소리가 들려왔다. 야차가 눈을 뜨라 했다.

뭉게뭉게, 구름은 궁궐 지붕을 덮고
하늘하늘, 안개는 회랑 지붕을 덮네.

야차가 조재리에게 상자를 달라고 했다. 조재리가 노란색 보자기를 풀어 그 안에 있던 상자를 야차에게 건넸다. 야차가 상자를 받더니 상자의 뚜껑을 열고 궁궐 구석에 있는 무슨 괴물처럼 보이는 것을 불렀다. 그놈은 용 같이 생겼으나 뿔이 없고, 호랑이 같이 생겼으나 비늘이 있었다. 야차가 그 괴물을 상자 안에 담더니 뚜껑을 덮고 노란색 보자기로 쌌다. 야차가 조재리에게 상자를 건네주면서 이 상자를 잘 들고 가서 쥐엄나무 대왕을 무찌르라 했다. 연못 안에 들어올 때처럼 야차가 조재리에게 눈을 감으라 하더니 조재리를 연못 밖으로 데려다주었다.

조재리는 동악묘를 떠나 봉부현으로 향했다. 봉부현을 향하여 가는 동안 생각에 잠겼다.

'감옥 옥리에게 가서 이 사실을 고하고 허락을 받아야 하나? 나는 유배당한 죄인 신세, 나를 보내주려 하지 않을 게 분명한데. 나를 보내주지 않으면 내 계획도 물거품이 되고 말 터. 그래 그냥 바로 가자.'

조재리는 봉부현을 곧장 지나쳐 배를 타고서 번화한 변하汴河를 경유하여 동경, 개봉의 관아 앞에 이르러 목청껏 자신의 억울함을 하소연했다.

"내가 진짜 조 현령이외다. 한데 어찌하여 나를 봉부현으로 유배 보낸 것이오? 지금 내 집에서 내 마누라랑 살고 있는 놈은 사람이 아니라 광주 신회현의 쥐엄나무 숲 대왕이오.."

사람들이 웅성대며 몰려들었다. 아전이 나오더니 조재리를 붙잡아 청사 안으로 끌고 들어가 섬돌 아래에 꿇려 앉혔다. 부윤이 조재리에게 소리쳤다.

"유배당한 죄인이 감히 이런 억지소리를 하다니!"

"제가 광주 신회현 현령으로 부임하여 공무를 보던 첫째 날 갑자기 재채기가 터져 나오고 청사에 있던 다른 아전들도 일제히 재채기를 해댔습니다. 그때 아전 하나가 이렇게 고했습니다. '고을에서 아홉 리쯤 떨어진 곳에 쥐엄나무 숲 대왕 사당이 있고, 그 사당에 두 그루 쥐엄나무가 자라고 있습니다. 나무좀벌레가 갉아먹고 나머지는 가루가 되고 있습니다만 감히 그걸 따는 사람이 아무도 없습니다. 나리께서 그 사당을 아직 예방하지 않으셨기에 대왕이 그 가루를 날려 보내 재채기를 하게 만든 것입니다.' 저는 그 말을 듣고 바로 말을 타고 사당에 달려가 향을 살랐습니다. 그 사당신의 모양은 너무도 기괴했습니다. 양쪽 눈에서 팔이 뻗어 나오는 모습이었습니다. 제가 사당지기에게 봄가을 제사 때 희생 제물로 뭘 바치는지 물으니 사당지기가 이렇게 대답했습니다. '봄 제사 때는 일곱 살배기 사내아이, 가을 제사 때는 계집아이를 희생 제물로 바칩니다. 아이를 기둥에 묶고 칼로 심장을 도려내 쥐엄나무 대왕에게 바칩니다.' 저는 그 말을 듣자마자 바로 사당지기를 하옥시켜 죄를 묻고 사당의 신상을 불태워버렸습니다. 현청으로 돌아오려니 '대왕님이 납셨다'라고 외치는 소리가 들려오기에 바라보니 홍사초롱의 안내를 받으며 귀신 대왕이 나타난 것이었습니다. 저는 화살을 쏘아 그 귀신 대왕을 맞추었습니다. 그 후로 아무 일 없이 3년이 지났고 저는 임기가 차서 돌아오는 길에 역참에 들르게 되었습니다. 다음 날 아침 일어나 보니 30여 명이나 되는 수행원들이 다 사라지고 한 명도 보이지 않았습니다. 저의 머리끝부터 발끝까지 몸에 걸친 모든 것 역시 사라지고 보이지 않았습니다. 이불로 몸을 가리고 역참 근처의 인가를 찾았습니다. 다행스럽게도 노인장 한 분이 저에게 옷가지와 노자를 주셔서 동경으로 돌아올 수 있었습니다. 한데 부윤께서 저를 가짜라고 하시면서 저를 봉부현으로 유배시키셨습니다. 어느 날 봉부현에서 동악묘에 갔다가 아홉 아이 여신을 만나 괴이한 물건을 하나 얻어 이 상자에 담아왔습니다. 이걸로 쥐엄나무 대왕을 물리칠 수 있을 것입니다. 만약 제가 이 물건으로 가짜 조재리를 물리치지 못한다면 어떤 죄라도 달게 받겠습니다."

"먼저 그 상자를 열어 그 안에 든 물건이 뭔지 보여주어라."

"그럴 수는 없습니다. 함부로 열면 사람 목숨이 상합니다."

부윤이 조재리에게 한쪽에 비켜 서 있으라 했다. 그리고 지금 조재리 집에 살고 있는 조재리를 바로 데려오게 했다. 조재리가 불려왔다. 부윤은 그 조재리를 대청마루 섬돌 아래 앉혔다.

"조 현령, 그대가 사람이 아니라 광주 신회현 쥐엄나무 대왕이라고 주장하는 자가 있소이다."

그 조재리는 부윤의 말을 듣더니 얼굴이 새빨개지면서 이렇게 물었다.

"그런 말을 하는 자가 대체 누구입니까?"

"진짜 조재리가 동악묘에서 아홉 아이 여신을 뵙고 그 말을 들었다고 합디다."

그 조재리는 그 말을 듣고 깜짝 놀라며 도망치려고 했다. 진짜 조재리는 섬돌 아래에 있다가 더는 기다리지 못하고 노란색 보자기를 편 다음 상자를 열었다. 갑자기 바람이 몰아치고 비가 내리기 시작했다. 사방이 너무도 깜깜하여 손을 펴도 손바닥이 보이지 않을 정도였다. 잠시 후 구름이 걷히고 바람이 잦아들었다. 가짜 조재리가 사라지고 보이지 않았다.

부윤은 놀라서 몸이 덜덜 떨렸다. 부윤은 이 사실을 휘종 황제에게 보고했다. 휘종 황제는 교지를 내려 세 가지 명령을 하달했다.

첫째, 개봉 부윤을 면직한다.
둘째, 조 현령은 가족과 재회할 수 있게 한 다음 복직시킨다.
셋째, 광주 일대의 미신 숭배를 금지한다.

조재리가 집으로 돌아갔다. 어머니와 부인이 그를 보고 목 놓아 울었다. 조재리의 모친이 이렇게 물었다.

"자네가 내 진짜 아들이란 걸 어떻게 알아?"

조재리의 모친이 조재리를 모셨던 수행원들을 불렀다. 그 수행원들이 이렇게 아뢰었다.

"새벽 다섯 시 무렵에 말을 준비하여 길을 떠나라는 명령을 받았는지라 그때 저희가 모셨던 분이 진짜인지 가짜인지 분간할 겨를이 없었습니다."

수행원들은 모두 조재리에게 축하 인사를 올렸다. 수행원들이 조재리에게 상자 안에 뭐가 들어있기에 가짜 조재리를 단번에 제압할 수 있었는지 물었다. 조재리가 대답했다.

"나도 상자 안에 뭐가 들었는지 모른다네. 아홉 아이 여신의 도움을 받지 못했더라면 우리 가문은 쥐엄나무 대왕에게 다 결딴났을 것이야. 나는 바로 동악묘에 가서 참배하고 향을 사르려 한다네."

조재리가 당장 날을 잡고서 모친과 아내 그리고 수행원들을 거느리고 변하를 따라 배를 타고서 연주 봉부현에 갔다. 감옥의 옥리를 만나 사례했다. 옥리가 진짜 조재리를 알아보고는 축하하기도 하고 알랑거리기도 했다. 조재리 일행은 거기서 2, 3일 묵고 나서 동악묘로 이동했다. 동악묘 대문 안으로 들어가 곧장 왼편 회랑으로 들어가 아홉 아이 여신에게 감사 인사를 올렸다. 향을 사르고 감사의 절을 다 올린 다음 동악묘를 나섰다. 조재리는 모친과 아내더러 먼저 산에서 내려가라고 한 다음, 자신은 수행원 둘을 데리고 동악묘 뒷산 오솔길을 걸었다. 기암괴석에 한 여인이 앉아 있는 게 눈에 들어왔다. 백옥같이 하얀 얼굴을 한 그 여인이 조재리를 불렀다.

"조재리, 정말 축하하네!"

조재리가 소리 나는 쪽을 바라보았다. 바로 아홉 아이 여신이었다. 조재리가 바로 감사 인사를 올렸다.

"아침에 동악묘를 참배하고 향을 사른 일은 내가 이미 알고 있다네. 그 상자 안에 들어 있는 것은 동악묘의 여우 요괴라네. 쥐엄나무 대왕은 쥐 요괴이니 여우 요괴 아니고서는 능히 제압할 수 없지. 자네가 이참에 황제께 상소문을 올려서 도술의 힘을 널리 알리도록 하는 게 좋겠네."

여신이 말을 마치니 순간 광풍이 불었다. 여신이 온데간데없이 사라져 버렸다. 조재리가 깜짝 놀랐다. 조재리도 산에서 내려와 모친과 아내를 만나 여신을 만나 뵌 이야기를 해주었다. 모친과 아내 역시 여신에게 감사하고 또 감사했다. 조재리가 동경으로 돌아가 휘종 황제께 상소문을 올렸다. 마침 휘종 황제 역시 도교를 깊이 믿어 천하에 도교가 흥성할 때였다. 휘종 황제가 교지를 내려 각 주와 현에 아홉 아이 여신을 모시는 사당을 짓도록 했다. 아홉 아이 여신을 모시는 사당이 아직도 많이 남아 있다.

진짜보다 가짜를 더 좋아하는 게 세상인심,

진짜를 의심하고 가짜를 믿으며 바른 사람을 핍박하지.

세상 사람이 가짜와 진짜를 구분할 줄 안다면,

진짜가 천지신명께 하소연할 일도 안 생기겠지.

만수낭이 원수를 갚다

萬秀娘報仇山亭兒

— 만수낭이 장난감 정자 덕에 원수를 갚다 —

봄날 농염하게 핀 꽃이 여인의 맘을 녹이고
달빛도 없는 어두운 밤 세찬 바람이 무사의 맘을 흔드네.
세 치에 불과한 짧은 혀로,
세상만사 이해득실을 들었다 놓았다.

이야기 좀 해볼까. 산동 양양부襄陽府는 당나라 때 산동남로山東南路라 불렸겠다. 이 양양부 성내에 부호 하나가 살고 있었다. 그 사람 성이 만萬씨였던지라 사람들은 모두 그를 만 원외員外라 불렀다. 이 만 원외는 형제 간 항렬을 따지면 셋째라 사람들은 그를 또 만 셋째 어르신이라 부르기도 했다. 만 원외는 양양부 성내 중심가에 살고 있었다. 집 한쪽에는 찻잎을 말려서 파는 가게를, 다른 한쪽에는 차를 마시는 찻집을 열고 있었다. 찻집 일을 도와주는 하인 하나를 두었으니, 그 하인의 성은 도陶, 이름은 철승鐵僧이었다. 도철승은 더벅머리 소년 시절부터 만 원외네 찻집에서 일하기 시작하여 나이 스물을 넘겼으니 만 원외에게 도철승은 친아들이나 진배없었다.

그날 찻집 하루 장사를 마칠 무렵, 만 원외는 찻집 바깥에서 휘장 너머로 도철승이 동전 45전을 손에 쥐는 걸 보았다. 만 원외는 속으로 중얼거렸다.

'그래 저놈이 저 돈을 어떻게 하는가 보자.'

본디 찻집 점원들만의 은어가 있어서 자기가 가게의 돈을 챙기는 것을 길 가는 것에 비겼다. 예를 들어, '오늘 여항현餘杭縣에 간다'라고 하면 그건 오늘 하루에 동전 45전을 챙긴다는 말이다. 여항현까지는 45리 길이다. '평강부에 간다'라고 하면 그건 하루 여정이 360리는 족히 되는 거리니 그 정도로 많은 돈을 챙겼다는 말이다. '사천성도부에 간다'라고 하면 그건 하루에 몇 리를 걸어야 하는지 계산도 안 나오는 먼 거리라, 얼마를 챙기는 것인지는 여러분의 상상에 맡긴다. 만 원외는 밖에서 도철승이 하는 짓을 지켜보며 다시 혼자서 중얼거렸다.

"그래 저놈이 어떻게 하는지 지켜보자고."

도철승은 사방을 두리번거리며 아무도 없는 것을 확인하고서는 그 돈을 자기 품 안에 집어넣었다. 밖에 있던 만 원외가 천천히 휘장을 열어젖히고는 계산대 앞 의자에 걸터앉아 도철승을 바라보았다. 도철승은 손을 뻗어 자기 품속을 매만졌다. 마치 만 원외에게 보란 듯이 스스로 검사하는 그런 모양새였다. 허리춤도 풀고 양손으로 주머니를 하나씩 잡고 공중에서 뒤집어 만 원외에게 흔들어 보였다. 그러면서 자기 배와 옆구리를 손으로 탁탁 쳤다. 이는 만 원외에게 나는 절대 돈을 챙기지 않았다고 시위하는 것이 분명했다. 만 원외가 도철승을 불러 물었다.

"내가 방금 네놈이 45전을 손에 들고서 휘장 안에서 두리번거리다 바로 품에 감추는 걸 두 눈으로 똑똑히 보았다. 나한테 솔직하게 인정하면 내가 더는 따지지는 않으마. 지금 내 앞에서 주머니를 탈탈 털어 보인다고 내가 속아 넘어갈 줄 아느냐! 너 돈을 어디다 감춘 거냐? 사실대로 말하면 용서해줄 것이지만 끝내 말하지 않으면 네놈을 관가에 끌고 갈 것이니라."

도철승이 엄지손가락으로 자기 가슴을 가리키며 대답했다.

"주인 나리, 사실대로 말씀드리자면 제가 45전을 한곳에 잘 모셔두었습죠."

도철승이 한곳을 가리키며 말을 이었다.

"저기 매달려 있는 호롱불의 철 받침대 안에 넣어두었습니다.

만 원외가 걸상에서 일어나 보니 과연 받침대 안에 돈 꾸러미가 있었다. 만 원외가 다시 걸상에 걸터앉아서 도철승을 불렀다.

"너 우리 집에서 일한 지가 얼마나 되었지?"

"코흘리개 때부터 선친을 따라 설거지하는 일을 시작했습니다요. 선친이 세상을 떠나자 나리께서 저를 걷어주셨으니 아마 14, 5년은 된 것 같습니다."

"네놈이 하루에 50전씩 훔쳤다 치자, 열흘이면 5백, 한 달이면 한 꾸러미 하고도 5백 전, 1년이면 열여덟 꾸러미, 15년이면 270꾸러미를 훔친 거네. 네놈을 관가로 끌고 가서 고발하지는 않겠다. 대신 지금 당장 그만두어라."

만 원외가 즉석에서 도철승을 내쫓아버렸다. 도철승은 만 원외에게 하직 인사를 하고 옷가지를 챙겨 만 원외 찻집에서 빠져나왔다.

한창 젊은 도철승이 평소에 돈푼이나마 모아두었다고 해도 그게 얼마나 되겠는가. 그나마 수중에 있던 몇 푼도 열흘이 못 되어 다 떨어져 버렸다. 게다가 만 원외가 양양부 일대의 찻집 쥔장들에게 도철승을 쓰지 말라고 사발통문을 다 돌려놓은 상태였다. 도철승은 벌이가 없으니 당연히 끓여 먹을 거리도 없었다. 때는 바야흐로 가을. 옛사람이 시를 지어 이렇게 읊었도다.

연잎 말라비틀어지고
오동잎 떨어지누나.
가랑비 내려 사방에 안개 차올라,
차가운 날씨를 재촉하는구나.
메뚜기 황금빛 풀밭에서 울고
기러기 강가 모래톱에 낮게 나누나.
길 떠난 나그네 아니라면,
뉘라손 이런 정취를 몸으로 느낄까!

갑자기 가을바람 불어오더니 이내 가을비가 내렸다. 도철승은 내가 뭐 만 원외 집 아니면 어디 일할 데가 없을까 하는 생각이었다. 하지만 만 원외가 양양부 일대 찻집에 다 사발통문을 돌려 도철승을 채용하지 못하도록 손써둔 터라 당장 먹고살 거리가 걱정이었다. 도철승이 입고 있는 비단옷도 모두 해어져 누더기로 변했다. 건강부 출신의 한 선비가 읊은 메추라기 나는 하늘이란 의미의 「자고천鷓鴣天」이란 사가 떠오르누나.

가을 깊어지는데 누렇게 해진 옷이라니,
어깨엔 구멍 나고 소매도 해져 사람 슬프게 하네.
닳아빠진 목깃, 색 바랜 옷, 찢어진 소매,

아침저녁 불어오는 가을바람 어찌 견딜까!

겨우 몸만 가린 이 옷가지,

미간이 절로 찡그려지고,

길 가다 혹시 아는 사람 만날까 걱정.

옆집 여자가 나에게 넌지시 말하네,

그 옷 저에게 주시면 신발 깔창 만들고 싶네요.

도철승은 누렇게 해진 자신의 옷과 말려 올라가는 소매를 바라보았다. 서늘한 가을바람이 불어오는데 이렇게 가만히 있을 수만은 없어 이 찻집 업계의 우두머리격인 주周 행수 집으로 찾아가기로 마음먹었다. 도철승은 혼자서 생각에 잠겼다.

'인정이라곤 눈곱만큼도 없는 만 원외, 그래 내가 돈을 좀 챙겼다고 치자고. 그럼 그냥 나를 그만두게 하면 되었지. "부뚜막의 생선을 안 먹는 고양이가 어딨어!" 이 양양부 일대의 모든 찻집에 사발통문을 돌려 나를 채용하지 못하게 막아버리니 내가 어디 먹고살 수가 있어야지! 찬바람 부는 가을, 겨울을 대체 어떻게 견디라는 거야? 내가 뭘 어떻게 해야지!'

도철승이 한창 생각에 잠겨 있을 때 남녀 한 쌍이 주 행수 집에 와서 뭔가를 빌리려고 하는 게 보였다.

"행수 어른, 긴 대막대기 하나만 좀 빌려주세요."

"대막대기는 빌려서 뭐하게?"

"만 원외님의 딸 만수낭 남편이 저세상으로 떠나서 오늘 친정으로 돌아온대요. 행수 어르신한테 대막대기를 빌려서 호롱불을 매달고 마중 나가려고요."

도철승이 혼자서 생각에 잠겼다.

'내가 만약 쫓겨나지 않았더라면 오늘 아씨 마중 나갈 사람은 바로 나인데. 그럼 100전 넘는 행하도 내가 받을 건데.'

생각하면 생각할수록 부아가 났다. 만 원외가 너무도 미웠다. 도철승이 혼잣말했다.

'나도 성 밖으로 가서 만수낭 아씨가 오는 걸 봐야겠다. 길에서 아씨를 만나면 내 사정을 하소연해 봐야지. 혹시 아씨가 자기 아버지 만 원외한테 나를 다시 불러들여 일을 맡기라고 이야기해 줄지도 모르잖아.'

그렇게 혼잣말하면서 도철승은 성 밖으로 걸음을 옮겼다. 다 해진 옷을 걸치고 혼자서 터벅터벅 오리쯤 걸었을까 등 뒤에서 누군가 부르는 소리가 들렸다.

"도철승, 내가 할 말이 있네그려."

도철승이 고개를 돌려 바라보았다.

몸집도 늠름하니,
지축을 뒤흔드는 마왕이런가.
생긴 것도 당당하니,
하늘 문을 뒤흔드는 야차런가.

"나리께선 어인 일로 나를 부르십니까?"

"내가 자네 찻집에서 차를 마시며 자네를 여러 차례 봤는데, 요즘은 통 보이지 않더군."

"아이고, 나리! 저 만 원외가 인정사정도 없이 이 도철승을 쫓아낸 지가 벌써 한참 되었습니다. 그냥 쫓아내기만 한 게 아니라 이 양양부 모든 찻집에 사발통문을 돌려 이 도철승을 절대 쓰지 말라며 저의 먹고살 길을 막아버렸습니다. 나리 제 몸에 걸친 이 닳아빠진 옷 좀 보십시오. 찬바람은 불어오는데 어디 가서 빌어먹고 살지 정말 막막합니다. 가을에 배고파 죽거나 가을 넘겨도 겨울에 얼어 죽을 지경입니다."

"지금 어디 가는 길인가?"

"듣자니 만 원외의 딸 수낭이가 남편이 죽어 친정으로 돌아온다네요. 혼수로 가져간 거랑 해서 수만 꾸러미나 되는 돈이야 보물을 가지고 오늘 밤에 온다니 제가 직접 만수낭 아씨 만나 뵙고 하소연이라도 해보려고 합니다."

산에 가서 범을 잡는 게 낫지,
다른 사람한테 아쉬운 소리 하는 건 못할 일이라네.

그자는 바로 도적 두목이었다. 그자가 도철승의 말을 다 듣더니 이렇게 말했다.

"사내대장부가 다른 사람한테 아쉬운 소리는 뭐하러 하나? 다른 사람한테 아쉬운 소리 하느니 자기가 직접 해결하고 말지."

그자가 손가락으로 한곳을 가리키며 도철승에게 말했다.

"여기서는 말하기 곤란하니 나를 따라오게."

두 사람은 오리두 대로를 벗어나 골목길로 들어섰다. 작은 오두막이 있는 한적한 곳에 이르렀다.

앞에는 산적이 나올 것 같은 험한 길,
뒤에는 사람 잡아먹을 것 같은 언덕.
멀리서도 느껴지는 음산한 기운,

다가서면 사람 간담을 서늘하게 하지.

식객 거두는 맹상군의 처소일 리는 만무하고,

살인과 방화를 일삼는 자들의 소굴이렷다.

도적 두목이 문이 잠겨 있는 걸 보고 문을 두드릴 생각은 하지 않고 땅에서 벽돌을 집어 들어 지붕 위로 던졌다. 잠시 후 빗장을 푸는 소리가 나더니 문이 열리고 덩치 큰 사람이 나오는 게 보였다. 각진 턱에 엄청나게 큰 입, 얼굴에는 큼지막한 여섯 글자가 문신처럼 새겨져 있었다. 어찌 된 영문인지는 모르겠으나 사람들이 그를 '큰 글자 초길焦吉'이라 불렀다. 초길이 나와서 도적 두목과 인사를 나누고는 도철승을 가리키며 그 도적 두목에게 물었다.

"이 자는 누구요?"

"이 사람이 오늘 아주 좋은 건수를 하나 물어왔어. 아주 기막힌 괘卦라니까!"

세 사람이 같이 초길네 집으로 들어갔다. 도적 두목이 부스러기 은 몇 닢을 초길에게 주고 술을 받고 고기도 좀 끊어오라고 했다. 술과 고기를 먹고 난 다음 도철승에게 염탐하러 다녀오게 했다. 도철승이 돌아와 도적 두목에게 이렇게 알려주었다.

"스무 개 정도 되는 짐 상자는 이미 성안으로 옮겼고, 만 원외의 아들과 만수낭 그리고 하인 주길 이렇게 셋이 금은 장신구와 돈이 든 상자를 말 두 필에 싣고서 해거름에 이곳 오리두 입구에 도착할 예정이랍니다."

도적 두목이 도철승의 말을 듣더니 초길, 도철승에게도 칼을 들게 했다. 세 사람이 각자 칼 한 자루씩 들었다. 도적 두목이 도철승에게 소리쳤다.

"도철승, 나를 따라오너라."

그들은 오리두 입구 수풀에 가서 기다렸다. 과연 해거름에 만 도령, 만수낭, 주길 그리고 말몰이꾼 둘, 이렇게 다섯 명이 성안으로 들어오려 하는 게 보였다. 오리두 입구에 있는 수풀은 대체 어떻게 생겼던가.

멀리서 보니 구름이 뭉게뭉게 솟아있는 듯,
가까이 보니 빗방울이 떨어지는 것.[1]
용과 뱀이 천 척이나 되는 자신의 몸뚱어리를 흔드는 것일까?
바람 불고 비 내리며 추위를 몰고 오는 소리.

만수낭 일행이 오리두 입구 수풀에 다가오는 바로 그 순간, 수풀 안에서 외침 소리가 들려왔다.

"자금산 3백 도적들아 나오지 마라. 만 씨 댁 도령님과 아씨 놀라지 않게!"

이렇게 소리 지르며 세 도적이 달려 나왔다. 놀란 만수낭 일행은 정신이 어질어질, 다리가 풀려버렸다. 말 두 필과 마부 둘은 다른 데로 달아나 버리고 만수낭과 만 도령 그리고 주길만 남았다. 도적 두목이 소리쳤다.

"너희들 목숨은 살려주겠다만, 통행세는 두둑이 내야겠다."

만수낭이 주길에게 어서 은자를 갖다 바치라 했다. 주길이 은자 스물 다섯 냥을 도적 두목에게 건넸다. 초길이 은자를 보더니 버럭 소리를 질렀다.

"그래 우리가 그깟 은자 몇 푼 받고 떨어질 사람으로 보였냐?"

---

1) 이 판본에서는 近看似倒懸兩腳라고 되어 있으나 다른 판본에는 '雨' 대신 '雨'로 되어 있다.

초길이 칼을 손에 쥐고 당장 주길을 내려칠 기세였다. 만수낭과 만 도령이 소리쳤다.

"원하시는 대로 다 가져가세요."

초길이 짐 상자를 들고 수풀 안으로 들어서려고 하는 그 순간, 만 도령이 소리쳤다.

"도철승 이놈, 네가 우리를 겁탈하다니!"

이 소리를 듣고 놀란 초길이 짐 상자를 내려놓고 소리쳤다.

"이런 제기랄, 저놈들 그냥 보내면 내일 양양부에서 바로 도철승을 잡으러 올 텐데. 그럼 우리 둘은 어떻게 되지?"

초길이 바로 손에 칼을 쥐고 만 도령을 쫓아가 소리쳤다.

"받아라!"

만 도령이 어찌 되었던가.

몸은 버들솜처럼 하늘하늘,
목숨은 연뿌리 실처럼 간당간당.

초길이 만 도령과 주길의 목을 베어버렸다. 초길은 두 사람의 시체를 끌고 짐 상자를 메고, 도철승은 만 도령의 말을 끌고, 도적 두목은 만수낭의 말을 끌고 걸었다. 만수낭이 입을 열어 말했다.

"제발 목숨만은 살려주세요.."

그날 밤 그들은 모두 초길의 오두막으로 이동했다. 밤새 술집 문을 두드려 술과 안주를 받아와 먹고 마셨다. 짐 상자를 열어 금은 장신구와 돈을 세 등분했다. 그 가운데 하나는 도철승이, 다른 하나는 초길이, 또 다른 하나는 도적 두목이 각각 가졌다. 도적 두목이 한마디 했다.

"물건은 다 나눈 거 같네. 그럼 저 만수낭은 내가 갖도록 하지. 내가 저 만수낭을 이 산채에서 마누라 삼으려고 하네."

그들은 만수낭을 초길의 오두막에 머물게 했다. 만수낭은 어쩔 수 없는 이 상황에서 도적 두목을 어르고 달래며 목숨을 부지했다.

초길의 집에서 보내는 동안, 도적 두목은 밖에 나가면 사람들 재물을 빼앗고 집에 돌아오면 술 마시고 고기 안주 먹으며 지내기가 일쑤였다. 하루는 술을 마시고 뻗어있는데 그 모양이 이러하구나.

석 잔 술이 몸 안으로 들어가니,
두 뺨에 도화꽃이 피었구나.

만수낭이 도적 두목에게 물었다.
"두목님, 오늘도 저는 두목님이라 부르네요. 내일도 두목님이라 부르겠죠. 그래도 당신은 저의 남편. 개나 말은 털 색깔로 알아보고 사람은 이름을 불러 알아본다지 않습니까. 감히 두목님의 이름을 여쭤봅니다."

도적 두목이 술김에 자기 다리를 가리키며 큰소리쳤다.
"그래 내가 바로 양양부의 이름난 도적이지. 네가 나를 모른다면 내가 알려주지. 내 이름을 들으면 정신이 다 아득해지고 다리가 후들후들 떨릴 걸."

도적 두목이 바지를 걷어 올려 자리 다리의 문신을 보여주었다.
"이게 바로 내 이름이야. 나는 바로 십룡十龍 묘충苗忠이야."

하나, 벽에도 귀가 있고 창밖에도 지켜보는 눈이 있다지 않은가. 초길이 밖에서 도적 두목이 말하는 소리를 듣고서 이렇게 말했다.
"아니 우리 형님이 대체 뭐하러 자기 이름을 이야기해주는 거야!"

초길이 방 안으로 들어와 도적 두목에게 말을 건넸다.

"형님, 이 소를 끌고 가야 할 것 같은뎁쇼."

원래 소를 끌고 간다는 말은 도적들의 은어로 사람을 죽인다는 뜻이다. 초길이 도적 두목 묘충에게 만수낭을 죽이라고 하는 것이렷다.

풀을 베려면 뿌리까지 뽑아야,
새로 싹이 나지 않지.
풀을 베면서 뿌리를 뽑지 않으면,
봄이 되면 새싹이 다시 난다네.

하지만 묘충이 어디 초길의 말을 들을 것 같은가! 묘충이 초길을 향해 입을 열었다.

"아우야, 우리가 지금까지 재물을 빼앗을 때마다 내가 늘 다 공평히 나눠주지 않았느냐! 다만 이 여자 하나 내가 더 차지한 건데 아우가 지금 못 먹는 감 찔러나 본다고 나한테 이 여자를 죽이라고 하는 거냐? 내가 이 여자를 산채에서 마누라 삼고 있는 게 뭐가 어때서!"

"나중에 이 여자 때문에 필시 큰일이 생기고 말 거요. 그때 절대 나까지 죽는 일은 없게 하쇼."

어느 날 묘충이 밖에 나가고 집을 비운 날, 초길이 혼자 중얼거렸다.

'내가 몇 차례나 형님한테 저 여자를 처치하라고 말했건만 차일피일 미루기만 하고 정말 내 말을 안 듣네. 차라리 내가 직접 처리하여 후환을 없애는 게 낫겠다.'

초길이 손잡이 부분은 짧고 자루는 길고, 칼등은 두툼하고, 날은 날렵하여 마치 여덟 팔자처럼 생긴 칼을 품에 넣고서 방 안으로 들어갔다. 마침 만수낭이 방 안에 앉아 있었다. 초길이 그 날카로운 칼을 손에 들고서 왼손으로 만수낭을 잡아채고는 막 내려치려고 했다. 이때 누군가가 뒤에서 초길의 팔을 잡아채더니 이렇게 말하는 것이었다.

"이놈아, 정말 저 여자를 죽이면 더는 내 얼굴 볼 생각 말아라."

초길이 고개를 돌려 바라보니 바로 묘충이었다. 묘충이 말을 이었다.

"저 여자가 아우 집을 떠나면 되잖아. 너는 어째서 그렇게 저 여자를 죽이지 못해서 안달이냐?"

초길은 묘충이 이렇게 말하는 걸 보고는 만수낭을 놔주었다. 해가 서녘을 넘어가고 있었다.

붉은 해 서쪽 하늘로 넘어가더니,
옥토끼 방아 찧는 달 동쪽 하늘로 얼굴 내미네.
아름다운 여인 방으로 들어가 촛불에 불 켜고
강가에서 물고기 잡던 어부 낚싯대를 거두네.
풀숲에선 반딧불이 나는데,
구름 사이로 달빛 새어 나오고.

저녁 술시쯤 되었을까 묘충이 만수낭에게 말을 건넸다.

"여기는 아무래도 자네가 있을 만한 곳이 못 되네. 저놈들이 틈만 나면 자네를 해치려 하는 것 봤잖아?"

"나리, 그럼 어떻게 하면 좋을까요?"

"자네는 걱정할 거 없네."

묘충은 만수낭을 업더니 밤새 걸었다. 날이 밝아올 무렵 어느 마을 어느 집 앞에 도착했다. 묘충이 만수낭을 땅에 내려놓고 대문을 두드렸다.

"나가요!"

잠시 후 소작인처럼 보이는 자가 나왔다. 묘충이 그자에게 말했다.

"주인장에게 묘 두목이 왔다고 전하게."

소작인이 안으로 들어가 말을 전했다. 사내 하나가 걸어 나왔다. 그 사내가 어떻게 생겼던가.

뒤통수엔 각진 두건을 쓰고
꽃무늬 비단 조끼를 입고
허리 아래에는 당고바지2) 붙여 입고
발에는 최신 유행의 비단 신발 신었네.

묘충과 그 사내가 서로 인사를 나누었다. 만수낭까지 해서 세 사람이 탁자에 같이 앉았다. 묘충이 말했다.

"형씨, 번거롭겠지만 이 여자 좀 맡아주셔야 하겠소이다."

"그게 뭐가 어렵겠습니까?"

묘충이 그자와 함께 술잔을 기울이며 아침 식사를 했다. 묘충이 만수낭을 남겨두고 출발했다. 그 사내가 만수낭을 서재로 불렀다.

---

2) 원문은 당고袴로 되어 있다. 당福은 잠방이, 길이가 약간 짧은 발목 위까지 오는 바지를 말하며, 고袴는 고褲라고도 표기하며 바지를 가리킨다. 허리부터 엉덩이 허벅지까지는 품이 넓고 발목 부분으로 오면서 품이 줄어드는 바지다. 승마용 바지 모양새다. 이 당고를 일본사람들이 '당꼬'로 읽고 이것이 다시 한국에 들어온 것 같다. 현대 국어사전에서는 이 말이 사라지고 홀쭉이바지라 쓰자고 제안한다. 하지만 홀쭉이바지는 아니다. 위는 넓고 아래는 홀쭉한 바지다. 일본 순사 바지를 연상하면 될 것 같다. 일본에서 들어온 말이라고 색안경을 끼고 볼 수도 있으나 우리 아버지, 할아버지들의 생활이 담긴 말이기도 하다. 물론 당고福袴를 우리말 한자 발음으로 읽어 당고바지란 말을 사용하기도 한다. 그렇다면 당꼬바지가 당고바지를 세게 읽어서 나온 말일 수도 있다.

"너 알고 있겠지? 도적 두목 묘충이 너를 나한테 판 거 말이야."

이 말을 듣고 만수낭은 두 줄기 눈물을 주룩주룩 흘렸다. 「자고천」이란 사가 한 수 있구나.

진주알처럼 방울방울 흘러내리네,

가을날 이슬처럼 맑게 뺨에 흘러내리네.

상강에 대 이파리 흩뿌린 듯,

그 슬픔에 긴 성벽마저도 무너지겠네.

팔자는 기구하나,

마음은 착하기 그지없어라.

섬섬옥수로 비파를 타니 가슴이 절로 녹아내리네.

인어공주가 짰다고 하는 비단[3] 손수건엔

눈물 자국 위에 또 눈물 자국.

만수낭은 울음이 절로 나왔다. 하지만 입으로는 아무런 소리도 내지 않았다. 다만 마음속으로 처량한 생각이 절로 들었다.

'묘충 이 죽일 놈의 자식! 나의 재물을 겁탈해가고, 내 오빠와 하인 주길을 죽이고, 내 몸을 더럽히고, 결국 나를 팔아먹기까지 하다니, 날더러 어찌 살라고!'

이렇게 며칠이 지났다. 밤, 달은 얼굴을 감추고 별마저 잠들어 하늘이 칠흑같이 어두웠다. 사람들은 모두 잠이 들었다. 만수낭은 옆문으로 살짝

---

3) 원문에는 '교초鮫綃'라 되어 있다. '교鮫'는 인어공주, '초綃'는 매우 얇고 고급스러운 비단을 말한다. 전설을 차용하여 시적 분위기를 증폭시키는 모양새다.

빠져나와 후원으로 갔다. 후원에서 하늘에 대고 축원했다.

"하늘이시여, 제 아버지 만 원외가 평소 야박한 짓을 많이 해서 딸인 제가 대신 이런 가혹한 벌을 받는 건가요? 묘충, 저 도적놈이 제 재물을 빼앗고, 오빠와 하인을 죽이고, 제 몸을 더럽히고, 마침내 저를 이렇게 팔아넘겼습니다."

만수낭이 큰 뽕나무 한 그루를 물끄러미 바라보더니 자기 젖 가리개를 풀어 그 뽕나무 가지에 걸었다. 자신의 목을 그 젖 가리개에 걸려고 하면서 만수낭이 이렇게 혼잣말을 했다.

"오라버니 그리고 주길, 그 혼령이 아직 멀리 떠나지 못하고 구천을 떠돌고 있겠지요. 황천길 입구에서 기다리고 계세요. 살아서는 양양부 여인이었으니 죽어서는 양양부 귀신이 되겠지요."

만수낭이 자기 목을 젖 가리개에 걸려고 하는 그 순간, 후원에 인공으로 꾸며놓은 작은 산 뒤에서 한 건장한 사내가 손에 칼을 쥐고서 다가서는 게 희미하게 보였다. 그 사내가 만수낭을 가리키며 말했다.

"쉿! 낭자가 혼잣말하는 걸 다 들었소이다. 목숨을 함부로 버리지 마시오. 내가 구해주겠소이다."

"저야 감지덕지죠. 감히 나리의 이름을 여쭙니다."

"난 윤종이라 하오. 여든이 넘은 모친을 정성껏 보살피다 보니 효자 윤종이란 별명도 얻었소이다. 실은 모친 봉양하는 데 보태쓸 요량으로 여기서 뭐 좀 훔쳐다 팔아야겠다고 생각했지요. 한데 이렇게 낭자를 만났으니 '길을 가다 억울하게 당하는 사람을 보면 칼을 뽑아들고 도와야' 하지 않겠소. 내가 낭자를 구해주겠소. 별일 없을 것이니 안심하시오."

윤종은 만수낭을 어깨에 둘러메고 후원 담장까지 갔다. 만수낭을 담장에 올려놓고 손에 칼을 잡고서 담장을 뛰어넘은 다음 다시 만수낭을 안아

내렸다. 윤종이 만수낭을 업고서 막 떠나려는 순간, 어둠 속이지만 마치 붓자루 모양과도 같은 창이 윤종 일행을 겨누고 있는 게 뚜렷하게 보였다. 창을 겨눈 자가 소리쳤다.

"받아라!"

창이 윤종의 가슴팍을 향해 '쉬잇' 하는 소리를 내며 뻗쳐오더니 이내 쨍그렁 소리가 났다. 알고 보니 덩치 큰 남정네가 칼을 들고 여인을 둘러메고 담을 뛰어내리는 것을 보고 순라꾼이 창으로 공격한 것이었다. 윤종이 잽싸게 몸을 비틀어 창을 피하니 그 창이 그만 담장을 찌르고 말았다. 순라꾼이 창을 뽑으려고 애쓰는 동안 윤종이 만수낭을 업고 칼을 든 채 잰걸음으로 도망쳤다.

윤종의 집을 향하여 길을 가는 동안 윤종이 만수낭에게 말했다.

"모친께서 다른 사람을 집에 들이는 걸 달가워하지 않소이다. 낭자가 모친에게 낭자의 사연을 사실대로 잘 말씀드리시오."

"걱정 마세요."

윤종이 만수낭을 데리고 집에 도착했다. 윤종의 어머니가 사람 들어오는 소리를 듣고 물었다.

"아들, 돌아왔느냐?"

윤종의 어머니는 방문을 열고 나와 윤종에게 손을 내밀며 반갑게 맞았다. 윤종이 등에 뭔가를 업고 있는 걸 보더니 오늘은 대단한 걸 훔쳐왔나 보다 하는 생각에 너무 좋아했다. 한데 윤종이 내려놓는 걸 보니 웬 여자라. 윤종의 어머니는 아무 소리 하지 않고 갑자기 지팡이를 집어 들고 윤종의 등을 내려치기 시작했다. 이렇게 서너 번을 내려치고 나서야 입을 열었다.

"이놈아, 내가 너한테 가서 재물을 훔쳐 와서 나를 봉양하라 했지, 무슨 이런 여자를 데려오라 했냐?"

윤종은 어머니가 지팡이로 내려치는 그대로 맞기만 하고 아무런 소리도 하지 못했다. 만수낭은 윤종의 어머니가 윤종을 저렇게 내려치는 걸 보고는 와락 겁이 났다. 만수낭을 등에서 내려놓은 윤종은 만수낭에게 어서 인사를 올리라 했다. 만수낭은 윤종의 어머니에게 자초지종을 이야기했다. 그리고 아들이 자기 생명을 구한 은인이라며 칭송했다. 윤종의 어머니가 만수낭의 이야기를 듣더니 한마디 했다.

"아니 진즉에 이야기하지 않고서!"

윤종이 어머니에게 여쭈었다.

"제가 지금 만수낭을 데려다주려 하는데 어머니 생각은 어떠신지요?"

"네놈이 어떻게 데려다주려고?"

"길 가는 내내 친형제 자매처럼 행세하고 또 객점에 들 때도 친형제 자매처럼 한방을 쓰지요."

"잠시만 기다려 봐라. 내가 너한테 이를 말이 있느니라."

윤종의 어머니가 방으로 들어가더니 뭔가를 하나 들고 나왔다. 손에는 이리 깁고 저리 기운 누더기 같은 조끼가 하나 들려 있었다. 윤종의 어머니는 그걸 만수낭에게 주고 입으라 했다. 그러고는 아들에게 말했다.

"저 만수낭이 입은 조끼를 보고 늘 내 생각을 하라고. 길 가는 도중 괜히 쓸데없는 생각에 저 만수낭을 더럽히는 일은 결코 있어서는 안 된다."

만수낭이 윤종의 어머니에게 하직 인사를 했다. 윤종은 만수낭을 등에 업고 양양부를 향해 길을 나섰다.

길을 나선 그날 해저물녘 윤종과 만수낭이 객점을 찾아들었다. 방을 정하고 밥을 시켜 먹었다. 만수낭은 침대 위에 올라 잠을 청하고, 윤종은 침대 옆에 이불을 깔고 잠을 청했다. 새벽 한 시가 조금 못 되었을 무렵,

침대에 누운 만수낭은 이 생각 저 생각에 잠을 이루지 못했다.

'윤종이 나를 구했구나. 윤종이 나를 낳아주신 부모나 마찬가지로구나. 내가 윤종에게 시집가서 부부가 되는 것으로 이 은혜를 갚아야겠구나.'

만수낭이 침대에서 일어나 아래로 내려가 잠든 윤종을 흔들어 깨웠다.

"오라버니, 할 말이 있어요. 저를 구해주신 오라버니 은혜를 달리 갚을 길은 없고 저를 오라버니께 바쳐 은혜를 갚고 싶은데 오라버니 의향은 어떠신지요?"

윤종이 만수낭의 말을 듣더니 칼을 움켜쥐고 대갈일성을 질렀다.

"너 그런 허튼소릴랑 하지도 마라!"

윤종의 말을 듣고 만수낭은 혼자 속으로 생각했다.

'그래 내가 집에 돌아가면 정식으로 윤종에게 청혼해야겠다. 그럼 윤종도 함부로 거절하진 못하겠지.'

사실 윤종은 효성이 지극한 사람이라 감히 어머니의 말을 거스르는 행동을 할 엄두조차 내지 않았던 것이다. 만수낭은 딱딱하게 굳은 윤종의 얼굴을 보고서 황급히 말을 돌렸다.

"오라버니 양양부에 도착하면 우리 친정 부모님을 봬올 건지요?"

"꼭 그럴 까지야! 내일 양양부 성안에 들어가면 나는 바로 돌아갈 것이니 거기서부터 네가 알아서 집을 찾아가라고."

다음 날 아침, 윤종은 만수낭을 업고 길을 떠났다. 양양부 성에서 오륙 리 떨어진 곳에 이르렀다.

멀리 성루가 보이네,

성안에서 연주하는 피리 소리 비파 소리 바람결에 들려오는 듯.

멀리 양양부가 보이기 시작할 무렵 맑았던 하늘에 갑자기 비가 내리기 시작했다.

동북쪽 하늘에 구름이 일고
서남쪽 하늘에 안개가 차오른다.
갑자기 양동이로 물을 퍼붓는 듯,
하늘에서 폭포수가 흘러내리네.

내리기 시작한 비는 그칠 줄을 모르는데 주위에 비를 피할 곳이라곤 보이지 않았다. 윤종이 만수낭을 업고 계속 길을 걸었다. 드디어 농가 하나가 눈에 들어왔다. 윤종은 그 농가로 들어가 비를 피하려고 했다. 바로 이 농가로 들어감에 따라 두 사람에게 변고가 생기게 되는구나.

앞길이 좀 풀리나 싶었더니,
다시 고초를 당하는 여인.
장사도 치르지 못한 백골,
타향에서 죽은 귀신이 되고 마는 사내.

윤종은 참 운도 없지. 마치 죽을 둥 살 둥 마차를 몰고 가다가 마침내 천길 깊이의 우물에 빠지는 격이라. 이 농가는 다름 아닌 초길의 집이었다. 만수낭은 초길의 집을 보더니 기가 딱 막혀서 도대체 어떻게 해야 할지 아무 생각이 나지 않았다. 초길 역시 만수낭을 보고서 대체 여기는 어떻게 오게 된 거냐고 묻고 싶었으나 감히 입을 열지는 못하고 주저하고 있었다. 이때 술에 대취한 한 남정네가 칼 한 자루를 들고서 밖에서 들어왔다. 만수낭이 윤종에게 말했다.

"저 사람이 바로 제 물건을 빼앗아간 도적 두목 묘충이라고요.."

윤종이 만수낭의 말을 듣고 손에 칼을 꼬나쥐고 묘충을 향해 달려갔다. 묘충 역시 윤종을 향해 마주 달려왔다. 사실 세 가지 이유 때문에 묘충은 윤종의 상대가 될 수 없었다. 첫째, 묘충은 지금 술에 취했다. 둘째, 묘충은 전혀 방비가 되어 있지 않고 윤종은 충분히 준비되어 있다. 셋째, 묘충은 자기가 지은 죄가 있어 뒤가 구렸다. 묘충은 자기가 지금 윤종을 당해내기 힘들다는 생각이 절로 들어 칼을 든 채로 도망쳤다. 윤종은 칼을 꼬나 쥐고서 뒤를 쫓았다. 한 1리쯤 쫓아가니 담장이 나왔다. 묘충은 그 담벼락을 뛰어넘어 도망쳤다. 윤종도 앞뒤 가리지 않고 담벼락을 뛰어넘어 쫓아갔다. 바로 그 순간 초길이 칼을 들고 달려오는 걸 윤종은 전혀 눈치채지 못했다. 초길의 긴 칼이 윤종의 목숨을 앗아가 버렸다.

사마귀를 잡아먹는 데 정신 팔린 꾀꼬리,
등 뒤에서 노리는 새총 든 사냥꾼을 어이 알리요?

윤종이 어찌 두 사람이 한꺼번에 죽이려 달려드는 걸 상대할 수 있었으랴! 잠시 후 초길이 앞서고 묘충이 뒤서서 돌아왔다. 묘충이 손에 들고 있던 긴 칼을 내려놓더니 오른손으로 손잡이가 짧고 자루는 길고 칼등은 두툼하고 날은 날렵하여 마치 여덟 팔자 모양으로 생긴 칼을 다시 꼬나쥐고, 왼손으로는 만수낭의 저고리를 움켜쥐고선 욕을 퍼부었다.

"이 죽일 년! 이 망할 년! 너 때문에 내가 저놈한테 죽임을 당할 뻔했다. 그래 이 칼맛 좀 보아라."

금지옥엽 아름답던 꽃을 꺾던 우악스러운 손,
세상에서 제일 예쁜 매화꽃마저 꺾누나.

묘충이 칼을 들어 올려 막 내려치려는 순간, 만수낭이 속으로 꾀를 하나 생각해냈다. 만수낭이 묘충의 팔목을 붙잡고 말했다.
"잠깐만요! 왜 이렇게 생각이 짧은 거죠? 난 이 사람의 성도 이름도 모르고 어디서 어떻게 살던 사람인지 전혀 몰라요. 한데 이 사람이 다짜고짜 나를 둘러메고 달리기 시작하더라고요. 마침 이 사람이 여기로 방향을 잡고 달려오기에 아 맞다, 여기가 바로 초길의 집이 있는 곳이지 하는 생각이 퍼뜩 나더라고요.. 그래서 이 남자한테 초길의 집으로 들어가자고 해서 같이 들어온 거죠. 지금 나를 죽여 버린다면 그건 실수하는 거라고요."
"그래?"
묘충이 칼을 칼집에 집어넣더니 만수낭을 어르고 달래는 말을 했다.
"하마터면 내가 애먼 자네를 죽일 뻔했네!"
묘충이 말을 다 끝맺기도 전에 만수낭이 왼손으로 묘충을 잡아채고 오른손으로 묘충한테 귀싸대기를 날려버렸다. 묘충의 귀에 무슨 천둥소리가 들리는 것 같았다.

두 눈을 부릅뜨고
이를 바득바득 갈더라.

묘충이 화가 나서 어쩔 줄을 몰라 하고 있는데 만수낭이 이렇게 말하는 것이었다.
"묘충 이 도적놈아, 나는 팔십 먹은 노모를 모시고 있노라. 네놈이 초길이랑 함께 나를 해쳤으니 네놈 목숨도 내가 가져가야겠다."

만수낭이 말을 마치더니 바닥에 푹 쓰러져 버렸다. 묘충은 윤종의 혼이 만수낭에게 달라붙었다는 걸 깨달았다. 묘충이 만수낭을 부축하여 일으키고는 흔들어 깨웠다. 그날은 별일 없이 지나갔다.

한편, 만 원외는 아들과 주길이 놈이 죽임을 당했으며 그 시체가 양양부 성곽 밖 오리두 수풀에 버려졌으며 1만 꾸러미도 더 나가는 재물을 탈취당했으며 딸 만수낭의 행방은 알 수조차 없다는 소식을 듣게 되었다. 만 원외는 양양부 현청에 이 사건을 알리고 사람을 죽이고 재물을 빼앗은 도적놈을 잡는 자에게 1천 꾸러미의 상금을 주겠노라 방을 붙였다. 만 원외가 1천 꾸러미를 준비해놓고 기다렸건만 몇 달이 지나도 감감무소식이었다. 양양부에서도 상금을 더하고 만 원외도 상금을 더하여 상금 액수를 총 3천 꾸러미로 늘렸지만 여전히 감감무소식이었다.

만 원외 이웃에 칠십 살 먹은 노인장이 살고 있었겠다. 그 노인장에게는 아들이 하나 있었다. 그 아들 이름은 합가였다. 어느 날 노인장이 아들 합가에게 이렇게 말했다.

"합가야, 집에서 빈둥거리기만 하면 어떡하냐? 어서 수공예 공장에 가설랑 장난감 정자를 떼어 와서 그거라도 팔아보아라."

합가는 자루 두 개를 어깨에 둘러메고 주머니에 2, 3백 전을 챙겨 초길네 가게로 가서 팔 만한 물건들을 골랐다. 무슨 물건을 골랐을까.

장난감 정자, 암자, 탑, 돌다리, 병풍, 인형.

합가는 이런 물건들을 몇 가지 산 다음 초길에게 부탁했다.

"모양 좋고 귀여운 장난감 정자 더 있으면 마저 좀 넘기슈."

"우리 가게 모퉁이 창문 바깥쪽에 더 있으니 가서 직접 골라 봐."

합가가 창문 바깥쪽으로 천천히 걸어가서 장난감 정자를 고르려는 찰나, 창문 안쪽에서 누군가 자기 이름을 부르는 소리가 들려왔다. 그 소리를 듣고 합가가 혼자서 중얼거렸다.

'저 목소리는 꼭 만 원외네 딸내미 목소리 같네!'

합가가 물었다.

"거기 누가 내 이름을 부르는 거요?"

"나요, 만수낭"

"아니 아씨가 어인 일로 여기에 있는 거요?"

"사연이 너무 많아 한두 마디로 설명할 수가 없네. 도철승 이놈이 도적놈들하고 한통속이 되어 나를 여기로 끌고 온 거야. 합가, 물건 떼서 돌아가걸랑 내 부모님께 내가 여기 있다고 알려줘. 부모님한테 관가에 고발하여서 큰 글자 초길, 도적 두목 묘충 그리고 도철승을 잡아가게 해달라고 해줘. 합가, 자네가 나를 틀림없이 만났다는 증표로 내 소지품 하나를 줄 테야."

만수낭은 몸에 달고 다니던 자수 놓은 향주머니를 풀어 창문 틈으로 건네고 다시 발길을 돌려 창문에서 멀어져갔다. 합가가 그 향주머니를 받아 자기 허리춤에 찔러 넣었다. 합가는 자기가 고른 물건값을 치르고 나서 자루를 어깨에 메고 집으로 돌아가려 했다. 이때 초길이 물었다.

"자네 창문 밖에 서서 누구랑 이야기한 거야?"

깜짝 놀란 합가의 꼴이 이러하더라.

정수리가 팍 쪼개지면서,

그 틈으로 얼음 조각이 쏟아져 들어오는 듯.

합가는 장난감을 담은 자루를 내려놓고 초길을 향해 입을 열었다.

"아니 내가 보긴 뭘 봤다고 그러는 거야, 내가 또 누구랑 이야기를 했다는 거야?"

초길이 창문으로 가서 안을 살펴보니 정말 아무도 없었다. 합가가 자루를 둘러메고 길을 떠났다. 도중에 한 차례로 쉬지 않고 성안으로 잰걸음질을 해서 냅다 걸어왔다. 합가는 장난감 자루를 몽땅 강에 던져버렸다. 합가는 성큼성큼 팔을 휘휘 저으며 집으로 돌아왔다. 부친이 합가가 빈손으로 돌아오는 걸 보고 물었다.

"장난감은 어디 있냐?"

"강물에 버렸어요.."

"자루는?"

"강물에 버렸지요.."

"짐 거는 막대기는?"

"강물에 버렸지요.."

부친이 버럭 화를 내며 소리 질렀다.

"이런 빌어먹을 놈, 대체 왜 그런 거야?"

"돈 3천 꾸러미를 상금으로 받을 건데요!"

"아니 그게 대체 무슨 소리냐?"

"내가 만 원외 딸내미 만수낭이 어디 있는지 알아냈다니까요!"

"너 지금 헛소리하는 거 아냐, 대체 어디 있다는 거야?"

합가는 허리춤에서 자수 놓은 향주머니를 꺼내어 부친에게 보여주고 부친과 함께 만 원외 집을 찾아갔다. 만 원외는 합가의 설명을 듣고 향주머니를 받아보았다. 만 원외가 바로 부인을 불러내어 이 자수 놓은 향주머니를 살펴보게 했다. 만 원외의 부인이 바로 만수낭이 자수 놓은 향주머니라는 걸 알아보았다. 집안 식구들이 모두 울음을 터뜨렸다. 만 원외가 말렸다.

"그렇게 울 필요 없느니라."

만 원외는 곧장 고소장을 써서 합가랑 함께 현청으로 달려갔다. 현령은 고소장을 받자마자 바로 병사 20여 명에게 무기를 챙겨 출동하라고 했다. 합가한테는 포졸들의 길 안내를 맡겼다. 현령은 합가 일행에게 어서 가서 그놈들을 잡아 와 죄를 물을 수 있게 하라 명령했다. 합가와 포졸들은 '예이' 하며 대답하고는 열 지어 출발했다.

하나하나가 다 성난 호랑이 같고
모두가 맹렬한 용 같구나.
우비도 갖추고 삼베 신발 신고
어깨엔 배낭을 메었네.
손에는 장창, 삼지창, 쥐꼬리 모양의 검, 가죽으로 장식한 활과 촉이 버들잎 모양인 화살.
행진하다가 배고프면 먹고 목마르면 마시고
밤 되면 자고 아침이면 일어나 걷노라.
살구꽃 피는 마을 지나고
녹음방초 우거진 나루터를 지나네.
검은 매가 제비 새끼를 덮치듯,
주린 호랑이가 양 새끼를 덮치듯.

합가와 포졸 일행이 묘충의 집에 이르렀다. 합가가 포졸들에게 일렀다.

"내가 먼저 가서 정탐을 할 터이니 여기서 기다리시오."

한참을 기다려도 합가가 돌아오지 않자 포졸들이 술렁거리며 말을 나눴다.

"묘충 이놈이 낌새를 채고 도망친 거 아냐!"

바로 이때 합가가 돌아와 포졸들에게 나지막한 목소리로 일렀다.

"꾀를 써서 그놈이 스스로 나오게 해야겠소."

합가가 묘충 집 주변을 맴돌며 살펴보았으나 달리 뾰족한 수가 떠오르지 않았다. 포졸들이 말했다.

"저 묘충이 놈이 평소 합가를 친아들처럼 대해주었다는데, 오늘은 어떻게 나올지 모르겠어!"

포졸들이 머리를 맞대고 상의하더니 한 명을 보내어 묘충의 집에 불을 놓으라 했다. 묘충이 어디에 숨어 있는지 알아낼 심산이었다. 묘충은 포졸이 자기 집에 불을 놓은 것을 보고서는 칼을 꼬나쥐고 서쪽으로 달렸다. 포졸들이 일제히 그 뒤를 쫓았다.

검은 매가 꿩 새끼를 덮치듯,
독수리가 눈밭에서 제비를 덮치듯.

묘충이 걸음아 날 살려라 도망하여 수풀 속으로 숨었다. 수풀 속으로 숨어 들어가 열 걸음 정도 걸었을까. 덩치 큰 장정 하나가 묘충 앞을 가로막았다. 온몸에 피가 뚝뚝 흐르고 손에는 칼을 쥐고 있었다. 묘충이 죽였던 효자 운종이었다.

남한테 원수질 일 하지 말지니,
외나무다리에서 만나면 피할 수도 없으리니.

묘충이 윤종의 얼굴을 알아보고 바로 도망가려 하니 윤종이 그 앞을 가로막았다. 묘충은 진퇴양난이었다. 묘충을 쫓아왔던 포졸들이 마침내 묘충을 붙잡아 밧줄로 묶었다. 아울러 큰 글자 초길, 찻집 점원 도철승을 함께 붙잡아 양양부 현청으로 끌고 가서 심문받게 했다. 몽둥이찜질을 하고 주리를 틀고 하나하나 따져 물으니 그놈들이 자백하지 않을 수가 없었다. 그날로 묘충, 초길, 도철승을 저잣거리로 끌고 가서 효수했다. 합가는 상금 3천 꾸러미를 받았다. 만 원외는 의리를 지킬 줄 알고 효성이 지극했던 윤종의 은혜에 보답하고자 사람을 보내어 윤종의 모친을 모셔오게 하여 봉양했다. 아울러 양양부 관리들에게 건의문을 올려 자기 돈으로 오리두에 윤종 사당을 건립했다. 오늘날 양양부 성 밖 오리두에 있는 효의^{孝義} 사당은 바로 이 윤종을 기리는 사당이다. 이 사당에는 향불이 꺼지는 법이 없으며 옛 자취도 그대로 남아 있다.

이 이야기는 제목이 「장난감 정자」이다. 혹자는 「도적 두목 묘충, 도철승 그리고 효성스럽고 의리를 지켰던 윤종의 행적 이야기」라는 제목으로 부르기도 한다.

> 만 원외의 각박한 짓이 화를 자초했구나,
> 도철승은 힘들고 괴로움을 못 이기고 흉악한 짓을 했구나,
> 죽지 않고 원수를 갚은 것은 만수낭의 의지가 굳세었기 때문,
> 효성스럽고 의리 지킬 줄 아는 윤종은 죽어서도 사당에서 향불을 받는구나.

원앙새와 같은 사랑

蔣淑眞刎頸鴛鴦會

— 장숙진이 원앙새와 같은 사랑을 이루고 죽다 —

눈으로 전한 사랑, 가슴으로 받은 사랑이 어이 다함이 있으랴,

아무도 몰래 누각에 오르자 약속했지.

세월도 무심하여 우리 만남 이뤄주지 않으니,

슬픔이 밀려와 주체할 수 없구나.

애모의 맘을 품고 지새우는 깊은 밤, 향로에서 피어나는 향기,

답답한 마음에 옥비녀를 들고 만지작만지작.

앵두꽃 지더니 배꽃이 피누나,

서로 만나지 못하는 가슴만 타는 두 청춘아.

위의 시는 '감정'과 멋진 '이성'을 읊고 있다. 이 둘 가운데 하나는 본체요, 다른 하나는 그 본체의 활용이다. 눈으로 멋진 이성을 보면 내 마음의 감정이 움직이니, 감정과 이성은 서로 말미암아 생겨나는 것이라. 눈으

로도 보고 마음으로도 보는 것이다. 아주 먼 옛날부터 지금까지 소위 성인군자라고 하는 자들 역시 이 감정과 이성을 완전히 끊어내지는 못했다. 진晉나라 사람 가운데 '감정이 가장 풍부한 자는 바로 나 같은 사람 아니겠는가'라고 호언한 자도 있었다. 혜원慧遠이란 승려가 이렇게 말했다.

"나의 감정과 멋진 이성은 마치 자석과도 같이 반응한다. 바늘이 자석을 만나면 철커덕하고 달라붙듯이 말이다. 감정이 없는 바늘과 자석도 그러하거늘 평생 감정을 껴안고 사는 우리 인간이야 더 말할 필요가 있으랴!"

지금 내가 여기서 이렇게 감정과 이성에 대하여 말을 늘어놓는 이유가 무엇인지 아는가? 임회臨淮 출신 무공업武公業이란 자가 함통咸通 연간(860~873)에 하남부 부윤의 참모로 부임하게 되었다. 무공업에게는 애첩이 있었으니 성은 보步, 이름은 비연非煙이라. 비연은 몸매가 하도 하늘하늘 가냘파 입고 있는 비단옷이 무겁게 느껴질 정도였다. 서북 지방인 진 지역의 노래를 잘 불렀고 시도 잘 짓고 글씨도 잘 썼다. 무공업은 비연을 끔찍이도 아꼈다. 무공업의 옆집에는 천수天水 출신 조趙 씨가 살고 있었다. 조씨 역시 내로라하는 명문거족이었다. 그의 아들 조상趙象은 인물도 훤칠하고 학식도 출중했다.

하루는 조상이 남쪽 담장 틈으로 비연을 보더니 그만 넋을 잃어버렸다. 조상이 마침내 식음을 전폐했다. 조상은 무공업네 문지기한테 뇌물을 찔러주고 자기 마음을 비연에게 전해달라고 부탁했다. 문지기가 처음에는 어렵다고 거절하다가 뇌물에 넘어가 자기 마누라를 시켜 비연을 찾아뵙고서 조상의 말을 전하게 했다. 비연은 그 말을 듣고는 그저 웃기만 하고 아무런 대답도 하지 않았다. 문지기 마누라가 비연을 만나 말을 전한 상황을 조상에게 고했다. 조상은 그 말을 전해 듣고 더 속이 타서 어쩔 줄을 몰라 했다. 조상은 마침내 예쁜 꽃무늬 종이에다 칠언절구 한 수를 적었다.

나뭇잎 꽃송이 어둠에 잠기기 시작하고 저녁 안개 일어나네,
휑한 가슴 안고 홀로 정원을 거니네.
길고도 아름다운 이 밤 누구랑 같이 지샐까?
달 뜬 하늘 은하수가 별 무리를 가로지르고.

조상이 시를 다 적은 다음 밀봉하여 문지기 마누라에게 주고서 비연에게 전해달라 했다. 비연이 시를 받아 읽고서 한참을 멍하니 한숨을 쉬다가 문지기 마누라에게 말했다.
"나 역시 조 도령을 살짝 엿본 적이 있네. 인물도 훤칠하고 재주도 넘쳐 보이더군. 하나 이생에서 조 도령과의 인연은 없는 듯하네. 내 남편은 우락부락한 장수지, 청운의 뜻을 품은 문인은 아니라오."
비연이 황금빛 봉황무늬를 새긴 종이에다 조상의 시에 답장하는 시를 적었다.

봄날 제비도 둥지를 틀 줄 알고
강가 수초 사이를 나는 원앙새도 짝을 짓누나.
복숭아꽃 피는 동산, 나는 슬픔에 잠겨,
짝을 전송하는 여인들을 바라보노라.

비연이 시를 다 적은 다음 밀봉하여 문지기 마누라에게 주고서 조상에게 전해달라 했다. 조상이 봉투를 열고 시를 읽어보더니 환한 미소를 지으며 혼잣말했다.

'내가 바라던 일이 얼추 다 되었구나!'

조상이 조용히 향을 사르며 자신의 소망이 이뤄지기를 기원하며 기다렸다. 며칠이 지난 어느 날 저녁, 문지기 마누라가 잰걸음으로 조상을 찾아와 미소를 지으며 절을 올렸다.

"조 도령님, 선녀를 한 번 만나보실 건지요?"

조상이 짐짓 놀라며 되물었더니 문지기 마누라가 비연의 말을 전해주었다.

"무 참모께서 오늘 밤 숙직이시라 오늘 밤이 딱 좋은 때랍니다. 비연 마님이 뒤뜰에서 기다리실 것이라. 뒤뜰이면 나리 댁 앞 담장하고 이어지는 곳이랍니다. 만약 나리 마음이 변하지 않으셨다면 찾아오시기를 바라며 기다리시겠다고 합니다."

날이 완전히 어두워졌다. 조상이 사다리를 타고서 담장 위로 올랐다. 비연이 이미 반대편 아래에 걸상을 갖다 놓았다. 조상이 그 걸상을 밟고 내려오니 한껏 차려입은 비연이 조상을 맞이하여 침실로 안내했다. 조상과 비연은 서로 껴안고서 그들의 소망을 이루었다. 아침이 밝아오자 조상이 비연의 손을 잡고 말했다.

"그대처럼 아름다운 여인과 나처럼 재주 많은 사람이 만났으니 이 건 천지신명의 은혜요, 내가 영원히 그대를 기쁘게 하여주리다."

조상이 말을 마치더니 남의 눈을 피하여 몰래 돌아갔다. 그 후로 그들은 열흘에 한 번꼴로 뒤뜰에서 만났다. 서로의 사랑을 확인하고 오랫동안 참아왔던 정을 쏟았다. 그들은 천지신명께서 보살펴주셔서 남들은 이 밀회를 아무도 모를 거라 생각했다. 이렇게 1년이 흘렀다. 비연이 어떤 사소한 건수로 여종을 나무라고 회초리질을 하게 되었다. 여종이 앙심을 품고 있다가 적당한 때를 노려 무공업에게 비연의 행실을 고자질했다. 무공업이 그 여종에게 일렀다.

"너는 아무 소리도 하지 말고 가만히 있어라. 내가 직접 조사해 보겠노라."

무공업이 숙직하게 된 날, 무공업은 남몰래 다른 사정을 대고 숙직 일자를 바꾸었다. 숙직 당일, 무공업은 평소처럼 숙직하러 가는 척하고 집을 나섰다가 되돌아와 문 뒤에 숨어 있었다. 밤이 깊어지고 야경 소리가 들리자 발뒤꿈치를 들고 살살 안으로 들어와 담장을 따라 뒤뜰로 갔다. 비연은 문에 기대서 콧소리로 조상을 맞는 소리를 내고, 조상은 담장에서 추파를 던지고 있었다. 무공업이 더는 화를 참지 못하고 조상을 잡으러 달려갔다. 위험을 느낀 조상이 다시 담을 넘어 도망가려는 걸 무공업이 붙잡았으나 조상은 빠져나가고 저고리 조각만 손에 쥐었을 따름이었다. 무공업이 방 안으로 들어가 비연에게 따져 물었다. 비연은 놀라는 듯하면서도 사실대로 말하지 않았다. 무공업은 도저히 참을 수가 없어 비연을 기둥에 묶어놓고는 피가 나도록 회초리질을 했다. 비연이 단지 이렇게 말할 따름이었다.

"살아서 사랑하는 사람과 정을 나누었으니 죽어도 여한이 없소이다."

마침내 물 한 잔을 들이켜더니 숨을 거두었다. 조상은 이름도 바꾸고 행색도 바꾸고 멀리 숨어다니며 무공업을 피했다. 가련하도다! 비는 그치고 구름은 개고 꽃은 지고 달은 이지러졌도다. 조상은 그래도 상황을 파악하는 눈치가 있어 호랑이 아가리 같은 위험에서 잽싸게 도망치고 혹독한 복수를 당할 상황에서 벗어나긴 했으니 자기 잘못을 뉘우치고 새길을 잘 찾은 거라고나 할까!

이제 철없고 정신머리 없는 젊은 녀석이 남의 여자와 사통하여 날마다 쾌락을 추구하다가 마침내 끝이 좋지 않아 칼 아래 목숨을 잃고 저승길을 떠나니 어머니는 봉양을 받지 못하고 아내는 보살핌을 받지 못하고 아들은 엄동설한에 슬피 울며 딸은 날마다 배고파 울게 되는 사연을 이야기하련다. 한데 우리 어디 한 번 곰곰이 생각해보자. 이런 일이 생겨난 원인이 무엇인가? 여자가 바로 남자의 목숨을 앗아간 게 아닐까!

여인의 눈썹은 아름다운 칼,
풍류를 좇는 사람을 모두 베어버리지.

이야기꾼이여, 그 여자가 대체 어디 살며, 이름은 무엇인가? 그녀는 본디 절강성 항주부 무림문 바깥 마을에서 태어났으며 성은 장張, 이름은 숙진淑眞이라. 숙진은 예쁘기가 그지없었으니 얼굴은 언뜻 복숭아꽃을 연상시키나 복숭아꽃보다 약간 덜 붉고 그러면서도 또 창백하지는 않았다. 눈썹은 또 마치 버들잎처럼 얇고도 가늘고 길었다. 숙진은 어려서부터 총명했고 손재주도 좋았다. 그림도 잘 그리고 자수도 잘 놓아서 용이나 봉황, 구름과 설경을 그려내기도 하고 수를 놓기도 했다. 타고나기를 풍류를 좋아했으며 술도 잘 마셨다.

숙진이 비녀를 꽂는 열다섯 살이 되자 숙진의 부모가 숙진을 시집보내려고 이리저리 혼처를 알아보고 다녔으나 하나도 맺어지는 게 없었다. 숙진은 매번 몰래 남자를 만나러 다니고, 자기가 평소 꿈꾸던 사랑을 함께 나눌 남자를 찾아 헤매었다. 그러면서도 아직 자기 마음에 드는 짝을 못 만났다며 속상해하며 방에 휘장을 걷지도 아니하고는 왜 저놈의 제비들은 짝을 지어 나는 거냐며 심술부리고, 높은 누각에 올라 난간에 멍하게 기대어 서서 꾀꼬리 우는 소리를 듣곤 했다. 이 숙진의 소원이 언제나 이루어질까? 이에 이야기꾼이 「초호로醋葫蘆」1) 곡조의 사 열 수를 지어 숙진이의 이야기를 풀어나가는 도중에 한 수씩 소개하련다. 자, 이제 또 노래 한 곡조를 들려드린 다음 이야기를 이어가겠소이다.

> 두 눈에는 사랑을 그리는 눈물이 촉촉하고
> 손바닥처럼 작고 앙증맞은 발.
> 봄바람에 한들거리는 버들가지처럼 가냘픈 허리,
> 교태롭기는 홍아紅兒[2] 뺨칠 정도.
> 그녀가 얼마나 멋지고 아름다운지,
> 여자깨나 후려봤다 하는 자들도 한 번 보곤 정신 줄을 놓는다지!

숙진이 이렇게 멋지고 이렇게 똑똑한데 명문귀족 자제나 돈깨나 있는 집안의 자제들이 청혼하려 들지 않는 건 또 무슨 까닭인가? 이 숙진은 성격이 좀 희한하여 눈썹을 특이하게 그리거나 눈화장을 짙게 하고 분을 바르고 입술연지를 바르고 머리카락도 길게 늘어뜨리고 옷도 몸에 꽉 달라붙게 입고 자기 멋을 내며 놀기를 좋아했다. 난간에 기대서 멍하니 밖을 바라보기도 하고, 거리를 쏘다니며 깔깔거리며 웃기도 했기에 마을 사람들이 모두 숙진을 곱게 보지 않았다. 그러다 보니 부질없이 세월만 흐르고 흘러 숙진의 나이도 벌써 스물이 되었다.

숙진의 옆집에 아교阿巧라는 사내놈이 살고 있었겠다. 아교는 아주 어릴 때부터 숙진네 집에 와서 놀기도 하고 그랬다. 아뿔싸, 숙진이 남자를

---

1) '酣(감)葫蘆'라고 되어 있는 판본도 있다. 초호로는 사패와 곡패의 제목으로 공히 사용되기도 하며, 그 자체로 샘이 많은 자, 질투심이 많은 사람이란 의미도 있다. 酣葫蘆가 사패나 곡패로 사용되는 경우를 찾을 수가 없어 여기서는 일단 醋葫蘆로 적는다.

2) 당나라 때 교태롭고 인기 많았던 기녀의 이름.

바라는 마음을 품은 지 이미 오래되었구나! 하지만 아교가 아직 어리니 부모들도 대수롭지 않게 생각하고 아교가 숙진네 집에 놀러가는 걸 막지 않았으니 아교는 거리낌 없이 왕래했다. 하루는 숙진의 부모가 출타 중일 때 아교가 숙진네 집에 놀러 왔다. 숙진이 아교를 꼬드겨 자기 방으로 데리고 들어가 한창 재미를 보려는 찰나 대문을 두드리는 소리가 나는지라 아교가 깜짝 놀라 도망쳤다. 숙진은 한번 타오른 불길이 꺼지지 아니하여 자기도 어쩔 줄 몰라 했다. 한데, 아교는 너무 놀라서 심장이 두근거렸는지 집에 돌아가 그만 세상을 떠나고 말았다. 숙진은 아교가 세상을 떠났다는 소식을 듣고 놀라기도 하고 미안하기도 했으나 감히 내색할 수는 없었다. 자, 이제 또 노래 한 곡조를 들려드린 다음 이야기를 이어가겠소이다.

미간을 찡그리고 가슴엔 한이 넘침은,
가슴에 그린 사람이 저세상으로 떠났기 때문이라.
운우지정을 나누던 그 순간은 너무도 짧았으니,
님 떠난 후 앉으나 서나 오직 님 생각뿐.
내 님은 그저 단 하루의 사랑을 주고 떠났으니,
이제 난 꿈속에서나 다시 만날 수 있으려나!

아교가 세상을 떠난 후 숙진의 마음이 너무도 울적했다.
'나 때문에 한참 어린 사내 녀석이 세상을 뜨고 말았구나.'
그러는 동안에도 시간이 흐르고 또 흘러 어느덧 한 달이 지났다. 하루는 숙진이 일어나 세수하고 단장하고 있었다. 숙진의 부모가 옆에서 그런 숙진의 모습을 우연히 지켜보게 되었다. 숙진의 표정이나 분위기, 말투가 평소와는 다르게 느껴졌다. 숙진의 아버지가 어머니에게 물었다.

"숙진이한테 요즘 무슨 문제라도 있는 건가?"

숙진의 부모는 숙진이 이미 청춘이 다 지나가고 있다는 걸 아직도 모르고 있는 것 같았다. 마치 나비와 벌이 꽃과 꽃 사이를 날아다니며 자기 할 일을 다 마치니 때깔을 잃은 것처럼, 아름다운 꽃도 흐드러지게 피었다가 시들어가는 것처럼 숙진이의 청춘이 지나가고 있는 것을 모르는 것 같았다. 숙진의 부모는 서로가 서로를 탓하면서 숙진이 아직 시집 안 간 걸 친척들이 알까 봐 걱정했다. 여자는 나이 차면 어서 빨리 집 떠나 시집 보내야 한다는 속담처럼 과년한 딸은 마치 관가의 허락 없이 몰래 제조한 소금 포대 같으니 그냥 집에 두고 화를 자초하지 말고 어서 빨리 처치해야 하는 것이라. 괜히 미적대다가 불미스러운 일이 생기면 이러지도 저러지도 못하게 된다. 숙진의 부모는 서로 상의를 마치고 왕 씨 아주머니에게 중매를 서달라고 부탁했다.

"높으면 낮추고 길면 짧게 줄인다는 심정으로 다 맞춰서 할 거요. 우린 그렇게 까다롭게 굴지 않을 겁니다."

어느 날 왕 아주머니가 찾아와 남자를 소개해주는데 바로 가까운 동네에 사는 이이랑^{李二郎}이었다. 이이랑은 나이가 마흔이 넘은 농사꾼이었다. 이이랑은 여자 고르는 데 그저 인물만 보고 다른 거는 신경 쓰지 않았다. 이이랑과 숙진이 마침내 혼례를 치렀다. 두 사람 사이는 그런대로 잘 흘러갔다. 이이랑은 숙진과 밤일을 치르느라 기력이 다 빠져버렸다. 게다가 나이도 이미 쉰을 넘겨버려 잠자리에 대한 생각조차도 줄어들어 버렸다. 하지만 숙진은 한창나이, 아무리 밤일을 치러도 열정이 식을 줄을 몰랐더라. 마침내 숙진은 시댁 쪽 독선생하고 정을 통하게 되었다. 이이랑은 마누라가 바람피우는 것을 알게 되더니 그만 병을 얻어 세상을 뜨고 말았다. 숙진이 마침내 두 남자를 잡아먹었구나. 자, 이제 또 노래 한 곡조를 들려드린 다음 이야기를 이어가겠소이다.

> 10년 넘는 결혼 생활,
> 밤일을 같이 한 자가 서너 명,
> 삽시간에 집안에서 재앙이 일어나버리니,
> 이제는 어렵고도 어려운 상황이 되어버렸네.
> 화들짝 놀란 새처럼 날아 도망가,
> 높은 데서 몸 숨기고 남몰래 눈물 흘리네.

이이랑의 형님 이대랑은 그 독선생을 쫓아내 버린 다음 동생의 장례를 치렀다. 숙진도 꼼짝없이 삼년상을 견뎌내야 했다. 시댁 사람들도 숙진의 행실을 알고 있었기에 사람을 붙여 숙진이 딴짓을 못 하도록 감시하게 했다. 숙진 역시 자신의 잘못을 잘 알고 있던 터라 감히 허튼짓하지 못하고 있었다. 속도 상하고 하루하루가 답답한 숙진은 끼니를 거르기도 하고 또 어떤 때는 폭식하기도 하고 그랬다. 시댁 사람들은 그러거나 말거나 신경 쓰지 않았다.

그렇게 1년쯤 지났을까, 이대랑은 숙진을 집에 둬봐야 뭐 좋을 게 없으니 차라리 쫓아내 버려 집안 망신시킬 일이 생기지 않게 하는 게 낫겠다는 생각이 들었다. 마침내 이대랑은 중매쟁이 왕 아주머니를 불러 숙진을 친정으로 쫓아버리려 한다는 뜻을 전했다. 숙진은 새가 새집에서 풀려나듯, 물고기가 어망에서 도망치듯 그렇게 황급하게 몸만 빠져나왔으니 무슨 혼수로 가져간 물건 같은 거를 따질 겨를이 없었다. 숙진이 친정으로 돌아오니 친정 부모가 받아들이긴 했으나 어찌 잘 대해주었으리! 마치 하녀 대하듯 숙진을 대했다. 숙진 역시 그러려니 하고 꾹 참고 견뎠다.

하루는 장 씨라는 사람이 지나다가 숙진을 보고 한눈에 반했더라. 장 씨가 중간에 사람을 놓아 숙진을 재취로 맞아들이는 흥정을 했다. 친정 부모는 숙진을 쫓아내지 못해서 안달이었는데 이런 제안이 들어오니 얼씨구나 좋다 하며 허락했다. 장 씨가 행상을 하는 처지라 밖으로 싸돌아다니느라 숙진에 대하여 자세한 걸 알아보지 못하고 그저 음식과 술을 간단하게 준비하여 혼례를 치르고 숙진을 데려갔다. 장 씨가 숙진을 데려가지 않았으면야 아무런 일도 생기지 않았으련만! 장 씨가 숙진을 데려가는 게 마치 이러하구나.

돼지나 양이 백정네 집으로 달려가는 듯,
한 걸음 한 걸음 죽을 길로 들어서는구나.

혼례를 치른 날 밤, 화촉이 밝게 빛나고 향이 마치 안개처럼 피어오르고 있었다. 초례청에서는 신랑 신부, 원앙금침 위에서는 오래전부터 알고 지내던 이물 없는 짝. 자, 이제 또 노래 한 곡조를 들려드린 다음 이야기를 이어가겠소이다.

즐거울사, 오늘 밤 달도 밝은데 님을 만났다네,
바야흐로, 정원에 꽃도 흑벅지게 피었는데.
서로 바라보며 미소 지으며 손잡고 침대 위로 올라라,
서로 껴안고 황홀한 환락의 세계로 들어서네.
나도 모르게 몸에서 힘이 쭉 빠져나가네,
끊어진 줄을 다시 이으며 예전에 못하던 사랑까지 두 배로 갚으려는 듯.

화촉을 밝히고 나서 장 씨와 숙진은 낮이면 서로 어깨를 나란히 하여 붙어 있고 밤이면 서로 다리에 다리를 걸고 잠들었다. 물고기가 물을 만난 듯, 아교풀을 발라 놓은 듯 떨어질 줄 몰랐다. 숙진은 전 남편에게서 받은 사랑을 다 잊어버렸고, 장 씨는 죽은 부인을 생각할 겨를이 없었다. 숙진은 돈 많은 남편 장 씨를 사랑했고, 장 씨는 아내 숙진의 요염한 자태를 사랑했다. 이렇게 한 달이 지났다.

하루는 장 씨가 하인에게 덕청현에 수금하러 갈 채비를 하라고 일렀다. 숙진이 자기를 두고 떠나면 어떻게 하냐고 발을 동동 굴렀으나 장 씨는 가지 않으면 안 될 처지였다. 숙진이 하염없이 눈물을 흘렸다. 장 씨가 숙진에게 일렀다.

"내가 자네를 부인으로 맞아들였는데 걱정할 게 뭐가 있다고 그래!"

서로 몸조심하고 건강하라는 인사를 나누고 헤어졌다. 장 씨가 떠난 지 보름 정도 지났다. 숙진이 오랜 시간 동안 독수공방하고 난 다음 장 씨와 재혼하고서 남녀 간의 사랑을 다시 좀 맛볼 만하니 지금은 장 씨가 길을 떠나 혼자서 긴긴밤을 지내야 하는 처지가 되어버려 참으로 견디기가 힘들었다. 어느 날 몸이 좀 나른하다 싶어 숙진이 대문 쪽으로 걸어나가 밖을 구경했다. 맞은편 가게의 점원이 몸 좋고 나이도 서른 남짓에다 행동 하나하나가 멋들어졌다. 숙진이 하인 아만한테 좀 알아보라 하니 아만이 냉큼 알아왔다.

"마님, 저 가게는 주병중朱秉中이라는 사람네 가게네요. 주병중은 성격도 좋고 해서 주 도령이라고 부른답니다."

숙진은 아만의 말을 다 듣고 나서 저녁도 먹지 아니하고 그냥 잠자리에 들었다. 숙진 침실 바깥쪽은 배가 정박하여 머무는 강가였다. 밤 아홉 시가 넘어가는 시각, 뱃사공의 노랫가락이 끊어질 듯 말 듯 들려왔다. 숙진이 귀를 기울였다.

> 스무 살이 가고 나면 스물한 살이 온다네,
> 사랑 한 번 못해본 사람은 바보.
> 세월 가고 꽃다운 청춘도 사라지고 나면,
> 손 들어 내 님을 불러도 쳐다보지도 않을걸!

숙진은 이때부터 자기도 모르게 주병중을 그리는 마음이 일었다. 불쑥불쑥 대문에 다가서서 밖을 내다보곤 했다. 주병중 역시 때때로 숙진네 집에 놀러오곤 했다. 서로를 그리는 마음을 품고 있으니 눈을 마주치며 마음을 전했다. 두 사람은 드러내놓고 사랑을 나누지 못하는 처지를 못내 한스러워했다. 자, 이제 또 노래 한 곡조를 들려드린 다음 이야기를 이어가겠소이다.

> 아름답고 윤기 나고 도톰한 뺨,
> 윤기가 번쩍번쩍하고 풍성하게 늘어뜨린 머리카락.
> 한평생을 술집에서 제멋대로 놀며 시간 보내던 그,
> 사람들에게 하는 말은 모두가 허풍이라네.
> 뭔가를 이루려는 청운의 꿈은 하나도 없고
> 피부 하얗고 향기 나는 여인과 노는 데만 온정신이 팔려 있구나.

숙진이 주병중을 그리는 마음은 간절하기 그지없었으나 그럴 기회가 좀처럼 쉽게 오지 않았다. 남편 장 씨가 외상 수금을 마치고 돌아왔다. 장 씨와 숙진은 서로 헤어져 있던 때의 이야기를 나누었다. 대화를 나누면서 장 씨는 아내 숙진의 안색이 별로 좋지 않은 걸 발견했다. 사실 숙진은 장 씨가 돌아온 것이 그다지 반갑지도 않았다. 그저 마지못해 장 씨의 말에 귀를 기울이는 척했을 뿐이며 그의 마음은 온통 주병중에게 쏠려 있었다. 장 씨가 한 달 넘게 집에 머물렀다. 바야흐로 한겨울을 코앞에 둔 때, 장 씨는 겨울나기에 필요한 품목들을 몽땅 사서 배를 세내어 타고는 다른 곳으로 장사를 떠났다. 그곳에서 이 품목들을 팔아넘기려고 했으나 뜻대로 잘 안 되어 물건들을 한 사람한테 외상으로 넘겨버렸다. 엎친 데 덮친 격으로 지난 외상값도 제대로 수금이 되지 않았다. 세모는 다가오는데 고향으로 돌아가 새해를 맞이할 형편이 되지 않아 일단 필요한 물건들을 사서 고향 집에 보내주었다. 나머지 이야기는 굳이 자세하게 언급할 필요가 없겠다.

한편 주병중은 숙진의 남편이 출타 중인 걸 알고서 이 김에 숙진의 집에 새해 인사를 하러 갔다. 주병중은 숙진의 집에서 술잔을 기울였다. 이 기회에 숙진과 일을 치르고 싶었다. 그러나 드나드는 사람들 눈 때문에 쉽사리 뜻을 이루기가 어려워 보이자 숙진이 정월대보름맞이 등불놀이 때 다시 만나자고 했다. 주병중은 그러마 하고 약속하고는 떠나갔다.

주병중은 그날이 오기만을 손꼽아 기다렸다. 정월 열사흗날 저녁, 등불을 달기 시작하는 날이 되었다. 가가호호 북을 치고 징을 울리고 피리를 연주하고 비파를 뜯었다. 사람들이 거리로 쏟아져 나와 노랫소리에 발을 맞추고 남녀들이 서로 어깨를 맞대며 춤추었다. 수십 척에 달할 정도로 하늘 높이 겹겹이 달린 등불 모습은 거대한 산봉우리를 연상시켰다. 향로마다 피어오르는 향기는 온 길거리를 가득 채웠다. 집집마다 정원 안팎에서 촛불이 밝게 빛나고 돈 좀 있다는 집에서는 더욱 화려한 등불이 사방을 밝게 비추고 있었다. 자, 이제 또 노래 한 곡조를 들려드린 다음 이야기를 이어가겠소이다.

    피리 소리 일제히 울리니,
    연못에서 앞다퉈 피어나는 수련.
    거리마다 시장마다 시끌벅적, 야단법석,
    웃음소리 온 성에 가득하니 봄이 여기에 이미 찾아온 듯.
    내 님이 등불 앞에서 기다린다네,
    몇 차례 거듭되면 남들이 시기할까 걱정이네.

그날 밤 주병중은 득달같이 단장을 마치고 거리로 나왔다. 숙진도 대문에 나와 자신의 자태를 뽐내고 있었다. 두 사람은 서로 눈을 마주치고는 속으로 기뻐했다. 눈으로 이미 서로 원하는 바를 주고받았다. 하지만 아뿔싸, 숙진의 친정어머니가 등불 구경하러 나왔다가 숙진네 집을 들른 것이라. 숙진은 하는 수 없이 어머니를 집안으로 모셨다. 주병중은 밤이 깊도록 기다리다가 속만 태우고 자기 집으로 돌아갔다. 그다음 날 밤, 주병중은 전날 밤과 같이 숙진네 집 앞으로 찾아갔다. 주병중이 우연히 숙진을 만나자 왜 약속을 안 지키는 거냐고 따져 물었다. 그리고 숙진을 껴안고 입술을 맞추고 사라졌다. 조금 지나서 숙진은 술을 따라와서는 친정어머니에게 권했다. 친정어머니는 숙진의 딴 데 정신 팔린 듯한 표정을 보고서는 이렇게 타일렀다.

"요즘 네 형편이 그래도 좀 나아졌지 않았냐! 제발 네가 할 도리도 다 하고 분수도 지켜서 이 아비, 어미 체면 좀 세워줘 봐."

친정어머니가 숙진이 이미 주병중과 만날 약속을 하고선 어제부터 애타게 기다리고 있는 걸 전혀 눈치도 못 채고 이렇게 잔소리하고 있으니 그

잔소리가 숙진의 귀에 들어갈 리가 있으랴! 다음 날 아침 숙진이 떡 두 상자를 사고 가마를 불러 어머니를 친정으로 모셔가게 했다. 해저물녘, 주병중이 지켜보는 눈이 사라진 틈을 타서 숙진의 집으로 가서 방 안으로 들어섰다. 숙진은 방에 불이 켜져 있는지 꺼져 있는지 쳐다도 보지 않고 그저 옷을 벗고 주병중을 껴안고 이리저리 몸을 놀리기 시작했다. 숙진이 지금껏 상대한 남자란 너무 어리거나 너무 늙어서 그 오묘한 맛을 느끼게 해줄 수가 없었다. 그러나 지금 주병중과의 이 결합은 온몸이 다 나른해지고 뼈가 다 녹아내리는 듯하니 그 맛을 말로 다 표현할 수조차 없을 정도였다. 게다가 주병중이 평소 화류계에서 놀던 가락이 있는 녀석이라 소위 열 가지 비법을 잘 부릴 줄 알았다. 그 열 가지 비법이란 게 무엇이던가.

하나, 여자한테는 일단 남자답게 화끈하게 접근하라.

둘, 시간과 돈을 아끼지 마라.

셋, 온갖 달콤한 말로 꼬드겨라.

넷, 부드럽고 나긋나긋하게 대하라.

다섯, 포기하지 말고 끈기를 발휘하라.

여섯, 물건을 써야 할 때는 제대로 써라.

일곱, 귀머거리처럼 벙어리처럼 행동하라.

여덟, 친구랑 같이 움직여라.

아홉, 옷은 말쑥하게 입어라.

열, 분위기는 항상 화기애애하게 만들어라.

매력적인 여자를 꼬드기려면 이 열 가지 비법 가운데 하나라도 빠지면 곤란할 것이다. 숙진과 일을 치르고 나서 주병중이 돌아간 다음에 숙진의 남편 장 씨가 집에 돌아왔다. 하나 숙진은 나무목 자木 옆에 눈목 자目, 그리고 밭전 자田 아래에 마음심 자心를 쓰는 병, 즉 상사相思병에 걸려버렸다. 이 병은 사랑하는 주병중을 만나야 낫는 병이라. 자, 이제 또 노래 한 곡조를 들려드린 다음 이야기를 이어가겠소이다.

> 해저물녘 군부대 나팔 소리,
> 슬픔에 겨워 흘러내리는 두 줄기 눈물.
> 바다보다 더 깊은 그댈 향한 이 마음,
> 뉘라서 이 마음을 달래줄 수 있을까.
> 내 님 팔에 안길 수 없다면,
> 내 가슴은 슬픔의 심연에 잠기고 말 거예요.

정월대보름 전날 밤 주병중과 최고의 환락을 누린 숙진은 밤에 또다시 만나 열흘이고 몇십일이고 같이 지내고 싶었다. 하지만 뜻밖에도 남편 장 씨가 집에 돌아와 버렸으니 김이 새고 실망하여 병이 다 날 지경이었다. 머리가 지끈거리고 배가 아프고 뼈가 쑤시고 몸이 오슬오슬했다. 장 씨는 집에 돌아오면 쉬기도 하고 마누라와 재미도 보고 싶었으나 마누라 몸 상태가 영 말이 아닌지라 외려 기쁨은커녕 걱정거리만 늘어난 기분이었다. 의사를 불러 진맥하고 치료하게 하고 무당을 불러 향을 사르고 굿을 하기도 했다. 옷을 갈아입을 새도 없이 탕약도 직접 달이고 보살피느라 애쓰니 집에 돌아오기 전에 타지에서 고생하던 때와 다를 바 하나도 없었다.

한편 주병중은 앉으나 서나 오직 숙진 생각뿐이었다. 주병중은 다른 핑계를 대고 장 씨를 찾아갔다.

"형님, 찾아뵙지 못한 지가 너무 오래되었네요. 형님께서 돌아오셨다는 소식을 듣고 이렇게 특별히 인사드리러 왔습니다. 제가 술과 닭고기 안주를 준비하여 형님을 대접하고 싶으니 제발 거절하지 마시고 내일 점심 때 저희 집에 꼭 찾아와 주시기 바랍니다."

다음 날 장 씨가 주병중 집을 방문했다. 주병중이 아내와 딸까지 동원하여 장 씨에게 술을 권하게 하니 결국 장 씨는 엄청 술에 취하여 부축을 받고서야 겨우 집에 돌아갈 수 있을 정도였다. 나중에 장 씨가 자기도 주병중을 대접하겠노라 하면서 초대하니 주병중과 장 씨는 서로 찾아가고 찾아오는 사이가 되었다. 숙진은 주병중이 자기 집에 찾아오기만 하면 말이 많아지고 얼굴에 웃음꽃이 피고 앓던 병도 씻은 듯이 나은 것처럼 보였다. 그러나 주병중이 없을 때면 신음을 내며 앓으니 이웃 사람들도 그 소리를 듣기 민망할 정도였다. 장 씨는 마누라가 어서 낫기를 바랐으나 시간이 갈수록 더 심해질 줄이야!

숙진이 눈을 감기만 하면 아교와 이이랑이 나타나 목숨을 내놓으라 하니 숙진의 병세는 위중해져 가기만 했다. 숙진이 두렵고 겁이 났으나 이 사실을 털어놓을 수도 없었다. 숙진이 장 씨에게 부탁했다.

"점쟁이를 찾아가 내가 대체 언제 병이 나을 건지 좀 물어봐 주세요."

숙진의 말을 듣고 장 씨가 바로 점쟁이를 찾아갔다. 점쟁이가 점괘를 뽑더니 이렇게 풀이해주는 것이었다.

"힘들겠어, 힘들겠어! 어린 사내 녀석, 나이든 남정네를 비명횡사시킨 업보야. 이건 단지 금생의 인연이 아니고 전생에서부터 얽힌 인연일세. 오늘 밤 죽은 자를 위한 술, 과일, 종이옷을 준비하여 천도재를 지내야 할 걸세. 서쪽에 재를 지낸 음식과 옷을 진설한 다음 간절하게 빌고 또 빌어 귀신을 달래고 간청하면 혹시 희망이 생길지 모르겠어. 그렇지 않으면 뭐 그냥 끝인 거지."

자, 이제 또 노래 한 곡조를 들려드린 다음 이야기를 이어가겠소이다.

나를 비웃고 원망하는 그들,
눈 감으면 나타나는 그들.
병들어 눈은 어질어질,
몸이 약해지니 생각이 갈피를 잡지 못하는 것도 당연하지.
이제 더는 나를 상관하지 말고 내버려 두시라,
언제나 저 두 원수 놈이 떠나가려나!

장 씨가 점쟁이 말대로 재를 지내는데 침대에 누워 있던 숙진의 눈앞에 아교와 이이랑이 또 나타났다. 그들이 손바닥을 두드리며 말했다.

"우리가 이미 하늘에 다 아뢰고 너의 목숨을 거두러 왔느니라. 그러나 너의 새 남편 장 씨가 하도 간절하게 빌고 또 빌기에 너의 목숨을 5월 5일까지 늘여주기로 한다. 다음에 우리가 활이 긴 사람[3]의 도움을 받아 너를 다시 만나러 오겠노라."

말을 마치더니 그들이 홀연히 사라져버렸다. 숙진이 그날 밤 바로 정신이 좀 맑아지는 듯하더니 점차 건강을 회복했다. 장 씨가 기뻐했음은 두 말할 필요도 없겠다.

한편, 주병중은 낮이나 밤이나 장 씨네 집으로 찾아오고 선물을 주곤 했다. 장 씨는 그러는 주병중의 모습이 께름칙하여 의심의 눈초리를 거두지 못했다. 하루는 장 씨가 성안으로 들어가 물건을 하고 나서 집에 돌아

---

3) 활(弓)이 긴(長) 사람은 장張씨 성을 가진 사람을 말하고 바로 숙진의 남편 장 씨를 가리킨다. 장 씨가 숙진이 부정을 저지르는 것을 보고 숙진을 죽일 것임을 암시하니, 점쟁이 풀이 형식으로 복선을 깔아두는 셈이다.

오니 주병중과 숙진이 나란히 앉아 손을 잡고 있었다. 장 씨가 다시 문밖으로 물러나 일부러 헛기침을 몇 번 하니 주병중이 밖으로 나와 장 씨에게 인사했다. 주병중과 숙진은 장 씨가 자신들이 손잡고 있는 걸 본 줄을 모르는 눈치였다. 장 씨는 주병중과 숙진의 사이를 진즉부터 의심해왔는데 오늘 그 둘이 야릇한 분위기를 풍기면서 앉아 있는 걸 보고 이제 의심할 여지 없이 확신하게 되었다. 장 씨가 속으로 혼자 생각했다.

'내 손에 걸리기만 해봐라. 뼈다귀도 못 추리게 할 테다.'

장 씨는 덕청현으로 장사하러 간다며 떠났다. 덕청현에 도착하니 5월 1일, 객점에 짐을 풀고 상점에 가서 칼을 한 자루 사서 허리춤에 찼다. 그런 다음 5월 4일, 장 씨는 아무도 몰래 돌아와 일단 다른 곳에 몸을 숨겼음은 굳이 말할 필요조차 없겠다.

한편 숙진은 주병중을 보고 싶은 마음이 너무도 간절하여 그를 몇 번이고 초대하고 또 초대했다. 주병중은 몸이 좀 불편하여 집에서 누워서 쉬고 있었다. 그렇게 바로 초대에 응하지 못한 채 5월 5일이 다가왔다. 숙진은 또 하인 아만을 보내어 주병중을 모셔오게 했다. 주병중은 더는 미루지 못하고 숙진의 집을 찾았다. 주병중이 숙진이 거처하는 위층으로 올라가니 이미 산해진미를 다 차려 놓았더라. 참조기전 두 접시, 꿩탕 두 그릇, 창포를 띄운 술, 세모뿔 모양의 사탕, 갖가지 술안주, 채소, 과일 이루 다 헤아릴 수조차 없을 정도였다. 주위에 아무런 신경 쓸 것이 없었던 주병중과 숙진은 마음껏 먹고 마셨다. 자, 이제 또 노래 한 곡조를 들려드린 다음 이야기를 이어가겠소이다.

창포 띄운 술을 잔이 넘치도록 따랐다네,
촛불은 붉은빛으로 자기 몸을 반쯤 태우고.

정원의 꽃은 달그림자 아래에서 하늘거리는데,

술을 마시고 서로 껴안고 뒹구는구나.

저 두 사람 서로 즐기고 웃느라,

대문 밖에서 지켜보는 사람 있다는 걸 상상조차 하지 못하네.

두 사람이 막 서로 몸을 탐하려는 순간, 주병중이 귀가 빨개지고 눈이 어른거리고 심장이 벌렁거리고 살이 떨려 그냥 돌아가겠노라 했다. 숙진이 버럭 화를 내었다.

"몇 번이고 불러도 오지도 않았던 이유를 이제 알겠네. 나를 무시해서 그랬던 거구만! 그래 너한테 마누라가 있다면 나한텐 뭐 서방이 없는 줄 알아! 내가 원앙새와 같은 사랑을 하려고 하는데 왜 몰라주지? 원앙새는 날아다닐 때도, 지저귈 때도, 잘 때도 늘 같이 붙어 다닌다고. 너랑 나랑 이승에서 사랑을 이루지 못하면 저승에서라도 사랑을 이루어야지."

옛날에 한빙韓憑이라는 사람의 부인이 너무도 예뻤다. 왕이 한빙에게서 부인을 빼앗으려고 했다. 이를 안 한빙 부부는 둘 다 스스로 목숨을 끊었다. 화가 난 왕은 한빙 부부의 무덤을 같이 쓰지 못하게 했다. 나중에 두 무덤에 따로 나무가 자라나더니 마침내 가지가 서로 붙었다. 그 위에 원앙새가 날아와 깃들였다가 슬피 울며 날아가 버렸다. 주병중과 숙진은 늘 함께 날며 부리를 서로 부벼주는 원앙새를 흉내 내고자 했으나 아뿔싸, 그저 그건 불길한 예언이 되었을 뿐이로다. 게다가 숙진이 병을 앓고 일어나자마자 바로 이렇게 황음무도한 짓을 저지르려고 하는구나.

병아리 훔치는 고양이 제 성미 못 바꾸고,

남자 후리는 음탕한 여인 죽어도 그 버릇 못 고치네.

한편 장 씨는 손에 칼을 움켜쥐고 살금살금 대문으로 다가와 나무 위로 올라가 몰래 무슨 소리가 나는지 살폈다. 두 연놈이 희희낙락하는 소리가 귀에 또렷이 들려왔다. 도저히 참을 수가 없어 벽돌 조각을 집어 던졌다. 숙진이 촛불을 불어 껐다. 이제 더는 아무 소리도 들려오지 않았다. 장 씨가 연거푸 세 번이나 벽돌 조각을 집어 던졌다. 숙진이 주병중에게 먼저 자라고 했다.

"내가 가서 한 번 살펴보고 올게."

하인 아만이 촛불을 들고 먼저 대문 밖으로 나가 살펴보았으나 아무도 없었다. 숙진이 버럭 소리를 질렀다.

"오늘 같은 단오 명절에 술 한잔 안 하는 집이 어디 있다고 우리가 뭐 얼마나 시끄럽게 했다고 이렇게 난리야!"

숙진이 이렇게 소리를 지르는데 장 씨가 갑자기 나무 위에서 뛰어 내려왔다.

"이 죽일 년, 그래 밤새 어느 놈하고 술을 처먹는 거냐?"

숙진이 놀라서 벌벌 떨면서 그저 입으로 아니라고 웅얼거릴 뿐이었다. 장 씨가 다시 입을 열었다.

"그래, 그럼 나랑 같이 방으로 올라가 보자. 아무 일도 없으면 그만이지. 뭘 그렇게 벌벌 떨고 있어!"

숙진의 눈에 아교와 이이랑이 다가오는 게 보였다. 아, 이제 죽었구나 하는 마음이 절로 들었다. 그저 목을 내밀고 처분을 기다리는 수밖에 없었다. 주병중이 몸에 실오라기 하나도 걸치지 않은 채 허둥지둥 침대에서 내려와 엎드려 빌었다.

"죽을죄를 지었습니다. 저의 전 재산과 제 딸년을 바칠 것이니, 나이 많은 제 어머니와 아직 앞길이 창창한 제 마누라 그리고 어린 자식새끼들을 불쌍히 여겨주십시오."
 장 씨가 그 말에 어디 눈 하나 꿈쩍하겠는가? 번쩍하며 칼이 춤을 추니 머리 두 개가 땅에 떨어지고 목덜미에서 피가 쾰쾰 솟아오른다.

 사랑이 원수가 될 줄이야 그때는 몰랐어라,
 욕정이 결국 죽음의 씨앗이 되는 줄 이제 알게 되었네.

 일전에 숙진이 병을 앓고 있을 때 아만과 이이랑이 이렇게 말한 적이 있었다.
 "5월하고도 5일에 네가 다른 사람과 만나고 있을 때 활이 긴 사람의 도움을 받아 너를 다시 만나러 오겠노라."
 과연 5월 5일이 되니 숙진이 장 씨에게 죽임을 당하는구나. 여기서 숙진이 만나는 다른 사람은 바로 주병중을 가리키는 것이었다. 길흉화복이 닥쳐오기 전에 귀신이 미리 그 조짐을 알려주니 어찌 두려워하지 않을 수 있으랴! 선비가 자기 재주를 너무 믿고 자랑하면 결국 덕이 모자라게 되고, 여자가 자기 미모를 믿고 나대면 결국 마음가짐이 흐트러지게 되는 것이라. 뒤웅박에 가득 물을 담고 옮기듯이, 깊은 강물을 건너가듯이 조심 또 조심하여야 올곧은 선비, 정숙한 여인이 되느니 그래야 비로소 아름다운 삶을 살았다 할 것이라. 이 세상 사람들이 부부간에 서로 양보하고 금슬이 좋기를 바라노라. 잘못한 일을 바로잡는 것, 뭔가 잘못할 조짐이 있으면 그 싹을 미리 잘라내는 것, 미풍양속을 통해 백성들을 가르치는 일, 이런 것들은 늦었다고 핑계 대지 말고 언제든지 힘써 행해야 할 일이로다.
 이 자리에 계신 여러분「원앙새와 같은 사랑을 이루고 죽다」라는 이야기를 듣느라 고생 많으셨소이다. 자, 이제 또 노래 한 곡조를 들려드린 다음 이야기를 이어가겠소이다.

벽돌 조각 던졌을 때 무슨 뜻인지 알아차렸어야지,
대문 열고 들이닥쳤을 땐 이미 혼비백산이라네.
시퍼런 칼날이 춤을 추니 옥정에 눈먼 자들 목이 달아나누나,
아직도 마음을 고쳐먹고 반성하지 못했구나!
세 남자를 저승으로 보낸 여인,
하늘이 내리는 인과응보에서 벗어날 수는 없으리니.

남쪽 마을의 노래라는 뜻의 「남향자南鄉子」 가락에 맞춰 지은 사가 있도다.

봄이 지나는 걸 아쉬운 듯 우짖는 두견새,
백옥처럼 윤기 나는 피부는 다 어디로 갔을까!
옥정을 불태우던 남녀는 칼 아래 잠들어,
오호라, 구슬픈 혼령이 되어 구천을 떠도네.
죽음에 이르는 길 고통스럽고 힘들어,
다 전생의 업보일런가.
산천은 의구한데 사람은 떠났구나,
하늘이여, 하늘이여, 오직 저 달만이 기울었다가도 다시 차는구려.

유본도가 하늘로 돌아가다

福祿壽三星度世

— 행복, 재물, 장수의 세 별이 하늘로 돌아가다 —

신선이 되려는 자 먼저 현명한 스승을 만나야 할지니,
장생불로란 게 다 헛소리임을 먼저 알아야 할지라.
여색 탐하기를 그치면 저절로 건강해지리라,
남을 속이지 아니하면 저절로 신선이 되리라.

위 네 구절의 시는 지금 이야기하려는 한 선비 때문에 인용했노라. 그 선비는 20년 동안이나 힘써 공부하고 한눈팔지 않았으나 때가 맞지 않았는지, 운이 없어서인지, 팔자가 그래서인지, 과거 시험에서 연거푸 낙방했다. 관리가 될 팔자는 없어도 신선이 될 팔자는 있었던 모양이다. 위대한 송나라의 세 번째 황제는 바로 진종眞宗 황제라. 이 진종 황제 경덕景德 4년(1007) 가을 8월, 이 선비는 강가에서 물고기를 잡으며 살고 있었다. 물고기잡이 하는 데는 네 종류의 작업이 있구나.

주살을 잡은 자는 몸을 한껏 뒤로 젖히고

상앗대로 뱃전을 두드리며 물고기를 모는 자 한없이 소란스럽고

낚싯대를 드리운 자는 조용하기 짝이 없고

그물을 던지는 자의 어깨는 마치 춤을 추는 듯하고.

이 선비는 강주江州에 살았다. 강주는 행정구역상 정강군定江軍에 속했다. 이 강주의 동쪽에 성문이 하나 있었으니 그게 바로 구강문九江門이고 구강문 너머 강이 하나 흐르고 있으니 그 강이 바로 심양강潯陽江이다.

만리를 달리는 양자강 물줄기 마치 하늘에서 쏟아져 내리는 듯하고

동으로 달려 바다를 만나니 마치 우레가 치는 듯하여라.

나라를 지키는 저 맑고 푸른 물줄기,

군량미도 군수품도 필요 없는 백만 병사라.

이 선비는 8월하고도 열나흗날, 물고기잡이 배를 강물에 띄우고 상앗대로 저어 강 한가운데로 나아갔다. 위에서는 달빛이, 아래에서는 강물이 서로 마주하며 비추더라. 이 선비는 손에 그물을 쥐고서 강물을 향해 힘껏 던졌다. 연거푸 세 번이나 그물을 던졌으나 물고기는 한 마리도 건지지 못했다. 이때 누군가 외치는 소리가 들려왔다.

"유본도劉本道, 유본도, 그대처럼 훌륭하고 멋진 분이 영광과 존귀함을 빛낼 그런 일은 하지 않고 이렇게 고기나 잡고 그러시오!"

이 선비 그러니까 유본도가 그 말을 듣고 깜짝 놀랐다.

'뉘라서 이렇게 내 이름을 친근하게도 부른단 말인가?'

혼자 생각에 잠겨 그물을 거두고 사방을 둘러보았다. 그러나 아무도

보이지 않았다. 다시 그물을 던지려 하니 누군가 또 자기를 불렀다. 다시 둘러보았으나 아무도 보이지 않았다. 이러기를 연거푸 세 차례나 했다. 이날 밤은 고기를 한 마리도 잡지 못했다. 배를 강둑에 대었다. 다음 날 8월 15일 밤, 다시 배를 몰고 강 한가운데로 나갔다. 누군가가 또 유본도, 유본도 하면서 자기 이름을 불렀다. 유본도가 대체 누구일까 하는 생각에 그물을 내려놓고 살펴보니 뒤에서 소리가 들려오는 것 같았다. 배를 몰아 뒤쪽으로 가보니 갈대 사이에서 소리가 들려오는 것 같았다. 갈대 사이를 깊이 들어가 살폈으나 역시 아무도 없었다. 거참 이상하다 싶은 마음으로 다시 강물 한가운데로 돌아와 그물을 던졌다. 그물이 좀 무거워졌다 싶어 걷었다. 기쁘기도 하고 놀랍기도 했다. 꼬리는 붉고 몸통은 황금색인 잉어가 잡혔다. 길이가 대략 다섯 자는 되는 것 같았다. 유본도는 천지신명께 감사드렸다. 이걸 내일 시장에 나가서 팔면 사오일 먹거리는 해결될 듯싶었다.

　유본도가 배를 강둑에 대고 잉어를 망에 넣어 갑판 아래 물이 들어오는 쪽에 걸어두었다. 선창 안으로 들어가 옷을 벗고 자려니 허기도 느껴지고 갈증도 났다. 배 안을 살펴보니 마실 것도 먹을 것도 마땅한 게 없었다. 어떡한다? 유본도가 뒤척거리다 강 언덕 위로 올라 장 씨네 객점으로 가서 술을 받아와 마시기로 작정하고 일어났다. 유본도가 배 안에서 술을 담아올 조롱박을 들고서 강 언덕 위로 올랐다. 왼쪽엔 상앗대를 메고 오른쪽엔 조롱박을 들고서 달빛 아래서 강둑길을 걸었다. 장 씨가 잠들었을까 아니면 아직 문을 열고 있을까? 아직 잠들지 않았으면 문을 열어달라고 해서 술을 받아오면 되겠다. 벌써 잠들었다면 아이고, 그냥 참고 자야지 별수 있나! 터벅터벅 걸어서 한 반 리 정도 걸었을까 인가가 하나 눈에 들어왔다. 바로 장 씨네 객점이라. 입구까지 걸어가서 불이 켜져 있는지 살폈다. 아직 등불이 켜져 있었다. 그 모습이 어떠한고? 서쪽 강에 비친 달이라는 의미의 「서강월西江月」 사의 일절이 이 등불을 잘도 표현했겠다.

> 봄비에 젖어 떨어지는 것도 아니요,
> 봄바람에 불려 꺼지는 것도 아니라.
> 생긴 것은 꼭 한 떨기 빨간 꽃 같으나,
> 시간이 흐른다고 자라나지는 않네.
> 활활 타오르니 나비가 깃들기 어렵고
> 꽃술 모양이나 벌이 날아들기 어려워라.
> 사람들 조용해진 밤, 서재를,
> 단잠을 청하는 여인의 침실을 밝히는구려.

장 씨네 객점에 아직 불이 켜져 있는 걸 확인하고는 유본도가 소리를 질렀다.

"쥔장, 술을 받으러 왔소이다. 주무신다면 그만두시고 만약 아직 안 주무신다면 어서 술 좀 주쇼."

"아직 안 자고 있소이다."

객점 문이 열리더니 장 씨가 유본도에게 조롱박을 달라고 하더니 몇 되나 받을 거냐고 물었다. 다시 안에 들어가 술을 담아 나왔다.

"술을 담기는 했는데 좀 차가워."

"지금은 돈이 없네요. 내일 내가 고기를 팔아서 술값을 치르지요."

"그러죠, 뭐!"

장 씨가 객점 문을 닫고 들어갔다. 유본도는 상앗대를 끼고 조롱박을 들고 길을 걸었다. 길을 걷다 보니 배가 고파서 술이 차갑든 말든 한 모금씩 마셨다. 취기가 올라 길을 가다 말고 두어 번 쉬기도 했다. 배를 대어 놓은 곳으로 가보니 달빛 아래 공 모양의 천 모자를 쓰고 소매 품이 넓은 녹색 비단 도포를 입고 키가 석 자도 안 되어 보이는 자가 얼굴을 가린 채 유본도 쪽을 바라보며 대성통곡하고 있었다.

"네놈이 내 아들과 손주를 다 잡아가 버렸구나!"

유본도가 사방을 둘러보고 깜짝 놀랐다. 아무리 보아도 사람 꼴을 한 자는 없으니 저자가 소리를 내는 것 같은데 아무래도 귀신인 것 같았다. 유본도가 술 조롱박을 내려놓고 상앗대를 꼬나쥐고는 그자를 향해 힘껏 휘둘렀다.

"맞아라!"

유본도가 상앗대로 그놈을 맞추었다 싶은 바로 그 순간, 불빛이 사방으로 튀면서 '찌직'하는 소리가 울렸다. 유본도가 두 눈을 부릅뜨고 그걸 응시했다. 만약 유본도가 신선이 될 팔자가 아니었다면 강가에서 헤매는 귀신이 되거나 강물에서 객사하는 신세가 되었을 것이다.

소위 잘났다는 사람들 신선의 도를 흠모한다고는 하나,
신선 사는 봉래섬에 언제 갈 수 있으리!
신선의 도는 마음속에 있는 것,
그저 '속 편한 어부의 노래'나 한 번 들어보시게나.
이런 이치를 아는 자가 많지 않지,
길 안내 없이 혼자 길을 찾아가기 힘든 것처럼 말이야.
그대 어디 간들 물고기를 못 잡으리,
까치 다리 따라가면 신선 세계에 이르리라.

유본도가 다시 보니 공 모양의 천 모자를 쓰고 소매 품이 넓은 녹색 비단 도포를 입고 키가 석 자도 안 되어 보이는 그런 자는 아무 데도 없었다. 거 참 이상하다 싶으면서도 그냥 배를 매어둔 곳으로 갔다. 유본도가 갑자기 자기도 모르게 '아니!' 하며 비명을 질렀다. 배가 사라지고 보이지 않았다.

"대체 어느 놈이 내 배를 훔쳐간 거야!"

강 건너편을 바라보니 소리 없이 바람만 불고, 강물 위에는 배가 한 척도 보이지 않았다. 당장 오늘 밤은 어디서 지낸다지? 유본도는 혼자 생각에 잠겼다.

'내 배는 그동안 손을 탄 적이 없는데! 그렇게 물고기잡이를 하러 다녀도 뭐 하나 잃어버린 적이 없는데. 아이고 오늘 이렇게 배를 통째로 잃어버리다니! 상류로 올라가려고 하는 놈이 훔쳤거나 하류로 내려가려고 하는 놈이 훔쳤겠구먼.'

유본도는 더는 배를 찾으려고 하지 않고 그냥 갈대숲 쪽으로 가서 남은 술을 다 마신 다음 조롱박을 버리고 강둑을 따라 걸었다. 밤, 자시가 넘어가는 시각, 배는 이미 사라진 지 오래, 오늘 밤은 어디에서 몸을 눕히나 하는 생각이 절로 들었다. 이리저리 왔다 갔다 하면서 궁리를 해도 뾰족한 수가 있을 리가 없었다. 그러다 어느 농가에 이르렀다. 상앗대를 내려놓고 살펴보았다. 농가 안쪽에선 촛불이 타고 있었다. 유본도는 이러지도 저러지도 못하고 망설였다. 재워달라고 부탁하자니 얼굴도 모르는 사람이고, 그냥 가자니 오늘 밤 몸을 누일 곳이 아무 데도 없었다. 유본도는 하는 수 없이 소리를 내었다.

"계십니까? 저는 물고기잡이올시다. 배를 잃어버리고 찾으러 다니다가 여기까지 왔소이다. 밤은 깊었는데 묵을 곳이 없으니 하룻밤만 묵어가게 해주시기를 바라나이다."

농가 안에서 소리가 들려왔다.

"나가요. 잠시만 기다리세요."

뜻밖에도 여자 목소리였다. 그 여자가 대문을 열었다. 유본도가 고개를 숙인 다음 두 손을 모아 인사했다. 여자가 답례하며 유본도를 안으로 들라 했다.

"나리, 안으로 들어오시지요. 하룻밤 묵어가시지요."

유본도가 사례를 하고서 상앗대를 든 채 그 여인을 따라 집 안으로 들어갔다. 여인은 대문을 닫아걸고 초가집 안으로 들어가 자리를 잡고 앉았다. 서로 통성명을 하고 나니 여인이 조심스럽게 입을 열었다.

"나리, 허기지실 거 같아 제가 술과 안주를 차려와 대접하고자 하는데 어떠신지요?"

"어디 아무 데라도 하룻밤 묵게 해주시기만 한다면 정말 고맙겠습니다."

"그야 뭐가 어렵겠습니까? 마침 머물 만한 곳도 있습니다."

여인이 대답을 다 마치기도 전에 밖에서 누군가 외치는 소리가 들렸다.

"아야, 아야! 내가 저놈한테 잘못한 게 아무것도 없는데 왜 나를 때리는 거야. 저놈은 왜 다른 데 안 가고 우리 집에 와서 하룻밤 묵겠다고 하는 거냐 말이야?"

그 목소리의 주인공이 문을 열려고 하는 것 같았다. 유본도가 깜짝 놀라며 물었다.

"낭자, 밖에서 소리 지르는 자는 누구요?"

"제 오빠입니다."

유본도는 농가 한쪽 벽 그늘진 곳에 숨어서 살폈다. 여인이 문을 열었다. 여인이 오빠에게 인사했다. 그자가 그 여인에게 말했다.

"아야, 아야! 그래 얘야, 문 닫고 들어와라!"

여인이 문을 닫아걸었다. 오빠를 집 안으로 들어와 앉게 했다. 유본도는 그 여인을 따라 들어온 오빠를 보더니 '아이고 이제 죽었구나!' 하고 혼잣말을 했다. 이는 정말로 돼지와 양이 백정 집으로 한 걸음 한 걸음 기어들어 가는 격이라.

본부인 버리고 새 마누라 얻었네,

새 마누라가 전처 자식 꼴을 못 보네,

본부인 시퍼렇게 살아 있는데 새 마누라가 먼저 세상을 뜨네,

한번 원한 품으니 그 원한 가실 줄 모르네.

유본도가 집 안에 앉아 있는 자를 살펴보니 바로 공 모양의 천 모자를 쓰고 소매 품이 넓은 녹색 비단 도포를 입고 석 자도 안 되어 보였던 자라.

'내가 상앗대로 때리는 바람에 강물에 빠져 죽은 모양이구먼. 아이고 어쩌자고 내가 저놈의 집을 찾아왔을까!'

유본도는 그 여인에게 뭐라고 말 한마디 할 경황도 없이 상앗대를 끼고 살금살금 대문을 열고 강 쪽으로 도망쳤다.

한편 여인의 오빠는 여인에게 소리쳤다.

"동생, 유향 한 덩어리하고 데운 술 한 사발 좀 가져와 봐. 등의 통증이 너무 심해!"

여인이 즉시 오빠가 시키는 대로 했다. 여인이 오빠에게 물었다.

"오빠, 대체 무슨 일이 있었던 거예요?"

"그래 너에게 말해주지. 내가 그놈한테 아무 짓도 안 하고 강가에 서서 그놈이 술을 받아가지고 돌아오는 걸 보고서는 내가 얼굴을 파묻고 울면

서 소리쳤지. '네놈이 내 아들과 손주를 다 잡아가 버렸구나!' 한데 그놈이 갑자기 다짜고짜 상앗대로 내려치는 거야. 해서 내가 재빨리 불꽃으로 변신하여 강물로 뛰어들었지. 그놈이 강둑으로 올라가기에 내가 바로 그놈의 배를 숨겨두었어. 배를 잃어버린 그놈이 강둑을 따라 걸어가더군. 내 생각에 그놈이 어디 다른 데는 못 가고 필시 우리 집으로 갈 거 같더라고. 그놈 여기 오시 않았어?"

"그놈이 대체 누군데요?"

"유본도라고, 고기잡이야."

그 여인은 혼자 속으로 생각에 잠겼다.

'아, 바로 그 사람이 오빠를 때린 거구나. 내가 그 사람을 위해 잘 말해주어야 하겠는걸!'

그 여인은 마침내 오빠에게 이렇게 대답했다.

"그 사람이 여기 찾아와 재워달라고 부탁하긴 했어요. 내가 재워줄 수 없다고 하니까 그냥 돌아갔죠. 오빠 오늘 하루 고생 많으셨어요.. 제가 잠자리를 봐 드리지요."

한편, 유본도는 강둑을 따라 정신없이 걸어갔다. 축시부터 해서 인시가 다할 때까지는 걸었나 싶었다. 다리가 아프고 시큰거렸다. 달빛 아래 큰 바윗덩어리 하나가 보였다. 그 바위 위에 상앗대를 걸쳐놓고 잠깐 좀 쉬었나 싶었더니 누군가 황급히 달려와 크게 소리치는 것이었다.

"유본도, 멈춰라. 거기 서라."

유본도가 자기도 모르게 크게 한숨을 쉬었다.

"그놈이 날 쫓아오는가 보구나. 내가 상앗대로 때린 원수를 갚으려는 거로구먼."

유본도는 세워놓은 상앗대를 다시 손에 쥐고 그놈이 다가오기만을 기다렸다. 잠시 후 나타난 사람은 바로 농가에서 만난 그 여인으로 하얀 옷을 입고 부댓자루 하나를 손에 들고 유본도 앞에 섰다.

"어째서 그렇게 몰래 떠나신 거죠? 집에서 아무리 찾아도 보이지 않더군요. 오빠는 이미 잠들었어요. 나를 따라오세요. 절 의심하지 마세요. 저는 귀신도 아니고 도깨비도 아니고 사람입니다. 제 옷은 재봉선도 그대로 있고, 달빛 아래 제 그림자도 비치고요. 게다가 제 목소리도 알아들을 수 있잖아요.. 그대를 만나려고 제가 이렇게 특별히 달려온 거라고요."

유본도는 그 말을 듣고 나서 살며시 상앗대를 내려놓았다.

"낭자께서 이렇게 밤새 저를 찾아 달려오신 이유가 있을 것 같은데요."

"나리, 결혼은 하셨는지요? 이미 하셨다면 저는 첩이라도 되고자 하며 아직 결혼하지 않으셨다면 저는 나리와 결혼하기를 원하나이다. 이 부댓자루 안에는 나리께서 평생 써도 모자라지 않을 금은보화가 들어 있습니다. 나리의 의향은 어떠신지요?"

유본도는 이렇게 멋진 처녀가 금은보화를 한가득 지고 와서 결혼하자고 하는 거야말로 천재일우의 기회 아닌가 하는 생각이 들었다. 유본도가 여인을 바라보며 대답했다.

"고맙소이다. 나는 여태껏 결혼한 적이 없소이다."

유본도는 상앗대를 집어 강물에 던져버리고 날이 밝을 때까지 그 여인과 함께 걸어서 강주에 도착했다. 유본도는 여인을 이제 아내로 호칭했다. 여인이 유본도에게 물었다.

"나리, 우리 어디서 신혼살림을 할까요?"

"걱정 마시오. 내가 다 알아서 장만할 것이오."

유본도와 여인은 성안으로 걸어 들어가 어느 객점 앞에 이르렀다. 그 객점에는 '고일랑네 객점'이라는 간판이 붙어 있었다. 유본도가 먼저 객점

안으로 들어가 물었다.

"어느 분이 고일랑이시오?"

"바로 나요."

"나와 내 아버님하고 사이가 벌어져 아버님이 우리 부부를 쫓아내 버렸소이다. 지금 우리가 어디 갈 데가 없으니 그대가 우리 부부를 좀 거둬주셔서 이곳에서 며칠 머물게 해주셨으면 좋겠소이다. 친척분들이 잘 중재해주시어 아버님이 좀 누그러지면 그때 바로 돌아가겠소이다. 내가 사례는 후하게 하리다."

"부인은 어디에 있소이까?"

유본도가 여인을 불렀다.

"부인, 안으로 들어와 인사하시오."

고일랑이 유본도 부부를 객점의 남쪽 건물 세 번째 방으로 안내하더니 방문을 열어 보여주고 열쇠를 건넸다. 유본도가 매우 맘에 들어 했다. 유본도 내외는 불을 피우고 밥을 지어 먹었다. 금은보화를 조금 팔아서 정리함, 옷가지, 이불을 사들였다. 이렇게 여기서 반년을 지냈다. 유본도가 여인에게 말했다.

"오늘도 놀고먹고 내일도 놀고먹으면 산더미 같은 재산이라도 결국 바닥나기 마련 아니오!"

여인이 웃으며 대답했다.

"걱정하지 마십시오."

여인이 정리함에서 뭔가를 꺼내어 유본도에게 보여주었다.

"이거면 우리 둘이 평생 먹고 사는 데 지장 없을 거예요."

남자가 능력 없다고 말하지 마라,

여자가 더 능력이 넘칠 뿐이라.

여인은 또 점을 치는 산가지 통을 들고 왔다. 유본도가 그걸 보고 여인에게 전생의 무슨 인연으로 이렇게 우리가 만나게 되었는지 물었다.

"제 아버님이 살아 계실 때 강주자사를 지내셨지요. 성은 제齊, 이름은 문숙文叔이었답니다. 저의 아명은 수노壽奴였고요. 아버님이 임기를 마치고 고향으로 돌아가실 때 우리 일행은 거센 풍랑을 만나 부모님, 하인들 모두 저세상을 떠나고 말았습니다. 저는 나리가 상앗대로 때렸던, 공 모양의 천 모자를 쓰고 소매 품이 넓은 녹색 비단 도포를 입고 키가 석 자도 안 되어 보이는 그 사람에게 구조되어 나리가 잠자리를 찾아오셨던 그 집에 가게 되었습니다. 하여 저는 그 사람을 오빠라 부르게 되었답니다. 나리의 배가 어디로 사라진 것도 다 그 사람이 감춰버렸기 때문이지요. 나리가 그 집을 찾아와 재워달라고 했을 때 그 사람에게 제가 다른 말로 잘 넘겨버리고 나리를 숨겼지요. 제가 나리랑 부부의 연을 맺고 싶은 마음이 있어서 그랬습니다. 나리, 제가 어떻게 점을 다 칠 줄 알게 되었는지 궁금하시죠. 제가 어릴 때 아버님한테 세 가지를 배웠지요. 하나는 독서와 글쓰기, 둘은 부적 쓰기와 신통력이 있는 물 만들기, 셋은 점치기입니다. 한데 아버님한테 배운 이 점치기 재주를 이제 이렇게 써먹게 되는군요. 고일랑에게 부탁해서 번화한 곳에 가게를 열어 사람들한테 점을 쳐주면 우리 밥 먹고 사는 데는 아무런 지장이 없을 것입니다."

"내 마누라가 이렇게 똑똑하고 재주가 많으니 우리 먹고사는 데는 정말 아무런 문제가 없을 것이야."

유본도는 바로 고일랑에게 부탁하여 남부 시장에 가게 하나를 얻었다. 지필묵을 준비하고 간판도 걸고 길일을 택하여 개업식도 했다. 가게 이름은 '백의白衣 여도사집'으로 정했다. 고일랑이 한참을 유본도네랑 같이 머물다 자기 객점으로 돌아갔다. 첫날은 손님이 들지 않았다. 둘째 날도 손님이 들지 않았다. 셋째 날 오후가 되어도 손님이 하나도 들지 않았다. 여인이 유본도에게 이렇게 말했다.

"사흘 동안 손님이 하나도 들지 않는데 나리께선 그 이유가 짐작이 가십니까? 필시 누군가 상난을 지고 있는 게 분명합니다. 나리께서 나가서 한번 살펴보시고 저에게 알려주십시오."

유본도가 나가서 남부 시장 이곳저곳을 살폈다. 수상한 구석은 어디에도 없었다. 시장을 빠져나와 큰길로 가보니 사람들이 빙 둘러 서 있는 게 보였다. 유본도가 구경꾼들 어깨너머 바라보니 남자 하나가 약을 담은 표주박을 손에 들고서 뭐라고 읊조리고 있었다.

오리마다 우뚝 솟아 있는 작은 봉우리,

동서남북 열려 있는 길.

길을 잃고 헤매는 세상 사람들아,

내 손가락이 가리키는 곳을 따라 길을 찾을지니.

"여러분, 내 이야기 좀 들어보시라. 나는 환공산皖公山에서 수행하는 도사올시다. 오늘 나는 세 가지 일이 있어 환공산을 떠나 강주로 왔소이다. 여기 계신 훌륭하신 어르신들 이내 말 좀 들어보시오. 첫째, 내가 환공산에서 수행하기를 13년, 최상급의 단약을 제조했으니 이거로 사람을 구제하고자 하오. 둘째, 내가 찾아야 할 물건이 하나 있소이다. 셋째, 내가 강주성 안의 모든 사람을 구제하고자 하오."

구경하던 사람들은 그 말을 듣고 모두 소스라치게 놀랐다. 도사는 바로 껄껄 웃으며 바로 말을 이었다.

"아이고, 여러분 가운데 내 약을 사준 사람이 아직 하나도 없는데, 내가 찾아야 한다고 했던 그 물건을 먼저 보여주게 생겼네. 그게 어디 있을꼬?"

도사는 자기를 둘러싸고 있는 사람들 너머를 가리키며 한마디 했다.

"자, 어서 이리 와 봐!"

유본도가 그 도사를 바라보았다. 도사가 유본도에게 말했다.

"어서 이리 와 봐. 내가 할 말이 있어!"

유본도가 놀라고 또 당황하면서 그 도사에게 다가갔다. 그 도사가 손뼉을 치면서 말했다.

"자, 어서 와서 강주성 사람들을 구해야지. 내가 찾는다고 했던 그 물건은 바로 이 사람이라오."

사람들은 저 도사가 도대체 왜 저 젊은이를 가리켜 자기가 찾는 물건이라고 하는지 납득이 가지 않았다. 도사가 다시 입을 열었다.

"자, 내 말을 들어보시라. 저 젊은이의 눈썹에 검은 기운이 서려 있고 사악한 음기가 솟아나고 있도다. 자, 어서 사실대로 말해라."

유본도가 여인을 만나 부부가 된 사정을 도사에게 소상하게 설명했다.

"자, 여러분 내가 찾는다고 하는 물건은 바로 그 여인입니다. 내가 이 젊은이를 구해주겠소이다."

그 도사가 바닥에 놓아두었던 황색 부대에서 부적 하나를 꺼내더니 유본도에게 건네주었다.

"자, 이걸 가지고 집에 돌아가서 술 취했다고 핑계 대고 바로 자는 척하여라. 그 여인이 돌아오면 자정 무렵에 이 부적을 그 여인 몸에 붙여라. 그러면 그 여인의 정체가 드러날 것이다."

유본도는 그 도사를 말을 듣고 나서 여인이 있는 가게로 가지 아니하고 바로 객점의 방으로 돌아가 술에 취하여 곯아떨어진 척했다.

한편, 여인은 유본도가 돌아오지 않자 그냥 자기 혼자서 가게 문을 닫았다. 객점으로 돌아오자마자 곧장 객점 주인장 고일랑에게 물었다.

"자네 남편은 진즉에 돌아왔지. 술에 취했는지 바로 곯아떨어졌어."

여인이 비소를 지으며 대답했다.

"아, 그렇군요.."

여인이 방 안으로 들어가 냅다 소리를 질렀다. 유본도가 깜짝 놀랐다. 여인이 유본도에게 쏘아붙였다.

"아니, 이게 무슨 경우 없는 짓이죠? 우리가 부부로 지낸 지가 얼만데, 내가 당신한테 잘못한 건 또 뭐죠? 남이 우리 부부를 이간질하는 말을 철석같이 믿다니. 내가 당신한테 우리 장사를 방해하는 놈이 누군지 살펴보고 오라고 했더니, 당신은 그 거지 같은 도사놈의 말을 철석같이 믿고 술에 취해 잠든 척했다가 내 몸에 부적을 붙이고 내 정체를 알아보겠다 이거죠. 나는 강주자사를 지냈던 제문숙의 딸이라오. 내가 무슨 귀신이라도 된단 말인가요? 정말 얼토당토않은 말을 믿고서 나를 해치려 들다니. 어서 그 부적을 내놓으라고요. 그 부적을 나한테 건네주면 우리 부부의 인연이 계속 이어지는 거고, 그렇지 않으면 우리 인연은 끝나는 거죠."

유본도가 품에서 부적을 꺼내어 여인에게 주었다. 유본도와 여인이 저녁을 챙겨 먹었다. 다음 날 아침, 밥을 먹고 객점을 나서려는데 여인이 유본도에게 말했다.

"잠깐만요. 저 오늘은 가게 안 열 거예요. 나랑 같이 그 도사에게 가서 대체 무슨 억하심정으로 부적을 주고 우리 사이를 갈라놓으려 하는 건지 물어보려고요.. 그리고 저랑 그 도사랑 법력을 겨루는 것을 한번 보세요."

유본도와 여인이 거리로 나섰다. 유본도가 여인을 남부 시장 앞으로 데리고 갔다. 한 무리의 사람들이 그 도사를 에워싸고 있는 게 보였다. 그 도사가 사람들을 상대로 한창 신나게 떠들고 있었다. 여인이 사람 틈을 헤집고 들어가 소리 질렀다.

"이 거지 같은 도사 놈아, 이곳저곳 싸돌아다니며 빌어먹던 놈이 그깟 부적으로 우리 부부를 갈라놓으려 하느냐! 나는 강주자사를 지낸 제문숙의 딸이로다. 여기 구경하는 사람들도 내 선친을 다 안단 말이다. 그런데 네놈이 감히 나를 귀신이라고 헛소리를 하다니! 네놈이 법력이 있다면 어디 여러 사람 앞에서 나랑 겨뤄보자. 나도 법력이 있으니 널 상대해주마."

도사가 그 광경을 보고서 대로하여 검을 빼들고 여인의 머리를 향해 내리쳤다. 사람들은 저 여인이 이제 도사의 칼에 목이 달아나겠구나 하고 생각했다. 도사가 검을 내리치는 순간, 여인이 손가락을 튕겼다. 사람들 역시 탄성을 지르며 그 자리에 얼어붙어 버렸다.

어젯밤 우주에 동풍이 불어,
단약을 제조하는 화로에 불씨가 죽고 술잔의 술도 엎질러져 버렸네.
남아는 평생 품어왔던 소망을 이루지 못하고
등불 심지 돋우며 옛날 책을 들추네.

여인이 손가락으로 도사의 칼을 막았다. 도사의 칼이 유본도 아내의 손가락에 붙잡혀 옴짝달싹하지 못했다.

"우리 부부가 이렇게 사이좋게 잘 지내고 있는데 그깟 부적 하나를 내 남편에게 주고서 나를 감히 어떻게 해보겠다고! 절대로 나를 어떻게 할 수는 없을 것이다. 어디 할 말이 있으면 한번 해봐라."

"아이고 마님, 이 불쌍한 도사를 용서해주십시오. 제가 감히 주제를 모르고 마님을 성가시게 했습니다."

사람들이 모두 가가대소하면서 여인에게 도사를 좀 용서해주라고 한마디씩 거들었다.

"내가 저 사람들 체면을 봐서 이번 한 번은 용서하겠다."

여인이 주문을 외우니 칼이 땅바닥에 떨어졌나. 사람들이 가가대소했다. 그 도사는 사람들 사이를 헤집고 사라졌다. 사람들이 다 흩어지기 전에 그 도사가 다시 나타났다. 여인을 어떻게 다시 공격해보려고 하는 것은 아니고 땅바닥에 떨어져 있는 칼을 가져가려고 온 것이라. 도사가 칼을 집어 들고 다시 사라졌다.

그날 이후로 유본도와 여인의 가게에는 아침부터 밤늦게까지 사람들이 미어터졌다. 점을 치러 오는 사람, 부적이나 영험 있는 물을 사러 오는 사람이 넘쳐나서 눈코 뜰 새가 없었다. 유본도와 여인의 점집은 금세 유명세를 탔다. 어느 날 한 손님이 마차를 타고 와서 여인을 초청했다.

"나는 강주의 안무安撫이신 조 나리의 하인 되는 사람입니다. 우리 도련님이 병이 나서 누워 계신 지가 오랜데 날이 가도 차도가 없으십니다. 지금 특별히 나리의 명을 받들어 그대를 모시러 이렇게 가마를 대령하고 찾아왔나이다."

여인이 유본도에게 먼저 객점으로 돌아가 있으라 하고는 가마에 올라 타고서 조 나리를 보러 출발했다. 여인이 조 나리 댁에 도착하여 정원에 들어가 보니 조 나리의 아들이 정자에 앉아 혼잣말을 중얼거리고 있었다. 그의 입에서 술 냄새가 진하게 풍겨 나왔다. 사람들이 정원으로 통하는 문가에 서서 그녀가 어떤 술수를 쓰는지 구경하고 있었다. 그녀가 주문을 외우자 일진광풍이 일기 시작했다.

형체도 없이 그림자도 없이 왔다가 사라지네,

그분의 뜻대로 피고 지고 피고 지고.

몰래 꽃가지에 올라가는 것은,

맑은 향내를 훔쳐 누군가에게 주려는 것인가?

바람이 훑고 지난 자리에 노란 옷을 입은 여인이 나타나 노기를 띠며 소리쳤다.

"누가 감히 나를 성가시게 만드는 게냐?"

노란 옷을 입은 여인이 유본도의 여인을 보더니 정중하게 예를 갖추고 나더니 말했다.

"아, 내 동생이었군!"

"아니 언니가 어째서 공중에서 내려오는 거죠?"

"동생은 또 어인 일로 여기 온 건가?"

"조 나리의 부탁을 받고서 조 나리 아들을 구하고 사악한 잡귀를 몰아 내려고 왔나이다."

그 여인이 그 말을 듣지 못했더라면 아무 일도 일어나지 않았을 것을! 그 여인이 그 말을 듣더니 이를 갈며 이렇게 말했다.

"네 남편 하나도 구하지 못하면서 다른 사람을 구하러 왔단 말이냐?"

일진광풍이 불더니 노란 옷의 여인이 사라져버렸다. 유본도의 여인이 정원에서 조 나리의 아들을 구했다. 조 나리는 유본도의 여인에게 선물을 챙겨주고 사람을 시켜 그녀를 고일랑의 객점까지 모셔다드리게 했다. 객점에 도착하자 그녀는 자기를 모시고 온 자들에게 행하를 주고 돌려보냈다. 그녀가 고일랑에게 물었다.

"남편은 안에 있겠지요?"

"그렇지 않아도 이야기하려던 참인데, 노란 옷을 입은 여인이 갑자기 나타나 그대 남편을 옆구리에 끼더니 창문을 통해 서남쪽으로 가버렸습니다."

"걱정할 것 없습니다."

그녀가 외쳤다.

"자, 올라타자!"

그녀가 구름을 잡아타고 노란 옷의 여인을 쫓아가서 큰소리로 외쳤다.

"내 남편을 돌려줘!"

노란 옷의 여인이 그녀가 쫓아오는 것을 보더니 이렇게 외쳤다.

"떨어져라!"

노란 옷의 여인은 유본도를 공중에서 떨어뜨리고는 그녀와 도술을 겨루기 시작했다. 유본도는 자신의 아내를 쳐다볼 겨를도 없이 도망치기 바빴다. 도망치다 어느 절을 코앞에 두었을 무렵, 유본도는 온 힘이 다 빠져버리고 말았다. 스님 한 분이 절 문 앞에 서 있었다.

"스님, 잠시만 안에 들어가 몸을 좀 쉴 수 있을지요?"

"오늘은 좀 바쁜데요. 시주하실 분이 소승을 만나러 찾아오시기로 했습니다."

바로 이때 땔감 몇 단, 간장 몇 통, 쌀 몇 부대 그리고 향초, 지방, 지전을 들고 오는 자가 보였다. 멀리서 양산을 쓰고 오는 자는 바로 공 모양의 천 모자를 쓰고 소매 품이 넓은 녹색 비단 도포를 입고 키가 석 자도 안 되어 보이는 그자였다. 유본도는 혼비백산하여 도망쳤다. 하지만 유본도는 그만 그 시주에게 붙잡히고 말았다.

"네놈이 바로 상앗대로 나를 때린 놈이구나. 이제야 내 손에 잡혔구나. 내가 네놈의 심장과 쓸개를 꺼내어 술을 담가 마셔야겠다."

유본도가 이제 꼼짝없이 죽었구나 생각하고 있을 때 아내가 나타났다. 아내가 그자에게 외쳤다.

"오빠, 고정하세요.. 그 사람은 제 남편이라고요."

바로 이때 노란 옷의 여인도 나타났다. 노란 옷의 여인이 그자에게 외쳤다.

"오빠, 저 말을 믿지 마세요. 자기 진짜 남편도 아니면서! 오빠를 때린 놈이니 우리 자매의 원수가 분명하다고요."

넷은 서로 밀고 당기며 한 덩어리가 되어 다투었다. 이때 절 안에서 노인장이 나오더니 버럭 소리를 질렀다.

"이런 짐승 같은 놈들, 정말 무례하기 짝이 없구나! 정체를 드러내라!"

노란 옷의 여인은 노란 사슴으로 변했다. 소매 품이 넓은 녹색 비단 도포를 입은 자는 녹색 거북이로 변했다. 하얀 옷의 여인은 백학으로 변했다. 절 안에서 나와 소리를 질렀던 노인장은 바로 장수의 별이었다. 노인장이 백학에 올라탔다. 유본도가 노란 사슴에 올라타 노인장의 뒤를 따랐다. 거북이가 길을 인도하여 하늘로 올라갔다. 유본도는 본래 선계의 장수 담당 부서에서 일하던 자였다. 유본도가 노란 사슴, 백학, 거북이와 어울려 노느라 맡은 일을 게을리했던 까닭에 인간 세상으로 쫓겨나 빈궁한 선비로 태어나게 되었다. 인간 세상으로 귀양 온 기간이 다 차서 장수를 담당하는 별이 유본도를 다시 하늘로 데리고 가는 것이다. 노인장이 나왔던 그 절은 바로 장수별 절이라는 뜻의 수성사壽星寺로 지금도 강주 심양강 기슭에 그대로 있다.

본디 선계에서 벼슬하던 자라 속세에 찌들지 아니했어라,
거칠 것 없이 학이랑 사슴이랑 짝하며 놀았구나.

괜스레 정체를 정확히 밝히지 아니하는 바람에,

이 세상 인간들이 얼마나 많이 골탕을 먹었는지!

마귀용을 퇴치한 도사 허손

旌陽宮鐵樹鎭妖
— 정양궁의 강철 나무가 물의 요괴를 제압하다 —

인간 세상에 봄이 찾아드니 때깔이 새롭기도 하여라,

복숭아꽃 빨갛고 배꽃 하얗고 버들잎은 파랗고.

화려하게 장식한 수레들 한가롭게 왔다 갔다,

봄바람은 이 도성에도 불어오누나.

넘치게 술 걸러놓고 흐드러지게 내 마음 읊어보리라,

돈도 명예도 다 잊으리니.

호기롭게 그때 이야기를 한번 해볼까나,

허정양[1]이 물의 요괴를 제압한 일 아직도 기억하지.

---

1) 본명은 허손許遜(239~374)으로 진晉나라의 유명한 도사이다. 별명은 경지敬之, 280년에 정양현령에 부임했다.

혼돈한 세상에 처음 질서가 생겨나고 사람과 만물이 생겨난 이래로 세 명의 위대한 성인이 나타나 세 개의 큰 가르침이 생겼도다. 그 큰 세 가지 가르침이 무엇일꼬? 하나는 유가라. 공자가 육경을 지어 영원토록 세상에 모범을 드리우고 역대 황제의 스승이 되고 만세 학문의 시조가 되었다. 다른 하나는 석가라. 석가는 카필라 왕국 정반왕의 아들로 태어나 큰 지혜로 온 세상을 밝게 비췄으며 황금빛 연꽃 보대 위에 여섯 장이나 되는 황금 몸체로 변신에 능했다. 엄청 크면서도 세세하게 모든 것에 통달하면서도 우둔한 자의 심사를 헤아려 중생을 구제하니 하늘과 땅의 스승으로 불렸도다.

또 다른 하나는 도가라. 하늘과 땅을 생기게 하고 도사와 신선을 낳게 하며, 이 세상의 기틀이 되는 기의 스승이 있었으니 그자가 바로 노자라. 노자가 이렇게 저렇게 변신하여 이 속진 세상에 나타난 게 몇 번이나 되는지 세기가 힘들 정도다. 노자가 상나라 탕왕 48년에 다시 세상에 나타났다. 태양의 정기를 타고 옥구슬 모양으로 변신하여 옥녀의 입으로 들어가니 옥녀가 그걸 물고서 임신하여 81년이 지난 무정武丁 9년에 배를 가르고 출산했다. 한데 그 아이의 머리가 온통 새하얗더라. 하여 사람들이 그를 노자라 부르게 되었더라. 노자가 오얏나무 아래에서 태어났기에 오얏나무 '이李'자를 성씨로 삼고, 이름을 이耳, 별명을 백양伯陽이라 했다. 나중에 파란 소를 타고 함곡관을 나서서 세상에서 사라졌다. 함곡관의 관리 윤희가 멀리서 상서로운 자색 기운이 감도는 것을 보고는 그가 보통 사람이 아님을 눈치채고 그에게서 5천 글자로 된 『도덕경』을 얻어 후손에게 전했다. 노자는 사막으로 들어가 수련하여 신선이 되어 지금은 지극히 깨끗한 신선 세계에 머물고 있으며 사람들은 그를 길을 밝히고 덕이 있으며 존경스러운 자라고 부르고 있다.

공자, 석가, 노자 이 셋 가운데 오직 노자가 바로 도의 시원이 되는 자이며, 지극히 깨끗한 신선 세계의 존재자로다. 구름이 뭉게뭉게 피어오르는 곳, 상서로운 기운이 넘치는 곳, 노자의 생일날, 서른세 겹의 하늘 궁전을 모으고, 종남산, 봉래산, 낭원산閬苑山을 함께 모으고, 서른여섯 동굴을 모으고, 일흔두 개의 복스러운 땅을 모으고, 신선을 줄 세우니, 수천수만의 신선이 난새를 타고 백학을 타고 붉은 용을 타고 빨간 봉새를 타고 표연히 구름을 타고 나타났다. 차례로 노자를 알현하고, 노자의 생신을 기리고, 머리를 숙여 예를 갖추었다. 물에 사는 용의 노래란 뜻의 「수룡음水龍吟」 사를 인용하노라.

붉은 구름 자색 덮개가 화려한 하늘을 덮고
하늘 궁전엔 온통 상서로운 기운이라.
검은 학이 날아오고
파란 소리가 지나가는데,
화사한 구름 빛깔은 의구하구나.
도덕경 5천 글자를 받으니 너무도 기뻐,
영원토록 세상에 전하리라.
하물며 천상의 신선 세상에서 벌어지는 잔치 자리.
인간 세상에서 볼 수 없는 진귀한 과일,
박처럼 큰 대추,
만년 자란 복숭아,
천년 된 연밥.
하늘땅처럼 장수할지니,
넓고 깊은 바다처럼 영원하리라.

신선들이 생일을 축하하러 온 것을 보고 노자가 얼굴이 절로 환해지더니 즉시 잔치를 열어 그들을 대접했다. 술이 얼큰하게 취할 무렵 태백금성이 자리에서 일어서서 말했다.

  "이 자리에 계신 여러 어르신께서는 남녘 강서성 일을 알고 계시겠지요? 강서는 예전에는 예장豫章 관할이었지요. 400년쯤 후에 백사가 요괴로 변할 텐데 그를 물리칠 자가 아무도 없을 것이라 사방 천백 리에 이르는 땅이 온통 물바다가 될 형편입니다."

  노자가 대답했다.

  "나도 잘 알고 있소이다. 지금부터 400년이 더 지나면 서산이라 이름 붙은 곳, 용이 똬리를 틀고 호랑이가 웅크리고 자리 잡은 곳, 산봉우리와 계곡이 굽이치는 곳에 특별난 사람이 태어날 것이라. 그 사람 성은 허許, 이름은 손遜으로 그자가 신선 세상의 지도자가 되어 사악한 요괴를 섬멸할 것이라. 지금 여기 신선 가운데 하나가 인간 세상으로 내려가서 인간 세상 가운데 덕이 충만하고 행실이 올바른 자를 택하여 그자에게 도를 전하여 나중에 허손이 태어나면 그 허손에게 자신이 세상에 태어나게 된 인연을 알려주게 하길 바라오."

  자리에 함께한 신선 가운데 효성과 우애의 별, 위홍강衛弘康이 나서서 말했다.

  "제가 인간 세상을 굽어보니 난기蘭期라는 자가 눈에 들어왔습니다. 그자는 평소 행실이 깔끔하고 신선의 풍도와 도를 닦을 만한 자질이 있어 그자에게 이 오묘한 이치를 전수해줄 만합니다. 그자가 이를 다시 여신선 심모諶母에게 전하고, 심모가 이를 다시 허손에게 전달할 수 있을 것입니다. 이렇게 입에서 입으로 전하고 마음에서 마음으로 서로 주고받아 간직하고 있으면 나중에 참 신선에게 전달될 수 있을 것입니다. 이렇게 하면 강서가 물에 잠기는 일을 막을 수 있을 것입니다. 다른 신선들의 의견은 어떻습니까?"

노자가 대답했다.

"정말 좋은 의견이오. 정말 좋은 의견이오."

신선들은 곧장 효성과 우애의 별, 위홍강을 염마천焰摩天, 통명전通明殿까지 호위하고 가서 옥황상제에게 아뢰었다. 옥황상제가 윤허하고는 임명장을 하사했다. 위홍강은 뭇 신선들과 작별하고 상서로운 구름에 올라탔다. 눈 깜빡할 사이에 인간 세상에 내려왔다.

한편, 서한 때에 한 사람이 있었으니 성은 난蘭이요, 이름은 기期, 별명은 자약子約이라. 본관은 연주兗州 곡부현曲阜縣 고평향高平鄕 구원리九原里였다. 나이가 200살이 되어 머리카락이 온통 새하얗지만, 얼굴은 청년과도 같았다. 백여 명의 식솔을 거느리고 행실을 바로 하고 효성이 지극하여 다른 사람에게 선한 영향력을 끼치고 주위 환경을 억지로 거스르는 법이 없었다. 당시 사람들은 그의 이름은 직접 부르기가 송구하여 그냥 난 공이라 불렀다. 당시 아이들이 이런 노래를 부르고 다녔다고 한다.

난 공, 난 공, 위로는 하늘과 통하는구나.
빨간 용이 하늘에서 내려와 인사하고
난 공의 이름이 뭇별 사이에서 빛나네.

사람들은 그를 진짜 살아 있는 신선 대하듯 했다. 하루는 난기가 앉은 뱅이책상에 기대어 앉아 있는데, 소요건逍遙巾을 쓰고 도포를 입고 앞코가 구름처럼 올라오는 운리雲履를 신고, 물고기 모양의 길쭉하고 좁은 모양의 북과 그걸 치는 젓가락 같은 도구를 들고, 깔끔하고 멋진 모습의 인물이 천천히 걸어오고 있었다. 난기가 바라보니 신선의 풍도와 도사의 기품이 풍기는지라 황급히 계단을 걸어 내려가 그분을 모셔와 자리로 안내했다. 차를 나누면서 난기가 물었다.

"신선의 이름을 감히 여쭙습니다."

"나는 별에 거하는 신선으로 효성과 우애의 별, 위홍강이라오. 저 맑고 높은 하늘에서 내려와 인간 세상을 유람하다가 선생이 행실이 바르고 효성이 지극하다는 소문을 듣고 이렇게 찾아왔소이다."

난기가 그 말을 듣고 고개를 숙여 절했다.

"저야 한낱 범속한 사람에 불과하여 열심히 행실을 닦고 효도를 다하려 애써도 겨우 제 한 몸 건사하는 정도입니다. 저는 이 세상을 이끌어 구제하는 것은 꿈도 꾸지 못하고 있으니 신선 세상에 소문날 것이 하나도 없습니다."

위홍강이 고개를 숙이고 있는 난기를 붙잡아 일으켰다.

"자 어서 일어나시오. 내가 그대에게 효성과 우애의 핵심 사항을 일러주겠소이다."

난기가 몸을 반쯤 일으켜 세우면서 말했다.

"삼가 가르침을 듣겠나이다."

위홍강이 말했다.

"해 가운데 도의 시발점이 되는 기운이 있으니 이게 바로 효선왕이라. 달 가운데 도의 궁극이 되는 기운이 있으니 이게 바로 효도명왕이라. 별 가운데 효도의 시원이 되는 오묘한 기운이 있으니 이게 바로 효제왕이라. 효가 하늘에 이르면 해와 달이 밝게 비춰주고, 효가 땅에 이르면 만물이 그로 말미암아 생겨나고, 효가 사람에 이르면 평안한 정치가 그로 말미암아 이뤄진다. 순임금과 문제2)가 효를 다하니 봉황새가 날갯짓하며 와서 깃들었다. 강시姜詩3)와 왕상王祥4)은 잉어를 얻어 어머니를 봉양할 수 있었다. 황제에서부터 서민에 이르기까지 효도를 지극히 하면 하늘도 물고기도 감동하는 것이라. 그대는 삼생에 걸쳐 수양하여 행동을 통하여 공을 이루었으니 이미 달 가운데 도의 궁극이 되는 기운을 얻었도다. 그대는 효도 명왕이라. 4백 년 후 진나라 때 허손이라는 신선이 태어날 것이니 그대가 그자에게 지금 내가 말해준 효도의 요체를 전달해 주오. 그러면 그자는 뭇 신선의 우두머리가 될 것이며 해 가운데 도의 시발점이 되는 기운인 효선왕이 될 것이라."

말을 마친 다음 위홍강은 신선 세상의 오묘한 이치와 단약 제조법과 신통한 거울, 쇠로 만든 판, 구리로 만든 판 그리고 하늘 세계에서 전해 내려오는 요괴 처치법을 하나하나 난기에게 전수해 주었다. 그런 다음 이렇게 당부했다.

"이 가르침은 함부로 다른 사람에게 전해주면 아니 되네. 단양의 황당에 있는 여신선 심모가 덕이 넘치고 성품이 바르니 오직 그녀에게만 이 가르침을 전달해 주어 진나라 때 나타날 허손에게 전하게 하고, 허손은 이 가르침을 다시 오맹吳猛 등에게 전하게 하라. 그러면 이 가르침이 계통이

---

2) 전한 5대 황제 효문제(B.C. 179~B.C. 156 재위). 어머니가 병이 들자 3년 동안 병수발하면서 잠잘 때 옷을 벗지 아니하고 눈만 잠깐 붙였다가 일어났고 약을 달이면 자신이 먼저 맛보고 어머니께 올렸다고 한다.

3) 후한 때 효성으로 이름났던 자이다. 아내랑 어머니를 극진히 모셨다. 어머니가 양자강 물을 즐겨 마시니 먼 길을 마다하지 아니하며 길어다 바쳤고, 어머니가 잉어를 즐기니 늘 잉어를 잡아 요리해드렸다. 그들의 효성이 하늘을 감동시켜 집 마당에 양자강 물과 똑같은 맛을 내는 샘물이 저절로 솟아오르고, 그 샘에서 잉어 두 마리가 날마다 뛰어올랐다 한다.

4) 진晉 나라 때 효성으로 이름났던 자이다. 엄동설한에 어머니께 잉어요리를 드리고자 얼어붙은 강 얼음 위에 옷을 벗고 몸으로 얼음을 녹이니 그 갈라진 얼음 틈 사이로 잉어 두 마리가 뛰어올라 이걸 가지고 어머니에게 요리를 해드렸다 한다.

서게 되니 범상한 속세를 벗어나 도를 이루려는 자들이 방법이 없다고 고민하는 일이 생기지 않을 것이라."

위홍강이 말을 마치고 구름을 타더니 하늘 높이 날아올라 갔다. 난기가 공손하게 고개를 숙이고 떠나가는 위홍강에게 절했다. 난기는 위홍강에게서 받은 쇠로 만든 판, 구리로 만든 판에 새겨진 비결을 일일이 읽고 깨우쳤으며 깨끗한 장소를 가려 단약 제조법을 수련했다. 그 단약 제조법은 이러하니라.

흑연은 하늘의 정수,

백금은 땅의 정수.

검은 것은 물의 기운을 머금고

하얀 것은 불의 기운을 품었다.

검정과 하양이 서로 왔다 갔다 하며,

음과 양이 바른 위치로 돌아가네.

흑연과 백금은 이런 성질을 대표하는 물질,

단경에서도 그 점을 명확히 밝히고 있다네.

검은 것은 하얀 것을 하늘로 삼고

하얀 것은 검은 것을 땅으로 삼네.

음양이 분리되지 않고 섞여 있을 때,

황금 연꽃이 송이송이 피어났다네.

달빛 기운이 단전에 가득 차고

노을빛이 가슴을 밝게 비추네.

하늘로 통하는 구멍을 막지 말지니,

원기가 빠지고 흩어지지 않게 하여라.

주문을 능숙하고 정확하게 외울 것이며,

불의 세기를 제대로 조절해야 할 것이라.

범속한 사람 가운데 성스러운 인물을 길러내는 것,

그것이 바로 세상에서 제일 귀한 일이라.

어느 날 한 남자가 태어날 것이며,

그 남자한테 어울리는 짝이 나타날 것이라.

난기가 단약을 완성하니 온 가족이 그 단약을 복용했다. 나이든 자는 백발이 다시 흑발이 되고, 젊은이는 곡기를 끊어도 허기를 느끼지 않았다. 주변 사람들이 그 이야기를 듣더니 난기가 나중에 신선 세계로 날아올라 갈 거라 믿었다. 그때 양자강의 괴물인 화룡이 있었다. 그 화룡은 대단한 신통력을 지니고 있었다. 화룡은 난기가 도를 깨닫고 그 가르침을 후세에 전하게 되면 자신의 후손들이 온전히 살아남지 못할까 봐 걱정되었다. 화룡은 거북이 장군, 새우 병사, 게 장수를 거느리고 아울러 뭇 병사를 인솔하여 파도를 타고 달려가 난기의 집을 에워싸고는 하늘이 무너질 정도로 소리를 질렀다. 난기는 고함 소리가 들려오는 게 대체 어찌 된 일인지 영문을 알 수 없어 일단 문을 열고 바라보고는 깜짝 놀랐다.

검은 구름,

홍해아紅孩兒5)의 몸 4십 8만 구멍에서

일제히 쏟아져 나오는 불덩이들.

---

5) 『서유기』에 등장하는 인물. 우마왕牛魔王과 철선공주鐵扇公主의 아들. 화염산火燄山에서 3백 년 동안 수행하여 눈과 코, 입에서 화염을 뿜을 수 있는 능력을 지니게 되었다.

화려한 빛의 장수 손에 들려 있는 36개의 황금빛 벽돌도,

함께 화염을 내뿜고 있구나.

이 불덩이가 함양으로 향하면,

석 달을 타도 꺼지지 않겠구나.[6]

곤산에 이 불덩이가 닿으면,

옥돌이 다 녹아내리겠구나.

젊은 주유가 적벽대전에서 화공으로 조조 군사를 무찌르는 것 같고

지략에 뛰어난 제갈량이 박망파에서 하후돈의 군사를 불길로 제압하는 듯하구나.[7]

그 불은 하늘불도 아니요, 땅불도 아니요, 사람불도 아니요, 귀신불도 아니요, 번갯불도 아니요, 양자강에 사는 화룡이 뿜어내는 불이라. 놀란 난기의 아내는 아이고, 아이고 소리를 질러댔다. 난기는 화룡이 해코지하러 온 것임을 눈치채고 물었다.

"야 이 빌어먹을 놈아, 대체 무슨 연고로 우리 집을 이렇게 공격하려든단 말이냐?"

"나는 그저 단약 제조법과 신통한 거울, 쇠로 만든 판, 구리로 만든 판 그리고 하늘 세계에서 전해 내려오는 신비한 도술만을 얻고자 할 뿐이다. 네가 그걸 나에게 넘기면 너를 해치지 않을 것이나 만약 주지 않으면 너의 집을 하나도 남기지 않고 태워버릴 것이니라."

"네놈이 욕심내는 단약 제조법과 신통한 거울, 쇠로 만든 판, 구리로

---

6) 함양은 진나라의 수도. 후에 항우項羽가 함양을 점령하여 불을 놓으니 석 달 넘게 불길이 치솟았다고 한다.

7) 유비의 삼고초려에 응한 제갈량이 하후돈과 그의 군사를 박망파 언덕으로 유인하여 화공으로 섬멸한 작전.

만든 판 그리고 하늘 세계에서 전해 내려오는 신비한 도술은 별세계의 효제왕孝悌王께서 전해주신 것이다. 내가 어찌 그걸 함부로 너에게 넘겨줄 수 있겠느냐!"

그 불덩이들 가운데 한 장군이 앞으로 나섰다. 생긴 건 참으로 기기묘묘했으며, 등에는 방패 같은 걸 짊어졌으며 기세가 참으로 등등했다. 난기가 신선의 눈을 통해서 바라보니 바로 거북이라 그다지 두려워할 상대가 아님을 알 수 있었다. 새우 병사, 게 병사들이 이리저리 나대며 몸에는 갑옷을 걸치고 손에는 강철 삼지창을 집어 들고 있었다. 난기가 또 신선의 눈을 통하여 새우나 게 병사들의 진면목을 꿰뚫어 보았다. 전혀 두려운 상대가 아니었다. 난기가 가운뎃손가락의 손톱을 깎았다. 약 세 치 정도 되었다. 그 깎아낸 손톱에 기운을 불어넣고 주문을 외우니 그게 석 자 정도 되는 검으로 변했다. 노래 한 수로 이를 증명하노라.

강철도 아닌 것이 어찌 이리 단단한가,
보검으로 변하고 빛이 번쩍번쩍.
활활 타는 용광로에 집어넣지 않아도,
용천검을 능가하는 살기가 절로 서려 있구나.
보검에서 새어 나오는 빛은 서릿발 같아,
찬탄하지 않는 사람이 없구나.
꽃잎에 감싸인 연꽃처럼 칼집에 넣어두었네,
황금 고리로 장식한 칼자루에서 밝은 빛이 뿜어져 나오네.
신선이 황금 정기를 흘려준 보검이라,
간장干將, 막야莫耶도 이 보검보다는 못하지.
청사처럼 미끌미끌 반짝반짝,

칼자루는 거북 등짝 모양일세.

검광은 하늘의 별까지 닿는 듯하고

칼을 휘두를 때 나는 소리는 하늘의 용이 울부짖는 듯하네.

오늘 아침 저 불덩이를 향해 칼을 휘두르면,

저 괴물들이 과연 견뎌낼 수 있을까?

난기가 그 보검을 공중을 향해 휙 던졌다. 보검이 휘익 소리를 내며 불덩이를 향해 달려들었다. 왼쪽으로 한번 부딪치고 오른쪽으로 한번 부딪치고, 왼쪽으로 한번 찌르고 오른쪽으로 한번 찌르고, 왼쪽으로 한번 베고 오른쪽으로 한번 베었다. 괴물들이 어찌 견딜 수 있으랴! 거북이 장군은 목을 쏙 안으로 집어넣고 등에 방패를 그대로 짊어진 채 걸음아 날 살려라 하고 도망쳤다. 그놈의 거북이가 어디로 도망쳤을까? 거북이는 곧장 협강峽江 어귀 바위틈 깊숙한 곳까지 달려가 몸을 숨겼다. 그놈은 지금까지도 거기서 고개도 내밀지 못하고 있다 하더라. 보검이 새우 병사에게 향하니 새우 병사는 삼지창을 끌면서 폴짝폴짝 뛰어 도망치더라. 그놈이 어디로 도망쳤는고? 낙양교 아래 돌 틈바구니에 몸을 숨기고서는 지금까지 허리도 바로 펴지 못하고 있다 하더라. 보검이 게 장수에게 향하니 게 장수는 비록 갑옷을 입고 있기는 했으나 도저히 어찌해볼 도리가 없어 삼지창 두 개를 양쪽에 들고 이리 도망치고 저리 도망쳤다. 여덟 개나 되는 다리를 다 써서 어서 빨리 도망치려고 했으나 결국 '파바박'하는 소리와 함께 몸뚱어리가 두 조각나버렸다. 어디 보자! 그놈의 배에서는 빨갛지도 않고 하얗지도 않고, 노랗지도 않고 검지도 않고, 흐물흐물한 것 같기도 하고 흐물흐물하지 않은 것 같기도 하고, 피인 것 같기도 하고 피가 아닌 것 같기도 한 것이 줄줄 흘러내렸다.

저 게 걸어가는 모양 좀 보소,

그래 언제까지 저렇게 옆으로 걸을 셈인가?

화룡은 문득 난기의 법력이 막강하여 자기는 도저히 상대가 되지 않을 것 같다는 생각을 했다. 화룡이 이렇게 탄식했다.

"그래 내 자식놈들도 그놈들 나름대로 복을 타고나겠지. 내 자식놈들한테 운 좋은 일이 생기면 그걸 누리면서 살 것이고, 내 자식놈들한테 재앙이 닥치면 그놈들이 알아서 이겨내겠지. 내가 지금 신경 쓴다고 뭐가 달라지겠나!"

마침내 화룡은 양자강으로 달려가 깊은 물속에 숨어버렸다. 이 일이 있고 나서 난기는 식구 수십 명을 다 데리고 하늘로 올라갔다. 옥황상제가 난기를 효명왕에 봉한 이야기는 생략한다.

한편, 금릉 단양군하고도 황당黃堂이란 곳에 선녀가 살고 있었다. 그 선녀의 이름은 영甖, 지극한 도를 체득하고 나이도 잊고 살고 있어 그녀가 몇 살이나 되었는지는 아무도 몰랐다. 마을 사람들이 몇백 년 동안 두고두고 지켜보니 머리카락도 세지 아니하고 이도 빠지지 아니했다. 사람들이 이에 그녀를 존경하여 '참된 어머니'라고 불렀다. 하루는 그녀가 시장을 지나다가 어린아이가 땅에 엎드려 구슬프게 울고 있는 걸 발견했다. 그녀가 어린아이에게 사연을 물으니 그 어린아이가 대답했다.

"부모님을 따라 여기까지 피난을 오게 되었는데 부모님이 저를 여기에 버리셨습니다."

그녀는 불쌍한 마음이 들어 그 어린아이를 거둬들여 기르고 가르쳤다. 그 어린아이가 사리 분별할 정도의 나이가 되자 그에게 글 읽기를 가르쳤다. 그는 너무도 총명하여 천문과 지리에 다 통달했다. 이웃에 사는 노인장 하나가 그녀에게 그를 사위 삼고 싶다며 의향을 물어봐달라고 부탁했다. 그가 대답했다.

"저는 이 속진 세상의 사람이 아닙니다. 저는 달 가운데 효도명왕입니다. 별 가운데 효제왕이 제게 내린 임무를 받들고 어머님께 도를 전해드리고자 여기에 왔습니다. 제가 어린아이 모습으로 여기에 온 것은 어머니를 제도하기 위함이니 굳이 혼인을 맺을 필요가 어디 있겠습니까! 저를 위해 높은 단을 쌓아주십시오. 제가 어머니께 도를 전수해드리고 어머니께서 하늘 세계로 날아올라가도록 하겠나이다."

그녀는 이 말을 듣고 기쁘기도 하고 놀랍기도 했다. 그녀는 마침내 제단을 쌓고 건물을 올려 그가 효제왕에게서 전해 받은 도를 널리 전파할 수 있게 했다. 그동안 이미 끊임없이 수련해왔던 그녀는 효제왕이 그를 통해 전달한 단약, 신통한 거울, 쇠로 만든 판과 구리로 만든 판에 새겨진 비결 그리고 사악함을 물리치는 바른 방법, 두세 걸음 만에 요괴를 격퇴하는 방법을 다 전수받았다. 그녀가 그에게 이렇게 말했다.

"지난날의 인정으로 말하자면 내가 어미고 너는 아들이나 도를 전달하는 것으로 말하자면 네가 스승이고 나는 제자로구나."

그녀가 그에게 절을 올리려 했다. 그가 그녀를 말렸다.

"모자 관계만 생각하시고 사제 관계는 생각하지 마십시오."

그는 그녀의 절을 받지 아니하고 대신 이렇게 당부했다.

"이 도의 이치는 너무도 심원하니 함부로 누설하지 마십시오. 나중에 진나라 때 두 사람이 열심히 선도를 배울 것입니다. 하나는 허손, 다른 하나는 오맹吳猛입니다. 이 두 사람은 나중에 신선 족보에 오를 자입니다. 허손이야말로 이 도를 온전히 전달받을 자입니다. 옥황상제의 신선족보란 뜻인 『옥황현보玉皇玄譜』에 실려 있는 신선들의 품계에 따르면 오맹은 하늘 궁전의 어사가 될 자이고, 허손은 신선들의 일등대사이자 위대한 역사가가 되어 신선 세상을 이끌고 뭇 신선들의 우두머리가 될 자입니다. 어머니께서 이 도를 허손에게 전해주시면 허손이 다시 오맹에게 전할 것이니 도통에 흔들림이 없을 것입니다."

그가 말을 마치더니 그녀에게 절을 올린 다음 하늘로 날아올라갔다.

수레 대신 구름을 타네,
속된 것들하고는 짝하지 아니하네,
선도가 끊어질까 염려하여,
꼭 맞는 자 제대로 찾아내어 전해 달라 신신당부하네.

한편, 한나라 영제 때 십상시가 나라 살림을 좌지우지하면서 충성심 있고 행실이 바른 자들에게 억지 누명을 씌워 손발을 묶어버리니 아부하는 자들만 넘쳐나 그 해악이 세상을 뒤덮었고 원망하지 않는 자가 없었다. 그 원망 소리가 하늘까지 닿아 두 차례의 큰 재난이 닥치고 말았다. 큰물이 지고 큰 가뭄이 들었다. 비가 연이어 다섯 달 동안이나 내리니 사방이 다 강이요 호수로 변했으며, 굴뚝에서는 밥 짓는 연기가 올라오지 아니했다. 비가 물러나니 가뭄이 오는데 해가 바뀌도록 비 한 방울 내리지 아니했다. 벼 이삭이 말라비틀어지는 것은 물론이거니와 들판의 풀과 나무마저도 다 말라비틀어졌다. 가엾은 백성들은 한 끼니를 해결하면 다음 끼니를 걱정해야 했고, 여름에 입던 해진 옷을 꿰매어 겨울을 났다. 조정에는 간신이, 들에는 도적이 들끓었다. 들에는 풀 한 포기 없었고 나무껍질마저도 다 벗겨 먹었다. 젊은이들은 사방으로 도망치고 노인네들은 도랑에서 죽어 나갔다.

당시 허도許都에 한 사람이 살고 있었으니, 성은 허許, 이름은 염琰, 별명은 여옥汝玉이라, 영양潁陽 허유許由의 후손이었다. 자애롭고 인자하고 의술에 통달하여 혜민원 의원으로 병든 자를 치료하고 있었다. 사람들이 헐벗고 굶주리는 걸 보고 가만있을 수가 없어 자비를 들여 환약을 수백 통 제조했다. 그 환약의 이름을 배고픔을 면해주는 알약이란 의미로 구기단救飢丹이라고 붙였다. 허염은 그 알약을 사방으로 나눠주고 복용하게 했다. 그 알약 하나를 먹으면 40일 동안 허기를 느끼지 않았다. 이 알약 덕분에 죽지 않고 살아남은 자들이 굉장히 많았다.

헌제 초평初平 연간에 황건적이 일어나니 천하가 어지러워지고 때마침 허도에 대흉작이 일어나 천금을 주고도 쌀 한 말을 살 수 없을 정도라 사람들의 얼굴이 모두 누렇게 뜨고 몸은 삐쩍 말라 갔다. 이때는 허염도 이미 세상을 뜬 후라 그의 아들 허숙許肅이 집 안의 창고에 있는 곡식을 모두 털어 인근 백성들에게 나눠주고 자신은 식솔들을 거느리고 강남으로 떠나 예장豫章의 남창南昌이란 곳에 자리를 잡았다. 인간 세상을 굽어 살펴보는 역할을 담당하는 신선이 허 씨네가 대대손손 선을 행하는 것을 보고서 옥황상제에게 아뢰었다.

"이런 사람에게 후한 보답을 해주지 아니하면 누가 착한 일을 하려 들겠습니까?"

옥황상제가 고개를 끄덕이고 나서 하늘궁전에서 판결을 담당하는 신선에게 신선의 족보인 『현보玄譜』를 펼쳐 신선들의 품계를 꼼꼼히 조사하여 어느 신선이 인간 세상에 내려갈 차례인지 알아보라 했다. 판결 담당 신선이 조사를 마치고 아뢰었다.

"진晉나라 때 강남에 요괴 용이 나타날 것입니다. 그 용은 백성들을 괴롭히고 이무기 무리를 무수히 낳고 길러낼 것입니다. 이번에는 옥 동굴의 신선이 인간 세상에 내려가 여 신선 심모에게 하늘을 날고 요괴를 베어 없애는 법을 알려 주고 백성들의 피해를 거둬줄 차례입니다."

옥황상제가 그 보고를 듣고 나서 바로 교지를 내려 옥 동굴의 신선을 데려오게 했다. 옥황상제가 그 신선을 황금빛 봉새로 변하게 한 다음 부리에 보배 구슬을 머금고 인간 세상에 내려가 허숙 집안의 아이로 환생하게 했다. 시 한 수로 이를 증명하노라.

어전에서 옥황상제께 직접 교지를 하사받았네,
뭉게뭉게 상서로운 구름, 봉새는 여의주를 물었네.
범상한 가문에 신선 될 자가 태어남은,
힘써 선을 행한 복을 받는 거지.

한편, 오나라 적오赤烏(238~251) 2년 3월, 허숙의 부인 하何 씨가 밤에 꿈을 꾸었다. 꿈에 황금색 봉새 한 마리가 집 마당에 날아와 깃들었다. 봉새가 부리에 물고 있던 여의주를 하 씨의 손바닥 위에 사뿐히 떨어뜨리니 하 씨가 그걸 가지고 놀다가 입에 삼켰다. 여의주가 아랫배로 쑥 내려갔다. 하 씨는 이렇게 임신했다. 허숙은 기쁘기도 하고 두렵기도 했다. 서른이 넘도록 자식이 없었는데 이렇게 아내가 임신했으니 기뻤고, 늦은 나이에 임신한 아내가 애를 낳다가 혹시 안 좋은 일이라도 당할까 두려웠다.

그때 광륜문廣倫門에 점쟁이가 하나 있었다. 점쟁이의 별명은 신통방통이었다. 그자는 정말 귀신같이 맞히는 자라, 허숙이 그자를 찾아가 장차 복이 될지 화가 될지, 사내아이인지 계집아이인지 물어보려 했다. 허숙이 옷을 갖춰 입고 모자를 바로 쓰고 광륜문으로 달려갔다. 멀리서 바라보니 신통방통 선생은 점괘를 뽑고 설명하고, 다시 점괘를 뽑고 설명하느라 눈코 뜰 새가 없었다. 사람들이 신통방통 선생을 빼꼼하게 둘러싸고 있어서 도무지 그 틈을 뚫고 들어갈 수가 없어 보였다. 서서 차례가 오기를 기다리다 보니 다리가 쑤시고 아팠다. 아직 자기 차례가 되지 않았지만 허숙은 더는 참지 못하고 일단 소리를 질렀다.

"신통방통 선생!"

점쟁이는 내 별명을 부르는 걸 보니 친구라도 되는 모양이군 하는 생각에 바로 이렇게 대답했다.

"어서 안으로 들어오게나."

허숙이 두 손으로 기다리고 있는 손님들을 헤치고 겨우겨우 안으로 들어갔다. 점쟁이를 보고 인사를 올린 다음 자신이 찾아온 이유를 설명했다.

"나는 허숙이라고 합니다. 아내가 임신을 했는데 사내아이인지 계집아이인지 또 앞으로 길할 것인지 흉할 것인지 궁금합니다. 선생께서 좀 가르침을 주십시오."

점쟁이가 향을 한 줌 피우더니 입으로 네 구절을 읊조렸다.

육정六丁8)께 삼가 여쭙니다,
문왕의 점괘는 신통하기 짝이 없지요.
길흉의 단서는 수천수만 가지 모습으로 드러나니,
인정사정 보지 말고 사실대로 말해주시라.

점을 쳐달라고 한 자의 이름과 목적을 쭉 설명하더니 동전을 여섯 번

---

8) 도교에서 말하는 육정(정묘丁卯, 정사丁巳, 정미丁未, 정유丁酉, 정해丁亥, 정축丁丑)은 음의 신이다. 천제天帝의 부름을 받아 활동한다. 도사들이 부적으로 초청하여 요괴를 몰아내곤 한다.

던져 '지천태地天泰' 점괘를 얻었다. 점쟁이가 말했다.

"축하합니다. 당신에게 큰 기쁨을 가져다줄 사내아이요."

그런 다음 아래와 같은 풀이를 덧붙여주었다.

복과 덕이 가득 차고 넘치네,
청룡이 세상을 받쳐 들고 있네.
가을바람 불 때 멋진 아들 태어나니,
산모 몸도 별 탈 없이 회복되겠네.

허숙이 기쁜 마음에 점괘와 풀이를 적은 종이를 받아들고 복채로 몇십 전을 내놓았다. 집에 돌아와 아내에게 이 사실을 알려주니 아내도 적이 안심하는 눈치였다.

세월은 쏜살같이 흘러 팔월 보름 중추절, 그날 밤 하늘은 맑고 공기는 상쾌한데 보름달이 두둥실 떠올라 사방을 대낮같이 밝게 비추었다. 허숙과 하 씨가 달구경을 하고 있었다. 한참을 그렇게 달구경 하느라 시간 가는 줄도 몰랐다. 자시 무렵 갑자기 달무리가 지고 빛깔이 흩어지는가 싶더니 하늘에서 신선의 목소리가 생생하게 들려왔다. 하 씨는 배가 아파 오는 걸 느꼈다. 마침내 아이를 출산하니 특별한 향기가 방 안에 가득 차고 붉은빛이 비쳤다.

오색구름 사이에서 봉황이 나타나고
아홉 겹 하늘에서 기린이 내려오네.

다음 날 아침 이웃 사람들이 모두 찾아와 축하했다. 이 아이가 바로 이

이야기의 주인공인 참 신선이라. 멋지고 영특하기 짝이 없었다. 겨우 세 살밖에 안 된 나이에 예절을 제대로 알아 행하고 양보할 줄 알았기에 부모가 그의 이름을 겸손하다는 의미로 '손遜'이라 붙여주었다. 그리고 별명으로 남을 공경한다는 의미로 '경지敬之'라 붙여주었다.

열 살 때 스승에게서 책 읽기를 배우는데 한꺼번에 열 줄씩 읽어 내렸다. 가르쳐주지 않아도 스스로 글을 쓸 줄 알았으니 이 세상에 그를 가르칠 수 있는 자를 찾을 수가 없을 정도였다. 허손은 마침내 책을 버리고 읽지 않게 되었으며 신선이 되는 법을 익히고자 하여 이를 가르쳐줄 스승을 간절하게 찾았다. 허손과 동문수학하던 자 가운데 호운胡雲이란 자가 있었다. 어려서 허손과 함께 공부했던 시절을 그리워하며 호운이 특별히 허손을 찾아왔다. 허손이 버선발로 달려나가 호운을 맞아들여 이야기꽃을 피웠다. 허손과 대화를 나누면서 호운은 허손이 불쑥불쑥 신선술을 배우고자 하는 열망을 드러내는 걸 보고 물었다.

"자네처럼 재주 많고 학식도 높은 자가 어이하여 신선이 되려고 하는가?"

"부끄럽소이다. 백 년도 못 사는 인생, 이 세상을 초월하고 신선이 되고자 하나 아직 가르침을 주실 뛰어난 스승을 만나지 못했소이다."

"그대 맘하고 내 맘이 똑같소이다. 전에 나랑 같이 도를 공부하던 운양雲陽 출신의 친구 첨염詹日危을9) 찾아갔더니 서녕주西寧州의 오맹이란 자를 추천합디다. 오맹은 효성스럽고 청렴한 자로 선발되어 낙양령洛陽令을 지냈다오. 후에 벼슬자리를 그만두고 고향으로 돌아와 기인 정의丁義에게서 신묘한 방법을 배워 날마다 수련에 몰두했다고 하오. 또 남해南海 태수 포

---

9) 다른 판본에서는 염日危 대신 염瞻으로 표기하고 있다.

정포정鮑靚이 도를 이루고 덕을 갖추었다는 소문을 듣고서 그를 찾아가 스승으로 모시고 비법을 전수받았다 합니다. 다시 예장으로 돌아오는 길에 강물이 크게 불어 파도가 몰아치니 들고 있던 하얀 깃털 부채로 물을 갈라 길을 내고 그 길을 따라 천천히 강을 건너니 물이 다시 합쳐지고 길이 잠겨 버렸답디다. 지켜보던 자들이 모두 깜짝 놀랐으며 이 일로 말미암아 오맹의 도가 널리 퍼지게 되고 따르는 제자들도 엄청나게 늘어났다 하오. 나도 오맹에게 달려가고 싶으나 노모를 두고 차마 먼 길을 가지 못하고 있는 상황이라오. 그대가 번거롭다고 생각하지 않는다면 오맹을 찾아가 스승으로 모시는 것도 좋지 않겠나 싶소이다."

허손이 그 말을 듣고 뛸 듯이 기뻐했다.

"이렇게 좋은 소식을 알려주니 너무 고맙소이다."

허손은 호운이 떠나는 걸 배웅하고 나서 바로 부모님께 하직인사를 올리고 짐을 꾸려 오맹을 만나러 서녕주로 출발했다.

신선이 되는 길은 형체도 없고 그림자도 없는 험난한 길,
스승을 통하지 않고 어찌 그 길을 갈 수 있으랴!
호운이 스승 찾는 길을 소개해주었으니,
신선이 되는 첫 번째 관문을 통과할 수 있겠네.

한편, 허손은 어서 빨리 스승을 찾아가고픈 마음에 먼 길 가는 고초를 마다하지 않았다. 며칠 후 오맹의 집에 도착했다. 허손은 오맹의 문하생이 되고 싶다는 쪽지를 작성하여 오맹 문하의 수행원 편에 전했다. 오맹은 허손이 적은 '예장 오맹의 문하생이 되고자 하는 허손'이라는 쪽지를 보고는 깜짝 놀라며 말했다.

"아, 이 사람은 신선의 도를 이룰 자로다!"

오맹이 즉시 대문 밖으로 나가 허손을 맞아들였다. 이때 오맹의 나이는 아흔하나, 허손의 나이는 마흔하나였다. 허손은 오맹이 자기에게 극진하게 손님 대접해 주는 것을 마냥 그대로 받아들일 수가 없었다. 허손이 이렇게 아뢰었다.

"감히 스승님의 제자가 되어 가르침을 받고 싶습니다."

"나는 다른 사람의 스승이 되어 가르칠 만한 대단한 도를 이루지는 못했소이다. 그러나 그대가 이렇게 먼 길을 몸소 달려왔으니 내가 아는 것을 하나도 남김없이 다 알려드리리다. 이기심으로 말미암아 숨기지도 아니할 것이며 더불어 감히 스승과 제자로 우리 사이를 가르지도 아니할 것이오."

그 후로 오맹은 허손을 늘 허 선생이라 부르며 친구를 대하듯 깍듯하게 대했다. 허손 역시 오맹을 존경하여 조금도 흐트러짐 없이 모셨다. 어느 날 두 사람이 청허당清虛堂에 앉아 신선에 대한 이야기를 나누고 있었다. 허손이 질문했다.

"사람이 한 번 태어나면 반드시 죽는 것은 고금의 진리입니다. 나이 들어도 늙지 않는 것, 삶을 영위하면서 결코 죽지 않는 일은 어떻게 하면 가능하겠습니까?"

"사람이 태어나는 것은 부모가 결합하여 두 기운이 서로 합쳐진 결과니 음기가 양기를 받아 생겨나는 것이라. 기를 받아 잉태되고 3백일 동안 둥글둥글한 모양으로 있다가 빛을 보게 되면 태어나는 것이라. 5천일 정도면 기가 족히 양성되니 15살이면 남자 구실을 한다고 하는 게 바로 이런 이유라. 이 나이가 되면 음과 양이 반반씩 조화를 이루어 마치 동쪽 하늘에서 해가 빛을 발하는 것과 같도다. 이때 수양을 할 줄 모르면 원기가 흩어지고 기운이 약해져서 늙고 병들어 사망에 이르는 고통을 당하는 것이라."

"늙고 병들어 사망에 이르는 고통을 당하지 않으려면 어떻게 해야 합니까?"

"사람이 늙고 병들어 사망에 이르는 고통을 당하지 않으려면 인간으로 있을 때 선도를 닦아 신선이 되고 그런 다음 하늘 세계로 올라가야 하는 것이라."

"사람이 죽으면 귀신이 되고, 득도하면 신선이 된다는 건 알겠는데, 신선이 되고 나서 하늘 세계로 올라가야 한다는 건 무슨 말인지요?"

"순전히 음기만 있고 양기가 없으면 귀신이 되고 순전히 양기만 있고 음기가 없으면 신선이 된다네. 음과 양이 함께 섞여 있으면 사람이 된다네. 그러므로 사람은 귀신이 될 수도 있고, 신선이 될 수도 있다네. 신선에는 다섯 등급이 있고 그 신선이 되는 방법에는 세 단계가 있네. 그것을 수련하고 지키는 것은 오직 사람이 어떻게 하느냐에 달려 있지."

"그 다섯 등급은 무엇이며, 세 가지 단계는 무엇인지요?"

"신선이 되는 방법의 세 단계란 바로 작은 성취, 중간 성취, 큰 성취라. 신선의 다섯 등급이란 바로 귀신 신선, 인간 신선, 땅 신선, 신성한 신선, 하늘 신선이라.

귀신 신선이란 젊어서 도를 닦지 아니하고 욕정을 맘껏 발산하여 몸은 고목 나무 같고 마음은 타고 남은 재와 같아 병들어 죽게 되어 음의 기운이 흩어지지 아니하고 요괴가 된 것이라. 귀신 신선은 귀신 세계에서 벗어나지 못한 신선이라네.

인간 신선이란 도를 닦기는 하나 도의 큰 이치를 깨닫지 못하고 재주를 하찮은 일에 허비하는 자로다. 다섯 가지 맛을 끊어버린 자가 어찌 여섯 기운10)에 구애받겠으며, 칠정을 잊은 자가 어찌 열 계율11)을 범하겠는가? 입이 말라 침을 끌어올려 적시는 자는 코로 신선한 공기를 마시고 입으로 탁한 공기를 내뿜는 호흡법을 잘못된 것이라 비아냥거리고, 보약 먹기를 즐기는 자는 절식하며 청정한 삶을 추구하는 자를 바보라 비웃는다네. 여인의 음기를 취하는 자는 성욕을 억제하고 절제하는 자를 이해하지 못하며, 여성의 젖을 먹고 영양을 취하려는 자는 단약을 제조하려는 자를 이해하지 못한다네. 이런 자들은 큰 도 가운데 한 가지 법술이라도 얻으면 쾌락에 젖고 목숨이나 연장하기에 힘쓸 따름이라. 그래서 이런 자들을 인간 신선이라 부르는 것이네. 인간 신선은 끝까지 인간 세계에서 벗어나지 못한다네.

　땅 신선이란 하늘 신선의 반 정도의 단계까지는 도달한 자로다. 물과 불의 결합도 알고, 용과 호랑이12)가 힘차게 날고뛰는 것도 알아 단약을 제조하여 이 세상에서 불로장생할 줄 아나, 그 작은 성취에 만족하여 더 정진하지 아니하니 그를 땅 신선이라 부르는 것이라네. 땅 신선은 여전히 땅에서 벗어나지 못한 자로다.

　신성한 신선이란 땅 신선이 속진 세상에 사는 것에 염증을 느껴 중간 성취의 방법을 체득하여 납을 빼내고 수은을 첨가하고 황금을 최고로 정련하고 옥 액체를 넣어 단약을 만들어내니 그 단약은 다섯 기운이 하나로

---

10) 오행의 순환에 따라 나타나는 음, 양, 바람, 비, 어둠, 밝음을 가리킨다.
11) 사미십계沙彌十戒를 말한다. 첫째, 살생하지 말라. 둘째, 도둑질하지 말라. 셋째, 음행하지 말라. 넷째, 거짓말하지 말라. 다섯째, 술을 마시지 말라. 여섯째, 꽃다발을 쓰거나 향을 바르지 말라. 일곱째, 노래하고 춤추고 풍류 잡히지 말며 가서 구경하지도 말라. 여덟째, 높고 큰 평상에 앉지 말라. 아홉째, 때 아닌 때 먹지 말라. 열째, 금이나 은이나 다른 보물들을 지니지 말라.
12) 도교의 연단술에서는 용은 수은, 호랑이는 납을 각각 상징한다. 수은과 납 모두 단약 제조에 꼭 필요한 품목이다.

모이고 양의 세 요소가 함께하는 결정체가 된다네. 이렇게 도를 닦고 단약을 제조하는 공이 이루어지니 육신의 굴레에서 벗어나고 자유롭게 변신할 수 있게 되며 음기가 다 빠져나가고 양기가 순전해져 몸이 몸 밖에 존재할 수 있게 되어 육체를 벗고 신선이 되어 올라간다네. 이는 인간을 초월하여 신성한 영역으로 들어가 속진 세상을 끊어버리고 신선이 사는 세 개의 섬으로 들어가는 것이라 신성한 신선이라 부르는 것이지. 하지만 신성한 신선은 여전히 신성한 세계에서 벗어나지 못하고 그 안에 갇혀 있는 존재라네.

하늘 신선이란 신령스럽다는 세 개의 섬에 거처하는 것에 싫증을 느끼고 큰 성취를 이루는 방법을 얻어 내단법과 외단법을 두루 익히고 큰 도를 깨우쳐 인간 세상에서 빼어난 행적을 이루었으면서도 극히 겸손해하며 천서를 받고 하늘로 돌아간다네. 하늘 신선은 하늘에서 노닌다네. 아무튼 신선의 도를 닦는 다양한 요체 가운데 연단술이 가장 요긴하다네. 내가 오묘한 신선의 노래라는 뜻의「동선가洞仙歌」스물두 수를 소개해줄 것이니 잘 기억해두기 바라오."

단약의 시조,
노자의 어머니 무상원군無上元君이 성인에게 전했구나.
하늘이 아직 열리지 않은 태초의 시기에 나온 이 단약 수련법,
무상원군이 먼저 몸소 수련하여 신선이 되고 영원한 생명을 얻었구나.

단약의 할아버지,
하늘과 땅과 사람을 낳고 시간의 흐름을 관장했네.
그 비법을 호수와 냇물과 산에 숨겨놓았더니,

뜻있는 자들이 몰려와 그 방법을 가져다가 단약을 제조하네.

단약의 아버지,
새벽녘 뽕나무에 날아올라 왔구나.
수만 갈래 노을빛이 우주를 비추고
달의 정수를 섞어 끓이고 삶고.

단약의 어머니,
별들이 황금처럼 빛나고 밝은 한밤,
해와 달은 아침이 오기까지 서로 겨루고
세상에서 제일가는 단약을 연단해내었네.

단약의 태胎,
해와 달의 정기가 참된 태를 기르네,
물 하나, 수은 셋, 모래 셋의 비율,
정확한 비율이 제대로 지켜지는구나.

단약의 조짐,
잉태된 지 사흘 만에 바야흐로 오묘한 경지에 들어가네,
수만 길에 달하는 붉은 빛이 하늘까지 치솟네,
음악 소리가 언제나 울려 퍼지네.

단약의 자질,
보라색 빛을 사람들이 알아보지 못하네,

아무것도 없는 무의 상태에서 만들어진 기장 낱알 크기의 구슬 모양이라네,

아무것도 없는 것이 곧 있는 것이고, 있는 것이 곧 아무것도 없는 것이라네.

단약의 효능,

잉태한 지 열 달 만에 비로소 완성되는구나,

하루에 한 번, 한 알씩 이렇게 백일이면 족하지,

살과 뼈가 변하고 마침내 영원한 삶을 얻는구나.

단약의 신성함,

붉은빛 솥단지에서 9년 동안 연단했네,

물과 불의 효능이 단약에 더해지니,

말라버린 뼈도 다시 서고 떠돌던 혼귀도 다시 깨어나네.

단약을 넣어두는 위치,

위에서 세어서 일곱 번째, 아래에서 세어 여덟 번째쯤,

바로 그 한가운데 일 촌 정도 되는 곳이 명당이라네,

그 명당에 신묘한 싹이 돋아 황금액이 생기네.

단약 솥단지,

튼튼한 담을 쌓아서 솥단지를 감싸야지,

안팎으로 물과 불과 황금을 잘 감싸야지,

바로 그 알맞은 때, 황금 태에서 우주의 창조자 반고가 태어난다네.

단약 부뚜막,

솥단지에서 연결되는 굽은 연통은 마치 봉래섬과도 같은 모양,

담을 둘러쳐서 화로를 보호하네,

화로에서 신비의 영약 용고龍膏와 호뇌虎腦를 제련해내네.

단약의 불,

하루 열두 시간,

약하고 강한 불의 세기를 제대로 맞춰야지,

더하거나 덜하거나 밀어 넣거나 빼내거나 모든 걸 넘치지 않게 적절하게.

단약의 물,

단약을 제조하는 그릇은 크기도 작지도 않구나,

그 안에 담긴 물은 넘치지도 모자라지도 않으며 시지도 텁텁하지도 아니하구나,

그렇게 신비로운 황금빛 단약을 제련해내네.

단약의 위력,

붉은빛이 하늘까지 뚫고 올라가,

북두칠성의 국자 별, 손잡이 별과 서로 호응하며 빛나네,

하늘과 땅의 모든 신령들, 그 위력에 공손히 머리를 조아리네.

단약의 오묘함,

하늘, 땅, 사람 각각 자신만의 오묘한 구석이 있다네,

하늘, 봉우리와 연못, 현명한 임금이,

모두 이 오묘함을 믿고 따라주네.

단약의 빛깔,

방향과 위치에 맞춰 빛깔을 배열했네,

파랑, 빨강, 하양 그리고 한가운데 노랑,

신비롭고 자유자재한 가운데 상서로움이 깃들어 있네.

단약의 쓰임,

진짜 흙, 진짜 납, 진짜 수은,

검정에서 하양을 얻고, 파랑에서 빨강을 얻네.

고요함 속의 세찬 움직임, 모든 게 물과 불의 조화로 만들어진 것이라.

단약의 융합,

암컷과 수컷을 통해 이뤄지는 음양의 배합,

용과 호랑이의 정수가 솥단지 안에서 끓고 있구나,

불의 세기와 시간에서 모든 조화가 탄생하는구나.

단약의 이치,

용과 호랑이의 뇌수려니 영험하기 이를 데 없네,

둥굴레[黃精] 덕분에 둘 사이의 결합이 이뤄지네,

탄생부터 성장 그리고 물러나기까지의 모든 과정을 함께 하네.

단약의 길조,

그 안에 들어갈 수 있는 건 아무것도 없고 그 밖엔 아무것도 없으니 가장 작기도 하고 가장 크기도 하다,

하늘과 땅 그리고 동서남북을 다 품고 있지,

하늘 세계, 땅 세계, 사람 세계를 작은 알 속에 다 담았네.

단약의 완성,
옥황상제께서 하늘의 인연으로 단약 하나를 원하시네,
범상한 인간이 어찌 감히 바랄까,
수만 년의 인연이 쌓여 겨우 하나 얻을 수 있을지라.

허손이 다시 질문했다.
"저에게 이렇게 가르침을 주시니 너무도 감사합니다. 감히 여쭙겠나이다. 스승님께서는 다섯 등급의 신선 가운데 어느 등급에 속하시는지요?"
"나는 그저 초야 묻혀 사는 우매한 자에 불과하니 그동안 도를 깨치고 수행한 것 역시 별볼일없소이다. 그저 땅 신선 정도나 될까 싶소이다. 신성한 신선, 하늘 신선이 되는 길을 알고 있기는 하나 그걸 수행하여 도달할 능력은 안 되는 것 같소이다."
오맹이 마침내 단약을 제조하는 비결과 도의 요체를 적은 책을 허손에게 건넸다. 허손이 거듭 머리를 조아려 감사의 뜻을 표하고 고향으로 출발했다. 고향으로 돌아온 허손은 번잡함이 싫어 경치가 빼어난 산으로 거처를 옮기고자 했다. 허손은 여남 사람으로 성은 곽郭, 이름은 박璞, 별명은 경순景純이라는 자가 음양과 풍수의 이치에 통달하고서 강호를 떠돌아다니고 있다는 소문을 들었다. 허손이 곽박을 찾아가 만나고 싶어 했다.
곽박이 어느 날 아침에 일어나 보니 까마귀가 동남쪽에서 날아와 울고 있었다. 곽박이 점괘를 뽑아보니 이렇게 나왔다.
"오늘 낮 정오 무렵, 성이 허 씨인 한 신선이 찾아와 집터를 어디에 정하면 좋을지 물어볼 것이라."

정오가 되니 과연 집 안 심부름하는 어린 종놈이 손님이 찾아왔다고 알려왔다. 곽박이 서둘러 나가 그 손님을 맞아들여 인사를 나누고 자리를 잡고 앉았다.

"선생은 허 씨가 아닌지요, 집터를 정하는 문제로 찾아오신 것 같소이다만."

"아니 그걸 어찌 아시었습니까?"

"오늘 아침에 점을 쳐보니 그런 괘가 나왔습니다. 맞는지는 모르겠소이다."

"딱 맞습니다."

허손이 곽박에게 자신의 이름을 밝히고 더불어 자신이 집터를 구하고 있음을 알려주었다. 곽박이 말했다.

"선생은 인물이 출중하고 골상이 비범하며 속세를 초월한 인물이시니 부귀영화를 추구하는 이 번잡하고 속된 곳은 선생이 거처할 곳이 못 됩니다. 선생이 거처할 곳은 바로 신선이 사는 그런 곳입니다."

"예전에 여동빈은 여산에 은거하여 신선이 되고, 귀곡자는 운몽에 거처하며 도를 얻었습니다. 혹시 그런 길지가 어디 없을까요?"

"있긴 있겠소이다만, 두루 찾아봐야 하겠소이다."

곽박이 종놈에게 짐을 꾸려오라 하더니 허손과 함께 강남의 여러 고을과 이름난 산을 찾아다녔다. 어느 날 여산에 이르니 곽박이 허손에게 이렇게 말했다.

"이 산은 높고도 웅장하고 호수가 동쪽으로 돌아나가고 자줏빛 구름이 산꼭대기에 걸려 있어 여러 대에 걸쳐 신선이 되어 하늘로 올라간 자들이 배출될 지형이로소이다. 그러나 이 산의 형세는 토에 속하는데 선생의 성씨는 허 씨라, 허의 발음은 다섯 음계 가운데 우조에 속하고, 우조는 또 수에 속한다오. 한데 토와 수는 상극이라 선생이 거처할 만한 곳은 못 되고 오가며 잠시 머물러 구경하고 쉴 곳은 될 수 있을 것 같소이다."

곽박과 허손이 다시 요주饒州 파양鄱陽의 방호傍湖라는 곳에 이르렀다. 곽박이 허손에게 말했다.

"이 방호는 부귀를 이룰 수 있는 길지이오만 선생이 거처할 곳은 못 되오."

"이 산은 바람이 원기를 흩어버리는 형세인데 어떻게 큰 부귀를 이룰 수 있겠습니까?"

"땅의 관상을 보는 법에는 도의 눈으로 보는 최고 경지와 법의 눈으로 보는 그다음 경지가 있소이다. 도의 눈으로 본다고 하는 것은 자신의 육안으로 직접 산천의 모습을 살피는 것이오. 법의 눈으로 본다는 하는 것은 여덟 방위와 지도 그리고 줄자를 활용하여 산천의 경계와 부귀를 이룰 땅을 찾는 것이오. 하늘과 땅이 깊숙이 숨겨두고 신령한 존재가 보호하고 있는 곳은 그걸 찾을 운명을 타고난 자가 아니면 그걸 보고도 그냥 지나치고 만다오. 그래서 '복 받은 땅은 복 받은 사람이 나타나기를 기다린다'는 말이 생겨난 것이라오."

"이처럼 좋은 길지에 선생께서 무슨 표지라도 남겨두셔서 나중에라도 찾을 수 있게 하시는 것도 좋을 것 같습니다."

곽박이 마침내 시 한 수를 적어두고 표지로 삼았다.

강남 수백 고을을 다 돌아다녀 보았으나,
오직 방호에서만 상서로운 기운 있어라.
기러기 우는 소리 마치 밤에 인정 소리처럼 들려오고,
물고기 자라 움직이는 모습 마치 아침마다 임금에게 조회드리는 모습 같아라.

화룡이 은은하게 임금 자리에 거하고,
물이 동남쪽에서 도도하게 파양으로 흘러들어가는구나.
나중에 복 받은 사람이 이곳에 오거든,
수백 년 넘게 부귀를 누리리라.

허손과 곽박이 파양을 떠나 의춘宜春의 서오산棲梧山에 이르렀다. 그곳에 왕삭王朔이란 사람이 살고 있었으니 그자 역시 오행과 역술에 통달한 자였다. 왕삭은 허손과 곽박이 서오산을 오르며 땅을 찾고 있는 걸 보고 필시 비범한 자들일 거라고 생각하여 자기 집으로 맞아들였다. 왕삭이 허손, 곽박과 통성명을 하고서 그들을 자기 집 서쪽 채에 모시고는 깍듯하게 대접했다. 허손이 그런 왕삭의 모습에 감동하여 이렇게 말했다.

"그대의 모습이 비범하니 내가 그대에게 도술을 전해주겠노라."

마침내 허손이 왕삭에게 신선술과 연단술을 전해주었다. 곽박이 왕삭에게 말했다.

"이곳은 산세가 수려하니 사원을 지어 도를 닦고 수양하기에 딱 맞겠도다."

왕삭이 그 말을 듣고 바로 사원을 지었다. 허손이 붓을 들어 그 사원의 편액에 '영선원迎仙院'이란 세 글자를 써주었다. 영선원이라는 바로 신선을 맞아들이는 사원이란 뜻이다. 왕삭이 감격하여 어쩔 줄 몰라 했다. 허손과 곽박이 왕삭과 작별했다. 허손과 곽박이 홍도洪都 서산西山의 금전金田이란 곳에 이르렀다. 그곳의 모습이 어떠했던가.

높디높게 솟은 산세,
울퉁불퉁 솟아오른 산봉우리,

거침없이 뻗어 나가는 청룡 같은 기세,

한 치의 빈틈도 없는 백호의 모양,

몽글고 깨끗한 강모래,

굽이쳐 흐르며 왔다 갔다 하는 물결.

산 위에는 울울창창한 소나무,

산 아래에는 푸르디푸른 올곧은 대나무,

산 앞에는 부들부들 풀밭,

산 뒤에는 껍질이 딱딱한 나무들.

난새의 화려한 울음소리 들려오고

사라질 듯 말 듯 은은히 들려오는 학 울음소리,

어흥 어흥 호랑이 울부짖는 소리가 들려오는 것 같기도 하고

유유 하며 사슴 우는 소리가 들려오는 것 같기도 하다.

이 산은,

절강의 천태산天台山보다 더 기기묘묘,

복건의 무이산武夷山보다 더 우뚝우뚝,

안휘의 구화산九華山보다 더 꾸불꾸불,

사천의 아미산峨眉山보다 더 빼어나며,

초楚 지방의 무당산武當山보다 더 뾰쪽뾰쪽,

산서의 종남산終南山보다 더 형형색색,

산동의 태산보다 더 굽이굽이,

광동의 나부산羅浮山보다 더 울울창창하구나.

천하제일의 명승지러니,

강서제일의 명산이려니.

만고의 빼어난 인물들이 여기에 있으려니,

실로 신선이 거처할 곳이로다.

한편, 곽박이 산기슭에 이르러 전후좌우를 살핀 다음 지남침을 들고서 방향을 재어보고는 손뼉을 치고 가가대소하며 말했다.

"내가 수없이 땅을 보고 다녔지만 이처럼 절묘한 땅은 여태껏 보지 못했네! 부귀영화를 바란다면 여기서 그 부귀영화가 일어나고 사그라짐을 볼 것이며, 만약 평안하게 은둔하기를 바란다면 여기가 바로 신선에게 맞는 자리라네. 언덕 부분은 도톰하고 둥글고 아랫부분은 두툼하고 봉우리 셋이 벽처럼 둘러싸고 있으며 사방을 구름이 에워싸고 있어 안과 밖이 서로 꼭 껴안고 호응하니 맞아떨어지지 않는 게 하나도 없구나. 대저 땅을 관상 볼 때는 사람을 관상 보기도 하여야 하느니 내가 지금 그대의 안팎을 다시 살펴보니 진실로 이 땅과 부합하는구나. 서산은 금에 속하고, 오음으로 논하자면 그대의 성씨 '허'는 우조에 속하니 우는 또 물이라. 금은 물을 낳으니 이곳은 그대가 장수할 곳이라 이곳을 버려두고 어디로 가겠소! 한데 이 땅의 주인이 누구인지 알 수가 없네."

옆에 있던 나무꾼이 그 땅 주위를 가리키며 말했다.

"이 땅은 김 씨 어르신 땅입니다."

허손이 말했다.

"그대가 어르신이라 부르는 걸 보니 필시 선한 분이실 것 같소이다."

허손과 곽박이 김 씨 어르신 집으로 향했다. 김 씨가 그들을 흔연히 맞이하더니 마치 평생 알고 지냈던 사람처럼 환대했다. 김 씨가 물었다.

"두 선인께서 어인 일로 저를 찾아오셨나이까?"

곽박이 대답했다.

"저는 성은 곽이고 이름은 박이옵고, 음양술을 조금 깨쳤습니다. 이 사람은 저랑 같이 도를 닦고 있는 허손이라고 합니다. 이 자가 지금 신선술을 닦을 만한 거처를 찾고 있사온데 어르신의 땅이 너무도 맞춤하여 집을 한 채 짓고 도를 닦으려고 합니다. 어르신께서 허락하여 주실지 모르겠습니다."

"이곳이 너무 협소하여 허손이 처소로 삼기에 부족할까 봐 걱정입니다. 만약 이곳이 마음에 든다면 이 집, 땅 모두 내가 내어드리리다."

"값은 얼마를 쳐드려야 할지요? 말씀하시는 대로 다 드리겠습니다."

"장부일언중천금이올시다. 내가 아둔하여 평생 무슨 계약문건 같은 걸 써본 적이 없소이다."

김 씨가 허손한테 동전 하나를 달라하더니 그걸 반으로 쪼개서 한쪽은 자기가 갖고 나머지 한쪽은 다시 허손에게 돌려주었다. 허손이 머리를 조아려 사례했다. 세 사람은 이렇게 서로 헤어졌다. 허손이 곽박과 작별하고 난 다음 길일을 택하여 부모, 처자식을 서산으로 데리고 왔다. 그런 다음 집을 짓고 거처했다. 나중에 김 씨는 땅 주인 신선으로 봉해졌다. 그 김 씨의 집이 바로 지금의 옥륭만수궁玉隆萬壽宮이다.

한편, 허손은 날마다 연단술을 갈고닦고 실험했다. 황금알을 제조하여 그 황금알로 돌을 황금으로 바꿀 수도 있었으며 그걸 복용하면 생명을 연장할 수 있었다. 이를 바탕으로 가난한 자들을 도와주니 허손의 덕이 날로 퍼져나갔다. 당시 진晉나라 무제武帝가 서쪽으로 촉을 평정하고, 동쪽으로 오를 합병하여 천하통일을 이루고 태강太康이란 연호를 사용하기 시작했다. 이부상서 산도山濤의 건의를 받아들여 전국 각처에 효성스럽고 청렴한 자들을 추천하라는 명령을 내렸다. 예장군 태수 범녕范甯이 허손이 부모에게 효도를 다하고 마을 사람들과 화목하며 자신의 재산을 털어 주변 사람을 챙겨주는 걸 보고 허손을 추천했다. 무제는 비단과 임명장을 사신 편에 보내어 허손을 촉군蜀郡 정양현旌陽縣 현령에 임명했다. 허손은 차마 연로하신 부모를 남겨두고 떠날 수가 없어 상소문을 올려 사양했으나 무제는 허락하지 아니하고 오히려 허손이 살고 있는 고을의 태수에게 허손이 어서 임지로 출발하도록 재촉하라 했다.

이러는 와중에 해가 바뀌었다. 허손은 부모 처자와 작별하고 길을 떠나는 수밖에 없었다. 허손에게는 누나가 둘 있었다. 큰 누나는 남창南昌의 우盱 씨에게 시집갔으나 젊어서 남편과 사별하고 슬하에 아들 면렬呩烈을 두고 있었다. 면렬은 어머니를 극진히 모셨다. 허손은 과부인 누나에게 편안한 거처를 마련해주고자 자신이 거처하는 건물의 서쪽에 별채를 지어 살게 했다. 이런 연유로 누나와 면렬은 자연스럽게 허손한테 도에 관한 설명을 들을 수 있었다. 임지로 출발하기 전에 허손이 누나에게 이렇게 부탁했다.

"부모님께서는 연로하시고 제 처자식은 다 세상 물정을 잘 모릅니다. 누님께서 이 아우 대신 집안일을 좀 맡아주십시오. 선도를 익히는 자나 세상을 등지고 은둔하는 자들이 우리 집을 찾아오거든 예를 다하여 대접하여 주십시오. 조카 면렬이 어질고 효성이 지극하니 그를 데리고 함께 임지로 가고 싶습니다."

"아우님이 관리가 되어 임지로 가는 마당인데 집안일이야 당연히 내가 맡아야지. 너무 염려하지 마시게."

이렇게 말을 나누고 있는 사이에 젊은이 하나가 대청으로 올라와 절을 하더니 입을 열었다.

"저도 면렬 형과 마찬가지로 조카인데 왜 형만 데리고 가시나이까?"

허손이 그 젊은이를 바라보니 바로 둘째 누나의 아들로 성은 종리鍾離, 이름은 가嘉, 별명은 공양公陽이었다. 신건현新建縣 상아산象牙山 유리西里 태생이었다. 공양은 조실부모한 탓에 어려서부터 허손의 손에서 자랐다. 허손은 공양의 기상이 당당하고 품성이 온화한 것을 잘 아는지라 바로 허락했다. 이렇게 허손의 두 조카는 허손에게서 가르침을 받고 신선술을 닦는 바탕을 다지게 되었다. 허손이 또 부인 주周 씨를 불렀다.

"나는 본디 벼슬자리에 나가고 싶은 마음이 없으나 조정에서 나를 불렀으니 그 부름을 거절하면 임금의 명을 거역하는 것이 되고 만다오. 자고로 충과 효를 동시에 다 이루기는 어려운 것. 부모님이 연로하시니 그대가 아침저녁으로 보살피고 춥거나 더울 때 특별히 더 신경을 쓰셔서 며느리로서의 도리를 다하시길 바라오. 아직 어린 자식들에게는 늘 가르쳐주고 깨우쳐주고, 부지런하게 살림을 하시되 늘 절약하시오. 이게 그대가 앞으로 신경 써야 할 일이오."

주 씨가 웃으면서 대답했다.

"말씀하신 대로 열심히 하겠습니다."

주 씨가 대답을 하고 나서 자리에서 일어나 물러났다. 허손이 임지로 출발했다.

한편, 허손이 부임하기 전 촉군 지역은 기근이 극심하여 백성들이 세금을 내기조차 버거울 정도였다. 허손이 부임하자마자 상관이 납세를 독촉하니 허손은 신비한 영약으로 돌을 금으로 만든 다음 다른 사람 몰래 현청 뒤뜰에 묻어두게 했다. 다음 날 아침 세금을 내지 못한 백성들을 현청 계단 앞에 다 불러 모았다.

"조정에 내야 할 세금을 아직도 내지 못한 이유가 무엇인가?"

"세금을 내는 것은 당연한 의무이니 어찌 감히 어길 수 있겠습니까? 다만 기근이 극심하여 내고 싶어도 낼 수가 없는 실정이옵니다."

"세금을 내지 않았으니 내가 너희들에게 현청 뒤뜰을 파내어 연못을 만드는 노역에 처하노라. 뒤뜰을 파다가 뭐라도 값어치가 있는 걸 얻으면 그걸로 세금을 내도록 하라."

백성들은 모두 기꺼운 마음으로 뒤뜰로 가서 땅을 팠다. 그들은 황금을 파내어 그걸로 세금을 냈다. 백성들은 이 덕에 유리걸식을 면할 수 있었다. 이웃 고을 사람들이 이 소문을 듣고 제 발로 찾아오니 고을의 호구가 몰라보게 늘어났다. 『일통지一統志』에 따르면 정양현은 한주漢州에 속하며, 허손이 승천한 다음에 이름을 덕양德陽으로 바꾸었으니 이는 허손의 덕이 백성들에게 널리 미쳤음을 기리기 위함이라고 한다. 허손이 돌을 황금으로 바꾸는 신통력을 발휘한 덕에 이 고을 사람들은 지금까지도 부유하다고 하는데 이 이야기는 이 정도로 마치자.

당시 백성들 가운데 역병을 앓고 있는 자들이 많았고 병을 앓다가 세상을 떠나는 자들도 부지기수였다. 허손이 주문을 외워 병을 다 낫게 해주었다. 다른 고을 사람들이 병을 앓는 것을 보고 불쌍히 여겨 대나무로 표지를 만들어 서쪽 경계에 있는 시냇가에 세워두고서는 부적을 태운 다음 백성들에게 그 시냇물을 마시게 하니 모두들 씻은 듯이 나았다. 아녀자나 노인네처럼 자기 발로 시냇물을 마시러 오기 힘든 자들에게는 사람들을 시켜 물을 길어가서 떠먹여 주게 하니 그들 역시 모두 씻은 듯이 나았다. 고을 사람 가운데 시를 지어 이를 찬미한 자가 있었구나.

백리에 펼쳐진 뽕나무 삼나무도 그의 선한 정치를 기억하는 듯,

가가호호 굴뚝과 우물도 그의 어진 정치에 감동되는 듯.

맑은 가을 햇살처럼 만물을 밝게 비추고 파악하니,

달빛처럼 얼음처럼 맑디맑은 그의 명성.

시냇가에 부적 걸어 역병을 몰아내고

현청 뒤뜰에 황금 묻어 가난을 몰아내네.

허손의 은택이 오늘날까지 미치니,

사당을 우뚝 지어 그 은공에 보답하네.

한편, 성도부에 진훈陳勳이라는 사람이 있었으니 그의 별명은 효거孝擧라. 효성스럽고 청렴한 사람을 추천하는 제도를 통하여 익주자사益州刺史의 보좌관에 임명되었다. 진훈은 허손이 오맹에게 받은 신선술을 널리 전파하고 정양현을 다스리매 널리 고을 백성들을 이롭게 하고 있다는 소문을 듣고 허손의 휘하에서 근무하면서 아침저녁으로 가르침을 받고 싶어 했다. 허손이 진훈을 만나보니 사람의 기운이 말끔하고 생긴 것도 말끔한지라 그를 자신의 휘하에 거두었다. 허손은 진훈이 신선이 될 자질을 갖추고 있음을 보고 제자로 받아들여 단약을 제조하는 화로를 맡아보게 했다. 여릉廬陵 출신 주광周廣이란 사람이 있었으니 그의 별명은 혜상惠常이라. 오나라 장수 주유의 후손이었다. 파촉巴蜀 운대산雲臺山에서 노닐다가 장도릉의 요괴 제압술을 배웠다. 주광은 허손이 신선술의 요체를 터득했다는 소문을 듣고 정양현으로 찾아와 자기를 제자로 거두고 가르침을 달라고 간청했다. 허손이 주광을 거두고 제단을 맡아 관리하는 일을 맡겼다. 진훈과 주광은 이렇게 신선술의 요체를 공부할 수 있었다. 허손이 정양현을 맡아 다스린 지도 오랜 세월, 제자 역시 몰라보게 늘어났다. 허손은 공무를 처리하고 남는 시간이면 늘 제자들과 더불어 신선술을 강론했다.

한편, 진나라가 그 나름대로 태평성대를 구가하고 있었으나 나라 밖에서는 강력한 다섯 외적이 호시탐탐 틈을 노리고 있었다. 그 다섯 외적이란?

　　진양晉陽을 근거지로 삼은 흉노 유연劉淵
　　상당上黨을 근거지로 삼은 갈융羯戎 석륵石勒
　　부풍扶風을 근거지로 삼은 강인羌人 요익중姚弋仲
　　임위臨渭를 근거지로 삼은 저인氐人 부홍符洪
　　창여昌黎를 근거지로 삼은 선비鮮卑 모용외慕容廆

한나라, 위나라(220~280) 이래로 외적들을 잘 달래고 한 무리처럼 대해주니 외적들 역시 만리장성 안에 같이 섞여 살게 되었다. 당시 태자를 보필하던 관리였던 강통江統이 무제에게 외적들을 변경지방으로 이주시켜 향후 그들이 변란을 일으킬 수 있는 싹을 잘라야 한다고 건의했으나 무제는 그 말을 듣지 않았다. 이때가 되니 과연 외적들이 진나라를 침범하기 시작했다. 태자 혜제惠帝가 아둔했던 터라 가후賈后가 정치를 좌지우지하면서 대신들을 맘대로 처단했다. 허손이 제자들에게 말했다.

"내가 듣기로 군자는 도가 있으면 나아가고 도가 없으면 물러난다고 했다."

마침내 허손이 관직을 사임하고 고향으로 돌아가고자 하니 백성들이 그 소식을 듣고 수레의 손잡이를 붙잡고 가로막았다. 백성들의 울음소리가 하늘을 찔렀다. 허손도 눈물을 흘리며 백성들 달랬다.

"내가 그대들을 버리고 떠나려는 게 아니라네. 세상이 머지않아 큰 변란에 휩싸일 것이니 나 역시 명철보신의 방법을 생각하지 않을 수 없다네.

여러분들은 그저 각자 생업에 힘쓰게나."

백성들은 차마 허손을 그냥 떠나보낼 수 없었다. 누구는 백 리까지, 누구는 수백 리까지, 누구는 아예 허손의 고향까지 따라왔다. 그러고도 차마 그냥 돌아가지 못하는 자가 있었다. 허손이 고향 집으로 돌아와 부모 그리고 처자식과 상봉했다. 간만에 가족이 상봉한 느낌은 뭐라 표현하기 어려웠다. 고향 집의 동쪽 터에 초가집을 지으니 그 모습이 마치 무슨 병영과도 같았다. 허손이 그 초가집에 다른 사람들도 들어와 살 수 있게 해주었다. 사람들 가운데 허손을 따라 성씨를 허 씨로 바꾼 자들이 많았기에 그 초가집을 일러 허 씨 병영이라고 불렀다.

허손의 부인 주 씨가 허손에게 이렇게 말했다.

"딸아이가 나이가 찼으니 짝을 찾아주어야겠습니다."

"나 역시 오래전부터 그 생각을 해왔소이다."

허손이 제자들을 두루 살펴보니 건성建城 출신으로 성은 황黃이요, 이름은 인람仁覽, 별명은 자정紫庭이란 자가 눈에 들어왔다. 그자는 황실 감사 책임관 황보黃輔의 아들이었다. 사람 됨됨이가 충성스럽고 돈독하여 신선의 도를 이어받을 만했다. 허손이 주광에게 중간에 다리를 놓아 달라 하여 이 혼사를 진행하니 황인람이 자신의 부모에게 이 사실을 아뢰었다. 길일을 잡아 허손의 집에서 혼례를 치렀다. 한 달 후 황인람이 신부랑 같이 부모님을 뵈러 다녀오겠다 했다. 신부는 시댁에 도착하여 온갖 정성을 다하여 시부모를 봉양했다. 황인람 역시 신부에게 시부모를 극진히 모시게 했다. 한 달이 지난 후 황인람은 신부랑 같이 허손에게 돌아와 신선술을 익히는 데 전념했다.

한편, 당시 오맹은 120여 세, 허손이 관직에서 물러나 집으로 돌아왔다는 소식을 듣고 서안에서 허손을 만나러 왔다. 허손이 옷매무새를 바로 잡고 오맹을 맞이했다. 둘은 자리를 잡고 앉아 서로의 안부를 물었다. 허손이 집터 서쪽에 방을 들여 오맹이 거처하게 했다. 하루는 큰 폭풍이 몰아치니 오맹이 부적을 써서 지붕 위로 던졌다. 잠시 후 파란 새 한 마리가 그 부적을 물고 날아가니 폭풍이 잠잠해졌다. 허손이 오맹에게 여쭈었다.

"이 폭풍이 길조일까요, 흉조일까요?"

"남호南湖를 지나고 있는 배 한 척이 이 폭풍을 만났으니 그 배에 타고 있는 자가 폭풍이 자기를 간구하는지라 내가 이렇게 그 폭풍을 잠재운 것이라오."

며칠 후 도톰한 옷에 큰 허리띠, 머리에 도사 두건을 쓴 자 둘을 찾아와 인사했다.

"소인의 성은 팽彭, 이름은 항抗, 별명은 무양武陽이며, 난릉蘭陵 출신입니다. 일찍이 효성스럽고 청렴한 자로 뽑혀 진나라 상서의 참모를 지냈습니다. 세상이 어지러워질 조짐이 보여 병을 핑계 대고 관직에서 물러났습니다. 허손 선생이 널리 덕을 베풀고 신선술을 닦고 계신다는 소문을 듣고 스승으로 모시고자 이렇게 찾아왔습니다. 어제 남호를 지나는데 갑자기 일진광풍이 불어 배가 거의 뒤집힐 뻔했습니다. 제가 하늘을 우러러 살려달라 빌었더니 잠시 후 파란 새 한 마리가 날아왔고 그예 바람이 잠잠해졌습니다. 하여 이렇게 두 분을 뵈올 수 있게 되었으니 천만다행입니다."

허손이 바로 오맹이 부적을 써서 바람을 잠재운 일을 이야기해주었다. 팽항이 거듭 절을 올리며 감사했다. 마침내 팽항이 식솔을 거느리고 예장군에 와서 살았다. 허손의 아들이 아직 결혼하지 않은 것을 보더니 자신의 여식과 맺어주려 했다. 허손도 팽항의 제안에 동의했다. 이로 말미암아 팽항은 허손한테 깍듯하게 대접받았으며 신선술의 모든 요체를 전수받게 되었다. 동명자東明子의 시 한 수가 이를 잘 묘사했노라.

이 품에 해당하는 높은 관직이 결코 가벼운 게 아니거늘,

하루아침에 팽개치고 신선술을 배우러 왔구나.

사돈의 배려와 이끎이 없었다면,

팽항이 어찌 신선계에 올라갈 수 있었으리!

이제 허손은 오맹의 신선술의 요체는 다 깨쳤으나 심모의 나는 걸음법과 마귀 제거법은 아직 깨치지 못했다. 태백금성이 옥황상제에게 아뢰었다.

"남창군의 마귀용이 백성들을 해치려 합니다. 마침 옥동굴 신선이 허손이란 인물로 세상에 내려가 있으니 허손으로 하여금 마귀용을 제거하게 하고자 합니다. 원컨대 그에게 사신을 보내 마귀를 베는 검을 전해주시고 마귀를 제거하게 하셔서 백성들이 피해 보는 일이 없게 하소서."

옥황상제가 그 말을 듣고 곧바로 어린 선녀 둘을 불러 신선 세계의 검 두 자루를 준 다음 박림이란 곳에 가서 허손에게 전달하라고 했다. 아울러 허손에게 요괴들을 제압하고 도탄에 빠진 백성을 구하라는 자신의 명령을 전하라고 했다. 허손이 공손히 절을 하고선 그 검을 받았다. 선녀들을 바라보니 이미 구름을 타고 하늘을 날고 있었다. 후세 사람이 시를 지어 이렇게 읊었겠다.

뜨거운 불에 담금질하여 만들어낸 검이라네,

강한 쇠, 부드러운 터럭 모두 베어내는 검이라네,

선녀가 하늘에서 들고 온 검이라네,

이제 세상 강물에는 피비린내가 흐를 것이라네.

강남에 괴물이 하나 살고 있었으니 그것은 바로 마귀용이렷다. 애당초 세상에 태어났을 때는 총명하고 재주 많은 자였으니 성은 장張이요, 이름은 혹酷이라. 배를 타고 강을 건너다 큰바람을 만나 배가 뒤집히는 바람에 장혹이 물에 빠지고 말았다. 나무판자에 겨우 몸을 기대고 물에 떠다니다가 모래톱에 닿았다. 배가 너무 고픈 나머지 밝은 구슬 같은 것이 하나 보이기에 그걸 먹어버렸다. 그것은 바로 화룡이 낳은 알이었다. 구슬을 삼키고 나니 배가 고프지 않았다. 물에 들어가도 빠지지 않았다. 이렇게 한 달이 지나니 장혹의 몸이 변하여 머리만 남기고 온몸에 비늘 껍질이 생겨났다. 그 후로 장혹은 마귀용으로 변했고 물속에서만 지냈다. 높은 파도를 뛰어넘어 용이 되려고 애쓰는 잉어를 구경하기도 하고, 깊은 물속으로 자맥질하여 들어가 새우와 자라가 잠수하는 걸 구경하기도 했다.

어느 날 화룡이 마귀용을 보고서 자기 아들인 줄 알고 기를 불어 넣어주고 신통력도 전수해주었다. 마귀용이 강 언덕 위로 올라와 보니 자기가 맘대로 변신할 수 있는 것이라. 이에 바람을 부르고 비를 부르며 안개를 잡아내고 구름을 매만졌다. 기분이 좋으면 사람 모습으로 변하여 여자를 희롱하고, 화가 나면 강물을 일으켜 뭍으로 올려보냈다. 인가를 쳐부수기도 하고, 사람을 죽여 그 피를 먹기도 하고, 배를 뒤집어 버리기도 하고, 사람들의 보물을 빼앗기도 하니 사람들에게 엄청난 골칫거리였다. 마귀용은 여섯 아들을 두었으며 수십 년 동안 왕성하게 번식하여 마침내 그 수가 천을 헤아렸다. 게다가 용과 비슷한 종류인 이무기마저 엄청 늘어나니 강서의 여러 군을 물에 잠기게 할 계획을 세웠다.

하루는 허손이 애성艾城의 산에서 단약을 제조하고 있는데 이무기 무리가 홍수를 일으켜 단약을 제조하는 방을 침수시키려 했다. 허손이 대로하여 신선 세계의 병사들을 불러 이무기 무리를 잡아오게 하여 그것들을 돌담벼락에 못 박아 버렸다. 지금까지도 그 돌담벼락이 그대로 남아 있다. 허손이 다시 보검을 휘둘러 이무기의 목을 베어 버렸다. 마귀용이 자기 족속인 이무기가 죽어 나가는 걸 보고 자기 무리 백여 마리를 불러 모았다. 큰놈, 작은놈, 어린놈, 나이든 놈 한 무리가 모여들었다. 마귀용이 입을 열었다.

"저 죽일 놈의 허손이 우리 족속을 감히 벌주려 하고 있다. 이 원수를 갚지 않고는 내가 억울해서 살 수가 없구나."

무리 가운데 마귀용을 할아버지라 부르는 놈, 큰아버지라 부르는 놈, 작은아버지라 부르는 놈, 형이라 부르는 놈이 나섰다.

"너무 걱정하지 마십시오. 저희들이 가서 허손이란 놈을 잡아올 테니 그놈을 죽여 천 갈래 만 갈래로 갈기갈기 찢어버리시고 분을 푸십시오."

"듣자 하니 저 허손이란 놈이 오맹에게서 도술을 전수받아 신통력이 대단하다더라. 아무래도 능력이 빼어난 녀석이 가야 할 것 같다."

무리 가운데 긴 뱀 마귀가 나서서 아뢰었다.

"형님, 그럼 제가 가겠습니다."

"그래 아우가 간다면 내가 안심이지."

긴 뱀 마귀는 백여 마리의 이무기를 거느리고 허손 집으로 몰려가 한 일자 진을 치고 소리를 질렀다.

"허손이란 놈이 어찌 감히 우리한테 덤빈단 말이냐!"

허손이 이무기 무리를 보더니 칼을 손에 쥐고서 물었다.

"아니 너희들 같은 요물이 감히 무슨 재주로 나에게 덤빈단 말이냐?"

긴 뱀 마귀가 입을 열었다.

"그래 내 말 좀 들어보아라."

비늘이 겹겹이 기세도 당당하지,

신통력은 하늘에 닿지,

입을 열면 세상 모든 걸 삼켜버리지,

3년 동안 기운을 모으면 화룡으로 변하지.

입을 쫙 벌리면 안개가 일어나고,

대가리를 쳐들면 바람이 일어나고,

내 몸 길이가 구만 리에 달하는 걸 네가 알기나 할까?

내 몸으로 곤륜산 제일봉을 휘감을 수 있도다.

긴 뱀 마귀가 자신의 능력만 믿고 그 능력을 뽐내고 싶어 이무기 무리들에게 진격 명령을 내렸다. 이무기들이 이렇게 소리를 질렀다.

"네놈이 우리 무리를 죽이지 말았어야지! 자업자득이로다."

"하하하, 네놈들이 내 칼을 견디지 못할 것이니 그것이 불쌍할 뿐이다."

긴 뱀 마귀가 자신의 신통력을 자랑하고 싶어서 일단 큰 바람을 불러 일으켰다.

눈을 떠도 보이는 건 없으나,

들리는 소리는 분명히 있구나.

오호라 대지가 노여움에 떠니,

세상의 모든 구멍에서 소리를 질러대는구나.

휙휙, 쏴쏴,

하늘 향해 열린 문이 흔들리고,

지축이 흔들흔들,

아홉 겹 하늘에 있는 신선조차도 미간을 찡그리고,

파란 하늘, 하얀 구름,

붉은 노을, 노란 노을 가리지 아니하고,

큰 바다를 뒤엎어버리고,

장강 물결을 휘감아버리니,

사해 용왕님도 이마를 찡그리네.

우르릉 쾅쾅 우렛소리,

번쩍번쩍 번개,

사방에 날리는 모래,

굴러다니는 돌멩이.

봄날 새벽 너무 일찍 일어난 것처럼 사방이 어둑어둑,

구름이 뭉게뭉게 피는 듯,

안개가 스멀스멀 올라오는 듯,

나무들 싹둑싹둑 잘려 날아가니,

고목조차도 하나도 남지 않고,

마을 밝히는 등불이 있다손 뭘 밝힐 수 있으랴!

휭휭 앞에서 소리 터져 나오고 뒤에서 소리 터져 나오고,

왼쪽으로 달려가고 오른쪽으로 달려가고,

구중궁궐 같은 건물도,

천지사방으로 다 날려가네,

우두두 우두두,

이리 부딪히며 저리 부딪히며,

이리 후벼 파고 저리 후벼 파니,

아무리 깊은 동굴 속에 처박혀 있다손,

그걸 후벼 파내지 못할쏜가.

종각宗慤13)처럼 포부가 대단한 사람이라도,

감히 그 바람을 타고 파도를 쳐내겠노라 하기 힘들 것이라.

열자처럼 마음을 비웠다 하는 사람이라도,

이 바람을 열흘하고도 닷새 동안 타지는 못할 것이라.

오호라,

만 리를 뒤덮는 거대한 흙먼지,

저 바람이 흔드는 소리에 감히 대문 열어줄 집이 있으랴!

수많은 연인의 이별을 지켜보았을 저 버드나무 가지도 다 꺾어지고

수많은 초가집의 지붕은 또 어이하여 다 날아가 버렸는가?

정말로 대단히 큰 바람이었다. 허손이 보검을 손에 쥐고 버럭 소리를 질렀다.

"바람신이여, 어서 이 바람을 잠재우소서!"

잠시 후 모든 바람이 잠들어버렸다. 한데 이게 웬일인가. 그 마귀용이 다시 큰비를 불러일으킨 것이었다.

석연石燕14)이 날고

상양商羊15)이 춤추네.

---

13) 남양南陽 태생의 남조 송나라 때 장수이자 서예가이다. 465년 졸. 어려서부터 포부가 대단하고 무예를 좋아하여 바람을 타고 수만 리 파도를 격파하고 싶노라 호언장담했다고 한다.

14) 땀나고 열나는 것을 제거하고 소변을 잘 통하게 하는 데 쓰이는 한약재이다. 완족동물의 화석류로 석회질인 껍데기가 제비 날개 모양을 하고 있어 돌제비란 이름이 붙었다. 석연이 나는 것처럼 보이면 비가 내린다고 한다.

15) 다리가 하나이고 부리가 붉으며 낮에는 숨어 있다 밤에 날아다니는 새. 비가 오기 전에 이 새가 춤을 춘다 하여 홍수를 예고하는 새로 알려졌다.

하늘의 구름 사이로 비가 쏟아져 내리니,

마치 세숫대야로 물을 퍼붓는 것 같구나.

갑자기 공중에서 내리붓다 보니,

가뭄 해갈에 도움 되지도 못하네.

후두두둑, 후두두둑,

수풀에 난 파초 이파리를 두드려,

이쪽에 한 조각,

저쪽에 한 조각,

파란 이파리 떨어져 구르네,

방울방울,

연못에 핀 연꽃 위에 떨어져,

꽃술 위로,

꽃술 아래로,

빨갛게 연지 찍은 물방울이 방울방울 맺혔네.

도랑물이 불어 넘치니,

삽시간에 고봉高鳳16) 집 마당에 널어놓은 보리가 떠내려가 버리네.

물이 불어 처마까지 닿을 정도로 내리는 저 비는,

주나라 무왕 병사들의 병기를 씻어주네.17)

---

16) 동한東漢 때 남양군南陽郡 출신 인물이다. 아내가 마당에 보리를 널어놓고 밭에 일하러 가면서 닭이 쪼아 먹지 않게 잘 살펴 달라 부탁했다. 하지만 고봉은 책 읽는 데 정신이 팔려 폭우가 쏟아져 보리가 다 젖어버리는 것도 몰랐다. 나중에 아내가 돌아와 타박하자 그제야 그런 일이 생겼음을 깨달았다고 한다.

17) 주나라 무왕이 병사들을 거느리고 출정하는데 큰비가 내렸다. 군사 행동을 할 때 비가 내리는 건 불길한 징조라며 머뭇거리는 병사들에게 무왕이 저 비는 우리 무기를 씻어주려고 하늘이 내리시는 상서로운 비라고 설명하며 용기를 북돋아 주었다고 한다.

도마뱀을 잡아 기우제를 지냈더니,

하늘이 내려주신 감로 같은 그런 비 아니네,

거대한 고래가

만경창파에서 분수처럼 뿜어내는 물줄기라네.

초가집 굴뚝에 연기 멎고,

배꽃 피는 정원에서의 따사로운 꿈 다 깨졌도다.

도랑마다 탁류가 넘쳐 물고기가 다 헤엄쳐 들어오고,

들판엔 이끼가 가득 넘치니 학이 걸음 떼기도 어렵구나.

정말로 엄청난 비였다. 허손이 또다시 검을 쥐고서 크게 외쳤다.

"비의 신이여, 어서 이 비를 멈추소서!"

그렇게 세차게 내리던 비가 한 방울도 안 남고 다 사라져버렸다. 허손이 신통력을 발휘하여 긴 뱀 마귀가 쳐놓은 진지로 짓쳐들어갔다. 허손이 보검을 휘두르니 긴 뱀 마귀의 몸뚱어리가 두 동강 나버렸다. 이무기 무리는 긴 뱀 마귀가 두 동강 나는 걸 보고 서둘러 도망가기 바빴다. 허손이 그놈들을 뒤쫓아 모두 궤멸시켜버렸다. 허손이 이무기들의 소굴로 곧장 쳐들어가 마귀용을 찾았다. 마귀용이 허손이 긴 뱀 마귀를 베어버리고 이무기들을 죽여 버렸다는 소식을 들었으니 어찌 허손을 그냥 내버려 둘 수 있겠는가? 마귀용이 남은 이무기들을 불러 모았다. 천 마리가 넘는 이무기들이 모였다. 수가 많으면 말도 많은 법, 모두들 주둥아리를 열어 허손을 욕했다.

"이 망할 놈의 도사 놈, 뭐한다고 우리 집에 함부로 찾아왔단 말이냐?"

그러면서 바람을 불러오는 놈, 비를 불러오는 놈, 구름을 불러오는 놈, 안개를 일으키는 놈, 불을 불러오는 놈들이 모두 앞으로 달려 나왔다. 허손이 보검 두 자루를 손에 들고 이리 베고 저리 베었다. 그러나 이무기들의 숫자가 너무 많은지라 그놈들을 도저히 다 처치할 수 없었다. 게다가 심모의 하늘을 나는 비법을 아직 전수받지 못하여 허손은 아직 땅 신선 단계에 머물러 있는 처지였다. 마귀용이 변신술을 써서 구름 위로 올라가 독수리로 변했다.

> 발톱은 쇠못처럼 날카롭고
> 부리는 쇠끌처럼 견고하다.
> 두 날개를 쫙 펴고 나는 모습은,
> 마치 대붕과도 같구나.
> 구름 속에서 우는 소리는 귀청을 찢고,
> 수풀 위에 날아 앉을 땐 고개를 당당하게 세우는구나.
> 뭇 새들 모두 자취를 감추고,
> 그 길을 막을 자 어디 있으랴!

그 독수리가 공중에서 날개를 펴더니 허손의 얼굴을 향하여 곧장 날아들었다. 허손의 얼굴이 온통 피투성이로 변했다. 허손이 칼을 휘두르니 독수리가 재빨리 날아올랐다. 허손은 하는 수 없이 집을 향해 발걸음을 돌렸다. 이무기들도 죽고 상한 놈들이 많은지라 진을 거둬 돌아갔다.

한편, 마귀용의 신통력이 대단한 걸 확인한 허손이 오맹을 찾아가 그를 깨뜨릴 비책을 여쭤보았다. 오맹이 대답했다.

"그렇지 않아도 그 마귀용이 백성들에게 큰 피해를 주고 있어서 나도 그놈을 없애야겠다고 생각하고 있었소이다. 그러나 내 신통력이 아직 고강하지 못하여 그놈을 쉽게 제압하지 못하고 있었소이다. 이제 그대가 많은 이무기들을 죽여 없앴으니 그놈이 화가 치밀어 더욱 잔악하게 굴 것이라 강남 지방이 이렇게 끝장나버리는 건 아닌지 걱정이오."

"그럼 어떻게 해야 할지요?"

"진강부 단양현 황당黃堂이란 곳에 심모라는 여신선이 있다는 소문을 들었소이다. 그분의 도술이 그렇게 대단하다고 하니 우리 같이 한번 가봅시다. 그분에게서 도술을 전수받은 다음에 그 요물을 제거해도 늦지 않을 것이오."

허손이 그 말을 듣고 뛸 듯이 기뻐했다. 짐을 꾸려 오맹과 함께 황당에 가서 심모를 뵈었다. 심모가 말했다.

"그대들은 누구시오, 어인 일로 나를 찾아오셨소이까?"

허손이 대답했다.

"저희는 허손과 오맹입니다. 지금 강남에 마귀용 하나가 백성들에게 너무도 큰 피해를 끼치고 있어 저희가 그놈을 제거하고자 하나 저희의 도술이 아직 부족하옵니다. 저희가 듣기에 심모께서는 도술이 무궁무진하고 고강하다 하니 부디 저희들에게 그 요체를 가르쳐주셔서 저희들의 평생 소망을 이룰 수 있게 해주십시오."

허손이 말을 마치고 오맹과 함께 바닥에 엎드려 절을 올렸다. 심모가 말했다.

"두 분은 어서 일어나 내 말을 들으시오. 두 분은 신선이 될 운명을 타고난 자라 이미 신선계에 그 이름이 등록되어 있소이다. 예전에 효제왕이 신선계에서 산동 곡부현 난기의 집에 강림하여 난기에게 '나중에 진나라 때 신선이 나오리니 그자가 바로 허손이라. 나의 신선도를 그자에게 전하고 뭇 신선들의 우두머리가 되게 하라'고 하셨소이다. 그런 다음 난기에게 신선 세상의 오묘한 이치와 단약 제조법과 신통한 거울, 쇠로 만든 판, 구리로 만든 판 그리고 하늘 세계에서 전해 내려오는 요괴 처치법을 전달해주시었소이다. 그리고 난기가 다시 나에게 그 비법들을 전하면서 나에게 그 비법을 잘 간직하고 있다가 그대에게 전하라 했소이다. 이제 400여 년이 흘러 그대가 찾아왔으니 나야 당연히 그대에게 그 비법을 전해야지요."

심모는 길일을 택하여 의식을 갖춰 쇠로 만든 판, 구리로 만든 판, 요괴 처치법, 하늘을 나는 법과 같은 비법과 부적 쓰는 법을 허손에게 전수해주었다. 지금 알려진 정명법淨明法과 오뢰법五雷法은 모두 심모가 전수해준 것이다. 심모가 다시 오맹에게 말했다.

"그대는 허손에게 신선술을 전해주는 역할을 담당해야 했기에 허손의 스승 노릇을 해왔소이다. 그러나 이제 효제왕의 비법은 오직 허손에게만 전수될 것이니 그대가 외려 허손을 스승으로 받들어야 할 것이오."

심모한테 비법을 전수받은 허손이 인사를 하고 돌아가려 했다. 허손이 마음속으로 이런 생각을 했다.

'아, 내가 이렇게 심모에게서 비법을 전수받았으니 매년 세배드리러 오는 걸로 제자의 도리를 다해야겠구나.'

허손이 이렇게 생각만 하고 입 밖으론 한마디도 절대 꺼내지 않았으나 심모가 그의 속마음을 이미 다 환하게 읽어버렸다. 심모가 허손에게 이렇게 말했다.

"난 이제 옥황상제가 계신 선계로 돌아가노니 그대는 나를 찾아올 필요가 없소이다."

심모가 향모풀 하나를 들어 남쪽을 향해 던졌다. 그 풀이 바람을 타고 날아갔다. 심모가 허손을 향해 말했다.

"그대가 사는 곳에서 남쪽으로 수십 리 되는 곳에 가보면 향모풀이 떨어져 있을 거요. 그곳에 나의 사당을 짓고 해마다 가을이 되면 내 사당을 찾아와 주면 그것으로 충분하오."

심모가 말을 마치니 홀연히 하늘에서 용과 봉황이 끄는 마차가 나타났다. 심모가 그 마차를 타고 공중으로 날아갔다. 허손과 오맹이 하늘을 향해 머리를 조아리며 신선 세상을 향해 떠나가는 심모를 배웅했다. 허손이 향모풀의 행방을 찾아 서산의 남쪽 40리쯤 되는 곳에 이르러보니 향모풀이 이미 무성하게 자라고 있었다. 허손과 오맹이 그곳에 사당을 짓고 황당이라는 이름을 붙였다. 장인에게 부탁하여 심모의 모습을 빚어 사당 안에 모시고 향을 피우고 해마다 8월 초사흘이면 어김없이 참배하러 갔다. 지금의 숭진관崇眞觀이 바로 그 사당이며 아직도 해마다 참배하는 전통이 그대로 이어지고 있다.

허손이 황당에 제단을 세우고 심모가 말해준 대로 비법을 오맹에게 전해주었다. 허손과 오맹이 비로소 하늘을 나는 법을 터득하게 되었다. 소강小江으로 가서 객점에 투숙했다. 객점의 주인 송 씨가 그들이 신선술을 닦는 도인임을 알아보고 숙박비를 일체 받지 아니하고 환대했다. 허손과 오맹이 송 씨의 그런 태도에 감동하여 붓과 먹을 청하여 벽에다 소나무 한 그루를 그려주고 떠났다. 두 사람이 떠난 다음 그 소나무는 마치 진짜 살아 있는 것처럼 생생했으니 바람이 불면 가지가 흔들리고 달이 뜨면 솔잎이 파르라니 맑게 빛났으며 이슬이 내리면 촉촉해졌으니 그 소나무를 구경하러 오는 자가 하루에 천을 넘어섰다. 소나무를 보러 오는 자마다 모두 돈을 올려놓고 소원을 빌었으니 송 씨는 그 덕에 거부가 되었다. 나중에 강물이 불어 제방이 무너지고 객점이 모두 둥둥 물에 떠내려갔을 때도 그 소나무가 그려진 벽만큼은 끄떡없었다.

한편, 마귀용은 자신의 졸개들이 허손에게 당한 것을 생각하고는 화가 나서 참을 수가 없었다. 마귀용은 허손과 오맹이 황당으로 심모를 찾아가 비법을 배우려고 한다는 소문을 듣고는 졸개들을 시켜 먼저 오맹이 사는 고을에 가서 백성들을 괴롭히고 패악질을 하라고 했다. 허손이 서녕西寧에 이르렀을 무렵 이무기들의 비린내가 코를 찔렀다. 허손이 그 지방의 성황신을 불러 꾸짖었다.

"그대는 한 지방 귀신들의 우두머리로서 저놈들이 이렇게 패악질을 하는 걸 어찌 그냥 두고 보고만 있소이까?"

"저 요물들의 신통력이 너무나 대단하여 제가 제압하지 못하고 있습니다."

성황신이 거듭거듭 사죄했다. 마귀용이 허손이 돌아온 걸 보더니 뭇 이무기들을 불러 모아 수백 자에 달하는 파도를 일으키게 했다. 파도가 얼마나 높고 크고 흉포한지.

골짜기를 가득 채우고 흘러가는 물소리,
하늘에 닿을 듯이 솟구쳐 올라가는 물결.
우레처럼 웅장하게 터지는 소리,
폭풍에 휘말려 올라가는 눈발 같은 모양.
높디높은 물결은 길을 모조리 다 덮어버리고,
수만 층 높이의 물결은 산봉우리까지 삼켜버렸네.
방울방울 물거품은 옥구슬 같고,
뚱땅뚱땅 물소리는 현을 뜯는 소리 같네.
물결이 돌에 부딪히니 마치 옥을 갈아대는 듯,
굽이치며 돌아가는 모습은 마치 소용돌이 치는 듯.
솟았다 꺼졌다 쉴 새 없이 흘러가다가,
세찬 기세로 하늘까지 치솟는구나.

이렇게 엄청난 파도가 치는 걸 보니 백성들의 가옥과 전답이 모두 휩쓸려 갈 것 같아 걱정이 앞섰다. 허손이 손에 보검을 들고서 하늘을 향해 부적을 썼다. 그리고 이렇게 외쳤다.

"물의 신이여, 어서 물을 거둬들이라!"

물의 신이 물을 거둬들이는 게 더디자 허손이 버럭 화를 냈다. 물의 신이 이렇게 말했다.

"흩어진 물을 다시 주워 담기가 힘든 건 다 아시잖소이까. 조금만 진득하게 기다리시오."

물의 신 역시 크게 걱정하며 삽시간에 물을 다 거둬들였다. 대지가 예전처럼 마른 땅 모습을 드러내었다. 허손이 보검을 들고 마귀용의 목을 베려 달려가니 마귀용이 바다를 떠도는 야차로 변하여 창을 꼬나 쥐고 허손을 상대하려 들었다. 허손과 마귀용의 한바탕 싸움은 보기만 해도 살기가 등등했다.

허손이 칼로 치고 들어가니,
요괴가 창으로 막아서는구나.
서릿발 같은 검광에서 뜨거운 불길이 솟아나고,
창에서 나오는 예기는 하늘까지 치솟네.
하나는 양자강에서 자라는 요괴,
하나는 옥황상제 전에서 내려온 신선.
자신의 신통력만 믿고 하늘의 질서를 어지럽히는 녀석,
폭력과 재해를 막고 질서를 바로잡는 자.
신선이 자신의 몸을 하늘로 던지니,
요괴는 자기 몸을 먼지 구덩이 속으로 던지네.

둘이 서로 무공을 다툼은,
홍도의 백만 백성의 목숨이 걸린 일이네.

마귀용과 허손이 서로 살기등등하게 일전을 벌이는 걸 보고 이무기 무리가 모두 달려 나와 마귀용을 도왔다. 이때 갑자기 모래 먼지가 몰려오는데 그 기세가 허손의 눈앞을 다 가릴 기세였다.

안개 같고 연기 같은 것이 몰려오기 시작하더니,
마침내 온 땅을 뿌옇게 뒤덮는구나.
온천지가 다 희뿌옇게 되어 도저히 눈을 뜰 수가 없어,
어두침침하여 한 치 앞을 볼 수가 없어.
나무꾼이 제 짝을 잃어버리고,
약초꾼이 집에 돌아갈 길을 잃었구나.
가는 건 밀가루마냥 몽글고,
거친 건 깨알처럼 굴러다니네.
세상이 온통 어둑어둑 산꼭대기까지 어둠에 덮이고,
하늘까지 모래 먼지에 갇혀 태양마저 뵈지 않네.
말발굽이 불러일으키는 흙먼지와는 차원이 다르다네,
꽃마차가 날리는 부드러운 흙먼지가 어이 이에 비길까!
이놈의 모래 먼지는 정말 매정하기도 하지,
눈 속을 파고들어 눈이 시큰, 눈앞에 별이 번쩍.

모래바람이 일제히 불어오고 이무기들이 고함을 질러댔다. 허손이 신비한 입김을 불어내어 거센 바람으로 변화시켜 모래 먼지가 흩어지게 했

다. 오맹이 높은 언덕 위에서 바라보니 요괴의 신통력이 만만치 않아 보였다. 오맹이 손바닥을 펴서 그 위에 우레 기운을 올려놓고 하늘로 날려 보냈다. 바람과 구름과 우레와 비가 이무기들이 좋아하는 것들이기는 하나 오맹이 지금 불러일으킨 우레는 특별히 요괴들을 정조준하고 있었다.

> 손바닥 위에서 불러일으킨 것이,
>
> 구름까지 진동시키네.
>
> 번쩍번쩍 무섭게 비추는 불빛,
>
> 우르릉 쾅쾅 들려오는 그 소리.
>
> 불의 신의 불구덩이를 태우며,
>
> 우레 신이 타고 다니는 마차 바퀴를 굴리네.
>
> 쾅쾅 치는 소리,
>
> 하늘과 땅을 북 삼아 치는 소리,
>
> 우주에 가득 넘쳐흐르는 소리.
>
> 팡팡 치는 소리,
>
> 온 세상에 대포를 놓는 소리,
>
> 둔치고 있는 부대에 울리는 소리.
>
> 유비가 놀라서 젓가락을 떨어뜨리게 하고,[18]
>
> 채원중蔡元中이 어머니 걱정에 무덤가를 돌게 하는도다.[19]

---

18) 『삼국지연의』 제21회에 등장하는 한 대목에서 따온 것이다. 이 세상의 진정한 영웅은 유비와 자기 둘뿐이라는 조조의 말을 듣는 순간 유비는 짐짓 놀란 척하며 들고 있던 젓가락을 일부러 떨어뜨린다. 그리고 유비는 마침 벼락이 친 것을 핑계 대며 본인은 벼락 치는 소리에 놀라 젓가락을 떨어뜨리는 촌부에 불과하다고 눙친다.

19) 후한 때 이름난 효자. 생전에 어머니가 천둥을 너무 무서워했기에 어머니 돌아가신 후에도 폭풍이 불어 천둥이 칠 기미가 보이면 어머니 무덤가를 돌며 안심시켜 드렸다고 한다.

울렸다 하면 귀를 막을 틈조차 없으며,

누구라도 얼이 빠지지 않을 수 없구나.

오호라 하늘 신선의 손 위에서 엄청난 신통력이 발휘되니,

저 이무기들 간담이 서늘해지는구나.

요괴 무리는 오맹이 신통력으로 불러일으킨 우레가 천지를 진동시키고 바다를 뒤집어엎고 산봉우리를 흔들리게 하는 걸 보고 혼비백산했다. 게다가 허손의 두 자루 보검에서 섬뜩한 빛이 품어져 나오고 살기가 등등하니 마귀용은 도저히 자기가 상대할 수 없음을 느끼고 야차의 모습에서 재빨리 다른 모습으로 변신하더니 도망치기 시작했다. 허손이 일단 마귀용을 내버려두고 이무기들을 쫓아 베어나갔다. 이무기들이 사방으로 흩어졌다. 허손이 이무기 두 마리를 쫓다보니 악저鄂渚까지 이르렀다. 이무기 두 마리가 갑자기 시야에서 사라졌다. 길가에 노인장 셋이 서 있기에 물었다.

"이무기 놈들을 쫓아 여기까지 이르렀습니다. 혹시 그놈들을 보지 못하셨습니까?"

"저 다리 아래에 숨어 있지 않소이까!"

허손이 그 말을 듣고 다리 곁으로 다가가 보검을 쥐고 소리를 지르니 이무기가 대경실색하여 강물로 뛰어들어 몸을 숨겼다. 허손이 급히 부적을 쓰고 주문을 외운 다음 부적 담당 신선에게 그 뒤를 쫓게 했다. 이무기가 더는 숨을 수 없음을 알고 강물 위로 뛰어올랐다. 허손이 그 목을 베어버리니 강물이 온통 빨갛게 물들었다. 이 이무기 두 마리는 바로 마귀용의 새끼였다. 지금도 악저에는 삼성왕 사당, 복룡교라는 다리, 용소라는 연못이 있다. 이무기를 처단한 곳은 용이 솟아난 입구라 불린다.

허손이 서녕西寧으로 돌아와 성황신이 영험하지 못한 것을 그만두고 볼

수가 없어 동철 자물통으로 사당 문을 잠가버리고 백성들이 찾아와 제물을 바치는 것을 금했다. 오늘날 분녕현分寧縣 성황묘의 대문은 늘 닫혀 있고 참배하러 찾아오는 자 역시 거의 없다. 아울러 허손이 모毛씨 형제 셋을 섬기게 했으니 그자들은 바로 허손에게 이무기의 행방을 알려준 노인장들이라. 이 세 노인장은 엽우후葉佑侯에 봉해졌고, 그들에게 바치는 제물은 끊긴 적이 없다.

허손이 오맹에게 이렇게 말했다.

"마귀용이 몸을 숨기고 이무기들이 사방으로 흩어졌습니다. 그놈들을 꼭 찾아내서 섬멸해야겠습니다."

"기왕에 먼 금릉에서 예까지 왔으니 부모님을 먼저 찾아뵙고 인사를 드려야 하지 않겠소. 저 마귀용이나 이무기 놈들이야 그대가 있는 걸 알면 함부로 날뛰지 못할 것이니 차차 그놈들을 제거하여도 늦지 않을 것이오."

허손과 오맹이 풍성현豊城縣 초침동杪針洞으로 돌아왔다. 허손이 오맹에게 제안했다.

"나중에 이무기들이 이 동굴을 소굴로 삼고 드나들 것이니 이 입구를 막아버려야겠습니다."

허손이 삼나무를 들고 와서 그 위에 부적을 새겨서 입구를 막아두었다. 그 삼나무는 지금껏 썩지 않고 그대로 남아 있다. 봉신현奉新縣 장계藏溪란 곳을 지나게 되었다. 장계는 또 이무기 동굴이라는 이름으로도 불렸다. 그 동굴은 늘 물이 고여 있어 마를 날이 없었다. 허손이 한마디 했다.

"이곳이 바로 이무기들이 서식하는 곳이로군요."

허손이 보검을 들어 계곡 옆의 큰 바위를 쪼갠 다음 부적을 새겨 그 동굴 입구를 막아버렸다. 동굴 입구를 막은 바위가 지금도 그대로 남아 있다. 다시 신건현新建縣을 지나노니 탄조호嘆早湖라는 호수가 있더라. 그 호수에는 거머리가 참으로 많았다. 그 거머리는 모두 이무기들의 노예로 밭에 나가서 사람들의 피를 빨곤 했다. 그 거머리들이야말로 인간에게 해악만 끼치는 종자라 허손이 알약 한 알을 호수에 풀어 그놈들을 다 멸종시켜버렸다. 이 일이 있고 나서 사람들이 그 호수를 허손이 약을 푼 호수라 부르기도 한다. 그런 다음 허손이 서산의 고향 집으로 돌아와 부모님을 뵈었다. 온 가족이 재회하는 기쁨을 누렸음은 두말할 필요가 없겠다.

이무기들을 여러 차례 제압하면서 허손의 신통력이 더욱 고강해졌다. 허손이 자신의 신통력으로 베푼 은택이 사람들 사이에 두루 흘러넘치고 천하에 그 이름을 드날리게 되었다. 제자가 되고자 찾아오는 자들이 수천을 헤아렸다. 허손이 그들을 다 제자로 받아들일 수 없겠다 싶어 시험해보고자 했다. 숯덩이를 하나씩 잘 깎아서 미녀로 변모시켰다. 이렇게 미녀 수천을 만들어 사람들의 처소로 들여보냈다. 다음 날 아침 조사해보니 숯검댕이 묻지 아니한 자가 열 명에 불과했다. 일단 그중에 여섯 명에게 가르침을 주었다.

 진훈陳勳, 별명은 효거孝擧, 성도成都 출신.
 주광周廣, 별명은 혜상惠常, 여릉廬陵 출신.
 황인람黃仁覽, 별명은 자정紫庭, 건성建城 출신으로 허손의 사위.
 팽항彭抗, 별명은 무양武陽, 난릉蘭陵 출신으로 허손의 사돈.
 면렬眄烈, 별명은 도미道微, 남창南昌 출신으로 허손의 조카.
 종리가鐘離嘉, 별명은 공양公陽, 신건新建 출신으로 허손의 조카.

나중에 네 명이 더 합류했다.

증형曾亨, 별명은 전국典國, 사수泗水 출신이다. 체격이 우람하고 특히 심지가 올곧은지라 손등孫登이 그를 보고 크게 칭찬한 바 있다. 도를 배우고 깨우치고자 노력했으며 강남을 유람하다가 예장의 풍성 진양관에 머물 무렵 허손의 신통력에 대한 이야기를 듣고 찾아와 문하에 입문했다.

시하時何, 별명은 도양道陽, 거록鉅鹿 출신이다. 어려서 출가하여 동해 목양원沐陽院 봉선관奉仙觀에서 노자의 가르침을 닦았다. 사명산에서 도인을 만나 복식호흡법을 익히고, 곡식을 먹지 아니하고 귀신을 부릴 줄 알았다. 허손의 명성을 듣고서 걸어서 찾아와 제자가 되고자 했다.

감전甘戰, 별명은 백무伯武, 풍성豊城 출신이다. 도를 좋아하고 출세에 관심이 없었다. 허손한테 도를 배우고자 하는 마음이 간절했다.

시잠施岑, 자는 태옥太玉, 패도沛都 출신이다. 부친 시삭施朔이 오나라에 벼슬살이를 하러 가는 바람에 구강 적오현赤烏縣에 이주했다. 시잠은 기골이 장대하고 힘도 세고 용맹스러웠다. 허손이 이무기 무리를 목 베었다는 소문을 듣고서 기꺼이 제자가 되고자 했다. 허손은 이 시잠과 감전에게 보검을 들고 자신의 좌우를 지키게 했다.

이 열 명의 제자는 허손이 숯을 변신시켜 만들어낸 여인의 유혹에 빠지지 않은 까닭에 허손에게서 인정받은 자들이다. 허손이 이무기 요괴를 제거하고자 강호를 돌아다닐 때 늘 허손을 따라다녔던 자들이며, 나중에 신선계에 올라가는 자들이다. 숯 여인의 유혹에 넘어간 자들은 스스로 부끄러워하며 떠나갔다. 숯 여인이라는 지명이 지금도 남아 있다.

허손이 시잠, 면렬에게 이렇게 일렀다.

"지금 요괴들이 백성들을 자심하게 괴롭히고 있으나 그놈들이 제멋대로 변신하는 까닭에 종적을 잡기가 어렵구나. 너희 둘이 파양호로 가서 그들을 찾아보아라."

시잠과 면렬이 스승 허손의 명령을 받들어 칼을 들고 출발했다. 밤에 파양호에 도착하여 입석대에 올라 사방을 살펴보았다. 지금 요하 입구에 있는 누대가 바로 이들이 낚시한 곳이라고 하는데 이건 너무 나간 것이다. 이들이 그저 사방을 살펴본 곳일 뿐이다. 이들이 살펴보니 뭐 뱀 같은 게 하나 보였다. 대가리를 쳐들고 꼬리를 흔드는데 그 길이가 수십 리에 달했다. 시잠이 말했다.

"저게 바로 그 요괴네."

시잠이 즉시 칼을 빼어들고는 뱀의 허리를 두 동강 내버렸다. 다음 날 아침에 일어나 보니 그 뱀은 바로 지네산이었다. 오늘날에도 지네산의 산허리가 두 동강 난 채로 그대로인 것은 이 시잠의 자취가 아직도 남아 있는 것이다. 시잠이 면렬에게 말했다.

"어젯밤에 내가 요괴라고 한 것은 바로 이 산이었구먼. 이제 다시 요괴를 찾아 떠나보세."

한편, 마귀용은 허손과의 싸움에서 져 두 아들까지 잃고 많은 무리가 죽고 다치자 허손을 향해 바득바득 이를 갈았다. 자기 무리를 모아 상의하더니 소고담[작은시누연못]의 늙은 용과 힘을 합쳐 원수를 갚고자 했다. 이무기 무리가 정말 좋은 생각이라고 맞장구쳤다. 마귀용이 즉시 소고담 연못 아래로 들어갔다. 소고담이 얼마나 깊었는지 '대고담[큰시누연못]은 너비가 만 길, 소고담은 깊이가 만 길'이라는 속담이 생길 정도였다. 마귀용이 그 깊은 소고담의 바닥까지 내려갔다. 그 모습이 어떠하였던가.

물은 넘실넘실 하늘까지 닿고
파도는 겹겹이 강둑을 때리네.

강 한가운데 작은시누 바위,

마치 강물 사이에 우뚝 솟은 강건한 기둥 같네.

강 아래, 용이 살 것 같은 연못,

영원히 사라지지 않을 용궁 같아라.

파랗게 번쩍번쩍 원앙새 날개처럼 기와로 덮은 용궁 지붕,

공작의 화려한 꼬리처럼 펼쳐진 용궁 담장,

비취처럼 빛나는 주렴,

호랑이 가죽을 동그랗게 씌워 만든 의자.

용왕이 의자 위에 앉아 있고,

용녀가 그 아래에서 시중들고,

용궁 나졸은 용궁을 지키고,

야차는 용궁 대문 앞에 서 있고,

용의 아들과 손자들이 계단 위에 늘어서 있네.

강 한가운데는 세상에 비길 데 없는 멋진 풍경,

그 아득한 곳에 있는 용궁은 세상에서 으뜸가는 곳.

저 용왕의 출신을 한번 살펴볼까나. 예전에 황제黃帝가 형산荊山에서 삼족정을 주조한 다음 바로 용왕을 타고 승천했다. 한데 저 용왕이 너무 탐욕스럽고 악독한지라 구천현녀九天玄女가 붙잡아 나타사羅墮闍20) 존자尊者에게 보내버렸다. 나타사는 용왕을 발우에 넣어두고 천 년 동안 길렀다. 용왕이 자신의 탐욕스럽고 악독한 성정을 끝내 버리지 못하고 아래 세상으로 내려가 장과로張果老의 나귀를 먹어버리고 주목왕周穆王의 팔준마에게

---

20) 16 아라한 가운데 하나인 빈도라발라타사賓度羅跋羅墮闍.

상처를 입혔다. 주만평周漫泙21)이 용 잡는 기술을 익혀 용왕의 목을 베려 하자 용왕이 파촉 지방 어느 집 뒤뜰 귤나무에 열린 귤 속으로 들어가 버렸다. 마침 그때 바둑을 두고 있던 노인장 둘이 그 용왕을 말려 용고기 포를 만들려고 하니 그 용왕은 또 칡나무 언덕으로 도망쳤다. 거기서 비장방費長房22)에게 몽둥이로 얻어맞고 아픈 몸을 부여잡고 화양동으로 숨어들었다. 아뿔싸, 그러나 오작吳綽23)의 날선 도끼가 용왕의 대가리를 내려치니 피멍이 들고 말았구나. 대가리가 잘려나가는 것은 가까스로 면했지만 목덜미의 구슬이 그만 떨어져 나가버려 더는 하늘로 날아오를 수 없는 신세가 되고 말았다. 하여, 그 용왕은 소고담의 여신에게 부탁해서 연못 깊은 곳에 용궁을 짓고 살게 되었다. 마귀용이 바로 이 용왕을 찾아와 울며불며 허손이 자기 새끼를 죽이고 자기 무리를 죽이더니, 마침내 자기를 사

---

21) 『장자』의 「열어구列禦寇」 편에 나오는 인물이다. 주만평은 용을 도살하는 법을 지리익支離益에게서 배웠다. 전 재산을 갖다 바치고 3년 시간을 써서 용 도살법을 익혔으나 정작 그 기술을 써먹을 수 없었다. 세상에 용 잡을 일이 절대적으로 드물어졌기 때문이다. 『장자』에서는 모든 지혜, 기능, 역할은 다 때가 있으니 아무리 좋은 것이라도 때를 맞추지 못하면 소용없는 것이라는 교훈을 전달하기 위한 예증으로 주만평이 용 잡는 기술의 완성도를 높이는 데만 매달려 정작 그 기술이 쓰이는 시기와 상황을 헤아리지 못했음을 비판하고자 했다. 그러나 이 작품에서는 다만 권위 있는 고전에서 용 잡는 기술을 제대로 익힌 사람으로서 주만평의 이름을 따왔을 따름이다.

22) 후한 때 도사. 신선에게 도술을 배우고 자기도 신선이 되고자 했으나 마지막 관문을 통과하지 못하고 다시 인간 세계로 돌아왔다. 인간 세계로 돌아올 때 신선에게서 대나무 지팡이와 부적을 선물로 받아 그걸로 귀신을 쫓아낼 수 있게 되었다고 한다.

23) 모산茅山에 은거했던 자이다. 약초를 캐러 화양동 입구에 이르렀다가 한 어린아이가 구슬 세 개를 손에 들고 있는 걸 보았다. 그 빛깔이 너무도 영롱했다. 오작이 다가가자 그 어린아이가 곧장 동굴 안으로 들어가는 것이었다. 어린아이가 호랑이한테 물릴까 걱정이 된 오작이 그 아이를 쫓아 들어가니 아이는 용으로 변신하고 그 구슬을 왼쪽 귀에 숨겨버렸다. 오작이 도끼로 내려치니 귀가 잘려나갔으나 구슬의 행방은 찾을 수가 없었다. 그 용마저도 어디론가 사라져버렸다. 오작이 동굴에서 빠져나오자 동굴 입구가 막혀버렸다. 유종원이 용성에 귀양갔을 때 주변 인물들에게 들은 것을 기록했다는 책이 바로 『용성록龍城錄』이다. 오작에 대한 기록은 바로 이 『용성록』에 보인다.

로잡으려 한다고 하소연했다. 말을 마친 마귀용이 오열하기 시작했다. 용궁에 있던 자들이 이를 보더니 하나도 빠짐없이 눈물을 훔쳤다. 용왕이 입을 열었다.

"토끼가 죽으면 여우가 슬퍼한다는데 이는 둘이 비슷한 부류이기 때문이라. 허손, 저 가증스러운 놈을 내가 꼭 붙잡아 그대의 원수를 갚아주겠노라."

"허손은 심모에게서 하늘을 나는 법을 전수받았을 뿐 아니라 옥녀의 마귀 퇴치법을 배워 신통력이 보통이 아니라서 쉽게 상대할 수 없습니다."

"그놈이 하늘을 나는 법을 안다고 해도 어찌 나의 하늘 날기 법보다 빼어날 것이며, 그놈이 요괴를 베는 보검을 갖고 있다손 나를 베지는 못할 것이라."

용왕이 바로 하늘 신선 모양으로 변신했다. 대가리가 세 개에다 팔이 여섯, 시커먼 얼굴에다 뻐드렁니. 그 모습이 어떠하였던가.

몸에는 철갑옷을 입고,
손에는 강철 꼬챙이를 들었네.
황금색 투구가,
붉은 노을 아래 번쩍번쩍.
기세당당하고 날랜 준마를 타고,
슝슝 바람을 가르며,
그 위세, 그 살기 사방에 퍼지노라.
오직 원수를 갚고자 하는 일념이 외양에 드러나,
괴상망측하고 무섭기가 그지없구나.

용왕의 이런 모습을 바라보고 강을 순찰하는 야차, 관원과 나졸 그리고 구경하는 사람들이 모두 한 사람도 빠짐없이 참으로 대단한 차림새라며 갈채를 보냈다. 마귀용 역시 몸을 비틀어 용왕처럼 하늘 신선 모양으로 변신했다. 마귀용이 변신한 모습이 어떠하였던가.

얼굴은 까마귀마냥 새까매서 마치 조현단趙玄壇24) 얼굴 같고,

키는 또 등천왕鄧天王25)처럼 크구나.

장비가 들고 다녔다는 것과 같은 한 길 하고도 다섯 자가 넘는 긴 창을 들고,

두구영관斗口靈官26)처럼 머리가 세 개, 눈이 아홉 개.

갈선진군葛仙眞君27)처럼 활활 타오르는 불길을 품어내고,

머리에서는 화광華光보살28)처럼 불빛이 퍼져 나오네.

위풍도 당당하니,

변신하기 전 모습하고는 영 딴판이로세.

---

24) 도교에서 숭앙하는 재물신으로 얼굴이 새까맣고 수염이 진하게 났으며 검은 호랑이를 타고 다닌다고 한다.
25) 『경세통언』의 영역본에서는 도교의 천둥신이라고 설명하고 있다. 나관중이 지은 『잔당오대사연의殘唐五代史演義』 제18회에 이존효를 막아서는 군대의 대장으로 등천왕이 등장하는데 그의 키가 1장 5척이라고 했다. 1장 5척은 4미터 50센티미터라는 게 좀 그렇고 더욱이 진나라 인물인 허손의 활약상을 그리면서 오대 시대의 인물을 등장하는 것도 사리에 맞지 않는다.
26) 두구령관마천군斗口靈官馬天君을 말한다. 남두성의 여섯 번째 별이 이 세상에 인간으로 내려온 것이다. 머리가 세 개이고 눈이 아홉 개다. 손에는 옥으로 만든 창과 금 벽돌을 들고 등에는 빨간 새가 앉으며 코뿔소를 타고 다닌다.
27) 갈현葛玄(164~244). 삼국시대 오나라의 도사이며 『포박자抱朴子』의 저자인 갈홍葛洪의 종조부다. 곡기를 끊고 득도하여 신선이 되었다. 씹던 밥알로 별을 만들거나 부적을 써서 비를 내리게 할 수 있었다고 한다.
28) 도교에서 숭앙하는 불의 신으로 눈이 세 개다. 비록 불교에서 사용하는 보살이라는 호칭을 붙였으나 깨달음을 얻으려 수행하는 사람 혹은 깨달음을 얻은 위대한 사람을 지칭하지는 않는다.

마귀용이 이렇게 변신하니 용궁 안에 있던 무리가 모두 다 갈채를 보내고 칭송해 마지않았다. 용왕과 마귀용 이 두 놈이 한꺼번에 회오리바람을 불러일으키며 강 언덕 위로 달려 올라왔다. 용왕은 왼쪽에, 마귀용은 오른쪽에 그리고 이무기가 진을 치고서 허손을 맞아 싸울 준비를 했다.

　시잠과 면렬이 높은 언덕에서 바라보니 요사스러운 기운이 하늘을 덮고 있었다. 아직 젊고 용맹스러운 시잠과 면렬은 제아무리 요괴들의 세력이 크고 수가 많아도 전혀 기죽지 아니하고 보검을 손에 쥐고서 언덕 아래로 뛰어 내려가 일전을 벌이고자 했다. 하지만 그들이 아무리 허손에게서 도술을 전수받았다 하더라도 중과부적이라. 삼합 정도를 겨루다 더 버티지 못하고 도망치기 시작했다. 용왕과 마귀용이 죽이려 쫓아오니 그들은 황급히 허손에게 달려가 전후 사정을 설명했다. 허손이 대로하여 보검 두 자루를 꼬나쥐고서 감전, 시하 두 사람에게 자신을 따라와 도우라고 했다.

　허손이 상서로운 구름을 타고 곧장 용왕이 진을 치고 있는 곳으로 날아갔다. 마귀용이 허손을 발견했다. '원수를 보면 눈에 불꽃이 튄다'고 하는 옛말이 있지 않은가! 마귀용이 긴 창을 들고 허손을 향해 달려들었다. 용왕도 강철꼬챙이를 들고서 마귀용과 같이 협공했다. 허손은 자신의 신통력을 십분 발휘하여 보검으로 이리 막고 저리 막아냈다.

이쪽에 보검을 휘두르니,

긴 창을 들고 막네,

살기에 살기를 더하는구나.

저쪽에 보검을 휘두르니,

강철 꼬챙이를 들고 막네,

긴장에 긴장을 더하는구나.

이쪽으로 베어 들어가니,

마치 여량 폭포에서 쏟아져 내리는 물줄기라,

어찌 막아낼 수 있으리.

저쪽으로 베어 들어가니,

마치 촉산에서 산사태가 나서 쏟아져 내리는 흙더미라,

어찌 견뎌낼 수 있으리.

이쪽에 고강한 무예를 펼치니,

마치 송골매가 까마귀 떼를 덮치듯,

저쪽에 늠름한 기상을 펼치니,

마치 호랑이가 양 떼 동굴을 덮치듯.

이쪽에 바람으로 빨간 꽃송이를 다 쓸어버리는 신통력,

꽃송이 다 떨어져 빨간 진흙더미가 되어버렸네.

저쪽에 거센 물줄기로 땅을 다 쓸어버리는 신통력,

땅 위의 모든 것들이 다 쓸려 대해로 들어가 버리네.

하늘과 땅을 뒤집어엎는 고강한 수법으로,

이 세상에 평지풍파 일으키는 사악한 무리를 다 쓸어버리는구나.

　마귀용과 용왕이 허손을 몇 차례나 공격했으나 승부를 가리지 못하자 바람과 비를 불러일으키고 모래와 돌을 흩날려 허손을 붙잡으려 했다. 심모에게서 하늘을 나는 법을 배운 허손은 바로 이 순간 구름에 올라타서 그들을 쫓아갔다. 공중에서 몇 차례나 칼로 베고 찌르고 한 다음 다시 땅에 내려와 그들과 겨뤘다. 이무기 무리는 허손의 신통력이 너무나도 대단하여 마귀용과 용왕만으로는 상대가 되지 않는 걸 보고 자기들도 일제히 허손에게 달려들었다. 시하와 감전 두 사람도 제각기 날 선 검을 들고서 적진을 향해 달려갔다. 스승과 제자가 힘을 합하여 이리 치고 저리 베니 저 요괴들이 어찌 견딜 수 있으랴! 용왕이 결국 힘에 부쳐 대가리 세 개 가운데 하나가 잘려나가고 팔 여섯 개 가운데 하나가 잘려나갔다. 용왕이 바람으로 변신하여 도망쳤다. 마귀용이 용왕이 도망치는 걸 보더니 자기도 허손에게 당하는 거 아닌가 하는 두려움에 사로잡혀 바람으로 변신하여 서쪽으로 도망쳤다. 나머지 이무기들도 뿔뿔이 흩어져 도망쳤다. 메뚜기로 변신해서 보리밭 두둑에서 폴짝폴짝 뛰어다니는 놈, 쉬파리로 변신하여 대추나무에서 윙윙거리며 날아다니는 놈, 지렁이로 변신하여 논에서 쓱쓱 기어 다니는 놈, 벌로 변신하여 꽃 사이를 붕붕거리며 날아다니는 놈, 잠자리로 변신하여 구름 사이를 하늘거리며 날아다니는 놈, 땅강아지로 변신하여 소리도 내지 못하고 숨도 제대로 쉬지도 못하고 그저 들판에 납작 엎드려 있는 놈, 이놈 저놈 다 있었다. 허손이 요괴를 쫓아 밭둑길을 걷다가 발을 헛디뎌 밭둑길 옆으로 미끄러졌다. 한데 거기서 사악한 기운이 흘러나오는 것이었다. 땅강아지 한 마리가 거기 있었다. 허손이 칼을 휘둘러 그 땅강아지를 두 동강 내버렸다. 알고 보니 마귀용의 다섯째 아들이었다. 후대 사람이 이렇게 시를 지어 읊었겠다.

가소롭구나, 이무기 요괴여, 자기 주제를 모르고
감히 신선과 겨루다니!
인정사정 봐주지 않는 저 칼에,
다섯째 아들이 결국 두 동강 나는구나.

한편, 허손이 마귀용의 다섯째 아들을 베어버리고 나서 황급히 마귀용을 쫓았으나 종적을 찾을 수가 없었다. 허손이 두 제자랑 같이 예장으로 돌아왔다. 오맹이 허손에게 이렇게 말했다.

"이무기 무리의 세력이 아직도 꺾이지 않았으니 그냥 내버려 둘 수가 없소이다. 먼저 그를 따르는 놈들을 제거하고 그를 고립시켜 일거에 붙잡는 게 좋을 것이오. 이게 바로 '장수를 잡으려면 장수가 타고 다니는 말을 먼저 잡는다'는 전략이외다."

"일리 있는 말씀입니다."

허손이 곧장 시잠, 감전, 진훈, 면렬, 종리가 이렇게 다섯 제자를 불러 자기를 따라 이무기 무리를 제거하러 가자고 했다. 마귀용이 혹시라도 예장을 물로 공격할까 봐 오맹과 팽항을 남겨두고 지키게 했다. 허손이 제자들을 거느리고 높은 산봉우리에 올라가 살펴보고 골짜기를 뒤지고 깊은 호수와 다리를 뒤지며 이무기 무리를 섬멸했다.

어느 날 허손이 신오라는 곳에 이르렀다. 거기서 이무기가 물소로 변신하여 홍수를 일으켜 그곳 사람들을 모두 빠뜨리려고 했다. 그 이무기가 입김을 불어내니 물이 한 자나 불었다. 입김을 한 번 더 불어내니 물이 다시 한 자 더 불었다. 허손이 격노하여 그를 베어버리고자 했다. 그 이무기는 허손을 보더니 혼비백산 바로 연못 깊은 곳으로 도망쳐버렸다. 허손이 곧장 이무기를 제압하는 글을 새긴 비석을 세웠다.

우주의 명령을 받들어,

진정한 신선으로 사는 도를 깨쳤네.

영겁의 시간을 초월하며,

하늘과 땅보다 더 앞서네.

측량할 수 없는 신통력의 세계,

오묘하고 또 오묘하도다.

삼가 빠짐없이 닦고 또 닦아,

밝은 해 아래에서 하늘에 오르리라.

신선검이 하늘에서 내려오고,

부적을 타고서 하늘에 오르네.

요괴들은 간담이 서늘해지고,

귀신들은 혼비백산하여 숨기 바쁘네.

그 연못이 바로 진용담이니 용을 눌러놓은 연못이라는 뜻이라. 그 돌비석이 지금도 진용담에 그대로 남아 있다. 하루는 허손이 해혼海昏에 찾아갔더니 거대한 뱀이 산속 동굴을 차지하고 살고 있으며 길이가 몇 리에 달하는 그 뱀이 뿜어내는 입김이 마치 구름처럼 퍼지고 그 김을 쐬는 것들은 사람이든 짐승이든 모두 뱀의 주둥아리로 빨려 들어가고 만다는 소문이 파다했다. 게다가 강과 호수를 항해하는 배들이 엎어지고 뒤집히는 경우가 허다하여 백성들에게 큰 고통을 안겨주었다. 시잠이 북쪽 언덕 높은 곳에 올라 바라보니 뱀이 뿜어내는 독한 기운이 하늘과 땅 사이에 가득했다. 허손이 이렇게 탄식했다.

"이 백성들이 무슨 죄가 있다고 이렇게 피해를 본단 말인가?"

시잠이 허손에게 이 사실을 고하고 그 뱀을 처치하겠노라 했다. 허손이 이렇게 말했다.

"내가 듣기로 저 뱀이 세상에서 가장 독기가 세다고 하더라. 저 뱀의 독기를 쐬는 자는 열이면 열, 백이면 백 다 죽는다 하니 조금만 더 기다려보자."

한참이 지나고 빨간 새 한 마리가 날아가는 게 보였다. 허손이 시잠에게 말했다.

"이제 가도 좋다."

빨간 새가 나타나면 하늘 신과 땅 신이 찾아온 것이라 요괴를 없앨 수 있다는 말이 있다. 시잠과 허손이 대화를 나눈 그 자리에 도교 사원을 세우고 때를 기다린다는 뜻의 후시관候時觀이라 이름 붙였다. 이 후시관을 혹자는 적조관赤鳥觀이라 부르기도 했다. 허손 역시 나머지 제자들을 이끌고 먼저 그 뱀이 있는 곳으로 찾아갔다. 그 뱀이 동굴에서 빠져나와 대가리를 쳐드니 그 대가리만 서른 길이 넘고 눈깔은 활활 타는 횃불 같고 주둥이는 핏물을 받은 세숫대야 같으며 비늘은 커다란 동전 같은데 입으로 혓바닥을 날름거리며 요사한 기운을 내뿜고 있었다.

어둑어둑 몽롱한 게
마치 치우가 적을 미혹하던 진한 안개와 같기도 하다.
어둑어둑 칙칙한 게
마치 원규元規[29]가 일으키는 흙먼지가 사람 얼굴로 날아오는 것 같기도 하다.
날아왔다 날아가는 게,
마치 한전궁漢殿宮에 맺힌 검은 덩어리 같기도 하다.
말려 올라갔다 말려 내려오는 것이,
마치 태산 바위 속에서 뿜어져 나오는 검은 구름 같기도 하다.
땅 위에서 모든 봉우리를 다 감싸버리고,

---

[29] 원규는 농진의 정치인이자 외척 권신인 유량庾亮(289~340)의 자이다. 동진의 또 다른 정치인이자 권신인 왕도王導가 서풍이 불어올 때마다 부채로 바람을 사방으로 흩트리며 '원규가 불러일으킨 흙먼지가 사람을 더럽히는구나'라고 혼잣말했다는 이야기가 전해온다. 유량이 서쪽을 지키는 자리를 차지하고 있었기에 왕도가 특히 서쪽에서 불어오는 바람에 이렇게 민감했다고 한다. 나중에 새까만 흙먼지가 사방을 덮으며 날려올 때 이런 표현을 상투적으로 사용하게 된다.

하늘까지 올라가 해와 달과 별까지 가려버리네.
가득히 넘치게 천백 리를 넘게 퍼져가니,
그 기운에 파묻혀 살아남는 것이 하나도 없구나.
요사스러운 뱀이 사악한 기운을 만 길도 넘게 품어내니,
천 리에 비린내가 넘쳐나누나.

허손이 신선의 기운이 가득한 입김을 불어 그 요사한 기운을 흩어버렸다. 제자들에게는 보검을 휘두르게 하고 마을 사람들에게는 깃발을 흔들고 북을 두드리며 서로 소리 질러 격려하라고 시켰다. 그 뱀은 조금도 두려워하는 기색이 없이 달려왔다. 허손이 천둥을 불러일으켜 그 천둥이 뱀의 대가리에 향하게 하면서 동시에 보검으로 뱀 대가리를 가리켰다. 뱀이 다가오다가 멈추었다. 시잠과 감전 두 사람이 용기백배하여 달려갔다. 시잠이 대가리를 밟고 감전이 꼬리를 누르고 허손이 보검으로 그 뱀의 이마를 찌르고 진훈이 다시 검으로 뱀의 허리를 자르니 마침내 뱀의 내장이 터져 나왔다. 그 내장에서 다시 작은 뱀이 삐져나오는데 그 길이가 또 수십 길이었다. 시잠이 그 작은 뱀을 자르려 하니 허손이 이렇게 말했다.

"어미 뱃속에서 나온 뱀은 해를 한 번도 보지 못했을 뿐더러 사람들을 해친 적도 없지 않느냐. 그걸 함부로 죽여서는 안 된다."

허손이 그 작은 뱀에게 이렇게 호통을 쳤다.

"이놈아, 어서 떠나라. 내가 네놈을 살려줄 테니 절대 사람을 해치지 말라."

뱀이 두려움에 떨면서 6, 7리 정도 도망가다가 소란스러운 소리를 듣더니 자기 어미를 되돌아보았다. 그 자리가 바로 오늘날 새끼 뱀 나루터라 불리는 곳이다. 제자들이 다시 쫓아가 그 새끼 뱀을 잡자고 하니 허손이

이렇게 대답했다.

"풀어주고 나서 다시 쫓아가 잡는 것은 차마 못 할 짓이니라."

뱀이 마침내 강으로 기어들어 갔다. 오늘날에도 신건의 오성에 사당이 있으며 바라는 일을 잘 이뤄준다고 소문이 났다. 송나라 진종眞宗(998~1023 재위) 황제가 이 사당에 모신 작은 뱀 신을 신령스러우며 감응이 또렷이 드러나고 널리 구제하며 은혜를 두루 미치는 왕이라는 의미의 '영순소응안제혜택왕靈順昭應安濟惠澤王'에 봉했다. 사람들이 이 사당을 작은 용왕 사당, '소룡왕묘小龍王廟'라 불렀다. 어미 뱀의 뼈를 모아 세우니 마치 강물 안의 섬처럼 쌓였는지라 그 섬을 뼈 쌓은 섬이라 불렀다.

허손이 해혼으로 가면서 여섯 곳에 제단을 쌓았다. 허손이 요괴를 없앨 수 있을 때를 기다리면서 세운 제단까지 포함하면 총 일곱 제단이 되는 셈이다. 하나, 변신[進化] 제단, 둘, 엎드려 비는[節奏] 제단, 셋, 단약과 부적[丹符] 제단, 넷, 장식 기둥 표식[華表] 제단, 다섯, 자줏빛 태양[紫陽] 제단, 여섯, 두루미 태양[霍陽] 제단, 일곱, 신선을 줄 세워놓은[列眞] 제단이다. 이 일곱 제단의 형상은 마치 북두칠성 일곱별과 같으니 이 일곱 제단으로 요괴들이 날뛰는 것을 제압하고자 했던 것이라. 이 일곱 제단은 오늘날 모두 도교 사원이 되었다.

거대한 요괴 뱀을 처치하면서 칼에 요사한 피가 묻게 되었는지라 허손이 그 피를 씻어낸 다음 바위를 내리쳐서 칼을 시험했다. 지금도 신건에는 칼의 피를 씻은 연못과 칼로 내려친 바위가 그대로 남아 있다. 허손이 제자들에게 이렇게 말했다.

"이무기 무리를 아직 다 섬멸하지 못했느니라. 게다가 마귀용은 신통력이 대단한 놈이라 내가 지금 여기 있다는 걸 틀림없이 알고 있을 것이다. 마귀용이 내가 여기 있는 틈을 노려 고향 예장을 궤멸시키려 달려든다면 오맹과 팽항 둘의 힘으로는 막아내기 힘들 것이라. 일단 여기를 떠나 예장으로 돌아가는 게 좋을 것이다."

용맹한 성격의 시잠이 허손에게 이렇게 아뢰었다.

"이곳에 이무기 무리가 아주 많습니다. 여기서 며칠만 더 있으면서 그놈들을 제거하고 돌아가는 게 좋을 듯합니다."

"내가 밖에 나와 있은 지가 오래되었으니 고향의 이무기 무리가 또 작당하여 일을 저지를까 걱정이로다. 어서 빨리 돌아가자."

허손과 제자들은 모두 해혼을 떠났다. 해혼 사람들이 허손의 덕에 감동하여 사당을 짓고 철마다 기리었음은 두말할 필요도 없겠다.

한편, 마귀용은 허손을 향한 원한이 뼈에 사무쳤는지라 허손이 고향 예장을 비웠다는 소식을 듣고서 예장을 물바다로 만들어 허손에게 복수하고자 했다. 마귀용이 살아남은 이무기들을 모았다. 그 수가 7, 8백여 마리가 되었다. 마귀용이 이렇게 말했다.

"어젯밤 달이 필성畢星을 만났으니 오늘 저녁 다섯 시가 넘어 하늘이 어두컴컴해지고 비바람이 세차게 몰아칠 것이다. 우리는 이 기회를 타서 예장 일대를 물바다로 만들 수 있을 것이니라."

때는 바야흐로 정오, 오맹은 팽항과 함께 서산의 높은 언덕에 올라 사방을 바라보았다. 요사한 기운이 온 천지를 덮고 있었다.

"허손이 요괴를 섬멸하러 밖으로 나간 사이에 이곳에 이렇게 요사한 기운이 다 모였을 줄이야!"

바로 이때 예장의 지방신, 성황신이 오맹을 찾아와 이렇게 말했다.

"마귀용이 이무기 8백여 마리를 모아 강서군 일대에 물을 퍼부어 물바다로 만들어버리려 하는구려. 오늘 저녁 다섯 시가 다가오면 그들이 바로 일을 저지를 것이오. 마을 주민들이 이 상황을 눈치채고 나에게 달려와 머리를 조아리며 제발 살려달라고 빌었소이다. 강서군이 물이 잠기는 일이 생기지 않으면 그나마 좋겠지만 만약 그런 일이 생기면 '진흙 보살이 강물을 건너려니 자기 몸 하나 건사하기도 바쁘다'는 격이니 나 역시 다른 데 신경 쓸 겨를이 없소이다. 그대의 도움을 바라는 바외다."

오맹이 이 말을 듣고 깜짝 놀라며 서둘러 언덕을 내려오기 시작했다. 오맹이 팽항에게 이렇게 말했다.

"네가 먼저 보검을 들고 천상의 병사들을 거느리고서 강으로 달려가 살펴보아라."

팽항이 출발하고 나자 오맹이 아홉별 제단에 올라 다섯 우레 부적과 칠성보검을 들고 다섯 용이 품어낸 정화수를 한 사발 떠서 '천지신명, 아홉 용 그리고 요괴를 없애주시는 신선이시여'로 시작하는 주문을 외웠다. 그런 다음 비결을 적은 판을 들고 북두칠성의 일곱별 자리 모양으로 발걸음을 옮겼다.

오맹이 하늘을 향해 부적을 날려 해를 관장하는 천상의 아전 편에 태양궁의 태양제군太陽帝君에게 전달했다. 태양제군에게 태양의 운행 속도를 늦춰 원래 다섯 시가 되어야 할 시각을 낮 열두시로 만들어주셔서 마치 노양공魯陽公이 긴 창을 들어 해를 가리키자 마침내 해가 90리 거리를 되돌아간 것과 같이, 우공虞公이 단검으로 해를 가리키자 해가 진행 방향을 되돌린 일과 같게 해달라고 요청했다.[30]

오맹이 다시 하늘을 향해 부적을 날려 달을 관장하는 천상의 아전 편에 달 궁전의 태음성군太陰星君에게 전달했다. 태음성군에게 달의 운행 속

---

30) 장대張岱(1597~1679)가 경사백가, 천문지리, 정치, 사회제도 분야를 망라하여 편찬한 일종의 백과사전인 『야항선夜航船』에 "魯陽公與韓構戰, 戰酣日暮, 援戈揮之, 日返三舍. 又, 虞公與夏戰, 日欲落, 以劍指日, 日返不落."라는 구절이 나온다.

도를 늦춰 저녁 아홉 시를 저녁 다섯 시로 만들어주셔서 동그란 모양으로 바다에서 떠올라 조금씩 구름 위로 올라가 오늘 밤 보름달이 덩그러니 떠서 밝은 빛이 온 세상을 환하게 비추게 해달라고 요청했다.

오맹이 다시 하늘을 향해 부적을 날려 날을 관장하는 천상의 아전 편에 바람 신에게 전달했다. 바람 신에게 오늘 밤, 바람을 잠재우셔서 한 올의 실바람도 불지 아니하게 하시고 바람 소리조차 나지 않게 하시고 넘실대는 파도가 절대 치지 않게 해주시고 땅을 뒤엎을 듯이 일어나는 흙먼지도 일어나지 않게 하셔서 나뭇잎이 바람에 날려 떨어지지도 말고 산봉우리 사이의 흰 구름이 바람에 밀려 걷히지도 않게 해달라고 요청했다.

오맹이 다시 하늘을 향해 부적을 날려 시時를 관장하는 천상의 아전 편에 비의 신에게 전달했다. 비의 신에게 오늘 밤, 비를 거두셔서 파초 이파리에 방울방울 떨어지게도 하지 마시고 저 돌이끼에 방울방울 맺히지도 않게 하시고 민둥산의 검은 구름에서 검은 눈물을 뚝뚝 떨어뜨리게 하지도 마시고 바다를 뒤집고 세찬 바람을 일으키지도 마시어 바다신 양후陽侯가 검은 바다를 헤집는 것과도 같으며 항우와 장한章邯이 싸울 때 나는 우렁찬 소리와도 같은 그런 거센 여울이 일어나지 않게 해달라고 요청했다.

오맹이 다시 하늘을 향해 부적을 날려 율령을 관장하는 천상의 대신 편에 우레 신에게 전달했다. 우레 신에게 오늘 밤, 다섯 우레를 잠재우셔서 산봉우리가 울리고 흔들거리고 우문禹門31)이 다시 열리는 일이 없게 하시고 하늘 문에서 우렛소리 들려오고 땅 틈에서 우레가 빠져나오는 일이 없게 해달라고 요청했다.

---

31) 용문龍門의 다른 이름이다. 황하의 물줄기가 세 차례나 굽이치는 폭포 모양의 지형으로 물살이 세기로 유명하다. 우임금이 이곳의 물줄기를 바로 잡아 치수했다 하여 우문이라고도 불린다.

오맹이 다시 하늘을 향해 부적을 날려 천상의 빠른 발 대신 편에 구름 신에게 전달했다. 구름 신에게 오늘 밤, 구름을 거두셔서 뭉게뭉게 구름이 하늘과 땅 사이에 가득하여 어디가 산이고 어디가 강인지 구분할 수 없는 일이 생기지 않게 해주시고 봉황이 겹겹이 쌓인 구름 사이에서 날개를 펴고 나오거나 용이 저 멀리 하늘의 구름 파도를 헤치고 나오거나 태항산太行山을 지나는 나그네가 고향을 그리워하거나 무협巫峽의 양왕襄王32)이 꿈에 빠져드는 일이 없게 해달라고 요청했다.

오맹이 부적 날려 보내는 일을 다 마쳤다. 그런 다음 다시 지방신과 성황신에게 황급히 허손에게 달려가 하루속히 예장으로 돌아와 요괴들을 제압하여 달라는 말을 전하게 했다. 허손이 예장을 향해 출발한 지 이미 오래였다. 허손이 직접 보검을 들고 요괴들을 제압하였음은 두말할 필요도 없겠다.

한편, 마귀용은 해가 지고 달이 뜨는 저녁 유시 무렵, 바람과 비를 부르고 구름과 우레를 불러 예장 일대를 불바다로 만들고자 했으나 마귀용이 아무리 기다려도 해는 오후 미시 방향에서 여전히 빛나고 있었다. 마귀용이 해가 내려가라고 주문을 외워도 해가 마치 밧줄에 묶인 것처럼 그 자리에서 꿈쩍도 하지 않고 있었다. 마귀용이 다시 달아 어서 올라오라 하며 주문을 외웠으나 누군가가 달을 뒤에서 꽉 붙잡고 있기라도 하는 것처럼 달이 올라올 생각을 하지 않았다.

마귀용이 버럭 화를 내며 유시가 되었는지 안 되었는지를 따지지도 아니하고 이무기들에게 바로 명령하여 어서 바람을 불러일으키라 했다. 하

---

32) 송옥宋玉(B.C. 290~223)이 지었다고 하는 「고당부高堂賦」에 따르면 초나라 양왕이 고당에서 노닐다 잠이 들었다가 꿈을 꾸었다고 한다. 양왕은 꿈속에서 무산에서 온 여인과 사랑을 나누게 되었다고 하는데 그 사랑 나눔을 은유적으로 표현한 매개체가 바로 비와 구름이다.

지만 누가 알았으리, 바람 신이 오맹이 부적을 보내어 요청한 것을 들어주기로 마음먹었음을! 바람 신이 하늘에서 이렇게 소리쳤다.

"요놈, 마귀용아! 어디서 그런 요사한 도술을 배워 와서 지금 나에게 바람을 불러일으켜 달라고 하는 게냐? 내가 네놈 말을 들어줄 거 같으냐!"

바람을 일으키는 데 실패하자 마귀용이 곧장 우레 신에게 달려가 우레를 쳐달라고 했다. 하나, 우레 신 역시 오맹이 부적을 보내 요청한 대로 마귀용의 부탁을 거들떠보지도 않았다. 마귀용이 우레 신에게 이렇게 말했다.

"우레 신이여, 제가 우레를 쳐달라고 부탁할 때마다 적어도 천 번이 넘게 우레를 쳐주시더니 오늘은 한 차례도 쳐주지 아니하시다니요! 혹시 벙어리가 되신 건 아닌지요?"

"내가 벙어리가 된 게 아니라 네 놈이 정신이 나간 것이겠지."

우레 신이 자기 말을 들어주지 않자 별수 없게 된 마귀용이 구름 신을 향해 소리쳤다.

"구름 신이여, 어서 구름을 불러와 주소서!"

구름 신이 오맹이 부적을 보내어 요청한 대로 높은 산봉우리 깊은 골짜기에 둘러쳐 있던 구름을 한쪽으로 다 모아 걷어내어 비밀 장소에 숨겨두니 하늘 어디에도 구름이 보이지 않게 되었다. 하늘은 맑고 날씨는 화창했다. 구름 신이 하늘 위에서 "수만 리 하늘의 모든 구름을 다 걷었네"라며 콧노래를 불렀다.

구름 신이 구름을 만들어주지 않는 걸 보고 마귀용이 비 신에게 달려가 비를 내려달라고 빌었다. 그러나 비 신은 이미 오맹이 부적을 보내어 요청한 대로 비를 내려주지 않기로 작정했으니 대지를 적시는 수천수만의 물방울은 고사하고 단 한 방울의 비조차 내리지 않았다.

해야 내려가라 빌어도 내려가지 않고, 달아 솟아라 빌어도 솟아오르지 않고, 바람아 불어라 빌어도 불지도 아니하고, 비야 내려라 빌어도 내리지 아니하고, 우레야 쳐라 빌어도 치지 아니하고, 구름아 일어라 빌어도 일지 아니했다. 마귀용은 속이 부글부글 끓어오르고 화가 치솟아 올랐다. 마귀용이 마침내 이렇게 소리를 질렀다.

"내가 바람과 구름과 우레와 비가 없다손 저 손바닥만 한 예장을 물로 뒤덮지 못할까 보냐!"

마귀용은 힘을 주어 온몸을 뒤덮은 비늘이 다 솟구쳐 오르게 하더니 몸을 비틀어 뒤집었다. 마귀용이 마침내 강서 장강문章江門 밖을 수십 길 깊이의 물로 덮어버렸다. 오맹이 이 광경을 보고 황급히 보검을 들고 상서로운 구름을 타고 마귀용을 잡으러 달려갔다. 마귀용과 오맹이 접전을 벌이니 팽항이 칼을 빼어들고 오맹을 도와 마귀용에게 달려들었다. 강서성 밖에 큰 싸움이 벌어졌다. 마귀용이 이무기들을 이끌고 달려왔다. 공중에 있던 놈들은 벌떼로 변신하여 윙윙거리며 오맹과 팽항의 얼굴을 향해 어지럽게 달려들었다. 땅에 있던 놈들은 긴 뱀으로 변신하여 이리저리 기어와 오맹과 팽항의 발을 어지럽게 휘감았다. 마귀용 자신은 금강보살로 변신했다. 키가 크기는 또 얼마나 크고, 몸집이 거대하기는 또 얼마나 거대한지, 손에는 황금색 창을 들고 오맹, 팽항과 싸우러 달려왔다.

얼마나 대단한 오맹인가, 또 얼마나 대단한 팽항인가! 마치 바람에 날리는 눈꽃처럼 칼을 휘둘러 달려오는 벌떼를 베고, 꼬불꼬불한 고목 뿌리처럼 이리저리 칼을 휘둘러 발을 휘감은 긴 뱀을 베고, 나는 매처럼 칼을 휘둘러 마귀용을 막고 찔러대는 것이었다. 미시에 시작한 싸움이 해질녘이 되어도 끝날 줄 몰랐다. 이때 허손이 제자들을 이끌고 홀연히 나타나 호통을 쳤다.

"나 허손이 여기 있도다. 이놈들, 감히 나에게 덤빌 셈이냐!"

이무기들이 무서워하는 기색이 역력했다. 마귀용이 이를 바득바득 갈며 지난번 원수를 갚고자 했다. 마귀용이 이무기들에게 이렇게 소리쳤다.

"오늘 우리가 어려운 고비를 만났도다. 나와 너희들이 죽느냐 사느냐는 지금 이 싸움에서 결정될 것이다."

이무기들이 용기백배하여 감히 이렇게 말했다.

"우리는 피를 나눈 한 가족이니 마땅히 목숨을 다해 싸워야 할 것이오. 이기면 같이 사는 거고, 지면 같이 죽는 것이오."

이무기들이 마귀용을 도와 온 힘을 다해 허손과 싸우려 들었다. 그 사나운 모습이 과연 어떠할꼬.

검은 구름이 하늘을 가리고,
살기가 세상을 덮었구나.
하늘과 땅이 뒤집히고,
귀신이 수심에 젖어 울음 우는구나.
신선의 도력은 끝이 없고,
요괴의 신통력 또한 대단하도다.
한쪽은 만 길 깊이의 연못에 살던 요괴,
황금 창을 휘두르네.
한쪽은 천상의 아홉 겹 하늘의 신선,
보검을 휘두르네.
한쪽은 겹겹의 비늘을 곧추세우고,
한쪽은 천변만화하는 변신술이 놀랍구나.
한쪽은 요사한 기운을 한번 내뿜기만 하면,

안개와 구름이 사방에 퍼지고,

한쪽은 신선 바람을 불어내면,

하늘과 공기가 맑아지는구나.

한쪽은 이무기 자손들을 긁어모아 신선과 싸우려 드니,

조조의 80만 대군이 적병에게 궤멸당하는 것 같겠네.

한쪽은 신선 동료와 신선 제자를 이끌고 요괴들 제압하려고 하니,

한나라 광무제가 장수 28명을 거느리고 곤양에서 적병을 섬멸하는 것 같겠네.[33]

한쪽은 강물의 흐름을 뒤집고,

바닷물을 헤집어,

파도 위에 파도를 또 겹쳐 일으키고,

한쪽은 하늘 기둥을 흔들고,

땅 기둥을 흔들어,

우르릉 쾅, 우르릉 쾅 우레가 치게 하네.

한쪽은 자기 족속의 원수를 갚고자 혈안이 되었고,

한쪽은 가여운 백성에게 피해가 안 가게 하려고 애쓰네.

양쪽이 서로 자신의 온 힘을 다하여 다투도다.

양쪽이 모두 자신의 모든 신통력을 다하여 다투도다.

최후에 승자와 패자가 갈리리니,

누가 더 세고 누가 더 약한지 결판나리라.

　마귀용은 젖 먹던 힘까지 다하여 허손에게 덤벼들었다. 허손은 마귀용

---

33) 기원후 23년, 훗날 광무제(25~57 재위)가 되는 유수劉秀(B.C. 6~A.D. 57)가 곤양昆陽성에서 왕망이 파견한 42만 대군을 맞아 싸워 대승을 거둔다. 이때 유수가 거느린 용맹한 장수들이 바로 28명이었다고 전해진다.

을 붙잡아 화근을 없애버리려 했다. 이무기 무리는 속으로 두려움에 떨기 시작했다. 허손의 제자들은 보검을 들고 이무기를 하나둘씩 제거해나갔다. 사방에 피가 솟구쳐 온통 붉은빛이었다. 주광이 검을 휘둘러 마귀용의 둘째 아들을 베어버렸다. 이무기 무리는 제각기 다른 모습으로 변신하여 도망치기 바빴다. 마귀용이 허손과 싸우다가 고개를 돌려 사방을 살피니 이무기들이 다 내빼고 자기 혼자 남아 싸우고 있는지라 하는 수 없이 구름을 잡아타고 검은 바람으로 변하여 도망쳤다. 허손이 화급히 쫓아갔으나 이미 자취를 감춘 뒤였다. 허손이 제자들과 함께 돌아와 오맹에게 이렇게 말했다.

"그대가 법력을 발휘하지 않으셨다면 수백만 백성이 파도에 파묻혀 죽을 뻔했습니다."

"스승께서 이무기 요괴 무리를 앞장서 격퇴시켜주신 덕분입니다. 그렇지 않으셨더라면 저 역시 위태로워졌을 것입니다."

마귀용은 여러 차례 싸움에서 연거푸 져서 이무기 졸개들을 다 잃어버렸을 뿐 아니라 여섯 아들 가운데 넷이나 잃고 말았다. 이무기들은 허손에게 죽임을 당할까 봐 속으로 벌벌 떨면서 모조리 다른 모습으로 변신하여 도망쳐버렸다. 다만 세 이무기만 변신하지 않았을 따름이었다. 그 세 이무기란 바로 마귀용의 아들 둘과 손자 하나였다. 이 셋은 모두 신건의 강가 모래톱에 숨어 있었다. 나머지 이무기들은 사람 모습으로 변신하여 각 고을의 시장과 시내 도처에 숨어 들어가 일단 위기를 면하고자 했다. 어느 날 허손의 제자 증형이 시내에 들어갔다가 두 청년을 만났다. 두 청년의 모습은 참으로 기이했다. 청년들이 증형에게 인사를 올리더니 이렇게 물었다.

"그대는 허손의 제자가 아니신지요?"

"그렇소이다만, 그대들은 뉘시오?"

"저희는 장안에서 살고 있습니다. 저희 가문은 대대로 선한 일을 몸소 실천하여왔습니다. 허손이 도술이 고강하며 요괴들을 제거할 때는 항상 보검을 사용한다는 소문을 들었소이다. 이 보검은 대체 어떤 신통력이 있는 것입니까?"

"스승님의 검이야 그 신통력을 무궁무진하지요. 하늘을 가리키면 하늘이 열리고, 땅을 가리키면 땅이 갈라지고, 별을 가리키면 별이 운행을 멈추며 떨어지고, 강물을 가리키면 흐름이 뒤집어지니 사악한 요괴놈들이 감히 그 검을 맞서지 못하고 괴물들이 그 날카로운 칼날을 피하지 못하는 것이외다. 한번 칼집에서 그 보검을 꺼내면 서릿발 같은 기상이 뿜어져 나오고 검광이 빛나 귀신들이 통곡하니 진실로 하늘이 내린 보배라 할 것이오."

"그럼 이 세상에 그대 스승의 보검을 대적할 만한 것이 있겠소이까?"

"스승님의 보검은 오직 동아와 박 두 가지만 상처를 입히지 못한다오. 그 나머지는 감히 살아남지 못하오."

두 청년이 작별인사를 하고 떠났다. 증형은 이 두 청년이 바로 이무기가 변신한 것임을 눈치채지 못했다. 두 청년이 증형에게서 동아와 박이 허손의 검을 피할 수 있다는 말을 듣고서 자기 동료들에게 모두 알려주었다.

하루는 허손이 제자 시잠과 감전에게 보검을 주고 두루두루 돌아다니며 이무기를 잡아 죽이라고 명령했다. 이무기들은 시잠과 감전이 자기들을 바짝 쫓아오는 걸 보고선 서둘러 동아와 박으로 변신하여 강물에 둥둥 떠 있었다. 허손이 높은 봉우리에 올라 신선의 눈매로 사방을 내려다보고는 시잠과 감전에게 이렇게 소리쳤다.

"강물에 떠 있는 건 동아와 박이 아니라 이무기 무리니라. 너희들은 어서 강물로 나가서 그놈들을 다 베어버려라."

허손의 말을 듣고 시잠과 감전이 재빨리 물 위를 걷는 신통력을 발휘하여 강물 위로 올라가 칼을 휘두르기 시작했다. 동아와 박은 원체 가벼운 것들이라서 물에 둥둥 떠 있다가 시잠과 감전이 칼을 휘두르면 재빨리 물 아래로 들어가 버려 좀체 사라질 기미를 보이지 않았다. 시잠과 감전이 당황하여 어찌할 바를 모르고 있을 때 마침 이곳을 지나던 신선이 성황신에게 구관조로 변신하여 말을 전하게 했다. 구관조는 시잠과 감전 머리 위에서 이렇게 소리쳤다.

"아래서부터 위로 베어라. 아래서부터 위로 베어라."

시잠과 감전이 그 말을 듣고 퍼뜩 깨달아 칼을 아래서부터 위로 휘두르니 7백여 이무기가 변신하여 강물을 가득 채웠던 동아와 박이 줄기든, 뿌리든 할 것 없이 모두 베어져 버렸다. 푸르던 강물이 마침내 붉은 파도로 변하고 말았다. 동아와 박으로 변신하지 않은 세 이무기만 겨우 죽음을 면했다. 허손이 이무기가 섬멸된 것을 확인하고서 구관조 머리 위에 벼슬 하나를 달아주었다. 이런 연유로 지금도 구관조 머리 위엔 벼슬이 하나씩 달려 있게 되었다. 허손이 이무기를 섬멸한 일을 후대 시인이 시를 지어 이렇게 읊었도다.

신비한 보검이 요괴를 섬멸하도다,
푸른 강물 위에서 동아와 박을 베어버리도다,
마귀용과 이무기가 이곳을 물바다로 만든다더니,
외려 강물 위에서 죽임당하는 건 자기 자신이로세.

한편, 마귀용의 여섯 아들 가운데 네 아들이 이미 저세상으로 떠나버렸고 천여 마리 이무기들이 모조리 허손에게 섬멸당하고 말았다. 이제 마귀용의 셋째 아들과 여섯째 아들 그리고 큰 손자만 신건현의 모래톱에 숨어서 겨우 목숨을 부지하고 있었다. 그들은 허손이 이무기를 모두 섬멸해버렸다는 소식을 듣고서 목을 놓아 울었다.

"우리 여섯 형제와 육칠백에 달하던 이무기들 그리고 우리 동료들까지 합하면 족히 천을 헤아리던 우리 편이 모두 허손에게 죽임을 당하고 아버님의 행방조차 묘연하구나. 우리 형제 둘과 조카 하나만 달랑 남았구나. 허손의 신통력이 이처럼 고강하니 우리 형제와 조카를 그냥 살려줄 리 만무하구나. 복건 같은 곳으로 도망가서 후일을 도모하는 게 좋겠다."

그놈들이 막 일어나 출발하려는데 허손이 제자 시잠과 감전을 대동하고 다가오는 게 보였다. 그들은 황급히 도망쳤다. 허손이 요사한 기운이 하늘까지 솟아올라오는 걸 발견했다. 허손이 시잠과 감전에게 이렇게 말했다.

"여기에 아직 이무기가 남아 있구나. 어서 쫓아가서 섬멸하여 화근을 없애버려야겠구나."

허손은 시잠, 감전과 함께 하늘 날기 비법으로 이무기의 뒤를 쫓았다. 거리를 반 정도 좁혔을까 시잠이 칼로 한 놈의 꼬리를 베어버렸다. 복건 연평부延平府에 있는 차양구리담搽洋九里潭까지 쫓아가니 이무기 한 마리가 깊은 연못 속에 숨어 있었다. 허손이 동네 사람들을 불러 모은 후 이렇게 일렀다.

"나는 예장에서 온 허손이라 하외다. 이무기 요괴를 쫓아서 여기까지 왔소이다. 이무기가 이 연못에 숨었으니 내가 대나무를 연못가 돌 제방에 꽂아서 이무기를 꼼짝 못 하게 눌러놓아 이곳 백성들에게 해를 끼치지 못하게 할 것이오. 여러분들은 절대 이 대나무를 베지 마시오."

말을 마친 허손이 곧장 대나무를 꽂고서 이무기에게 소리쳤다.

"이 대나무가 시들어 죽으면 너를 다시 살려주마. 이 대나무가 무성하게 자라면 너는 다시 이 연못에서 나오지 못할 것이니라."

연못가 제방의 대나무는 시들만 하면 새 대나무가 자라 무성해지고 하여 끝없이 자라고 있다. 그 대나무가 바로 '신선 허손 대나무'라. 아직도 대나무 한 그루가 여전히 자라고 있다 한다.

한편, 강물 위를 오가며 장사하는 사람들 가운데 꼬리 잘린 이무기를 봤다는 자들이 있었다. 허손과 시잠, 감전에 쫓긴 이무기 한 마리가 복건 건녕부 숭안현崇安縣까지 도망쳐왔다. 그 숭안현에 절이 하나 있었으니 그 절의 이름이 옥을 품은 절이라는 뜻의 회옥사懷玉寺라. 그 절의 주지는 온전히 선한 스님이란 뜻의 전선선사全善禪師였다. 이 전선선사가 법당에서 독경을 하고 있으려니 한 청년이 절 안으로 들어와 애절하게 하소연했다.

"저는 마귀용의 아들입니다. 저의 가족이 모두 허손에게 도륙당하고 저만 이렇게 여기까지 도망쳐왔습니다. 스님께서 저를 불쌍히 여기셔서 저를 살려주시면 제가 그 은혜를 꼭 갚겠나이다."

"예장 출신 허손의 도력이 엄청나게 대단하고 만물을 꿰뚫어 보는 신통력이 있다는 소문이 자자하구나. 이 절에 과연 숨을 곳이나 있겠느냐?"

"스님께서 저를 불쌍히 여기셔서 구해주시기로 하신다면 저는 좁쌀 한 알로 변신하여 스님 손바닥 안에 숨겠나이다. 허손이 저를 찾아 이 절에 이르면 스님께선 합장하시고 독경만 하십시오. 그럼 아무런 문제 없이 지나갈 것입니다."

주지 스님이 그러마고 승낙했다. 마귀용 아들은 좁쌀로 변신하여 스님의 손바닥 안에 몸을 숨겼다. 허손이 시잠, 감전과 함께 회옥사로 찾아와 스님에게 물었다.

"나는 예장에서 온 허손이라 하외다. 이무기를 쫓아서 여기까지 왔소이다. 그 이무기가 어디 숨었는지요? 어서 그놈한테 당장 나오라고 하십시오."

주지 스님은 아무런 대꾸도 하지 아니하고 그저 합장한 채 독경만 하고 있었다. 허손은 이무기가 주지 스님 손바닥 안에 숨었을 거라고는 상상도 하지 못하고 절 안을 샅샅이 뒤지고 난 다음 절 밖을 한 차례 더 살펴보았다. 이무기는 어디에도 없었다. 시잠이 이렇게 아뢰었다.

"여기는 없는 듯합니다. 다른 곳을 찾아봐야 하겠습니다."

허손과 제자가 절에서 떠나가자 좁쌀로 변신했던 이무기는 다시 청년으로 변신하여 주지 스님에게 감사 인사를 올렸다.

"스님께서 저의 목숨을 살려주신 은혜에 보답하고 싶습니다. 스님께서 절에 분부를 내리셔서 일곱 낮 일곱 밤 동안 종과 북을 울리지 않게 하여 주신다면 제가 조금이나마 은혜에 보답할 수 있겠나이다."

주지 스님은 청년의 말을 듣고 절 안의 스님들과 제자들에게 그렇게 분부했다. 3일째 되는 날, 절 앞뒤에서 일진광풍이 휘몰아치더니 냉기가 밀려오고 초목이 벌벌 떨었다. 주지 스님이 너무도 놀라서 스님들과 제자들에게 이렇게 일렀다.

"마귀용의 아들놈이 본디 사람을 해치는 존재이건만 내가 그놈을 구해주었더니 나에게 일곱 낮 일곱 밤 동안 종과 북을 울리지 말아 달라고 부탁하더구먼. 이제 겨우 3일밖에 지니지 않았는데 이렇게 괴이한 일이 일어나는 걸 보면 그놈이 나를 기만한 게 틀림없다. 종과 북을 계속 울리지 아니하면 그놈한테 보답 받는 건 둘째 치고 당장 우리 절이 결딴날 것이니 그때 가서 후회한들 무슨 소용이 있겠느냐!"

주지 스님이 스님들에게 동쪽 누각에 달린 큰 범종을 치라고 했다. 땅

땅땅 108번의 종소리가 울렸다. 대범천왕 궁전의 고래가 소리를 내는 듯 야밤 배 타고 장사하러 다니는 상인의 귓가에 울리더라. 다시 서쪽 누각에 달린 큰 북을 치라 했다. 둥둥둥 세 차례 북소리가 울렸다. 구름 위에서 우렛소리가 나듯, 바다의 거센 파도 가운데 거북이의 울부짖음이 들려오는 듯했다. 그 이무기는 종소리와 북소리를 듣고 대경실색하여 바로 청년으로 변신하여 절에 돌아왔다. 그 청년이 주지 스님에게 아뢰었다.

"제가 일전에 일곱 낮 일곱 밤 동안 종과 북을 치지 말아 달라고 부탁한 것은 절 앞뒤의 고산준령을 평탄하게 골라 문전옥답으로 만들어서 주지 스님께서 저를 살려주신 은혜를 갚고자 함이었습니다. 오늘이 겨우 사흘째, 높은 봉우리가 조금 깎이기 시작하고 샘물이 터지기 시작하는데 스님께서 어이하여 종과 북을 울리고 마셨나이까?"

주지 스님은 일진광풍이 불어오고 산봉우리와 땅이 흔들려서 그리했노라 대답했다. 그 청년은 탄식해 마지않았다. 주지 스님이 사람을 시켜 절 밖으로 나가 살펴보라 했다. 높은 산봉우리가 평탄해지고 샘물이 솟아올라 흘러내렸다. 지금도 회옥사 주변에는 평탄한 논밭이 널리 펼쳐져 있으니 이게 다 그 청년이 주지 스님에게 은혜를 갚고자 했던 결과라.

한편, 허손이 회옥사를 떠나 주변을 샅샅이 살폈으나 이무기를 찾을 수가 없었다. 허손이 높은 봉우리에 올라가 다시 살펴보니 요사한 기운이 절 안에 가득했다. 허손이 시잠, 감전과 함께 다시 회옥사로 돌아와 이무기를 찾았다. 청년으로 변신한 이무기는 허손이 자기를 잡으러 다시 온 것을 눈치채고 스님으로 변신하여 주지 스님에게 작별인사를 올렸다.

"저희 이무기 족속 천여 명이 저 허손에게 죽임을 당하고 저희 친형제 여섯 가운데 넷도 그에게 죽임을 당하였으며 부친의 행방도 이젠 알 길이 없습니다. 저는 이제 과거의 모든 잘못을 뉘우치고 깨달음의 길을 걸으려

합니다."

이무기가 말을 마치더니 눈물을 흘리며 작별했다. 허손이 절에 도착하여 보니 요사한 기운이 또 밖으로 빠져나갔는지라 건양建陽의 엽돈葉墩이란 곳까지 쫓아가 보니 스님이 하나 있더라. 그 스님이 바로 이무기가 변신한 것이라. 허손이 시잠과 감전 두 제자를 시켜 가까이 쫓아가 보게 했다. 두 제자가 그 스님의 목을 베려고 했다. 허손이 황급히 말렸다.

"안 된다. 비록 사람을 해치던 놈이나 지금 스님으로 변신한 걸 보면 잘못을 뉘우치고 착한 일을 하려고 작심한 것이라."

허손이 그 스님을 혼냈다.

"이 요괴 놈아, 내가 이번만큼은 너를 용서하노라. 앞으로 덕을 쌓고 행실을 바르게 하고 다른 사람 목숨을 해치지 말라. 내가 너에게 진언을 주노니 꼭 기억해두어라. '호수를 만나면 멈추고, 산을 만나면 거처를 잡아라.'"

허손이 당부하기를 마치고 떠나보냈다. 감전이 스님을 나무랐다.

"이 요괴 놈아, 스승님이 널 살려주셨으니 다시는 사람을 해치지 말거라."

시잠 역시 스님을 꾸짖었다.

"네놈이 만약에 스승님의 진언을 지키지 아니하고 또다시 사람을 해치면 내가 다시 너를 붙잡아버릴 거야."

스님이 낯을 붉히며 떠나갔다. 엽돈을 지나 한 마을에 이르니 산이 보였다. 마침 목동이 보이기에 스님이 물었다.

"여기가 어딘지?"

"이곳은 귀한 호수[貴湖]라는 곳이고, 앞에 보이는 저 산이 바로 앙산仰山이라오."

스님이 그 대답을 듣고 무척이나 기뻤다.

"이곳이 바로 스승님이 '호수를 만나면 멈추고, 산을 만나면 거처를 잡아라.' 말씀하신 그곳이구나. 스승님의 말씀에 부합하는 곳이니 당연히 여기에 거처를 잡아야겠다."

스님은 길가 논 옆에서 잠시 쉬었다. 논 사이에 샘물이 쉼 없이 솟아나왔다. 그곳 이름이 용굴이었다. 스님은 바로 그 앙산에서 수행하기 시작했으며 자신의 법명을 고매선사古梅禪師라 했다. 고매선사는 그곳에 절을 창건하고 이름을 앙산사라 했다. 앙산사 주변에 물이 가물자 고매선사가 손가락으로 돌벼락 이곳저곳을 가리켰다. 그곳에서 샘물이 솟아올랐다. 앙산사 주변의 논밭에서는 해마다 풍년이 들었다. 그 절과 논밭이 지금도 남아 있다. 허손 역시 엽돈에 도교 사원을 하나 창건했다. 그 이름이 진군관眞君觀이다. 이 진군관은 앙산을 마주 보며 앙산사를 견제하는 형국이었다. 진군관은 지금도 남아 있다.

허손은 다시 다른 이무기를 쫓았다. 그 이무기는 마귀용의 큰아들의 아들, 즉 마귀용의 장손이었다. 그 이무기는 곧장 복주福州 남대南臺로 도망쳐 종적을 숨기고 있었다. 허손이 시잠과 감전을 시켜 그 이무기를 찾아보라 하고 자신은 바위 위에 앉아 낚싯대를 드리우고 있었다. 누군가가 낚싯줄을 끌어당기는 것이 느껴졌다. 허손이 바위 위에서 힘껏 낚싯줄을 잡아당겼다. 이때 바위가 쩍 갈라져 버렸다. 그 바위는 지금도 남아 있다. 그 이름이 용을 낚던 바위라는 뜻의 조룡석釣龍石이다. 허손이 낚싯줄을 올려보니 큰 소라가 올라왔다. 그 소라는 크기가 스무 자는 되어 보였다. 그 소라 가운데에서 여인이 나왔다. 허손이 소리쳤다.

"이 요괴 놈아!"

그 여인이 바닥에 두 무릎을 꿇고서 아뢰었다.

"소녀는 남해 수신의 셋째 딸이옵고, 신선께서 선도를 깨치셨다는 소문을 듣고 소녀도 선도로 들어가고 싶어 이렇게 소라를 타고 특별히 찾아왔습니다."

허손이 고개산高蓋山을 가리키며 그곳이 선도를 닦을 만한 곳이라 알려주었다.

"이 산에는 인삼과 감초가 나느니라. 또 샘이 하나 있으니 그 샘에 그 약초를 넣고 날마다 마시면 신선이 될 수 있을 것이다."

허손이 그녀를 다시 소라 속으로 들어가라 한 다음 부드러운 바람을 일으켜 소라가 물 위를 미끄러져 고개산 자락까지 닿게 했다. 그녀가 탔던 소라는 큰 돌로 변하여 아직도 남아 있다. 그녀는 고개산에 올라 인삼과 감초를 캐어 샘물에 담가 놓고 날마다 그 샘물을 마셨다. 그녀는 마침내 신선이 되어 날아갔다. 지금도 고개산 마을 사람들은 병이 나면 그 샘물을 길어 마신다. 시잠과 감전이 돌아와 허손을 뵙고 이무기 무리를 찾지 못했노라고 아뢰었다. 허손이 높은 산꼭대기에 올라 사방을 살펴보니 한 줄기 요사한 기운이 복주성 개원사開元寺 샘물에서 올라오는 게 보였다.

"요괴가 샘물에 숨어들었구나."

허손이 개원사로 찾아가 철불상으로 그 샘의 구멍을 막아버렸다. 그 철불상이 지금도 그대로 남아 있다. 허손이 세 이무기 요괴를 다 제압하고 시잠, 감전과 함께 예장으로 돌아왔다. 허손이 마귀용을 찾아 제거하고자 했다. 후세 사람이 시를 지어 이렇게 읊었구나.

멀리멀리 천릿길 복건까지 왔구나,

안개와 구름을 타고 이무기를 쫓아왔구나.

곳곳에 이름과 행적을 남겼으니,

사람들이 영원토록 허손의 이름을 기리네.

한편, 마귀용은 예장을 물바다로 만들지도 못하고 이무기들이 동아와 박으로 변신했다가 허손에게 다 죽임을 당하는 것을 지켜볼 수밖에 없었다. 그의 여섯 아들 가운데 넷이 죽고 아들 둘과 손자 하나가 남았으나 그 종적을 알 길이 없었다. 생각하면 생각할수록 화가 치밀어 올랐으나 다른 뾰족한 수가 없어 양자강으로 숨어 들어가 부친 화룡을 뵙고 이 억울한 사정을 하소연했다. 화룡이 이렇게 말했다.

"4백 년 전, 효제명왕이 난기에게 도를 전하고 그 도를 심모에게 전하게 했으며 심모는 다시 허손에게 전하게 했다. 너희들이 허손한테 이런 곤경을 당하는 것은 이미 오래전에 다 예정된 것이다. 그러하기에 내가 거북이 장수에게 명령하여 새우, 게 병사들을 거느리고 단약 제조법과 신통한 거울, 쇠로 만든 판, 구리로 만든 판을 빼앗아 오라고 한 것이다. 하나 오히려 난기가 우리 장수들을 격파하고 말았다. 나 역시 그땐 한창때라 힘이 넘쳤음에도 난기를 이겨내지 못했다. 지금은 나도 나이가 들어 힘도 예전만 못하니 허손을 이길 수가 있겠느냐! 너 혼자 힘으로 해결할 수밖에."

"요즘 세상은 부모가 자식을 돌보지 않는 세상이라고 하더니 그 말이 하나도 그른 게 없구나!"

"이 빌어먹을 놈, 그렇게 많던 내 손자들이 다 네놈 때문에 저세상으로 떠나고 말았는데 또다시 나를 찾아와 원망하다니!"

화룡은 마귀용을 내쫓아버렸다. 마귀용은 부친 화룡이 자기를 도와주지 않자 강 언덕 위로 올라가 대성통곡했다. 그 울음소리가 남해 용왕 오흠敖欽의 셋째 아들의 귀에까지 들렸다. 때마침 셋째 아들은 용왕의 명령을 받들어 강을 순찰하는 야차를 거느리고서 온몸에 갑옷을 걸쳐 입고 손에는 강철검을 들고서 양자강을 순찰하고 있었다. 저 울음소리의 주인공은 아마도 화룡의 아들인 것 같았다. 용왕의 셋째 아들이 황급히 다가가 물었다.

"어인 일로 여기서 이렇게 울고 계시오?"

"천이 넘는 우리 일족이 모두 허손에게 죽임을 당했는데 부친께서 나를 도와주려고 하지 않으시니 내 신세가 마치 상갓집 개 같은지라 저절로 눈물이 나오는구려!"

"일족을 죽이더라도 씨를 말리지는 않는다는 옛말이 있는데 도대체 왜 허손은 당신 일족을 그렇게 죽인 거요? 아니 허손 그놈이 우리 수중세계엔 사람도 없는 줄 아는 모양이지! 형님, 편하게 마음먹고 조금만 기다리십시오. 내가 능력을 발휘하여 그놈을 붙잡아 원수를 갚아드리리다."

"허손 그놈이 심모에게서 하늘 날기 법을 전수받고 보검까지 건네받아 신통력이 무시무시하니 너무 쉽게 볼 건 아니외다."

"우리 용궁에 철 몽둥이가 하나 있소이다. 그 철 몽둥이의 이름은 '내 맘대로 몽둥이[여의저如意杵]'라오. 또 철 곤봉이 하나 있소이다. 그 철 곤봉의 이름은 '내 맘대로 곤봉[여의봉]'이라오. 이 몽둥이와 이 곤봉은 서까래만큼 크게 할 수도 있고 바늘처럼 작게 할 수도 있다오. 길게 하려면 서른 자 정도로 길게 할 수도 있고 짧게 하려면 일 촌 정도로 짧게 할 수도 있다오. 그래서 그 이름을 '내 맘대로'라고 붙인 거라오. 이건 다 부친의 보물로 손오공이란 녀석이 그 여의봉을 훔쳐가서 수천수만의 요괴를 무찔렀다오. 한데 '내 맘대로 몽둥이'는 아직 한 번도 사용해본 적이 없소이다. 지금 내가 그 몽둥이를 가지고 있으니 내가 그 몽둥이로 허손과 한번 겨뤄보고 싶소이다. 허손이 이 몽둥이를 견뎌낼 수 있다면 정말 대단한 신통력을 지니고 있다고 인정하겠소이다."

"그 몽둥이는 언제 만든 것입니까?"

"세상이 처음 열릴 때 반고라는 왕이 있었소이다. 이 반고가 곤륜산에서 겹겹이 쌓인 돌을 파내어 화로를 만들고 달의 궁전[광한궁廣寒宮]에서 큰 나무 한 그루를 베어와 숯을 만들고 수미산에서 수만 근에 달하는 무쇠를 파내어 해의 궁전[태양궁太陽宮]에서 잡념을 제거한 불을 가져와 달구었소이다. 돌을 달구어 하늘의 구멍을 메운 여와를 데려와 49일 동안 불을 때라 했습니다. 다시 비 신에게는 비를 내리게 하고, 바람 신에게는 바람을 불게 하고, 태을太乙34)에게 화로를 지키게 하고, 축융祝融35)에게 불을 보게 했다오. 이렇게 해서 철 몽둥이를 주조하였으니 마음대로 크게도 하고 작게도 하고 길게도 하고 짧게도 할 수 있게 되었소이다. 이 철 몽둥이는 아주 특별한 능력이 있으니 공중에 던지면 열 개로, 백 개로, 천 개로, 만 개로 마구 늘어난다오."

"지금 그 철 몽둥이는 어디에 있습니까?"

셋째 아들이 귓속에서 뭔가를 꺼내더니 공중에서 한 번 휘둘렀다. 그게 순식간에 서까래만큼 커졌다. 다시 두 번 흔들었더니 대나무 정도의 크기가 되었다. 마귀용이 너무도 기뻐하며 말했다.

"이 철 몽둥이는 맘대로 커졌다 작아졌다 하니 허손의 신통력이야 거뜬히 막아낼 수 있을 거 같네요. 한데 허손 제자들과 후배들까지도 이 철 몽둥이로 막아낼 수 있을지요?"

야차는 셋째 아들이 마귀용이 원수 갚는 걸 도와주려고 하는 것을 보고선 이렇게 간언했다.

---

34) 하늘을 주재하는 신. 하늘 신이 거처하는 별을 가리키기도 한다.
35) 중국 신화에 등장하는 불의 신.

"용왕님의 허락도 없이 태자께서 용왕님의 무기를 마음대로 쓰시려 하십니까? 용왕님께서 아시면 가만두지 않을 것입니다."

"내가 이미 뜻을 굳혔으니 나를 돕고 싶으면 따라오고, 나를 돕고 싶지 않으면 너 먼저 남해로 돌아가라."

야차는 셋째 아들을 돕고 싶은 마음이 없었는지라 그 말을 듣고 바로 남해로 돌아갔다. 셋째 아들은 예장으로 짓쳐들어가 허손을 붙잡아 마귀 용의 원수를 갚아주고자 했다. 셋째 아들의 행색이 어떠했던고.

겹겹이 입은 거북이 등딱지[36] 갑옷,

미역 줄기[37]를 비껴 맨 것 같은 혁대.

해마[38]를 타고 나가니,

하늘 문을 지키는 장수[39]가 온몸에 갑옷을 갖춰 입은 듯.

사방에 널린 미끌미끌한 돌[40]을 밟고 달리고,

---

36) 원문에는 별갑鱉甲이라 되어 있다. 본디 자라와 거북이란 뜻이다. 거북이 등짝이 갈라지고 딱딱한 모양이니 거기서 갑옷이란 의미가 나왔다. 여기서는 거북이, 거북이 등짝, 갑옷이란 의미가 다 들어있다. 이 시에서 묘사하고 있는 자가 용왕의 셋째 아들이니 당연히 바다생물인 거북이가 등장할 만하다. 거북이의 등을 벗겨 입었든 아니면 용왕의 셋째 아들이 사람 모습으로 변신하여 갑옷을 입었든 사람, 바다, 수중생물이 한통속으로 맞물리는 그런 상황이다.

37) 원문에는 해대海帶라 되어 있다. 미역이라는 의미로도, 바다에서 사용하는 혁대나 끈으로 해석할 수도 있다. 역시 용왕 아들이기에 바다를 나타내는 글자를 계속 붙여 시를 지은 것이다.

38) 해마海馬 역시 수중생물 해마 자체로 볼 수도 있고, 바다의 왕자 용왕의 아들이 타는 바다의 말로 볼 수도 있다. 시인은 아마도 일부러 두 해석이 가능하도록 했을 것이다.

39) 원문에는 천문동天門冬이라 되어 있다. 우리말 이름은 호라지좆. 주로 바닷가에 사는 여러해살이풀이다. 가시도 있고 바닷가에 사는 식물이니 용왕 아들을 형상화하기 알맞은 듯싶다. 더불어 현재 용왕 아들의 상황은 바다에서 말을 타는 것이고 그가 지향하고 닮고 싶은 자는 천상의 인물일 수도 있으니 하늘 문을 지키는 장수와 닮았다고 시인이 읊었을 것이다. 이 시에서 하늘은 허손이 존재하는 구역, 바다는 용왕 아들이 존재하는 구역을 나타낸다.

40) 원문에는 활석滑石이라 되어 있다. '활滑'이 미끄럽다는 의미를 지닌 글자이니 미끄러운 돌,

모래 먼지[41] 날리는 곳을 뚫고 나가네.
마 줄기[42]를 꼬아 밧줄을 만들어,
자칭 신선[43]이란 놈을 붙잡아오리라.

허손은 제자 시잠, 감전과 함께 각각 보검을 들고 마귀용을 찾아 나섰다. 그때 갑자기 용왕의 셋째 아들이 외치는 소리가 들렸다.
"허손, 허손, 이 천하에 악독한 놈아, 천백이 넘는 마귀용 일족을 어쩌면 그렇게 깡그리 죽일 수가 있단 말이냐! 네놈이 우리 용궁을 감히 무시하다니. 네놈이 나랑 한판 겨뤄봐야 내 능력을 제대로 알 수 있으렷다!"
허손이 지혜로운 눈을 들어 살펴보니 남해 용왕의 셋째 아들이렷다. 허손이 이렇게 호통을 쳤다.
"남해를 다스리는 네놈 아버지한테서 어째 너 같이 불초한 아들놈이 생겨났는지 모르겠다. 어서 돌아가라. 괜히 나중에 후회하지 말고!"
"네놈이 남의 아버지를 죽이면 그 사람도 네놈의 아버지를 죽이려 하고, 네놈이 남의 형을 죽이면 그 사람도 네놈의 형을 죽이려 하는 건 당연

강과 바다에서 이끼에 덮인 그런 미끄러운 돌을 가리켜 그렇게 사용했을 수도 있고, 마그네슘을 포함한 규산염 광물을 지칭하는 이름일 수도 있다.
　41) 원문에는 진사辰砂라 되어 있다. 황화수은으로 이뤄진 적색 광물로 주사, 단사라고도 한다.
　42) 원문에는 천마天麻라 되어 있다. 난초과에 속하는 여러해살이풀을 가리킨다. 실제 이 줄기로 밧줄을 꼬기 때문이기도 하고, 이 천마라는 풀 이름에 하늘 '천'자가 들어 있기도 하여 시인이 이 단어를 시어로 끌어들인 듯하다.
　43) 원문에는 위령선威靈仙이라 되어 있다. 미나리아재빗과에 속하는 넝쿨나무다. 이 나무 이름에 신선 '선'자가 들어 있어 나무를 베어 밧줄로 묶어오는 것을 신선을 묶어오는 것에 비기어 시인이 읊은 것이다. 이 시는 전체적으로 물과 뭍과 하늘의 생물들에서 이미지를 취하여 실제 자연물들이 서로 경쟁하고 얽히는 모습을 읊은 표면적 부분과 수중의 생물이 천상의 존재를 포획하려는 이면적 부분이 이중으로 겹쳐있다.

지사 아니냐! 마귀용은 물속에 사는 우리 일족인데 네놈한테 공격당하는 걸 어찌 가만두고 볼 수 있겠느냐!"

셋째 아들이 강철검을 들고 허손을 겨누며 달려들었다. 허손 역시 보검을 들고 셋째 아들을 맞이했다. 둘 사이에 한바탕 큰 싸움이 벌어졌으니, 그 모습이 어떠하였던가.

하나는 아홉 겹 하늘 신선의 우두머리,
하나는 사해 용왕 아들의 우두머리.
하나는 도술에 정통하여,
구름과 안개를 삼키고.
하나는 무예에 정통하여,
천둥과 번개를 일으키네.
하나는 심모를 사부로 모셨기에,
신통력이 최고라네.
하나는 용왕을 아버지로 두고 있어,
명성이 최고라네.
하나는 보검을 휘날리며,
앞으로 찌르고 뒤로 베니,
칼 빛이 번쩍번쩍,
마치 한겨울 대지에 서릿발이 깔리는 듯.
하나는 철 몽둥이 휘두르며,
가로로 당겨치고 세로로 밀어치니,
쿵쿵 팍팍,
섣달 그믐날 밤 사람들이 폭죽 터트리는 소리 같구나.

호적수를 만났으니,

승부를 가릴 수가 없구나.

호각지세려니,

우열을 가릴 수가 없구나.

허손과 셋째 아들은 칼과 칼을 부딪치고 검과 검을 부딪치며 싸웠다. 아침 아홉 시에 시작한 싸움이 두 시간이 넘게 흘러도 승부가 나지 않았다. 시잠이 도반들에게 이렇게 말했다.

"용왕의 아들이 워낙 신통력이 뛰어나서 스승님이 저놈을 붙잡지 못하실 수도 있겠습니다. 우리 모두 같이 가서 저놈을 공격합시다."

셋째 아들이 허손의 제자들이 일제히 자기를 공격해오는 것을 보고 귓속에서 여의봉을 꺼내어 공중에 두세 번 흔들고 나더니 하늘로 휙 던졌다. 참으로 신기하기도 한 여의봉이었다. 한 개가 열 개로, 열 개가 백 개로, 백 개가 천 개로, 천 개가 만 개로 변했다. 마치 버들솜이 하늘에서 이리저리 미친 듯이 춤추는 것처럼, 잠자리가 떼를 지어 위로 아래로 날아 흘러가듯 했다. 여의봉이 하늘에서 이리저리 부딪히는 모습이 승상 반潘 씨의 아들이 몽둥이를 휘두르는 것 같았다. 허손의 제자들이 자기 얼굴 쪽으로 떨어져 내리는 여의봉을 쳐내기가 무섭게 바로 뒤통수 쪽으로 여의봉이 또 떨어지고, 뒤통수 쪽으로 떨어지는 여의봉을 막아내기가 무섭게 가슴 쪽으로 여의봉이 또 떨어지고, 가슴 쪽으로 떨어지는 여의봉을 밀어내기가 무섭게 어깨 쪽으로 여의봉이 떨어져 내려왔다. 제자들은 그 여의봉이 너무도 무서워 모두 걸음아 날 살려라 하고 도망쳤다.

도력과 신통력이 너무도 빼어난 허손인지라 보검을 들어 동쪽 하늘을 가리키면 동쪽의 여의봉들이 우수수 떨어지고, 서쪽 하늘을 가리키면 서쪽의 여의봉이 우수수 떨어지고, 남쪽 하늘을 가리키면 남쪽의 여의봉이 우수수 떨어지고, 북쪽 하늘을 가리키면 북쪽의 여의봉이 우수수 떨어졌다. 하지만 허손이 신통력이 아무리 빼어나다 하더라도 수천수만의 여의봉이라. 하나 막아내면 다른 하나가 날아오고 하나를 쳐내면 다른 하나가 또 날아오니 어찌할 방도가 없었다. 이때 관세음보살이 하늘에서 이 소식을 듣고 이렇게 혼잣말했다.

'남해 용왕 오흠은 인자하고 후덕한데 어디서 저런 망나니 같은 아들이 생겨나서 이무기 요괴나 돕고 그럴까! 내가 가서 저놈이 갖고 있는 여의봉을 거둬들이지 않으면 허손의 도력과 신통력이 아무리 세다 해도 당해내지 못할 것이야.'

관세음보살이 구름을 타고서 허리춤에 차고 있던 비단 허리띠를 풀어 마치 그물을 치듯이 공중에 던져 수천수만의 여의봉을 다 거두어버렸다. 셋째 아들은 누군가가 자신의 보배인 여의봉을 다 거둬가는 걸 보고 갑자기 당황하는 기색을 보이며 내빼기 시작했다. 마귀용이 그런 셋째 아들을 보며 이렇게 물었다.

"그래, 허손과 싸워서 이기셨습니까?"

"막 허손과 싸워 이기려는 찰나, 한 부인이 보자기 같은 것을 그물처럼 던져 나의 보배인 여의봉을 다 거둬가 버렸소이다. 더 싸울 도리가 있어야지!"

"여의봉을 거둬들인 자는 다른 사람이 아니라 바로 관세음보살이외다."

둘이 묻고 대답하는 바로 그때 허손이 쫓아왔다. 마귀용은 허손을 보자마자 검은 바람으로 변신하여 도망쳤다. 셋째 아들은 허손을 보자마자 치밀어 오르는 화를 참지 못하고 강철검을 들고 다시 허손을 맞아 싸우려

했다. 그러나 이미 한 차례 싸움에서 지고 기세가 꺾인 셋째 아들이라 두 합 정도 겨루다 허손의 왼손 칼에 강철검이 튕겨 나가고 오른손 칼에 몸뚱어리가 베일 위기에 놓였다. 이때 허손의 등 뒤에서 누군가 이렇게 외치는 소리가 들려왔다.

"아니 되오, 아니 되오!"

허손이 눈을 들어 바라보니 바로 관세음보살이라. 허손이 바로 칼을 거뒀다. 관세음보살이 이렇게 말했다.

"저자는 남해 용왕 오흠의 셋째 아들이라네. 지금 밑도 끝도 없이 마귀용을 도와주러 나선 거야 죽을죄를 지은 것이 맞으나 저자의 아비가 평소에 인자하고 후덕하다네. 내가 지금 여기에 이렇게 있으면서 자기 아들이 죽는 걸 가만 놔두면 나에게 자기 아들을 왜 안 구해주었냐고 원망할 터이니 그럼 내 입장이 곤란해지지 않겠는가!"

허손이 관세음보살의 말을 듣고 칼을 거두었다.

한편, 순찰 야차가 남해 용궁으로 돌아가 용왕에게 셋째 아들이 마귀용을 도와주려고 한다는 사실을 낱낱이 아뢰었다. 남해 용왕이 발을 동동 구르며 욕을 했다.

"이 빌어먹을 놈, 어쩜 그런 바보 같은 짓을!"

그때 동해 용왕 오순敖順, 서해 용왕 오광敖廣, 북해 용왕 오윤敖潤이 모두 남해 용궁으로 달려왔다. 세 용왕이 이구동성으로 말했다.

"저 망할 녀석이 허손과 싸우는 건 갈백葛伯이 탕湯임금한테 원수지는 것과 같고,44) 마귀용을 돕는 건 숭후호崇侯虎가 주임금을 도와 잔학한 짓

---

44) 하 왕조 때 갈葛나라의 임금. 갈나라는 하왕 때 지역국가(제후국)였으며 박亳(지금의 하남 상구河南商丘)에 도읍하고 있던 지역국가인 상나라와 이웃하고 있었다. 탕임금은 갈백이 조상 제사를 제대로 모시지 아니하고 어린이들을 함부로 죽이니 벌주어 마땅하다는 명분으로 갈나라를 공격

을 하는 격이니45) 절대로 용서할 수 없도다."

남해 용왕이 한마디 소리쳤다.

"이런 아들 둬서 뭐하겠나!"

남해 용왕이 날카로운 검을 하나 가져오게 하더니 순찰 야차에게 건네며 이걸 가지고 가서 셋째 아들에게 주고 자결하게 하라 일렀다. 순찰 야차가 남해 용왕의 명령을 받들어 검을 들고서 셋째 아들을 찾아왔다. 셋째 아들은 순찰 야차에게 소식을 전해 듣고 얼이 다 빠져버렸다. 셋째 아들이 관세음보살 앞에 무릎을 꿇고서 이렇게 아뢰었다.

"자비로우신 보살님이시여, 제 부왕께 달려가셔서 이번 한 번만 넘어가게 하여주십시오."

"자네 부왕이 이번엔 그냥 쉽게 넘어가지 않을 것 같아 걱정이로세. 일단 뱀똬리골[사반곡蛇盤谷] 새매내깔[응수간鷹愁澗]로 가서 숨어 지내게. 3백 년 후 당나라 삼장법사가 천축국으로 불경을 구하러 갈 때 자네가 나귀로 변신하여 천축국에 삼장법사를 모시고 다녀오면 그 공덕으로 이 죄를 씻어낼 수 있을 거야. 내가 자네 부왕에게 이렇게 설득하면 혹시 자네를 살려줄지도 모르지."

셋째 아들이 눈물을 그렁그렁 흘리며 관세음보살에게 작별인사를 올리고 새매내깔로 떠나갔다. 관세음보살이 거둬들인 여의봉을 순찰 야차에게 건네주고 남해 용왕에게 갖다 바치라 했다. 허손도 관세음보살에게 인사

했으며 이것이 바로 하 왕조를 멸망시키는 전쟁의 시발점이 되었다.

45) 유숭씨有崇氏라는 나라의 임금. 후侯는 작위를 가리키며, 호虎는 이름이다. 주왕이 잔학한 짓을 할 때 적극적으로 도왔다. 게다가 훗날 주나라 문왕이 되는 서백창西伯昌이 주왕이 잔학한 짓을 하는 것을 한탄하자 이를 밀고하여 옥에 갇히게 했다. 문왕은 숭후호가 부모와 형을 능멸하고 재판을 공정하게 하지 않으며 나라의 재산을 나눔에 공정하지 않다는 이유로 숭후호를 공격한다.

를 올리고 예장으로 돌아갔음은 두말할 필요도 없겠다.

관세음보살이 허손과 작별하고 보타암으로 돌아가려는데 마귀용이 머리를 조아리며 허손과 화해하고 싶으며 지난 과오를 뉘우치고 허손에게 해를 입히는 일을 하지 않겠다고 다짐했다. 마귀용의 말투는 자못 애절했다. 마귀용이 너무도 간절하게 부탁하는지라 관세음보살이 차마 거절하지 못하고 예장으로 걸음을 옮겨 허손을 찾았다. 허손이 관세음보살에게 이렇게 말했다.

"관세음보살께서 여기를 찾아오시다니요. 무슨 하고 싶은 말씀이 더 있으신지요?"

"다른 게 아니라 마귀용이 그대와 화해하고 앞으로는 절대 나쁜 짓을 하지 않겠다고 하기에 그 말을 전하러 여기까지 온 것이오. 그대의 의향은 어떠시오?"

"마귀용이 기왕에 화해를 청했다 하니 내일 아침 첫닭이 울기 전에 시내를 백 갈래 파놓으라 하십시오. 만약 한 갈래라도 모자라면 저는 화해에 응할 수 없습니다."

관세음보살이 그 말을 듣고 나서 떠났다. 허손의 제자 오맹이 허손에게 이렇게 아뢰었다.

"마귀용의 속마음이 그렇게 쉽사리 변하지 않을 것인데 허락하지 마시지요.."

"내가 어찌 그걸 모르겠는가. 그러나 강서 지역이 매년 봄에 비만 내리면 물이 불어 고생이니 백 갈래의 시내를 파서 그 물길을 잡고자 하는 것이지 마귀용과 화해하는 데 목적이 있는 건 아니라네. 내가 지금 지방신에게 부탁하여 마귀용이 시내 백 개를 파는 걸 막아 달라고 할 것이니 마귀용이 그동안 지은 죄를 그렇게 쉽게 씻어낼 수는 없을 것이네. 그럼 나 역시 관세음보살과의 약속을 어기지 않을 수 있을 거야."

마귀용은 관세음보살이 돌아오자마자 바로 허손이 뭐라 하는지 여쭈었다. 관세음보살은 허손의 제안을 마귀용에게 자세하게 알려주었다. 마귀용이 뛸 듯이 기뻐하며 신통력을 발휘하여 시내를 파고 또 팠다. 새벽 세 시쯤 되었을까. 지방신이 헤아려 보니 이미 99개의 시내를 팠더라. 지방신이 깜짝 놀라며 닭 울음소리를 흉내 내니 동네 닭들이 모두 따라서 울었다. 마귀용이 깜짝 놀라며 자신의 죄업을 씻을 수 없음을 깨닫고 청년으로 변신하여 호광湖廣으로 숨어들었다. 날이 밝은 다음 허손이 시내의 수를 헤아려 보니 딱 하나 모자랐다. 닭 울음소리 역시 지방신이 일부러 그렇게 소리 낸 것임을 눈치챘다. 허손이 제자를 시켜 지방신의 공로에 감사하게 했다. 허손이 황급히 마귀용을 찾았으나 그 자취가 묘연했다. 나중에 이 강어귀에 현이 하나 생겨났다. 그 현이 바로 현재 남강南康의 호구현湖口縣이다.

마귀용이 황주부黃州府 황강현黃岡縣으로 숨어들었다. 그는 그곳에서 가르칠 학생을 찾는 젊은 선생 행세를 했다. 마침 사인史仁이라는 노인장이 집안 살림도 풍족하고 손자들도 십여 명이나 있어 학교를 운영해줄 선생을 찾는 중이었다. 마귀용이 사인을 찾아가 자기를 이렇게 소개했다.

"저는 예장에서 온 증량曾良이라 하옵니다. 나리 집안에서 학교를 열려고 한다는 소식을 듣고 이렇게 찾아뵈었습니다."

사인이 살펴보니 증량이란 자가 인품도 좋아 보이고 예의범절도 잘 챙기는 듯하니 일단 속으로 점찍어 두고 그자의 학문이 어느 정도인지 가늠하고 싶었다.

"우리 마을에는 오랜 관습이 있습니다. 우리 마을에서 스승을 청할 때는 글을 잘 짓는지, 상대방의 말에 응대는 제대로 하는지 따져본 다음에 정식 스승으로 모십니다. 이 노인장이 한 줄 던져볼 터이니 한번 응대해 보실라우?"

"먼저 한번 던져주시지요."

"증曾 선생의 허리에 점 네 개를 더하면 노魯나라의 현명한 선비가 되는구려."46)

"저는 그럼 나리의 손자를 가지고 응대하겠습니다. 사史 씨 집안의 손자니 머리에 한 획을 더하면 이부吏部의 높은 관리가 되겠습니다."47)

사인은 증량이 아주 멋들어지게 척척 응대하는 걸 보고 너무도 기뻤다.

"선생처럼 학식이 높으신 분을 우리 집안의 보잘것없는 학교에 모시려니 너무도 죄송하오."

"나리 댁에 머물면서 저도 공부할 수 있으니 뭘 더 바라겠습니까!"

사인이 마침내 날을 정하여 학교를 열었다. 사인의 손자들이 증량에게 인사를 올렸다. 그날로 바로 수업이 시작되었다. 증량은 학생들이 모르는 것이 있으면 척척 해결해주고 경서의 구절을 귀에 쏙쏙 들어가게 해설해주니 학생들의 실력이 쑥쑥 늘어났음이 당연했다.

한편, 마귀용은 시내를 파고 난 다음 자취를 감춰버렸다. 허손이 마귀용을 찾으러 제자 시잠, 감전과 함께 호광에 갔다. 황강현 사 씨네 마을에 요사한 기운이 넘쳐나는 게 보였다. 제자와 함께 그곳에 가보니 바로 학교였다. 마귀용이 선생으로 변신하여 학생들을 가르치고 있었다. 허손이 학생들에게 물었다.

---

46) 증曾이란 글자의 중간에 점 네 개를 찍으면 '노魯'가 된다. 그걸 증량의 허리에 점 네 개를 찍는다고 표현한 것이다. 노나라는 공자의 나라로 예로부터 학문이 빼어난 학자가 많은 곳으로 알려져 왔다.
47) 사史란 글자의 맨 위에 한일자 한 획을 그으면 '이吏'자가 되는 것에서 착안한 말장난이다.

"스승님은 어디 가셨니?"

"씻으러 가셨습니다."

"어디로 씻으러 가셨니?"

"시내로 가셨습니다."

"이런 11월 날씨에 시내로 씻으러 가셨다고?"

"스승님은 워낙 몸이 건강하셔서 추우나 더우나 시냇물에 몸을 담그십니다. 어떤 때는 두세 시간 넘게 몸을 담그고 나서 돌아오기도 하십니다."

허손이 제자들과 함께 학교에서 증량이 돌아오기를 기다렸다. 그가 돌아오면 바로 붙잡을 심산이었다. 허손이 문득 고개를 들어보니 기둥에 이런 대련이 적혀 있었다.

고아 조씨는 절치부심하며 도안고屠岸賈를 잊지 않았으며,[48]
열혈남아 오자서는 초나라 평왕平王의 시체를 무덤에서 꺼내어 채찍질했네.[49]

벽에는 또 이런 시가 적혀 있었다.

애달프다, 내 운명이여,
자손들 다 잃고 남은 녀석 하나 없구나.

---

[48] 춘추시대 진나라의 귀족 조순趙盾 일족이 간신 도안고의 모함을 받아 멸문지화를 당한다. 당시 진령공의 부마였던 조순의 아들 조삭趙朔마저도 자살 명령을 받아 스스로 목숨을 끊어 죽고 만다. 조삭이 아내의 뱃속에 남겨놓은 아들이 나중에 도안고에게 복수한다는 내용으로 원나라 때 연극 「조씨고아」가 만들어졌다.

[49] 오吳왕 합려闔閭를 모셨던 사람이다. 본디 초나라 사람이었으나 모함을 당하여 아버지와 형이 초나라 평왕에게 억울하게 죽임당하자 오나라로 망명했다. 나중에 오나라 군대를 이끌고 초나라를 공격하여 수도를 함락시킨 다음 평왕의 무덤을 파헤쳐 시체를 꺼내어 채찍질했다고 한다.

가슴엔 동해의 만경창파를 품고,

기세는 서강의 초목을 쓰러트리네.

지난 일 생각하니 원한이 사무치고,

가슴을 펴고 새롭게 시 한 수 적어보네.

사내로 태어나 큰 뜻 이루지 못하면,

하늘이 주신 이 생명을 덧없이 낭비하는 거겠지.

허손이 대련과 시를 읽고 나서 깜짝 놀라 제자들에게 이렇게 말했다.

"대련과 시를 읽어보니 온통 복수의 일념이 넘쳐나는구나. 이 요괴를 제거하지 않으면 두고두고 화가 될 것이다. 어서 그놈을 붙잡도록 하라."

이때 사인이 자기 손자들 공부하는 것을 살펴볼 요량으로 학교에 들렀다. 때는 바야흐로 한겨울, 사인은 몸에 양가죽 옷을 걸치고 머리에는 방한모를 쓰고 천천히 걸어 들어왔다. 사인은 허손의 단아하면서도 품위 있는 풍채를 보고서 황급히 인사를 올리며 물었다.

"선생께서는 어디서 오셨는지요?"

"예장에서 친구를 만나러 왔습니다."

사인이 손자들에게 한마디 했다.

"손님이 오셨으면 바로 기별을 해줘야지."

사인은 허손과 제자를 집 안으로 모시고 가서 차를 대접했다. 차를 한 잔 들고 나자 사인이 허손에게 이름을 물었다.

"저는 성은 허, 이름은 손입니다. 여기 두 제자 가운데 이쪽은 성은 시, 이름은 잠, 이쪽은 성은 감, 이름은 전이라 합니다."

"허씨 성을 가진 신선이 신통력이 뛰어나고 많은 요괴를 섬멸했다고 하던데 선생이 바로 그분이 아니시오?"

"그렇소이다."

사인이 황급히 절을 올렸다. 허손은 나이 든 사인이 이렇게 절을 하는 걸 보고서 황급히 답례했다. 사인이 허손에게 물었다.

"여기는 무슨 일로 오셨습니까?"

"나리의 손자들을 가르치고 있는 자는 실은 이무기 요괴입니다. 이무기가 변신하여 여기에 온 것입니다. 제가 그놈의 행적을 뒤쫓다가 여기까지 오게 되었습니다."

"어쩐지 이 선생은 더우나 추우나 늘 시내로 가서 몸을 씻곤 했습니다. 그자가 몸을 씻는 곳은 처음엔 얕은 시내에 불과했으나 지금은 깊은 연못으로 변해서 그 깊이가 얼마나 되는지 알 길이 없을 정도입니다."

"나리가 저와 인연이 있어서 이렇게 제가 여기까지 오게 되었습니다. 하마터면 나리 집에 강처럼 물이 흘러들어와 나리 집이 저 이무기 뱃속에 들어가 버릴 뻔했습니다."

"그 요괴를 어떻게 붙잡지요?"

"그 요괴는 하도 변신을 잘하는 놈이라서 만약 그놈이 내가 여기 온 걸 알면 미리 방비할 터이니 붙잡기가 정말 힘들 것입니다. 다행히 지금 내가 여기 온 걸 모르고 있고 또 그놈이 다른 뭔가로 변신하려면 분명 물의 힘을 이용할 것이니 나리 집의 물항아리, 물통, 세숫대야, 물그릇 같은 것에 절대 물을 담지 못하게 하여 그놈이 변신할 수 없게 만들면 제가 쉽게 그놈을 잡을 수 있을 겁니다."

사인이 식솔들에게 일일이 다 분부해두었다. 마귀용이 시내에서 씻기를 마치고 학교로 돌아오는 게 보였다. 허손이 소리쳤다.

"이 망할 놈, 어딜 가는 게냐?"

마귀용이 대경실색하여 황급히 물을 찾아 변신하고자 했으나 어디서도 물을 찾을 수가 없었다. 겨우 벼루에서 아직 버리지 않은 물을 조금 발견하고서는 그 물을 이용하여 변신하여 도망하니 그 종적을 찾을 수가 없었다. 후대 사람이 시를 지어 이렇게 탄식했도다.

저 이무기 신통력이 참 대단하기도 하지,
벼루의 물 몇 방울로 변신한 이야기가 지금껏 전해지고 있지.
그때 마음을 고쳐먹었더라면,
부름받아 하늘로 올라갔을 것을.

사인은 허손이 요괴를 쫓아내준 것이 너무도 고마워 허손을 며칠 머물게 하면서 극진히 대접했다. 허손이 사인에게 이렇게 말했다.

"마귀용이 이곳에서 오랫동안 머물렀던 까닭에 물에 잠기는 일이 생겨날까 걱정입니다. 삼나무 판자를 하나 구해오시면 내가 부적을 써줄 것이니 그걸 땅에 묻어 마귀용을 제압하도록 하십시오."

허손은 부적을 다 쓰고 나서 사인이 성심껏 대접해 준 것에 감동하여 신비한 단약을 꺼내 돌을 문질렀다. 돌이 황금으로 변하니 대략 3백 냥 정도가 되었다. 이것으로 사인에게 사례하고 떠났다. 시잠이 허손에게 이렇게 아뢰었다.

"지금 마귀용이 어디론가 도망쳤으니 호광을 샅샅이 뒤져서 잡아 죽여야 할 것 같습니다."

"그놈이 우리가 여기 와 있는 걸 알고 예장으로 가서 예장을 물바다로 만들려고 할지도 모르겠다. 우리도 일단 예장으로 돌아가 그놈의 자취를 찾아보자. 그런 다음 다른 곳으로 가도 늦지 않을 것이다."

허손과 제자들은 함께 예장으로 돌아갔다.

한편, 마귀용은 벼루의 물 몇 방울을 이용하여 잘생긴 청년으로 변신한 다음 장사부長沙府로 도망쳤다. 마귀용은 그곳에서 자사刺史 가옥賈玉한테 예쁜 딸이 있다는 소문을 들었다. 그녀의 미모가 어떠했던가.

비취새 깃털 같은 눈썹,

반질반질 윤기 나는 피부,

박씨처럼 하얗고 가지런한 치아,

삘기 속살처럼 부드러운 손.

복사꽃 꽃잎처럼 불그스레한 뺨,

봉황 깃털 같은 머릿결.

가을 호수처럼 요염함이 묻어나는 촉촉한 눈길,

봄날 죽순처럼 싱그럽고 교태로운 자태.

한나라 궁전의 왕장王嬙이 이에 비길까,

오나라 궁전의 서시가 이에 비길까,

조비연이 이에 비길까,

양귀비가 이에 비길까.

버들가지처럼 가는 허리에 달린 노리개에선 딸랑딸랑 소리 들리고,

연꽃 움직이듯 한 걸음 한 걸음 발걸음을 떼는구나.

달에 사는 항아가 이만큼 예쁠까,

높은 하늘에 사는 선녀가 이만큼 예쁠까.

마귀용이 가옥을 찾아가 인사드렸다. 가옥이 마귀용에게 물었다.
"선생은 뉘시오?"
"저는 성은 신愼, 이름은 랑郎이며, 금릉 출신입니다. 어려서부터 경서

를 두루 읽으며 공부했으나 출셋길이 막혀 더는 어찌 올라가지 못하고 지금은 천하를 떠돌아다니는 장사치입니다. 광남에 장사를 나섰다가 최상급의 진주를 몇 개 얻었습니다. 이런 것은 보통 사람들은 감히 꿈도 못 꾸는 겁니다. 제가 특별히 이렇게 나리께 드리고자 하오니 부담 갖지 마시고 받아주십시오.."

"선생이 그렇게 애써서 구한 귀중한 것을 일면식도 없는 내가 어찌 염치도 좋게 덥석 받을 수가 있겠소이까."

가옥이 거듭거듭 사양했으나 신랑이 워낙 간곡하게 받으라 하니 가옥이 그걸 받아두었다. 신랑이 집에 머무는 며칠 동안 가옥이 신랑을 살펴보니 예의 바르고 공손하며 인물도 번듯한 데다 악기든 서예든 그림 그리는 거든 뭐든지 못 하는 게 없었으며 활쏘기, 창 쓰기 같은 무예에도 정통하여 그자를 사위 삼고 싶은 생각이 들었다. 신랑은 그런 제안에 엎드려 절하며 감사하고 더불어 가옥이 아끼는 사람들에겐 특별히 값나가는 선물을 주면서 환심을 사니 그들이 한결같이 신랑을 칭찬했다. 가옥이 마침내 택일하고 자기 딸을 신랑에게 시집보냈음은 두말할 필요도 없겠다.

신랑이 가옥의 딸과 결혼하고서 세월이 흘러 봄, 여름이 되었다. 신랑이 가옥에게 강호를 돌아다니며 장사를 하고 돌아오겠다 했다. 가을, 겨울이 되어 신랑이 배에 한가득 짐을 싣고 돌아왔는데 모두 진기한 보물이었다. 가옥은 기뻐서 이렇게 한마디 했다.

"내가 정말 사위 하나는 제대로 골랐구먼!"

가옥은 신랑의 정체가 마귀용일 거라고는 상상도 하지 못하는 듯했다. 신랑이 가져온 보물은 봄, 여름에 강에 큰물이 질 때 사람들의 배를 뒤집어 버리고 빼앗은 것을 싣고 돌아온 것이었다. 신랑이 결혼한 지 3년째 되는 해 셋째 아들이 태어났다. 하루는 신랑이 생각에 잠겼다가 갑자기 끓어오르는 화를 억누르지 못하고 이렇게 혼잣말했다.

'우리 일족이 대대로 예장에서 살아왔고 그 수가 1천이 넘었는데 허손이란 놈에게 다 몰살당했구나. 그놈이 우리의 터전을 깨부수고 어디 붙어 살 곳도 없게 만들었구나. 내가 여기 잠시 몸을 의탁하고 있으나 나의 이 억울한 심정을 어찌 풀 수 있으랴! 이제 세월도 흘러 허손이 내 존재를 거의 잊었을 터이니 내가 어서 예장으로 돌아가 홍수를 일으켜 예장을 물에 잠기게 하고 허손 일족을 몰살시켜 나의 원수를 갚아야 이 억울한 심정을 풀 수 있을 것 같구나.'

신랑이 사인을 만나러 갔다. 사인이 신랑에게 물었다.

"그래 무슨 할 말이 있는 건가?"

"이제 봄바람도 따스하게 불어오기 시작하니 장사하러 떠나기에 딱 좋은 때입니다. 장인어른께 인사 올리고 떠나려고 합니다. 장인께 처자식을 부탁합니다요."

"다른 걱정은 하지 말고 다녀오게. 어느 정도 이문을 챙기면 속히 돌아오고."

말을 마치고 신랑은 길을 나섰다.

때는 바야흐로 진晉나라 영가永嘉 7년(313), 허손은 제자 시잠, 감전과 이 고을 저 고을을 돌아다니며 마귀용을 찾았다. 3년 동안 찾고 찾았으나 마귀용의 종적이 묘연하여 일단 그 일을 미뤄두었다. 한데 마귀용이 이렇게 제 발로 죽을 길로 들어서고 있었다. 어느 날 허손의 제자 가운데 심부름을 도맡아 하는 꼬마 제자가 인물이 훤칠하고 의복도 멋들어진 청년이 스승님을 뵙고자 한다고 아뢰었다. 허손이 꼬마 제자에게 그 사람을 안으로 안내하라고 했다. 허손이 그 청년을 보고 물었다.

"선생은 어디서 오신 분이신지요?"

"저는 성은 신이고, 이름은 랑입니다. 금릉 사람입니다. 선생님께서 천하의 일을 아우르고 요괴를 제압하는 능력이 있어 천하의 으뜸이시라 감히 선생님과 버금갈 자가 없다는 소문을 듣고 얼굴이라도 뵐 수 있을까 해서 찾아왔습니다. 다른 이유는 없습니다."

"아직 마귀용을 잡지도 못했는데 쓸데없이 소문만 무성하게 났습니다. 부끄러울 따름입니다."

허손이 말을 마치니 그 청년이 자리에서 일어났다. 허손이 그 청년을 전송하고 자리로 돌아왔다. 시잠과 감전이 허손에게 여쭈었다.

"스승님, 아까 그 청년은 어떤 사람입니까?"

"그놈이 바로 마귀용이니라. 나의 허실을 염탐하러 일부러 찾아온 것이니라."

"어떻게 아셨습니까?

"내가 그놈을 보니 요사한 기운이 서려 있고, 비릿한 냄새가 물씬 풍겨 오더라. 그런 까닭에 바로 알 수 있었지."

"그럼 당장 붙잡으시지 않고 어찌하여 그냥 가도록 내버려 두셨습니까?"

"지난번에 네 차례나 내가 그놈을 거의 다 붙잡을 뻔했으나 그때마다 그놈이 다른 모습으로 변신하여 도망쳤었다. 이번에는 그놈이 방심하여 아무런 방비를 하지 않게 하여 단번에 붙잡아 버려야겠다."

시잠이 허손에게 이렇게 아뢰었다.

"지금 그놈이 어디로 숨었을까요? 저와 감전이 직접 그놈을 죽이고 싶습니다."

허손이 지혜의 눈으로 한번 살펴보더니 이렇게 말했다.

"지금 그놈은 누렁소로 변신하여 강가 모래톱에 있느니라. 내가 검은 소로 변신하여 그놈과 싸울 것이니라. 너희 둘은 보검을 들고 눈에 띄지 않게 엿보고 있어라. 그러다 그놈이 힘이 빠질 때 검을 휘두르면 그놈을 벨 수 있을 것이니라."

허손이 말을 마친 다음 검은 소로 변신하여 강가로 달려갔다.

호랑이처럼 견고한 네 발굽,

해룡처럼 우뚝한 두 뿔,

이제 강가로 적수를 찾아가노니,

신선의 변신술은 무궁무진하구나.

허손이 검은 소로 변신하여 모래톱으로 달려가 누렁소와 일전을 벌였다. 약 네 시간 정도 지났을까 시잠과 감전이 스승을 뒤따라 가보니 소 두 마리가 한창 싸우는 중이라. 누렁소가 힘이 부쳐 보였다. 시잠이 칼을 휘두르니 누렁소의 왼 넓적다리에 적중했다. 감전이 칼을 휘두르니 누렁소의 뿔 한쪽에 적중했다. 누렁소는 성 남쪽의 우물로 뛰어들었다. 그 와중에 뿔 한쪽이 바닥에 떨어졌다. 지금도 마당이란 곳 맞은편에 누렁이모래톱[黃牛洲]이란 곳이 있다. 이곳에 떨어진 뿔이 요사한 요괴로 변하여 오가는 장삿배를 해친다고 하는데 그 이야기를 자세히 하지는 않겠다.

한편, 허손이 제자 시잠과 감전에게 이렇게 말했다.

"마귀용이 우물에 뛰어들었으니 분명 이곳에 둥지를 틀 만한 동굴이 있을 것이다. 내가 부적으로 병사를 동원하여 앞세우고 동굴로 들어갈 터이니 너희 둘은 내 발자국을 따라서 동굴로 들어와 마귀용을 붙잡아 베어서 후환을 없애도록 하라."

허손이 말을 마치자마자 우물로 뛰어들었다. 부적 병사들이 허손을 앞에서 인도하여 들어갔다. 그 우물은 입구는 좁아 보였으나 아래로 내려가니 별천지였다. 구멍이 나타나면 구멍을 수색하고, 구덩이가 나타나면 구덩이를 수색했다. 24개의 골목이 얽히고설킨 항주의 화류계 골목 같으니 골목과 골목이 끝없이 이어졌다. 또 36갈래 물굽이를 품은 용굴항龍窟港 같으니 그 물굽이가 서로 마주 보며 갈라져 있었다. 우물 안의 개구리가 식견이 좁다는 말이 있으나 만약 그 개구리가 이 우물에 들어와 이 넓은 별천지를 구경했더라면 식견이 좁다는 말은 안 들을 것이다. 허손이 부적 병사들을 따라 우물 안을 수색하다가 물건 하나를 발견했다. 길지도 짧지도 않고 둥글둥글한 게 마치 절구공이 같았다. 감전이 그걸 주워서 살펴보니 비녀장50)이었다. 감전이 허손에게 여쭤보았다.

"스승님, 이 우물 안에 어찌 이런 물건이 다 있을까요?"

"옛날 전한 시대에 진준陳遵이란 사람이 있었지. 그자는 손님을 초대하여 잔치를 열 때마다 대문을 잠그고 손님이 타고 온 수레바퀴에서 비녀장을 빼서 우물에 던져두었어. 손님이 급한 일이 생겨도 돌아가지 못하게 할 심산이었지. 잔치가 끝나면 그걸 돌려주곤 했어. 그때 미처 다시 회수하지 못한 비녀장이 있었고 그게 물에 쓸려 여기까지 온 것이지."

몇 리를 더 걸어가노라니 너무도 깨끗하여 막 새로 만든 것처럼 보이는 네모난 물건이 보였다. 시잠이 그걸 집어 올려 살펴보았다. 도장 갑이었다. 시잠이 허손에게 여쭤보니 허손이 대답해주었다.

"후한 때 환관 장양張讓이 천자를 인질로 잡아 북으로 황하에 이르렀다가 옥새를 이곳에 던졌는데 그걸 발견한 사람이 아무도 없었지. 나중에 낙

---

50) 원문은 거할車轄로 되어 있다. 수레의 바퀴가 굴대에서 벗어나지 않게 굴대의 머리 구멍에 끼우는 굵은 나뭇조각이나 큰 못을 가리킨다.

양성 남려궁 우물에서 오색 광채가 솟아올라 하늘까지 닿았지. 손견이 그걸 보고 보배가 상서로운 기운을 내뿜는 거라고 여겨 사람을 시켜 그 우물을 준설하게 하여 마침내 옥새를 찾았지. 그때 옥새만 가져가고 그 옥새 상자는 여기다 그냥 놔둔 거지."

몇 리를 더 걸어가노라니 번쩍번쩍 빛나고 하얗고 정갈하며 주둥이가 동그랗게 굽고 배는 볼록한 것이 보였다. 감전이 그걸 집어보니 은으로 만든 병이었다. 감전이 허손에게 여쭤보니 허손이 대답해주었다.

"예전에 한 여인이 이런 노래를 지어 불렀지. '옥비녀를 돌 위에 올려놓고 갈았네, 잘못 갈아서 옥비녀 가운데가 끊어져 버렸네. 우물 바닥에서 은병을 길어 올리네, 거의 다 길어 올렸는데 그만 줄이 끊어져 버렸네.' 이 은병은 그 여인이 노래에서 읊었던 바로 그 은병인 듯싶군. 줄이 끊어져 우물 바닥에 떨어진 그 은병 말이네."

이때 부적 병사가 이렇게 아뢰었다.

"마귀용이 숨어든 지도 꽤 오래되었으니 서두르셔야 합니다. 길에서 옛날 이야기하느라 지체하시면 안 됩니다."

허손이 제자들에게 어서 서둘러 가자고 당부했다. 수중의 물고기들이 허손 일행을 보고 깜짝 놀라 도망쳤다. 메기는 입을 짝 벌리고, 자라는 목을 쑥 움츠리고, 새우는 허리를 굽신굽신, 붕어는 꼬리를 흔들흔들했다. 허손은 그러거나 말거나 아무런 신경도 쓰지 않았다. 부적 병사가 허손을 이끌고 가다가 길을 꺾었다. 이제 더는 갈 수가 없는 막다른 길, 바로 장사부 자사 가옥 집의 우물이 나왔다. 허손이 이렇게 혼잣말했다.

'이제 그놈의 소굴을 찾았도다.'

허손이 부적 병사를 돌려보내고 자신이 직접 찾아보겠노라 했다. 마귀용은 우물에서 빠져나와 다시 신랑으로 변신하여 가옥의 집으로 들어갔다. 신랑의 몸 이곳저곳에 상처가 난 것을 보고 집안 식구들이 모두 깜짝 놀라서 대체 어떻게 된 일이냐고 물었다. 신랑이 이렇게 대답했다.

"장사하러 가서 크게 이문을 남기고 돌아오는 길에 도적 떼를 만나 재물을 다 빼앗기고 왼 다리와 왼 이마를 다쳐서 그 통증을 견디기가 너무 힘듭니다."

가옥은 사위의 몸에 난 칼자국을 보니 가슴이 너무도 쓰렸다. 바로 하인을 시켜 의원을 모셔오게 했다. 허손은 의원으로 변신하고 시잠과 감전을 수행원으로 변신하게 한 다음 뒤따르게 했다. 이 의원이 어떠하였는고 하니,

신성한 의술의 소유자,
온갖 약초를 구분해내는 전문가.
환자를 보면,
진맥 한 번에 어떤 병인지 정확히 알아내고,
약을 지어주면,
그 약의 효험을 정확히 안다네.
당건唐巾을 쓰고,
도복을 입으니,
도사와도 같은 자태가 느껴지고,
깃털 부채를 흔들고,
약 담은 박을 매었으니,
영험하고 멋들어진 의원의 자태라.
촌구寸口, 관상關上, 척중尺中 세 부위를 짚어 진맥하여,
병든 곳을 바로 찾아내니,

환자 팔뚝 몇 차례나 부러뜨릴 실수를 할 리가 없지.

죽을병에 걸린 자, 병을 앓기 시작한 자 가리지 않고 다 치료하니,

다 죽어가는 자를 살려내는 것도,

손만 한 번 까닥하면 된다네.

이 진晉나라 때,

춘추시대의 편작이 환생한 것인가,

이 강서 땅에,

그 옛날 신농씨가 다시 나타난 것인가.

두고두고 세상에서 제일가는 의원이라 불리는 것은,

사람을 살리고자 하는 따듯한 마음이 넘쳤기 때문.

허손 일행이 의원으로 변신하여 가옥의 집으로 찾아갔다. 하인 놈이 허손을 보더니 안으로 모셨다. 가옥이 허손에게 이렇게 말했다.

"내 사위 녀석이 장사하러 나갔다가 도적 떼를 만나 왼 다리와 왼 이마를 크게 다쳤습니다. 의원 양반께서 특효약을 처방해주셔서 내 사위를 치료해주면 내가 두둑하게 사례하겠소이다."

"칼에 찔린 상처를 치료할 신묘한 처방이 저에게 있으니 제가 손만 대면 사위분은 바로 나을 것입니다."

가옥이 그 말을 듣고 뛸 듯이 기뻐하며 바로 사위 신랑을 불러와 의원에게 진찰을 받게 했다. 그때 마귀용이 자기 방에 누워 있다가 하인 놈이 자기를 모시러 오자 이렇게 물었다.

"의원 한 사람뿐이더냐?"

"제자 두 명이 더 있었습니다."

마귀용은 허손이 자기를 쫓아온 게 아닐까 하는 의심이 들어 감히 방

문을 나서지 못했다. 그러자 아내 가 씨가 채근했다.

"의원이 오셨다는데 어째서 치료받으러 가지 않으세요?"

"당신이 잘 몰라서 그렇지, 저 의원이 날 제대로 잘 치료할지 아니면 날 치료하지 못할지 누구도 장담할 수 없잖아!"

마귀용의 아내는 남편이 왜 망설이는지 이해가 되지 않았다. 가옥은 사위가 방에서 나오지 않자 직접 방 앞에까지 찾아와 사위를 불러내려고 했다. 허손이 가옥을 뒤따라와서 방을 향해 버럭 소리를 질렀다.

"이놈아, 어딜 또 도망가려느냐?"

마귀용은 세가 불리한 데다 꾀도 떠오르지 않아 하는 수 없이 본래 모습으로 다시 변신하여 설설 기어서 밑으로 내려가 도망치려 했다. 아뿔싸! 허손이 미리 아무도 빠져나갈 수 없는 그물을 쳐놓고 기다리다가 마귀용을 산 채로 잡아버렸다. 아울러 허손이 신통력 있는 물을 마귀용의 세 아들을 향해 뿜으니 세 아들이 모두 이무기로 변했다. 허손이 검을 빼들고 그 이무기들을 다 죽여 버렸다. 이때 가옥의 딸도 변신하려고 시도하자 시잠이 바로 산 채로 잡아버렸다. 가옥이 매우 놀랐다. 허손이 이렇게 설명해주었다.

"신랑이란 놈은 본래 마귀용입니다. 지금 사람으로 변신하고서 선생의 사위로 들어앉은 것입니다. 저는 예장에서 온 허손이란 사람으로 마귀용을 쫓느라 여기까지 오게 되었습니다. 선생의 따님도 이무기로 변해버렸으니 마땅히 저의 칼을 받아야 할 것입니다."

가옥과 그의 아내가 허손 앞에 엎드려 간절하게 하소연했다.

"제 딸년은 그저 마귀용한테 씌워서 그런 것이지 본디 그년이 뭘 잘못한 것은 아닙니다. 제발 불쌍히 여기시고 용서해주십시오."

허손은 마침내 부적을 적어서 가옥의 딸년에게 주고 먹게 했다. 가옥의 딸년이 더는 변신을 시도하지 못했다. 허손이 가옥에게 이렇게 말했다.

"마귀용이 살던 방 아래는 바로 물입니다. 선생의 집 아래쪽 한 자만 파보면 다 샘물이 흐르고 있을 겁니다. 어서 빨리 식솔들을 거느리고 다른 곳으로 이사하셔서 괜히 화를 당하는 일이 없게 하십시오."

가옥의 온 식솔들은 화들짝 놀라서 높은 언덕 쪽으로 서둘러 이사했다. 가옥이 예전에 살던 곳은 며칠 지나지 않아 바로 연못으로 변했다. 그 연못의 수심이 얼마나 깊은지 알 길이 없을 정도였다. 오늘날 장사부 소담昭潭이 바로 이 연못이다. 시잠이 그물에서 마귀용을 꺼낸 다음 칼로 베어 죽여 버리려 했다. 허손이 제자들에게 이렇게 일렀다.

"이 요괴는 죽이기는 쉽지만 사로잡기는 어려운 것이라. 강서 지역은 물 위에 떠 있는 땅이요 아래는 다 이무기 구멍이라. 성 남쪽의 우물이 가장 깊으니 그 끝을 알 수 없을 정도라. 이 우물은 강물과 연결되어 있어 불었다 줄었다 하느니라. 이 요괴를 그 우물에 가둔 다음, 내가 그 우물 가운데에 강철 나무를 심어 이 요괴를 그 나무에 묶어놓을 것이다. 나중에 이무기들이 이 요괴가 이렇게 붙잡혀 고통받는 것을 보면 감히 함부로 날뛰지 못할 것이니라."

감전이 이렇게 대답했다.

"참 좋은 생각이십니다."

마침내 마귀용을 묶어 예장으로 돌아갔다. 하늘나라의 병사를 동원하여 철을 녹여 나무를 만들게 한 다음 그 나무를 성 남쪽 우물 가운데에다 세웠다. 쇠를 녹여 만든 끈으로 나무 아래를 동여매어 지맥을 누르고 마귀용을 그 나무에 꼭 묶었다. 그리고 이렇게 주문을 외웠다.

강철 나무에 꽃이 피면,

요괴가 다시 일어나리니,
나도 다시 나타나리라.
강철 나무가 바로 거하면,
그 요괴는 영원히 사라지리니,
물속의 요괴 역시 자취를 감출지라,
이 고을엔 근심 걱정 없겠네.

그런 다음 또 이렇게 기록해두었다.

강철 나무가 홍주洪州를 누르고 있으면,
천년만년 영원토록 평화로울지라!
천하의 혼란은 사라지고,
이곳은 근심 걱정 없으리라.
천하에 큰 가뭄 들어도,
이곳엔 늘 풍년 들리라.

원나라 오전절吳全節이 이런 시를 지었구나.

여덟 밧줄이 종횡으로 이 땅의 맥을 잡아주고,
샘물 하나가 강물이 불고 줄어드는 걸 잡아주고.
예장 이곳은 하늘이 내린 복 받은 땅이니,
강물 한가운데 굳은 반석처럼 영원무궁하리라.

허손은 쇠를 녹여 판을 만들어 파양호에 두었다. 아울러 쇠를 녹여 뚜

껍을 만들어 여릉廬陵 원담元潭을 덮었다. 지금도 허손이 사용하던 검 하나가 그대로 남아 있다. 아울러 초요산岧嶢山 꼭대기에 제단을 쌓았다. 이 모든 건 다 후환을 없애고자 함이었다.

허손이 마귀용을 사로잡으니 그 공적이 천하에 가득했다. 때는 바야흐로 진나라 태녕太寧 2년(324), 대장군 왕돈王敦이 무창武昌에 주둔하고 있다가 병사를 거느리고 반역을 일으켜 건강(남경)으로 향하다가 동정호를 지나게 되었다. 허손과 오맹이 같이 왕돈을 찾아가서 이야기를 나눴다. 허손과 오맹은 왕돈을 설득하여 군사행동을 그치게 하고 진나라를 보존하고 싶어 했다. 이때 곽박 역시 왕돈의 휘하에 있었다. 허손, 오맹과 곽박이 서로 다시 만나게 되었다. 곽박이 허손에게 이렇게 말했다.

"공께서 마귀용을 제압하여 그 공이 하늘을 찌르고 있습니다. 예전에 넘쳐나던 산서의 영험한 기운이 이제 다하여 사라지고 있으니 머지않아 공께서는 하늘로 올라갈 것이외다."

허손이 곽박에게 감사의 마음을 표시했다. 하루는 곽박이 허손, 오맹과 함께 왕돈을 만나러 갔다. 왕돈은 세 사람이 자기를 만나러 들어오는 걸 보고 매우 기뻐하며 좌우에 명하여 잔치를 열라 했다. 술을 한창 거나하게 들고는 왕돈이 물었다.

"내가 어젯밤 꿈을 꾸었는데 나무 한 그루가 하늘을 찔러 꿰뚫는 꿈이었소이다. 그게 길몽인지, 흉몽인지 모르겠소이다."

"나무가 하늘을 찔러 꿰뚫으면 '미未'자가 됩니다. 공께선 함부로 행동하시면 아니 됩니다."

옆에 있던 오맹이 거들었다.

"미래를 내다보는 예지가 있으신 스승님의 말씀이시니 부디 신중하게 받아들이고 조심하십시오.."

왕돈이 허손과 오맹의 말을 듣더니 매우 불쾌해했다. 왕돈이 곽박에게 점을 쳐보라 했다. 곽박이 점을 쳐보더니 이렇게 아뢰었다.

"주어진 몸집보다 더 무거운 짐을 드는 점괘니, 공께서 이번에 군사행동을 하시더라도 목적을 달성하시기가 어려울 것입니다."

왕돈이 싫은 내색을 숨기지 못하고 곽박에게 물었다.

"내가 얼마나 살 것 같소?"

"공께서 군사행동을 감행하시면 필시 미구에 화가 미칠 것입니다. 그러나 군사를 돌려 무창으로 돌아가신다면 만수무강하실 것입니다."

왕돈이 버럭 화를 내며 곽박에게 이렇게 다시 물었다.

"자네는 얼마나 더 살 것 같은가?"

"저는 오늘이 마지막 날입니다."

왕돈이 화가 머리끝까지 올라 무사들에게 곽박의 머리를 베라고 명령했다. 허손과 오맹은 술잔을 공중으로 집어 던졌다. 술잔이 학으로 변하더니 대들보 위로 날아올랐다. 왕돈이 다시 바라보니 허손과 오맹이 어디론가 사라지고 보이지 않았다. 곽박의 식구들이 수의와 관을 마련하여 장사 치를 준비를 했다. 염을 마치고 사흘이 지난 후 시장 사람들은 곽박이 평소대로 의관을 갖추고 친구나 일가친척과 인사를 나누고 이야기하는 것을 목격했다. 왕돈이 그 소식을 듣고 도저히 믿지 못하고 사람을 시켜 관을 열어보라 했다. 과연 곽박의 시신이 사라지고 없었다. 비로소 곽박이 껍데기를 벗고 신선이 되어 하늘로 날아갔음을 알게 되었다. 왕돈의 군사행동은 결국 실패로 돌아가고 말았고, 왕돈은 무창으로 돌아오자마자 죽고 말았으며 마침내 시체가 찢기는 형벌을 당했다. 곽박과 허손, 오맹의 말을 듣지 아니한 결과였다.

오맹은 허손을 모시고 금릉으로 가서 산수를 유람했다. 그런 다음 배를 불러 예장으로 돌아가려 했으나 바람이 그치지 않았다. 뱃사람이 이렇게 말했다.

"한여름에 이렇게 세찬 남풍이 불어서 배를 띄울 수가 없으니 어떻게 해야 좋을지 모르겠소이다."

허손이 이렇게 말했다.

"내가 그대들을 태우고 갈 것이니 그대들은 눈을 감고 편안하게 앉으라. 절대 눈을 뜨면 안 된다네."

오맹이 이물에 서고 허손이 직접 배를 잡고서는 검은 용 두 마리를 불러 배를 끼고 날아가게 했다. 지양을 지나며 하늘 우레 신의 도장을 서애 석벽에 찍어 물의 요괴를 몰아낸 징표로 삼았다. 그 도장 자국은 오늘도 그대로 남아 있다. 배가 점점 하늘을 향해 날아올랐다. 잠시 후 여산을 지나 운소봉을 넘었다. 허손과 오맹이 동굴 세상의 경치를 구경하고 싶어 고물을 산등성이에 가깝게 붙이니 나무에 부딪히는 소리가 쿵쿵하며 들려왔다. 뱃사람이 견디지 못하고 실눈을 뜨고 살펴보았다. 그러자 갑자기 배가 산꼭대기에 멈춰 서고 돛대가 깊은 계곡 아래로 떨어지고 말았다. 오늘날 그 산봉우리는 강철 배 봉우리[鐵船峰]라 불린다. 그 돛대는 바로 그 봉우리 아래 깎아지른 듯한 절벽이 되었다. 허손이 뱃사람에게 말했다.

"너희들이 내 말을 듣지 않아 이 지경에 이르고 말았구나. 이제 어떻게 돌아가려느냐?"

뱃사람들이 머리를 조아리며 살려달라고 빌었다. 허손이 그들에게 영약을 주고 먹으라 하니 그들은 곡식을 먹지 않아도 배가 주린 줄 모르게 되었다. 그들은 마침내 자소봉紫霄峰 아래에 은거했다. 허손과 오맹은 각각 용 한 마리씩을 타고서 예장으로 돌아갔다. 그리고 예전에 은거하던 곳에 찾아들어 온종일 제자들과 신선도를 이야기하며 시간을 보냈다. 이때 신선도를 생각하는 노래를 지었다.

하늘의 운행은 끝없이 돌고 또 돌고,
그 빠르기가 마치 나는 듯하니,
사람이 이 세상 살면서,
대체 뭘 할 수 있으리.
명예와 이익을 탐하는가,
죽어지면 다 북망산천인 것을,
바람과 달을 벗하며 사는 그 맛,
누가 알리요?
황금 술잔 갖춰놓고,
해가 서산에 기울 때까지 마시고 노래하리.
주사는 바로 옥롱玉籠을 찍어내는 연못,
표주박 하나에도 세상을 다 담을 수 있지.
세상 사람들아 나를 바보 취급하지 마시게나,
취한 듯 껄껄 웃으니 세상 모든 게 다 하나로다.

더불어 여덟 가지 보배로운 교훈을 지었다.

충忠, 효孝, 염廉, 근謹, 관寬, 유裕, 용容, 인忍.
자신의 모든 걸 다 쏟아붓는 것을 충이라 하니 남과 자기를 속이지 아니한다.
부모를 정성껏 섬김을 효라 하니 당연히 연장자나 손윗사람에게 덤비지 않는다.
청렴하니 탐욕을 부리지 않는다.
열심히 노력하고 일하니 실패하지 않는다.

이렇게 자기를 갈고닦으면 덕을 이룰 수 있다.

너그러우면 두루 사람이 따르며,

넉넉하면 여유가 있고,

포용하므로 널리 받아들일 수 있고,

참으면 평안하도다.

사람을 만날 때 예를 다하고,

원망과 미워하는 마음을 다 씻어내 버린다.

제자들이여,

앉으나 서나 늘 조심하여라.

이것들을 마음에 새기고,

혼자 있을 때라도 늘 삼가 지키라.

이 마음을 잃으면,

하늘도 땅도 물도 그냥 두고 보지 않으리라.

한편, 하늘과 땅과 물의 대왕과 태백성이 서로 이렇게 상의했다.

"허손은 옥 동굴의 하늘 신선이 인간 세상에 내려간 것입니다. 이제 요괴들을 다 제거하고 인간 세상에 널리 은혜를 베풀어 그 은공이 매우 높습니다. 제자 오맹 등은 허손을 도와 그 선도를 함께 이루었으니 모두 하늘 궁전에 들어올 수 있게 허락하고 영원토록 기림을 받게 함이 마땅할 듯합니다."

그들은 서로 의견을 교환한 다음 의견서를 작성하여 옥황상제에게 올렸다. 옥황상제가 그 의견서를 읽어보고 나서 허손을 하늘 신선 총대사 및 지혜의 대사에 임명하고 효선왕孝先王에 봉했다. 허손의 먼 조상부터 할아버지까지 모두 직책을 부여했다. 그런 다음 최자문崔子文과 단구중段丘仲을 하늘 사신으로 임명하여 조서를 들고 가서 허손에게 훌륭한 공덕을 이룬 대가로 하늘로 올라가게 되었음과 그때가 언제인지를 알려주게 했다. 하늘 사신 둘이 허손에게 찾아간 때는 바야흐로 진나라 효무제 영강寧康 2년 갑술해(374)로 당시 허손의 나이 136살이었다. 8월 초하루 하늘에서 구름 마차가 내려오니 뒤에 따라오는 무리가 엄청났다. 구름 마차가 마당에 내려앉았다. 허손이 그 일행을 맞아 인사를 올렸다. 하늘 사신 둘이 이렇게 말했다.

"옥황상제의 명령을 받들어 그대에게 조서를 전달하려 하니 그대는 향료와 등불을 준비하고 의관을 정제한 다음, 계단 아래 꿇어앉아 명령서를 낭독하는 소리를 들으라!"

그 명령서의 내용은 이러했다.

신선도를 배우는 학생 허손에게 이 조서를 내리노라. 그대는 억겁의 시간 이전부터 지극한 신선의 길을 닦는 데 모든 힘을 다했노라. 하늘과 땅의 오묘한 이치에 두루 통달했으며 모든 법술을 다 깨쳤노라. 재난을 막아내고 요괴를 제거하고 사람들을 살려내어 그 이름이 이미 신선 명부에 올랐도다. 뭇 신선과 대왕들이 그대를 하늘 궁전으로 올려 들여야 한다고 주장하니 내가 그대를 이 세상 신선의 총대사 및 지혜의 대사에 임명하고 더불어 자색 깃털 도포와 하늘의 보배로운 깃발을 하사하노라. 팔월 보름 정오, 온 집안 식구들이 하늘에 오르리라. 이 조서를 받으면 삼가 믿고 받들어 행하도록 하라.

하늘 사신으로 온 신선이 조서를 다 낭독하고 나니 허손이 재배하고 계단 위로 올라가 조서를 받았다. 허손이 신선에게 읍하고 자리에 앉으시라 한 다음 이름을 여쭈었다. 그 가운데 한 신선이 대답했다.

"우리는 최자문, 단구중이라고 하오. 우리는 지금 하늘 사신의 역할을 감당하고 있는 거라오."

"제가 무슨 덕을 쌓고 또 무슨 능력이 있다고 옥황상제께서 저를 예쁘게 봐주시고 이렇게 또 두 분께서 저를 찾아 세상으로 내려오는 수고를 하시게 되었는지 모르겠습니다."

"그대는 자기 자신을 수양하고 다른 사람을 이롭게 도왔으니 그 공이 이미 넘치고 또 넘치오이다. 어제는 하늘의 신선들이 다 모여서 그대를 하늘 신선으로 올려 하늘에서 같이 지내는 것이 좋겠다고 의견을 나누더니 일단 우리 둘을 먼저 보내어 옥황상제님의 조서를 그대에게 전달하게 했소이다."

하늘 사신으로 온 두 신선이 말을 마치더니 용이 끄는 마차를 타고 떠나갔다. 허손이 옥황상제의 조서를 받고 나자 오맹을 비롯한 제자들과 동네 어르신들 그리고 일가친척들은 허손이 떠날 날이 얼마 남지 않았음을 알게 되었다. 그들은 아침저녁으로 모여서 이별의 정을 나누었다. 허손이 사람들에게 이렇게 말했다.

"신선이 되려면 먼저 착한 일을 행하시게나. 착한 일을 행한 공덕은 나중에 저절로 드러나게 될 것이오. 내가 떠나고 1240년 동안 예장과 오릉 지역에서 땅 신선이 8백여 명 생겨날 것이오. 그들을 이끌 스승이 예장에서 나와 나의 가르침을 널리 펼칠 것이오. 나를 모시려고 지은 제단 앞에 심은 소나무 가지가 땅에 닿을 정도로 자라면 강물 한가운데에서 홀연히 우물 입구를 가릴 만한 크기의 모래톱이 생겨날 것이오. 그게 바로 때가 되었다는 징표이외다."

후대에 이런 말이 돌았다.

"용과 모래가 만나면 신선이 출현하리라."

대저 용 모래는 강서의 강둑에 있으며 성벽과 마주보고 있다. 이와 관련된 기록이 용과 모래에 관한 기록이란 뜻의 『용사기龍沙記』에 보인다. 반청일潘淸逸이 용 모래를 바라보며란 뜻의 「망용사望龍沙」란 오언시를 지어 이렇게 읊었다.

오릉에는 인재가 넘치고 넘치네,
소나무와 모래를 꼼꼼하게 살펴보게나,
용과 모래가 서로 만나지 못하더라도,
지형과 기상이 이미 변했구나.
강물이 파도치던 곳이,
이미 뽕나무 삼나무 자라는 땅으로 변했구나.
땅 모습이 강물 흐름 따라 변하고,
산 모습은 끊어지지 않는 밧줄처럼 이어지는구나.

때는 바야흐로 팔월 보름, 마을 사람, 친구, 제자들이 젊거나 나이 들었거나 모두 빠짐없이 다 모였다. 정오 무렵, 멀리서 음악 소리가 들려오고 상서로운 구름이 뭉게뭉게 피어오르더니 사람들이 모여 있는 곳으로 점점 가까이 다가왔다. 깃털로 덮고 용이 끄는 마차, 신선 동자와 동녀, 하늘 관리와 하늘 병사가 앞과 뒤에서 허손을 호위했다. 하늘 사신 최자문, 단구중이 다시 나타나니 허손이 절을 올렸다. 하늘 사신이 옥황상제의 조서를 낭독했다.

선도를 배우고 닦는 허손에게 이 조서를 내리노라. 허손은 선도를 닦아 행실이 곧고 공적이 높노라. 인간의 생명줄을 조정하는 잠산성潛山星에게 부탁하여 아랫세상에 연단술을 전하게 했으며 이제 자신은 하늘세상으로 돌아오겠구나. 그의 식솔 전부와 집까지도 한꺼번에 하늘로 올라가게 하리라. 하늘 장수에게 명하여 황금빛 불덩이로 만든 종을 울려 사방을 환하게 비춰주어 혹시 빠지고 흩어짐이 없게 하리라. 허손의 먼 할아버지 허유를 하늘 궁전의 관리자로 임명하고, 증조부 허염을 태미太微 사령관에 임명하고, 아버지 허숙許肅을 중악 신선 관리에 임명하고, 어머니 장 씨는 중악 부인에 임명하노라. 이렇게 조서를 내리니 조서를 받으면 그 내용대로 즉각 실행하도록 하라.

허손이 재배하고서 조서를 받았다. 최자문이 이렇게 말했다.
"그대에게 제자가 많으나 진훈, 증형, 주광, 시하 말고도 황인람과 그의 아버지, 면렬과 그의 어머니 등을 모두 합하면 42명이 되오. 그 42명은 마땅히 그대를 따라갈 것이오. 나머지 사람들은 각자 또 다른 기회에 하늘로 올라갈 수도 있을 것이나 지금 한꺼번에 다 올라갈 수는 없을 것이외다."

말을 마치고 허손을 마차에 오르도록 안내했다. 최자문이 말한 42명도 다 함께 마차에 올랐다. 이번에 같이 하늘로 올라가지 못하는 동네 사람들, 제자들은 스승 허손을 차마 그냥 보내드리지 못하는 마음에 마차를 붙잡기도 하고 마차 바퀴 아래 드러눕기도 하면서 하늘이 떠나가도록 소리 내어 울었다. 허손이 말했다.

"신선 세상과 인간 세상 사이에는 다 통하는 길이 있느니라. 그대들은 그저 효도를 다하고 만물을 이롭게 하며 다른 사람을 돕다 보면 다 보답을 받을 날이 있을 것이니라."

허손 일가의 손자 허간許簡이 애절하게 아뢰었다.
"할아버지께서 집 전체를 떠서 하늘로 올라가시니 나중에 자손들이 할

아버지의 자취를 알 길이 없습니다. 징표로 뭐 하나라도 남겨주시기 바랍니다."

허손이 그 말을 듣고 평소 수행할 때 쓰던 종 하나와 돌 상자 하나를 남겨놓으며 말했다.

"세월이 흐르면 이 역시 다 과거의 물건이 되고 말 것이니라."

허손한테는 허대許大라는 하인이 하나 있었다. 그자가 아내랑 같이 서령에 쌀을 팔러 갔다가 허손이 하늘로 올라간다는 소식을 듣고 서둘러 돌아오다가 수레가 뒤집히는 바람에 쌀이 온통 땅에 쏟아지고 말았다. 쌀이 나중에 다시 싹이 나왔다고 한다. 쌀이 뒤집힌 언덕[覆米岡]과 쌀이 자란 터[生米鎭]라고 불리는 곳이 지금도 남아 있다. 허대가 황급히 돌아와 자기도 따라가겠노라 애절하게 간청했다. 허손이 보기에 허대에게는 하늘 신선이 될 자질이 부족하기에 땅 신선이 되는 법술을 가르쳐주며 서산에 은거하라 일렀다.

하늘 마차가 출발하니 집과 닭과 개가 모두 하늘로 날기 시작했다. 하나 쥐란 놈은 본디 타고난 게 불결한지라 하늘 병사가 쥐를 밀어 떨어뜨려 버렸다. 쥐가 내장이 터져 나왔으나 죽지는 아니했다. 후대 사람들이 그 쥐를 상서로운 징조로 받아들였다. 약을 빻는 절구와 절굿대 그리고 닭장을 허손의 집 동남쪽 십 리쯤 되는 곳에 떨어뜨렸다. 허손의 부인은 황금 비녀를 떨어뜨렸다. 지금도 허손의 부인이 황금 비녀를 떨어뜨린 모래톱이 그대로 남아 있다. 당시 시인이 허손이 집을 통째로 들어 올려 하늘로 올라간 일을 읊은 시가 있다.

자애롭고 인자한 허손의 품성을 흠모하지 않는 자 없네,
사람에게 끼친 은택 어찌 잊힐리요,

집을 통째로 들어 올려 하늘로 날아올라갔으니,

알게 모르게 끼친 공덕 하늘까지 감동시켰구나.

허손이 탄 하늘 마차가 점점 높이 올라가더니 사람들의 시야에서 사라지고 그저 구름과 노을이 골짜기에 가득하고 신비한 향기가 퍼졌다. 홀연히 붉은 비단 휘장이 날아오더니 허손의 집이 있던 자리를 맴돌았다.

한편, 허손이 탄 하늘 마차가 원주부袁州府 의춘현 서오산을 지나게 되었다. 허손이 왕삭에게 푸른 옷을 입은 두 동자를 보내어 옥황상제의 명령을 받들어 이 세상을 떠나는 길이라는 걸 알려주게 했다. 왕삭이 온 가족을 이끌고 허손을 뵈러 나왔다.

"소인 왕삭, 스승님께서 알려주신 대로 선도를 오랫동안 열심히 닦아왔습니다. 저도 스승님을 따라가기를 원하나이다."

"그대는 신선이 될 기본 바탕을 아직 다 갖추지 못했느니라. 그대는 생명을 연장하고 장수할 수는 있을 것이나 이번에 나랑 같이 가기는 어렵겠구나."

허손이 말을 마치고 향초 한 뿌리를 꺼내어 동자 편에 왕삭에게 전달했다. 더불어 이 말도 왕삭에게 전하게 했다.

"이 향초의 맛이 아주 특이하고 이곳 지형에 심어 가꾸기가 좋으니라. 이 향초를 오랫동안 복용하면 불로장생할 것이니라. 향초의 단맛은 육신을 길러주고, 매운맛은 절도를 길러주고, 쓴맛을 기를 길러주고, 짠맛은 뼈를 길러주고, 미끄러운 성분은 피부를 길러주고, 신맛은 근육을 길러주니 잘 조리하여 술과 함께 복용하면 필시 효험을 보리라."

허손이 말을 마치고 떠나갔다. 왕삭이 허손의 말을 따라서 향초를 심어 기른 다음 향초를 요리하여 술안주로 먹었다. 왕삭이 300살을 살고 세상을 떠났다. 지금의 임강부臨江府 옥허현玉虛縣이 바로 그곳이다. 그곳엔 아직도 향초가 자라고 있다. 허손이 하늘로 날아오른 후 마을 사람과 손자 허간이 허손의 집터에 사당을 세우고 허손이 남긴 시 120수를 죽간에 새겨 큰 통에 넣어두고서 사람들이 꺼내보게 했다. 이로 말미암아 사람들이 허손과 교통할 길이 열렸다. 허손이 하늘 마차에서 내려준 종, 돌상자, 절구와 절굿대를 모두 사당에 모아놓았다. 나중에 사당을 도교 사원으로 바꾸었다. 예전에 허손의 집터에 붉은 휘장이 날아와 주위를 휘감았던 적이 있어 그 도교 사원의 이름을 휘장이 휘감아 돌던 도교 사원이란 의미로 유유관遊帷觀이라 했다.

허손이 하늘 신선 나라에 도착했다. 옥황상제가 등청하니 최자문, 단구중 두 신선이 허손과 그 일행을 안내하여 궁전 안으로 들어가 옥황상제의 명령을 기다리게 했다. 허손이 옥황상제에게 절을 올리고 계단 아래에 엎드려 아뢰었다.

"소인 허손은 재주도 없고 능력도 부족합니다. 부적과 신통력을 써서 이무기 요괴들을 제압한 공로가 있다 하나 그것은 모두 열한 제자의 도움 덕분이었습니다. 지금 제자 가운데 오직 진훈, 증형, 주광, 시하, 황인람, 면렬 이렇게 여섯만이 옥황상제님의 은혜를 입어 하늘로 올라올 수 있었습니다. 그러나 오맹, 시잠, 감전, 종리가, 팽항 이렇게 다섯은 옥황상제의 은혜를 아직 입지 못했습니다. 삼가 바라옵건대 이 다섯도 옥황상제의 은혜를 입어 하늘의 신선 세계에 같이 올라올 수 있게 해주시옵소서."

옥황상제가 허손의 말을 듣고 나서 주광을 시켜 조서를 들고 가서 오맹 등 다섯 명을 하늘 신선 세계로 데려오게 했다. 주광은 즉시 옥황상제께 절을 올리고 조서를 받아들었다. 이때가 바야흐로 진나라 영강 2년 9월 초하루였다. 당시 오맹은 186살이었다. 오맹은 자신이 허손과 같이 하늘나라로 올라가지 못하자 무척이나 실망했다. 오맹은 시잠, 감전, 종리가, 팽항과 함께 서녕으로 돌아가 수련에 몰두했다. 주광이 옥황상제의 조서를 들고 나타나자 오맹을 비롯한 제자들이 모여들어 주광에게 어인 일로 이렇게 인간 세상에 내려오게 되었는지 물었다. 주광이 대답했다.

"스승님께서 옥황상제에게 아뢰어 여러분이 자신을 도와 함께 공을 이루었으나 같이 하늘 신선 세계에 오르지 못했으니 여러분도 같이 하늘 신선 세계에 오르게 해달라고 했지요. 옥황상제께서 마침내 나를 보내셔서 이 소식을 여러분에게 알리고 같이 하늘 신선 세계에 올라와 신선도를 완성하라 했소이다."

다섯 제자는 이 말을 듣고 너무도 기뻤다. 그들은 하얀 사슴이 끄는 수레를 타고 하늘로 올랐다. 지금 오선촌吳仙村 오선관吳仙觀이 있는 자리가 바로 이들이 하늘로 올라간 자리다. 허손을 따르던 무리가 3천인데 그 가운데 하늘로 올라간 자는 오맹 이하 11인뿐이었다. 허손은 제자들을 이끌고 옥황상제를 알현했다. 옥황상제는 그들에게 각각 하늘 신선 세계에서 수행할 직책에 임명했다. 허손은 다시 제자를 이끌고 자신의 신선도의 출발점인 효제명왕 위홍강, 효명왕 난기, 중간에서 도를 이어준 심모를 찾아뵈었다. 또한 하늘과 땅과 물의 대왕과 태백성에게 자신의 공을 옥황상제에게 아뢰어준 은혜에 감사했다. 허손은 같이 도를 배웠던 친구로 허도의 호운, 운양의 첨염을 옥황상제에 추천했다. 옥황상제가 그 둘 모두에게 신선이란 칭호를 내렸음은 두말할 필요가 없겠다.

허손은 하늘 신선 세계에 올라간 다음에도 여러 차례 신통력을 발휘했다. 수양제가 무도하게 절과 사원을 불태우고 유유관마저 파괴하자 당 고종 영순永淳 연간(682~683)에 신선 호혜초胡惠超를 보내어 다시 짓게 했다. 송나라 태종, 인종이 모두 친필을 보내어 유유관을 칭송했다. 진종 때에는 유유관의 이름을 옥륭궁玉隆宮으로 바꿨다. 송나라 정화政和 2년(1112)에 휘종이 갑자기 병을 앓게 되었다. 얼굴이 고름이 피어올랐다. 낮잠을 자다가 꿈을 꾸었다. 동화문東華門에서 한 도사가 구화관九華冠을 쓰고 자색 도포를 입고 좌우에 동자를 대동하고 검을 들고서 다가와 황제의 보좌 앞에 엎드려 머리를 조아리는 것이었다. 휘종이 보기에 여느 인간 세상의 도사와는 달라 바로 물었다.

"경은 누구시오?"

"저는 허손이라고 하며 하늘 신선 세계에서 관직을 맡고 있습니다. 옥황상제께서 저에게 서구야국西瞿耶國을 살피고 오라 하셔서 가는 길에 나의 고향을 지나게 되었습니다. 황제께서 병을 앓고 계심을 알고 특별히 찾아 뵈었습니다."

"내가 지금 심한 고름병을 앓고 있으나 백약이 무효라. 혹시 경께선 무슨 좋은 약이라도 있소이까?"

도사가 수저에다 녹두만 한 알약을 올려놓고 으깬 다음 호호 불어서 휘종의 상처에 발랐다. 도사가 떠나겠다며 절을 올리며 한마디 더 했다.

"홍도 서산에 있는 제집이 오래되어 많이 낡았습니다. 폐하께서 한번 살펴봐 주시면 무한한 영광이겠습니다."

휘종이 깜짝 놀라 잠에서 깨었다. 얼굴에 시원함이 느껴지기에 손으로 만져보았다. 얼굴의 상처가 모두 나았고 깨끗해졌음을 깨달았다. 휘종이 신하를 시켜 지도를 펴놓고 살펴보게 하니 홍주 서산에 허손의 유적이 있는지라. 휘종이 그 남아 있는 낡은 집을 허손이 인간 세상에 잠시 내려오면 머물 행궁인 옥륭궁으로 고쳐 지으라 했다. 그리고 옥륭궁이란 이름에다 만수萬壽라는 두 글자를 덧붙이게 했다. 허손의 동상을 새롭게 제작하고 신묘한 능력으로 인간 세상을 구제하는 신선이란 뜻의 '신공묘제진군神

功妙濟眞君'이라 붙였다. 허손이 하늘 신선 세계로 올라갈 때 남겨준 물건은 그것을 지키는 신이 있어 누구도 함부로 만지지 못했다. 이 옥륭궁 앞에 허손이 직접 심은 잣나무는 그 잎이 무성해지거나 말라 떨어지는 모습으로 옥륭궁의 성쇠를 미리 보여주곤 했다. 그 잣나무 이파리를 끓여 먹으면 모든 병이 씻은 듯이 낫는다고 한다.

　당나라 때, 우물 한가운데 강철 나무가 있다는 말을 믿지 못한 홍주목사 엄선嚴譔이 사람을 시켜 우물을 파보게 했다. 이때 갑자기 날씨가 급변하여 우레가 치고 매서운 바람이 불고 강물이 넘쳐흐르고 성곽이 흔들거렸다. 엄선이 즉각 머리를 조아리고 무릎을 꿇고 사죄하니 한참이 지나서야 그쳤다. 엄선이 또 허손이 수행할 때 사용하던 종을 억지로 절에 옮겨 놓았다. 그러나 종을 아무리 쳐도 흙이나 나무를 두드리는 것처럼 전혀 종소리가 나지 않았다. 엄선이 잠을 자는 동안 꿈속에서 신선이 나타나 엄선을 꾸짖으니 깜짝 놀라 일어나 그 종을 다시 갖다 놓았다. 홍주목 서등徐登이 절구와 절굿대를 자기 집으로 가져가려 했으나 자기 집에 가져가기도 전에 그게 다시 날아서 옥륭궁으로 돌아가 버렸다. 당나라 때 장선안張善安이 홍주를 점령하고는 허손의 돌 상자 뚜껑을 억지로 열었다. 그 안에는 빨간색으로 '오백년 후에 강도 장선안이 이 뚜껑을 억지로 열 것이다'라고 적혀 있었다. 장선안이 깜짝 놀라 자기 이름 석 자를 지워버리려 문질렀으나 아무리 문질러도 지워지지 않았다. 장선안은 그 돌 상자 뚜껑을 어딘가에 숨겨버렸다. 오늘날에도 돌 상자 바닥에 그 글자가 그대로 남아 있다고 한다.

　송나라 고종 건염 연간에 금나라가 장강 지역까지 쳐들어왔을 때 옥륭궁을 불태우려 했으나 서까래와 대들보에서 물이 쏟아져 나와 전혀 타지 않아 금나라 장수가 깜짝 놀라 군사를 거두어 물러갔다고 한다.

명나라의 역대 황제들도 이 옥룡궁을 새롭게 보수했고 허손 역시 몇 차례 모습을 드러내어 나라를 구하고 백성들을 치료해주었다고 한다. 정덕正德 무인년戊寅年(1518)에 영왕부寧王府에서 반역을 꾀하고는 영왕이 옥룡궁에 찾아오니 허손이 다음과 같은 글을 보여주었다고 한다.

셋씩 둘씩, 둘씩 셋씩,
강남의 모든 사람을 이렇게 죽여 버리는구나.
연잎 떨어질 때 노란 국화꽃이 피고,
명나라는 영원히 이 강산을 지키리라.

후일 이 반란은 과연 실패로 돌아가고 말았다. 허손의 신묘한 능력은 일일이 열거할 수조차 없구나. 후세에 시인이 시를 지어 이렇게 읊었구나.

금으로 만들고 옥으로 새긴 값나가는 글을 남기진 않으셨다네,
그저 우리가 힘써 행할 여덟 가지 덕목을 남겨주셨다네.
허손의 넘치는 공덕을 한번 보시게나,
그 어떤 파도에도 배를 멈추신 적이 없으시다네.

『경세통언』을 옮기고 나서

 모든 이야기는 의미가 있다. 그리고 모든 이야기는 재미있다. 재미있는 이야기를 듣는 것도 재미있다. 평소에 하던 이야기, 평소에 듣던 이야기와는 색다른 이야기를 듣는 것은 더 재미있다. 그 색다름은 지금이 아닌 과거, 여기가 아닌 저기에서 온다. 미래는 우리가 알 길이 없다. 미래를 추측하는 것은 현재를 축선으로 과거를 접어서 데칼코마니처럼 투영하는 것일 따름이다. 공상과학영화에서 그리는 미래 세계에 고대처럼 왕과 신하가 등장하는 것도 이런 이유가 아닌가 싶다.
 이런 이유로 나는 옛날이야기를 좋아한다. 어쩌다 중국 관련 공부를 하게 된 인연으로 중국의 옛날이야기를 좋아한다. 내가 좋아하는 중국의 옛날이야기를 다른 사람들과 나누고자 우리말로 옮기고 싶었고, 그래서 정확히 4백 년 전 중국의 이야기 모음집인 삼언, 즉 『유세명언』, 『경세통언』, 『성세항언』을 우리말로 옮겼다. 삼언이 출판된 시기에 앞서거니 뒤서거니 『아라비안나이트』나 셰익스피어의 작품들이 등장한 걸 보면 이때야말로 세상사가 한창 복잡하고 재미났던 때였을 것 같다는 생각이 든다.

내 딸과 아들에게 읽혀 보이고 싶다는 편한 마음에서 번역을 시작하였기에 작업 내내 부담도 없었고 즐거웠다. 혼자만의 작업이었기에 누구랑 보조를 맞출 필요도 없었다.

내 연구실은 학생들의 사랑방으로 선물하고, 이리저리 돌아다니면서 편하게 작업했다. 학교나 집 근처의 함께, 라드, 옹, 별다방 같은 카페가 내 작업 공간이자 놀이 공간이었다. 방학이면 방문했던 세계 곳곳의 도서관과 카페들을 기억한다. 내게 에스프레소 한 잔을 내려준 손길들을 기억한다. 내가 마신 에스프레소 잔 수에 비례하여 삼언 번역 원고 파일의 크기도 늘어났다.

삼언 번역 초고가 완성되고 나서는 너무도 많은 분의 도움을 받았다. 내가 이『경세통언』을 포함하여 삼언을 번역하고 있다는 소식을 듣고 관련 분야 연구팀을 이끌고 있던 정광훈 선생님이 발표의 기회를 제공한 적이 있다. 그 발표회 덕분에 명대 사회문화에 비춰 풍몽룡의 삼언을 새롭게 바라볼 수 있는 관점을 얻었다. 그리고 이 발표회에서 맺은 조영헌 선생님과의 인연으로『유세명언』을 먼저 출판할 수 있었다. 출판사에 다리를 놓아주신 조영헌 선생님에게 감사한다. 중문학 연구자 김진수 선생님은 미국 유학을 앞두고 원문과 번역문을 직접 대조하여 읽어가며 오역을 지적해주었다. 김진수 선생님의 도움은『유세명언』을 거쳐『경세통언』까지 이어졌다.

『경세통언』을 출판하는 지금, 예전에『유세명언』을 출판할 때 미처 인사드리지 못한 분들에게 특별한 인사를 챙기고 싶다. 나의 학생이었으며 지금은 고등학교에서 교편을 잡고 있는 임보람 선생님이『유세명언』의 번역 초고를 꼼꼼히 읽고 교정해주고 어색한 표현을 서슴없이 그러나 섬세하게 일러주었다. 나의 학생이었으며 지금은 같이 강의하는 노중방 선생님은 『유세명언』 번역 초고를 읽어가며 요모조모 다양한 방법으로 검색하고 확인하며 혹 있을지도 모르는 오류를 잡아내는 데 애써주었다.

김민옥, 김지연, 이정은 세 선생님에게 감사한다. 우리 학교에서 나랑 같이 강의하면서 방학에 짬을 내어 『유세명언』 초고를 읽고 고쳐준 정성에 특별히 고마움을 표시하고 싶다. 이것이 나의 무리한 부탁이 아니었기만을 바랄 뿐이다. 같은 대학에서 근무하는 임소정 선생님은 나의 무리한 부탁을 차마 거절하지 못하고 『유세명언』 초고를 읽고 검토해주셨다. 임소정 선생님이 동생분과 힘을 합하여 교정 작업을 마무리해준 것을 나중에 알게 되었다. 동생분에게 특별히 한 번 더 감사한다.

이근석 선생님과 최영호 선생님은 『유세명언』의 번역 초고를 전체적으로 읽고 조언해주었다. 서연주 선생님은 『유세명언』의 제1권을 집중적으로 읽고 고쳐주셨다. 초등학교에서 학생들과 씨름하는 동안 짬짬이 번역 원고를 읽고 비평해준 한석완 선생님에게 특별한 감사를 드리고 싶다. 중국 고전 번역에서 탁월한 성취를 보여준 이민숙 선생님이 『유세명언』 초고를 읽고 의견을 주신 것이 나에게는 너무나도 큰 힘이 되었다. 내 친구 김우석이 특별히 『유세명언』과 풍몽룡에 대한 나의 해설 문장을 읽고 추가했으면 하는 것, 군더더기, 두루뭉술하게 넘어간 것을 알려주고 고칠 방향을 일러주었다.

김효민 선생님은 나의 삼언 번역 원고 전체를 꼼꼼하게 읽고 내가 빠뜨린 부분, 오해한 부분, 우리말로 어색하게 표현한 부분을 정확하게 지적하고, 바르고 유려한 표현을 제시해주셨다. 김효민 선생님은 내가 『중국백화소설』을 번역하여 출판할 때도 번역 원고 전체를 꼼꼼하게 읽고 교정해주셨다. 김명신 선생님의 꼼꼼한 읽기와 교정 작업에 감사한다. 『경세통언』이 이런 모습으로 세상에 나서는 데는 김명신 선생님의 도움이 결정적이다.

1984년 종로 2가의 어느 학원에서 학원비를 내지 못해 쩔쩔매는 나에게 아무런 조건 없이 중국어를 가르쳐주신 왕필명 선생님에게 특별한 감사를 드리고 싶다. 선생님 덕분에 중국 어문학 공부의 기초를 다질 수 있었다. 왕필명 선생님에게 받은 사랑을 나의 제자들에게 되갚고자 하는 마음을 품고 살았다. 『유세명언』 번역본은 직접 드렸으나 『경세통언』 번역본은 직접 드릴 방법이 없어져버렸다. 선생님의 은혜를 갚지 못한 죄송함이 너무 크다.

이승과 저승의 한 편씩을 각자 나눠 차지하고 있는 사이인 내 제자 조윤호(1995~2015)를 생각한다. 추운 겨울에 혼자서 그 먼 길을 떠날 때 얼마나 외로웠을까. 가치 평가적 호칭으로 사용되는 지방대학이란 곳에서 외국어 문학을 가르친다는 것, 학생과 호흡한다는 것이 어떤 의미가 있으며 최소한 어떤 의미를 지녀야 하는지 끝없이 고민하라고 나한테 일러주고 떠난 윤호에게 이 책을 바친다.

이제 삼언 번역의 두 번째 성과로 『경세통언』을 세상에 내놓는다. 이는 세상의 모든 인연 덕분이다. 삼언 번역의 첫 번째 성과로 『유세명언』이 출판되고 나서 『경세통언』의 번역 출판이 이어졌다. 우선 제1권이 2023년 차이나하우스에서 출판되었다. 차이나하우스 이건웅 사장님의 안목과 헌신 덕분에 어려운 출판계 상황에서도 『경세통언』 제1권이 빛을 볼 수 있었다.

그러나 아쉽게도 차이나하우스와의 인연은 제1권까지였다. 이건웅 사장님에게 일신상의 사정이 생겨 제2권, 3권을 출판할 수 없게 되었다. 어떻게든 이 책의 출판을 마무리해주고 싶었던 그분의 도움으로 아모르문디 출판사의 김삼수 대표님을 만나게 되었고, 이제 『경세통언』은 새 옷을 입고 다시 처음부터 전 3권으로 세상에 나오게 되었다. 끝까지 책임을 지기 위해 애쓰신 이건웅 사장님께 감사한다.

『경세통언』 출판 작업을 김삼수 대표님과 같이한 것은 내겐 더할 나위 없는 행운이다. 대표님은 출판 관계자가 아니라 엄격한 독자고, 인문학자다. 이 두 자격과 역할로 『경세통언』을 새롭게 읽고, 고치고, 틀을 잡고, 책답게 만들어주셨다. 그 덕분에 『경세통언』 전 3권이 한꺼번에 출판되어 나는 너무 기쁘다. 『성세항언』으로 이어지는 후속 작업이 벌써 기대된다.

마지막으로 그러나 가장 크게 고마움을 표시하고 싶은 사람이 있다. 서진숙. 그는 나의 첫 독자이자 가장 든든한 후원자다. 누구보다도 먼저 읽어주고, 고쳐주고, 부추겨줬다. 그는 『경세통언』의 공역자다. 그가 없다면 이 책도 없다. 그에게 감사와 존경을 표시함이 마땅하다.

나를 응원하고 부추겨주는 분들의 기대에 부응하는 길은 이런 작업을 묵묵히, 힘차게 하는 것이리라. 세상을 향해 내가 발언할 수 있는 길이 여기에 있으므로. 그 길을 가는 것이 또한 즐겁지 아니한가!

2024년 10월
옮긴이 김진곤